Nadine Dorries

Die Schwestern von St. Angelus

Der Beginn unserer Träume

Roman

Aus dem Englischen
von Sabine Schilasky

Ullstein

Besuchen Sie uns im Internet:

www.ullstein.de

MIX
Papier
FSC® C083411

Deutsche Erstausgabe im Ullstein Taschenbuch
1. Auflage September 2020

Titel der englischen Originalausgabe:
The Angels of Lovely Land (Head of Zeus 2016)
Umschlaggestaltung: zero-media.net, München
Titelabbildung: © Yolanda de Kort / trevillion images (Haus, Wiese),
© Lee Avison / trevillion images (Treppe), © Head of Zeus (Frauen),
© FinePic®, München (Himmel)
Gesetzt aus der Quadraat Pro powered by pepyrus.com
Druck und Bindearbeiten: CPI books GmbH, Leck

ISBN 978-3-548-06346-1

ullstein

Für Chris

Prolog

Liverpool, Dezember 1940

Die junge Emily Haycock rannte wie der Wind die George Street entlang nach Hause. Sie war zehn Minuten später als sonst dran, und ihre Lunge schien sich mit dem Dunst des Merseys zu füllen, als sie die letzten Meter hügelaufwärts zum hinteren Tor lief. Sie war pünktlich aus der Munitionsfabrik gekommen, doch der Bus hatte unendlich lange gebraucht. Die George Street befand sich oben auf einem Steilhang, von dem ausgetretene Stufen nach unten zu den Docks führten.

Emily wusste, dass sie sich zu Hause umgehend die Essensmarken greifen und wieder loslaufen musste, um im Eckladen am Ende der Albert Street mit dem Rest der Fabrikarbeiter anzustehen. Sie hoffte, dass noch genug Bacon und Butter übrig wären, wenn sie an der Reihe wäre, damit sie ihren kleinen Brüdern ein Abendessen machen konnte. Bald wurde es dunkel, dann schloss der Laden, und alle bereiteten sich auf die Verdunkelung vor.

Emilys Stiefvater Alfred war im letzten Jahr verwundet von seinem Regiment, King's Own Lancaster, zurückgekehrt. Jetzt trug er eine Schiene an seinem Bein und ging am Stock. Es war offensichtlich, dass er immerzu Schmerzen hatte, auch wenn er sich selten beklagte. Am Tag seiner Entlassung aus dem Krankenhaus hatte er sich sofort bei der Heimwehr gemeldet, bei der er nun jede einzelne Nacht verbrachte, sieben Tage die Woche.

»Hallo, Spatz«, sagte er, als Emily beinahe zur Hintertür hineinstürzte. Er saß auf der Sofakante. Morgens hatte es ihre gesammelten Kräfte gebraucht, das Ungetüm mit dem Holzrahmen und dem Rosshaarpolster aus dem Wohnzimmer vor den Küchenherd zu ziehen. Und auf ihm, eingehüllt in eine geflickte Decke, schlief Emilys erbärmlich dünne Mutter. Obwohl es ihr sichtlich schlecht ging, hatte sie am frühen Morgen darauf bestanden, aus dem Bett gehoben und nach unten getragen zu werden. Die Luft in der Küche roch säuerlich nach Blut und Sputum, ungewaschenem Haar und von Erbrochenem fauligen Atem.

»Pst.« Alfred hielt einen Finger an seine Lippen.

»Wie geht es ihr?«, flüsterte Emily, näherte sich auf Zehenspitzen dem Sofa und betrachtete das einst schöne, blasse Gesicht, das nun die Farbe von Talg hatte. Der Kopf ihrer Mutter war zur Seite gedreht, das Gesicht beinahe zur Rückenlehne gewandt. Schweißperlen standen auf ihrer Oberlippe, und Emily konnte ihren angestrengten und flachen Atem hören. Ihre Mutter lag im heilsamen Tiefschlaf der Kranken. In einem ihrer Mundwinkel war noch ein kleiner Blutstreifen, den sie bei einem ihrer Hustenanfälle mit ihrem Taschentuch dort verwischt haben musste. Ihre Lider waren dünn wie Pergament, und ihre Augen schienen tiefer eingesunken.

»Hast du einen guten Tag gehabt?« Alfred streichelte Emilys Unterarm. Es war eine liebevolle Geste, mit der er ihr Solidarität im gemeinsamen Kummer signalisierte. Emily brachte keinen Ton heraus. Jedes Mal, wenn sie das Haus betrat, brauchte sie einen Moment, um sich darauf einzustellen, wie ihr Leben jetzt war, nicht, wie es sein sollte. Sie war erst sechzehn, und wenn sie tagsüber in der Fabrik an ihrer Werkbank stand, konnte sie sich einbilden, dass es diese neue Situation mit ihrer schwer kranken Mutter und dem verwundeten Stiefvater nicht gab. Sie konnte sich ausmalen, alles wäre noch so wie vor dem Krieg, vor der Schwindsucht, bevor sie ihren Plan aufgeben musste, sich im St. Angelus zur Krankenschwester ausbilden zu lassen.

»Der Arzt war heute hier. Er hat gesagt, dass er sie ins Sanatorium schicken möchte, drüben in West Kirby. Sie hat versprochen, es sich zu überlegen. Er hat gesagt, er würde alle Hebel in Bewegung setzen, um ihr dort ein Bett zu besorgen. Ein guter Mann. Ja, das ist er.«

Emily bejahte stumm. Sie hatte den Facharzt oft gesehen, wenn er ihre Mutter besuchte, und mochte ihn sehr. Ihr kam er wie die Güte und Fürsorge in Person vor.

»Wie bezahle ich Sie für Ihren Besuch?«, hatte sie Alfred nach dem ersten Mal fragen hören.

»Gar nicht«, hatte der Arzt geantwortet. »Die Regierung deckt die Kosten im Rahmen eines Sonderprogramms, und selbst wenn nicht, würden Sie nichts zahlen müssen.«

Nachdem er gegangen war, hatte Emily seine Liste mit Anweisungen gelesen.

Das Schlafzimmerfenster immer offen halten.
Bettruhe, gestützt auf fünf Kissen, für mindestens sechs Monate.
Nicht baden.
Nahrhafte Speisen.
Keine Belastung oder Aufregung.
Ein Besucher und nur mit einer Gesichtsmaske aus vierfach gefaltetem Musselin.
Die Pflegenden und die Besucher müssen sich vor Ver-

lassen des Hauses die Hände in verdünnter Dettol-Lösung waschen.
Bei Verschlechterung der Symptome das Krankenhaus kontaktieren.

In dem Augenblick hatte Emily gewusst, dass ihr Traum, Krankenschwester zu werden, geplatzt war.

»Sie will das Haus und die Kinder nicht verlassen, aber deine Worte von heute Morgen haben gewirkt«, sagte Alfred. »Dr. Gaskell möchte sie noch einmal röntgen lassen, und dann möchte er die schwer befallene Lungenseite kollabieren lassen, um sie zu entlasten. Er weiß nicht, was er sonst tun soll, weil die Bettruhe nicht zu helfen scheint. Deine Mutter kann so stur sein.« Dabei sah er seine Frau mit einem solch zärtlichen Blick an, dass Emily es kaum aushielt. Sie wusste, was er meinte. Heute Morgen hatte sie ihn gebeten, wieder den Arzt zu rufen. Der anscheinend rapide Verfall hatte ihr Sorgen gemacht. Anstatt wenige Male am Tag Blut zu husten, war es morgens alle fünf Minuten gewesen.

»Wenigstens stimmt sie der Bettruhe zu. An die hält sie sich.« Emily griff nach Strohhalmen, und Alfred wusste es.

»Sie hat auch zugestimmt, morgen zu Dr. Gaskell ins St. Angelus zu gehen. Er ist ein guter Mann und der Beste für diese Krankheit hier in Liverpool, weißt du? Er kennt sich aus. Ich denke, er wird versuchen, sie nach dem Röntgen zu überreden, dass sie sich gleich ins Sanatorium bringen lässt. Wie er mir erzählt hat, ist er in Sorge, dass es um den anderen Lungenflügel schlecht steht. Das Problem ist, dass wegen des Krieges so viele Sanatorien geschlossen wurden. Die Warteliste kann über Monate voll sein. Vielleicht findet sie keinen Platz.«

Alfred verstummte. Sie beide wussten, wenn Emilys Mutter

bereit war, ihre kleinen Söhne zu verlassen, musste sie sehr krank sein.

»Um zehn Uhr morgen früh sollen wir im St. Angelus sein«, sagte er nach einer Weile.

Emily hockte sich hin, ergriff die knochige, blau geäderte Hand ihrer Mutter, die wie eine Vogelkralle anmutete, und küsste den Handrücken. Sie verbarg ihr Gesicht, weil Alfred sie nicht weinen sehen durfte. Er hatte schon genug, mit dem er fertig werden musste, und sie sollte ihn unterstützen, ihm keine Last sein.

Emilys Eltern glaubten, dass sie nicht ahnte, wie schlimm es stand. Da irrten sie. Sie hatte die beiden nachts reden, flüstern und weinen gehört, wenn sie glaubten, Emily und die jüngeren Kinder würden schlafen.

Sie hatte den Husten ihrer Mutter bemerkt, ihr Frösteln und Schwitzen, das Blutwürgen und wie sie – übermannt von Erschöpfung – in einen Sessel sank. Ebenso die geschwollenen Knöchel und die schmerzende Brust. In ihrer Kindheit in den Hafenstraßen von Liverpool hatte sie genug Leute mit demselben Leiden gesehen, um Bescheid zu wissen.

Heute Morgen, als Emily ihre Mutter wusch und ihr ihren Tee brachte, hatte sie ihre Entscheidung gefällt.

»Ich höre in der Fabrik auf, Mam. Rita ist eine große Hilfe mit den Kindern, doch bis es dir besser geht, bleibe ich lieber zu Hause. Schließlich hat der Arzt gesagt, dass du nur einmal am Tag aufstehen darfst, um zur Toilette zu gehen. Ich muss hier sein, Mam.«

Ihre Stimme war gebrochen, denn Emily war den Tränen näher gewesen, als sie dachte. Ihre Mutter hatte versucht zu antworten, bekam jedoch erneut einen Hustenanfall. Emily sah den leuchtend roten Schaum, den ihre Mutter in ihrem Taschentuch verbergen wollte.

»Ich denke auch, es ist das Beste, Liebes«, hatte ihre Mutter gesagt und das Gesicht vor Schmerz verzogen, als Emily ihre Arme anhob, um sie zu waschen, und ihr dabei behutsam das Taschentuch aus den dünnen Fingern wand.

»Das ist kein gutes Zeichen, oder?«, hatte sie mit einem Kopfnicken zu dem roten Flecken gefragt.

»Ach, ich weiß nicht, Liebes. Vielleicht ist es das doch, du weißt schon: Das Schlechte muss raus, damit man richtig gesund wird.« Emilys Mutter hatte keine Ahnung, woher diese Worte kamen; sie wollte lediglich ihre Tochter beruhigen. Eventuell entsprangen sie einer uralten Erinnerung, dem Geist eines verstorbenen Angehörigen, oder sie hatte sich das in ihrer Stunde der Not schlicht ausgedacht, während sie darum rang, ihrer Familie die Angst zu nehmen. Und sie alle zusammenzuhalten.

»Ich bitte Dad, den Arzt zu rufen, und sage in der Fabrik, dass ich zu Hause gebraucht werde. Der nächste Freitag könnte mein letzter Tag sein. Das hier muss besser werden, Mam. Gehst du bitte ins Sanatorium?«

Mutter und Tochter lächelten einander matt zu. Dann bückte Emily sich und küsste ihre Mutter auf die Wange. »Ich muss weitermachen, Mam. Hörst du die Kleinen?«

Wieder wechselten sie einen Blick liebevoller Erschöpfung, da sie den Streit von unten hörten. »Ich bringe sie auf dem Weg zur Arbeit bei Rita vorbei – also falls ich ihnen nicht vorher die Köpfe einschlage. In einer halben Stunde muss ich los, sonst komme ich zu spät. Alf und ich schieben das Sofa in die Küche, und dann hilft Alf dir nach unten. Du hast übrigens recht: Unten ist es wärmer, aber du darfst nicht die Schiedsrichterin für die Jungs spielen.« Emily wusste, dass ihre Mutter genau deshalb nach unten wollte und es ihr Freude machen würde.

»Geh nur, Liebes, und danke«, sagte ihre Mutter. Sie drückte

Emilys Hand. Doch als Emily an der Tür war, rief ihre Mutter sie zurück. »Komm her, Emily!«

Zögerlich drehte Emily sich zum Bett um. »Nicht, Mam«, ging es ihr durch den Kopf. Ihre Mutter sollte ihr nicht sagen, was los war. Für sie beide war es viel besser, wenn sie weiterhin vorgaben, alles würde gut. Für Emily war es leichter so.

»Alfred ist nicht dein richtiger Vater, aber du weißt, dass er dich lieb hat, nicht? Du bist ihm nicht weniger wichtig als die Jungen. Nein, du bist immer etwas Besonderes für ihn gewesen.«

Emily atmete erleichtert auf. »Mein Gott, Mam, natürlich weiß ich das! Ich liebe ihn auch. Alfred ist mein Dad. Er ist der Beste. Einen Netteren hättest du gar nicht heiraten können. Ich sage ihm täglich, dass er mein Alfred der Große ist!«

Emily grinste ihrer Mutter zu, die in dem Bett wie eine Puppe wirkte, entsetzlich abgemagert. Sie sah Tränen in den Augen ihrer Mutter schimmern. Was sie eben gesagt hatten, war mehr als eine Würdigung des Mannes, der ihnen ein Heim, Sicherheit und Liebe gab. Ihre Mutter wollte sich vergewissern, dass für Alfred gesorgt war, sollte ihr etwas passieren.

»Mach dir keine Gedanken wegen Alfred, Mam. Er wird immer meine Nummer eins sein, und ich lasse ihn nie im Stich, versprochen.«

Gestern Abend hatte Emily wach gelegen und die geflüsterte Unterhaltung ihrer Eltern gehört. »Es ist schon zu weit fortgeschritten. Jetzt sind beide Lungenflügel befallen.« Ihre Mutter hatte geschluchzt und Alfred sich vergeblich bemüht, sie zu trösten. Seine Stimme hatte erstickt geklungen, doch ihrer Mutter war es wie immer gelungen, ihn zu beruhigen.

Emily wäre am liebsten zu ihnen ins Bett geschlüpft und hätte sie angefleht: »Bitte, sagt mir, was los ist, denn das hier kann nicht wahr sein. Ich verstehe nicht, was geschieht. Alles ändert sich, und ich habe solche Angst.« Sie war voller Furcht gewesen, weil sie nicht wusste, was auf sie zukam. Und weil sie ahnte, dass das Schlimmste noch vor ihr lag.

Jetzt, am Ende des Tages, erkannte Emily, dass sich der Zustand ihrer Mutter binnen weniger Stunden deutlich verschlechtert hatte. »Sie hat die meiste Zeit auf dem Sofa gelegen und weigert sich, wieder nach oben ins Bett zu gehen«, erzählte ihr Dad. »Sie meinte, dass sie dich sehen will, wenn du von der Arbeit kommst, und die Jungen, wenn sie aus der Schule zurück sind. Du kennst ja deine Mam. Sie hasst es, irgendwas zu verpassen.«

Emily roch etwas, das ihr das Wasser im Mund zusammenlaufen ließ. Als sie sich umdrehte, sah sie eine Steingutform, bedeckt mit einem Geschirrtuch, auf dem Küchentisch stehen. Prompt kamen ihr die Tränen, wie es gegenwärtig dauernd geschah. Es musste eine Spende von einer der Nachbarinnen sein; wahrscheinlich Mrs Simmonds, die oft vorbeikam und sich zu ihrer Mutter setzte, wenn ihr Dad seine Runden machte. Wenn kein Fleisch im Haus war, nahm sie alles an Gemüse mit, was sie in der Küche der Haycocks fand, um es Stunden später in einem essbareren Zustand zurückzubringen. Oder sie kochte doppelt so viel Labskaus, wie sie für sich brauchte, und stellte die Hälfte hin, damit Emily es für die Kinder aufwärmen konnte, wenn sie von Rita zurückkehrten. Rita war eine weitere Nachbarin, auf die sie angewiesen waren. Für Emily war Rita eine Vertraute und ihre beste Freundin. Sie war nur wenige Jahre älter als Emily, hatte aber schon ihre eigene Familie.

Emilys Mutter öffnete die Augen und lächelte Alfred an. Emily empfand für einen Moment Eifersucht. Ihre Mam und Alfred liebten sich so sehr, dass Emily sich häufig ausgeschlossen fühlte. Sie sank wieder neben dem Sofa auf die Knie. »Mam, geht es dir gut?«, bettelte sie um die Aufmerksamkeit ihrer Mutter, wollte sie von Alfred ablenken und hatte dabei zugleich ein schlechtes Gewissen.

»Ah, da bist du ja, Spatz«, flüsterte ihre Mutter ein bisschen überrascht. »Ich muss gespürt haben, dass du zu Hause bist. Und ich bin froh, dass ich aufgewacht bin. Könntest du die Essensmarken nehmen und für mich zum Laden gehen, bevor die Kleinen heimkommen?«

»Die Kleinen sind schon zurück, Liebling. Sie sind direkt zu Rita gegangen«, sagte Alfred lächelnd zu seiner Frau. Ritas kleine Söhne und ihre eigenen waren unzertrennlich. »Sie kommen bald her, Spatz. Rita hat sie von der Schule aus mit zu sich genommen.«

»Es ist, als hätten wir entweder vier kleine Jungen oder gar keine«, sagte Emily, die das Heft mit den Coupons aus der Schublade des Küchentisches nahm. »Irgendwann kriegen wir raus, welche unsere sind, nicht? Wenn wir sie endlich auseinanderhalten können.« Sogar ihre Mutter lachte, obwohl es sie zum Husten brachte.

Es gab Pläne, die Kinder aus der Arthur Street und der George Street zu evakuieren. Es wäre zu nahe an den Docks und zu gefährlich, hieß es in dem amtlichen Schreiben. Viele Kinder waren schon fort, zumeist nach Nordwales, aber die, deren Eltern sich nicht von ihnen trennen wollten oder glaubten, der Krieg wäre bald vorbei, blieben. »Unsere Jungs gehen nirgends hin«, hatte Alfred gesagt, als der Brief kam. »Wenn uns eine Bombe erwischt, sterben wir gemeinsam.«

Emily hatte gelacht. »Uns erwischt keine Bombe, Dad, aber es könnte sicherer und leichter für Mam sein, wenn die Kinder gehen. Eine der Frauen in der Fabrik hat gesagt, dass eine Menge der Evakuierten sehr gut zu essen bekommen. Die in Nordwales kriegen Eier und Fleisch, und das allein ist ein guter Grund, sie wegzuschicken.«

Die Woche zuvor waren viele Kinder aus der Arthur Street nach Rhyl evakuiert worden, und die Mütter weinten noch. Alfred hatte sie gesehen und gehört, weshalb er die Jungen auf keinen Fall wegschicken wollte, auch wenn Emily dachte, dass es der richtige Zeitpunkt sein könnte. Jetzt, da ihre Mutter sich nicht mehr gegen das Sanatorium sträubte, wurde es eventuell Zeit, dass Emilys jüngere Geschwister zu ihren Altersgenossen kamen. Bei dem Gedanken an ihr Zuhause ohne die Jungen und ihre Mam grauste ihr dennoch davor, schrecklich einsam zu sein.

»Der Krieg wird schon vorbei sein, ehe die Kinder in Wales ankommen«, hatte Alfred gesagt. »Es wäre eine verschwendete Reise. Und außerdem will ich nicht, dass Fremde auf unsere Kinder aufpassen. Deine Mam würde es um den Schlaf bringen. Sie wäre krank vor Sorge.«

Was Alfred sagte, war nicht ganz abwegig. Heute Abend waren die Kleinen bei Rita und amüsierten sich, und Rita dachte genauso wie Alfred. Ihr Mann Jack hatte vor Wochen von der Front geschrieben, sie solle die Kinder evakuieren lassen. Bisher hatte Rita zwar nichts gesagt, aber gestern Morgen erst hatte Emily die Frau, die für die Organisation der Evakuierungen zuständig war, aus Ritas Hinterhof kommen sehen.

Sie hatte keine Ahnung, wie sie und ihr Dad es ohne Rita schaffen sollten. Falls deren eigene Kinder evakuiert wurden, wie könnten sie dann noch ihre Hilfe annehmen? Rita kämpfte jeden Tag, sprang aber immer ein, und im Gegenzug tat Emily für sie, was sie konnte, einschließlich auf ihre Jungen aufpassen, wenn Rita zu ihren Wochenendschichten in die Munitionsfabrik ging. Wären Ritas Kinder fort, würde sie zweifellos mehr Schichten arbeiten, und warum sollte sie auch nicht? Es würde allerdings bedeuten, dass sie nicht mehr da wäre, wenn Emily und ihre Familie sie brauchten. Diese Sorge trieb Emily seit gestern um, doch jetzt musste sie zum Laden laufen und die Kinder abholen, ehe es dunkel wurde.

»Ich laufe schnell zum Laden, Mam. In einer halben Stunde bin ich wieder da.«

Ihre Mutter lächelte ein wenig. »Du bist ein gutes Kind, Emily, das beste. Ich bin so froh, dich zu haben.« Emily küsste sie auf die Stirn und verharrte einen Moment so, um den Geruch des Haares einzuatmen, das sie sich nicht zu waschen traute.

Bevor sie zum Laden eilte, sah sie kurz bei Rita herein. »Gib mir deine Coupons. Im Laden haben sie Butter!«

»Oh, du bist ein Schatz!«, sagte Rita und holte ihre Essensmarken aus einer Schublade. »Wie geht's deiner Mam? Ich hatte ihr mittags ein bisschen Graupensuppe gebracht, aber die wollte sie nicht essen.« Sorgenvoll sah sie Emily an, deren zwei kleine Brüder herbeigelaufen kamen und ihre Beine umschlangen, als sie die Küche betrat.

»Wir haben hier so viel Spaß, Emily! Willst du mitspielen? Rita hat gesagt, nachher müssen wir Radio hören, weil es Nachrichten über den Krieg gibt und sie wissen will, wo Onkel Jack ist. Kommst du dann auch?« Richard hüpfte vor ihr auf und ab und sah mit großen Augen zu ihr auf.

»Werde ich, wenn ich alles erledigt habe«, versprach Emily und lächelte Rita zu. »Und sobald der Abendbrottisch abgeräumt ist und wir zu Hause spielen können. Solange wir nicht zu laut sind. Mam ist auf dem Sofa, das wir heute Morgen in die Küche gerückt haben, und es würde ihr sicher gefallen.«

»Mammy ist auf dem Sofa! Mammy geht es wieder besser!«, rief Richard und hüpfte noch aufgeregter auf der Stelle. Dann rannte er zurück, um weiter mit den anderen Jungen zu spielen.

»Ich war heute da, als Dr. Gaskell gekommen ist«, sagte Rita. »Dein Dad hatte mich gebeten zu bleiben, als er zum Club musste, um seine Route für die Verdunkelung abzuholen. Er hat gesagt, dass es deiner Mam heute Morgen ziemlich schlecht ging. Der Arzt hat ihr eine Spritze gegen die Schmerzen gegeben und eine Medizin in einer braunen Flasche auf der Kommode dagelassen. Die soll sie nehmen, wenn es wieder zu schlimm wird. Er hat gesagt, dass deine Eltern morgen ins St. Angelus kommen sollen. Deshalb habe ich überlegt, ob du vielleicht willst, dass ich mit ihnen gehe, falls du nicht kannst.« Emily wollte widersprechen, aber Rita fuhr schon fort: »Maisie Tanner hat angeboten, die Jungs zur Schule zu bringen. Sie ist ganz vernarrt in euren kleinen Richard, also hätte ich Zeit, mit ins Krankenhaus zu gehen. Der Arzt hat gesagt, dass jemand bei deinen Eltern sein sollte und sich mit anhören, was er sagt, damit sie es später in ihrer Sorge nicht vergessen. Und ich habe ihm gesagt, dass es kein Problem ist, weil entweder du oder ich mitkommen. Was meinst du? Kannst du hin, oder soll ich? Ich glaube, der Arzt möchte, dass sich die Schwestern von St. Angelus um deine Mutter kümmern, und ich wüsste keine besseren. Meine Mam war im St. Angelus, und sie hat die Schwesternschülerinnen da geliebt. Die Engel von der Lovely Lane hat sie die genannt. Sie alle wohnen in diesem großen weißen Haus gegenüber vom Park. Weißt du, welches ich meine?«

Emily nickte. Sie hatte die Schwestern in ihren langen Röcken, den Capes und den gerüschten Kappen gesehen und als kleines Mädchen gedacht, dass sie noch nie so schöne Damen gesehen hätte. Zwar hatte sie es bisher niemandem anvertraut, aber alles, was sie sich jemals gewünscht hatte, war, einer von diesen »Engeln« zu werden. Eine Tracht zu tragen und für Kranke zu sorgen. Der Krieg, Alfreds Einberufung und schlimme Verwundung, die

Krankheit ihrer Mutter und die zwei kleinen Jungen im Haus hatten all das zunichtegemacht.

»Ich höre nächsten Freitag in der Fabrik auf, Rita, weil ich jetzt zu Hause sein muss. Wenn Mam ins Krankenhaus kommt, kann ich nicht den ganzen Tag in der Fabrik sein. Kannst du morgen mitgehen, und ich reiche meine Kündigung ein?«

»Ja, selbstverständlich. Falls der Doktor vorschlägt, dass sie im St. Angelus bleibt, denke ich, dass es am besten so ist. Deine Mam wird bald mehr Hilfe brauchen, als wir ihr geben können. Sie wird die Engel brauchen.«

Emily kamen die Tränen. »Rita, wird meine Mam sterben?«

Rita wischte sich die Hände an der Schürze ab und ging auf Emily zu. »Sterben? Natürlich nicht, Liebes.« Sie nahm Emily in die Arme und drückte sie. »Sie wird im St. Angelus bleiben, um wieder gesund zu werden, nur bis ein Platz im Sanatorium frei ist, wie Maisie Tanners Mam. Und jetzt lauf los. Wir beide haben keine Zeit zu weinen. Dafür ist zu viel zu tun. Übrigens habe ich das beste Nachthemd deiner Mam gewaschen und meines, damit sie es auch tragen kann. Pack die mit einigen gewaschenen Sachen für sie zum Mitnehmen ein, und ein Kopftuch, damit ihr Haar ordentlich aussieht. Ich wollte es ihr waschen – Alf und ich hatten den Herd zum Glühen gebracht, damit das Wasser heiß wird, aber sie wollte nicht. Sie hat sogar mit uns geschimpft, dass wir Koks vergeuden. Und ich sollte das Wasser für die Kinder aufsparen. So, hier sind meine Coupons. Ich passe auf die Kinder auf, und du läufst los und holst die verdammte Butter.«

Sie gab Emily ihr Heft mit den Essensmarken und umarmte sie wieder. »Jetzt geh. Ich habe die Suppe fertig, wenn du wiederkommst. Danach kannst du wieder nach drüben.«

Als Emily zum Laden kam, stand Maisie Tanner vor ihr in der

Schlange. Emily wusste, dass sie mit Rita zur Schule gegangen und jetzt mit Stan Tanner verheiratet war, der ebenfalls an der Front war. Sie hatten ein kleines Mädchen, das fünf oder sechs sein musste. Die Familie lebte bei Maisies Eltern, und Emily war gerührt, dass sie angeboten hatte, auf die Jungen aufzupassen.

»Ah, hallo, Emily. Wie geht es deiner Mam?«, begrüßte Maisie sie herzlich. »Ich habe Rita schon gesagt, dass ich euch gerne helfe, wie ich kann. Kein Problem. Meine Mam hat erst heute gesagt, dass sie sich erinnert, wie deine Mam einen Haufen Kinder mit Betty mit nach Crosby an den Strand genommen hat. Die halbe Straße hatten sie dabei. Erinnerst du dich an Betty, die Freundin von deiner Mam? Sie ist jetzt übrigens in Wales und sitzt da den Krieg aus.«

Das wusste Emily. Die Haycocks bekamen einmal die Woche Post von Betty, die ihnen schrieb, dass sie wahnsinnig waren, in Liverpool zu bleiben, und die Seeluft in Trearddur Bay genau das Richtige für ihre Mam wäre. Emily begann, sich zu fragen, ob sie recht hatte.

»Sie haben fünf Kinder in jedem Kinderwagen geschoben und in den und aus dem Zug geladen. Weiß der Himmel, wie sie das angestellt haben! Gott, es war wirklich witzig. Unsere Brenda war eines der Kinder, und sie erinnert sich noch daran. Seitdem war sie nie wieder am Strand. Aber sie sagt, dass sie den Tag nie vergessen wird. Ich habe deine Mutter geliebt, armes Ding.«

Emily konnte nicht antworten. Sie hörte nur, dass Maisie in der Vergangenheit sprach. *Geliebt?* Ihr kam es vor, als wäre Maisie, die nicht viel älter war als sie, weiser, als sie es je sein würde. Maisie gab Emily das Gefühl, nichts zu wissen. *Machten Ehe und Kinder das mit einem? Wurde man durch sie älter und weiser?*

»Rita will morgen mit Mam zu dem Arzt im St. Angelus«, sagte sie stattdessen. »Und ich werde in der Fabrik kündigen, denn ich muss zu Hause sein. Ich kann mich nicht darauf verlassen, dass andere helfen.«

»Na, das ist wirklich kein Problem, aber für deinen Dad wird es gut sein«, antwortete Maisie. »Du bist ein gutes Kind, Emily. Und sorge dich nicht. Das St. Angelus ist ein wunderbares Hospital. Einige Frauen in unserer Straße haben angefangen, ihre Kinder dort zu bekommen. Meine Mam sagt, die gehen nur hin, weil sie im Bett liegen und sich verwöhnen lassen wollen. Sieben Tage bleiben sie da, und die Schwestern waschen die Babys und alles. Man selbst muss keinen Finger krümmen. Das Engelhotel nennt meine Mam es. Sie hat es da geliebt, als es ihr wieder besser ging. Es wäre zu schön, wenn unsere kleine Pammy mal eine von den Engeln aus der Lovely Lane wird. Ich glaube aber, dies hier wird ein Junge. Es hört überhaupt nicht auf zu treten.« Lachend strich Maisie über ihren Babybauch. »Ich muss denen sagen, dass sie Stan nicht mehr in Heimaturlaub schicken sollen, denn noch eines will ich nicht, bevor dieser verdammte Krieg vorbei ist. Andererseits ist ein Jahr ohne viel zu lange für jeden Mann, und mein Stan soll ja nicht auf dumme Gedanken kommen, nicht?«

Emily wurde rot bis zu den Haarwurzeln, stellte aber zugleich fest, dass es in ihrer eigenen Straße viele Engel gab.

Ihre Nachbarn waren wunderbar. Sie wechselten sich ab, bei ihrer Mam zu sitzen, für sie zu kochen, sie zu waschen und zu umsorgen. Die ganze Gegend war voller Engel, und Maisie Tanner war einer der besten.

Ohne Vorwarnung schrillte plötzlich der Fliegeralarm los.

»Lauf!«, schrie Maisie, als der entsetzliche Lärm einer Explosion ihre Ohren zum Klingeln brachte. Das Ladenfenster zerbarst, und Scherben flogen durch die Luft. Noch nie hatte Emily etwas so Furchtbares gehört oder gesehen, und für einen winzigen Moment ließen alle in der Schlange ihre Taschen fallen, hielten die

Hände vor ihr Gesicht und standen wie versteinert da. Ein kurzer Moment Stille folgte, als die letzten Glassplitter zu Boden hagelten. Als Erster rührte sich der Ladenbesitzer und brüllte allen zu, sie sollten gehen.

»Wir sind hier zu nahe an den verdammten Docks«, japste Maisie atemlos, als sie zurück zur Straße rannten.

»Hier, in den Bunker, Emily. Maisie, komm schon «, rief ein Nachbar, der mit Emilys Dad in der Heimwehr arbeitete und nachts sämtliche Häuser überprüfte, ob sie richtig verdunkelt wurden. Den beiden entging kein noch so kleiner Lichtstreifen. Jetzt stand er am Eingang des Luftschutzbunkers und scherzte mit den Kindern, die hineinliefen.

»Ich kann nicht. Ich muss zurück zu den Kindern und meiner Mam«, antwortete Emily.

»Warte!« Maisie packte ihre Hand. »Rita wird die Kinder in den Bunker am anderen Ende der Arthur Street bringen, und dein Dad wird deine Mam irgendwie nach unten schaffen. Er trägt sie, wenn es sein muss. Meine Mam ist sicher schon mit Pammy auf dem Weg in den Bunker, also sind wir hier am sichersten. Komm jetzt. Diesmal klingt es richtig nahe. Diese Mistkerle.«

Emily blickte zum Bunker und zur Straße zurück nach Hause. Die Bomben fielen früh. Wenn sie sich beeilte, könnte sie in unter drei Minuten zu Hause sein.

»Die sind gleich alle in Sicherheit. Tun wir lieber, was Tom sagt.« Die Sirenen heulten weiter, und Emily konnte Maisie bei dem Krach kaum verstehen, doch als die ältere Frau plötzlich wieder ihren Arm packte, wurde ihr klar, dass sie jetzt nicht mit ihr streiten durfte. Maisies Griff war zu fest, und sie verzog das Gesicht vor Schmerz.

»Ist es das Baby?«, fragte Emily erschrocken.

Maisie nickte, und Emily beobachtete, wie der gequälte Gesichtsausdruck ebenso schnell verschwand, wie er gekommen war. »Aber das kann nicht sein. Ich bin erst im siebten Monat, und das weiß ich so genau, weil da Stan im Heimaturlaub war. Es wird schon wieder aufhören.«

Emily hatte die Heimwehr-Übungen für Fliegeralarm ein halbes Dutzend Male mitgemacht. Sie wusste, dass Rita und die Jungen jeden Moment die George Street hinunter zum Bunker laufen würden. Rita hatte es mit den Kindern trainiert, und wahrscheinlich waren sie bereits auf dem Weg, die beiden kleineren im Kinderwagen und Richard und Henry hinten auf der Achse, die Hände fest an den Griff geklammert, während Rita schob. Sie würden sich in die entgegengesetzte Richtung bewegen und Rita die Kinder anspornen, in dem sie vorgab, dass sie Zug spielten. »Tschu-tschu«, würden die Kinder flüstern, und »Alle einsteigen in den Bunkerzug«, würde Rita antworten.

Ehe sie in den Bunker liefen, drehten Maisie und Emily sich zum Knall einer weiteren Explosion um und blickten hinunter zum Flussufer. Der Himmel war grellrot von auflodernden Flammen.

»Oh mein Gott!« Emily hielt sich eine Hand vor den Mund. »Eines der Schiffe muss getroffen sein. Der Himmel brennt.«

Maisie folgte ihrem Blick zum Mersey und war sprachlos.

»Na los, kommt ihr jetzt rein, oder nicht?« Tom klang nervös und wurde ungeduldig.

Und dann setzte die Stille ein. Eine schwere, drückende Stille, in der niemand sprach. Emilys Nackenhaare richteten sich auf vor Angst, und ihre Haut spannte sich an, als sie sich umschaute und bemerkte, dass alle totenstill dastanden und warteten. Dann kam es, das ohrenbetäubende Pfeifen und eine so laute Explosion, dass sie zunächst gar nichts mehr hörte. Die George Street war getroffen.

Es war ein kalter, diesiger Morgen, und immer noch schwelten Feuer, als Emily die Straße entlangging, die sie nicht mehr wiedererkannte. Benommen weigerte sie sich, in Panik zu geraten, versuchte, ruhig zu atmen – ein und aus, ein und aus. Die Frau, die Maisie bei der Geburt ihrer Tochter geholfen hatte – nicht des Sohnes, von dem Maisie überzeugt war, dass sie ihn bekommen würde –, war zur Arthur Street vorausgelaufen, den Namen von Maisies Mutter rufend, wie Maisie es selbst den Großteil der Nacht getan hatte. Sie hatte sich angestrengt, nicht vor Schmerz zu schreien, als sie die Bomben fallen hörten. Die Furcht hatte Emily das Herz zusammengedrückt, als sie in dem Bunker hockte und Maisies Hand hielt. »Da draußen ist es schlimm«, hatte eine der Frauen gesagt.

Tom, in dessen Bunker sie waren, hatte geantwortet: »Ist es. Es ist schlimm.«

Obwohl es jetzt hell war, schimmerte der Himmel dunkelorange durch den Staub und Rauch. Der Lärm einer einzelnen rennenden, laut rufenden Frau war surreal und verwirrend.

»Wo sind die Häuser und der Laden? Wo ist der Laden hin?«, fragte Emily niemanden direkt. Löschfahrzeuge versperrten ihr den Weg, und Männer, die an der Gashauptleitung arbeiteten, riefen ihr zu, sie solle stehen bleiben.

»Wo wollen Sie denn hin?«, rief ein junger Mann, als sie sich an der schon aufgestellten Absperrung vorbeidrängte. »Ey, halt! Sind Sie verrückt geworden? Da dürfen Sie nicht hin.«

»Aber ich muss. Ich wohne da. Ich muss nach Hause«, antwortete Emily. »Rita hat die Kinder.«

»Geht nicht, Schätzchen. In der Straße hat es einen direkten Einschlag gegeben. Es ist zu gefährlich.« Der Mann umfing ihren Arm und sah sie voller Mitgefühl an. »Auf welcher Straßenseite haben Sie gewohnt?«

Emily drehte sich zu ihm um. »Wir wohnen auf unserer Seite«, antwortete sie verwirrt. »Auf dieser.« Sie blickte zu der Stelle, an der die Häuser gestanden hatten und nun nichts mehr außer Trümmern war, und da sah sie ihre Mutter. Ungläubig schüttelte sie den Kopf. Ihr Verstand erkannte nicht, was sie so klar wahrnahm wie die Flammen, die noch aus dem Schutt ihres Zuhauses aufzüngelten. Sie rieb sich die Augen. Staub und Rauch verzerrten ihre Sicht. Dies hier war ein Albtraum. Sie würde aufwachen. Es konnte nicht wahr sein. Es durfte nicht real sein, und doch war es das. Es war real. Und das war ihre Mutter.

»Oh Gott, nein. Nein!«, schrie Emily, und ein Mann, den sie noch nie gesehen hatte und dessen Gesicht rußgeschwärzt war, kaum aus dem Qualm auf sie zugelaufen.

»Geht es Ihnen gut?«, rief er. »Sie müssen hier weg. Erst müssen wir die Gasleitungen sichern, ehe jemand in die Straße darf. Wohnt sie hier?«, fragte er den Feuerwehrmann, der Emily am Arm festhielt.

Emily hörte nicht zu. Sie blickte zu dem Gesicht ihrer Mutter, die auf dem Dach des Hauses gegenüber von ihrem früheren lag. Ihr Arm baumelte herunter, und sie starrte auf die Straße, die Augen weit offen und endlich frei von Schmerz.

»Alles in Ordnung, Mädchen? Ehrlich, ich muss Sie von dem Gas wegbringen.« Der Mann war nun vor ihr, doch sie konnte ihn nicht ansehen.

»Mam«, flüsterte sie.

Er folgte ihrem Blick. »Oh nein, verflucht!«, murmelte er, legte den Arm um ihre Schultern und wollte sie wegführen.

»Wir müssen meine Mam holen. Ich komme, Mam!«, rief sie, so laut sie konnte. »Richard! Henry! Richard!«, schrie sie in den Trümmerhaufen. »Rita!«

Sie wollte loslaufen, aber jetzt hielten mehr Hände sie fest.

»Bring sie ans Ende der Straße. Da ist ihr Dad. Er lebt noch«, hörte sie eine Stimme. »Sie lassen ihn auch nicht her.«

»Aber Rita hat die Kinder. Sie muss heute mit Mam zum Krankenhaus. Ich komme, Mam. Wir holen dich jetzt runter.«

»Komm mit, Liebes«, sagte ein Mann, den sie von der Heimwehr kannte. Er legte einen Arm um sie und hielt sie so, dass sie sich nicht bewegen konnte. »Keiner kann etwas tun. Ihr müsst nicht mehr ins Krankenhaus. Kein Arzt kann helfen. Sie sind alle tot, Liebes. Jeder in dieser Häuserreihe. Die ganze Nacht haben wir die Trümmer abgesucht. Es ist niemand mehr am Leben außer deinem Dad. Er war unterwegs, um dich zu holen, als die Bombe kam. Bringen wir dich zu deinem Dad.«

Sie hörte die Unterhaltungen der anderen Feuerwehrmänner in der Nähe, die sie nicht sehen konnten. Sie kamen von irgendwo inmitten des Staubs und der Flammen.

»Die war übel. Ein großes Mistding. Ich schätze, hier drinnen sind eine Frau und vielleicht vier oder fünf Kinder, vielleicht mehr. Alle tot.« Für einen Augenblick lichtete sich der Rauch, und Emily sah den Mann stehen, wo einst Ritas Küche gewesen war.

»Ich habe ihre Essensmarken«, flüsterte Emily unter Tränen. Sie wusste, zwei der Kinder, die der Mann meinte, waren ihre kleinen Brüder. »Ich habe ihre Essensmarken«, schluchzte sie wieder.

Kapitel eins

St. Angelus Hospital, Liverpool, Dezember 1951

Das St. Angelus war ursprünglich ein Armenhaus mit Blick auf den Mersey und den Atlantik dahinter. Die dunkle Sandsteinfassade hatte sich längst dem Schmutz, Rauch und schwarzem Ruß ergeben, der wie Glasur über die Mauern rann. Die vielen hohen Schornsteine spien erstickenden Qualm aus den Öfen im Keller aus, die für die Beheizung der Florence-Nightingale-Stationen sorgten.

Mitten durch das Erdgeschoss im Krankenhaus verlief ein langer, blank polierter Korridor vom Haupteingang bis zur Hintertür. Die Operationssäle, die Schwesternschule, die Lehrräume für die angehenden Ärzte, die Leichenhalle und die Küchen waren in eigenen Gebäuden untergebracht, die im Laufe der letzten zweihundert Jahre hinzugekommen waren. Von ihnen waren manche gemauert, andere, wie die Prothetikklinik, hatte man in den Nachkriegsjahren eilig aus vorgefertigten Teilen zusammengebaut und mit Blechdächern versehen.

Mit Ausnahme der Bereiche, in denen Patienten schliefen, wurde alles von einem Heer von Reinigungskräften nachts geputzt. Dic Frauen rutschten auf entzündeten Knien voran, Metalleimer neben sich, und schrubbten die Böden mit harten Bürsten. Sie arbeiteten von Sonnenuntergang bis Sonnenaufgang und bekamen fünf Schilling die Schicht. St. Angelus blitzte und roch streng nach Lysol, dessen einprägsamer Duft auf viele beängstigend wirkte.

Martha O'Brien war für das Ärztezimmer im St. Angelus zuständig und deshalb für jeden von Bedeutung unsichtbar.

Was allein ihre Schuld war, wie sie sehr wohl wusste.

Zumindest würden das alle sagen. Sie hatte gegen die Regeln verstoßen, also was erwartete sie? Eine Frau ohne jedweden Einfluss. Sie machte Feuer, räumte die Zeitungen weg, klopfte die Kissen auf und bereitete das Mittagessen für die Ärzte um Punkt ein Uhr. Das war ihr Job. Er sah vor, dass sie Tee servierte, kein Mitgefühl, würde man ihr sagen. Doch sie hatte es getan, weil er ihr leidtat, ohne zu ahnen, was sie damit auslöste. Hätte sie es gewusst, wäre sie so weit weggelaufen, wie ihre Beine sie trugen, oder, noch besser, hätte schlicht den Mund gehalten. Tagein, tagaus hatte sie ihn beobachtet, wie er sorgenvoll auf dem Stuhl saß, und sich gefragt, was ihn plagte. Erst als Dr. Mabbutt auf einen Tee vorbeischaute, wurde das Geheimnis in dem Gespräch der beiden Männer gelüftet.

»Ihr sollt also künftig zwei Ärzte auf der Gyn sein? Tja, das ist ein Ding. Damit ist Ihre Abteilung die einzige im Haus mit zwei Ärzten.«

Der Orthopäde Dr. Mabbutt sprach Dr. Scriven an, den Geburtshelfer und Gynäkologen. Dr. Scriven verlagerte seine Position in dem Sessel und blätterte seine Zeitung so energisch um, dass das Blatt beinahe zerriss. Martha kannte all ihre Namen und ihre Fachgebiete, und da sie eine kluge junge Frau war und die Ärzte viel redeten, wenn sie sich hier begegneten, wusste sie mehr über ihr Privatleben, als sie sich vorstellten. Abgesehen von Dr.

Gaskell, der schon so lange im St. Angelus war, dass sich niemand an eine Zeit ohne ihn erinnerte, waren Dr. Mabbutt und Dr. Scriven am längsten hier. Die Schwestern und anderen Ärzte behandelten sie mit einer Ehrfurcht, dass sie nahezu einen gottgleichen Status genossen.

Donnerstagnachmittags spielten sie zusammen Golf, wenn sie mit ihren Visiten im Privatflügel fertig waren, der Station fünf. Einmal im Monat gaben sie abwechselnd ein Dinner für andere auserwählte Ärzte, Praktikanten und deren ehrgeizige Ehefrauen. Angesichts seiner vielen Dienstjahre und seiner Stellung im Krankenhausvorstand war Dr. Scriven als der leitende Arzt nur noch Dr. Gaskell unterstellt, der dem Vorstand vorsaß. Dr. Gaskell war überdies im hiesigen TB-Komitee und allenthalben respektiert und verehrt. Sein Wort war im St. Angelus Gesetz. Zweifellos hatte Dr. Scriven Einfluss, jedoch nicht so viel, dass ihn der Vorstand zurate ziehen würde, bevor man entschied, ihm die Alleinherrschaft über die Station zwei zu nehmen – seine Machtbasis und Quelle unerschöpflicher Bewunderung.

Keiner der beiden Männer zuckte auch nur mit der Wimper, als Martha den Teewagen hinüberrollte, oder schien sie wahrzunehmen, während sie warteten, dass ihnen die Teetassen in die ausgestreckten Hände gereicht wurden. Im St. Angelus gab es neun Ärzte, und Martha musste jeweils nur einmal gesagt werden, wer wie viel Zucker, Milch oder Zitrone in seinem Tee wünschte. Sie nahm ihre Arbeit sehr ernst, kleidete sich sorgfältig und gab acht, dass ihre Schürze und ihre Rüschenhaube stets makellos sauber waren. Ihr langes dunkles Haar war zu einem ordentlichen Knoten gesteckt und jede einzelne Strähne sorgsam unter der Haube festgezurrt.

»Man sollte meinen, du würdest operieren, so wie du dich um die Sachen bemühst«, rief ihre Mutter Elsie oft, wenn sie morgens das Haus verließ, um den Bus um zehn nach sechs zu erwischen. Und es stimmte: Martha war so stolz auf das Ärztezimmer wie ihre Mutter zu Hause auf ihr Wohnzimmer.

Dr. Mabbutt sank in den bequemen braunen Ledersessel vorm Kamin, gegenüber von Dr. Scriven, der zu Marthas Verdruss noch seinen OP-Kittel trug anstelle des Anzugs, den er in den Sprechstunden und auf den Visiten anhatte. Im obersten Stock des St. Angelus gab es zwei Operationssäle, und die beiden Männer hatten parallel dort operiert, ehe sie für den Nachmittag Schluss machten. Die postoperativen Überprüfungen auf den Stationen überließen sie den Assistenzärzten und Famulanten.

Dr. Scrivens Kittel war schaurig blutbespritzt. Keiner der anderen Ärzte kam jemals in solch einem Aufzug zum Tee, und Martha hoffte inständig, dass einer von ihnen diese Gewohnheit irgendwann genauso abstoßend fände wie sie und erwähnte, dass der Arzt vielleicht etwas mehr Respekt vor dem Raum zeigen könnte, den zu putzen und angenehm herzurichten Martha ihr Leben widmete. Sie selbst würde natürlich nie etwas sagen, denn das kam ihr nicht zu.

Hätte sie doch bloß nie vergessen, wer sie war. Wie anders könnte dann alles sein. Manchmal fragte sie sich, ob Dr. Scriven angeben wollte, wenn er in seinem OP-Kittel durch die Tür kam, wenn doch alle anderen Ärzte achtgaben, sich ihre vorher auszuziehen. Sie war nur ein Hausmädchen, doch Martha schien es, als würde Dr. Scriven gern Eindruck machen oder vielmehr müssen, sogar bei einem solch unbedeutenden Publikum wie ihr.

Sie war bei den Nonnen von St. Chad's zur Schule gegangen, hatte fleißig gelernt und war ein kluges Mädchen. Nach dem Krieg waren sie nur noch zu zweit zu Hause, daher musste sie sich eine regelmäßige Arbeit suchen, und der Lohn war entscheidend gewesen, als sich diese freie Stelle auftat. Ihr Vater und ihr Bruder waren beide im Krieg gefallen, weshalb Martha es für ihre Pflicht hielt, so bald wie möglich für ihre Mutter und ihr Zuhause aufzukommen. Folglich hatte sie ihren Plan, die neue Sekretärinnenschule in der Stadt zu besuchen und bei einer der Reedereien zu arbeiten, an den Nagel gehängt.

Es gab Momente, in denen sie ihr Schrubben unterbrach und mit dem Lappen in der Hand kniend innehielt, sodass die Mischung aus rosa Flüssigseife und dunkelgrünem Lysol auf den Boden tropfte. Seufzend malte sie sich aus, wie sie morgens mit einer Handtasche am Arm zur Arbeit ging, hübsch angezogen, in Schuhen mit kleinen Pfennigabsätzen und einem weit schwingenden Mantel, auf dem Weg zu einem schicken Büro unten am Hafen. Sie empfand keine Reue. Ihre Mutter und sie waren zufrieden, und Jake Berry, ihre Sandkastenliebe, arbeitete ebenfalls im St. Angelus; er war hier Pförtnergehilfe. Nicht, dass sie offiziell ein Paar wären. Nein, Martha würde nicht erlauben, dass Jake das glaubte. Außerdem waren sie seit der Schulzeit erst zweimal ausgegangen, und beide Male war es lediglich ein Sonntagsessen, gefolgt von einem Spaziergang am See im Sefton Park gewesen. Beim letzten Mal hatte Jake Marthas Hand genommen und sie in seine Ellbogenbeuge gehakt.

»Bald wirst du meine Frau, nicht?«, hatte er gefragt. »Du bist jetzt siebzehn. Wir können dann jeden Tag so gehen.«

Martha war rot geworden, aber eine Antwort blieb ihr erspart, weil ein Orchester in der Nähe eine Melodie anstimmte. Anstatt etwas zu sagen, hatte sie Jake schüchtern angelächelt und seinen Arm ein klein wenig gedrückt. Es genügte, dass Jake vor Stolz platzen wollte, weil er neben sich das Mädchen hatte, das er schon anbetete, seit sie als Kinder in Lumpen und löchrigen Schuhen auf der Straße gespielt hatten.

Martha schenkte den Ärzten ihren Tee ein und lauschte aufmerksam. Sie kannte Dr. Mabbutts Tonfall gut und hörte heraus, dass er noch nicht mit Dr. Scriven fertig war.

Letzterer setzte ein steifes Lächeln auf. »Ja, die Oberschwester hat es mir letzte Woche nach der Vorstandssitzung erzählt.« Martha erkannte, dass er sich bemühte, gelassen zu klingen. »Ich komme kaum hinterher mit den vielen Patientinnen, die mir geschickt werden. Und die Notfälle werden in Scharen eingeliefert. Die Liverpooler Frauen gebären mehr Kinder, als das St. Angelus entbinden kann, mitsamt den Folgeproblemen, die sich ergeben können.«

Darüber hatte Martha selbst im *Echo* gelesen und wusste mithin, dass es nicht gelogen war. In Liverpool gab es einen Babyboom. Doch nachdem sie Dr. Scriven ein Jahr lang beobachtet hatte, bemerkte sie auch, dass er diese Unterhaltung nicht genoss.

Sie gab ihm die Tasse auf der Untertasse in die flache Hand. Er beachtete sie nicht oder dankte ihr, sondern nahm den Löffel auf und begann zu rühren.

Dr. Mabbutt schien eine Schwäche entdeckt zu haben und sie genüsslich auszukosten. Er würde den sich windenden Dr. Scriven nicht vom Haken lassen.

»Hm, mag sein. Trotzdem weiß ich nicht, ob es mir gefallen würde. Meine Station ist *meine*. Die Stationsschwester und ihre Leute wissen, wie ich was wünsche. Nein, für mich käme es nicht infrage, fürchte ich. Außerdem haben wir jetzt alle diese neuen übereifrigen Ärzte. Die Burschen, die ihr Studium unterbrochen hatten, um im Krieg zu kämpfen. Natürlich sind sie beim Vorstand sehr beliebt und werden die Karriereleiter hinauffallen. Dr. Gaskells Sohn ist einer von ihnen, und er kann beachtliche Verdienste im Krieg vorweisen, wie ich höre. Gott, nein, ich würde keinen von denen bei mir haben wollen, wo er nur darauf wartet, mich als Sprungbrett zu benutzen und mir meine Station wegzuschnappen.«

Dr. Mabbutt schüttelte sich übertrieben und grinste. Doch sosehr Dr. Scriven sich bemühte, konnte er es nicht erwidern. Vier Wochen hintereinander hatte Dr. Mabbutt ihn beim Golf geschlagen; und nun nutzte er seine Information als weiteren Schachzug in ihrem Kampf um Überlegenheit und die unausgesprochene Anerkennung als zweiter Mann nach Dr. Gaskell. Dr. Scriven atmete langsam tief ein. Ihm war vollkommen klar, dass sein Kollege noch nicht fertig war.

»Wir sind übrigens auch sehr ausgelastet. Sie haben mir einen zusätzlichen Assistenzarzt und einen Praktikanten zugeteilt. Anscheinend kaufen sich jetzt sogar die Arbeiter Motorfahrzeuge. Ich habe eben einen jungen Kerl mit beidseitigen Oberschenkelhalsfrakturen operiert, die er sich bei einem Motorrollerunfall zugezogen hat. So etwas werden wir künftig gewiss noch sehr viel mehr sehen. Ich frage mich, warum sie nicht einfach eine zweite Gyn-Station einrichten. Warum drängen sie Ihnen einen zweiten Arzt auf? Egal, wie viel Sie zu tun haben, erweckt es nach außen den Eindruck, als würde man Ihrer Meinung oder der Qualität Ihrer Arbeit nicht trauen.«

Rums. Das hatte gesessen. Und Dr. Scriven zuckte leicht.

Er trank von seinem Tee, um Zeit zu schinden, weil er nicht gleich eine Erwiderung parat hatte. Dieselbe Frage hatte er sich gestellt. Und er seufzte fast vor Erleichterung, als die Rufglocke läutete. Dr. Mabbutt blickte zu dem Brett an der Wand und sah sein Licht blinken, als bereits das Telefon schrillte. Hastig sprang er aus seinem Sessel auf, wobei er sich Tee aufs Knie schüttete.

»Ja, bin schon unterwegs«, sagte er schroff in den Hörer, bevor er ihn aufknallte. »Tja, das war eine kurze Pause. Mein Letzter hat eine Krise im Aufwachraum, und der Anästhesist bekommt seinen Blutdruck nicht rauf. Weder der Praktikant noch die OP-Schwester sind zufrieden. Der arme Kerl ist erst sechzehn. Ich habe schon befürchtet, dass er den Schock nicht überlebt. Dabei habe ich die Frakturen gar nicht angerührt. Damit wollte ich warten, bis er stabil ist. Ich habe bloß zugenäht, was ich konnte. Allein mit dem Wundfaden könnte ich schon die halbe Hafenstraße auslegen.«

Er nahm seine Tasse auf und trank den Rest von seinem Tee. Als er zur Tür ging, konnte er nicht widerstehen, noch eine letzte Spitze zu platzieren. »Wissen Sie eigentlich schon, ob Sie sich mit dem Neuen ein Team teilen oder er seine eigenen Leute bekommt?«

Nicht einmal inmitten eines Notfalls wollte er seinen Vorteil verschenken. Er stand an der offenen Tür und wartete auf eine Antwort.

»Sein eigenes, versteht sich. Ich habe der Oberschwester gesagt, dass ich aus meinem Team niemanden entbehren kann. Wir sind so schon überlastet.«

»Ah, das ist noch schlimmer, wenn Sie mich fragen. Konkurrierende Teams auf einer Station ... wer braucht die?«

Seine Worte hingen in der Luft, als die Tür zufiel.

Martha mochte im Krankenhaus arbeiten, seit sie vierzehn war, aber sie war alles andere als dumm. Dr. Scriven hatte versucht, vor Dr. Mabbutt das Gesicht zu wahren, doch Martha sah, dass er innerlich schäumte und unglücklich war. Ihr entging auch nicht, dass sein vor einem Jahr bloß an den Schläfen grau meliertes Haar inzwischen vollständig grau war. Neuerdings trug er eine Brille, und, so seltsam es war, sie fand ihn mit dem dunklen Brillengestell und dem grauen Haar noch attraktiver als zuvor.

»Schweinehund«, hörte sie ihn leise murmeln.

Ungefragt schenkte sie ihm Tee nach und legte zwei Pfeilwurzkekse auf einen Teller. »Es geht nichts über eine Tasse Tee und einen Pfeilwurzkeks, um einen aufzumuntern«, hatte ihre Mutter immer gesagt, wenn ein Fliegeralarm vorbei war und sie nach einer Nacht im Bunker zurück ins Haus kamen. Bei ihrer Mutter schien es zu wirken.

Dr. Scriven war tief in Gedanken versunken. Nun beugte er sich vor, stützte die Ellbogen auf die Knie, faltete die Hände und tippte sich mit dem ausgestreckten Zeigefinger an die geschürzten Lippen.

»Einen Penny für Ihre Gedanken«, sagte Martha, während er automatisch nach oben griff, um ihr den Tee abzunehmen.

Und da war er, der Moment, in dem sie eine Grenze überschritt, die Regeln brach und eine Abfolge von Ereignissen in Gang brachte, die ihre Welt und alles zerstören sollten, was sie als gut und wahr kannte. Jene Worte, jene impulsive Äußerung von Fürsorge und Mitgefühl würde verantwortlich sein für Schmerz und Verrat, Geheimnisse und Lügen und, was das Schlimmste war, einen Tod.

Kapitel zwei

Ein Dorf außerhalb von Belmullet, County Mayo, Irland, früher im Sommer 1951

»Dana, wach schon auf, Schlafmütze, und komm nach unten! Dein Brief ist angekommen, und dein Daddy verspätet sich, wenn er nicht bald aufbricht.«

Dana blinzelte wütend. Ihre Mutter hatte ihre Vorhänge zurückgezogen, sodass grelles Sonnenlicht durch ihr Fenster strömte. Gestern war es den ganzen Tag diesig und regnerisch gewesen, wie so oft an der windigen Westatlantikküste.

»Wie spät ist es?«, fragte sie, als sie die Füße aus dem Bett auf den kleinen Läufer schwang, um das kalte Linoleum zu meiden. In ihrem Bauch vermengte sich Furcht mit Vorfreude.

Er war angekommen, der Brief, der ihr sagen würde, ob sie als Schwesternschülerin im St. Angelus in Liverpool angenommen war oder nicht. Falls ja, wäre ihr Traum wahr geworden. Falls nicht, müsste sie das Angebot von dem Krankenhaus in Dublin annehmen, was sie wirklich nicht wollte. Ihr Vater hatte klipp und klar gesagt, sollte sie eine Ausbildung in Dublin machen, müsste sie an ihren freien Tagen und in den Ferien nach Hause kommen und ihrer Mutter auf dem Hof helfen. Dana liebte ihre Eltern, aber ein Einzelkind zu sein hatte seine Nachteile.

»Es ist halb acht, und kannst du jetzt bitte den Brief aufmachen! Der hat zwei Wochen gebraucht, bis er hier war. Es ist eine Schande!« Danas Mutter schwenkte den braunen Umschlag durch die Luft, als wollte sie sich Luft zufächeln. »Der Krieg ist lange vorbei, und die geben immer noch den Deutschen die Schuld, dass die Post langsamer ankommt, als sie unser Esel mit gefesselten Beinen bringen könnte. Jetzt beeil dich schon! Ich will zur Frühmesse, und Daddy muss mit dem Wagen in den Ort.« Mit diesen Worten lief ihre Mutter aus dem Zimmer und die Treppe hinab, wobei sie rief: »Noel, du rührst dich nicht vom Fleck! Warte, bis Dana unten ist und ihren Brief aufgemacht hat. Jetzt stellt euch mal beide an den Tisch.«

Dana zog sich ihren Morgenmantel über und blickte aus ihrem Fenster zu den unendlichen Meilen des vom Dunst umwaberten Moors. »Du wirst mir sicher nicht fehlen«, sagte sie zu dem nassen, weich abfallenden Grün. »Ich will mein eigenes Leben, ja, will ich. Und ich will Patrick O'Dowd nicht heiraten!«

Wie aufs Stichwort hörte sie den Gatterriegel klacken, und als sie das Gesicht ans Fenster presste, konnte sie Patrick über den Hof kommen sehen. Hatte er ihren Blick erahnt? Jedenfalls sah er zu ihrem Fenster auf und winkte ihr zu. Dana erwiderte matt.

Patrick verschwand unter ihrem Fenster, um durch die Hintertür ins Haus zu gehen. »Die blöde Mrs Brock«, verfluchte Dana die Postbotin, als sie ihren Morgenmantel abstreifte und ihre Hose anzog. Sie muss ihm erzählt haben, dass mein Brief gekommen ist, dachte sie. Und er musste begriffen haben, was es war. Warum sonst sollte er hier sein?

Jetzt war sie wütend, was sie sich auf keinen Fall anmerken lassen wollte. Sie zog sich einen Pullover über und ging nach unten in die Küche, wo das Familienkomitee auf sie warten würde. Ihre

Großmutter dürfte bereits vor ihr gewusst haben, dass der Brief da war. Mrs Brocks Antennen reichten bis nach Sligo.

Die nächsten zwanzig Minuten musste Dana sehr vorsichtig sein. Ihr Glück war, dass ihre Mutter niemals die Messe versäumen würde, und ihr Vater musste in die Stadt, um den frisch eingetroffenen Dünger zu besorgen, ehe er ausverkauft war. Beim Abendessen gestern hatte er von nichts anderem geredet. Ihr Plan war, ihrem Vater stets einen Schritt voraus zu sein, seine Argumente zu erahnen und eine Antwort bereit zu haben, gegen die er nichts einwenden konnte. Alles war ganz einfach. Er war ein schlichter Mann, der sein Leben an seiner Religion und einigen sehr strengen moralischen Regeln ausrichtete, geerbt von Danas Großmutter, die nun in ihrem Sessel am Feuer saß. Was Patrick anging, war er der Sohn auf der benachbarten Farm, die wiederum vom besten Freund ihres Vaters bewirtschaftet wurde. Er war Dana so vertraut wie ein Bruder, und bei der vielen Zeit, die er hier verbrachte, hätte er es ebenso gut sein können.

Als Dana die Küchentür öffnete, war die ganze Familie um den Tisch versammelt und wartete. Ihre Mutter lächelte, ihr Vater runzelte die Stirn, ihre Großmutter blickte verdrossen drein, und Patrick hatte sichtlich Angst, dass seine Welt aus den Fugen geraten könnte.

»Ich muss zur Toilette«, sagte sie lächelnd und betrat die Küche. »Himmelherrgott, ihr seht ja alle aus wie bei einem Exekutionskommando. Wartet eine Minute.«

Grinsend lief sie nach draußen. Fünf Minuten waren geschafft; blieben noch fünfzehn, wenn sie wieder drinnen war.

»Ich weiß nicht, ob es eine gute Idee war, dass sie sich in Liverpool bewerben durfte«, sagte Patrick zu Danas Vater und knetete seine Mütze in den Händen.

»Mach dir deswegen keine Gedanken, Patrick«, entgegnete

Noel. »Die nehmen sie nie an. Welches Mädchen, das in Belmullet zur Schule gegangen ist, hat es jemals ins St. Angelus in Liverpool geschafft? Das ist bloß ein Traum. Selten mal nehmen die ein Mädchen vom Notre-Dame-Kloster in Galway, weiß der Himmel, warum. Du kennst ja sicher den Spruch über die, ›Vom Notre Dame zum Kind im Arm‹, weil so viele von denen schwanger werden, sobald sie in Liverpool ankommen.«

Patrick grinste bei diesen Worten von Mann zu Mann. Er kannte Mr Brogan schon sein ganzes Leben und zollte ihm den gleichen Respekt wie seinem eigenen Vater.

»Hör mal, ich musste zustimmen«, fuhr Noel fort. »Als einziger Mann im Haus muss ich hier für klare Ordnung sorgen. Danas Mam hat manchmal den Teufel in sich, kann ich dir sagen, und wenn ich nicht sehr klug und streng bin, tanzen mir die beiden auf der Nase rum. Aber hin und wieder muss ich auch nachgeben, um des lieben Friedens willen. Beruhige dich, es wird alles gut. Sie geht in hunderttausend Jahren nicht ans St. Angelus.«

Er nahm seinen Teebecher vom Tisch auf und trank einen großen Schluck, um nicht mehr sagen zu müssen. Verdammte Mrs Brock. Sie musste Patrick von dem Brief erzählt haben, ehe er ihn von der Post abgeholt hatte. Und er war nicht annähernd so zuversichtlich, wie er tat. Seine Dana war schon immer ein kluges Mädchen gewesen.

»Wundert mich nicht«, hatte er zu seiner Frau gesagt, als Dana einen Mathe-Preis in der Schule gewann. »In meiner Schulzeit haben alle Brogans Preise gewonnen.«

Mrs Brogan wusste, dass es eine glatte Lüge war, das focht sie jedoch nie an. Sie hatte frühzeitig gelernt, dass sich der Frieden im Haus nur wahren ließ, wenn keiner dem Vater widersprach.

Noel blickte sich im Raum um und wünschte, jemand anders würde Patrick in ein Gespräch verwickeln. Sollte Dana wie durch ein Wunder im St. Angelus angenommen sein, wollte er sich nicht um Patrick kümmern müssen. Für ihn hatte heute Morgen Vorrang, den Dünger und das Futter zu holen. Seine Farm war nicht eine der ertragsreichsten in Westirland, weil er sich auf seinen Lorbeeren ausruhte und Zeit für junge Männer mit Liebeskummer hatte.

»Würde Patrick doch bloß alles mir und seinem Vater überlassen«, hatte er gestern Abend nach einer Menge Guinness zu Danas Mutter gesagt. »Sie wird ihn heiraten, weil ich ihr verdammt noch mal sage, dass sie ihn heiratet. Krankenschwester hin oder her, sie macht, was das Beste für die Familie und die Farm ist.« An dieser Stelle war er wie üblich auf den Küchentisch gekippt.

Patrick nahm wortlos seinen Tee auf. Er hatte es auf die Brogan-Farm abgesehen. Da Noel Brogan keine Söhne und nur eine Tochter hatte, musste Dana eine gute Partie machen. Patrick wiederum war der älteste Sohn der Nachbarfarm, und es wäre nur sinnvoll, die beiden Höfe zusammenzulegen. Außerdem wollte er Dana schon zur Frau, solange er denken konnte. Und seit ihre Väter sich darauf geeinigt hatten.

»Warum sollte es nicht so kommen?«, hatte Mr O'Dowd erwidert, als Patrick ihn vor einem Jahr fragte, ob er sicher sei, dass Dana Ja sagen würde, denn sie wirkte nicht sehr erpicht darauf. Jedes Mal, wenn er sie küssen wollte, vertröstete sie ihn auf später. Und einige dieser Zurückweisungen waren sehr verletzend gewesen.

»Hast du jemals eine Zahnbürste gesehen, Patrick? Auf deinen grünen Zähnen wächst schon ein Pelz. Das ist eklig«, hatte sie gesagt, als er bei der Ernte versucht hatte, sie an die Scheunenwand zu drängen.

Kurz darauf hatte sie ihn geschlagen. Da war er noch ein Junge gewesen. Inzwischen hatten sich sowohl seine Statur als auch seine Einstellung geändert. Er war kein Heranwachsender mehr und in einem Haushalt aufgewachsen, in dem Gewalt alltäglich war. Und er hatte gelernt, mit Frauen so umzugehen wie sein Vater.

»Falls Dana mich will, hat sie eine komische Art, es zu zeigen«, hatte er zu seinem Vater gesagt. »Ich habe noch nicht mal ihre Brüste angefasst. Sie stößt mich immer weg.«

Er hatte weder mit dem Schlag gerechnet, der ihn seitlich am Kopf und der Wange traf, noch mit dem Mundvoll Erde, als er auf dem Boden aufschlug. Mr O'Dowd war schon sein Leben lang neidisch auf Noels fruchtbares Land und arbeitete seit Jahren daran, dass es eines Tages seiner Familie zufallen würde.

»Du fasst sie nicht an, wenn du nicht weißt, ob du dich im Griff hast«, hatte er seinen Sohn angebrüllt. »Hol dir dein Vergnügen woanders im Dorf, und mach uns keine Schande. Noel Brogan ist mein Freund, und du kannst es nicht besser treffen als mit seiner Tochter und der Farm. Aber die Tochter darfst du erst in der Hochzeitsnacht haben und nicht eher. Hast du das verstanden?«

Vom Boden aus, wo Patrick mit noch schrillendem Ohr lag, konnte er die zerfransten Schnürbänder am Stiefel seines Vaters gefährlich nahe bei seinem anschwellenden Auge sehen. Er wusste, ein falsches Wort, und der Stiefel würde mit Wucht in seinem Gesicht landen.

»Ja, Daddy«, hatte er geantwortet und das Blut in seiner Nase aufgezogen.

»Versuch's bei dieser Monica, die an der Bar hinter Murphys Schlachterei hockt. Die besorgt es dir. Dana ist der Hauptgewinn, versau das nicht. Diese Farm ist eine Goldgrube. Eine bessere Gelegenheit kriegst du nicht, auch kein besseres Ackerland hier irgendwo in der Gegend.«

Patrick hatte gehorcht. Er hatte seine Fertigkeiten bei Monica gelernt und war nun bereit. Um Dana über die Enttäuschung hinwegzuhelfen, wenn sie von St. Angelus abgelehnt wurde. Das sollte er tun, hatte seine Mutter ihm gesagt, als Mrs Brock mit ihren Neuigkeiten gekommen war. Also hatte er den Melkstall verlassen und war über den Hof und den Weg hinunter zur Brogan-Farm gegangen.

»Gott, jeder weiß, dass sie da nie angenommen wird. Weiß der Himmel, warum du dieses Theater mitmachen musst. Es ist nicht richtig, dich warten zu lassen. Nein, ist es nicht«, hatte seine Mutter gesagt, als er ging. Beim Sprechen pfiff sie leise, weil ihre Zähne längst den Fäusten seines Vaters zum Opfer gefallen waren. »Jetzt stell es klug an, Patrick. Sei nett und rücksichtsvoll, wenn sie die Nachricht erfährt. Es ist leichter für sie, deinen Antrag anzunehmen, wenn sie weiß, dass du ein netter, verständnisvoller Bursche bist. Und das bist du ja auch. Du machst ihr nichts vor. Ist er nicht der hübscheste Bursche hier weit und breit?«, fragte sie niemanden Bestimmten, während sie mit einer Hand die Kuh molk und mit der anderen über den gelblich verfärbten Bluterguss auf ihrem Oberschenkel strich.

Als Dana in die Küche zurückkehrte, reichte ihre Mutter ihr lächelnd und mit zitternder Hand den Brief. Hätte sie die Worte von Patricks Mutter vorhin gehört, sie hätte die Frau geohrfeigt. Nachdem Dana ihr den Umschlag aus der Hand genommen hatte, holte sie ihren Rosenkranz aus der Tasche und begann zu beten. Das Letzte, was sie wollte, war ein Leben wie ihres für ihre Tochter. Und wenn es einen Mann gab, von dem sie auf keinen Fall wollte, dass Dana ihn heiratete, dann war es Patrick O'Dowd.

»Ich möchte, dass du die Dinge tust, von denen ich nur träumen konnte«, hatte sie zu ihrer Tochter gesagt. »Ich möchte, dass du die Orte in den Magazinen siehst, die sie manchmal in der Post auslegen. Geh weg aus Irland. Werde nicht wie ich, mit rissigen Händen, Krampfadern und Hämorrhoiden, sodass ich mich nur noch auf eine Totaloperation freuen kann. Bei Gott, in der heutigen Zeit muss es mehr im Leben geben.«

Dana bemerkte, dass ihr Vater etwas sagen wollte, als ihre Mutter ihren Rosenkranz betete, es sich aber verkniff. Noel hatte in seinem Haus nicht dieselbe Macht wie Patricks Vater in seinem. Danas Mutter hatte gedroht, ihn zu verlassen, sollte er jemals die Hand gegen sie erheben, und das noch vor ihrer Hochzeit. Er war klug genug zu begreifen, dass sie es ernst meinte. Dana wusste, dass ihre Mutter für gute Nachrichten betete, während ihr Vater und Patrick insgeheim um schlechte flehten. Wessen Gebet würde erhört?

»Jetzt mach schon endlich den Brief auf!«, schimpfte ihre Großmutter, die sich Kartoffelbrot und Milch hineinstopfte.

Um Zeit zu gewinnen, nahm Dana das Messer vom blau karierten Tischtuch auf. Es war voller Butter, und langsam wischte sie es in einem Lappen sauber.

»Ist noch Tee da, Mammy?«, fragte sie. »Ich bin am Verdursten.«

»Oh Gott«, rief ihre Mutter und bekreuzigte sich sofort ob ihrer blasphemischen Reaktion. Ihre Hand zitterte ein wenig, als sie den Tee einschenkte, und Dana erkannte, dass sie ihre Mutter aus ihrem Elend erlösen musste. Sie schlitzte den Umschlag mit dem Messer auf und zog den Brief heraus.

»So ein dicker Brief heißt bestimmt, dass es gute Nachrichten sind, oder?«, flüsterte ihre Mutter halb.

Dana dachte dasselbe. Langsam faltete sie den dicken Packen Blätter auseinander. »Soll ich laut vorlesen?«, fragte sie, wobei sie ihren Vater und Patrick ignorierte und nur ihre Mutter ansah, die sich neben sie gestellt und einen Arm um Danas Taille gelegt hatte, damit sie mitlesen könnte.

»Nur zu«, antwortete ihre Mutter grinsend. »Lies vor, ehe sie von nebenan anklopft, um mit mir zur Messe zu gehen, und ich sie wegschicken muss.«

Dana begann:

Sehr geehrte Miss Brogan,

es ist mir eine Freude, Ihnen mitzuteilen, dass Sie für die Krankenpflegeausbildung im St. Angelus, Liverpool, angenommen wurden, nachdem Sie Ihre Aufnahmeprüfung und Ihr Bewerbungsgespräch kürzlich erfolgreich absolviert haben. Nach Abschluss des zwölfwöchigen Einführungskurses werden Sie Ihre dreijährige Ausbildung antreten.

Dana verschwamm die Sicht, und sie hielt sich die Hand vor den Mund. Seit ihrem Bewerbungsgespräch hatte sie täglich zur Mutter Gottes und zur heiligen Agathe um genau diese Nachricht gebetet. Und jetzt war sie hier, schwarz auf weiß auf dem Blatt, das nun heftig in ihren Händen bebte. Sie konnte es kaum glauben. Als sie durch ihren Tränenschleier aufblickte, waren alle stumm.

Es war kein bloßes Ammenmärchen, sondern Tatsache, dass im St. Angelus nur Mädchen aus den besseren Familien und Schulen in Galway und Dublin angenommen wurden. Die Mädchen, die sich kein bisschen sorgen mussten, wenn sie durch die Türen des Sherbourne Hotels in Dublin zum Bewerbungsgespräch gingen, weil sie ohnedies oft in dem Hotel waren. Die in dem Salon saßen und warteten, dass ihr Name aufgerufen wurde, während ein Kellner ihre Teetassen aus einer Silberkanne nachfüllte, die zum Warmhalten auf einem kunstvollen Silberstövchen mit hübschen Kerzen stand. Nicht so wie Dana. Sie war halb verrückt vor

Angst gewesen. Weder sie noch ihre Mutter hatten je gehört, dass ein Mädchen aus dem ländlichen County Mayo einen Platz im St. Angelus ergattern konnte. Einige wenige hatten Ausbildungsplätze zur Schwesternhelferin bekommen können, aber keine zur vollen Krankenschwester. Dublin war der Ort, an dem die Träume der Mädchen vom Lande begannen und endeten.

»Ich kann nicht weiterlesen, Mammy.« Tränen rannen ihr über die Wangen, und ihre Mutter gab ihr das Taschentuch aus ihrer Schürzentasche. Beide lachten, weinten und umarmten sich.

Noel Brogan hatte sich gewünscht, dass Danas Brief ihm das Leben erleichterte. Dass er zu den Plänen passte, die sein Nachbar und er über Jahre an whiskyseligen Abenden geschmiedet hatten. Pläne, das zu retten, was Generationen vor ihnen zu bewahren gekämpft hatten. Die Heirat von Patrick und Dana war die Antwort für die Zukunft. Sie würde der Vergangenheit Sinn verleihen und die Schande ausmerzen, die Noel Brogan ertragen musste, weil er nur eine einzige Tochter und keinen Sohn gezeugt hatte.

»Ich habe es geschafft, Daddy. Ich bin drin. Ich bin drin«, rief Dana beinahe schluchzend, als sie sich aus den Armen ihrer Mutter löste und sich zu ihm umdrehte. Aber sie sprach nur noch mit der Küchentür, die hinter ihm zuknallte.

Kapitel drei

Den Sommer über arbeitete Dana in Mr Joyce' Dorfladen und auf der Farm, wo ihr Vater nun jeden Tag bei jeder Gelegenheit erwähnte, dass sie eines Tages verkauft werden müsste, da Danas Chancen auf eine gute Heirat praktisch dahin waren. *Joyce's* verkaufte alles, von Zinkwannen bis hin zu Dosenbirnen, und Dana arbeitete täglich zwölf Stunden, um genug Geld für die Bücher zu sparen, die sie zum Lernen für ihr Vorexamen brauchen würde. *Joyce's* führte nichts von den Dingen, die sie nach Liverpool mitbringen musste. Als sie Mr Joyce fragte, ob er eventuell einige weiße Haarklammern bestellen könnte, hatte er sie nur verwundert angesehen. Abends packte sie auf der Farm mit an, um ihre Mutter zu entlasten. Deren Arbeitsbelastung würde erheblich größer werden, wenn Dana fort war. Dennoch dankte sie dem Herrn jeden Tag, dass ihre Mutter nicht das Leben von Mrs O'Dowd nebenan hatte. Ihre Mutter und sie wussten beide, woher die gelben und lila Blutergüsse kamen, die immer mal wieder in Mrs O'Dowds Gesicht und auf ihren Armen zu sehen waren.

»Lass niemals zu, dass ein Mann dich schlägt«, hatte ihre Mutter zu Dana gesagt. »Wenn er es einmal tut und du ihn damit davonkommen lässt, wird er es immer wieder tun. Und ist es ein zweites Mal geschehen, wird er nie wieder aufhören. Frag Mrs O'Dowd, falls du mir nicht glaubst.«

Dana fragte sich, wie man einen so großen Mann wie Mr O'Dowd davon abhielt, seine Fäuste zu benutzen. Sie wusste, dass ihre Mutter irgendwie Macht über ihren Vater hatte, obwohl sie sich nicht vorstellen konnte, wie. Doch es war offensichtlich, dass Mrs Brogan das Sagen hatte, und Danas Vater tat, was man ihm sagte – um ein ruhiges Leben zu haben, wie er oft behauptete. Er hatte ihrer Mutter nie ein Haar gekrümmt und Dana nie angerührt. Was sie von ihrer Mutter nicht sagen konnte. Deren Pantoffelsohle oder Holzlöffel hatte sie oft auf ihrem Hinterteil zu spüren bekommen. So hatte sie gelernt, schnell zu sein. In der Zeit, die Mrs Brogan brauchte, um fluchend ihren Pantoffel abzustreifen und aufzuheben, war Dana weg.

Noel Brogan stimmte widerwillig zu, dass seine Frau und seine Tochter ihn am Markttag nach Castlebar begleiteten. Die Liste der Sachen, die Dana brauchte, war lang und hätte ebenso gut in einer Fremdsprache verfasst sein können. Sie war der Gnade der Verkäufer ausgeliefert, und am Ende kehrte sie mit leeren Händen und beinahe in Tränen aufgelöst zurück.

»Hör schon auf«, sagte Mrs Brogan, als sie im Café am Markt saßen. »Bitte Mr Joyce, dass er dich nach Galway mitnimmt. Sicher tut er das, wenn du ihn nett fragst.«

Dana wusste, dass es eine unausgesprochene Übereinkunft zwischen ihrer Mutter und Mr Joyce gab.

Sie hatte nicht einmal um die Stelle im Laden bitten müssen, sondern sie von Mr Joyce angeboten bekommen. Und das Erste, was ihr Arbeitgeber sie jeden Morgen bei ihrer Ankunft fragte, war: »Und wie geht es Ihrer Mutter heute Morgen?« Nicht, wie es ihr ging, ihrem Vater oder der Kuh, für die sie gestern den Tierarzt holen mussten. Jetzt, als sie mit ihrer Mutter in dem Café saß, fiel ihr auf, dass Mr Joyce sich noch nie nach ihrem Vater erkundigt hatte. Auch wenn sie keine Ahnung hatte, warum, hielt sie es für besser, nicht zu fragen.

»Könnten Sie mich nach Galway mitnehmen?«, wandte sie sich am nächsten Morgen an Mr Joyce. Neben ihrer Mutter war er ihres Wissens der Einzige, der sich über ihren Erfolg freute. Und der Neid im Dorf war nicht zu übersehen.

»Sicher, ich habe sogar eine noch bessere Idee«, antwortete Mr Joyce. »Wie wäre es, wenn wir uns einen schönen Tag machen und Ihre Mutter mitnehmen?« Dana war unsicher, was ihr Vater dazu sagen würde, doch wie sich herausstellte, war ihm nicht gestattet, seine Meinung zu äußern.

Dana und ihre Mutter zogen durch die Geschäfte, und Dana hakte sorgsam die Sachen auf ihrer Liste ab. Mr Joyce hatte Geschäftliches zu erledigen, und sie hatten verabredet, sich um drei vorm Hoteleingang zu treffen. Es war noch Zeit, als sie aus dem letzten Geschäft kamen, und Mrs Brogan seufzte. »Haben wir jetzt alles?«

Dana las die Liste laut vor: »›Zwei Nachthemden, ein Morgenmantel aus Dochtgarn in angemessener Farbe; ein Kulturbeutel mit medizinischem Shampoo, Zahnpasta, Zahnbürste und Seife, Talkumpuder, vier Paar schwarze Lisle-Strümpfe‹' – wozu brauche ich wohl vier Paar, Mammy? –, ›zwei lange Unterröcke aus Kammgarn; eine dunkelblaue Strickjacke für den Nachtdienst, eine Ansteckuhr, eine Spencer-Wells-Arterienklemme, eine Schwesternschere, ein Paar schwarze Lederschnürschuhe mit Vier-Zentimeter-Absatz, ein Nähset, zwei Kissenbezüge mit Zugbändern für Schmutzwäsche, Haarnetze‹ und, das Letzte, ›weiße Haarspangen und Schildpattspangen für längeres, dickeres Haar‹.«

»Das mit den Strümpfen ist richtig«, sagte ihre Mutter. »Du wirst sie alle fünf Minuten waschen. Es fehlt nur noch dieses

Klemmdings. Wo sollen wir das nur bekommen? Und was ist das überhaupt?«

»Mr Joyce hat gesagt, dass es am Ende dieser Straße einen Laden mit allen medizinischen Sachen gibt. Da bekomme ich die Schere und die Klemme. Trinken wir kurz einen Tee in dem Café dort drüben. Dann kannst du hier warten, und ich gehe allein zu dem Geschäft.«

Danas Mutter sah erleichtert aus. »Ah ja, Mr Joyce wird es wissen. Es gibt nicht vieles, was er nicht weiß, weshalb sein Geschäft auch so gut läuft.« Sie holte ein kleines Bündel Scheine aus ihrer Tasche. »Ich möchte, dass du das Geld behältst, das er dir bezahlt. Damit solltest du die ersten Wochen dort auskommen. Ich will mich nicht sorgen, dass du zu wenig zu essen bekommst. Aber es ist wichtig, dich jetzt auszustatten, also nehmen wir dieses hier, um dir ein hübsches Kleid, ein paar Twinsets und einen Rock zu kaufen. Die rosa Strickjacke sollte ich fertig haben, bis du losmusst.«

Dana hatte das Strickzeug im Sessel in der Küche gesehen und beim Zubettgehen gewusst, dass ihre Mutter noch bis zum Morgengrauen aufbleiben und wie verrückt arbeiten würde, um alle Kleidung fertig zu bekommen, die sie Dana mitgeben wollte. Kleidung, auf die sie stolz sein könnte. Sie hatte bereits die dunkelblaue Jacke von der Liste gestrickt und sorgte sich sehr, dass die beiden kleinen Taschen, die sie hineingearbeitet hatte, auf der Station nicht gebilligt würden.

»Das Essen drüben in Liverpool ist anders, nicht so wie bei uns zu Hause«, flüsterte sie, als sie sich in dem Café umschaute, weil sie niemanden kränken wollte, der womöglich aus Liverpool zu Besuch war. Die Kellnerin stellte ihnen zwei Teller mit gebuttertem Mohnkuchen hin. »Und so was gibt es da bestimmt auch nicht. Ich habe gehört, dass sie noch rationieren, Gott stehe ihnen bei.«

Allerdings waren es nicht Mohnkuchen und Butter, über die ihre Mutter eigentlich sprechen wollte. Sie waren nicht der Grund, weshalb sie Mr Joyce's Einladung angenommen hatte und mit nach Galway gekommen war, um hier durch die Geschäfte zu marschieren. Sie wollte Zeit allein mit ihrer Tochter, um mit ihr über die Männer in Liverpool zu reden.

»Hör mir gut zu, Dana«, eröffnete sie und schenkte dampfenden Tee aus einer großen braunen Steingutkanne durch das Sieb auf ihrer Tasse. »Die Männer in Liverpool können sehr zudringlich sein. Sie sind ganz anders als irische Jungs. Du musst mir versprechen, dass du dich von allen Männern fernhältst, bis du mit deiner Ausbildung fertig bist, und dass du so oft nach Hause kommst, wie es geht, damit ich sehen kann, dass du nicht verkümmerst. Und du musst mindestens zweimal die Woche in die Messe gehen. Versäum nie den Gottesdienst, Dana, versprich mir das. Ich weiß, dass es mit deinen Schichten schwierig wird, aber diese drei Dinge musst du mir versprechen, ja? Mehr verlange ich nicht. Gott, mir ist gleich, ob du nie heiratest. Ja, das ist mir egal. Es gibt Besseres im Leben, und Krankenschwester zu sein ist wirklich gut.«

Dana wusste, dass ihre Mutter es ernst meinte. Mrs Brogan wünschte sich sehr viel mehr für ihre einzige Tochter als Patrick mit den grünen Zähnen und das Haus nebenan. Sie wollte nicht, dass Dana heiratete, erst recht nicht einen Iren, aber sie hatte auch Angst, sie zu verlieren.

»Ich will nicht eine von den Frauen sein, die nur aus Briefen von ihren Kindern hören«, fuhr sie fort. »Mrs McGuffy hat ihren Jungen nicht mehr gesehen, seit er vor fünf Jahren von zu Hause weg ist. Kein einziges Mal. Sicher, bei dem Vater könnte man sich fragen, warum er nach Hause wollen würde. An seiner Stelle würde ich auch wegbleiben. Aber sie tut mir so leid, jedenfalls an den Tagen, an denen sie nicht betrunken ist. Mir graust davor, dass die Leute mich fragen, wie lange ich meine Dana nicht gesehen habe, und genau wissen, dass ich lügen muss, um mir die Peinlichkeit zu ersparen. Ich werde gar nicht mehr aufhören können zu beichten. Das sehe ich schon kommen.« Sie wurde lauter, als sie sich ausmalte, wie sie für ihre Sünde Abbitte leisten müsste.

»Ich komme nach Hause, Mammy. Ich verspreche, dass ich zu allen Feiertagen da bin. Dir wird nichts peinlich sein müssen. Ehrlich, ich werde eine pflichtbewusste Tochter sein. Ich will doch, dass du stolz auf mich bist.« Vielleicht lag es daran, dass sie ein Einzelkind war, jedenfalls wusste Dana, dass sie alle Hoffnungen und Träume verkörperte, die ihre Mutter nie selbst haben durfte.

An ihrem letzten Abend in Irland gaben ihre Eltern eine Abschiedsfeier für sie im Gemeindesaal, und sämtliche Dorfbewohner, ausgenommen die sehr alten und gebrechlichen, kamen. Wenn es Getränke umsonst gab, war das Dorf vereint, und jeder, der zuvor getuschelt hatte, Dana würde sich für etwas Besseres halten, brachte ein großzügiges Geschenk. Stand eine Feier an, war alles andere vergessen. Dana lachte bei der Aussicht, ihren Koffer mit den vielen Geschenken schleppen zu müssen. Sie wusste, dass ihre Mutter sie zwingen würde, sogar das kleine Netz mit Kartoffeln einzupacken, das Mrs Gallagher gebracht hatte – mitsamt roter Schleife oben.

»Die sind immer das Erste, was sie alle vermissen, wenn sie von zu Hause weg sind«, hatte die zahnlose Mrs Gallagher gezischt, »deshalb nimmt sie lieber welche mit.«

»Mammy, ich kann keine Kartoffeln bis nach Liverpool tragen.

»Und ganz sicher gibt es welche in Liverpool«, flüsterte Dana, sobald Mrs Gallagher außer Hörweite war. Letztere war prompt verschwunden, als jemand sie fragte, ob sie ein Guinness wolle.

»Ich behaupte ja gar nicht, dass sie keine haben«, entgegnete Mrs Brogan beleidigt. »Niemand, der halbwegs bei Sinnen ist, würde ein schlechtes Wort über eine Kartoffel sagen, Dana. Aber die dort werden nicht aus Belmullet sein, und darauf kommt es an. Außerdem darfst du kein Geschenk zurücklassen. Es wäre sehr unhöflich.«

»Mammy, das ist ein Sack Kartoffeln!« Danas Geduld war allmählich erschöpft.

»Ja, aber nur ein kleiner, Dana, und schau dir die hübsche Schleife an! Sie muss richtig lange gebraucht haben, die einzufädeln.«

Dana ging zum Haupteingang, um ihre Freundinnen zu begrüßen. Diejenigen, die in Dublin arbeiteten, waren mit dem Zug nach Galway gekommen. Ihr Vater hatte sie mit einem Anhänger an seinem Van abgeholt. Es brauchte eine Party, um sie von den Lichtern und dem Nachtleben Dublins wegzulocken. Jeder kannte jemanden, der oder die in Liverpool arbeitete, und zahlreiche Zettel und Umschläge mit Namen und Adressen ehemaliger Bewohner aus Belmullet und von der Küste, die vor ihr die Irish Sea überquert hatten, wurden Dana in die Hand gedrückt. Manche waren Nonnen, die in Schulen und Klöstern arbeiteten, manche Priester, die in den zwielichtigen Gegenden von Liverpool Seelen retteten. Die Nachnamen erkannte sie alle, und mehr bräuchte sie nicht. »Ich bin eine Brogan aus Mayo«, war alles, was sie sagen müsste.

»Jetzt gibt es auch einen Brogan in Watford«, hatte ihr Dad gesagt. »Mein Cousin, der mit gerade mal sechzehn weggegangen ist, ist jetzt da gelandet. Den findest du leicht, falls du Hilfe brauchst. Frag einfach nach Danny Brogan. Den werden die alle kennen.«

Es war die erste hilfreiche Bemerkung von ihm, seit der Brief im Frühsommer angekommen war.

Die Fiedler spielten auf, das Guinness floss, und Dana tanzte mit den anderen, bis sie erschöpft und verschwitzt unterbrach, um sich ein Glas Wasser zu holen und zur Toilette zu gehen. Einige ihrer Freundinnen tanzten vergnügt, während andere nach einer Woche Arbeit und der Reise zu müde waren und lieber im Sitzen untereinander tratschten. Ihre Mutter hielt das Baby einer Nachbarin auf ihren Knien, das ruhig an seinem Daumen nuckelte. Dana sah zu ihr, als sie den Saal verließ, und bedeutete ihr, dass sie sich etwas zu trinken holen wolle. Ihre Mutter nickte und lächelte. Mit dem Fuß klopfte sie den Takt der Musik. Eine andere Nachbarin saß neben Mrs Brogan und stillte ihr eigenes Baby. Auch sie winkte Dana zu.

Für einen Moment lief ihr ein kalter Schauer über den Rücken. Würde sie nicht ins St. Angelus gehen, hätte man sie gezwungen, Patrick mit den grünen Zähnen zu heiraten. Dann könnte sie das in wenigen Jahren sein. Dana sah, wie ihre Mutter das Baby der Nachbarin auf den Kopf küsste, und verstand nicht, wie ein Leben mit nichts als selbstlosem Geben und schwerer Arbeit je glücklich machen könnte. Dana musste etwas tun, etwas aus sich machen, bevor sie sich damit zufriedengab. Alles, was ihre Mutter brauchte, um selig zu sein, war die Gewissheit, dass es den Menschen, die sie liebte, gut ging. Sogar ihr Vater, der mit seinen Freunden an der Bar stand, sah entspannt aus. Hin und wieder hörte sie das vertraute dröhnende Lachen und sah seine Schultern beben, wenn ihm ein Freund etwas ins Ohr schrie.

Sie schlüpfte zur Hintertür hinaus und blieb kurz auf der Stufe stehen, um sich mit geschlossenen Augen die glühenden Wangen kühlen zu lassen. In dem Saal war es heiß, und Schweiß rann ihr zwischen die Brüste. Sie knöpfte ihre Strickjacke auf, zog die Bluse aus dem Rock und schüttelte sie, um sich kalte Luft zuzufächeln. Dann ging sie den Aschenweg entlang zum Abort und erschrak, als aus dem Nichts Patrick vor ihr auftauchte.

»Du gehst also weg«, sagte er und sog tief an seiner Zigarette.

Sie wappnete sich, machte den Rücken gerade und erlebte zum ersten Mal, wie sie in ihrem Dorf Unbehagen, gar Angst empfand.

»Ja, gehe ich, Patrick. Morgen früh. Bist du nicht deshalb hier, um dich zu verabschieden?«

Sie klang stärker, als sie sich fühlte. In den letzten Monaten war ihr eine Veränderung bei Patrick aufgefallen; er hatte seine Enttäuschung nicht gut verborgen.

Jetzt lehnte er sich seitlich an den Torfschuppen, ein hämisches Grinsen im Gesicht. »Ach ja? Denkst du, du heiratest da einen vornehmen Doktor und verkaufst die Farm?«

Dana beachtete ihn nicht, holte tief Luft und ging hoch erhobenen Hauptes an ihm vorbei. Dabei hoffte sie inständig, dass sie selbstbewusst wirkte. Mit jedem Schritt schlug ihr Herz schneller, wurde ihr Mund trockener, und die Härchen auf ihren Armen richteten sich auf. Sie hatte keine Angst vor Patrick. Er mochte darauf gezählt haben, dass ihre Väter bereits die Heirat und die Zusammenlegung der beiden Farmen planten, doch soweit es sie betraf, war das nie ihr Plan gewesen. Patrick mochte beleidigt sein, dass sie seine tollpatschigen Annäherungsversuche bislang abgewehrt hatte, aber sie kannten sich, seit sie geboren waren. Sie waren jeden Tag zusammen zur Schule gegangen, bis sich ihre Wege trennten, weil er zur Jungenseite ging und sie zu der für Mädchen. Er war ihr alter Spielgefährte, dessen Schnürbänder sie gebunden hatte, bis er zehn war, weil er es einfach nicht begriff.

Als sie an ihm vorbeiging, roch sie den Alkohol in seinem Atem. Er sah aufgebracht aus. Seine Augen waren gerötet und blickten wirr, und er zog die Oberlippe auf eine Weise hoch, wie sie es noch nie zuvor gesehen hatte. Dies war nicht der Patrick, den sie kannte, und sie fühlte, wie ihr Adrenalin in die Höhe schoss und sie eine Gänsehaut bekam.

Unwillkürlich wurde sie schneller, da stemmte er sich von der Mauer ab und richtete sich zu seiner vollen Größe auf, fixierte sie mit seinem Blick, sagte aber nichts. Wieder mal hatte sie ihn abgewiesen. Gott, ich werde froh sein, wenn ich hier weg bin, dachte sie, als sie sich die Hände in dem Abort wusch und sich mit dem kalten Wasser durchs Gesicht fuhr. In der Hoffnung, dass jemand anders käme, mit dem sie munter plaudernd zurück in den Saal gehen könnte, blieb sie noch eine Weile. Zumindest so lange, bis Patrick zu Ende geraucht haben musste und zurück zu seinem Vater und den anderen, die sie alle schon seit ihrer Kindheit kannten, in den Pub gegangen war. Nach einem Moment spähte sie nach draußen. Ihre Gebete waren erhört worden. Es war niemand auf dem Weg, und von Patrick war nur noch der glimmende Zigarettenstummel auf dem Aschenweg übrig. Dana atmete auf, verließ das Häuschen und ging zum Saal.

Sie sah die Hand nicht aus dem Schatten schnellen und ihren Arm packen. Gewaltsam wurde sie in den Schuppen gezogen, und alles ging so schnell, dass sie nicht einmal schreien konnte, ehe er die Tür zugeknallt hatte.

»Was machst du denn, du Idiot?«, fuhr sie ihn an und fühlte sich umgehend schuldig, weil sie im Dunkeln allein mit ihm war. Der Geruch von dunkelbraunem Torf füllte ihre Nase, und sie spürte die geschnittenen Soden an ihrem Rücken, als er sie mit seinem Gewicht gegen den Stapel drückte. Ihr war klar, würde man sie mit Patrick im Schuppen entdecken, wäre sie die Schuldige. Sie wäre es, über die getuschelt würde, nicht er. Und niemand würde glauben, dass zwei Leute in einem engen Schuppen nichts Verwerfliches anstellten. Ihn würde man als kühnen Burschen loben, sie als Hure verdammen.

Patrick antwortete nicht. Er hatte andere Pläne. Mit einer Hand zurrte er ihre Bluse nach oben, mit der anderen ihren Rock, während er seine feuchten Lippen auf ihre presste, sodass Dana würgen musste. Was immer er bei Monica gelernt hatte, Finesse war es nicht. Dana gelang es, ihre Arme nach vorn zu bekommen und ihn mit aller Kraft von sich zu stoßen, aber es war zwecklos. Patrick arbeitete von Kindesbeinen an schon auf einer Farm. Jeder seiner Arme hatte den Umfang eines Säuglings, und seine Muskeln wölbten sich hart gegen ihre. Sie fühlte sich gefangen. Kraftlos. Egal, wie sehr sie sich gegen ihn stemmte, es bewirkte nichts. Er hatte sich keinen Millimeter zurückbewegt.

»Du denkst wohl, dass du zu gut für mich bist, was?«

Patrick klemmte ihre Beine mit seinen Knien gegen die Wand, dass ihr Schmerz die Schenkel hinaufschoss. Als er sprach, sprühten ihr Speicheltropfen ins Gesicht. Von dem Gestank wurde ihr übel. Wie konnte ihr eigener Vater jemals gedacht haben, dass sie mit diesem Mann ihr Leben verbringen sollte? Ihr Instinkt befahl ihr zu schreien, und als sie es versuchte, kam lediglich ein schwaches Wimmern heraus. Das hier passiert nicht, dachte sie. Er kommt jeden Moment zur Besinnung. Es passiert nicht. Das darf es nicht. Patrick ließ ihre Arme los und zehrrte wieder an ihrer Bluse, frustriert von dem Unterkleid, das ihren Büstenhalter verhüllte. Er riss oben daran, um ihre Brüste zu entblößen.

»Ich weiß, was ich mit dir tun muss«, sagte er an ihrer Wange, sodass sie seinen heißen Atem auf ihrer Haut fühlte. »Ich bin kein Idiot. Denkst du, ich wollte auf dich warten?«

Er lachte laut und warf sich wieder gegen sie, bis sie seine harte Erektion an ihrem Oberschenkel fühlte. »Dir muss nur gezeigt werden, was dir fehlen wird, wenn du weg bist, Fräulein. Du hältst dich mit deinen verdammt klugen Worten für sonst was, ja? Das wirst du nicht mehr, wenn ich mit dir fertig bin.«

In diesem Moment wurde Dana klar, dass Patrick ausschließlich von dem Wunsch angetrieben war, sich an ihr zu rächen. Sie war hilflos. Atemlos begann sie, zu schluchzen und ihn anzuflehen aufzuhören.

»Patrick, nein, lass mich los! Wir können draußen darüber reden. Ich verspreche auch, dass ich es mir noch mal überlege. Ich gehe nicht, wenn du es nicht willst. Bitte, hör auf!«

Er hörte ihr nicht zu, und sie war entsetzt, als er eine Hand unter ihren Rock schob und zwischen ihre Schenkel rammte und ihr wehtat. Seine rissigen Fingernägel stachen sie. Vor Schmerz liefen ihr die Tränen übers Gesicht, und sie wollte den Kampf aufgeben, bereit zu sterben, wenn es nur vorbei wäre. Sein Gewicht machte ihr das Atmen fast unmöglich, so fest drückte er sich gegen sie und seinen harten Beckenknochen in ihren Bauch. Er war größer als sie und doppelt so breit. Sie rang nach Luft, als er sich noch energischer an sie presste. Ihr wurde schwindlig.

Mit seinem angewinkelten Arm hielt er sie an dem Torfstapel, während er mit der freien Hand an seinem Gürtel und seiner Hose arbeitete. Dana hörte die Gürtelschnalle und den Hosenschlitz aufgehen. Seine Hose rutschte ihm bis zu den Knien, und er befreite sich aus seiner zu großen Unterhose, bevor er ihren Rock hochschob und ihre Unterhose zerriss. Sie war sich der Folgen dessen bewusst, was hier geschah, und sie bezweifelte, dass sie den Torfschuppen lebend verlassen würde. Patrick würde sie umbringen, wenn er mit ihr fertig war. Und selbst wenn nicht, wäre sie gewiss schwanger. Ein Kind von einem Mann wie Patrick zu tragen, war nicht besser, als gleich tot zu sein.

»Oh Gott, nein!« Sie fing an zu weinen. »Was machst du denn? Weg von mir!«

Sie stieß einen langen, kreischenden Schrei aus, dessen Kraft sich allein dem überwältigenden Wunsch verdankte, diese Tortur zu überleben. Die Zukunft, von der sie immer geträumt hatte, war zum Greifen nah, nur Tage entfernt. Ihr war egal, ob jemand sie sah. Sie war bereits wer, nämlich das Mädchen aus dem Dorf, das den Weg für andere vorausging. Sie brach das Muster, in dem eine Menge Mädchen seit Generationen gefangen waren. Fluchend klatschte Patrick ihr die Hand auf den Mund.

»Sei verflucht noch mal still!«, zischte er und warf sich erneut gegen sie. Seine Knie bohrten sich in ihre Oberschenkel, und sie fühlte ihn erschreckend hart, feucht und nackt, wie er suchend immer weiter an ihrem Schenkel nach oben drückte, ihn packte und wieder mit seinen schmutzigen Fingernägeln in ihre Haut schnitt.

Er konnte sie nicht finden. »Du verfluchte Hexe«, fauchte er und drängte ihre Beine mit seinem Knie auseinander, bis sie glaubte, sie würde vor Schmerz auseinanderbrechen.

Dana biss ihm in die Hand, dass ihre Zähne sich hineinbohrten. Kaum riss er seine Hand weg, schrie sie abermals, was ihn jedoch nicht bremste. Er war im Begriff, ihr das Kostbarste zu nehmen, und sie konnte sich nicht schützen. Nichts konnte sie dagegen tun, und in diesem Wissen sank sie an dem Torfstapel nach unten. Ihr einziger Gedanken war, dass Patrick ihr Leben und ihre Träume zerstörte.

Plötzlich wich Patrick ruckartig von ihr zurück, und zunächst verstand Dana nicht, was vor sich ging. Licht flutete den Schuppen, und sie begriff, dass die Tür offen stand. Noel, ihr Vater, stand mitten im Raum. Innerhalb eines Sekundenbruchteils hatte er die Situation erfasst.

Patrick wusste nicht, wie ihm geschah, als Noel Brogan ihn hinten beim Kragen packte und ihn aus dem Schuppen schleuderte. Dana hörte das unmissverständliche Geräusch von einem brechenden Knochen, als Patrick draußen auf dem Boden landete. Es folgten ein Schrei und Patricks Schluchzen. Danas Vater fluchte. Der Lärm der Musiker und der Tanzenden war lauter, und Dana wollte weinen vor Freude über diese kleine Gnade. Sie wusste, dass es für Patrick draußen Schläge hagelte. Es war die irische Art: Fäuste und Stiefel zuerst; geredet wurde später. Dana richtete hastig ihre Kleider, weil sie dringend aus diesem Schuppen und hinaus ins nun schwindende Licht wollte. An der Tür musste sie sich abstützen und sah Patrick über den Aschenweg weghumpeln, den verletzten Fuß hinter sich herziehend. Er blutete aus Nase und Mund und flennte wie ein Kleinkind.

Danas Vater hob seine Mütze vom Boden auf und klopfte sich aufwendig den Schmutz ab, um ihr Zeit zu geben, sich wieder in Ordnung zu bringen und ihre Augen mit dem Taschentuch abzuwischen, das irgendwie noch in ihrer Rocktasche geblieben war. »Ist das deine Schuld?«, fragte er schließlich.

»Oh Gott, oh Gott!«, rief sie. »Hast du nicht gesehen, was er mir fast angetan hat, Daddy?«

Noel ignorierte ihre Frage, und er klang eiskalt, als er sprach: »Hast du ihn gebeten, mit dir da reinzugehen?«

Dana hatte nicht dieselbe Macht über ihn wie ihre Mutter.

Dennoch war Noel kein gewalttätiger Mann. Er war nicht wie Patricks Vater, wenn es um Frauen ging, auch wenn er jeden Mann notfalls verdreschen konnte. Dann musste er allerdings einen guten Grund haben. Die anderen Männer im Dorf ließen allzu gern mal ihre Fäuste sprechen und landeten im Gefängnis; nicht so Noel. Auch dafür sorgte seine Frau. »Setz deine Fäuste ein, und ich bin weg.« Er hatte Angst, dass sie es wäre, weil er wusste, dass sie einen Ort hatte, an den sie konnte und wo jemand auf sie warten würde. Für immer warten.

»Nein, Daddy, habe ich nicht. Hältst du mich für irre? Denkst du, ich will irgendwas mit diesem ekligen Kerl zu tun haben?« Jetzt schrie sie und zeigte zu dem davonhumpelnden Patrick. »Er hat mich da reingezerrt. Er hat gesagt, dass er mir zeigen will, was mir in Liverpool fehlen würde. Daddy, er wollte …«

Sie konnte nicht laut aussprechen, was Patrick tun wollte. Zu Hause wurde nicht über Sex geredet. Dana sah, wie ihr Vater zornig wurde. Röte stieg von seinem Hals in sein Gesicht auf. Er war so wütend, wie sie ihn noch nie erlebt hatte, schien kurz vorm Explodieren.

»Bei Gott, warum konnte ich keine Söhne bekommen?«

Der frostige Ton machte Dana Angst. Ihr Vater wischte sich den Mund und setzte seine Mütze wieder auf. »Ich kümmere mich um Patrick, aber sollte ich herausbekommen, dass du mich belügst, dass du ihn ermuntert hast, gibt es Ärger. Du bleibst morgen hier. Nichts mit Liverpool.«

Sekundenlang wollte Dana nicht glauben, was sie gehört hatte. Dann wallte Wut in ihr auf angesichts der unfassbaren Ungerechtigkeit, und es kostete sie die größte Mühe, nicht all die Worte auszuspeien, die sich wie abgestandenes Erbrochenes in ihre Kehle drängten. Sie wollte schreien, nur führte das bei ihrem Vater zu nichts. Also bändigte sie ihre Wut und fragte: »Weißt du, was ich eben durchgemacht habe, Dad? Dies ist mein Abend, meine Feier, und der Sohn deines besten Freundes hat versucht, mir Gewalt anzutun. Der Junge, von dem du wolltest, dass ich ihn heirate, hat mich in den Schuppen gezerrt und versucht, zu … zu …«

Ihre Unterlippe zitterte, und ihre Stimme versagte, als ihr erneut die Tränen drohten. Doch sie starrte ihren Vater trotzig an.

»Tja, ich werde Patrick auch Fragen stellen. Aber, wie gesagt, sollte ich rausfinden, dass du mich belügst …«

»Wie willst du das herausfinden, Daddy? Willst du eher ihm glauben als mir? Hier, sieh dir das an!« Sie zog ihren Rock hoch, sodass er die Kratzer von Patricks schmutzigen Fingernägeln und das Blut sehen konnte, das über ihre Schenkel rann. »Glaubst du, hierum habe ich gebeten?« Jetzt weinte sie richtig.

Ihr Vater hatte sich bereits zum Gehen gewandt. Er hatte nicht erwartet, dass seine Worte infrage gestellt würden. Nun blickte er sich verstört zu ihr um, und Dana sah, wie er beim Anblick ihrer Schenkel zusammenzuckte. Einen Moment lang wurde es still.

»Nein, ich glaube dir, Dana. Jetzt bedeck dich. Ich muss dir glauben, weil es deiner Mutter das Herz brechen würde, wenn du hier einen Skandal auslöst. Du bist ihr Goldkind, und ich will nicht, dass sie unglücklich gemacht wird. Aber lass es dir eine Lehre sein. Du darfst keinen so ermuntern, wie du es bei Patrick die ganzen Jahre getan hast, und denken, dass es keine Folgen hat. An dem hier heute Abend bist du selber schuld. Jetzt reiß dich zusammen, und geh wieder rein, als wäre nix passiert. Ich sorge dafür, dass Patrick nach Hause gebracht wird.«

Danas Atem ging in kleinen Stößen. Sie wollte zu ihrem Vater laufen, sich auf seinen Rücken werfen und mit ihren Fäusten auf ihn eintrommeln. Ihn anschreien, wie ungerecht es war. Ihn für das leiden lassen, was Patrick ihr eben angetan hatte. Stattdessen blickte sie ihm nach, als er den Weg hinunterging. Er würde sie beim Wort nehmen, aber nicht, weil sie die Wahrheit sagte oder er ihr glaubte, weil Blut über ihre Schenkel lief oder ihre Tränen irgendwelchen Eindruck auf ihn machten. Nein, er würde es tun, um ihre Mutter zu schützen, nicht sie; denn Dana war nicht der Sohn, der für ihn die Farm weiterführen würde. Das hatte er ihr nie verziehen. Eigentlich wollte sie nicht zurück in den Saal, weil sie noch weiche Knie hatte. Und sie zitterte wie Espenlaub, wünschte sich einfach nur, von ihrer Mutter getröstet zu werden, die sie doppelt so sehr geliebt hatte, um das Defizit ihres Vaters wettzumachen. Sie wollte in ihrem Bett sein, in ihrem Zimmer. Ihr Abend war auf eine Weise ruiniert worden, die sie nie vergessen würde.

Tief im Herzen wusste Dana, dass sie ihrem Vater nie vergeben würde, an ihr gezweifelt zu haben. Zu denken, dass sie Patrick verführt hätte, ihre Moral und ihre Integrität anzuzweifeln. Es würde lange dauernd, bis Noel Brogans Tochter je wieder mit ihm redete.

Der Tag, an dem sie ihr Zuhause verließ, war zugleich der beste und der schlimmste in Danas Leben.

»Mach uns stolz«, sagte ihre Mutter, als Mr Joyce vor der Pforte stand, sein Van mit laufendem Motor bereit, sie zur Fähre zu bringen. Er betrieb hier und in den umliegenden Dörfern nebenher das, was einem Taxidienst am nächsten kam.

»Werde ich, Mammy. Ich tue mein Bestes«, versprach sie, als ihre Großmutter aus dem Haus geschlurft kam und ihr einen Zehn-Shilling-Schein in die Hand drückte. Ihr Vater blieb drinnen, rauchte vor dem Feuer seine Pfeife und wurde von niemandem beachtet. Dana hatte ihrer Mutter nichts vom gestrigen Abend erzählt. Es wäre die Hölle los gewesen, und Dana wollte ihre Abreise nicht aufschieben. Eines Tages würde sie es ihr erzählen, nur nicht jetzt.

Plötzlich hörte sie, wie ihr Name gerufen wurde, drehte sich zur Straße um und sah einige ihrer Freundinnen angelaufen kommen, gefolgt von ihren Müttern und kleinen Geschwistern. Dana winkte strahlend. Mr Joyce nahm ihren Koffer, und Danas Herz frohlockte, als sie mit den anderen plauderte, sie umarmte und ihre letzten Taschen hinten in Mr Joyce' Wagen geladen wurden. Ihre Mutter weinte.

»Jetzt rein mit dir in den Wagen«, befahl eine Freundin, »ehe deine Mammy ein Wrack ist!«

Zwei Minuten später blickte Dana durchs Rückfenster zu den Menschen, die sie ihr Leben lang gekannt hatte, wie sie beisammenstanden und ihr als Gruppe zum Abschied winkten. Sie wusste, dass sie gleich alle in der Küche wären, wo sie Tee tranken und ihrem Vater gesagt würde, er solle losgehen und etwas Stärkeres finden, weil es doch der Tag sei, an dem Dana nach Liverpool ging! Mr Joyce' Van fuhr die Straße hinunter, und Dana sah, dass auf der unteren Weide die Kühe ungeduldig am Gatter muhten, weil sie gemolken werden wollten. Und ihr wurde bewusst, dass ihr gesamtes Leben um diese Abläufe gekreist war. Jetzt wäre es nicht mehr so. All die klaren Aufgaben, um die sich ihre Existenz gedreht hatte, würde es nicht mehr geben. Ihre bisherige Welt schrumpfte zu kleinen Punkten in der Ferne, und da war nichts, das ihren Tagestakt bestimmen würde. Sie fing schon an, die Kühe zu vermissen, die Stabilität, für die sie standen, noch ehe sie aus dem Dorf waren.

Nirgends war eine Spur von Patrick, seiner armen geprügelten Mutter oder seinem gierigen Vater. Sie hatte gedacht, die würden aufkreuzen, wenn in der Brogan-Küche ein freies Getränk zu haben war. Lange blieben sie gewiss nicht weg; in einer Stunde oder so würden sie kommen, um nachzusehen, ob sie wirklich weg war.

»Es ist richtig großartig, dass Sie zum St. Angelus gehen«, sagte Mr Joyce, als die Farm hinter ihnen immer kleiner wurde. Er hatte ihr zu Ehren seinen Van gewaschen, und ihre Mutter hatte sehr froh ausgesehen, als er vor dem Haus vorgefahren war.

»Sie verlassen das Dorf in allen Ehren, Dana. Das gefällt mir.«

Nun gut, der Boden von Mr Joyce' Van war voller Kartoffelkeimlinge und Kohlblätter. Trotzdem roch es hier noch besser als im Wagen ihres Vaters, der erst gestern für den Transport von Schweinen zum Markt in Castlebar hatte herhalten müssen und bisher nicht ausgewaschen worden war.

Mr Joyce hatte ihr täglich gesagt, dass sie es gut gemacht hatte, im St. Angelus angenommen zu werden, und das normalerweise innerhalb der ersten fünf Minuten nach ihrer Ankunft morgens im Laden. Dana war ihm dankbar für sein Lob. Sie bekam ja sonst kaum welches. Abgesehen von den letzten Tagen hatte man ihr überall das Gefühl gegeben, ihre Bewerbung und Annahme im St. Angelus kämen einer Straftat gleich.

Die Straße war rau und holprig, vor einem Jahrhundert von hungernden Männern für eine Handvoll Korn in die Hügel gehauen und seither nicht mehr angerührt worden. Dana hielt die alte Lederhandtasche ihrer Mutter, die sie ihr geschenkt hatte, auf ihren Knien. Sie war voller Proviant, den ihre Mutter ihr für die Reise vorbereitet hatte, und drückte schwer auf ihren Wollrock, sodass er an den noch wunden Kratzern auf ihren Schenkeln scheuerte.

Sie war erleichtert, als Mr Joyce aufs Gaspedal trat und die Farm zu einem kleinen Punkt zusammenschmolz. Dabei brannten Tränen in ihren Augen. Das Dorf, in dem sie sich sicher gefühlt hatte, kam ihr plötzlich zu klein und gefährlich vor. Es war beschmutzt. Ein ganzes Leben innerhalb vertrauter Grenzen war durch die Tat eines Mannes innerhalb von Sekunden zerstört worden. Sie hatte ihrer Mutter in dem Café in Galway versprochen, so oft wie möglich nach Hause zu kommen. Wie konnte sie das jetzt halten, da ein Monster nebenan wohnte und ihr Vater sie nicht mehr liebte?

Aber das würde sie auf sich zukommen lassen. Jetzt konnte sie es nicht erwarten, in Liverpool zu sein. Eine Stadt, in die sie noch nie einen Fuß gesetzt hatte, schien ihr sicherer, als neben Patrick O'Dowd zu wohnen. Er war zu einem bedrohlichen, gewalttätigen Mann herangewachsen, der Dana wollte und keine Ruhe gäbe, bis sie sein war.

Kapitel vier

Biddy Kennedy nahm den frisch gebackenen Apple Pie aus dem Ofen und schlurfte in ihren zu großen Pantoffeln, die hinten abgelaufen und an den Zehen löchrig waren, zur Spüle, wo sie einen Teller vors Fenster gestellt hatte, um den Kuchen abkühlen zu lassen. Es war nicht nötig, das Fenster zu öffnen, denn es zog so schon genug durch die Ritzen. Heute war der vierte Januar, und als Biddy tief einatmete, nahm sie eine Veränderung in der Luft wahr, die vom Mersey heraufblies. Es regnete schon fast den ganzen Tag, und der mondlose Winterhimmel war unheilvoll schwarz.

»Es gibt Schnee«, sagte sie zu dem Kater, der auf das Abtropfbrett gesprungen war und schnurrend den Kopf gegen Biddys Hand drückte. »Runter mit dir, du kleiner Dieb.« Sie hob ihn hoch und setzte ihn auf den Estrichboden, ehe sie zurück zum Ofen schlurfte, um die Klappe zu schließen. Und öffnete und schloss sie gleich wieder, um zu bewundern, wie sie mit einem leisen »Klick« einrastete. Ihr Herd war im Krieg beschädigt worden, und vor einem Monat hatte sie endlich den Kampf gegen die neue Welt aufgegeben, kurz bevor ihr neues New-World-Gerät geliefert wurde. Es war eine Freude, einen Apple Pie zu backen, ohne die Backofentür mit dem Moppstiel fixieren zu müssen. Biddy liebte ihren neuen Herd, was sie jedoch niemandem gestehen würde.

Sie hielt nicht viel von Veränderungen und hatte den kaputten Herd beinahe zehn Jahre ertragen. Wenn sie ehrlich sein sollte, fehlte ihr die Wärme, mit der er das Haus erfüllte. Aber sie war die einzige Frau in der Nachbarschaft, die einen der neuen Herde besaß, und ihre Sehnsucht nach dem einst heißen Herd war rasch einer Note von Stolz gewichen, als die Nachbarinnen eine nach der anderen vorbeischauten, um Biddys New World zu begutachten.

Die Aufmerksamkeit war schön gewesen, bis Biddy ihre Teedose öffnete und feststellte, dass sie ihre Wochenration von einem Viertelpfund Lipton's innerhalb von zwei Tagen aufgebraucht hatte.

»Aber bring deinen eigenen Tee mit«, rief sie jeder Frau zu, die sie auf dem Heimweg von der Arbeit den Hügel hinauf fragte, ob sie vorbeikommen und sich den Herd ansehen durfte. Nun rückte die Ungerechtigkeit in den Vordergrund, dass sie ihre Teeblätter dreimal aufgießen musste.

Sie nahm die Zigaretten aus ihrer Schürzentasche, setzte sich und zog den Aschenbecher heran. Dann steckte sie sich eine an und wartete auf ihre besten Freunde Elsie und Dessie.

Biddy wohnte in einer Häuserreihe, die von der Hafenstraße abging, und arbeitete als Haushälterin in der Schwesternschule von St. Angelus. Sie liebte ihre Arbeit, aber sie war müde. Sie hatte den sich ständig wiederholenden Kampf satt, war es leid, allein zu sein und keinen zu haben, bei dem sie sich über ihr Los beklagen konnte. Manchmal fragte sie sich, ob ihr das Leben jemals wieder eine Überraschung bescheren würde. Ein Ereignis, das sie nicht erwartet oder für das sie bezahlt hatte. Oft hatte sie das Gefühl, die Zukunft würde bergab führen. Ihr Haar wurde grau, ihre Krampfadern schmerzten, und, was das Schlimmste war, ihre Blase leckte.

»Es ist das Letzte, alt zu werden«, sagte sie zu ihrem Kater und nahm einen tiefen Zug von der Zigarette. »Das verdammt Letzte.«

Elsie O'Brien wohnte in der nächsten Häuserreihe und arbeitete auch im St. Angelus. Sie war Haushälterin in der Privatwohnung der Oberschwester im ersten Stock und nebenher für die Zimmer im Wohnblock zuständig, in denen die vier ältesten Schwestern lebten, einschließlich Schwester Antrobus von Station zwei. Einige der verbliebenen Räume auf dem Korridor waren zu Büros geworden, als sich St. Angelus vergrößerte, um dem Nachkriegsbedarf der Liverpooler gerecht zu werden.

Biddy und Elsie gehörten zur Personal-Elite im St. Angelus. Die Spitzentruppe. Sie mussten nicht mehr meilenweise Stationskorridore schrubben, sondern hatten sich jeweils eine Nische im Hospital geschaffen und die besten Aufgaben gesichert. Deshalb konnte Elsie ihrer Martha auch eine Stelle im Ärztezimmer verschaffen. St. Angelus wurde von einer Armee Kriegswitwen geputzt, und in der Hackordnung waren Biddy und Elsie ganz oben. Der verwitwete Dessie war 1946 mit lauter Orden aus dem Kriegsdienst entlassen worden und Chefpförtner im St. Angelus geworden. Er wohnte in dem Eckhaus am Ende der Straße, das nach dem Tod seiner Frau bis zu seiner Rückkehr leer gestanden hatte.

Jeden Sonntagabend um sieben kamen er und Elsie zu Biddy, wo sie in der Küche über die Woche tratschten, aßen, tranken, vom Krieg sprachen und den Stargazers im Radio lauschten. Biddy und Elsie bemutterten Dessie aus Freundlichkeit. Und diese Freundlichkeit war ihnen beiden im Laufe der Jahre zugutegekommen.

»Es ist nicht richtig, dass er als Kriegsheld zurückgekehrt ist und seine Frau inzwischen gestorben war«, sagte Biddy oft. Zumindest an ihren großherzigen Tagen. An anderen fielen ihre Bemerkungen Dessie gegenüber spitzer aus. »Ein Jammer, dass Dessies Frau unten bei den Docks war, als das Schiff getroffen wurde. Man fragt sich allerdings ...« An dieser Stelle legte sie um der dramatischen Wirkung willen eine Pause ein und blies eine blaue Rauchwolke aus. »Was wollte sie überhaupt da unten?« Dieser Frage folgte stets ein Hochziehen der Augenbraue.

»Sollen wir ihm das erzählen?«, hatte Elsie einmal über den Rand ihrer Teetasse hinweg gefragt. Und Biddys prompte Antwort war immer dieselbe: »Wenn es eines gibt, was Dessie bis zu seinem Tod nie erfahren wird, ist es, was seine Frau getrieben hat, als er gegen die Nazis kämpfte. Und falls jemand auf die Idee kommt, es ihm zu erzählen, lass jeden in der Bierschenke wissen, dass sie es mit mir zu tun kriegen.« Biddy war nie in dem Pub gewesen, ihr Mann hingegen kaum woanders. Und der einzige Grund für gelegentliche Spannungen zwischen Biddy und Elsie war der, dass Letztere ihre Freitag- und Samstagabende dort verbrachte.

»Ich habe das Guinness«, sagte Elsie, als die Hintertür im Wind aufflog und ihre zarte Gestalt beinahe in die Küche gepustet wurde. »Mann, es ist ein solcher Sturm, dass mir fast die Lockenwickler rausfliegen. Ich musste nicht mal in den Pub. Sie haben die Seitentür aufgemacht und da eine Ausgabe für Bier zum Mitnehmen. Sieht sogar richtig schick aus. Jetzt können die Kinder für ihre Eltern einkaufen, ohne Gefahr zu laufen, dass sie sich im Schankraum eine Maulschelle einfangen.«

Sie holte sechs Flaschen Guinness aus ihrem Korb und stellte sie auf den Küchentisch. »Da draußen schüttet es wie aus Eimern«, sagte sie, schüttelte ihren Mantel aus und tastete nach ihren Drahtwicklern, ob sie noch an Ort und Stelle waren. »Hast du übrigens gesehen, dass dein Kater auf dem Abtropfbrett steht und sich am Apple Pie bedient?«

Biddy lief kreischend hin, zog den Teller weg und scheuchte den Kater mit dem Mopp zur Hintertür hinaus. »Dieses verdammte Viech«, murmelte sie und trug den Apple Pie dicht vor ihrer Brust zum Tisch, wo sie ihn neben dem Guinness abstellte. »Kommt deine Martha später auch?«, fragte sie, während sie drei Gläser aus dem Schrank nahm.

»Nein, heute Abend nicht. Sie ist mit Josie Jackson zu Hause. Die beiden frisieren sich gegenseitig auf Teufel komm raus, und nachher wollen sie sich noch die Nägel machen. Sie denkt, ich weiß von nichts, aber Jake Berry fängt an, seine Duftmarke zu setzen. Drei Sonntagnachmittage hintereinander waren sie jetzt schon aus, und heute hat sie danach immerzu gegrinst und ist rot geworden. Natürlich sagt sie kein Wort. Aus Martha bekommt man nichts raus. Ich habe ihr schon mal gesagt, sie würde eine bessere Spionin abgeben als Mata Hari. Aber ich konnte die zwei Mädchen wie verrückt kichern hören, sowie ich aus der Tür war. Und Josie ist immer so laut! Ich war noch nicht mal durch den Hof, da höre ich sie schon brüllen: ›Hat er dich endlich geküsst?‹, und dann höre ich Martha sagen, sie soll nicht so laut sein. Unten an den Docks müssen die sie gehört haben.«

»Na, das ist normal, Elsie. Martha ist jetzt siebzehn, und Jake ist zwanzig – bald ein Mann. An seinem nächsten Geburtstag bekommt er sein eigenes Schlüsselbund.«

Ein Zischen erklang, als Biddy den Öffner nahm, der an einem am Abtropfbrett festgenagelten Band hing, und die Guinnessflaschen aufmachte.

»Ja, ich weiß. Mein Charlie und ich haben geheiratet, als ich gerade sechzehn war, und neun Monate später war unser kleiner Charlie da, nur eine Woche vor meinem siebzehnten Geburtstag. Er war unser Flitterwochenbaby. Aber was erzähle ich dir das? Du hast ihn ja auf die Welt geholt, nicht? Weißt du noch, wie groß er war? Und nie hat er geschrien, überhaupt nicht. Immer lieb, nicht? Das einzige Mal, dass ich meinen großen Charlie habe weinen sehen, war, als du ihm den kleinen Charlie in die Arme gelegt hast. Der Kleine hat seinen Dad nur mit großen Augen angeguckt. Man sollte meinen, dass er schon mal hier gewesen war. Die wussten alles, diese Augen, Biddy, und ich denke immer, dass es deshalb nicht geschrien hat, als er geboren wurde. Er hat gewusst, was kommen würde.«

Biddy drehte sich zu Elsie um. Sie wusste, was als Nächstes kam. Längeres Schweigen, ein lautes Schniefen, und dann würde Elsie weinend das Taschentuch aus ihrem Strickjackenärmel ziehen. Ihr kleiner Charlie war 1944 gefallen, zwei Tage vor seinem Vater, dem großen Charlie. Sie hatten im selben Regiment gedient, und Elsies einziger Trost war, dass der kleine Charlie zuerst starb und nicht ohne seinen Dad zurückgeblieben war. Neun Jahre waren seitdem vergangen, doch es genügte, einen von ihnen zu erwähnen, und Elsie brach in Tränen aus. Nicht, dass es Biddy störte. Sie hatte den kleinen Charlie wirklich auf die Welt geholt und Elsies glücklichsten Moment miterlebt. Biddy war gut darin, Babys zu holen, und war oft mitten in der Nacht zu den Häusern in der Gegend gerufen worden, wo sie häufig vor der Hebamme eintraf. Jetzt legte sie eine Hand auf Elsies Schulter, wie sie es seit neun Jahren tat. Biddy kannte den Ablauf.

Sie wartete die drei Minuten, die Elsies Tränenausbruch dauerte, bevor sie sich beruhigte, und sagte dann leise: »Hier, trink was, Elsie. Das hilft immer.« Biddy hatte den großen Charlie gut gekannt und verstand, wie sehr er Elsie fehlen musste.

Die Kennedys und die O'Briens waren 1924 in diese Gegend gezogen. Ihre Straßen waren die letzten Abzweigungen von der Hafenstraße und dem Krankenhaus am nächsten. Die meisten Leute hier arbeiteten in der einen oder anderen Funktion im St. Angelus. Dessie war Charlies bester Freund gewesen, und diese Freundschaft hatte geholfen, Elsie und Biddy auf die angenehmsten und sichersten Stellen im Krankenhaus zu katapultieren. Schließlich wurde Dessie als Held verehrt. Die Oberschwester mochte ihn, was an sich schon an ein Wunder grenzte. Und vor allem hatte er Einfluss. Den und jede Menge Tratsch, der es wert war, ihm einmal die Woche mit einem selbst gebackenen Apple Pie zu entlockt zu werden.

Biddy hatte ihren Mann auch verloren, doch da sie ihn von jeher als schlagfreudigen Trinker bezeichnete, war es für sie eher ein Segen gewesen. Auch wenn sie es nie aussprach. Im Gegensatz zu Elsies Jungen waren Biddys drei Söhne lebend und gesund aus dem Krieg zurückgekehrt. Sie hatten nur keine Lust, nach Hause zu kommen, sondern waren gleich in London geblieben. Biddy sprach nie über früher. Von den Kindern, die sie verlassen und vergessen hatten. Von denen, die noch im Säuglingsalter gestorben waren, oder dem Ehemann, der sie einfach im Stich gelassen hatte. Zuletzt wurde er in dem Bahnhof Lime Street gesehen, wo er betrunken erzählte, er wolle seinen Sohn besuchen. Biddy war allein. Sie musste überleben, und das ließ keinen Raum für Gefühle.

Elsie hatte Martha bei sich zu Hause. Eine ideale, wenn auch ein wenig schüchterne Tochter und eine wandelnde Erinnerung daran, was Elsie verloren hatte. Biddy lebte mit einem Kater zusammen, und der war auch noch furchtbar widerborstig.

»Gut jetzt, Dessie wird jeden Moment hier sein. Wisch dir die Tränen weg, und trink dein Guinness. Wir beiden haben heute Morgen in der Messe wie immer für deine Männer gebetet, und eines Tages wirst du aufhören zu weinen, Elsie, ganz sicher.«

»Tut mir leid, Biddy«, schluchzte Elsie, als sie ihre Brille abnahm und sie mit dem inzwischen klammen Taschentuch putzte. »Ich hätte nicht weinen dürfen, ich weiß. Wir alle müssen weitermachen, nicht? Du klagst nie, nicht mal wegen deiner Inkontinenz, mit der du dich abfinden musstest. Deine Blase macht dich zur Märtyrerin, und du beschwerst dich nie.«

»Herrgott, ich habe kein Blasenproblem!«, log Biddy und stieß mit ihrer Guinnessflasche gegen Elsies, bevor sie sich auf ihrem Stuhl zurücklehnte.

»Nein, natürlich nicht. Nur hast du so viel mehr zu ertragen als ich. Bei mir ist da unten noch alles in Ordnung.« Elsie zog die Augenbrauen hoch. »Für dich muss es schrecklich sein, Biddy.«

Biddy wollte widersprechen, als die Tür aufging und Dessie hereinkam.

»Guten Abend, die Damen. Ich habe die Pasteten. Biddy, schalte das Radio ein, sonst verpassen wir die Stargazers. Ich habe es eben sieben schlagen gehört.« Dessies Aufgabe am Sonntagabend bestand darin, beim Wagen mit den Pasteten unten am Dock vorbeizugehen.

»Pasteten, Guinness und ein Stück von Biddys Apple Pie. Was für ein Leben!« Dessie hängte seinen Mantel auf den Nagel innen an der Tür, ließ seine Mütze auf und wickelte ihr Essen aus dem Zeitungspapier. »Willst du das für dein Feuer, Biddy?«

»Nein, weißt du nicht mehr, dass ich den New World habe?« Biddy holte die Teller unten aus dem Ofen, während sie antwortete.

Dessie grinste. »Ach ja, das hatte ich vergessen.«

Er zwinkerte Elsie zu, wobei er ihre glänzenden Augen ebenso bemerkte wie das feuchte Taschentuch, das sie zurück in ihren Ärmel schob. Er hatte es nicht vergessen. Seit einem Monat redeten sie jeden Sonntag über den neuen Herd.

»Oben in Litherland stehen die neuen Fertighäuser mit den Blechdächern«, erzählte er. »Und eben habe ich Sids Jungs von nebenan getroffen, wie sie einen Stapel Kisten raufgetragen haben. Die ziehen da morgen in ihres.«

»Bald werden nur noch wir hier übrig sein«, sagte Biddy.

»Nein, nicht doch«, erwiderte Dessie, der sich einen Stuhl vorzog und den dampfenden Apple Pie vor sich fixierte. »Die meisten Leute hier haben Arbeit im Krankenhaus oder im Hafen, warum sollten die weiter weg ziehen? Ich wette mit dir, dass die von der Hafenverwaltung Sids Haus nicht dichtmachen. Wohnraum ist viel zu knapp. Es dauert noch mindestens zehn Jahre, bis sie genug neue Häuser gebaut haben, um nach den Kriegsschäden alle unterzubringen.«

»Wenn das so ist, Dessie, hast du nächste Woche einen neuen Nachbarn«, sagte Elsie. »Die Iren fallen mit den Fähren ein, um im Straßenbau zu arbeiten.«

»Wäre es nicht herrlich, wenn jemand aus Cork kommt und dir Neuigkeiten von zu Hause bringt?«, fragte Biddy, die Bestecke hinlegte.

»Na, ich weiß nur, wenn meine Martha eines Tages heiratet, will sie ihr eigenes Haus, und ich möchte in der Nähe sein. Es wäre wunderbar, Dessie, wenn sie eines der Häuser in der Nähe bekommen könnte.«

Dessie konnte nicht antworten, weil er den Mund voll hatte.

»Rede mal mit Jake, Dessie. Du bist sein Chef. Sag ihm, dass er nicht trödeln soll. Sie ist ein hübsches Mädchen, unsere Martha, und jemand schnappt sie sich früher oder später, wenn er nicht auf der Hut ist.«

Biddy und Elsie rückten näher an den Tisch und neigten die Köpfe zu Dessie. »Raus damit«, sagte Biddy, »was ist los?«

»Ich habe euer Wort, vor allem deines, Elsie, weil es dich direkt betrifft und du es am schwersten finden wirst, den Mund zu halten.«

Dessie wischte einen Soßenflecken mit seinem Handrücken weg. »Jake Berry braucht keine Ermunterung von mir, Elsie. Ich verrate euch ein Geheimnis, und Gott richte über mich, aber sagt es bitte keinem.«

Biddy und Elsie rückten ihre Stühle noch näher an den Tisch und neigten wieder die Köpfe vor. »Sag schon«, kam von Biddy, »was?«

»Habe ich euer Wort, vor allem deines, Elsie? Für dich wird es besonders schwer, es für dich zu behalten. Kannst du schweigen?«

Dessie grinste und sah die beiden abwechselnd an. »Jake hat Sids Haus gekauft. Als Sohn eines Hafenarbeiters hatte er ein Vorkaufsrecht, und das hat er genutzt.«

Elsie und Biddy waren sprachlos. »Wie kann er sich das leisten, Dessie?«, fragte Elsie, als sie sich wieder gefangen hatte. »Mein Gott, seine Mutter hatte 1945 neue Gardinen zur Feier des Kriegsendes aufgehängt, und die hat sie seitdem nicht mehr gewechselt. Die haben wirklich keinen Penny auf der Naht.«

Biddy sprang ein: »Wie kann er sich die Miete und alles leisten? Das Haus fällt auseinander. Sie haben da die ganze Feuchtigkeit vom Fluss. Das weiß ich, weil ich drinnen war, und ihr Herd wurde im Krieg noch viel schlimmer beschädigt als meiner.«

»Ah, tja, und da kommt das eigentliche Geheimnis ins Spiel. Unser junger Jake hat beim Sportwetten gewonnen.«

»Beim Sportwetten gewonnen?«, schrien Elsie und Biddy im Chor.

»Ja, hat er, vor fast einem Monat. Über dreihundert Pfund.«

»Über dreihundert Pfund!«, erklang es abermals im Chor.

Dessie fing an zu lachen. »Ihr solltet mal eure Gesichter sehen! Oh Gott, ich lach mich tot! Gib mir meine Zigaretten, Bid.«

Biddy schob ihm seine Packung Capstan über den Tisch. Ihre Gedanken überschlugen sich. Sie hatte noch nie jemanden gekannt, der beim Sportwetten gewonnen hatte.

»Jedenfalls ist er zu mir gekommen, nachdem er gewonnen

hatte. Hat gesagt, dass er Martha schon längst mal ausführen wollte, sich aber nie leisten konnte, ein Haus für sie zu kaufen. Er wollte warten, bis er Unterpförtner wird und mehr verdient. Ich habe ihm gesagt, er soll nicht zu lange warten, sonst schnappt sie sich ein anderer. Sie ist ja eine Hübsche, deine Martha.«

Elsie setzte sich kerzengerade auf und lächelte, während Biddy die Stirn runzelte. Nicht, dass sie Martha ihr Glück missgönnte. Weiß Gott, das Mädchen hatte ihr oft genug ausgeholfen! Es war dieser selbstzufriedene Ausdruck auf Elsies Gesicht, der sie ärgerte. Freundin hin oder her, Elsie hatte so viel mehr als Biddy, auf dass sie sich freuen konnte. Eine Heirat, Enkelkinder und eine größer werdende Familie in ihrer Nähe. Biddy hatte nichts von alledem. Niemanden. Sie hatte gehört, dass einer ihrer Söhne geheiratet hatte und jetzt an einem Ort wohnte, der Wandsworth hieß, aber das war sechs Jahre her, und sie hatte seitdem keinen Pieps gehört. Nicht mal eine Weihnachtskarte. Biddy sah zu ihrem Herd. Ihr einziger Vorteil, und jetzt gerade spendete er ihr so gar keinen Trost.

»Er hat es keinem erzählt, nicht mal deiner Martha. Aber das ändert sich bald. Er hat gesagt, dass er es ihr verrät, bevor er anfängt, das Haus zu renovieren. Dann will er jeden Abend nach der Arbeit hin, und wenn es bereit ist, wird er seinen Antrag machen und fünfzig Pfund haben für eine große Hochzeit und eine Sause im irischen Gemeindezentrum. Also, Stillschweigen! Deine Martha hat da einen Guten, Elsie.«

Biddy hatte es vorausgesehen. Elsie tat, als hätte sie das nicht, und rang dramatisch nach Luft. Jeder hatte gewusst, dass eines Tages die beiden hübschesten Kinder des Viertels heiraten würden. Jake hatte Augen so dunkel wie sein Haar, und Martha war zart, hatte kastanienbraunes Haar und strahlend blaue Augen. Zudem war sie eigentlich immer an seiner Hand gewesen, wenn sie als Kinder auf den Straßen spielten.

»Ist das nicht wunderbar? Biddy, hast du gehört? Jake Berry will unserer Martha einen Antrag machen, und er renoviert ein Haus für sie!«

Biddy räumte die Teller zusammen und stand auf, um sie zur Spüle zu bringen und ein Messer für den Apple Pie zu holen. Ihr Abend verlief nicht ganz so, wie sie es sich erhofft hatte. Keiner der anderen hatte erwähnt, dass der neue Herd die Teller schön warm gehalten hatte oder die Kruste ihres Apple Pies überall gleichmäßig gebräunt war und nicht auf einer Seite schwarz und auf der anderen zu hell, wie es vorher jahrelang gewesen war.

»Ja, ich habe es gehört, und ich wünsche ihm weiterhin Glück. Jake ist ein guter Kerl, das weiß jeder. Ich zumindest habe noch nie ein schlechtes Wort über ihn gehört. Deine Martha kann sich glücklich schätzen.«

Elsies Lächeln erstarb. »Also, ich finde, dass Jake der ist, der sich glücklich schätzen kann.«

»Ist ja gut, ihr zwei«, sagte Dessie, der es hasste, wenn Biddy und Elsie stritten, was sie häufig taten und oft wegen der lächerlichsten Dinge. Sie waren beste Freundinnen, doch zugleich von gegenseitigem Neid zerfressen, obwohl sie alle so wenig hatten, dass Dessie sich fragte, was sie einander denn neideten. Seine Frau hatte den Nagel auf den Kopf getroffen, bevor er in den Krieg zog.

»Das Problem ist, dass beide nichts haben, Des, und darum blasen sie jede Kleinigkeit auf. Vor allem Biddy mit ihrer großen Klappe. Der würde ich niemals trauen.«

Tatsächlich hatte Dessies Frau ihr nie vertraut, weil Biddy sich weigerte, freitagabends mit den anderen Frauen in den Pub zu gehen. Diese Sticheleien verstand Dessie nicht. Er hatte gesehen, wie seine Freunde von Bomben in Fetzen gerissen wurden, und hatte Mühe, die Bedeutung eines neuen Herds oder das Prahlen mit einer hübschen Tochter nachzuvollziehen. Erst recht, wenn sein bester Freund, Elsies toter Mann, nicht mehr samstagabends mit ihm im Red Admiral aß. Jetzt wollte er rasch einen Themenwechsel.

»Jedenfalls ist es noch ein großes Geheimnis, und das bleibt hier unter uns, klar?« Biddy und Elsie nahmen einen Hauch von Vorwurf in seinem Tonfall wahr und senkten die Köpfe. Dabei runzelte Biddy die Stirn, und Elsie konnte nicht aufhören zu grinsen.

»Morgen kommen die neuen Schwesternschülerinnen, nicht wahr, Biddy?«, fragte er. »Da wirst du reichlich zu tun haben, was?«

»Oh ja. Ich bezweifle, dass die besser sind als die letzten.«

»Da wäre ich mir nicht so sicher«, sagte Elsie, die sich die Chance nicht entgehen lassen konnte, wieder die Oberhand zu gewinnen. »Die Oberschwester ist sehr verärgert wegen einiger Mädchen, die Schwester Haycock für diesen Kurs angenommen hat.«

Plötzlich war Biddy ganz Ohr. Schwester Haycock leitete die Krankenpflegeschule erst seit einem Jahr, hatte Biddy jedoch schon für sich gewonnen. Sie war wie sie ganz allein auf dieser Welt, und auch wenn Biddy nur die Haushälterin war, duldete sie nicht, dass jemand schlecht über die neue Schulleiterin sprach.

»Ach ja, und warum das, Elsie? Und seit wann hat die Oberschwester mal an irgendwas nichts auszusetzen?«

»Na, ich habe sie telefonieren hören, als ich das Messing geputzt habe. Ich glaube, sie hat mit jemandem aus dem Stiftungsrat geredet. ›Nicht die übliche Auswahl‹, hat sie gesagt, und dass sie ein Auge auf diesen Jahrgang haben will, weil Schwester Haycock zu weit gegangen ist und irische Mädchen angenommen hat. ›Das entspricht nicht dem Standard von St. Angelus‹, hat sie gesagt.«

Biddy wollte zurückschießen, ließ es aber bleiben. Sie musste Schwester Haycock den Rücken freihalten, und Elsie war ihre beste Informationsquelle. Ihre Spionin im Büro der Oberschwester. Biddy wusste, dass die Oberschwester die erbittertste Feindin von Schwester Haycock war – und eine gefährliche noch dazu.

»Ach ja? Na, das ist interessant. Erzähl es mir, falls sie wieder etwas sagt, ja?«, bat Biddy.

Elsie löffelte sich einen großen Happen Apple Pie auf und nickte. Sie tratschte für ihr Leben gern und war ihrer eigenen Chefin nicht halb so loyal ergeben, wie Biddy es Schwester Haycock gegenüber war. »Oh, das werde ich, Biddy. Und ob!«

Da die Harmonie wiederhergestellt war, wandte Dessie sich an Biddy. »Schalte das Radio ein.« Und während Biddy sich hinüberbeugte, um am Schalter zu drehen, ergänzte er: »Der Pie hat heute Abend aber eine sehr schöne Kruste. Die beste, die ich je gegessen habe.«

Biddy lächelte erfreut, und dann verstummten die drei, um dem Klang der Stargazers zu lauschen.

Die Oberschwester stand an ihrem Wohnzimmerfenster und blickte hinaus zum leeren Krankenhausparkplatz. Alle Besucher waren längst gegangen. In den Operationssälen und der Notaufnahme war es still, doch das Krankenhaus schlief nie. Im Hintergrund spielte leise das Radio, und die Oberschwester hob ihren geliebten Scotchterrier Blackie hoch, streichelte seinen Kopf und schaute zu dem Regen, der vom Verandadach auf den Haupteingang unten troff.

»Ich glaube, es gibt bald Schnee, Blackie«, flüsterte sie ihrem Hund zu, der bei seinem Namen den Kopf zu ihr drehte.

Früher mal war der obere Korridor voller Schwestern gewesen, die hier wohnten. Manchmal glaubte sie noch, den Klang eines Klaviers oder das Scharren von Füßen auf dem polierten Estrichboden zu hören, das Flüstern von Kolleginnen, die schon lange fort waren. Natürlich wusste sie, dass es nur die Geister der Erinnerung waren. Die Zeiten, in denen Schwestern im Krankenhaus wohnten, hatten mit dem Krieg geendet. Jetzt standen die meisten Zimmer hier leer, warteten auf gelegentliche Besucher oder wurden als Büros genutzt. Nachts erfüllte sie eine totengleiche, einsame Stille.

Sie setzte sich an ihren Schreibtisch, Blackie auf ihrem Schoß, und schrieb eine Nachricht an Schwester Antrobus auf Station zwei, um sie zum Abendessen einzuladen. Es würde nicht ungewöhnlich wirken. Sie beide waren alleinstehende Frauen, und die Oberschwester hatte das Gefühl, dass ihr Schwester Antrobus sehr ähnlich war. Die Schwester galt im gesamten Krankenhaus als Furcht einflößend, was die Oberschwester durchaus befürwortete. Ihr war bewusst, dass Schwester Antrobus eine sehr eigene Art hatte, vielleicht ein wenig zu schroff in ihren Meinungsäußerungen war und möglicherweise etwas zu hohe Ansprüche an die Schwesternschülerinnen in der Probezeit stellte, bedachte man die Fluktuationsraten. Doch alles in allem verstanden die beiden sich sehr gut, und die Oberschwester hoffte, dass sie weit mehr gemeinsam hatten als die Arbeit.

»Woran nichts auszusetzen ist, nicht wahr, Blackie?«, fragte sie, bevor sie die Umschlaglasche anleckte und Schwester Antrobus' Namen auf die Vorderseite schrieb. Ja, es war nichts falsch an einer Einladung zum Abendessen. Und sie musste ihrer quälenden Einsamkeit ein Ende machen. Sie drückte Blackie an sich, um den Schmerz zu lindern, und drehte das Radio lauter, als die ersten Akkorde der Stargazers ertönten.

Kapitel fünf

Victoria Baker kniete auf dem Boden neben ihrem Bett und packte Kleider in ihren Koffer, während ihre Tante Minnie die Liste abhakte.

»Ich glaube nicht, dass ich jemals eine Uhr mit Sekundenzeiger besessen habe«, sagte Tante Minnie und klappte den dunkelblauen Samtdeckel der Schatulle auf, in der sich die Ingersoll-Ansteckuhr befand. »Ach doch, habe ich! Die Cartier, die ich zum einundzwanzigsten Geburtstag von deinen Großeltern bekam, hat einen. Die sollst du haben. Sie ist in meinem Schmuckkasten in London.«

Victoria legte die letzten Sachen vom Bett in den Koffer und sprang auf. In nicht einmal zwei Stunden musste sie zum Zug nach Liverpool.

Sie trat ans Fenster und sah draußen Roland Davenports Wagen die lange Auffahrt nach Baker Hall heraufkommen.

»Roland kommt«, sagte sie zu Tante Minnie, die vom Bett aufstand, zu ihr kam und einen Arm um die Schultern ihrer Nichte legte.

»Es fühlt sich seltsam an, dass wir Roland erst vor wenigen Wochen kennengelernt haben und er jetzt hier ist, um dich zum Bahnhof zu bringen.«

»Na, für mich nicht«, sagte Victoria. »Außerdem warst du es, die ihn gebeten hat, alles zu regeln.« Sie zog sich vom Fenster an die Frisierkommode zurück, damit Roland sie nicht sah, und fixierte einige lange blonde Strähnen, die sich aus ihrem Chignon gelöst hatten, mit einer Haarnadel aus einer hübschen kleinen Glasschale.

»Ist mein Haar so in Ordnung?«, fragte sie.

»Du siehst reizend aus, Liebes«, antwortete Tante Minnie. »Ich kann nicht glauben, dass du das tust. Ausnahmsweise stimme ich deinem Vater zu, und ich gebe deiner Mutter die Schuld.«

»Nun, ich wüsste nicht, wie ich mich sonst nützlich machen kann. In London wäre ich dir bloß im Weg, und außerdem bin ich noch nicht bereit, aus dem Norden wegzuziehen. Mutter hat London gehasst, und ich bin ihr sehr ähnlich, wie du weißt.«

Victoria Baker, die Tochter des sechsten Lord Baker, sollte das ihr vertraute Leben hinter sich lassen und die Schwesternausbildung im St. Angelus in Liverpool beginnen. Ihre Vorstellung von Krankenpflege nährte sich ausschließlich aus den Tagen, an denen sie als Kind ihre Mutter begleitet hatte, wenn Lady Baker die Kriegsversehrten auf dem Anwesen besuchte. Die achtjährige Victoria hatte ihrer Mutter geholfen, die Körbe vorn auf ihren Fahrrädern mit Essen und einigem medizinischen Bedarf zu beladen, wobei sie ihr Bestes gab, Lady Bakers Anweisungen zu befolgen. »Verteil das Gewicht gleichmäßig, Victoria. Wir haben schon genug Verwundete, auch ohne dass du mit dem Rad stürzt.« Ehe sie losfuhren, ging ihre Mutter ihre Liste durch. »Gut, Schatz, sehen wir nach, wen wir heute besuchen, und planen unseren Weg, ja?«

Es waren die schönsten Tage ihrer Kindheit gewesen. Sie waren mit Kuchen und Keksen, Früchten aus dem Obstgarten und Eiern von den Hennen in den Ställen losgeradelt. Ihre Mutter, die in ihrem Leben nie selbst ihr Bett gemacht hatte, schüttelte Kissen auf, zog Laken glatt und tupfte Gesichter ab. Abends schnitten sie in der Wäschekammer Verbände und Auflagen aus alten Bettlaken.

Sie besuchten Dörfer, die Victoria bis dahin nur von den Ausritten auf ihrem Pony kannte, begleitet von einem Stalljungen. An zwei Tagen die Woche nahmen sie an einem Handarbeitskreis teil, wo sie Socken und Pullover für die Verwundeten strickten. Den Männern vom Lancashire-Regiment mangelte es an nichts, was Victoria ihnen geben konnte, und oft arbeitete sie mit ihrer einzigen Tochter an ihrer Seite, die voller Ehrfurcht und Staunen von ihr lernte. Dachte Victoria heute an ihre Mutter, waren es jene Tage, die ihr als Erstes in den Sinn kamen. An ihre geröteten Wangen, wenn sie nach einem langen Besuchssonntag heimkehrten. An die Freude in ihrer Stimme, wenn Mrs Armitage aus Bolton mit detaillierten Instruktionen für die kommende Woche vorbeischaute. Da hatte Lady Baker sich erstmals gebraucht gefühlt, und sie genoss die Herausforderung, etwas Sinnvolles zu tun und zu helfen.

Etwas, was in Baker Hall niemals angesprochen wurde, war die Tatsache, dass ihnen das Geld ausging. Victorias Vater war es beinahe unmöglich zu akzeptieren, dass sie sich keine Bediensteten mehr leisten, nicht einmal das Dach ausbessern konnten, doch im Grunde hatte es schon lange vorher angefangen. Der Krieg war lediglich eine Ablenkung gewesen. Solange ihre Mutter sich um die Verwundeten kümmern konnte, musste sie sich nicht den Problemen vor ihrer eigenen Haustür stellen.

Baker Hall befand sich am Rande des Moors, weit genug weg von Bolton, um regelmäßige Besuche im Ort schwierig zu machen, und wirkte mit den hohen Mauern, den Säulengängen und dem streng angelegten Garten ganz wie ein stattliches Zuhause. Die Gebäude neben dem Haupthaus stammten aus dem fünfzehnten Jahrhundert und beherbergten einen Saal, in dem Königin Elisabeth I. mit ihrem Gefolge auf ihren Reisen durch den Nordwesten Station gemacht hatte. Es hatte sogar einen Burggraben gegeben, der mittlerweile jedoch zugeschüttet und mit Rasen bedeckt worden war. Die Pracht früherer Zeiten war überall zu erkennen, doch hinter der Fassade sah es anders aus. Als Victoria achtzehn wurde und die kriegsgebeutelte Regierung an die Tür klopfte, um die letzte Erbschaftsteuerrate für den Nachlass ihres Großvaters zu kassieren, konnte sich ihr Vater nicht mehr vor der Wahrheit verschließen. Das Anwesen verfiel, und nach außen ließ sich nicht ewig ein anderer Eindruck vermitteln. Der alte, inkompetente Verwalter musste entlassen werden, und die Flasche wurde zu Lord Bakers neuem Freund.

Dann starb ihre Mutter. Ohne einen Ton oder irgendwelches Aufsehen, wie es immer ihre Art gewesen war. Eines Morgens wachte sie einfach nicht mehr auf.

»Ein schwaches Herz, die Spätfolge des rheumatischen Fiebers, das sie als Kind hatte. Wir wissen, dass es die Aorta- und Mitralklappen ernsthaft schädigen kann, aber selbst wenn wir es diagnostizieren, was oft schwierig ist, können wir nichts tun«, hatte der Arzt gesagt. Seine Erklärung war kein Trost für Victoria. Es wurde Zeit, nach Tante Minnie zu schicken.

Tante Minnie war durch die Türen von Baker Hall hereingestürmt wie ein Wirbelwind, um Lady Bakers Beerdigung beizuwohnen, und gleich am ersten Tag hatte sie das wahre Ausmaß der Katastrophe erfasst.

»Warum brennt in der Eingangshalle kein Feuer? Und was, um Himmels willen, sind das für Essensflecken auf deinem Jackett, Gerald? Wo ist das Personal?« Sie machte sich auf die Suche nach Victoria. »Ich bin jetzt da, Schätzchen«, sagte sie, als sie das Mädchen mit feuchten Augen und einem ungelesenen Buch auf dem Schoß fand. Sie küsste Victoria auf die Wange. »Hab keine Angst.«

Doch Victoria hatte große Angst. Zwar hatte sie ein behütetes Leben geführt, dennoch begriff sie, wie schlecht es um ihren trinkenden Vater und Baker Hall stand. Tante Minnie hätte ihrer Mutter kaum unähnlicher sein können. Sie war direkt, eigensinnig und es gewohnt, ihren Willen durchzusetzen. Durch und durch eine Baker, während Victoria nach ihrer Mutter schlug.

Den ersten Monat verbrachte Tante Minnie damit, wieder ein wenig Ordnung in den vernachlässigten Haushalt zu bringen und das verbliebene Personal, das praktisch schon gepackt hatte, zum Bleiben zu überreden. Sie bezahlte die Leute aus ihrer eigenen Tasche, und die meisten standen bereits kurz vorm Ruhestand. Während des Krieges waren die jungen Männer in den Kampf gezogen, und diejenigen, die geblieben oder arbeitsfähig zurückgekehrt waren, hatte die erstarkende Wirtschaft in die Städte gelockt, wo die Industrie wieder Fahrt aufnahm. In häusliche Dienste zu gehen wurde zunehmend unmodern, und niemand war mehr erpicht auf die langen Arbeitszeiten und starren Regeln in einem Herrenhaus.

»Ich habe das Personal für die letzten drei Monate bezahlt und ihnen auch den künftigen Lohn garantiert, Gerald, aber ich kann dauerhaft keine zwei Haushalte finanzieren, und mein Erbe wäre für Baker Hall binnen fünf Minuten aufgezehrt«, sagte Tante Minnie. »Wir müssen bald eine Lösung finden, doch vorher sollten wir hier wieder ein wenig Ordnung herstellen.« Tante Minnies Mann war im Krieg Offizier gewesen und gefallen, sodass sie mit vierzig Jahren verwitwet, allerdings gut versorgt war. Und im Gegensatz zu ihrem Bruder hatte Minnie nicht beschlossen, sich in ihrer Verzweiflung zu suhlen oder in einer Whiskykaraffe zu versinken.

Sie trug Victoria und deren Vater auf, die verstaubte Bibliothek zu ordnen und einige Bücher aus dem ersten Stock ins Arbeitszimmer zu bringen. Dort richtete Tante Minnie sich ein und versuchte, den Briefen und Mahnungen von Kaufleuten einen Sinn abzuringen. Die Lage war weit schlimmer, als sie geahnt hatte.

Eines Abends kam Victoria nach dem Essen nach unten, um sich etwas zu trinken zu holen, als sie hörte, wie ihr Name fiel.

»Was machen wir mit Victoria?«, fragte Tante Minnie ihren Vater.

Wer lauschte, hörte nichts Gutes über sich, wie Victoria wusste, trotzdem hockte sie sich vor die große Eichentür und spähte durchs Schlüsselloch. Tante Minnie saß mit einem Glas in der Hand auf dem Sofa und blickte sorgenvoll ins Feuer.

»Diese Frau hat uns ruiniert.«

Ihr Vater, der ebenfalls auf dem Sofa war, zeigte verächtlich auf das Porträt ihrer Mutter über dem Kamin, ehe er in sein Glas schaute. Das Glas, wie auch alles andere hier, würde bald in einer Auktion versteigert werden. Die Worte waren Victoria nicht neu. Als ihre Mutter noch lebte, hatte er ihr vorgehalten, dass sie ihm keinen Sohn und Erben schenkte. Nun trank er einen großen Schluck Whisky und schwenkte das Eis im Glas. Victoria kniete sich hin; so war es bequemer, und sie wollte alles hören. Sie kannte Tante Minnie hinreichend gut, um zu wissen, dass sie nicht zum beiläufigen Plaudern neigte. Wenn sie das Thema ansprach, musste sie einen Plan haben, und bisher hatten Victoria all ihre Pläne in Angst und Schrecken versetzt.

»Wenn wir noch mehr Pachthöfe verkaufen, schmälern wir die Verdienstmöglichkeiten des Anwesens. Keiner will ein Haus von dieser Größe ohne wirtschaftliches Potenzial. Wozu auch ein Anwesen ohne Erträge besitzen?«

»Was für eine Wahl haben wir?«, fragte ihr Vater, wobei er entsetzt aufblickte.

Victoria konnte sehen, wie sich ihre Tante vorbeugte und den Arm ihres Vaters tätschelte. Es sollte ihn aus dem Selbstekel locken, in den er sich oft zurückzog, wenn Minnie über die Zukunft von Baker Hall, der Familie, den überfälligen Steuern und, nicht zuletzt, dem einzigen Kind redete.

»Ich habe eine Idee«, sagte Minnie. Victoria merkte auf. Jetzt könnte es interessant werden.

»Ich lassen deinen Anwalt kommen. Mal sehen, ob er helfen kann.«

»Den habe ich nicht mehr«, sagte Gerald. »Seine Kriegsverletzungen haben ihn eingeholt, und er ist letztes Jahr gestorben.«

»Das ist mir bekannt«, entgegnete Minnie.

Victoria hörte, dass Tante Minnie die Geduld verlor; ihr Mitleid mit ihrem Bruder war nicht unbegrenzt. Keiner schob immerzu alles auf den Krieg. Sie alle hatten einen Preis für den Frieden gezahlt, und jetzt mussten sie nach vorn blicken.

»Sein Sohn ist auch Anwalt und hat die Kanzlei übernommen. Angeblich kommt er nach dem Vater. Du musst langsam begreifen, dass die Steuer sich nicht für Abstammung oder gar lieb gewonnene Privilegien interessiert, Gerald. Die Partei, die du dein Leben lang unterstützt hast, könnte wieder an die Macht kommen, wird dich indes nicht vor dem Schuldenturm bewahren. Werde wach, und wenn du es bist, darfst du mir verraten, was in aller Welt wir mit deiner wunderbaren, begabten Tochter anfangen. Bis dahin rufe ich deinen Anwalt an, gleich morgen früh. Du brauchst Hilfe, und ich lasse nicht zu, dass du dieses entzückende junge Mädchen mit dir in den Abgrund reißt.«

Victoria konnte gerade noch aufspringen, bevor die Bibliothekstür aufflog und Minnie herauskam. Ohne einen Gedanken an eine Ausrede zu verschwenden, was sie hier machte, platzte sie heraus: »Tante Minnie, ich möchte Krankenschwester werden, so wie Mummy.«

Zwei Treffen mit dem Anwalt und zwei Wochen vergingen, in denen Leute vom Auktionator kamen, um alles im Haus zu katalogisieren. Gerald war nirgends zu sehen. Er bewegte sich wie ein Geist von Raum zu Raum, mied alle. Ihm war der Gedanke unerträglich, seine kostbare Bibliothek zu verlieren.

»Such dir Bücher aus, die du mit ins Dower House nimmst«, schlug Minnie vor.

Das Dower House verfügte nur über acht Zimmer, was für Victorias Vater eine Erniedrigung sondergleichen darstellte. Victoria hatte gehofft, dass nach dem Verkauf von Baker Hall und der Einrichtung genügend Geld bliebe, um ihnen ein gewisses Maß an Komfort zu gewährleisten. Diese Illusion hatte ihr Roland geraubt, als sie ihn nach seinem ersten Besuch zu seinem Wagen begleitete. Seit seiner Ankunft war er sanftmütig und fürsorglich ihr gegenüber gewesen und hatte gleich schmunzelnd angemerkt: »Das letzte Mal, dass ich Sie gesehen haben, sind Sie mit Ihrer Mutter in einem Tempo von unserem Haus weggeradelt, dass Ihre Zöpfe hinter Ihnen aufflogen.«

Victoria war rot geworden. »Mir hat furchtbar leidgetan, von Ihrem Vater zu hören«, sagte sie. »Meine Mutter hat ihn sehr gemocht. Und ich bin immer gern mit zu seinem Verbandswechsel gekommen, weil er jedes Mal einen kandierten Apfel für mich hatte. Allein der war die Fahrt wert!« Lachend hatten sie sich angesehen, bis sie Tante Minnie hörten.

»Kommen Sie. Wir haben sehr viel zu besprechen.«

»Die Privatschulden auf dem Anwesen sind enorm«, erzählte er ihr hinterher. »Es geht nicht nur um die letzte Rate der Erbschaftsteuer. Ihr Vater hat seinen Besitz schon länger beliehen, um das Anwesen zu unterhalten. Auch wenn die Gemälde den Großteil der Schulden decken dürften, könnte der Punkt kommen, an dem die Cottages und das Dower House ebenfalls verkauft werden müssen.«

»Wie bitte? Mein Vater wird nichts mehr haben? Nicht einmal mehr ein Haus?« Sie standen vor dem Herrenhaus, in dem Generationen von Victorias Familie gelebt hatten. Die Porträts ihrer Vorfahren hingen seit vierhundert Jahren an den Wänden und würden nun an Fremde verkauft. Das Gewebe ihrer Welt schien sich aufzulösen.

»Mein Vater hatte schon vor Jahren geraten, das Haus zu verkaufen. Seit Ihr Großvater starb und die ersten Erbschaftsteuern fällig wurden. Nun sind aufgrund der Verzögerungen Zinsen und Zinseszinsen aufgelaufen …« Victoria kamen die Tränen, und Roland verstummte. Er erkannte, wie wenig begreiflich ihr war, was hier passierte. »Ich werde mein Möglichstes tun, um die beste Lösung für Sie beide herbeizuführen. Überstehen Sie das?«, fragte er besorgt. Seinen Wunsch, sie zu beschützen, verdankte sie den schönen Erinnerungen an sie als Kind und an ihre Mutter, die sich so gütig um seinen Vater gekümmert hatte. Es hatte nichts mit seinen Pflichten als Familienanwalt zu tun.

Victoria schaute zu ihm auf. Sein warmherziger Blick und sein freundlicher Ton waren ihr beinahe zu viel, und jetzt brachen sich die Tränen Bahn. Tränen, die sie vor ihrer pragmatischen Tante Minnie verborgen hatte, um nicht als schwach zu gelten – wie ihr Vater.

»Nicht doch.« Unbeholfen legte Roland einen Arm um sie. »Ihre Eltern haben Sie zu Ihrem eigenen Schutz im Dunkeln gelassen. Ich weiß, dass es deshalb ein großer Schock ist, aber sie wollten nur tun, was das Beste für Sie war. Eines Tages werden Sie das Anwesen erben, doch in Anbetracht der riesigen Schulden …« Wieder verstummte er und sprach nicht aus, dass kein Mann Victoria heiraten und solch eine gewaltige finanzielle Last auf sich nehmen würde.

Victoria reckte stolz ihr Kinn. »Ich habe schon entschieden, dass ich Krankenschwester werden will, wie meine Mutter«, sagte sie.

Roland lächelte. »Ich erinnere mich, dass Sie eine Schwesternschürze getragen haben.«

»Oh ja!« Victoria strahlte. »Ich habe es geliebt, sie zu tragen und meiner Mutter zu helfen. Mrs Armitage hatte sie mir genäht. Sie sagte, ich wäre ihre jüngste Krankenschwester. Und ich fand es wunderbar, zu helfen und nach Bolton zu Ihnen zu fahren. Es war natürlich schöner, wenn wir Benzin hatten und nicht das Fahrrad nehmen mussten.«

»Ich könnte mir keine wertvollere Tätigkeit vorstellen.« Roland öffnete die hintere Tür seines Wagens und warf seine Aktentasche hinein. »Die Woche stand in der *Times* etwas über die Umstrukturierung der Schwesternarbeit. Schwestern sollen einige Aufgaben übernehmen, die bisher nur den Ärzten erlaubt sind. Der NHS steckt in einer kleinen Krise, weil es zu wenige junge Männer gibt. Wir haben im Krieg einige der besten Köpfe Großbritanniens verloren.«

»Gewiss könnten sich doch viele junge Frauen zu Ärztinnen ausbilden lassen.« Victoria war ein klein wenig verärgert.

»Oh ja, viele tun das auch schon. Die meisten werden Allgemeinmedizinerinnen, und dann ist es die alte Geschichte. Sie heiraten und gründen Familien. Erwägen Sie, Ärztin zu werden?«

Victoria blickte hinauf zum Himmel, wo Wolken über den Himmel jagten und einen Schatten auf die Auffahrt warfen. »Nein, ich möchte wie meine Mutter sein.«

Roland schmunzelte über ihre Hartnäckigkeit. »Tja, mich geht es zwar nichts an, aber ich halte es für eine gute Idee. Mein Vater hat immer in den höchsten Tönen von Ihrer Mutter gesprochen. Sie hat einen bleibenden Eindruck hinterlassen – Sie beide, genau genommen.« Er senkte die Stimme und kickte einige Kiesel mit der Schuhspitze weg. Dabei betrachtete er Victorias Haar und wurde von dem Impuls übermannt, hineinzugreifen und die Nadel zu lösen, die es hinten zusammenhielt, um zu sehen, wie es ihr über die Schultern und den Rücken fiel.

Ihre Blicke begegneten sich, und Victoria lächelte ihn an. Roland erwiderte es, und der Ausdruck seiner Augen bewirkte, dass sie sich schon etwas leichter fühlte. Weniger besorgt. »Ich weiß, dass ich Krankenschwester werden möchte, aber nicht, wie ich es anstelle. Wo soll ich hingehen?«

Weil er sich dringend nützlich machen wollte, ergriff Roland die Gelegenheit. »Ah, ich glaube, da kann ich Ihnen helfen. Mein Bruder Edward ist Arzt am St. Angelus in Liverpool. Ich könnte mich erkundigen, wenn Sie möchten. Da wären Sie nahe genug, um ab und zu nach Hause zu kommen, aber weit genug weg, um Abstand zu Baker Hall und allem zu gewinnen, was hier vor sich geht.«

»Würden Sie?« Victoria bewahrte den Geist ihrer Mutter in ihrem Herzen. Und jetzt wusste sie, dass sie nicht aufgeben würde, ehe sie bekam, was sie wollte. Krankenpflege würde zu ihrer Berufung werden. Ihrem gegenwärtig leeren Leben würde ein Sinn verliehen.

Roland wünschte, er wäre nicht so ungestüm gewesen. Hätte er gekonnt, hätte er sich selbst getreten. Weil er der jungen Frau helfen wollte, riskierte er nun, sie zu verlieren. Mit seinem Versprechen, seinen Bruder wegen der Schwesternausbildung im St. Angelus zu kontaktieren, schickte er sie weg. Ausgerechnet zu Edward.

Als Roland klingelte, bellten die Hunde los.

»Ist dir klar, dass er ein Auge auf dich geworfen hat?«, fragte Tante Minnie, als Victoria die Kofferriemen stramm zog.

»Ja, ist es.« Victoria hob den Koffer probeweise an.

»Und?« Tante Minnie nahm die Handschuhe ihrer Nichte vom Bett auf und hielt sie ihr hin.

»Und was?«

Victoria und Roland hatten sich seit jenem ersten Tag ein Dutzend Male getroffen. Er war zum Bewerbungsgespräch mit ihr nach Liverpool gefahren, hatte sie zum Abendessen mit seinem Bruder Edward eingeladen und war die ganze Zeit für sie da gewesen. Sie hatte es keinem erzählt. Tante Minnie und ihr Vater glaubten, dass sie eine Schulfreundin in Manchester besucht hatte.

»Du weißt sehr wohl, was ich meine. Magst du ihn? Denn falls ja, sei bitte vorsichtig. Dein Vater würde dem niemals zustimmen und ich übrigens auch nicht.«

»Warum denn nicht? Weil er keinen Titel, kein Land und kein Vermögen hat?«, fragte Victoria so frostig, wie sie es ihrer Tante gegenüber bisher nie gewesen war. Und sofort bekam sie ein schlechtes Gewissen, als sie ihre Handschuhe nahm. »Wenn Vater Roland für gut genug hält, um seine finanziellen und juristischen Angelegenheiten zu regeln, warum soll er dann nicht gut genug für mich sein? Immerhin erweist er sich als weitaus kompetenter, alle geschäftlichen Dinge bezüglich Baker Hall zu übernehmen, als es Vater jemals tat.«

Minnie fiel keine Erwiderung ein. Natürlich hatte Victoria recht, doch die Inkompetenz ihres Bruders sollte auch nicht ihre Pläne für die Zukunft ihrer Nichte durchkreuzen.

Victoria fuhr fort: »Sehr bald werde ich nichts mehr haben. Gar nichts, und dann werde ich keinen Mann finden. Außerdem dauert meine Ausbildung drei Jahre. Ich habe fest vor, sie abzuschließen und eine richtige Krankenschwester zu werden. Falls Roland an mir interessiert ist, muss er lange warten.«

Minnie stand auf den Eingangsstufen und winkte, bis Roland durchs Tor gefahren war. Sie war nicht ohne jede Hoffnung. In London kannte sie viele begehrenswerte junge Männer. Reiche begehrenswerte Männer. Vor zehn Jahren noch hätten sie es nicht in die obersten Ränge geschafft, doch wie jeder ihr gegenwärtig sagte, war die Welt heute eine andere.

Als sie die großen Eichentüren schloss, kam ihr Bruder auf sie zu. »Ist sie weg?«, fragte er scharf. Er roch nach Whisky und Verzweiflung.

»Ja, ist sie. Und sie redet sich ein, dass sie die vollen drei Jahre durchhält. Ich gebe ihr höchstens drei Monate, bis ich sie zur Rückkehr überreden kann. Du magst dein Geld verloren haben, aber du hast immer noch einen Status. Ich werde eine gute Partie für sie finden, keine Sorge. Jetzt muss ich ans Telefon und eine neue Anwaltskanzlei für dich finden. Je eher dieser junge Mann nichts mehr mit Baker Hall zu tun hat, desto besser.«

Kapitel sechs

Martha würde alles geben, könnte sie die Zeit zurückdrehen, als sie unter ihrer Bettdecke lag. Das wünschte sie sich von ganzem Herzen. Früher hatte sie ihre Arbeit und das Gefühl von Verantwortung, das sie ihr gab, geliebt. Um ein Haar hatte sie sich ihrer Freundin Josie anvertraut, doch dann hatten ihr die Worte gefehlt zu erklären, was mit ihr geschah. Als sie nach ihnen suchte, klangen sie schon in ihrem Kopf so abstoßend, dass sie unmöglich laut ausgesprochen werden konnten. Er hatte sie nicht vergewaltigt, was es umso schwieriger machte, den Rest von dem zu erklären, was er getan hatte, ohne dass es klang, als wäre sie mindestens zur Hälfte mitschuldig. Und wie für jeden anderen, der im Krankenhaus arbeitete, kam Dr. Scriven für Josie der schillerndsten Gestalt gleich, die Liverpool zu bieten hatte.

»Was machst du noch im Bett, Martha? Es ist fast halb sieben. Hoch mit dir! Ich mache uns Tee und aufgeweichtes Brot in heißer Milch, bevor wir zum Bus laufen. Halten dich etwa Gedanken an diesen Jake Berry länger im Bett? Ich warne dich, wenn er mit dir da drinnen ist, denk dir lieber einen guten Grund aus, aufzustehen und nach unten zu kommen, ehe er aufwacht.«

Elsie sprach all das durch die einen Spaltbreit offene Tür. Gewöhnlich musste sie ihre Tochter nicht wecken, denn oft war Martha als Erste unten, hatte den Herd angefeuert und den Kessel aufgestellt, bevor ihre Mutter aufwachte. Doch in letzter Zeit kam Martha jeden Morgen später nach unten, und Elsies Verdacht war nicht vollends unbegründet.

Martha mochte die Momente, wenn sie aufwachte und an Jake dachte. Sie wusste, dass sie beide das glücklichste Paar auf der Welt waren, und ihre Mutter irrte sich. Der Gedanke, dass sie eines Tages verheiratet wären und dasselbe Bett teilten, erfüllte sie mit wohliger Wärme. Sie müsste nie wieder aufstehen und zur Arbeit gehen. Es war solch ein wohltuender Gedanke, dass sie nicht zu glauben wagte, es würde jemals geschehen. Heute jedoch war sie nicht mit Gedanken an Jake aufgewacht, sondern aus einem Albtraum von Dr. Scriven.

Sie zermarterte sich das Hirn, wie sie das Krankenhaus verlassen könnte. Könnte sie vorgeben, dass sie krank war, oder sich eine andere Stellung suchen? Ja, das sollte sie tun. Woanders Arbeit suchen. Es gab einen einfachen Weg, mit Dr. Scriven zu verfahren, und der war, ihn nie wiederzusehen.

In der Küche stand Elsie an der Spüle und blickte in den Spiegel mit der rosa Plastikumrandung, der am Fenster lehnte. Sie löste ihre Lockenwickler mit der Fingerfertigkeit einer Frau, die dieselbe Prozedur ihr Leben lang schon vornahm.

»Endlich«, sagte sie und drehte sich mit einer kleinen rosa Haarnadel im Mund zu Martha um. »Ich dachte schon, du kommst gar nicht mehr aus dem Bett. Was ist los mit dir? Du willst doch nicht zu spät kommen. Wir müssen den anderen ein Vorbild sein.«

Martha antwortete nicht, sondern nahm den Teebecher, den Elsie ihr eingeschenkt hatte, rührte Milch hinein und beobachtete, wie ihre Mutter die restlichen Haarnadeln löste. Bei Elsie war es jeden Morgen derselbe Ablauf. Die Drahtwickler wurden einer nach dem anderen entfernt und in den Blumentopf auf der Fensterbank geworfen. Und das Erste, was ihre Mutter jeden Abend tat, wenn der Teekessel auf dem Herd stand, war, ihr Haar wieder aufzuwickeln.

»So, fertig«, sagte Elsie und drehte sich schwungvoll um. »Was ist heute Morgen mit dir, Martha? Es sieht dir gar nicht ähnlich, so betrübt zu sein. Hast du dich mit Jake gestritten? Der erste Krach, ja?«

Elsie nahm eine irdene Backform aus dem Ofen. Sie war voll mit altem Brot, in Milch und Zucker eingeweicht. »Jetzt komm. Wir haben noch fünf Minuten. Heute musste ich die Milch mit Wasser strecken. Ich gehe bei der Molkerei vorbei und bezahle die Rechnung, damit sie wieder liefern, wenn ich meinen Lohn bei Dessie abgeholt habe.«

Martha hatte kein Wort von dem gehört, was ihre Mutter sagte. Sie blickte angewidert zu dem lauwarmen Brot und der Milch. »Mam, meinst du, ich kann woanders arbeiten als in dem Ärztezimmer?«

Elsie sah sie völlig entgeistert an. »Woanders?«, kreischte sie. »Bist du verrückt geworden? Du hast eine der besten Stellen im ganzen Krankenhaus. Ist dir klar, dass Frauen wie Hattie Lloyd dich ermorden und deine Leiche verscharren würden, wenn sie könnten, um deine Stelle zu kriegen? Und dabei hat sie eine neue Tapete, die die ganze Treppe raufgeht! Bis nach oben! Die mussten nicht mal die untere Hälfte malen. Die Tapete verdreckt natürlich nach Wochen, weil die Kinder immer rauf- und runterrennen, und sieht dann viel schlimmer aus als Farbe, sag ich dir. Tja, sie wollte nicht hören. Immer muss sie alle übertrumpfen. Himmelherrgott, nein, du darfst dich nicht versetzen lassen! Sie hätte sofort deine Stelle, wenn sie es hört. Und unsere Stellen im Krankenhaus sind das Einzige, was uns hier noch ein bisschen Respekt sichert. Dank Dessie verdienen wir fast fünf Shilling mehr als alle anderen. Und wir sparen für schlechte Zeiten, rennen nicht jedes Mal runter zum Markt, wenn es eine neue Tapetenrolle gibt. Jetzt will sie eines von diesen neuen Dampfbügeleisen, die ganz neu sind, sagt sie. Ich habe ihr gesagt, Geld, das weg ist, ist weg, und ein Bügeleisen kann man nicht essen, oder? Und ich weiß nicht mal, ob das bei ihr so viel ändern würde. Mrs Beeton würde in Ohnmacht fallen, wenn sie sehen könnte, was Hattie Lloyd auf den Tisch stellt und Essen nennt! Wohin willst du dich versetzen lassen? Jeder wird denken, dass du verrückt geworden bist. Nein, das geht nicht, du dummes Ding.«

Martha sah ihre Mutter an. Es war sinnlos, ihr zu widersprechen. Und Martha fiel kein triftiger Grund ein, warum sie die eine Stelle im Krankenhaus nicht mehr wollte, um die alle anderen Putzkräfte sie beneideten. Abgesehen von dem wahren Grund, und den würde ihr kein Mensch glauben. Man würde sie wegschließen lassen und sagen, sie sei vollkommen bekloppt. Ihr vorwerfen, sie hätte ihn verführt. Und, was das Schlimmste war, Jake könnte ihnen glauben.

Dr. Scriven ging dazu über, immer häufiger im Ärztezimmer zu sein, und jedes Mal sprach er sie an. Er redete und redete, bis eine Küchenhilfe oder ein anderer Arzt den Raum betrat. Viel lieber wäre Martha ignoriert worden. Sie wusste nicht, wie sie sich verhalten, was sie sagen sollte oder warum er überhaupt mit ihr sprechen wollte. Er hatte ihr von seiner Frau erzählt, die den ganzen Tag Gin trank, während er bei der Arbeit war, und ins Bett gebracht werden musste, wenn er nach Hause kam. Von seinen Kindern, die im Internat waren und in den Ferien kaum mit ihm redeten. Er sagte sogar: »Meine Frau versteht mich nicht, Martha. Aber Sie tun es, nicht wahr? Sie hören mir zu.«

»Ich mache Ihnen Tee und Sandwiches«, flüsterte Martha ohne jeden Anflug von Emotion.

Sein Gesicht war beim Reden immer schmerzverzerrt, doch tatsächlich verstand sie nicht viel von dem, was er sagte, und hatte oft das Gefühl, der gequälte Ausdruck und die langen, traurigen Blicke wären aufgesetzt. Um sie zu beeindrucken. Sie wusste, dass er ein trauriger, einsamer Mann war, und vermutlich hatte sie deshalb nicht geschrien, als er sie küsste und seine Hände auf ihre Brüste legte. Noch nie war sie geküsst worden. Sie hatte daran gedacht und sich vorgestellt, wie es wäre, wenn Jake es endlich tat. Doch in Wahrheit war ihr erster Kuss eine niederschmetternde Enttäuschung gewesen. Sie hatte es gehasst. Ihr war übel geworden, und sie hatte ihn gebeten aufzuhören.

»Tut mir leid«, hatte er gesagt. »Ich dachte, Sie würden es wollen. Ich habe geglaubt, das hätten Sie sich gewünscht, als Sie mich an jenem Tag ansprachen.«

»Oh nein, Dr. Scriven.« Sie war zurückgewichen, denn er war viel zu nahe. Er war in ihre kleine Teeküche neben dem Ärztezimmer gekommen und hatte sie dort in die Ecke gedrängt, sodass sie gefangen war. »Das war es nicht. Ich habe nur gesehen, dass Sie Sorgen hatten, und wollte Ihnen helfen.«

»Verstehe. Tja, das haben Sie. Ich meine, Sie haben geholfen. Es hat gutgetan, Ihnen von meiner schrecklichen Frau zu erzählen und wie sie die Kinder gegen mich aufgebracht hat. Alles bloß, weil ich viel arbeite, um die Schulgebühren und das schöne große Haus zu bezahlen, in dem sie wohnen wollen.«

Martha lächelte beinahe. »Na, dann bin ich froh, dass ich helfen konnte. Möchten Sie ein Butterbrot zu Ihrem Tee?«

Alles, nur fass mich bitte nicht wieder an, dachte sie.

Ihr Gebet wurde erhört, denn die Tür zum Ärztezimmer ging

auf, und einer der anderen Ärzte kam herein. Er rief: »Einen schnellen Tee bitte, Martha!«

Martha atmete erleichtert auf. Sie hatte nicht bemerkt, dass sie die Luft angehalten hatte.

Dr. Scriven blickte sich um und strahlte. »Charles! Schön, Sie zu sehen. Spielen Sie am Samstag mit uns Golf?« Doch als er sich zum Gehen wandte, neigte er sich zu ihr und flüsterte Martha zu: »Ich komme später wieder, Martha. Mit einem Geschenk.«

Kapitel sieben

Dana stand vor dem Gebäude, bei dem es sich um das Lovely-Lane-Schwesternheim handeln musste, ihren schweren Koffer in der einen Hand und das vom Regen feuchte Schreiben mit ihrer Zusage in der anderen. Sie war erst vierundzwanzig Stunden fort von zu Hause, und schon fühlte es sich sehr weit weg an. An Patrick hatte sie kaum gedacht, und je weiter sie sich von Irland entfernte, umso mehr verblasste die Erinnerung. Als ihr bewusst wurde, wie knapp sie einem Leben entkommen war, das sie nie gewollt hatte, begann sie zu zittern. Sie befahl sich, ruhig zu bleiben und ihn und jenen Abend für immer aus ihrem Kopf zu verbannen. Denn sie war endlich frei.

Ist es diese Tür, fragte sie sich zum gewiss zehnten Mal. Der große graue Bau ragte vier Stockwerke hoch vor ihr auf. Wenige Stufen führten hinauf zu einer schwarz lackierten Tür mit einer großen, blank polierten Messingklinke. Im Vorgarten gab es keine Blumen oder sonstigen Schmuck; nur zwei sauber gestutzte Rasenstücke rechts und links von dem kurzen Weg. Im Licht der Straßenlaterne sah Dana Löcher in der niedrigen Gartenmauer, wo einst schmiedeeiserne Gitter gewesen sein mussten. Die Lovely Lane trug Narben vom Krieg und weinte bei Regen rostige Tränen.

Auf der anderen Straßenseite war der Park, wo die Äste, die

früher von Zäunen gebändigt wurden, nun auf den Gehweg ragten und Regen von ihrem bunten Laub tropfte. Nirgends war ein Schild, das Dana verriet, ob sie hier richtig war, und am Haus befand sich keine Nummer. Ihr Herz pochte wie verrückt. Nie zuvor hatte sie sich solch einem Haus genähert, doch nun müsste sie hingehen und an die riesige Tür klopfen. Sie hatte Angst, dass es das falsche Haus war und der Besitzer wütend wäre, weil er gestört wurde. Ihr Selbstbewusstsein war nicht mehr dasselbe wie vor Patricks Untat.

Bei ihrer Ankunft am Pier Head hatte sie entschieden, zu Fuß zu gehen. In dem Brief stand, dass es vom Hafen nur zehn Minuten zur Lovely Lane waren, und sie hatte geglaubt, die Bewegung würde ihr helfen, einen klaren Kopf zu bekommen. Ihre letzten Momente in Irland waren ereignisreicher gewesen, als sie es hätte erahnen können, hatten aber zumindest ihre Stimmung gehoben. Mr Joyce hatte ihr den Koffer bis aufs Schiff getragen. Unterwegs hatte er wenig gesprochen, doch als sie an der Absperrung ankamen, hatte er einen Umschlag aus seiner Jacke geholt und ihn ihr gereicht.

»Was ist das?«, hatte sie verwundert gefragt. »Ich habe meinen Lohn gestern schon bekommen.«

»Das weiß ich«, hatte er geantwortet. »Aber ich möchte nicht, dass Ihre Mam sich um Sie sorgt. Dies werden Sie gebrauchen können, wenn Sie in Liverpool sind.«

Dana hatte in den Umschlag gesehen. Darin war ein brauner Zehn-Shilling-Schein um ein größeres Bündel gewickelt. Zögernd hatte sie das Geld herausgenommen und im Dämmerlicht gezählt. »So viel kann ich nicht annehmen«, hatte sie gesagt. Ihr kamen die Tränen, als sie die Scheine zurück in den Umschlag steckte und ihn Mr Joyce hinhielt.

Mit dieser Reaktion hatte er gerechnet, denn schließlich war sie Nancys Tochter.

»Na, wenn Sie es zurückgeben wollen, ist es natürlich Ihre Sache. Dann muss ich es in die Post stecken und hoffen, dass Mrs Brock im Postamt es nicht entdeckt oder ein Postbote auf dem Weg nach Liverpool es sich schnappt.«

»Aber ich habe dafür nicht gearbeitet!«

»Nein, gewiss nicht. Doch wenn ich Ihrer Mutter sage, dass Sie nicht hungern oder auf irgendjemanden angewiesen sein werden, wird sie froh sein. Und wäre das nicht schön? Nehmen Sie es, um ihr eine Freude zu machen.«

Dana blickte von dem Umschlag zu Mr Joyce. Sie konnte die Träne nicht aufhalten, die ihr über die Wange lief. Patrick, den sie seit ihrer Geburt kannte, hatte versucht, sie zu vergewaltigen. Und jetzt gab ihr ein anderer Mann aus dem Dorf, mit dem sie bisher ausschließlich über Lebensmittel oder ihre Mutter geredet hatte, zweihundert Pfund. Sie hatte ihren Vater schon hocherfreut mit viel weniger vom Markt zurückkehren sehen.

»Vielen Dank.« Sie steckte den Umschlag tief in ihre Handtasche. »Ich weiß nicht, was ich sagen soll.«

»Sie müssen nichts sagen, aber kommen Sie mal zu Besuch nach Hause, ja? Wir werden alle erfahren wollen, wie es Ihnen ergeht.«

Plötzlich erinnerte sie sich daran, dass ihre Mutter dasselbe gesagt hatte. Sie blickte Mr Joyce an, während sie versuchte, sich diesen Zufall zu erklären. Doch es blieb keine Zeit.

»Alle an Bord!«, rief eine Stimme, und im nächsten Moment stand sie an Deck und sah Mr Joyce in der Menge verschwinden.

Innerhalb von nicht mal zwei Minuten bereute sie ihre Entscheidung, zu Fuß zur Lovely Lane zu gehen, und wünschte, sie hätte sich ein Taxi genommen. Der Fahrer hätte genau gewusst, wo er sie absetzen sollte. Die Taxifahrer hatten ihr zugerufen, als sie von der Fähre kam und den Hügel hinaufstrebte, doch sie hatte schützend die Hand über den Umschlag in ihrer Tasche gelegt und ihre Angebote nicht beachtet. Zum ersten Mal in ihrem Leben hatte sie Geld, und sie wollte es behalten. Sie würde es nicht für Taxifahrten vergeuden.

»Kann ich Ihnen helfen? Sie sehen aus, als hätten Sie sich verirrt.«

Dana zuckte heftig zusammen. Ein junger Mann, der gleichfalls einen schweren Koffer trug, kam auf sie zu und stellte sein Gepäck neben ihrem ab. Ihr erster Gedanke war, dass sie in Irland nie solch einen Mann gesehen hatte. Selbst an Sonntagen zogen sich die jungen Männer daheim nicht so gut an. Sie wirkten ständig etwas schmuddelig von den vielen Stunden Landarbeit. Und wer konnte, hatte es wie Dana gehalten und war nach Liverpool oder New York gegangen. An diesem Mann war nicht ein Hauch von Schmutz zu entdecken, und seine Hose war nicht eingerissen oder oben mit einer Schnur zusammengehalten. Seine Zähne waren weiß, seine Haut war sauber und sein Haar gekämmt. Ein schwacher Duft strömte von ihm aus, süß und würzig, und vermengte sich mit der klammen Luft. Er war vollkommen anders als alle Männer, die sie kannte, und für einen Moment starrte sie ihn mit offenem Mund an.

Dann fing sie sich und stammelte: »Oh, danke. Ich suche nach dem Schwesternheim, und ich bin mir nicht sicher, ob es das hier ist.« Bisher hatte es in Danas Leben keinen Mann gegeben, den sie nicht seit ihrer Kindheit kannte. Von einem Fremden angesprochen zu werden, war neu für sie, und sie fühlte, dass sie rot wurde. Sein Akzent war klar, ohne jeden Anflug vom Irischen, und seine Augen, deren Winkel sich bei seinem Lächeln kräuselten, waren ehrlich und freundlich. Instinktiv spürte Dana, dass sie vor ihm keine Angst haben musste. Allerdings stellte sie fest, dass sie ihn nach wie vor anstarrte. Grinsend zog er eine Zigarettenschachtel aus seiner Tasche und bot sie ihr an.

»Nein, danke, ich rauche nicht«, sagte sie ein bisschen streng.

Der Mann lachte. »Ha, das wird keine Woche halten. Ich wette, dass es im St. Angelus keine Schwester gibt, die nicht raucht.«

Dana plusterte sich auf. »Tja, jetzt schon. Ich habe es meiner Mutter versprochen.« Mittlerweile war sie feuerrot. In den letzten Tagen hatte sie ihrer Mutter vieles versprochen. Da Mrs Brogan einen emotionalen Vorteil sofort erkannte, wenn er sich ihr bot, hatte sie die Chance nach Kräften genutzt und sich das Beste für den Schluss aufbewahrt. Dana hatte ihre geflüsterten Worte noch im Ohr.

»Es wird nicht getrunken, nicht geraucht und kein Verkehr vor der Ehe. Ich habe deinem Umzug nach Liverpool nur zugestimmt, weil ich weiß, dass du mir das bei allem, was heilig ist, versprichst, Dana.«

Dana hatte gelacht, denn sie hörte es zum ersten Mal. »Das kann ich dir leicht versprechen, Mammy«, hatte sie geantwortet. Und nach Patrick meinte sie es ernst. Sie hatte sich geschworen, nie wieder mit einem Mann zu reden.

»Und was haben Sie Ihrer Mutter sonst noch versprochen?« Er blies eine lange Rauchwolke aus und betrachtete Dana aufmerksam, während er die Asche von seiner Zigarette schnippte.

Dana betete, die Erde möge sich auftun und sie verschlingen. Wie konnte sie so naiv gewesen sein? Vor ihr stand ein Mann, ein richtiger Mann, nicht einer der ignoranten Jungen vom Lande. Ein Mann, der nach Zigarettenqualm und etwas anderem roch, das sie nicht zuordnen konnte. Ein Mann, der so gute Manieren hatte, einem jungen Mädchen, das offensichtlich fremd hier war,

Hilfe anzubieten und es nicht zu veralbern. Er mit seinem dunklen zurückgekämmten Haar, den braunen Augen und dem blanken braunen Lederkoffer war ein Mann von Welt, und Dana war sprachlos. Ihr schwirrte der Kopf, und ihr Mund war trocken vor Verlegenheit. Sie wusste, wenn sie jetzt etwas sagte, würde es noch peinlicher werden.

»Nur zu, was haben Sie noch versprochen?« Sie ahnte, dass er gleich wieder lachen würde. »Zufällig, nicht mit fremden Männern zu reden? Denn das Versprechen hätten Sie bereits gebrochen. Aber ich darf hinzufügen, dass Sie bei mir vollkommen sicher sind. Ich arbeite hier im Krankenhaus. Deshalb wusste ich, dass Sie eine neue Schwester sein müssen, so verloren wie Sie in der Lovely Lane stehen. Also, ich bin neugierig. Welchen Rat gibt eine irische Mutter ihrer Tochter, die ins große böse Liverpool zieht? Ist es: ›Hüte dich vor fremden Männern, trink keinen Alkohol und rauche nicht?‹ Ich denke, das würde ich meiner Tochter sagen, wenn ich eine hätte.«

Dana fand ihre Stimme wieder. »Nun, zufällig war es das nicht. Gar nicht. Ich kann sehr wohl eine Unterhaltung mit jedem führen, fremd oder nicht, und Sie sehen nicht sehr fremd aus. Meine Mutter brauchte mich nicht zu warnen. Ich kann sehr gut auf mich selbst aufpassen.«

Jetzt fühlte sie sich sicherer. Wie konnte dieser Mann es wagen, sie so verlegen zu machen? Egal, wie umwerfend er war, sie würde sich behaupten. Ihr angeschlagenes Selbstbewusstsein meldete sich zurück.

»Nun, ich werde nicht aufgeben, ehe Sie es mir verraten. Es wird mir eine persönliche Pflicht sein, falls es doch war, nicht mit fremden Männern zu reden. Dann kann ich meine Chance einschätzen, ob Sie einmal mit mir ausgehen.« Wieder hielt er ihr die Zigarettenschachtel hin. Danas Bauch verkrampfte sich.

Wie dreist von ihm, sich zu fragen, ob er eine Chance hätte, mit ihr allein zu sein. Das war ihr noch nie passiert, und ihr wurde schwindlig.

»Ich heiße übrigens Edward, und alle hier nennen mich Teddy, aber Sie werden mich wahrscheinlich unter einem ganz anderen Namen kennenlernen.« Er nahm zwei Zigaretten aus der Schachtel, steckte eine an und hielt sie Dana hin. »Und wie ist Ihr Name, Miss Verlaufen-in-Liverpool? Wenn Sie ihn mir sagen, machen wir uns beide nicht mehr schuldig, mit Fremden zu reden.«

»Ich bin Dana. Dana Brogan. Ich bin eben mit dem Schiff angekommen«, sagte sie und verstummte, weil ihr nichts einfiel, was sie noch sagen könnte. Dieser Mann verwirrte sie, und sie wollte auf keinen Fall wie das einfältige Mädchen vom Lande klingen, das sie war.

»Na los, Dana, seien Sie wagemutig. Nach hiesigen Normen sind wir jetzt praktisch beste Freunde. Nehmen Sie eine ›Willkommen in Liverpool‹-Zigarette.«

»Nein, wirklich nicht, danke.« Sie lächelte höflich. Sie hätte es gern probiert, aber noch fühlte sie den warmen Atem ihrer Mutter an ihrem Ohr.

»Waren Sie schon auf einer der Stationen im St. Angelus?«, fragte Teddy. Diese Frage kam Dana harmlos vor, und sie antwortete enthusiastisch.

»Oh nein, noch nicht. Mir graust vor den Stationen. Ich habe beinahe Angst.«

Teddy blies Qualm aus. »Verständlich. Einige der Ärzte sind entsetzlich furchteinflößend.«

Er grinste sie an, und die kühle, feuchte Luft wurde von einem wohlig warmen Gefühl in ihr überlagert. Für einen Moment erlaubte sie sich, diesen Mann mit Patrick zu vergleichen, und erschauderte.

»Ich habe gehört, dass die Stationsschwestern schrecklich sein können.« Ein Kribbeln regte sich in ihr, weil sie über Krankenhauspersonal sprach, dem sie nie begegnet war, mit einem Mann, den sie keine zehn Minuten kannte.

»Ja, das stimmt. Einige können es sein. Am spaßigsten ist es nachts. Da gibt es nicht so viele strenge Augen, und es wird jede Menge Quatsch gemacht. Leider muss ich jetzt gehen.« Teddy streckte seine Hand vor, und weil sie unsicher war, was sie tun sollte, legte Dana zögerlich ihre von einem Lederhandschuh verhüllte hinein. »Jetzt muss ich zu meinem Zimmer«, erklärte er und blickte die Straße entlang, als erwarte er, jemanden zu sehen. »Ich freue mich darauf, Sie wiederzusehen. Vielleicht kann ich Sie nächstes Mal überreden, noch ein Versprechen an Ihre Mutter zu brechen.«

Dana riss die Augen weit auf, als sie sich erinnerte. Kein Verkehr vor der Ehe.

Teddy ließ ihre Hand los und sagte grinsend: »Nur Mut. Gehen Sie, und klopfen Sie an die Tür.« Dann winkte er und war fort, eingetaucht in den Nebel. Dana blickte ihm nach und fragte sich, ob er plötzlich wiedererscheinen könnte. Zurückkehren und sagen, er hätte etwas vergessen. Angelaufen kommen und sagen: »Oh, übrigens, Dana, sollten Sie jemals etwas brauchen …« Sie würde dafür sorgen, dass sie es tat.

Ihr war, als kannte sie ihn bereits. Seine scherzhaften Worte und seine lachenden Augen waren berauschend. Sie hätte eindeutig noch länger mit ihm reden wollen. Sie hatte ihn nicht gefragt, was er tat. Vielleicht war er ein Krankenpfleger. Sie hatte gehört, dass seit dem Krieg recht viele im St. Angelus arbeiteten. Er hatte etwas an sich, das verspielt und welterfahren zugleich schien. Sie hatte das Gefühl, dass er Dinge wusste, die Dana sich nicht einmal vorstellen konnte. Gott, was für ein Mann würde einfach eine

Frau auf der Straße ansprechen und sie so necken? Dana fragte sich, was er damit gemeint hatte, dass sie ihn unter einem anderen Namen kennenlernen würde. Sie war so nervös gewesen, dass sie ihre Gedanken nicht ordnen und fragen konnte. Wenigstens bedeutete es, dass sie ihn wiedersah. Dessen schien er sich gewiss.

Seufzend schaute sie hinauf zu dem hohen taubengrauen Gebäude. Noch nie zuvor war sie eine Treppe hinaufgestiegen, um an eine Tür zu klopfen, die doppelt so hoch war wie sie. Und sie wurde wieder nervös. Was, wenn hinter der Tür eine der furchterregenden Schwestern wartete? Dana richtete ihren Hut, hob ihren Koffer hoch und atmete tief ein, um sich zu wappnen. Jene Tür führte in ihr neues Leben. Halb hoffte sie, jemand Nettes würde heraussehen, ihr öffnen, bevor sie klopfte, und ihr einen Gruß zurufen. Oder ihr sagen, ja, dies wäre ihr Zuhause für die nächsten drei Jahre und ganz wunderbar, wirklich.

Ehe sie sich rühren konnte, hörte sie, wie sich Schritte näherten und jemand in einem starken Liverpooler Akzent rief.

»Alles in Ordnung? Bist du auch eine neue Schwester?«

Dana drehte sich um und sah ein junges Mädchen mit dunklem Haar und einem seitlich gescheitelten Pony. Eine solche Frisur hatte in Irland garantiert noch keiner gesehen – es sei denn, man zählte Audrey Hepburn in den Zeitschriften mit, die manchmal mit der Post kamen. Dana fiel fast die Kinnlade herunter. Für eine so modische junge Frau mussten ihre schulterlangen roten Locken abscheulich aussehen. Sie hatte von ihren Freundinnen gehört, dass die Frauen in Liverpool die elegantesten auf der Welt waren, und es für eine Übertreibung gehalten. Jetzt fragte sie sich, ob es stimmen könnte. Dana lächelte. Ihr war, als hätte sie in den letzten zehn Minuten mehr gelächelt als in der ganzen letzten Woche. Bliebe sie noch länger an dieser Stelle in der Lovely Lane stehen, würde dann jeder in Liverpool haltmachen, um mit ihr zu reden?

»Ich dachte, dass ich mich verlaufen habe«, sagte sie und war begeistert, ein anderes Mädchen kennenzulernen, dem es genauso ging wie ihr. »Aber ein Mann, der in dem Krankenhaus arbeitet, hat mir eben gesagt, dass ich hier richtig bin.«

»Lass mich mal das Schreiben sehen.« Das Mädchen blickte kurz drauf und wandte sich der älteren Frau neben ihr zu. »Ja, Mam, sie ist auch neu. Wir haben den gleichen Brief, sie und ich.« Sie grinste Dana an. »Was für einen hübschen Namen du hast. Ich bin Pamela, aber alle, sogar der Priester, der mich getauft hat, nennen mich Pammy. Wo bist du her?«

»Aus einem kleinen Dorf in der Nähe von Belmullet im Westen von Irland«, antwortete Dana.

Neben Pamela und ihrer Mutter stand ein Mann mit einer Mütze, der sich eine Zigarette anzündete, und um sie herum sprangen Kinder unterschiedlichen Alters aufgeregt auf und ab. Zwischen Pamela und ihren Geschwistern schien ein ziemlicher Altersunterschied zu sein. Was eine häufige Kriegsfolge war, wie Dana gehört hatte. Die Lücke ergab sich aus den Jahren, in denen die Männer auf dem Kontinent gekämpft hatten. Pammy schien eine jüngere Schwester und drei sehr viel jüngere Brüder zu haben.

»Bist du ganz allein, Kleines?«, fragte Pamelas Mutter. »Ich bin Pammys Mam, Maisie, und dies ist unser Stan«, sagte sie und zeigte auf die leere Stelle neben sich. Stan war verschwunden. »Und dieser Haufen sind unsere Kinder. Die treiben mich in den Wahnsinn. Lorraine, hör auf, den kleinen Stan zu ärgern!«

»Ich bin Dana – Dana Brogan. Ich bin auch neu und war auf der Suche nach dem Schwesternheim. Wie es scheint, habe ich es gefunden.«

»Wo ist deine Familie?«, fragte Maisie stirnrunzelnd und blickte über Danas Schulter, als erwartete sie, dass eine sechsköpfige Familie hinter Dana hockte.

»Oh, die sind nicht hier. Ich bin allein gekommen. Im Brief hat zwar gestanden, dass die Familie uns herbringen und sich unser Zimmer ansehen darf, aber es ist ein bisschen weit von Belmullet. Schon nach Dublin müssen wir lange fahren, und außerdem muss zu Hause ja gemolken werden und so. Wir haben eine Farm.«

»Ah, ja, das weiß ich doch, Liebes«, sagte Maisie und nickte eifrig mit dem Kopf. Dana stutzte, doch Maisie ergänzte: »Jeder in Irland wohnt auf einer Farm. Wie auch immer, ich bin Mrs Tanner. Wir wohnen nur drei Straßen weiter in der Arthur Street, aber unsere Pamela zieht ins Schwesternheim, weil sie zu Hause keine Ruhe zum Lernen hätte, stimmt's, Pammy?«

Pammy, die nicht mehr zu Wort kam, grinste Dana zu, die es erwiderte.

»Wie auch immer. Stan, komm her«, rief Maisie ihrem Mann zu, der an einem Laternenpfahl lehnte und in Ruhe seine Zigarette rauchte, wobei er durch den Dunst die Straße hinunter zum Hafen blickte. Nachdem er den Stummel mit der Schuhspitze ausgetreten hatte, kam er zurück zu ihnen. Die Stahlabsätze und -spitzen seiner Schuhe klackerten einen Takt auf dem Pflaster. Er richtete seine Mütze, anscheinend ahnend, dass er gleich eine Anweisung bekäme. Und er hatte recht.

»Das ist Dana, Stan«, sagte Maisie.

»Hallo, Mr Tanner, freut mich sehr. Ich bin sehr froh, Sie alle zu treffen, weil ich nicht wusste, ob ich hier richtig bin.«

Pamelas Mutter sah Dana an, als würde sie in Zungen reden.

»Ehrlich, Pammy, ich liebe den irischen Akzent, du nicht auch?«, fragte sie und blickte zu ihrem Mann. »Siehst du, was in dem Brief steht, Stan? Die Familie darf die Mädchen am ersten

Abend für zwanzig Minuten auf die Zimmer begleiten, um sich« – sie wurde langsamer, um den Worten das nötige Gewicht zu verleihen – »›zu vergewissern, dass die Unterkunft der Tochter angemessen ist.‹ Deshalb denke ich, wir teilen uns auf, ja? Dana ist ohne ihre Familie hergekommen, also geht eine Hälfte von uns mit ihr und die andere mit unserer Pammy. Und falls noch Zeit bleibt, wechseln wir. Siehst du, Liebes, jetzt hast du eine Familie hier. Eine laute zwar, aber wir gehören ganz dir.«

Dana fühlte, wie ihr vor Dankbarkeit die Tränen kamen. Sie sagte nichts mehr zu ihrer Begegnung mit Teddy. Warum, wusste sie nicht, doch es wäre zu schwer zu erklären. Ein gut aussehender, wortgewandter Mann, der aus dem Nichts aufgetaucht war. Er hatte sie aufgezogen, ein Licht in ihrem Herzen entzündet, versucht, ihr ihre erste Zigarette zu geben, wollte sie bitten, mit ihm auszugehen, und war dann im Dunst verschwunden.

Sie beschloss, Teddy niemandem gegenüber zu erwähnen. Vielleicht war er doch nur ein Geist gewesen.

Pamelas Geschwister hüpften wieder aufgeregt auf und ab und riefen: »Ich will mit Dana gehen. Ich will Danas Schwester sein, nicht Pammys!«

»Benehmt euch! Ruhig jetzt, oder keiner von uns darf rein. Stan, du und die Jungen gehen mit Pammy. Ich gehe mit Dana und helfe ihr, ihre Sachen aufzuhängen. Dann komme ich und sehe nach, ob mit Pammy alles in Ordnung ist.«

Unsagbare Erleichterung überkam Dana. Sie wischte sich die Tränen mit dem neuen Taschentuch ab, das ihr eine Freundin zum Abschied geschenkt hatte, und schniefte laut.

»Ich komme einfach nicht drüber weg«, sagte Stan plötzlich. »Unsere Pammy wird Krankenschwester, wohnt in der Lovely Lane, und jetzt hat sie schon eine nette Freundin wie dich kennengelernt. Ist doch klasse, nicht?«

Wieder schniefte Dana und diesmal noch lauter.

»Ah, nicht doch, Kleines, keine Sorge. Wir sind ja jetzt hier«, sagte Maisie. »Du hast jetzt eine Familie in Liverpool, stimmt's nicht, Stan? Lorraine, nimm du Danas Hand.«

Dana war bewusst, dass sie nach der Anspannung der letzten vierundzwanzig Stunden, dem Tanz im Gemeindesaal, der Beinahe-Vergewaltigung durch Patrick, den ergreifenden Abschieden, dem überraschenden Geschenk des mysteriösen Mr Joyce und der Begegnung mit Teddy reichlich dünnhäutig war. Hätte ihr gestern Morgen jemand gesagt, wie ihre Ankunft in Liverpool sein würde, sie hätte es nicht geglaubt. Ihre jüngsten Erlebnisse und die Müdigkeit nach der langen Reise machten sich bemerkbar.

»Das ist wirklich sehr freundlich von Ihnen«, sagte sie und fühlte, wie Lorraine ihre Hand drückte, mit großen braunen Augen zu ihr aufblickte und breit lächelte. Dabei hatte Dana den Eindruck, dass ihr diese Augen stumm bedeuteten, jede Widerrede wäre zwecklos. *Man tut, was Mam sagt.*

»Freundlich? Eigentlich nicht, Liebes. So sind wir hier in Liverpool, stimmt's nicht, Leute?«, fragte Maisie. »Liverpool wird dir gefallen, ganz sicher, das weiß ich schon. Du nicht auch, Pammy?« Pammy öffnete den Mund, doch ehe sie einen Ton herausbrachte, rief ihre Mutter: »Na los dann, ab mit euch allen die Treppe rauf. Und seid jetzt still! Wir benehmen uns alle, verstanden? Nicht wie die Nichtsnutze aus der Arthur Street, für die uns alle halten.« Pamela und Dana gingen gemeinsam mit Lorraine an Danas Hand die Stufen hinauf und drückten auf den großen Klingelknopf. Das Echo in dem großen Gebäude war deutlich zu hören.

Auf der anderen Seite der Tür wurde eine Kette beiseitegeschoben, und die Klinke bewegte sich, als die Tür aufging und eine kleine Frau in einem knöchellangen dunkelgrauen Wollrock und Pullover erschien. Ihr graues Haar war von fast derselben Farbe und hoch an ihrem Hinterkopf zu einem straffen Knoten gesteckt. Der triste Effekt wurde einzig von einer großen Brosche gebrochen, die an ihrem Pullover steckte. Sie schaute durch eine Brille mit dickem Drahtgestell zu ihnen auf und lächelte so warmherzig, dass die Mädchen vor Erleichterung weiche Knie bekamen und das nervöse Kichern, in das sie gerade noch auszubrechen drohten, fort war.

»Kommen Sie schnell aus dem Nebel, Sie alle«, flötete die Frau und scheuchte sie alle in die mit Teppich ausgelegte Diele. Pammys Geschwister, die draußen so ausgelassen gewesen waren, wurden nun still wie die Kirchenmäuse.

»Ich bin Mrs Duffy und helfe Ihnen heute Abend, sich einzurichten«, fuhr sie fort, nachdem alle sich vorgestellt hatten. »Sie werden mich oft sehen. Ich komme jeden Morgen her und bereite Ihnen Ihr Frühstück und dann ein Abendessen, wenn Sie von Ihrem Dienst kommen oder bevor Sie zum Nachtdienst gehen. Tagsüber bin ich bei mir zu Hause und abends wieder hier, um die Zimmer der Nachtschwestern zu putzen und einen Wagen mit Milchgetränken und Keksen vorzubereiten, ehe der Rest von Ihnen schlafen geht. Und ich lassen jeden Tag einen Topf auf dem Herd, aus dem Sie sich bedienen können, wenn Sie von der Station kommen. Über mein Essen hat sich bisher noch keiner beklagt.« Mrs Duffy warf Maisie einen wissenden Blick über ihre Brille hinweg zu, der unmissverständlich bedeutete, *und damit fängt jetzt auch keiner an.*

»Na, das hört sich doch wunderbar an, nicht wahr, Mädchen?«, sagte Maisie zu Dana und Pammy.

»Mam, hier reden die alle komisch«, trällerte der kleine Stan und zupfte an Maisies Mantel. Niemand beachtete ihn, denn Mrs Duffy sprach weiter.

»Abends sitze ich meist noch eine Stunde mit den Schwestern im Gemeinschaftsraum zusammen, wenn sie ihre warme Milch oder ihren Kakao trinken und über ihren Tag reden. Dann räume ich alles weg und schicke sie um zehn ins Bett, bevor ich nach Hause gehe.«

»Oh, das ist aber ein langer Tag, meine Gute«, sagte Maisie besorgt.

»Ist es, aber ich mag es, für meine Schwestern zu sorgen. Schließlich habe ich keine eigenen Kinder. Die Hausmädchen kommen montags bis freitags, putzen die Zimmer und machen die Betten, und für diejenigen, die nach den Nachtdiensten nicht zur Ruhe kommen, was sehr selten vorkommt, servieren wir ab zehn Uhr morgens Kaffee. Es wird gut für alle gesorgt.«

Dana und Pamela blickten einander fasziniert an. Es klang wie purer Luxus.

»Die machen unsere Betten und putzen unsere Zimmer?«, fragte Dana verblüfft.

»Ja, tun sie, aber keine Angst, Sie werden es nicht vermissen. Sie selbst werden dreißig Betten am Tag machen, wenn Sie erst Ihre Vorbereitungsschulung hinter sich haben. Aber das erklärt Ihnen alles die Lehrschwester morgen früh, wenn sie hier ist. Und jetzt verraten Sie mir, was möchten Sie alle? Eine Tasse Tee oder Kakao, Horlicks vielleicht? Im Moment wohnen fünfundzwanzig Schwestern hier in der Lovely Lane. Die neuen Mädchen haben sich bereits in ihren Zimmern eingerichtet, also darfst du, junger Mann« – Mrs Duffy nahm einen Keksteller von dem Rollwagen hinter sich und hielt ihn dem kleinen Stan hin –, »dir einen Keks aussuchen und diesen Teller übernehmen. Ich habe den ganzen Nachmittag gebraucht, um die zu backen, nur für dich.«

Der kleine Stan grinste von einem Ohr zum anderen. Mrs Duffy hatte soeben einen neuen Bewunderer gefunden.

Dana entschied auf der Stelle, dass Mrs Duffy wundervoll war, und das nicht bloß, weil sie die beste heiße Schokolade machte, die Dana je getrunken hatte. Seit sie ihre Zusage erhielt, hatte sie Angst vor ihrer Ankunft im Schwesternheim gehabt, und jetzt begriff sie, dass es unnötig gewesen war. Hätte ihre Mutter jemanden aussuchen können, der sich um sie kümmerte, wäre ihre Wahl ohne Frage auf Mrs Duffy gefallen.

»Sie sind das erste Mädchen aus Irland, das für die Schwesternausbildung angenommen wurde«, sagte Mrs Duffy. »Das ist sehr ungewöhnlich. Wir haben schon einige wenige aus Dublin gehabt, die zur Schwesternhelferin ausgebildet wurden, aber nicht mehr, seit die neuen Examina eingeführt wurden. Es muss schwierig gewesen sein, für die Annahmeprüfungen zu lernen. Sie sollten stolz auf sich sein. Angeblich ist die Ausbildung am St. Angelus schwerer als die am St. Bart's in London.

Und wissen Sie, Mrs Tanner, dass wir hier auch noch nie ein Mädchen aus den Straßen in Hafennähe hatten? Es muss der neuen Schulleiterin zu verdanken sein. Man sagt, sie krempelt einiges um.« Mrs Duffy nahm Pammys jüngsten Bruder an die Hand. »Komm mit, junger Mann. Wir müssen ihnen den Weg zeigen, nicht?«

»Du ahnst nicht, was für einen Gefallen du mir getan hast, Dana«, sagte Pamela, als sie die lange Holztreppe hinauf zu ihren Zimmern gingen. Stan und der älteste Junge nahmen die Koffer, und Stan zog fragend die Augenbrauen hoch, weil Danas so viel wog. »Himmel, Mädchen, was hast du da drin? Einen Sack Kartoffeln?«, fragte er. Alle lachten, nur Dana wurde sehr rot.

»Wie?«, flüsterte sie Pammy zu.

»Weil du mir Lorraine abnimmst. Sie hätte sonst versucht, mir die Hälfte von meinen Sachen wieder abzunehmen. Und sie weiß nicht, dass ich eine ihrer besten Blusen eingepackt habe. Meine

Mam hat sie ihr letzte Woche auf dem Markt bei St. John's gekauft, und sie ist so hübsch. Lorraine wäre durchgedreht.«

»Sei nicht blöd, Pammy«, sagte Lorraine, die jedes Wort gehört hatte. »Die habe ich mir schon vor Stunden zurückgenommen, bevor wir los sind. Ich bin viel schlauer als du.«

Dana betrachtete das Namensschild an ihrer Tür. Es war eine kleine weiße Karte in einem blanken Messingrahmen. »Na los, Kleines, das bist du«, sagte Maisie leise.

»Soll ich aufmachen?«, fragte Lorraine, die dringend helfen wollte.

»Oh ja, bitte, Lorraine«, antwortete Dana, die sich allmählich fühlte, als kennte sie Pammys Familie schon so lange wie ihre eigene. »Dann mach mal.«

Lorraine schwang die schwere, weiß lackierte Tür auf. Dahinter tat sich ein sehr großes Zimmer mit zwei hohen georgianischen Schiebefenstern auf. Der Fußboden war von einem rostroten Teppich bedeckt, und die Wände waren in einem dunklen Cremeton gestrichen. Zögerlich traten sie ein, und Maisie drängte sich an Dana vorbei, um die Vorhänge zu inspizieren.

Sie nahm einen Saum auf, befühlte den Stoff und sagte: »Na, die sind schön, nicht? Solche Qualität findet man bei keinem in der Arthur Street. Die sind auf jeden Fall nicht vom Markt. Sieh mal, das nennt man Einlage. Unsere Pammy steigt richtig auf, Lorraine.« Das Zimmer war mit einer kleinen Frisierkommode aus dunkler Eiche, einem Hocker, einem großen abgewetzten Sessel mit Samtbezug neben einem Eichenschreibtisch mit einer Lampe, einem Kleiderschrank und einem schmalen Bett möbliert. Auf dem Weg durch den Korridor hatte Mrs Duffy ihnen schon das Gemeinschaftsbad gezeigt.

»Hier ist es schöner, als Pammy es zu Hause hat«, sagte Lorraine und ergänzte sehnsüchtig: »So hübsche rosa Vorhänge!«

Dana stimmte zu. »Auch schöner als bei uns. Ich kann nicht glauben, dass ich ein eigenes Zimmer habe. Zu Hause musste ich mir eines mit meiner Grandma teilen.«

Maisie blickte aus dem Fenster, wo die Laternen ein orangenes Licht auf die Straße warfen. »Dieses Haus hat früher mal einem der großen Reeder gehört«, erklärte sie. »Es heißt, dass er hier zwölf feste Bedienstete hatte. Erstaunlich, wenn man bedenkt, dass wir in der Arthur Street nur Minuten weit weg wohnen. Oder die ganzen Iren da unten am Hafen. Und dann hatte ein einzelner Mann all das hier ganz für sich. Man sagt aber, dass er ein guter Arbeitgeber war, so ist es nicht. Keiner hat sich je beschwert, und er war an Weihnachten immer sehr großzügig, behaupten jedenfalls die Kellnerinnen im Grand. Anscheinend hat er jedes Jahr eine große Weihnachtsfeier veranstaltet, und in einem Jahr hatte er für alle Kellnerinnen Geschenke. Jede hat eine kleine blaue Schachtel bekommen, und darin waren echte Perlohrringe. Ist das nicht entzückend?«

»Wäre noch schöner gewesen, hätten die sie nicht alle gleich am nächsten Tag verkauft«, antwortete Lorraine.

Maisie blickte weiter aus dem Fenster. »Tja, weißt du, Lorraine, ich denke, er hat geahnt, dass es passieren würde. Oder dass die Mädchen sie zumindest zur Pfandleihe trugen. Aber so hatten sie immerhin ein wenig Geld und konnten ein schönes Weihnachtsfest haben.« Sie trat vom Fenster zurück und zog die Vorhänge zu. »Na komm, Dana, packen wir deine Sachen aus. Diese Mrs Duffy ist nett, doch länger als zwanzig Minuten dürfen wir nicht bleiben. Ich will dich ja nicht beunruhigen, nur hat sie gesagt, dass ihr zeitig schlafen müsst, denn von morgen an wird alles anders.«

»Hast du das Schild an deiner Tür gesehen? Guck mal.« Lorraine, die zunächst die Schubladen und Schranktüren geöffnet und geschlossen hatte, schwang die Zimmertür wieder weit auf. »Siehst du deinen Namen hier?« Sie zeigte zu dem Messingrahmen. »Pass auf«, sagte sie, schob die weiße Karte nach oben und zeigte Dana und Maisie die andere Seite. Dort stand: *Lernschwester Brogan*. NACHTDIENST.

»Das ist für wenn du Nachtdienst hast. Ich wette, damit die anderen wissen, dass sie auf dem Flur tagsüber leise sein sollen, und damit die Hausmädchen nicht in dein Zimmer gehen. Deswegen hat Mrs Duffy gesagt, dass sie herkommt und für dich aufräumt, wenn du im Nachtdienst bist. Ist das nicht unglaublich? Jemand macht dein Bett für dich, obwohl du den ganzen Tag dringelegen hast!« Mit diesen Worten schloss sie die Tür wieder.

Dana schien es, als genoss eine Schwesternschülerin geradezu königlichen Status. In diesem Moment fragte eine unbekannte Stimme vom Korridor: »Darf ich reinkommen und Hallo sagen?«

Lorraine rannte hin und öffnete einem sehr nervös aussehenden jungen Mädchen.

»Natürlich darfst du, Liebes«, antwortete Maisie. »Dies ist Danas Zimmer, und das hier ist Dana. Gib mir deine Tasche. Ich packe für dich aus, während ihr zwei euch bekannt macht. Ich bin Maisie, die Mam von Pammy. Sie zieht auch gerade ein, ein Stück weiter den Flur runter, an der Ecke zur Treppe.«

»Ich bin Beth«, sagte das Mädchen. »Ich wohne nebenan und habe euch reden hören. Da dachte ich, es ist Quatsch, auf meinem Bett zu sitzen, die Wand anzustarren und Angst zu haben.« Beth strich sich das dunkelbraune Haar hinter die Ohren. Sie trug eine Brille, deren Rahmen oben in den Ecken einen Schwung nach oben machte, und sie blinzelte ein wenig, als sie sich im Zimmer umschaute. Dana glaubte, ein Naserümpfen zu sehen, als sie die Kleider betrachtete, die Lorraine in den Schrank hängte.

Plötzlich ging die Tür gegenüber von Danas auf, und eine

zarte, sehr kultivierte Stimme sagte: »Ah, hallo, alle beisammen. Darf ich vielleicht auch kommen? Ich bin Victoria, freut mich.«

Victoria ließ sich nur als wunderschön beschreiben, dachte Dana. Ihr aschblondes Haar war modisch aufgesteckt, sodass ihre hohen Wangenknochen und die großen blauen Augen betont wurden.

Sie wartete nicht, dass jemand antwortete, sondern fuhr fort: »Ich kenne hier auch keinen.« Ihre Unterlippe bebte, und Sekunden später brach sie in Tränen aus.

»Ach du liebes bisschen! Komm her, Kleines.« Maisie legte einen Arm um Victoria. »Hast du schon ausgepackt?«

Mrs Duffy erschien mit einem Teetablett an der Tür. »Ich sehe schon, Sie haben alle Hände voll zu tun«, sagte sie zu Maisie. »Der erste Abend ist immer gleich, nichts als Unglück und Tränen. Ich bin froh, dass Sie hier sind. Bleiben Sie gerne noch etwas länger, und trinken Sie einen Tee. Sie werden auch sehen wollen, dass sich Schwester Tanner eingerichtet hat, bevor Sie gehen.«

Es war beinahe Mitternacht, und Dana lag auf ihrem Bett und redete mit Pammy, Victoria und Beth. Pammy saß am Fußende, den Rücken an die Wand gelehnt; Beth hockte im Schneidersitz in dem schäbigen Sessel und hielt eine Liste von Anweisungen, die sie in ihrem Zimmer gefunden hatte, auf den Knien. Sie überließ nichts dem Zufall und hatte bereits alles notiert, was sie am nächsten Morgen brauchte. Victoria saß auf dem Schreibtischstuhl, die Beine brav überkreuzt, und entfernte ihren schimmernden rosa Cutex-Nagellack. Sie hatten darüber geredet, woher sie kamen, und teilten ihre Angst vor dem, was der kommende Tag bereithalten mochte. Maisie war so lange geblieben, wie sie konnte, um sie alle zu bemuttern, und Mrs Duffy hatte ein wenig mit ihnen geplaudert, als sie noch ein Teetablett brachte zusammen mit dem Befehl, ins Bett zu gehen. Ehe sie ging, hatte sie ihnen zugezwinkert.

Dana hatte eine Dose Mohnkuchen ausgepackt und auf den Schreibtisch gestellt, worauf die anderen staunten. »Den hast du den ganzen Weg aus Irland mitgebracht?«, hatte Maisie ausgerufen, während sie weiter Sachen einräumte. Das war vor den drei Rosinenbroten, dem Kastenbrot, der Tüte Scones, dem Sack Kartoffeln, den zwei Zwiebeln, dem goldgelben Butterstück in Pergamentpapier und dem Käsestück gewesen. Die Sachen hatte Dana an Mrs Duffy übergeben.

Sie hatte das Gefühl, schon jetzt mit Pammy befreundet zu sein. Auch Victoria mochte sie, doch an Beth war etwas, mit dem sie nicht warm wurde, egal, wie sehr sie sich bemühte.

»Wie ist es euch bei dem Bewerbungsgespräch gegangen?«, fragte Pammy, die ein Stück Mohnkuchen aß. »Ich fand es furchtbar. Der schlimmste Tag meines Lebens. Als der große Arzt in dem Ausschuss, Dr. Scriven, auf das Formular geguckt und gesehen hat, dass ich in der Arthur Street wohne, habe ich erkannt, dass er mich nicht aufnehmen will. Er hat mich gefragt, ob ich überlegt hätte, Schwesternhelferin zu werden, und dass sie Mädchen wie mich schon seit dem Krieg dazu ausbilden. Ich habe ihn gefragt, wen er mit Mädchen wie mir meint, obwohl ich es ja genau wusste. Ich war ihm einfach nicht gut genug. Aber die nette Schwester neben ihm – Schwester Haycock? Die mit dem hübschen Lächeln. Ich glaube, sie ist für die Schwesternausbildung zuständig. War sie bei euch auch dabei?« Alle nickten. »Also, sie hat mich hinterher zur Tür gebracht und mir zugeflüstert: ›Ich verrate Ihnen ein kleines Geheimnis, Pammy. Ich bin in der George Street geboren.‹ Ehrlich, ich konnte es nicht glauben! Das ist nur eine Straße weiter von uns.« Sie legte eine dramatische Pause ein. »Und dann hat sie gesagt: ›Keine Sorge wegen Dr. Scriven.‹ Die

George Street ist jetzt natürlich nur noch ein Trümmerhaufen, also weiß ich nicht, wo genau sie gewohnt hat. Da liegt noch alles, und die Kinder spielen in den Ruinen, sodass es eigentlich keine richtige Straße mehr ist. Wie auch immer, als ich den Brief bekommen habe, hat meine Mam ihn gelesen, sobald sie aufhören konnte zu weinen, und den Namen Emily Haycock erkannt. ›Ich glaub's nicht‹, hat sie gesagt, ›ich kannte mal eine Emily Haycock aus der George Street‹, und ich habe ihr gesagt, das ist sie, weil sie mir erzählt hat, dass sie aus der Straße ist. Und dann hat meine Mam wieder losgeweint. Ich habe sie gefragt, was denn ist, und sie meinte, es wäre nichts, doch sie hat meinen Dad so angesehen, und er hat ihr zugezwinkert und gesagt: ›Man sieht sich immer zweimal im Leben, was, Schatz?‹ Tja, das habe ich nicht verstanden, aber sie wusste auf jeden Fall, wer sie ist. Ich habe meine Mam gefragt, ob ich sie von ihr grüßen soll, wenn ich sie sehe, und sie hat mir halb den Kopf abgerissen. ›Sei nicht albern‹, hat sie gesagt. ›Seit Jahren hat sie keiner hier in der Gegend gesehen. Du sagst gar nichts, hast du gehört?‹«

Die anderen waren erstaunt, und das nicht nur von dem, was Pammy erzählt hatte, sondern auch von dem Tempo, in dem sie es vortrug. Dana hatte allerdings keine Probleme, mit ihr mitzuhalten. Sie war aus Irland, und es gab keine Frau in Liverpool, die es in puncto Tratschen und schnellem Reden mit einer Irin aufnehmen konnte. Beth schlief halb. Sie hatte angeboten, ihre Liste für die anderen abzuschreiben, damit sie nichts vergaßen, nur schien keine von ihnen besonders interessiert, weshalb Beth ein wenig beleidigt war.

»Ich schwöre, ohne den Kuchen wäre ich mitten in der Geschichte vor Erschöpfung in Ohnmacht gefallen, Pammy. Allein mitzukommen war schon anstrengend«, sagte Victoria. »Aber deine Mutter bäckt sehr leckeren Kuchen, Dana.«

Dana grinste erfreut. Noch nie hatte sie sich mit jemandem unterhalten, der so hübsch gekleidet und kultiviert war wie Victoria.

Beth rieb sich die Augen. Die Tochter eines ehemaligen Army Sergeant war ebenfalls seit dem frühen Morgen unterwegs gewesen. »Mein Bewerbungsgespräch war ein Klacks«, sagte sie und bemerkte offenbar nicht, wie verdutzt die anderen waren. »Ich habe viel für die Prüfungen gelernt und gewusst, dass ich Bestnoten bekomme. Deshalb wäre ich sehr enttäuscht gewesen, hätten sie mich nicht genommen. Bei mir lief alles ganz korrekt ab, ohne Hilfe von einer guten Fee, oder so. Mein Vater legt viel Wert darauf, dass alles so gemacht wird, wie es soll. Wie in der Army eben.«

Victoria, Dana und Pammy verstummten. Beth' Tonfall war so ätzend gewesen, dass er die aufgeregte, warmherzige Stimmung gründlich dämpfte.

»Ich schlage vor, dass wir jetzt alle schlafen«, fuhr sie fort. »Ich habe dir eine Liste mit allem, was du morgen brauchst, an den Spiegel gelehnt, Dana. Hier sind eure.« Beth hielt Victoria und Pammy zwei Blätter hin. »Ich will nicht gleich am ersten Tag einen schlechten Eindruck machen. Gute Nacht!«

Die Tür hatte sich bereits hinter ihr geschlossen, bevor die anderen reagieren konnten. »Gute Nacht«, sagten die Mädchen matt.

»Mann, die ist komisch«, flüsterte Pammy. »Und ich habe gedacht, sie mag uns, wenn sie mit uns hier sitzt und deinen Kuchen isst, Dana.«

»Ja, seltsam«, antwortete Dana. »Was ist denn mit ihr?«

»Wahrscheinlich ist sie nur nervös und müde wie wir alle«, sagte Victoria, schloss die Kuchendose und fegte die Krümel vom Bett in ihre Hand. »Hinterlassen wir lieber keine Beweise für unser Nachtmahl, nicht? Es ist fast, als wäre man wieder im Internat.«

Pammy hörte nicht zu. Sie blickte gedankenverloren zur geschlossenen Tür und entschied, dass sie Beth lieber im Auge behalten sollte.

Während Dana in der ersten Nacht im neuen Zimmer einzuschlafen versuchte, ging sie im Geiste die letzten vierundzwanzig Stunden durch. Nichts an ihnen war so rätselhaft gewesen wie die Träne in Mr Joyce' Auge, als sie sich von ihm auf der Fähre verabschiedete. Dann wanderten ihre Gedanken zu Teddy, dem Mann mit dem schelmischen Grinsen, und schließlich nickte sie lächelnd ein.

Keine Meile entfernt rannte Teddy die Stufen des Ärztewohnheims hinauf und kollidierte beinahe mit jemandem, der gerade gehen wollte. »Ups, Verzeihung. Ich bin ein wenig in Eile«, keuchte Teddy und stellte seinen Koffer mit einem Knall auf der obersten Treppenstufe ab.

»Nein, nicht doch, es war meine Schuld«, erwiderte der andere, und Teddy starrte ihn an. Der Mann kam ihm bekannt vor und auch wieder nicht.

»Entschuldigen Sie mein Starren. Ich habe Sie mit jemandem verwechselt«, sagte Teddy und streckte seine Hand vor.

»Das tut jeder. Wahrscheinlich mit meinem Vater, Dr. Gaskell.«

»Himmel, ja, genau! Sie sehen ihm sehr ähnlich. Ich habe gehört, dass sein Sohn der neue Arzt auf der Gyn wird. Gott stehe Ihnen bei! Haben Sie Schwester Antrobus schon kennengelernt?«

Der junge Doktor Gaskell schmunzelte. »Nein, die Freude erwartet mich noch. Wohnen Sie auch hier? Meine Eltern wollen, dass ich wieder zu ihnen ziehe, aber ich glaube nicht, dass ich es aushalten würde.«

Dr. Gaskell senior war stolz auf seinen Sohn, und es gab niemanden im Hospital, der nicht von den Leistungen seines Sohnes an der Front gehört hatte. Er hatte seine Ausbildung unterbrochen, war verwundet worden, in den aktiven Dienst zurückgekehrt, hatte überlebt und war als Held heimgekehrt. Der Mann, den er noch vor fünf Minuten für einen Arzt im Praktikum gehalten hatte, war in Wirklichkeit ein vollwertiger Arzt. Ein wichtiger Mann.

»Es ist mir eine Ehre, Sie kennenzulernen. Willkommen im St. Angelus!«

Dr. Gaskell erwiderte das Lächeln und schüttelte Teddys Hand. »Nennen Sie mich bitte Oliver, wenn wir nicht in der Klinik sind. Ich will noch auf ein schnelles Pint vorm Schlafengehen. Hätten Sie Lust, mich zu begleiten?«

»Immer doch«, antwortete Teddy. »Lassen Sie mich nur kurz den Koffer nach drinnen bringen.«

Zwei Minuten später betraten die Männer das Grapes. Der Papagei auf dem Bartresen krähte: »Pint Guinness, Pint Guinness!« Während sie lachten, kam Teddy der Gedanke, dass er womöglich der erste Arzt im Praktikum in der Geschichte von St. Angelus war, der auf ein Pint mit einem Facharzt in den Pub ging. Flüchtig dachte er an die irische Schwesternschülerin, die er angesprochen hatte. Das Mädchen vom Lande, für dessen Lächeln und strahlend blaue Augen man sterben wollte. Ja, Teddy fühlte sich gut.

»Wann fangen Sie auf Ihrem neuen Posten an?«, fragte Teddy, der davon träumte, eines Tages Facharzt zu sein. Und Oliver Gaskell wirkte so jung.

»Erst in ein paar Monaten, ob Sie es glauben oder nicht. Ich werde einige Zeit an der Hochschule lehren, bis der Gynäkologie-

Dozent da ist, und ich habe versprochen, hin und wieder Vorlesungen bei den Schwesternschülerinnen zu halten.«

»Oh Mann, finden Sie das nicht seltsam? Wir verbringen Jahre damit, vom Mr zum Dr. zu werden, und jetzt sind Sie auf dem Höhepunkt Ihrer Karriere und wieder Mr.«

Abermals lachten sie. »Ich bin mir nicht sicher, ob mein Vater Ihnen da zustimmen würde«, sagte Oliver.

»Wie lange ist er schon am St. Angelus?«, fragte Teddy.

»Das müssen jetzt über vierzig Jahre sein.«

»Tja, kosten Sie Ihre Zeit an der Hochschule aus, alter Knabe, denn verglichen mit Station zwei und Schwester Antrobus wird die ein Kaffeekränzchen.«

Sie erhoben ihre Gläser. »Auf die neue Welt«, sagte Teddy.

»Auf die neue Welt«, antwortete Oliver Gaskell. »Und jetzt erzählen Sie mir bitte von Schwester Antrobus.«

Kapitel acht

Die Mädchen hatten verabredet, sich um halb neun morgens in ihren Schwesterntrachten vor Danas Zimmer zu treffen. Mrs Duffy hatte sie ermahnt, sich nicht zu verspäten. »Cornflakes und Toast mit Bacon zum Frühstück. Sie werden Stärkung brauchen, denn hinterher lernen Sie Schwester Ryan kennen.«

Keine Schwester ließ jemals das Frühstück ausfallen. Danach stand der Weg die anderthalb Meilen zum Krankenhaus an, gefolgt von drei Stunden schwerer körperlicher Arbeit, ehe sie reihum auf die Stühle in der Kantine sackten, wo sie einen Kaffee und zwei dicke Scheiben gebutterten Toast bekamen.

Dana hatte einen ganzen Berg Informationen an das Krankenhaus schicken müssen, einschließlich ihrer Maße. Bei ihrer Ankunft hatte sie fünf gestärkte blassrosa Trachten mit ihrem Namen auf einem Leinenschild und fünf gestärkte Schürzen in ihrem Schrank entdeckt. Auf der Frisierkommode hatten ein rosa Gürtel aus Seidenripsband mit polierter Schnalle, fünf weiße gestärkte Hauben und eine Handvoll kleine Doppelknöpfe aus Messing gelegen. Dana nahm die Haube auf. Es waren fünf Löcher an unterschiedlichen Stellen im Stoff. Sie nahm einen Doppelknopf und fädelte ihn durch eines, fragte sich jedoch, wofür die anderen Löcher waren. Innen an der Tür hing ein schweres schwarzes, rot gefüttertes Cape mit ihrem Namen innen am Kragen.

Mrs Duffy hatte den Mädchen gesagt, dass sie sich nach dem Frühstück im Gemeinschaftsraum einfinden sollten, wo ihnen Schwester Ryan zeigte, wie sie die Hauben falteten, und ihnen einiges zu Kleidung und Benehmen erklärte. Anschließend würde sie mit ihnen zur Schwesternschule auf dem Krankenhausgelände gehen.

Dana kämpfte mit der Tracht. Die winzigen leinenbezogenen Knöpfe waren zu klein und fummelig für ein Mädchen von einer Farm und nahezu unmöglich zuzubekommen. Noch dazu waren in dem Kleid und der Schürze mehr Taschen, als Dana zählen konnte. Sie war sicher, dass jede einen bestimmten Zweck hatte, doch heute Morgen sagten ihr die unterschiedlichen Formen und Größen rein gar nichts. Ihr Kragen war so sehr gestärkt, dass er sich zunächst gar nicht runterklappen lassen wollte, und als er es endlich tat, scheuerte er ihr die Haut im Nacken so rot wie ihr Haar. Die Befestigung der Schürze war unglaublich kompliziert – lauter lange Bänder und Leinenschlaufen, durch die sie gefädelt werden mussten. Dana hatte keine Ahnung, ob sie es richtig anstellte. Ihr rotes Haar wollte nicht hinter den Ohren bleiben und bauschte sich immer wieder an den Seiten nach draußen, weil es von der feuchten Luft gestern noch ganz kraus war. Was sie mit dem Cape anfangen sollte, wusste sie nicht. Sie beschloss, es überzuziehen, und wäre unter dem Gewicht fast gestolpert. Wenigstens war offensichtlich, dass die beiden roten Bänder vorn überkreuzt und an den Knöpfen hinten befestigt werden sollten. Dies war noch der einfachste Teil der Tracht.

Dem Himmel sei Dank für das Cape, sagte sie zu ihrem Spiegelbild, denn der schwere Stoff kaschierte ihre nun sichtbar falsch gebundene Schürze. Unten am Anschlagbrett hatte sie ein Bild von einer Schwester mit Haube gesehen und fühlte sich recht kultiviert. Das Cape war beinahe so schwer wie sie, und ihr wurde sofort warm, nachdem sie in dem kurzärmligen Baumwollkleid zunächst gefröstelt hatte. Sie war unsicher, ob sie ihre Geldbörse einzeln oder ihre Handtasche mitnehmen sollte. Und sie hoffte, dass der neue Strumpfgürtel, der sich recht weit und locker anfühlte, ihre Wollstrümpfe oben hielt. Ah, das war es! Wofür sollten solche großen Taschen sonst gut sein, dachte sie und steckte ihre Geldbörse mit den Münzen, die ihre Mutter ihr für die Kollekte mitgegeben hatte, und das kleine Vermögen von Mr Joyce in ihre vordere Schürzentasche.

»Lass dein Geld in Liverpool nie aus den Augen«, hatte ihre Mutter gesagt. »Trag es immer bei dir und nicht in deiner Handtasche. Wenn dir die gestohlen wird, was in solch einer furchtbaren Stadt ganz gewiss passiert, hast du immer noch dein Geld.«

Dana tat, was ihre Mutter ihr sagte, weil sie es nicht anders kannte. Noch hatte sie schließlich Schwester Ryan nicht kennengelernt.

Sie verließ ihr Zimmer und wurde von den anderen drei Mädchen oben an der Treppe vor Pammys Zimmer begrüßt. Ihre Handtasche hing über ihrem Arm, ihre Geldbörse wölbte die Schürzentasche, ihr Haar quoll aus der Haube, und ihr Gesicht war puterrot. Und dabei war es erst fünfundzwanzig Minuten nach acht Uhr morgens.

»Oh, beim Geiste meiner Großmutter, warum hast du das Cape an?«, rief Pammy aus, sobald sie Dana sah.

Der Treppenaufgang war vom Geräusch klappernder Schuhen erfüllt, als die neuen Lernschwestern und die, die in ihrer Ausbildung schon weiter waren, nach unten zum Frühstück eilten. Dana war die Einzige, die das Cape trug und eine Handtasche bei sich hatte. Sie hörte einige der anderen kichern, und dann sagte eine: »Sie ist die Irin, oder? Von einer Farm, schätze ich. Die wird nichts kapieren. Was ist nur aus St. Angelus geworden, dass sie jetzt schon Bauerntrampel als Schwesternschülerinnen nehmen?«

Dana wurde heiß vor Scham, und sie merkte, dass sie noch röter wurde. Tränen brannten in ihren Augen. Auf einmal war ihr alles zu viel. Sie hatte ihr ganzes Leben auf einer kleinen Farm am Rande eines abgelegenen Dorfes verbracht, doch keiner hatte sie je einen Bauerntrampel genannt. Und sie fühlte sich nicht nur persönlich gekränkt, sondern dachte daran, wie sehr es ihre Mutter kränken würde, das zu hören.

Pammy plusterte sich auf und wirkte drauf und dran, den beiden unverschämten Mädchen nachzulaufen und ihnen gehörig die Meinung zu sagen, aber da rauschte schon eine andere Gruppe an ihnen vorbei, und ein älteres Mädchen, von dem sie annahmen, dass es im dritten Jahr war, sagte freundlich: »Hallo, ihr. Ich bin Lizzie. Mrs Duffy möchte, dass ich ein Auge auf euch habe und euch helfe, falls ihr Probleme habt. Wir unterhalten uns heute Abend im Gemeinschaftsraum, aber jetzt kommt schnell. Schwester Ryan frisst jeden bei lebendigem Leib, der zu spät ist.« Sie sah Dana an und hatte merklich Mühe, nicht zu grinsen.

»Ach, du meine Güte, was haben wir denn hier? Helft ihr, Mädchen. Lass das Cape im Zimmer.« Sie nickte Dana zu und lächelte Pammy an. »Ich bin im Stockwerk über euch. Achtet nicht auf das, was die kleine Madam eben gesagt hat. Die wird schnell genug ihre verdiente Strafe bekommen. Sie heißt Celia Forsyth und ist schon sehr unbeliebt, weil sie uns dauernd Faltblätter unter den Türen durchschiebt und fragt, wer bei einem Handarbeitskreis mitmachen will. Und sie ist selbst noch ganz neu hier.«

»Lizzie«, zischte eine Stimme unter ihnen auf der Treppe, »jetzt mach schon!«

»Bis später, ihr Süßen!« Lizzie lief die Treppe hinunter.

»Oh nein, mache ich alles verkehrt? Ja, das muss es sein.

Warum hat sonst keine ihr Cape an?« Dank Lizzie hatte Dana sich von der Kränkung erholt, war nun jedoch entsetzt, weil sie alles so falsch machte.

»Weil wir drinnen sind und unten im Gemeinschaftsraum und in der Küche ein großes Feuer brennt, Dummerchen. Jetzt lass mich dir helfen, das wieder auszuziehen. Du hast das ja straff gezogen wie einen Nonnenschlüpfer«, sagte Pammy.

»Was wölbt sich da so in deiner Tasche, Dana?«, fragte Victoria höflich.

»Das ist meine Geldbörse. Meine Mutter hat gesagt, ich darf sie in Liverpool nie aus den Augen lassen.«

Behutsam zog Victoria sie aus Danas Schürzentasche. »Ja, das mag sein, aber ich bin sicher, dass du sie nicht mit auf die Stationen nehmen darfst. Warum machst du es nicht wie ich? Ich habe einen Zehn-Shilling-Schein in meiner Tasche, falls ich Geld brauche.«

»Oh Gott, stimmt, mache ich«, sagte Dana.

»Na, das lassen wir erst mal«, unterbrach Pammy. »Bring deine Geldbörse einfach zurück ins Zimmer, und dann müssen wir los. Wir wollen nicht gleich am ersten Tag Ärger bekommen.«

»Ich kann dir notfalls englisches Geld geben«, sagte Victoria.

Dana nickte. Sie kam sich dumm vor und war zugleich sehr dankbar. Victoria lächelte ihr aufmunternd zu und beruhigte sie mit ihrer natürlichen, freundlichen Autorität. Soweit Dana es bisher mitbekommen hatte, gab es hier eine Menge Mädchen wie Victoria und Beth, hingegen nur sehr wenige wie Pammy und sie. Wüsste sie nicht schon, dass Beth bisher nur auf Militärstützpunkten gelebt hatte, hätte sie es erraten. Und hätte Victoria ihr nicht erzählt, dass sie die Tochter eines Lords war, wäre sie auch so auf die vornehme Herkunft gekommen, die sie viel besser auf die Herausforderungen des Lebens vorbereitet hatte als Danas. Folglich musste Victoria recht haben.

»Du Arme siehst ganz abgekämpft aus«, sagte Victoria. »Lass mich mal dein Haar in Ordnung bringen.« Sie holte ein paar Haarklammern aus ihrer Tasche und steckte Dana das Haar hinter die Ohren.

»Ich dachte, die sind nur für die Hauben«, flüsterte Dana.

Victoria lächelte. »Nun, wenn das stimmt, bekommen wir beide Schwierigkeiten. Aber in den Anweisungen steht, das Haar muss immer nach hinten gesteckt und unter der Haube sein. Ich bin daher ziemlich sicher, dass uns nichts passiert.«

Fasziniert sah Dana sie an. Für Victorias Selbstvertrauen würde sie alles geben, denn sie hatte eine solche Entscheidung ganz allein getroffen.

Inzwischen hatte Pammy die Bänder von Danas Cape gelöst und es ihr von den Schultern genommen. »Wo ist Beth hin?«, fragte sie und schaute die Treppe hinab.

»Ich glaube, sie hat sich dieser abscheulichen Celia Forsyth angeschlossen«, antwortete Victoria.

»Na, das ist ja nett. Ich werde sie im Blick behalten, das kann ich euch sagen«, versprach Pammy.

Minuten später aß Dana ohne Handtasche, Geldbörse und Cape und mit recht geordnetem Haar den letzten Happen Toast mit Bacon in der Küche und spülte ihn mit Tee herunter. Dann marschierten alle in den Gemeinschaftsraum, setzten sich und warteten auf ihre Lehrerin.

»Stehen Sie auf, wenn sie reinkommt, Schwestern«, hatte Mrs Duffy zu ihnen gesagt. »Als Zeichen des Respekts.«

Beinahe ehe Mrs Duffy zu Ende gesprochen hatte, ging die Tür auf und standen die Mädchen geschlossen auf. Herein kam eine außergewöhnlich große und Furcht einflößende Frau. Es war, als knisterte die Atmosphäre von der Stärke ihres Kleides und ihrer Wichtigkeit. Sie war eine korpulente Frau, unter deren sehr penibel gekräuselten und steifen Haube das pechschwarze Haar kurz geschnitten war. Hier und da zeigte sich erstes Grau. Ihr Lippenstift war leuchtend rot, und der Kontrast zu ihrem Haar bannte Danas Blick.

Ihr marineblauer Seidenripsgürtel hatte eine Silberschnalle, die im fahlen Sonnenschein vom Fenster blitzte. Der Kragen ihrer Tracht war derart gestärkt, dass er aussah, als könnte er eine Brücke stützen, und ihre Schuhe waren blitzblank. Dana sah zu ihren eigenen Schuhen und schämte sich.

»Willkommen, meine Damen!« Die Lehrschwester hatte gesprochen, und die neuen Schwestern setzten sich starr vor Angst. »Willkommen im St. Angelus! Ich bin Schwester Ryan und für die nächsten drei Jahre für Sie Schwester Lehrerin. In den kommenden zwölf Wochen werden Sie einen Einführungskurs absolvieren, der Sie auf die Ausbildung vorbereiten soll. In der Zeit werden wir uns viel sehen.« Sie machte eine Atempause und blickte zu dem vertrauten Meer von weißen, angsterfüllten Gesichtern.

»Sie werden täglich Unterricht haben und an den Wochenenden entweder hier im Wohnheim oder wo immer Sie möchten lernen. Das steht Ihnen an den Wochenenden frei. Ich behandle meine Schwesternschülerinnen nicht wie Kinder, denn wenn Sie auf Station sind, erwarte ich, dass Sie sich wie Erwachsene benehmen. Sollte aber eine von Ihnen es versäumen, an den Wochenenden zu lernen, und bei der Vorprüfung nach zwölf Wochen durchfallen, bekommen Sie keine zweite Chance. Mrs Duffy wird Ihre Prüfungsergebnisse vor Ihnen erfahren und Ihre Sachen so schnell packen, dass Ihr Gepäck schon vor der Tür auf Sie wartet, wenn Sie von der Prüfung kommen. Haben Sie das verstanden?«

Erneut machte sie eine Pause.

»Ich glaube nicht, dass ich jemanden ›Ja, Schwester Lehrerin‹ habe sagen hören.«

Alle blieben still, bis eine sehr sichere Stimme rief: »Ja, Schwester Lehrerin.« Es war Beth. Pammy, Victoria und Dana sahen einander an.

»Danke, Schwester.« Schwester Ryan lächelte Beth zu. »Glauben Sie ja nicht, ich würde nicht ernst meinen, was ich sage. Im letzten Jahr ist es bei zwei Schwestern aus dem Osterjahrgang passiert. Versuchen wir, den Teufelskreis zu durchbrechen, ja?«

Dana begann zu frösteln und wünschte, Schwester Ryan würde vom Kamin weggehen. Mit ihrer massigen Statur schirmte sie die Wärme ab.

»Heute Morgen will ich dafür sorgen, dass Sie einige Grundregeln begreifen, und Ihnen den Weg von der Lovely Lane zur St.-Angelus-Schwesternschule zeigen. Ich werde Sie auch mit der Schulleiterin bekannt machen, Schwester Haycock, sowie dem restlichen Lehrpersonal. Sie, Mädchen, wie heißen Sie?« Schwester Ryan zeigte auf Pammy.

»Ich bin Pamela, Miss«, antwortete Pammy lächelnd. »Aber alle nennen mich Pammy. Keiner in der Arthur Street hat mich je anders genannt.«

»Ach ja, ist das so? Wie amüsant.« Dana fand, dass etwas an Schwester Ryans Tonfall eigenartig war, und wechselte einen besorgten Blick mit Victoria.

»Und wer bin ich?«, fragte Schwester Ryan.

»Sie sind, äh, Miss«, sagte Pammy nervös.

»OH NEIN, BIN ICH NICHT!«

Es war so laut, dass alle zusammenzuckten. »Sie sind Schwester Tanner, und ich bin Schwester Ryan, und Sie werden mich nie wieder anders als mit Schwester Ryan oder Schwester Lehrerin ansprechen. Haben Sie das verstanden?«

»Ja, Miss«, antwortete Pammy hastig und sehr nervös.

»WAS HABEN SIE GESAGT?« Schwester Ryans Stimme hallte durch den Raum. Dana war sicher, dass ihr gleich übel wurde.

»Verzeihung. Entschuldigen Sie, Schwester Ryan.« Pammy war immer kleiner geworden, und Dana fürchtete, sie könnte zu weinen anfangen.

»Sie sind nicht Pammy, zumindest für niemanden im St. Angelus. Sie sind Schwester Tanner, und das ist der einzige Name, mit dem Sie hier angesprochen werden, ganz gleich, wo Sie sich aufhalten. Sei es im Gemeinschaftsraum, in der Küche, im Vorbeigehen auf dem Korridor und erst recht auf dem Krankenhausgelände. Überall sind Sie Schwester Tanner.« Schwester Ryan ließ ihren Blick über die verängstigten Mädchen wandern. »Also, wie heißen Sie, Mädchen?«, fragte sie Pammy aufs Neue.

Pammys Stimme bebte. »Ich bin Schwester Tanner«, flüsterte sie.

»Schwester WER?«

»Schwester Tanner«, antwortete Pammy ein wenig lauter.

»So ist es besser. Und wer bin ich?«

»Schwester Ryan«, flüsterte Pammy.

»WER?«, dröhnte es.

»Schwester Ryan«, wiederholte Pammy. Dana und Victoria sahen, dass sie den Tränen nahe war.

»Das haben Sie hoffentlich alle verstanden. Sie haben keinen Vornamen mehr, wenn Sie sich in und um St. Angelus aufhalten. Ihr Vorname ist durch Schwester ersetzt, und Sie sprechen ausschließlich mit Nachnamen mit- und voneinander. Ist das klar?«

Überall wurde eifrig genickt.

»Die Patienten werden ebenfalls mit ihren Nachnamen angeredet, und Sie werden allen von ihnen, ungeachtet ihrer Herkunft, den Respekt zollen, der ihnen gebührt. Sprechen Sie einen Patienten an, dann mit Mr oder Mrs, gefolgt vom Nachnamen. Haben Sie verstanden? Vornamen sind übertrieben vertraulich und dem familiären Rahmen vorbehalten. Im St. Angelus werden sie nicht ausgesprochen. Ist das klar?«

Dana merkte, dass ihre Knie zu zittern begannen. Schwester Ryans Ton unterschied sich so sehr von dem der sanftmütigen Mrs Duffy, dass ihr unheimlich wurde und sie sich wünschte, sie hätte die gebutterten Toastkrusten nicht genascht, die von den anderen Mädchen in der Küche zurückgelassen wurden. Zu Hause auf der Farm war Verschwendung eine Sünde. Niemand ließ einen Krümel liegen, schon gar nicht eine ganze Brotkruste. Jetzt jedoch grummelte ihr nervöser Magen, und sie war sicher, dass es die anderen auch hörten.

»Beginnen wir nun mit unserer ersten Stunde. Das Falten der Haube.«

Dana brach kalter Schweiß aus. In all dem Durcheinander um ihr Cape und ihre Geldbörse hatte sie die Haube in ihrem Zimmer gelassen. Sie erinnerte sich, sie aufs Bett gelegt zu haben, als sie ihr Cape aufhängte und die Geldbörse in die Schublade ihrer Frisierkommode legte. Alle anderen nahmen ihre Hauben auf, die sie auf ihren Knien ausgelegt hatten.

Himmelherrgott, warum habe ich nicht bemerkt, dass ich die Haube vergessen habe? Sie machte sich schreckliche Vorwürfe und überlegte fieberhaft.

Pammy bemerkte es ebenfalls. Sie schirmte ihr Gesicht vor Schwester Ryan ab und sagte stumm: »Melde dich!« Dazu machte sie eine angedeutete Geste mit der Hand.

Überall wäre Dana in diesem Moment lieber gewesen als hier. An einem regnerischen Morgen im kalten Matsch beim Melken zu helfen kam ihr plötzlich wie der Inbegriff von Glückseligkeit vor. Und die Hühner zu füttern, während sie von eisigem Regen durchnässt wurde, schien ihr wie ein Geschenk. Sie stellte sich den Geruch der Kühe im Stall vor, frisch von der Weide, und dort wollte sie lieber sein als irgendwo sonst auf der Welt.

»Mach jetzt«, sagte Pammy stumm. »Schnell!«

Zögernd hob Dana eine Hand. Sie reckte sie nur wenig höher als ihren Kopf und zitterte wie ein Blatt im Sturm.

»Ja?« Schwester Ryan seufzte tief. »Ich habe schon auf das Unvermeidliche gewartet. Es ist jedes Mal das Gleiche. Ich habe mich schon gefragt, wer es sein würde. Komisch, ich dachte, es könnte Schwester Tanner sein.«

»Ich habe meine Haube im Zimmer vergessen, Schwester Ryan«, sagte Dana.

Sie sprach so leise, dass Schwester Ryan vom Feuer wegging und sich direkt vor sie stellte. Dann beugte sich die Lehrschwester vor, stützte die Arme auf die Sessellehnen und neigte ihren Kopf so tief, dass ihr Gesicht nur Zentimeter von Danas trennten. Nun zitterte Dana sichtbar.

»Sie ... haben ... was?«, fragte die Lehrschwester frostig.

»I-i-ich habe m-m-meine Haube in m-meinem Zimmer ver-vergessen«, brachte Dana halb quiekend heraus.

Um sie herum rangen alle nach Luft, und ein ersticktes Kichern war aus Celia Forsyths Richtung zu hören, die neben ihrer neuen besten Freundin Beth saß. Dana hielt es für durchaus möglich, dass sie in Ohnmacht fiel, denn ihr wurde sehr schwindlig. Sie konnte Schwester Ryans Atem riechen, was nicht half. Dann klang die Lehrschwester auf einmal sehr viel sanfter.

»Dann laufen Sie die mal schnell holen, und ich lasse uns von Mrs Duffy Tee und Kekse bringen, ehe wir zum Krankenhaus gehen. Obwohl ... Sie gehen und holen die Haube, Schwester.«

Schwester Ryan hatte sich zu Celia Forsyth umgedreht, die sie mit offenem Mund anglotzte. »Hopp, hopp, wir haben nicht den ganzen Tag Zeit. Sie verpassen noch die Bourbons, wenn Sie sich nicht beeilen.«

Celia stand sehr langsam auf und trat einen Schritt vor. »Ja, Schwester Ryan«, sagte sie und machte zögerlich einen weiteren Schritt vor, als erwartete sie, dass die Schwester ihr befahl, sich wieder zu setzen. Dass sie nur scherzte und Dana selbst ihre Haube holen sollte. Was nicht geschah. Sie sah Celia bloß lächelnd an.

Als sich die Tür hinter Celia schloss, richtete sich Schwester Ryan auf und trat wieder vor den Kamin. »Das wird ihr eine Lehre sein, nicht zu lachen, wenn ich rede. Gehässigkeit konnte ich noch nie leiden.«

Dana musste sich an den nun freien Armlehnen festhalten, um nicht nach hinten zu sacken.

Kapitel neun

Dessie stand mit seinem Klemmbrett in der Hand auf dem Hof und hakte die einundzwanzig Wäschekörbe einen nach dem anderen auf seiner Liste ab. Es war das Erste, was er jeden Tag tat, während die anderen Pförtner in der Loge ihren Tee tranken und darauf warteten, dass man ihnen ihren Rollwagen zuteilte. Jeder der Körbe hatte acht Räder und wurde von zwei Mann über die Korridore gesteuert, einer vorn, einer hinten. Der Januarwind pfiff durch den Hof, und Dessie stopfte seinen Schal fester in seine Pförtnerjacke.

»Dessie!« Die Stimme hallte von der anderen Seite des Hofs hinüber.

Dessie blickte auf und schob seine Schirmmütze mit dem Bleistift weiter nach oben. Der junge Jake kam über das Kopfsteinpflaster auf ihn zugelaufen. Er war beinahe außer Atem, als er ihn erreichte.

»Dessie«, keuchte er und packte den Griff eines Wäschekorbs, um sich abzustützen. Die andere Hand stemmte er in die Hüfte und beugte sich vor, um Luft zu bekommen. Er lachte, als seine Mütze aufs Pflaster fiel.

»Teufel auch, was ist denn mit dir los, Junge? Ich muss ja wohl nicht fragen, warum du nicht aufhören kannst zu grinsen. Mir ginge es nicht anders, hätte ich bei der Sportwette gewonnen.

Hast du es deiner Mutter schon erzählt? Sie wundert sich bestimmt schon, woher die neumodische Waschmaschine kommt. Wo hat sie die eigentlich hingestellt? Die kann doch nicht ins Haus gepasst haben?«

»Hat sie«, antwortete Jake. »Sie hat sie mitten in der Küche stehen, mit einem Tuch drüber, und benutzt sie als Tisch. An Waschtagen kann man jetzt nicht mehr in unsere Küche, denn dann wimmelt es da von Frauen, die zugucken, wie sich die Trommel dreht und beim Schleudern wirbelt. Meine Unterhosen sind noch nie so gründlich begutachtet worden. Und ich habe keinem von dem Gewinn erzählt, nur dir, Dessie. Aber deshalb grinse ich nicht. Ich habe eben gehört, dass sie zwei von uns zu Unterpförtnern machen wollen. Stimmt das, Des? Die Jungs haben beim Tee darüber geredet.«

Dessie steckte sich den Bleistift hinters Ohr und das Klemmbrett unter den Arm. Der Wind war schneidend, weshalb er seine Jacke weiter zuzog. »Ja, Junge, kann sein. Ich könnte einen Tee vertragen. War noch welcher da, bevor du hier wie ein geölter Blitz rausgeschossen gekommen bist?«

»Wechsle nicht das Thema! Habe ich eine Chance, Dessie? Habe ich? Du weißt, warum ich frage. Auch mit meinem Gewinn kann ich Martha nicht bitten, mich zu heiraten, wenn ich nur den Lohn von einem Pförtnergehilfen habe. Dann müssten wir bei ihrer Mutter oder meiner wohnen, und das würde Martha nicht wollen. Sie könnte jeden haben, Dessie, und ich muss sie kriegen, solange ich kann. Geht eine der Stellen an mich? Ich könnte das, das weißt du.«

Dessie wollte Jake nicht länger in der Luft hängen lassen, als er musste. »Ja, Junge, du stehst ganz oben auf meiner Liste. Bist ja einer der Besten hier. Außerdem würde mir deine Mutter ewig den Marsch blasen, wenn es nicht so wäre, oder? Aber jetzt hör mal zu. Acht von den Jungs drinnen werden enttäuscht sein. Sie arbeiten alle gut und wollen weiterkommen, also behalte das erst mal für dich. Deine erste Woche zum Unterpförtnerlohn müsste Ende des Monats sein, aber nicht, ehe ich es bekannt gegeben habe. Ich muss das erst mit der Oberschwester klären.«

Jake stöhnte bei dem Wort »Oberschwester«.

»Ach komm, so schlimm ist sie nicht«, sagte Dessie. »Bloß eine verlorene Seele, die nie Glück in der Liebe hatte, weiter nichts.«

»Ist das ein Wunder?«, fragte Jake. »Jeder Mann hätte Angst, morgens aufzuwachen und zu sehen, dass ihm die Eier mit einer Schlachtaxt abgeschlagen wurden. Ihr Bellen ist übler als jeder Biss von ihrem Hund.«

Dessie zog sein Klemmbrett wieder hervor und blickte auf die Liste. »Wo du schon hier bist, kannst du auch gleich einen Wagen nehmen und Wäsche verteilen.«

»Darf ich den OP-Trakt zuerst machen? Bitte, Dessie, lass mich!«, flehte Jake.

Dessie tippte ihm im Scherz mit dem Klemmbrett auf die Mütze. »Und das hat nicht zufällig damit zu tun, dass die OPs direkt neben dem Ärztezimmer sind, wo eine gewisse junge Martha arbeitet, oder?«

Jake grinste von einem Ohr zum anderen.

»Na, dann los mit dir, aber nicht trödeln, und erzähl keinem, was ich dir gesagt habe, sonst kriegst du Schwierigkeiten mit der Oberschwester. Nichts ist fest, ehe sie es nicht unterschrieben ist, auch wenn sie normalerweise mit mir übereinstimmt.«

Jake schwang den Korb am Griff herum. »Pass nur auf dein Gemächt auf, wenn du mit ihr redest«, sagte er lachend. Dann bückte er sich und stemmte mit der Schulter voran sein ganzes Gewicht gegen den Wagen, um ihn an Dessie vorbei- und über den Hof zum Eingang des OP-Trakts zu schieben. Die kleinen Vertiefungen und Unebenheiten im Pflaster umschiffte er dabei so sicher wie ein Mann, der schon doppelt so lange in dem Job war.

Dessie schaute ihm nach. Ohne die fingerlosen Handschuhe auszuziehen, holte er seine Tabakdose aus der Tasche, öffnete sie und nahm eine Zigarette heraus, die er morgens beim Frühstück gedreht hatte. Eine kleine Flamme erleuchtete sein Gesicht, als das lockere Papier Feuer fing. Langsam atmete er den Qualm aus und lächelte zufrieden. Jake manövrierte den Rollwagen erfolgreich durch die Türen zum OP-Trakt.

»Ist Jake allein mit dem Wagen los?«, fragte ein Pförtnergehilfe, der mit einem Teebecher in der Hand zu Dessie kam. »Hier, Tom schickt Ihnen den. Er sagt, Sie frieren sich hier draußen die Kronjuwelen ab.«

Dessie lachte. »Guck mal einer an! Auf einmal sind alle um das Wohlergehen meiner Grundausstattung in Sorge.«

Der Bursche sah verwirrt aus. »Wieso? Was hat Jake gesagt? Er sollte den Karren nicht allein schieben, Mr Horton, denn das lässt uns andere mies aussehen. Wenn die Oberschwester denkt, ein Mann kommt auch allein mit einer so vollen Ladung klar, wird sie sagen, dass die Hälfte von uns entlassen werden soll.«

»Mach dir deswegen keine Gedanken, Junge. Gehen wir ins Warme. Dann kann ich euch sagen, wer heute wo arbeitet.« Als Dessie seine Zigarette in einer Pfütze austrat, drängte der Junge weiter.

»Was hat Jake über Ihr Gemächt gesagt, Mr Horton?«

»Ich muss zur Oberschwester, und er ist in Sorge, dass sie es mir abhackt, wenn ich nicht aufpasse. Bei ihr muss man auf der Hut sein. Wobei es nicht mein Gemächt ist, auf das sie es abgesehen hat. Sie hat kein Interesse an mir oder irgendeinem Mann, nicht mal, wenn es Laurence Olivier selbst wäre. Da bin ich mir völlig sicher.«

»Was meinen Sie, Mr Horton?«

Der Junge war vierzehn und frisch von der Schule, der Sohn eines Soldaten, mit dem Dessie im Krieg gedient hatte. So lief es in Merseyside, am Hafen, im Krankenhaus und in den Fabriken. Die Arbeiter sorgten füreinander. Und der Junge wartete auf eine Antwort.

»Gar nichts, Junge«, sagte Dessie. »Überhaupt nichts.«

Jake warf die Wäsche beinahe in die Kammer vor den Operationssälen und flitzte mit dem leeren Korb den Korridor hinunter zum Ärztezimmer. Vor Freude wollte er einen Luftsprung machen, als er sah, dass beide OPs besetzt und keine Ärzte in dem Aufenthaltsraum waren. Er klopfte an die Teeküchentür, und Martha öffnete mit einem Geschirrtuch in der Hand.

»Was machst du hier? Du bringst es noch so weit, dass ich gefeuert werde.« Ihr Ton mochte streng sein, doch ihre Worte verrieten Jake, dass sie sich freute, ihn zu sehen.

»Hast du einen Tee für mich?«, fragte er. »Ich habe gute Neuigkeiten, Martha, und die muss ich dir unbedingt erzählen.«

»Dann raus damit«, sagte Martha und goss heißes Wasser aus der Teemaschine in eine Kanne.

»Ich glaube, Dessie gibt mir eine Stelle als Unterpförtner.«

Martha strahlte. Sie warf das Geschirrtuch auf den Tisch und schlug die Hände zusammen.

»Hat Dessie das gesagt? Jake, das ist ja wunderbar! Darf ich es meiner Mam erzählen, wenn ich zu Hause bin?«

»Na ja, die Oberschwester muss noch zustimmen, aber Dessie möchte es. Du weißt, was das heißt, oder, Martha?«

Sie blickte ihn verständnislos an und schob die Hände in ihre

Schürzentaschen. »Nein, was? Also, ich nehme an, dass du dann mehr verdienst, stimmt's?«

»Ja, aber nicht nur das. Es heißt, dass ich für meine Zukunft planen kann.« Er wagte nicht, *unsere Zukunft* zu sagen, denn er wollte Martha nicht bedrängen oder gar verschrecken.

»Na, stelle sich das einer vor«, sagte Martha und hievte die schwere Teekanne auf den Tisch. »Ein betuchter Mann.« Ihr Herz klopfte schneller, auch wenn sie ein klein wenig enttäuscht war, dass Jake *meine* Zukunft gesagt hatte, nicht *unsere*.

»Betucht vielleicht nicht, aber wäre es nicht klasse? Du würdest nicht mehr mit einer Pförtnerhilfe ausgehen, sondern mit einem richtigen Unterpförtner. Sie schaffen jetzt nämlich neue Stellen, und es soll einen Pförtner nur für die Operationssäle geben, weil so viel zu tun ist.«

Martha verschränkte die Arme vor der Brust und lächelte über Jakes Begeisterung. »Du bist nicht zu bremsen, was? Eben hast du erst erfahren, dass du Unterpförtner wirst, und schon hast du die nächste Beförderung im Blick.«

Sie drehte sich zum Teewagen, um eine Tasse und eine Untertasse für Jake zu holen, und dabei fing Jake ihre Schürzenbänder ein. Mutiger denn je zog er Martha zu sich und dachte nicht nach, bevor er sie küsste.

Hinterher sah er in ihr gerötetes Gesicht.

»Erzähl es keinem«, sagte er halb schüchtern, »aber das war mein erster Kuss. Ich denke nicht, dass es je wieder so einen gibt, nicht mal, wenn du mir erlaubst, dich jeden Tag zu küssen, Martha O'Brien. War es auch dein erster?«

Er blickte sie aufmerksam an. Jake war in Martha verliebt und wollte, dass sie es wusste. Er wollte sie heiraten und hatte große Mühe, ihr nicht gleich hier und jetzt einen Antrag zu machen. Tränen glänzten in Marthas Augen.

»Hey, was ist? Magst du nicht, wenn ich dich küsse?« Er legte die Arme um sie und hielt sie fest, ihren Kopf an seiner Brust. Martha fühlte die grobe Baumwolle seiner Arbeitsjacke an ihrer Wange, und sie war froh, dass Jake ihr Gesicht nicht sehen konnte. Sie holte tief Luft. Er roch nach frischem Leinen und Wright's Kohlenteerseife. Wie könnte sie ihm sagen, dass es nicht ihr erster Kuss gewesen war? Den hatte Dr. Scriven ihm geraubt.

Jake schob sie behutsam zurück und runzelte besorgt die Stirn.

»Natürlich war es mein erster Kuss«, sagte sie und wischte sich mit dem Handrücken die Augen.

Ihre Tränen waren ihr peinlich, und sie fühlte, dass ihre Wangen vor Scham glühten. Von diesem Moment hatte sie geträumt, und jetzt war er hier. Jake Berry, der hübscheste Junge in ganz Liverpool, hatte Martha O'Brien geküsst. Sie würde ihm nie erzählen, dass Dr. Scriven sie dreist betatscht und seinen nassen Mund auf ihrem Gesicht gehabt hatte. Jene Erinnerung würde sie aus ihrem Kopf verbannen und nie wieder an sie denken. Sie könnte ihr nichts mehr anhaben. Es wäre immer Jake, der sie zum ersten Mal geküsst hatte, soweit es sie betraf. Das andere würde sie in die Wildnis verbannen. Es ist nie geschehen, sagte Martha sich. Ich muss nur denken, dass es nie passiert ist, dann ist es das auch nicht.

Jake grinste sie an, und Martha erwiderte es.

»Und wo ist mein zweiter?«, fragte sie frech.

Jake strahlte von einem Ohr zum anderen und zog sie erneut an sich. Martha lächelte. Dies hier konnte Dr. Scriven ihr nicht nehmen. Nicht diese Zärtlichkeit. Nicht Jakes Verlangen oder ihren zweiten Kuss.

Die Schulleiterin Emily Haycock wohnte in einem möblierten

Zimmer oben in einem Reihenhaus nahe der Lark Lane. Das Zimmer war deprimierend trist und das einzig Lobenswerte an ihm der Blick auf den Park und den See. Heute Morgen war ihr Fenster von innen vereist, sodass der Blick versperrt war und der Raum sich noch kleiner und trostloser anfühlte. Ein grauer Nebel hing in der Luft, und Emily fröstelte, als sie sich umständlich mit einer Schale Wasser und einem Lappen wusch. Das Wasser hatte sie im Bad am grauen und angestoßenen Waschbecken abgefüllt. Der Mieter nebenan hatte die unangenehme Angewohnheit, ungeduldig an die Badezimmertür zu hämmern und sein Gesicht an das Milchglas zu drücken, um zu sehen, wer drinnen war. Deshalb war Emily dazu übergegangen, sich ihr Waschwasser über den braunen, rissigen Linoleumboden im Flur in ihr Zimmer zu tragen.

Heute Morgen gab es keinen Strom, sodass Emily sich nicht einmal ein heißes Getränk auf ihrem Miniherd machen konnte. Als sie sich abtrocknete, schwor sie, nach einer neuen Wohnung zu suchen. Hier wurde es immer schlimmer, und die Vermieterin weigerte sich, irgendwas gegen den feuchten Flecken unter der Fensterbank zu tun. Mindestens zwei Abende die Woche musste Emily bei Kerzenlicht verbringen, weil plötzlich der Strom ausfiel und sie im Dunkeln saß. Es erinnerte sie an den Krieg, und das war das Letzte, was sie brauchte. Emily musste schon mit genug eigenen Dämonen leben.

Als Leiterin der Schwesternschule trug sie bei der Arbeit ihre eigene Kleidung und darüber einen weißen Kittel, wenn sie die Stationen besuchte. Ihr fehlte ihre Schwesterntracht. Das Leben war unkomplizierter, wenn man nicht darüber nachdenken musste, was man anzog. Nun schloss sie die Strickjackenknöpfe ihres karamellfarbenen Twinsets und beäugte sich kritisch in dem gesprungenen Spiegel über ihrem vernagelten Kamin. Das Silber war schon lange stumpf und blätterte an der Rückseite ab. Und das Glas war so fleckig, dass sie kaum ihr Gesicht darin sehen konnte, sehr wohl aber ihre blonden Locken, die auf ihre Schultern fielen.

»Gott sei Dank für meine Naturkrause. Siehst du, Mam, ich habe immer brav aufgegessen«, flüsterte sie ihrem Spiegelbild zu. Ihr schulterlanges Haar war mit minimalem Aufwand hinten hochgesteckt, ehe sie ihren Hut aufsetzte und nach draußen in die Kälte ging, die sich wärmer anfühlte als ihr Zimmer.

Auf dem Weg zur Arbeit kaufte sie eine *Daily Post*, und während der Busfahrt ging sie die »Zimmer zu vermieten«-Anzeigen von oben bis unten durch. Das Problem war, dass die meisten Vermieter einen »berufstätigen Herrn« suchten. Diese Hürde konnte Emily Haycock unmöglich überwinden, es sei denn, sie ging trotzdem hin, und man schenkte ihr genügend Zeit, um die Besitzer zu überzeugen, dass sie eine anständige Mieterin und obendrein berufstätig war. Das hatte sie bisher zweimal versucht und war richtig wütend geworden, wie man sie behandelte.

»Wir ziehen es vor, keine Damen zu nehmen«, hatte die letzte Vermieterin zu ihr gesagt und dann flüsternd, als könnte sie in der lauten Straße irgendjemand hören, hinzugefügt: »Wir wollen nicht, dass hier Herren rein- und rausschleichen.«

Emily war nicht sicher, ob sie etwas darauf erwidern sollte, und hatte die Frau mit den schwarzen Zahnstümpfen im Mund und der schmutzigen Schürze nur entsetzt angestarrt. Ihr fiel keine Antwort ein, außer auf dem Absatz kehrtzumachen und wegzugehen. Vor allem glaubte sie nicht, dass sie die Fassung wahren könnte, wenn jemand ihre Moral infrage stellte. Sie hatte so vieles geopfert, um Schwester im St. Angelus zu werden und sich dort zur Lehrschwester und Schulleiterin hochzuarbeiten. Bei der empörend ungerechten Unterstellung, sie könnte sich irgendwie unanständig verhalten, wollte sie fast schreien.

Emily schlug die Zeitung seufzend zu. Bis vor wenigen Jahren noch hatten die Schwestern auf dem Krankenhausgelände gewohnt, aber all das hatte sich mit dem Krieg geändert. So oder so musste sie heute über anderes nachdenken, und Tatsache war, dass ihre Mittel begrenzt waren. Sie hatte Verpflichtungen, und ganz besonders eine kam stets an erster Stelle, weshalb ihr wenig Wahl blieb, was ihre eigene Wohnsituation anging. Sie hatte ein Versprechen zu halten, und genau das würde sie tun, solange es nötig war. Wenn es hieß, dass sie am Ende des Monats nur noch sehr wenig Geld zum Leben hatte, war es eben so.

Sie rieb einen Kreis auf der beschlagenen Busscheibe mit ihrer lederverhüllten Hand frei und linste hinaus in den kalten grauen Morgen. Als sie von der Church Street um die Ecke bogen, bemerkte sie, dass in den Schaufenstern noch die Weihnachtsdekoration leuchtete. Der Mann neben ihr und die Frau vor ihr rauchten beide, und Emily hielt sich die Zeitung vor den Mund, um ein Husten zu unterdrücken. In Gedanken war sie schon bei den neuen Schwesternschülerinnen und dem Tag, der vor ihr lag. Die erste Woche war immer die schlimmste. Danach würde sie sich nach Kräften bemühen, eine respektable Unterkunft näher beim Krankenhaus zu finden, um das Busgeld zu sparen. Sie stand auf und zog an der geflochtenen braunen Kordel oben, damit der Fahrer wusste, dass sie aussteigen wollte.

Dessie beobachtete, wie die letzten Wäschekörbe durch die Hintertür des Stationstrakts verschwanden. Die Rufe der Pförtnergehilfen bei ihrem Wettrennen über den Hof brachten ihn wie immer zum Schmunzeln. Er blickte hinüber zur Schwesternschule und bemerkte, dass noch jemand zugeschaut hatte.

»Guten Morgen, Schwester Haycock!« Dessie nahm seine Mütze ab und setzte sie rasch wieder auf, weil die kalte Luft in sein kahles Haupt stach. Wie immer, wenn er Schwester Haycock sah, verkrampfte sich das Herz in seiner Brust. Etwas an ihr weckte den Wunsch in ihm, seine Pförtnerjacke auszuziehen und sie ihr um die Schultern zu legen. Die Frau verwirrte ihn, wie es noch keine andere Frau getan hatte. Im Krankenhaus war sie unglaublich rasant aufgestiegen und das Gesprächsthema schlechthin gewesen, als sie vor einem Jahr ihre neue Stelle bekam. Doch sprach sie mit ihm, und blickte er ihr in die Augen, sah er dort Schmerz. Er hatte das Gefühl, dass sie verletzlich, einsam und traurig war. Genau wie er.

»Guten Morgen, Dessie«, rief Emily zurück, und zu Dessies Entzücken kam sie über den Hof auf ihn zu. »Was für ein kalter Morgen.« Dessies Herz schlug schneller, als sie sich näherte.

»Wie geht es Ihnen, Schwester? Heute bekommen Sie Ihre neuen Schwesternschülerinnen auf Probe, nicht? Sind sie schon da?«

»Nein, aber Sie werden sie sicher sehen, wenn sie durchs hintere Tor kommen.« Beide schauten zu der Maueröffnung, wo zwei hübsche schmiedeeiserne Pfortenflügel gewesen waren, bis sie für Kriegszwecke entfernt wurden. »Die Jungs lassen es Sie wissen, dafür sorge ich. Es ist immer so lustig für sie am ersten Tag.«

»Tut mir leid, Schwester. Ich werde ihnen allen gehörig den Marsch blasen, wenn sie von der Wäschelieferung zurück sind. Die sollen sich benehmen. Ich sage ihnen dauernd, dass sie den Schwestern gegenüber respektvoll sein sollen.«

»Nicht doch, Dessie. Ich denke, es hilft den Mädchen, wenn es bei ihrer Ankunft ein wenig Spaß gibt. Und richtig wehrlos sind sie ja auch nicht.«

Dessie verdrehte die Augen, denn er erinnerte sich an die vorherigen Schwesternschülerinnen, die zwei Pförtnergehilfen »zum Spaß« in einen Brennholzschuppen eingesperrt hatten.

»Ja, stimmt. Einige von denen brechen den Jungs das Herz schon in dem Moment ihrer Ankunft.«

Emily und Dessie lächelten einander an, und für einen Moment schienen ihre blauen Augen, die vom beißenden Januarwind feucht waren, direkt in sein Herz zu schauen. *Rette mich*, flüsterte Dessie im Geiste.

»Dessie, darf ich Sie um einen Gefallen bitten?«

Fast hätte er es nicht gehört, weil ihre Nähe ihn benommen machte. Und heute Morgen sah sie so wunderschön aus, dass es beinahe wehtat.

»Ich habe eine Freundin, die möbliert wohnt und nicht glücklich damit ist. Es ist in der Nähe von Sefton Park, und sie arbeitet in einem der Büros in der Water Street. Sie muss näher in der Stadt wohnen und hat mich gefragt, ob ich etwas wüsste. Tue ich nicht, aber als ich Sie gesehen habe, dachte ich, Sie wissen vielleicht etwas. Sie braucht nur ein Zimmer, in einem Haus zum Beispiel? Sie ist berufstätig und eine anständige Frau.« Würde Dessie einen Vorschlag machen, könnte sie sich eine Ausrede ausdenken, selbst zu mieten.

Für einen Moment schien Dessie die Stirn zu runzeln. »Wohnungen sind hier immer noch so knapp. Ihre Freundin tut mir leid, ehrlich. Wenn ich etwas höre, sage ich Ihnen Bescheid.« Ihm entging der flüchtige enttäuschte Ausdruck in ihren Augen nicht, und er war verwirrt, doch sie sah gleich wieder wie immer aus.

»Danke, Dessie«, sagte sie nicht annähernd so munter, wie sie eben noch geklungen hatte.

Als sie wegging, dachte Dessie an Jake und welches Glück er gehabt hatte, sein Haus zu bekommen. Für Leute von außerhalb war es schwierig, weil die Menschen im Hafenviertel sie quasi ausschlossen. Arbeitsstellen und Wohnungen wurden untereinander weitergereicht.

An der Tür zur Schwesternschule drehte Emily sich noch einmal um und winkte Dessie zu. Es fiel ihm schwer, den Blick von ihr abzuwenden. Sie hob ihre Hand, bevor sie nach drinnen ging, und er winkte zurück. Reiß dich zusammen, Mann, schalt er sich sofort. Irgendwo wartet ein reicher und kluger Arzt auf eine so schöne Frau wie Schwester Haycock. Es stimmte, dass sie keine junge Frau mehr war, aber für Dessie machte gerade das ihren Reiz aus. Jemanden wie dich wird sie nie zweimal ansehen, sagte er sich, nahm sein Klemmbrett unter den Arm, richtete seine Mütze und marschierte über den Hof zu seiner Pförtnerloge.

Als sie in den kleinen Salon neben ihrem Büro in der Schule kam, wollte Emily weinen vor Dankbarkeit, denn ihre Haushälterin Biddy hatte bereits Feuer gemacht, und die Flammen züngelten in dem Kamin auf. Emily nahm ihren Hut ab und zog den Mantel aus, hängte beides auf den Garderobenständer und stellte sich vors Feuer, wo sie die Hände rieb. Dann sah sie durch die Tür zu ihrem ordentlichen Büro. Sogar sie wusste, wie unglaublich gut sie sich gemacht hatte, dass sie den Posten der Schulleiterin bekommen hatte. Jetzt war sie fast ein Jahr in dieser Stellung, und es war nicht leicht gewesen, ihre Autorität gegenüber der Oberschwester und dem Vorstand zu behaupten. Entsprechend war es ein Segen, dass Dr. Gaskell als Vorstandsvorsitzender und ältestes Mitglied ihr größter Unterstützer war. Ohne ihn wäre ihr Leben um einiges schwieriger. Natürlich war die Oberschwester immer noch die Chefin, doch die jüngsten Reformen in Liverpool bedeuteten, dass Emily für die gesamte Pflegeausbildung verantwortlich war. Nachdem sie sich aufgewärmt hatte, holte Emily einen Plastikbeutel aus ihrer Handtasche, zog den nassen Herrenpyjama heraus und legte ihn auf der breiten Heizung in ihrem Büro aus. Den Beutel faltete sie zusammen und steckte ihn wieder ein, ehe sie sich an ihren Schreibtisch setzte. Biddy fragte nie, und Emily hatte es nie erklärt. Dennoch war sie darauf vorbereitet, dass ihre Haushälterin eines Tages etwas sagen würde, und dann könnte Emily sie nicht belügen. Ihr Geheimnis wäre gelüftet. Manchmal fragte sie sich, ob es nicht besser so wäre. Diesen Gedanken verdrängte sie so schnell wieder, wie er gekommen war. Niemand könnte sagen, dass Emily Haycock es nur mit Hilfe so weit gebracht hatte. Sie hatte es allein geschafft und würde es weiterhin.

Sie schob ihre Unterlagen für die erste Stunde zusammen, sortierte sie sorgfältig in einundzwanzig Stapel und überprüfte anschließend, ob jeder die richtige Zahl an Blättern enthielt, bevor sie alle mit zwei Büroklammern sicherte und in ihre Ledertasche steckte. Sie hatte die Informationsblätter für die neuen Schwesternschülerinnen selbst getippt. Darin standen die Grundbegriffe der Anatomie und Physiologie, die sie in den nächsten zwölf Wochen lernen mussten. Danach würden sie den Vorbereitungskurs mit ihrem ersten Examen abschließen.

»Dem Himmel sei Dank für Durchschlagpapier«, murmelte sie, als sie ihre Aktentasche schloss.

Heute Morgen hatte sie *Die Epidermis* vorn auf ihre Notizen geschrieben und ihre Liste abgehakt, um sicher zu sein, dass sie alles abgedeckt hatte, was sie den Neuen heute beibringen wollte.

»Haben Sie noch Zeit für einen Tee?« Biddy steckte den Kopf zur Tür herein, und ihr Blick wanderte zur Heizung. Für einen Moment trat Stille ein. Es geschah jedes Mal, wenn Biddy wartete, dass Emily etwas sagte. Doch sie würde nie fragen. Sie wollte Schwester Haycock nicht drängen, ihr zu erzählen, was los war. Das würde sie, wenn sie dazu bereit war. Bis dahin ließ Biddy ihr diese wenigen Sekunden, und füllte die Schwester die Lücke nicht, war das eben so. Irgendwann würde sie es vielleicht.

Es war lange her, seit jemand Bridget Kennedy mit dem Namen angesprochen hatte, auf den sie getauft wurde. In der

Schwesternschule von St. Angelus war sie für jeden Biddy, selbst für ihre Chefin, Schwester Emily Haycock.

»Ja, ein Tee wäre schön, danke, Biddy. Die neuen Schülerinnen kommen erst um zehn. Schwester Ryan bringt sie von der Lovely Lane her.«

»Ah, dann werden sie ja alle guter Dinge sein. Ich wette mit Ihnen, dass sie wieder ihren alten Trick benutzt hat, der alle zu Tode ängstigt, und dann von Mrs Duffy Tee und Bourbon hat bringen lassen, ehe sie mit ihnen herkommt. Schwester Ryan hat wirklich ihre Berufung verfehlt. Sie sollte auf der Bühne stehen.«

Emily lachte. »Ehrlich, Biddy, ich würde nie wagen, mich mit Schwester Ryan anzulegen. Niemals! Sie ist mir eine große Hilfe, was die klinische Ausbildung betrifft. Ohne sie wäre ich aufgeschmissen, und es gibt keine andere Schwester bei uns, die besser praktische Pflege unterrichten könnte. Allein deshalb würde ich sie nicht verärgern wollen.«

»Oh nein, ich auch nicht, Schwester Haycock. Ich würde ja nicht ihre Gefühle verletzen oder ihren Ruf als Furcht einflößende Lehrerin zerstören wollen.« Furcht einflößend, von wegen, murmelte Biddy, als sie ein Blatt Papier auf Schwester Haycocks Schreibtisch legte. »Das hier hat Mrs Duffy gestern Abend auf ihrem Heimweg in meinen Briefkasten geworfen. Es ist eine Liste der neuen Küken, die jetzt gewiss schon auf dem Weg zu uns sind. Sie sind alle heil im Schwesternheim angekommen, und es gab keine Absagen in letzter Minute. Mir ist aufgefallen, dass eine Brogan dabei ist. Das ist ein guter Name. Die Nichte vom Schwager der Cousine von meinem Vater hat einen geheiratet. Wir sind alle zur Hochzeit hingereist. Die ging über Tage. Es waren Farmer, müssen Sie wissen.«

Emily lächelte. Wenn sie eines als Schwester in dem Liverpooler Lehrkrankenhaus gelernt hatte, war es das, dass Iren nie aufhörten, sich nach ihrer Heimat zu sehnen oder über Ereignisse in dem Land zu reden, das sie eventuell seit Jahren nicht mehr besucht hatten.

Solchen Erinnerungen nachzuhängen, war für die Leute wie kühlende Salbe auf einer brennenden Wunde.

»Wer wird wohl als Erster am Freitag in der Leichenhalle umkippen?«, fuhr Biddy fort. »Wir schließen später in der Küche Wetten ab, wenn wir sie uns genauer angesehen haben. Wenn Sie drei Pence setzen wollen, sagen Sie mir Bescheid. Aber es muss heute sein. Geht ja nicht, dass Sie Ihr zusätzliches Wissen zu sehr nutzen, nicht? Falls Sie allerdings nicht setzen wollen und Lust hätten, mir einen Tipp zu geben, ist es vollkommen in Ordnung.«

Biddy hob die Kohlenschütte an und warf noch einige Kohlen nach. Die Schule wurde hauptsächlich über einen lauten Ofen beheizt, der sich im Keller befand und von einem Pförtnergehilfen befeuert wurde. Emily drehte den Kopf weg. Wenn Biddy sich bückte und man zufällig hinter ihr stand, war der Geruch oft nicht angenehm. Emily war sich sicher, dass Biddy unter Inkontinenz litt, was sie bald behutsam ansprechen müsste, jedoch nicht heute. Wieder blickte sie sich in ihrem makellosen Büro um.

Als Haushälterin war Biddy für die Reinigung der Schule zuständig, und sie prüfte die Arbeit der Hausmädchen täglich. Die dunklen Holzdielen glänzten im Tageslicht, das durch die blanken Fenster hereinfiel. Für eine Frau mit solch hohen Ansprüchen an Sauberkeit musste es unerträglich sein, die Kontrolle über ihre persönliche Hygiene zu verlieren. Verwunderlich war es indes nicht.

Biddy hatte ihr anvertraut, dass sie siebenmal Wöchnerin gewesen war und große, stramme Säuglinge zur Welt gebracht hatte. Doch so gesund sie alle gewirkt hatten, überlebten nur fünf von ihnen die Kindheit. Was in den Dreißigern in Liverpool gerade unter den irischen Immigranten nicht ungewöhnlich gewesen war, wie Emily wusste. Wenn sie den heutigen Tag hinter sich hatte, würde Emily sich überlegen, wie sie das Thema ansprechen und Biddy helfen konnte. Vor allem müsste Biddy erfahren, dass sie mit ihrem Leiden nicht allein war. Blasenschwäche war ein verbreitetes Problem unter Frauen, die mehrere Geburten hinter sich hatten, erst recht nach Säuglingen mit einem hohen Geburtsgewicht. Dieses Kreuz trugen viele Frauen im Stillen, und die wenigsten suchten sich Hilfe.

Emily legte den Ordner mit ihren Notizen zur Seite, nahm das Blatt auf, das Biddy ihr hingelegt hatte, und überflog die Liste der neuen Schwesternschülerinnen. Sie erschrak, als sie den Namen Pamela Tanner las.

»Wie konnte ich das vergessen haben?«, flüsterte sie und malte die Buchstaben mit dem Finger nach. »Sie sieht ihrer Mutter so ähnlich.« Sie lehnte sich auf ihrem Stuhl zurück, und während Biddy im Feuer stocherte, holten Emily die Erinnerungen an den schlimmsten Tag ihres Lebens ein.

»Ich bringe mal den Tee«, sagte Biddy und schlurfte aus dem Büro. Emily antwortete nicht. Beim Anblick von Pammys Namen überkam sie die vertraute Einsamkeit.

Sie war noch eine junge Frau gewesen, als sie Pammys Mutter, Maisie Tanner, zuletzt gesehen hatte. Maisie mit ihrem kirschroten Lippenstift und den krumm aufgemalten Linien auf ihren weißen Waden, die kein bisschen wie Strumpfnähte aussahen. Maisie aus der Arthur Street. Sie glichen sich wie ein Ei dem anderen, Pammy und ihre Mutter. Als Pammy zu ihrem Bewerbungsgespräch kam, hatte Emily sich so erschrocken, dass sie Dr. Scriven das Reden überließ. Einen Moment lang war ihr der dumme Gedanke gekommen, dass es ihr angesichts dessen, was sie wusste, nicht zustand, Pammy zu befragen.

Dr. Scriven war ein Mann voller Vorurteile, und Emily hatte praktisch gleich nach Antritt ihres neuen Postens beschlossen, ihn baldmöglichst aus dem Ausschuss zu bekommen, der die neuen Schwesternschülerinnen auswählte. Jeder im Komitee wusste, wenn sich eine Schwarze oder Irin um einen Ausbildungsplatz bewarb, lehnte Dr. Scriven grundsätzlich ab. Die einzigen Irinnen, deren Bewerbungen er durchgehen ließ, waren Ärztetöchter aus Dublin, und selbst denen verweigerte er die Ausbildung zur Vollschwester. Sie blieben Schwesternhelferinnen, von denen letztlich viele dieselbe Arbeit leisteten wie Schwestern. Doch sie waren billiger für das Krankenhaus.

Am Morgen von Pammys Bewerbungsgespräch war es nicht anders gewesen. Dr. Scriven hatte sich nach Kräften bemüht, Emily herabzusetzen und ihre Autorität zu untergraben. Die Liste der Bewerberinnen, die sie einbestellt hatte, missfiel ihm beinahe so sehr wie Emilys Ernennung zur Schulleiterin. Er war strikt gegen sie gewesen, jedoch überstimmt worden.

Innerhalb von Minuten hatte Emily erkannt, dass es ein Fehler war, Pammy nicht selbst zu befragen. Und sie war zwiegespalten. Sollte sie sagen: »Ich habe früher deine Mutter gekannt. Wir waren in der schlimmsten Nacht meines Lebens zusammen«? Dr. Scriven hatte einen Blick auf Pammys Brief geworfen und entschieden, dass ein Mädchen aus der Arthur Street nicht als Krankenschwester in Betracht kam. Wie ahnungslos er war, dachte Emily, die innerlich kochte, als er mit den anderen im Ausschuss flüsterte, während Pammy vor ihnen saß, ernst und mit rotem Kopf, die schwitzenden Hände auf dem Schoß gefaltet.

Noch wütender hatte Emily gemacht, dass beinahe der gesamte Stiftungsrat, der sich zweimal im Jahr traf, um Bewerberinnen zu beurteilen, seine diskriminierenden Worte eifrig abnickte. Alle außer Dr. Gaskell, der auch dem Tuberkulose-Ausschuss der

Krankenhäuser von Liverpool vorsaß. Ihm war deutlich anzusehen, dass er Dr. Scriven und dessen Vorurteile genauso wenig mochte wie Emily.

»Sie ist aus den ausgebombten Häusern unten am Hafen«, hatte Dr. Scriven gesagt. »Nichts für uns. Wir müssen den Standard halten.«

Emily hatte gekocht vor Wut. Sie hatte kein Problem mit den hohen Ansprüchen im St. Angelus. Es war eines der besten und stolzesten Krankenhäuser im Land, und sie war erfreut und fühlte sich geehrt, dass der Gesundheitsminister sie ausgesucht hatte, auf Probe die neuen Prüfungskriterien für Vollschwestern im Norden Englands einzuführen. Sie selbst hätte nirgendwo anders lernen wollen und war ihrem Haus gegenüber absolut loyal. Tatsache war allerdings auch, dass das Pflegepersonal größtenteils einer bestimmten Gesellschaftsschicht entstammte. Es gab so gut wie keine Schwestern mit Liverpooler Akzent. Und wären die Dinge anders und Dr. Scriven überlassen gewesen, der keinen Schimmer hatte, wo Emily geboren war, wäre sie wohl nie ins St. Angelus gekommen. Dieser Gedanke brachte sie zum Lächeln.

»Oh, ich weiß nicht. Ich denke eher, dass wir viel mehr Schwestern wie sie brauchen«, hatte Dr. Gaskell gesagt. Niemand wagte, ihm zu widersprechen. Und er hatte wie immer Schwester Haycock unterstützt.

Sie hatte sich kurz nach ihrer Beförderung zur Schulleiterin besorgt geäußert, weil kaum eine Schwester im St. Angelus wie die Leute von hier sprach.

»Was spielt es denn für eine Rolle, wo man geboren ist oder wie man redet?«, fragte Biddy. Sie war fest überzeugt, dass man am besten zurechtkam, wenn man sich nie mit Autoritätspersonen anlegte.

»Nun, es sollte keine spielen, weil wir ein neues landesweites

Ausbildungs- und Prüfungssystem haben. Und weil wir damit zu den Vorreitern des neuen Konzepts werden. Wir brauchen die Besten, nicht die, die den hübschesten Akzent haben. Der Krieg ist längst vorbei, und jede Frau, die Krankenschwester werden will, sollte eine Chance bekommen. Wir haben eine nationale Gesundheitsversorgung, und es werden immer mehr Krankenschwestern und Pfleger gebraucht, was bedeutet, dass wir auch mehr ausbilden müssen. Deshalb bin ich auf diesem Posten. Ich möchte erreichen, dass Krankenschwestern nicht mehr ihren Beruf aufgeben müssen, weil sie heiraten wollen. Die Ausbildung sollte jedem zugänglich sein, allen Mädchen aus allen Schichten und Frauen jedes Alters, nicht nur denen, die einen Arzt heiraten wollen oder eine sinnvolle Beschäftigung suchen, um sich die Zeit bis zur Hochzeit zu vertreiben.«

»Na, darin sehe ich nichts Verwerfliches. Wenn Sie mich fragen, gibt es schlimmere Arten, sich einen Mann zu suchen.«

Emily seufzte. »Die leitenden Positionen sollten nicht ausschließlich Männern oder älteren ledigen Frauen vorbehalten sein, weil sie ihren Lebensunterhalt verdienen müssen. Ich weiß, ja, ich bin selbst eine alte Jungfer. Daran muss ich nicht erinnert werden.«

Biddy war besorgt. »Jetzt gewöhnen Sie sich erst mal ein bisschen ein und treten keinem gleich auf den Schlips. Was Dr. Scriven angeht, kann ich Ihnen was erzählen. So wahr Gott mein Zeuge ist, ich sollte es nicht, aber ich finde, dass Sie ein Recht haben, es zu wissen. Es gab einen Mann, der Ihren Posten gewollt hat. Der hat nach der Entlassung aus dem Kriegsdienst nie richtig Fuß gefasst, und Dr. Scriven hat wie verrückt für ihn gekämpft. So was hat man noch nicht gesehen! Ein Golffreund war das. Sie hatten zusammen im Sanitätstrupp in Nordafrika gedient, wie Dr. Scriven der Oberschwester erzählt hat, und fragen Sie mich nicht, woher ich das weiß. Ich muss auch meine Geheimnisse haben.« Emily war fasziniert und unterbrach Biddys Redefluss nicht.

»Dr. Scriven ist halb an die Decke gegangen, als der Vorstand Sie als Ausbildungsleitung gewählt hat. Er wollte nicht glauben, dass sie einer Frau so eine wichtige Stelle geben, und das als einer der Ersten im Land. Sie haben ihn wie einen Idioten dastehen lassen, nachdem er den Posten einem seiner Freunde versprochen hatte. Wahrscheinlich hat er sich auch geschämt. Er tut immer so groß, und dann plumpst er auf die Nase, wenn er was verspricht, was er gar nicht versprechen kann. Bei Gott, versucht hat er es! Hat der Oberschwester sogar eine Flasche Sherry gekauft. Ich wollte schon fragen, ob ich auch abstimmen darf, wenn dabei eine Flasche rausspringt.«

Biddy lachte laut, als sie Emilys Gesichtsausdruck sah. »Ach, das hätte ich Ihnen wohl lieber nicht erzählen sollen.« Sie stützte die Hände auf Emilys Schreibtisch und beugte sich vor. »Sie wissen, dass eigentlich ich es bin, die hier den Laden schmeißt, nicht? Alles wird gut, also hören Sie auf, sich Sorgen zu machen.«

Die beiden Frauen grinsten einander an. Emily hatte nur allzu gut gewusst, dass Biddy die Erste war, die sie für sich gewinnen musste, wenn sie die neue Stelle antrat. Als Haushälterin hatte sie wirklich die Macht hier. Sie kontrollierte die Teemaschine wie auch die täglichen Lieferungen aus der Krankenhausküche und befehligte die Küchenpförtner. Das wurde Schwester Emily Haycock schnell klar. Ihre prestigeträchtige neue Stellung gab ihr keinen Zugang zur Küche, und sie und Biddy wussten, dass dort die eigentliche Macht lag, wenn man es mit hungrigen Mitarbeiterinnen und Schwesternschülerinnen zu tun hatte.

»Das ist mir schon bewusst, seit ich hergekommen bin, Biddy. Aber wir müssen den Schein wahren, ja? Verraten Sie es nur bitte keinem.«

»Na, ich könnte leicht Ihre Arbeit machen. Es gibt nichts, was ich nicht weiß.« Biddy senkte die Stimme ein wenig. »Also ich weiß zum Beispiel, dass Sie mit einer Stimme Mehrheit gewonnen haben. Die zwölf Vorstände waren halb und halb gespalten, aber Dr. Gaskell hat für Sie gestimmt. Tja, ich bin ja keine Mathematikerin, aber ich würde sagen, Sie sollten noch ein bisschen vorsichtig sein. Bloß, bis Sie auf Ihrem Stuhl sicher sind.«

Emily hatte die Frage schon lange auf der Zunge gebrannt, doch bisher hatte sie nicht gewagt, sie auszusprechen. Jetzt wusste sie, wer die entscheidende Stimme gewesen war: Dr. Gaskell.

Heute Morgen fiel Emily jene Unterhaltung wieder ein. Sie hatte Biddys Rat befolgt und zunächst abgewartet. Nun war ein Jahr vergangen, und sie hatte ihre erste große Schlacht gewonnen. Pamela Tanner aus der Arthur Street und die nette irische Dana Brogan waren aufgenommen worden. Und was für eine Schlacht es gewesen war! Emily hatte einige Leute gegen sich aufgebracht, aber sie war auch sehr zuversichtlich. Dr. Scriven und der Vorstand wussten nun, dass sie sich nicht herumschubsen ließ.

Emily stand auf und setzte sich nebenan in einen der beiden braunen alten Ledersessel am Feuer. Während sie in die Flammen blickte, schweiften ihre Gedanken zum letzten Mal ab, als sie Maisie Tanner gesehen hatte. Als Pammy lächelnd zum Bewerbungsgespräch erschienen war, hatte es Emily um Jahre zurückversetzt. Da schwor sie sich, alles zu tun, was sie konnte, damit Schwester Tanner es ans St. Angelus schaffte. Es war das Mindeste, was sie Maisie schuldete. Emily konnte nicht ahnen, dass sie noch vor Jahresende alles, einschließlich ihres Jobs, riskieren würde, um jenes Versprechen zu halten.

Kapitel zehn

»Ein Penny für Ihre Gedanken.«

Beim Klang der fremden Männerstimme zuckte Emily zusammen. Sie drehte sich um und sah den neuen Gynäkologen und Geburtshelfer, den jungen Dr. Gaskell, in der Tür stehen.

Sie hatte in seinem Auswahlkomitee gesessen. Dr. Gaskell senior war ihr größter Verbündeter und ihr bester Freund im Vorstand. Außerdem stand sie in seiner Schuld, weil er sich einst so gut um ihre Mutter gekümmert hatte. Sie war sich ziemlich sicher, dass er sie nicht als das junge Mädchen erinnerte, dem er geduldig den Zustand ihrer Mutter erklärt hatte, aber das war Emily nur recht. Die Erinnerung an jene Jahre bewahrte sie in einer Nische in ihrem Herzen, die sie nur besuchte, wenn sie allein war. Niemals wollte sie mit irgendjemandem über diese Zeit sprechen.

Mit ihrer Entscheidung nach dem langen Tag voller Bewerbungsgespräche haderte sie nach wie vor nicht. Sie hatte rasch erkannt, dass die anderen Kandidaten aus der Vergangenheit stammten – ausgebildet in den Zwanzigern und ganz der alten Schule und den alten Methoden verhaftet. Dr. Gaskell hingegen hatte im Krieg gedient, seine eigene Karriere unterbrochen, um in Feldlazaretten zu arbeiten, und war jetzt mehr als bereit, sich zu spezialisieren. Sein Vater hatte ihr immer wieder gegen Dr. Scriven geholfen, und er würde auch auf ihrer Seite sein, wenn sie darum kämpfte, dass verheiratete Schwestern weiter im St. Angelus arbeiten durften. Nun also stand sein über einen Meter neunzig großer Sohn in ihrer Tür. Er hatte dichtes rotbraunes Haar und die gleichen braunen Augen wie sein Vater.

»Oh, einen Penny sind die wert«, antwortete sie lachend, und zum ersten Mal seit Jahren wurde sie rot, weil sie ein gut aussehender Mann interessiert anschaute.

Nach dem Bewerbungsgespräch hatte sie sich einzureden versucht, dass einzig Kompetenz ihre Entscheidung beeinflusst hatte. Dass es auf keinen Fall sein jungenhaft zerzaustes Aussehen oder seine charmante Art gewesen war. Nicht einmal diese Note von Traurigkeit, die seinem Vater zufolge ein Überbleibsel des Krieges war. Wenn Emily ihn ansah, nahm sie etwas wahr, das sie nicht benennen konnte. Es war ein vertrautes Gefühl, nur konnte sie es nicht zuordnen.

»Haben Sie sich gut eingerichtet?«, fragte sie. »Ist das Zimmer im Ärztewohnheim angemessen?«

»Ja, vielen Dank, und das Zimmer ist gut. Obwohl es meiner Mutter weit lieber wäre, würde ich so oft wie möglich mit meinem Vater nach Hause kommen. Ich gehe nicht davon aus, dass ich viel Zeit in dem Wohnheim verbringen werde, denn ich möchte im Krankenhaus sein und arbeiten. Ich bin bereit für die Herausforderung.«

Emily lachte über seinen jugendlichen Enthusiasmus, hob aber sofort unsicher eine Hand zu ihrem Haar und strich eine verirrte Locke hinter ihr Ohr. »Du meine Güte, Sie werden Eindruck auf Schwester Antrobus machen, das sehe ich schon. Haben Sie sie inzwischen kennengelernt?«

»Nein, noch nicht. Momentan bin ich noch mit dem Papierkram beschäftigt. Sie hatten mich beim Bewerbungsgespräch gefragt, ob ich unterrichten würde, deshalb dachte ich, ich komme mal vorbei und sehe, ob wir uns kurz unterhalten können. Mir ist der neue Lehrplan der Schwestern nicht vertraut, und jetzt wäre es vielleicht günstig herauszufinden, was genau ich unterrichten soll, bevor ich auf den Stationen anfange.«

»Kennen Sie denn den alten Lehrplan?«, fragte Emily und zog eine Augenbraue ein wenig hoch.

Nun war es an ihm, rot zu werden, und er vergrub die Hände tief in seinen Taschen. »Tja, da Sie fragen, nein, überhaupt nicht. Sind Sie sicher, dass Sie mich als Lehrenden wollen?«

Beide lachten. »Sehr sicher. Meine Schwesternschülerinnen sollen die neuen Methoden lernen. Wir sind nicht mehr in den Dreißigern, auch wenn man es Ihnen nachsehen würde, sollten Sie nach wenigen Minuten auf Station zwei glauben, Sie wären es doch. Ich weiß, dass Sie ein Verfechter einiger der neuen Ansätze sind, und das brauchen wir. Wissen Sie, dass dort unter Dr. Scriven alle Frauen nach einer simplen Dilatation und Kürettage zehn Tage lang im Bett bleiben müssen?«

Oliver Gaskell schlug sich übertrieben entsetzt mit der flachen Hand an die Stirn. »Tja, das war in meiner Ausbildung nicht anders. Es hatte mit Hygiene zu tun und damit, die armen Frauen mal zur Ruhe kommen zu lassen. Ich bin jedoch nicht sicher, was in der Zwischenzeit mit ihren Kindern war. Aber Sie haben recht. Wir wissen heute viel mehr über die Komplikationen bei zu langer Bettruhe. Jetzt geht es darum, andere zu überzeugen.«

Seine Worte waren Musik in Emilys Ohren. Sie löste den Blick von seinem Gesicht und sagte: »Ich stimme Ihnen zu, aber Veränderungen im St. Angelus durchzusetzen ist nicht einfach, und sie müssen von oben kommen. Ich fürchte, Dr. Scriven macht weiter, als wäre alles noch wie immer. Als hätte es den Krieg nie gegeben.«

Oliver wählte seine Worte mit Bedacht. »Hat es für ihn ja auch kaum, oder?« Keiner erwähnte, dass Dr. Scriven mit der Sanitätstruppe losgeschickt worden war und nur wenige Monate später wegen »Bauchbeschwerden« zurückkehrte. »Es ist nicht nur Dr. Scriven oder St. Angelus. Der Krieg hat lange Zeit alles beherrscht. Während wir an der Front waren, scheint der medizinische Fortschritt zu Hause stagniert zu haben. Alles stand still, weil es andere Prioritäten gab, wie die Verwundeten zu versorgen. In Sachen Hauttransplantationen und Brandwundentherapie wurden einige fantastische Dinge geleistet, aber nicht alle haben es eilig, sich schneller zu bewegen und auf Veränderung zu setzen. Fast ist es so, als könnte man mit Veränderungen die Vergangenheit einholen, sogar auslöschen. Ehrlich gesagt bin ich nach meinen höllischen fünf Jahren unbedingt dafür.«

Emily dachte, dass die Vergangenheit nie ausgelöscht werden könnte. Für Menschen wie sie galt es, so gut wie möglich mit ihr zu leben.

Biddy stieß die Bürotür auf und kam rückwärts mit einem Teetablett in den Händen herein. »Sie sind eben in den Klassenraum gegangen. Schwester Ryan hat sie reingebracht. Gott, ich musste so lachen! Diese Pammy Tanner hat gedacht, die Puppen im Stationsraum wären echt. Können Sie sich das vorstellen? Ich habe meine Wette schon platziert. Schwester Tanner wird in der Leichenhalle ohnmächtig. Wenn sie nicht mal eine Puppe von einer echten Leiche unterscheiden kann, hat sie keine Chance, oder?« Biddy richtete sich auf und erschrak, als sie Oliver Gaskell bemerkte. »Na, da wird der Hund in der Pfanne verrückt! Wie sind Sie denn hier reingekommen? Durchs Fenster? Ich habe keinen die Treppe raufkommen hören.«

Oliver nahm ihr das Tablett ab, und Emily sah, das auch Biddy rot wurde. Sein Charme kannte keine Grenzen, wenn es um das Alter ging, dachte sie.

»Oh, aber den Fehler macht man leicht mal, Biddy«, sagte Emily. »Die Puppen sehen sehr echt aus.« Sie selbst hasste sie und ertrug es nicht, sie anzufassen. Die starren Augen, die wachsartigen Gesichter und die schweren, schlaffen Gliedmaßen jagten ihr Schauer über den Rücken. Zum Glück hatte sie Schwester Ryan für den praktischen Teil der Krankenpflege.

»Soll ich noch eine Tasse holen? Oder nicht?« Biddy blickte von Emily zu Oliver.

»Ich hätte sehr gerne eine, falls Sie Zeit haben.«

Emily hatte keine Zeit. Biddy hatte ihr gerade gesagt, dass die neuen Schwesternschülerinnen im Klassenraum waren. Die waren alle zweifellos angespannt, nervös und ängstlich. Und sie fragten sich, wie Schwester Haycock wäre und was ihr Vormittag noch für sie bereithielt. Und doch überraschte sie sich selbst, indem sie antwortete: »Ja, ich habe noch zehn Minuten. Würden Sie bitte noch eine Tasse holen, Biddy?«

Oliver blickte Biddy nach, als sie ging, und wandte sich Emily zu. »Wie es sich anhört, werden Sie noch einiges mit Ihrer Schwester Tanner zu tun haben.«

»Ach, ich würde sie nicht gleich abschreiben, Dr. Gaskell. Man kann nie wissen, ob sie nicht ihren eigenen Schutzengel am St. Angelus hat und uns alle überrascht.«

Die Epidermis.

Die Mädchen schrieben sich in die großen Notizbücher, die sie alle bekommen hatten, was Schwester Haycock ihnen sehr langsam und sorgfältig an die Tafel schrieb. Sie saßen in Reihen an langen Holztischen, und das Geräusch von Stiften, die über Papier schabten, übertönte beinahe den Lärm des riesigen Ofens im Keller, mit dem das Gebäude beheizt wurde, wie auch die lauten Heizkörper im Klassenraum. Die große weiße Wanduhr tickte, während sich die Schwesternschülerinnen konzentrierten und zu verstehen versuchten, was sie mitschrieben. Früher war hier die Wäscherei des angeschlossenen Armenhauses gewesen, und die beklemmende Atmosphäre war noch deutlich zu spüren. Was die Mädchen gleich bei ihrer Ankunft bemerkten.

»Was war das hier mal?«, hatte Dana gefragt, als sie den Korridor zu den Klassenräumen entlanggingen. »Warum sind die Fenster so hoch, dass man nicht rausschauen kann? Wer die eingebaut hat, hat nichts von Aussicht verstanden.«

Sie spähten in eine Übungsuntersuchungsnische, wo weiße Emailwagen an der Wand aufgereiht waren, und in einen Übungsbehandlungsraum. Dort war ein Labortisch mit diversen offenen Behältern und Metalldosen voller Instrumente, die sich auf einem weißen Tuch reihten wie frisch poliertes Silberbesteck.

»Oh nein«, hauchte Victoria entsetzt angesichts der Skalpelle und Zangen. »Die sehen ja gruselig aus. Sollen wir die an Patienten benutzen?« Ihr wurde flau.

»Ja, natürlich sollen wir«, sagte Beth in einem unangenehmen Tonfall. Sie hatte Celia Forsyth verloren und sich wieder den drei Mädchen angeschlossen. »Die sind hier ja nicht zum Spaß ausgelegt. In die großen Behälter kommt alles, was sterilisiert werden muss. Wenn ich mich nicht irre, sind einige OP-Instrumente, andere für die Station. Ich glaube, dieser Raum ist für die Schwesternschülerinnen im zweiten und dritten Jahr.«

Pammy runzelte die Stirn. »Ein bisschen neunmalklug, was, Beth?«

»Eigentlich nicht.« Beth ignorierte den Anflug von Verärgerung in Pammys Stimme. »Im Militärhospital in Deutschland haben sie die gleichen Sachen. Da habe ich die Schwestern sie mal auslegen sehen. Die waren genauso.«

»Wann hast du das gesehen?« Pammy scheute sich nie, zu reden oder Fragen zu stellen, und oft sprach sie aus, was die anderen dachten. Alle drei Mädchen waren beeindruckt, was Beth schon zu wissen schien. Doch ehe sie antworten konnte, hallte Schwester Ryans Stimme durch den Korridor.

»In den Klassenraum, alle, und nach Ihrer ersten Stunde stellen Sie sich vor meinem Büro in einer Reihe auf, um Ihre Anatomie- und Physiologiebücher von Evelyn Pearce abzuholen und für sie zu unterschreiben.« Jede Lernschwester musste ihre Lehrbücher selbst bezahlen; die Kosten wurden von ihrem ersten Monatslohn abgezogen. Schwester Ryan hatte gesprochen, und alle eilten los, vorbei an einem langen Raum mit Fenstern zum Flur, der wie eine Station hergerichtet war.

»Seht euch all die armen Patienten an«, sagte Pammy. »Ihnen muss kalt sein, denn sie haben ganz nackte Arme.«

Die Mädchen begannen zu kichern, doch Dana bemerkte, dass Pammy keinen Witz machte.

»Ach, um Himmels willen, die sind nicht echt!«, sagte Beth streng. »Das sind Puppen. Du bist wirklich lächerlich.«

»Hey, was fällt dir ein? Woher soll ich das denn wissen? Ich bin noch nie in einem Krankenhaus gewesen und nur wegen Lorraine und meiner Mam hier. Bist du sicher, dass das Puppen sind?« Alle pressten die Gesichter ans Glas, und Pammy kreischte vor Schreck, als sie das Skelett in der Ecke sah. Beth stöhnte.

Als sie durch die Tür zum Klassenraum gingen, schnitt Pammy hinter Beth eine Grimasse, was Celia Forsyth sah.

»Solch ein Gesicht machst du nicht mehr, wenn du erst durch dein Vorexamen gefallen bist, Schwester Tanner.«

»Wer sagt, dass ich durchfalle?«, zischte Pammy.

Diese Möglichkeit war Pammy überhaupt nicht in den Sinn gekommen, und sie sah gleichermaßen geschockt wie ängstlich aus. Beth schien so schrecklich klug und Celia Forsyth ebenso. Pammy funkelte beide wütend an, als sie ihren Platz einnahm. Beth setzte sich neben Celia, und beide lächelten Pammy an. Sie sahen ihr die Selbstzweifel an, und Celia freute es, dass sie die verursacht hatte.

Nach wenigen Minuten kam Schwester Ryan zusammen mit Schwester Haycock herein, die einen weißen Kittel trug. Die Mädchen standen auf wie Schulkinder. Pammy erkannte Schwester Haycock von ihrem Bewerbungsgespräch wieder und lächelte ihr zu. Sie erinnerte sich, dass die Schulleiterin ihr anvertraut hatte, aus der George Street zu sein. Was lange her sein musste, dachte Pammy. Heute war die Straße ein improvisierter Fußball- und Spielplatz für alle Kinder, die in Hafennähe lebten. Ein bisschen enttäuscht sah Pammy, dass Schwester Haycock sie anscheinend nicht wiedererkannte und auch nicht zurücklächelte. Aber warum sollte sie auch? Sie musste Dutzende Mädchen befragt haben. Maisie und Stan hatten nichts verraten, doch offensichtlich wussten sie, wer sie war, so wie sie auf ihren Namen in dem Brief reagiert hatten. Pammy durchfuhr ein kleiner Stich, und sie begriff, was es war. Bei dem Bewerbungsgespräch hatte sie eine Art Verbundenheit mit Schwester Haycock empfunden. Es war eindeutig eine Täuschung gewesen.

»Setzen Sie sich, meine Damen«, sagte Schwester Ryan. »Dies ist Schwester Haycock, die Schulleiterin. Einige von Ihnen werden sie schon vom Bewerbungsgespräch kennen. Schwester Haycock unterrichtet Sie in Anatomie und Physiologie und wird Sie in drei Jahren auf Ihre Abschlussprüfungen vorbereiten. Ihre Aufgaben auf den Stationen werden von den Schwestern dort zugeteilt, die sie auch auf Ihren Arbeitskarten eintragen und benoten. Die Karten erhalten Sie in Kürze. Zahlreiche Einschätzungen werden von Schwester Haycock und mir vorgenommen, und wir werden Sie dazu auf den Stationen besuchen. Die ersten zwölf Wochen allerdings bleiben Sie im Klassenraum, bis Sie Ihre erste Prüfung machen. Danach gehen Sie auf die Stationen, bevor Sie wieder für eine Woche Unterricht hier sein werden. Falls Sie bestehen – und ich meine falls, denn nicht alle schaffen es –, beginnen Sie Ihren ersten festen Dienst auf Station. Haben Sie Fragen, Schwestern?«

Ohne zu zögern, hob Pammy die Hand. »Schwester Ryan, von wem ist das Skelett, das in der Ecke in dem Stationsraum hängt? Das hat mich richtig erschreckt. Ich meine, ist das echt? War das mal ein richtiger Mensch?«

»Ich habe Ihnen ja gesagt, die wird schwierig«, sagte Schwester Ryan zu Emily, als sie an ihr vorbei- und aus dem Raum ging.

Sobald alle fertig von der Tafel abgeschrieben hatten, bat Schwester Haycock um eine Freiwillige für die Verteilung der Unterlagen. Beth und Celia reckten als Erste die Arme. Dana sträubten sich die Nackenhaare, als Celia die Papiere auf ihren Tisch fallen ließ. Sie hatte ihre spöttische Bemerkung von morgens nicht vergessen.

Sie blickte sich zu den anderen Schwesternschülerinnen um. Fröstelnd fragte sie sich, wie sie es aushalten würden, mitten im Winter eine Art Sommerkleid zu tragen. Dana hasste kurze Ärmel schon an warmen Tagen. Jahrelanges Melken und Ernten hatten zur Folge, dass ihre Arme muskulös und voller Sommersprossen waren. Sie sahen eher wie die einer Magd, nicht wie die einer Krankenschwester aus. Dana sah zu den zarten, blassen Armen der Mädchen um sie herum und nach unten zu ihren. Wären sie doch nur wie die der anderen! Mit beiden Händen rieb sie sich die Unterarme, teils, um sie zu wärmen, teils, um sie zu bedecken, und flüsterte Beth neben ihr zu: »Den Puppen mag es ja gut gehen, aber warum dürfen wir keine Strickjacke anziehen? Ist das auf den Stationen auch verboten?«

»Standards, gutes Kind«, antwortete Beth. »Jedenfalls würde mein Vater das sagen. Mrs Duffy hat mir gestern Abend erzählt, dass man beim Nachtdienst eine dunkelblaue Strickjacke tragen darf, nachdem das Licht gelöscht ist und einen die Patienten und Besucher nicht sehen können.«

Jedes Mal, wenn Beth den Mund aufmachte, kam Dana sich dumm vor. Sie nahm sich vor, nach Hause zu schreiben und ihre Mutter zu bitten, dass sie ihr so bald wie möglich eine zweite blaue Jacke strickte. »Hast du eine, Beth?«, flüsterte sie und wollte schon anbieten, dass ihre Mutter auch eine für sie strickte. Es würde ihr nichts ausmachen. Ja, sie wäre sogar begeistert, und Dana wollte Beth unbedingt beeindrucken. Doch Beth sah sie über den Brillenrand hinweg an.

»Selbstverständlich habe ich. Ich habe sogar alles doppelt.«

Dana war gekränkt und hatte das Gefühl, dass Beth lieber nicht mit ihr reden wollte.

Pammy sah auf die Notizen auf ihrem Tisch und verstand kaum ein Wort von dem, was dort stand. Das Diagramm, das sie von der Tafel abzeichnen mussten, war kompliziert gewesen, und ihr tat das Handgelenk weh. Der Abschnitt unter der Überschrift *Plattenepithel* war für sie unverständlich. Ihr Kopf schmerzte schon genauso wie ihre Hand, wenn nicht noch mehr. Sie hatte die verschiedenen Hautschichten, Follikel, Muskeln und Zellen mit den Buntstiften markiert, die auf der Liste mit den Unterrichtsmaterialien gestanden hatten.

»Gott, ich müsste Anwalt in Philadelphia sein, um das zu verstehen«, sagte sie laut. Es war ein gebräuchlicher Ausspruch in Liverpool, auch wenn keiner wusste, was er eigentlich bedeutete.

Schwester Haycock vorn an ihrem Pult senkte den Kopf und hielt eine Hand vor ihre Augen. Unweigerlich musste sie schmunzeln, und das passierte ihr nicht sehr oft. Schnell fing sie sich wieder und stand auf.

»Eine Ihrer wichtigsten täglichen Aufgaben wird die Hautpflege bei den Patienten sein«, sagte sie. »Viele Ihrer Patienten werden unterschiedlich lange im Bett liegen müssen. Sogar nach einer Dilatation und Kürettage verordnet man auf der Gynäkologie zehn Tage Bettruhe.«

Pammy drehte sich zu Victoria um und flüsterte: »Eine Dilla-was und was?«

Schwester Haycock fuhr fort: »Wird ein Patient schon krank eingeliefert oder kämpft mit den Folgen einer Operation, kommt es zu einem Mangel an frisch mit Sauerstoff gesättigtem Blut in den Bereichen, die dem größten Druck ausgesetzt sind, was zur Folge hat, dass sich dort die Haut schnell abbaut. Ihre Aufgabe ist es, dem vorzubeugen. Es gibt nur eine Ursache für das Entstehen von Druckgeschwüren, und die ist schlechte Krankenpflege.« Sie schrieb das Wort DRUCKGESCHWÜR in Großbuchstaben an die Tafel.

»Sollte eine von Ihnen jemals zur Stationsschwester aufsteigen, wird man Sie danach beurteilen, wie viele Druckgeschwüre unter Ihrer Aufsicht vorkommen, manchmal auch Bettgeschwüre genannt, was ich für eine falsche Beschreibung halte, weil sie dem Bett die Schuld gibt, die eigentlich bei der Schwester liegt. Wenn auf Ihrer Station gehäuft Dekubitus auftritt, schadet es Ihrem Ruf sehr. Es ist ein Schandfleck. Haben Sie das verstanden?«

Ein Raum voller sprachloser junger Frauen, die noch nicht an ihre gestärkten und prekär festgesteckten Hauben gewöhnt waren, nickte verhalten.

»Schwester Ryan wird Ihnen beibringen, wie Sie Ihre Patienten gut versorgen, aber vergessen Sie bitte nie, dass Druckgeschwüre Ihre Karriere immer bestimmen werden. Ich bin hier, um Sie Anatomie und die Physiologie der Haut zu lehren. Hinterher werden Sie wissen, wie die Haut funktioniert. Doch jetzt sehen Sie alle aus, als stünden Sie unter Schock. Ich denke, es ist Zeit für eine Pause, und sollten mich meine Sinne nicht täuschen, haben Mrs Kennedy und ihre Hilfen unten im Speisesaal ein Mittagessen für Sie.«

Dana wollte tanzen vor Freude. Seit einer Stunde schon grummelte ihr Magen so laut, dass sie sicher war, die anderen hörten es.

»Gehen Sie bitte leise, Schwestern«, sagte Schwester Haycock, als allenthalben geräuschvoll Pultdeckel zuklappten. »Stille ist eine Tugend und eine, mit der Sie sehr vertraut werden dürften, wenn Sie auf Station arbeiten.«

Dana blickte sich zu den anderen um und war erleichtert. Sie alle sahen so verwirrt und eingeschüchtert aus, wie sie sich fühlte. Pammy rief viel zu laut: »Gott, mir brummt der Schädel! Ich weiß ja nicht, wie es mit den Puppen nebenan ist, aber jetzt würde ich mich gerne hinlegen!«

Ängstlich sah Dana zu Schwester Haycock, denn sie rechnete damit, dass Pammy aufs Schärfste zurechtgewiesen würde. Stattdessen war sie sicher, Schwester Haycocks Mundwinkel sehr kurz zucken zu sehen.

»Schätzchen, ich auch«, flüsterte Victoria. »Was ist mit dir, Beth?«

»Ach, das schaffen wir alle noch, ganz gewiss. Lange dauert es nicht. Vorbereitung und Lernen sind entscheidend«, antwortete Beth, und die anderen stöhnten.

Als Dana in der Woche ihren ersten Brief nach Hause schrieb, handelte er mehr vom Essen als dem, was sie im Krankenhaus tat. Doch sie wusste, dass ihrer Mammy zwei Dinge am wichtigsten waren: Wo sie zur Messe ging und was sie aß.

Es gibt einen Raum im Erdgeschoss der Schule, wo wir alle essen, aber heute haben sie uns die Krankenhauskantine gezeigt. Da werden wir essen, wenn wir nicht mehr in der Schule sind und auf Station arbeiten. Wir haben dann jeden Tag drei Pausen, eine am Vormittag, eine am Nachmittag und dazwischen Mittagessen. Die Kantine ist aus allen Nähten geplatzt, so viele Schwestern und so waren zu ihrer Vormittagspause da.

Ganz hinten in der Kantine, gegenüber den Eingangstüren, sind drei große Tische, und auf jedem ist eine riesige Kanne mit Milchkaffee, unter der eine Flamme brennt, um sie warm zu halten. Mammy, ich habe noch nie etwas so Köstliches wie Kaffee geschmeckt. Warum haben wir den nicht zu Hause? Ich habe nicht mal gewusst, was das ist, und Victoria muss mich für einen Dummkopf gehalten haben. Nachmittags stehen da Kannen voller Tee. Das Küchenpersonal geht mit großen Holzrollwagen herum, die mit lauter Toastscheiben beladen sind, triefend vor Butter, und die geben sie auf Tellern aus, ohne dass wir was dafür bezahlen müssen!

Schwester Ryan hat gesagt, dass Schwestern schlecht darin sind, morgens zu essen, weshalb zu viele von ihnen zu oft ohnmächtig werden. Deshalb sorgen sie dafür, dass alle was im Magen haben. Wir bezahlen fürs Mittagessen, zu dem wir abwechselnd gehen, wenn die Patienten ihres gehabt haben. Da ist eine Frau in der Küche hier in der Schule, die heißt Biddy Kennedy und ist Irin. Sie ist aus Cork und kennt die Brogans in Belmullet. Sie hat gesagt, dass sie eine Schwester hat, deren Schwiegermutter die Cousine von Granny Brogan gekannt hat. Ich glaube, ich bin ihr Liebling, denn sie steckt mir immer Kekse in die Schürzentasche, und heute hat sie gesagt, wenn ich dir schreibe, soll ich dir erzählen, dass Biddy sich um mich kümmert. Sie ist sehr nett, Mammy.

Heute hatte ich Würstchen mit Zwiebelsoße und Kartoffelbrei und danach Marmeladenstrudel mit Vanillesoße. Schwester Ryan sagt, wir sind alle zu dünn und müssen aufgepäppelt werden, ehe sie uns auf die Stationen loslässt. Dabei bin ich doppelt so breit wie die anderen hier und habe schon gesagt, die müssen mal mit zu mir nach Hause kommen und sich von dir bekochen lassen!

Sie sagt, einige der Patienten, die wir hochheben müssen, könnten uns das Kreuz brechen, wenn wir nicht ein bisschen Gewicht zulegen. Da habe ich fast laut gelacht, Mammy. Kann es denn einen Patienten geben, der schwerer ist als die Färse, die ich mit den anderen letztes Jahr von der Weide getragen habe? Ich möchte nicht auf Station gehen, weil ich schreckliche Angst davor habe. Mir macht schon der Übungsraum in der Schule Angst, denn ich musste ja noch nie jemanden anfassen. Bei Schweinen ist mir wohler, aber ich muss das wohl lernen. Morgen gehen wir in die Leichenhalle. Oh Gott, da graust mir richtig vor! Wir müssen uns ansehen, wo die Patienten hinkommen, wenn sie gestorben sind, und mit angucken, wie sie Schilder angehängt kriegen und in die Kühlschränke geschoben werden. Kannst du dir das vorstellen? Es wird ein Wunder sein, wenn ich nicht umfalle!

Dana schrieb noch von den neuen Freundinnen, die sie gefunden hatte, und dass sie in der Messe gewesen war. Sie erwähnte nicht, dass sie es nur ein einziges Mal geschafft hatte. Sonst würde ihre Mammy zurückschreiben und wissen wollen, wann und wo; wer der Priester war und woher. Sie kannte sie gut genug, um zu wissen, wenn sie ihr erzählte, dass er Ire war, was stimmte, würde ihre Mutter die Familie aufspüren und hätte binnen einer Woche mit einem Verwandten von ihm geredet. Der Priester hatte versucht, mit Dana zu sprechen, als sie die Messe verließ, aber sie war an all den Damen vorbeigerannt, die unbedingt seine Aufmerksamkeit wollten. Und sie würde seine Befragung so lange wie irgend möglich meiden.

Alles erzählte sie ihrer Mutter nicht. Sie erwähnte den Fremden nicht, der ihr nicht aus dem Kopf gehen wollte, oder welche Wirkung die neuen Medizinstudenten auf die Mädchen hatten.

»Oh mein Gott, die sind umwerfend«, hatte Pammy gesagt, als sie an ihrem ersten Tag oben auf dem Hauptkorridor standen und auf den Parkplatz unten blickten, über den eine Gruppe von Praktikanten in weißen Kitteln von der Hochschule zu den Stationen geführt wurde. »Heilige Maria, Mutter Gottes, guck dir den an«, fuhr sie fort, ohne näher zu erklären, welchen der angehenden jungen Ärzte sie meinte.

»Das sind Männer«, sagte Beth inmitten des Kreischens und Kicherns. »Hättet ihr auf einem Stützpunkt gelebt, wärt ihr an den Anblick gewöhnt. Mich beeindrucken Uniformierte kein bisschen, nicht mal, wenn sie weiße Kittel und Stethoskope tragen.«

»Tja, mich schon«, erwiderte Pammy, die glaubte, dass sie ihre neue Freiheit vielleicht sogar noch mehr genießen würde, als sie gedacht hatte.

Pammy hatte eben ausgeredet, da schaute einer der jungen Ärzte zum Fenster hinauf. Danas Herz klopfte schneller. Das war Teddy, der lachend den Arm hob und rückwärtsging. Dana bemerkte, dass Victoria zurückwinkte, und war verwirrt. Seltsam, dachte sie. Nun sahen auch die anderen jungen Mediziner nach oben und pfiffen.

»Oh mein Gott, lasst mich sofort die Treppe runter. Ich komme, Jungs!«, rief Pammy und formte mit ihren Händen einen Trichter vor ihrem Mund. Offensichtlich hatte sie vergessen, wo sie war. »Guck dir den ganz vorne an. Ist der nicht toll? Glaubst du, er winkt mir zu?« Mittlerweile hüpfte Pammy auf und ab und winkte zurück.

Dana war sicher, dass Teddy ihr zuwinkte. »Na, sieh dich einer an. Wir haben noch nicht mal unsere erste Stunde gehabt, und du bist schon hinter einem Arzt her.«

»Ja, nur wird mich kein Arzt zweimal angucken, wo ich doch aus der Arthur Street bin. Es wäre mir peinlich, mit einem von denen zu mir nach Hause zu gehen. Ich wette, die wohnen alle in schicken Häusern und sind auf anständigen Schulen gewesen. Meine hat dichtgemacht, während ich da war, zweimal! So eine Wirkung habe ich auf Lehrer. Meine Mam sagt, dass ich wahrscheinlich schuld am Nervenzusammenbruch der Direktorin war, aber das stimmt nicht. Der hatte nichts mit mir zu tun, ehrlich nicht.« Pammy brüllte vor Lachen, als Biddy vorbeikam.

»Nicht so laut, Schwester Tanner«, ermahnte Biddy sie, ohne stehen zu bleiben. »Sie landen noch auf der Nase, wenn Sie sich nicht zusammenreißen.«

Pammy schnitt eine Grimasse.

»Nicht doch«, sagte Dana und knuffte sie. »Sie ist nett.«

Dana hatte ihre Begegnung mit Teddy für sich behalten, auch wenn sie oft an ihn denken musste. Es fühlte sich an, als kennte sie ihn schon ewig. Sie erinnerte sich, wie er ihr die angezündete Zigarette geben wollte. Ihre Knie waren weich geworden. Und jedes Mal, wenn sie an ihn dachte, passierte dasselbe: Sie wurde kurzatmig und kribbelig. Alles nur nach einer einzigen fünfminütigen Unterhaltung und dem einen Lächeln eines Fremden.

Der Leichenhallenfreitag kam viel zu schnell. Die Mädchen waren ungewöhnlich still, als sie sich von der Lovely Lane auf den Weg zur Schwesternschule machten. Erschöpft von der schieren Menge an Lernstoff, den sie die ersten Tage aufnehmen mussten, schienen die vier Mädchen an diesem Morgen vollkommen verändert. Ihr beschwingter Gang, das Wippen der Hauben, das strahlende Lächeln und muntere Hallo für jeden, dem sie begegneten, waren verschwunden. Sie bewegten sich langsamer, hatten die Schultern gebeugt und hielten ihre Capes vorn zu, um die Januarkälte abzuwehren.

»Lizzie hat gesagt, dass wir ein Pfefferminz lutschen sollen, wenn wir reingehen«, sagte Pammy. »Sie hat heute Morgen bei mir angeklopft und mir die hier für uns gegeben.« Sie griff in ihre Schürzentasche und holte eine zerknüllte Papiertüte hervor. Drinnen lagen vier klebrige Minzbonbons. »Sie sagt, der Zucker in dem Pfefferminz und der Geruch helfen.«

»Wie lieb sie ist. Sie sorgt richtig nett für uns«, sagte Victoria. »So nahe, wie dein Zimmer an der Treppe ist, klopfen bei dir sicher viele Leute an, was, Pammy?«

Auch Pammy hatte den Vorteil der Lage erkannt. »Meint ihr, ich könnte auch Leute rein- und rausschmuggeln, weil ich so nahe an der Haustür bin?«

»Mein Gott, ist das dein Ernst?«, fragte Dana entsetzt. »An wen denkst du? Wer würde sich denn reinschleichen wollen?«

»Na, ich hätte schon mal nichts gegen einen der Ärzte im Praktikum.«

Und mehr sprachen sie nicht, bis sie die Schule erreichten. Jetzt ging es nur noch darum, den Leichenhallenfreitag zu überleben.

»Sie sind alle ein bisschen grün um die Nase, und dabei haben sie noch keinen Fuß in den Raum gesetzt«, sagte Biddy, als sie Emily ihren Tee brachte. »Keine von ihnen hat ihr Cape ausgezogen, und eines von den armen Dingern schlottert richtig. Die machen sich halb verrückt, sage ich Ihnen. Aber achten Sie auf das irische Mädchen. Sie ist ein Schatz. Einige der anderen könnten allerdings noch Manieren beigebracht bekommen. Ich habe diese Celia Forsyth, die aus Cheshire, gehört, wie sie bei den anderen über die kleine Irin gestänkert hat. Das sage ich Ihnen, wenn ich so was noch mal höre, bekommt sie es mit mir zu tun. Die hat einfach kein Benehmen und ist schrecklich eingebildet.«

Emily faltete ihre Morgenzeitung zusammen und legte sie auf den Schreibtisch. »Das Problem ist, dass die erste Woche das Beste wie das Schlechteste an unseren neuen Schwestern zum Vorschein bringt. Ich glaube, Celia Forsyth ist zu Hause ziemlich verwöhnt worden und fühlt sich hier unsicher. Deshalb verhält sie sich anders, als sie es sonst würde. Dana, die Irin, hat eine gute Gruppe um sich herum. Sie wird überleben. Und keine Sorge, ich habe einen Vermerk auf Schwester Forsyths Karte. Arroganz und ungehobeltes Benehmen dulde ich nur bis zu einem gewissen Grad, doch noch ist es ihre erste Woche, also verurteilen wir sie nicht gleich.«

»Das ist das Problem mit Ihnen«, sagte Biddy stirnrunzelnd. »Sie sehen in jedem das Gute, und ich nenne das einen Fluch. Den sollten Sie abschütteln. Ich glaube nicht, dass es bei einer Frau in Ihrer Position eine gute Eigenschaft ist.«

Emily lächelte Biddy an. Sie hatte sich angewöhnt, den Geruch bewusster zu überwachen, und stellte fest, dass er heute Morgen nicht ganz so übel war. Ihr Gespräch sollte sie möglichst bald mit Biddy führen, nur würde es beinhalten, Biddy zu einem Termin bei Dr. Jackson zu überreden, und das würde alles andere als einfach.

»So, jetzt runter mit dem Tee und dann in die Klasse für einige aufmunternde Worte vor der Leichenhalle. Ich sage den Pförtnern Bescheid, falls ich eine Trage brauche.«

»Wäre ja nicht das erste Mal«, sagte Biddy und räumte die Teesachen aufs Tablett. »Hoffentlich gewinne ich die Wette.«

Emily versuchte, eine strenge Miene aufzusetzen. »Ich hoffe, Sie haben den Mitarbeitern unten nicht wieder gesagt, sie sollen sich wie Zombies bewegen, Biddy. Wenn jemand umfällt und sich verletzt, bin ich verantwortlich.«

»Was für ein Unsinn! Wann soll ich das je gemacht haben?« Biddy hatte Emily den Rücken zugekehrt, sodass die ihr Grinsen nicht sehen konnte, sehr wohl aber wusste, dass es da war.

Der Leichenhallentrakt war ein Stück entfernt vom Krankenhaus am gegenüberliegenden Ende des Parkplatzes. Im Krieg hatte man das Behelfsgebäude eilig hochgezogen und große Pläne gehabt, es hinterher sofort zu ersetzen. Die waren jedoch nie verwirklicht worden, und der mit Asbest verkleidete Kastenbau war in den vergangenen acht Jahren schlicht zu einem noch größeren graueren Kasten ausgebaut worden.

»Es heißt, dass die Männer in der Leichenhalle richtig komisch sind«, flüsterte Pammy den anderen zu. »Manche erzählen, dass sie schwarze Magie betreiben und das Blut aus den Leichen saugen, wenn sie frisch hergebracht werden. Lorraine hat gesagt, dass man erkennt, wenn einer Leiche das Blut ausgesaugt wurde, weil sie dann ganz weiß ist, wie ein Zombie.«

»Das ist doch Quatsch, Pammy. Es gibt keine Zombies«, entgegnete Victoria. Celia Forsyth ging direkt hinter ihnen und redete mit Beth. Pammy hörte sie sagen: »Zombies gibt es nicht? Na, dann müssen das Iren sein. Sind ja leicht zu verwechseln.«

Pammy sah Dana an, die jedoch ins Gespräch mit Victoria vertieft war und es nicht gehört hatte. Sie drehte sich um und ging neben Beth und Celia. »Hey du, ich weiß, gegen wen das gehen sollte. Noch so ein Satz, und es wird dir bitter leidtun, verstanden?«

Hätten Dana oder Victoria es mitbekommen, sie hätten geglaubt, dass Pammy verrückt geworden war. Ihre Stimme klang frostig, furchterregend und bedeutungsschwanger. Pammy war auf der Straße aufgewachsen, eine Kämpferin, und schützte ihre Freundinnen.

Beth hüstelte nervös. »Nur die Ruhe, Schwester Tanner.«

Pammy sah sie erbost an. »Sag du mir nicht, dass ich ruhig bleiben soll. Entscheide dich lieber mal, auf wessen Seite du stehst, Fräulein, denn auf beiden kannst du nicht sein.«

»Darf ich fragen, warum es mir leidtun wird?« Celia Forsyth zog die Augenbrauen hoch. »Und wer sagt das? Auf wessen Geheiß hin würde es passieren? Deines und wessen? Das deiner kleinen Moorschnepfe da vorne?« Die letzten Worte sagte Celia Forsyth lauter und richtete sie direkt an Dana.

Pammy begann zu kochen, erkannte aber auch, dass Celia nicht mehr ganz so selbstbewusst war wie eben noch. Und Beth sah eindeutig nervös aus.

»Hör mir gut zu«, sagte Pammy, nachdem sie einmal tief Luft geholt hatte. »Ich brauche niemandes Geheiß. Ich sehe, wie überheblich du gegenüber Dana bist. Noch ein einziges Mal, und du bekommst es mit mir zu tun. Moorschnepfe, ja? Da wäre ich an deiner Stelle vorsichtig, denn du bist selbst nicht perfekt, klar? Aus Cheshire, oder? Wir haben hier auch einen Namen für euch, du dämliche Schafhirtin. In letzter Zeit mal mit einem Hammel geknutscht?«

Celia Forsyth wurde rot vor Wut, als einige Schwestern in der Nähe zu kichern anfingen und das Wort »Schafhirtin« weitergesagt wurde. Celia hatte sich sehr angestrengt, Eindruck auf die anderen zu machen. Es ärgerte sie, nicht aus den eleganten Vororten Londons zu sein wie so viele andere, was sie automatisch kultivierter erscheinen ließ, oder von einem großen Anwesen wie Victoria. Celias Eltern waren Nachkriegsindustrielle aus dem Norden und standen sehr gut da, doch in der wahren gehobenen Gesellschaft rümpfte man die Nase über Neureiche. Ihre Eltern waren alles andere als Bauern und lebten nur in Cheshire, um dem Smog von Liverpool zu entkommen. Nichts könnte Celia mehr verletzen, als »Schafthirtin« genannt zu werden.

»Sag das noch mal«, fauchte sie drohend, doch Pammy blieb keine Zeit mehr zu reagieren, denn alle verstummten. Eine unheimliche Ruhe legte sich über die Gruppe, als sie vor dem Eingang zur Leichenhalle stehen blieben.

Herzen ließen Schläge aus, und Kehlen verengten sich, als ein gebeugter bärtiger Mann mit Brillengläsern wie Kompottschalen langsam die knarzende Tür öffnete. Unwillkürlich zogen die Schwestern ihre Capes fester zu und zogen die Arme an sich. In einer tiefen, schaurigen Stimme sagte der Mann: »Guten Morgen, Schwestern!«

»Oh Gott«, flüsterte Pammy. »Das ist schlimmer, als ich dachte.« Dana griff nach Victorias Hand. Victoria drückte sie, und die beiden Mädchen rückten näher zusammen. Beth sah als Einzige ruhig aus, allerdings hatte sie ihnen auch erzählt, es wäre nicht das erste Mal, dass sie eine Leiche sähe. Mehr hatte sie nicht preisgegeben. Nicht, dass sie oft freiwillig im Krankenhaus des Stützpunkts ausgeholfen hatte und dort alles, was sie sah und hörte, aufgesogen hatte wie ein Schwamm.

»Ich habe einen Plan«, flüsterte Dana Victoria zu. »Machen wir die Augen zu. Dann sehen wir gar nichts.«

»Ein sehr guter Plan«, antwortete Victoria leise. »Keiner wird auf uns achten. Ich halte mich hinten an Pammys Cape fest, und sie kann uns führen.«

»Sieh dir den Mann an.« Dana nickte zu dem Bärtigen, der langsam ein Bein hinter sich herzog. Plötzlich blieb er stehen und drehte sich zu den Schwestern um. Einige Mädchen ganz vorn quiekten vor Schreck, gefolgt von einem nervösen Lachen. Für einen Moment glaubten sie, er hätte vergessen, was er sagen wollte, doch dann sprach er mit schwerer Stimme.

»Kann die Letzte bitte die Tür hinter uns zumachen und den Riegel vorschieben? Wir wollen ja nicht, dass eine der Leichen entwischt oder eine von euch jungen Damen die Flucht ergreift.« Noch ein nervöses Lachen.

Schwester Haycock runzelte die Stirn. »Gehen Sie bitte weiter, Schwestern«, rief sie von hinten, lauter und heller als sonst.

»Na los, vorwärts«, befahl Schwester Ryan ungeduldig und schob die sich sträubenden Schwestern weiter.

Die Mädchen schlurften hinter dem Mann her in einen großen und sehr kalten Raum. Inzwischen hielten sich alle offen an den Capes der anderen fest und blieben dicht beieinander. Die eisige Temperatur kroch ihnen schnell bis in die Knochen.

»Schwester Ryan und Mr Nightlinger werden Ihnen erklären, wie die Arbeit in der Leichenhalle abläuft«, sagte Emily laut. »Mr Nightlinger ist schon seit vierzig Jahren hier, nicht wahr?«

Mr Nightlinger sagte nichts. Er nickte und blickte die jungen Schwesternschülerinnen eine nach der anderen an, was sie in blanke Angst versetzte.

»Heute werden Sie erfahren, was hier passiert und wie verstorbene Patienten von Station hergebracht werden. Um Ihnen zu zeigen, was geschieht, nachdem Sie nichts mehr für einen Patienten tun können. Sie müssen es wissen, um es den Verwandten und Freunden sagen zu können, die Sie fragen könnten. Es wird vorkommen, dass Sie selbst einen der Pförtner herbegleiten müssen. Das passiert häufiger bei Nachtdiensten, wenn weniger Pförtner da sind. Ich weiß zwar nicht, warum, aber die Pförtner weigern sich, allein die Leichenhalle zu betreten.«

Überall wurde nach Luft geschnappt, doch Schwester Ryan fuhr fort: »Es könnte spätnachts sein, und wir wollen nicht, dass

Sie dann die Nerven verlieren. Deshalb finden wir es so sinnvoll, Sie jetzt mit den Räumlichkeiten hier vertraut zu machen. Dies ist Ihr erstes Mal hier, und beim nächsten Mal erwarte ich, dass Sie sicher und informiert sind. Es kann gut sein, dass Sie Patienten am Ende ihres Lebens versorgen, bevor sie in die Leichenhalle gebracht werden. Ihnen den letzten Dienst zu erweisen, ist eine große Ehre, wie Sie gewiss verstehen.«

Schwester Ryan blickte zu einer Reihe von Metalltüren, und ihre Miene legte nahe, dass sie das Lächeln der Mona Lisa gründlich studiert hatte. »Gut, dies sind die Kühlschränke, in denen die Toten aufbewahrt werden, bis der Bestatter sie abholt. Mr Nightlinger wird Ihnen gleich einen Leichnam zeigen.«

Noch ein hörbares Luftschnappen, das angespannter und ängstlicher klang.

Gleich geht es los, dachte Emily und warf Schwester Ryan einen Blick zu. Leider begann die Schwesternausbildung mit achtzehn Jahren, einem Alter, in dem alle Mädchen einen ausgeprägten Hang zum Drama hatten. Zumindest galt das für fast alle neuen Schwesternschülerinnen.

»In Ihrer zehnten Woche nehmen wir das Herz durch. Dann werden wir wieder herkommen und bei einer Autopsie zuschauen. Der Coroner ist sehr zuvorkommend und wird Ihnen, zusammen mit Schwester Haycock, das Prozedere erklären. Sie werden die verschiedenen Herzkammern und die Brusthöhle aus nächster Nähe sehen. Es wird von unvorstellbarem Nutzen für Ihr Verständnis des Körpers und seiner Funktionen sein und Sie auf die Arbeit im Operationssaal vorbereiten. Die Geräusche und Gerüche, noch dazu die erstmalige Konfrontation mit dem Lebensende werden ein wenig neu und nicht ganz leicht zu ertragen sein, aber heute schauen wir uns nur um und öffnen einige Kühlschränke, damit Sie die Prüfung meistern, zum ersten Mal eine Leiche zu sehen.«

Schwester Ryan hielt inne und vergewisserte sich, dass alle noch aufrecht standen.

»Mr Nightlinger, öffnen Sie bitte einen Schrank, und lassen Sie die Mädchen einen Blick auf einen Toten werfen.«

Mr Nightlinger hatte auf einem Holzhocker gesessen, solange Schwester Ryan sprach. Jetzt stand er ohne jede Eile auf und näherte sich einer kleinen quadratischen Metalltür. So schwungvoll und schnell, dass die Mädchen erschraken, zog er den Türhebel nach unten, und eine Leiche schoss auf gut geölten Laufrollen zwischen ihnen nach draußen. Die Schreie von einundzwanzig Schwesternschülerinnen hallten durch den Raum. Mr Nightlinger präsentierte stets die schaurigsten Leichen, die er auf Lager hatte. Diese war die eines alten Landstreichers, und obwohl sich die Mitarbeiter größte Mühe gegeben hatten und seine Haut frostig bleich war, sah er weder friedlich noch abgeklärt aus.

Ein Grinsen erschien auf Mr Nightlingers Gesicht, als eines der Mädchen mit einem lauten Knall umkippte.

»Ach, was für ein Jammer«, sagte Pammy zu Dana, als sie sich umdrehte, um nachzuschauen, wer es war. »So was kommt von so was, nicht?«

Hinter ihnen lag Schwester Celia Forsyth platt auf dem kalten grauen Fliesenboden.

Kapitel elf

Hand in Hand verließen Jake und Martha das Kino. Den ganzen Film über hatte Jake seinen Arm um Martha gelegt gehabt und fühlte sich männlicher denn je.

»Diese Diana Dors, hast du ihr Haar gesehen?«, fragte Martha aufgekratzt. »Alles an ihr ist so kultiviert. So werde ich nie sein, Jake. Mein Haar wird nie so schimmern. Sie ist so schön!«

Es waren nicht unbedingt Diana Dors' Haare oder ihre Kultiviertheit gewesen, die bleibenden Eindruck bei Jake hinterlassen hatten. Es hatte Szenen in dem Film gegeben, bei denen er aufpassen musste, nicht zu lange mit offenem Mund dazusitzen, doch er schwieg. Er wollte nichts sagen oder tun, das Martha das Gefühl gab, sie wäre nicht die wunderschöne Prinzessin, für die er sie hielt.

»Sie ist sehr hübsch, aber nicht so hübsch wie du, Martha. Davon ist sie weit entfernt.«

Martha kicherte. »Jake, manchmal bist du solch ein Schmeichler. Oh ja, das bist du!«

Jake grinste und zog Martha an sich. »Bin ich nicht. Ich denke eben nur nicht, dass irgendeine Frau in Liverpool so hübsch ist wie du, das ist alles. Das habe ich immer schon gedacht, schon seit du als Kind mit dem Dreirad gestürzt und mit dem Mund auf den Kantstein geschlagen bist. Weißt du das noch?«

Martha stöhnte. »Ganz ehrlich, mir tut heute noch ab und zu der Kiefer weh!«

»Wundert mich nicht. Du hattest dir vorne die Milchzähne ausgeschlagen, und die, die übrig blieben, sind alle schwarz geworden. Das sah mal aus! Ich habe dich an einer Hand und dein Dreirad in der anderen bis zu dir nach Hause gebracht. Deine Mam hatte fast einen Anfall, als sie dich gesehen hat, wie das Blut vorne über dein Kleid troff.«

Martha kicherte. »Hatte sie, aber deshalb mag sie dich so, Jake, weil du dich um mich gekümmert hast. Meine Mam vergisst nie eine gute Tat.«

Jake quoll das Herz über. Vielleicht hatte Martha ihm an dem Tag, als er sechs Jahre alt war, zum ersten Mal das Gefühl gegeben, ein Mann zu sein. An dem Tag, an dem sie ihm ihr Babygesicht zuwandte und um Hilfe schrie. Nach wie vor hatte Jake bisweilen das Gefühl, Martha beschützen zu müssen, wenn er mit ihr zusammen war.

»Ich möchte das für immer machen, Martha. Dich beschützen.«

Martha vergrub das Gesicht an seiner Schulter, als sie im Gleichschritt weitergingen. »Lass das ja keinen hören, Jake Berry«, sagte sie. »Jemand könnte denken, dass du mir einen Antrag machst.«

Jake hielt sie auf Armeslänge. Das war nicht sein Plan gewesen, als er Martha vor ihrer Haustür abholte, um mit ihr ins Kino zu gehen. Vielmehr hatte er gedacht, er würde noch mindestens ein Jahr warten, bis er das Haus fertig renoviert und einen Ort hatte, an den er seine Braut führen könnte. Trotzdem ergriff er jetzt die Chance und redete los, ehe er sich bremsen konnte.

»Martha, das tue ich«, sagte er, womit er sich selbst genauso sehr überraschte wie Martha. »Ich mache dir einen Antrag.« Mitten auf der mondbeschienenen Straße ging Jake auf die Knie. »Martha O'Brien, willst du mich heiraten?« Beinahe musste er selbst laut lachen.

Für einen Moment war Martha so perplex, dass sie nicht antworten konnte.

»Na los, Süße, sag Ja.« Ein Paar, das an ihnen vorbeiging, war stehen geblieben und sah sich die Szene amüsiert an. Und jetzt bildete sich eine kleine Schar von Leuten um sie herum, die aus dem Odeon kamen. Jake wurde sehr unsicher, als Martha verlegen und aufgeregt zu kichern begann.

»Martha, antwortest du mir? Sieh mich an. Und meine Knie sind schon taub.«

Martha zögerte nicht länger. Ohne zu ahnen, dass sie einem gut gestellten Mann ihr Jawort gab, erlöste sie Jake aus seinem Elend. »Ich will, Jake Berry. Ja, ich will.«

Jake stand auf, nahm seine Mütze ab und küsste seine neue Verlobte. Es dauerte ein wenig, bis sie merkten, dass ihnen eine Menge Kinobesucher applaudierten.

»Das war besser als der Film, Kumpel«, rief ein klatschender Mann.

»Und er soll dir ja immer Tee ans Bett bringen, Liebes«, ergänzte seine Frau.

»Möge euer Erstgeborenes ein Junge sein«, wünschte ihnen eine andere Frau.

Doch Martha und Jake waren ganz in dem Moment und ihrer Vorfreude auf ein gemeinsames Leben gefangen.

In der Lovely Lane hatte Mrs Duffy den Mädchen geraten, das Beste aus ihren Wochenenden zu machen, denn wenn sie erst auf den Stationen waren, wären freie Samstage ein seltener Luxus. Dann galt eine klare Hierarchie, was Wünsche nach freien Tagen betraf: Vorrang hatten die Vollschwestern, gefolgt von den Schwesternschülerinnen in den höheren Jahrgängen, und ganz am Ende kamen die neuen.

»Wichtig ist, dass ihr euch im ersten Jahr zusammenreißt und euch nicht beklagt«, erzählte Mrs Duffy Dana und Victoria, die ihr halfen, die Kakaobecher wegzuräumen, damit sie nach Hause gehen konnte.

Bevor sie abends ging, vergewisserte sich Mrs Duffy gern, dass die Haustür richtig verriegelt war. Tagsüber war sie offen, weil Schwestern kamen und gingen und die Putzkräfte im Haus waren. »Jetzt möchte ich die Kette hören«, rief Mrs Duffy durch den Briefschlitz der Schwesternschülerin zu, die auf der anderen Seite stand und sehr laut die Kette einhängte. »Brave Mädchen«, hörten sie Mrs Duffy sagen, wenn ihre Schützlinge so sicher waren wie Küken in einem Hühnerstall.

Mrs Duffy wusste nicht, dass ihre Schwesternschülerinnen auch auf sie aufpassten. Hierfür hatten sie ihr eigenes Ritual. »Mrs Duffy geht!«, rief die Schwester, die an der Reihe war, die Haustür zu verriegeln, durch den Flur. Es war der Code für diejenigen, die im Gemeinschaftsraum saßen, ihre Bücher oder ihr Strickzeug wegzulegen und sich hinter die langen dunklen Samtvorhänge zu stellen, um durch die blütenweiße Gardine zu linsen. Von hier beobachteten sie, wie Mrs Duffy die Stufen hinunter- und zur Bushaltestelle direkt gegenüber ging. Erst wenn Mrs Duffy sicher im Bus saß, kehrten sie zu ihren Plätzen zurück.

»Leider stehen Sie als neue Lernschwestern ganz unten in der Nahrungskette«, hatte Mrs Duffy ihnen erzählt. »Die erste Zeit werden Sie hauptsächlich im Spülraum verbringen und Bettpfannen putzen. Alle zwei Stunden werden die Runden mit den Bettpfannen gemacht, also sind Sie gerade mit dem einen Schwung fertig, wenn der nächste kommt. Ich habe hier schon Mädchen erlebt, die abends weinend zurückgekommen sind, nichts essen konnten und gejammert haben, dass sie den Geruch nicht loswurden. Die halten nicht lange durch. Meistens sind sie noch vor Ablauf des ersten Jahres weg, also tappen Sie ja nicht in die Falle. Beißen Sie die Zähne zusammen, und denken Sie dran, dass nichts je so schlimm ist, wie es scheint. Und glauben Sie mir, ich habe schon alles gehört. Es gibt nichts Schauriges über Bettpfannen, was mir noch nicht beschrieben wurde.«

Bei diesen Worten wurde Victoria beinahe übel.

»Na, kommen Sie, Schwester Baker. Sie sind doch die Tochter eines Lords, oder? Da sollten Sie mehr vertragen. Ihre Aufgabe ist es, den anderen vorzumachen, was wahre Haltung ist.«

Victoria verstand nicht, warum sie, die achtzehnjährige Tochter eines Adligen, mehr verkraften können sollte als jemand anders. Wenn überhaupt, hatte sie von ihnen allen am meisten Angst.

Bis vor Kurzem hatte sie nie ihre eigene Toilette geputzt oder ihre eigene Kleidung gewaschen. Und der Gedanke, sie müsste Bettpfannen putzen, war ihr gar nicht gekommen. In den Kreisen, in denen Victoria sich zu Hause bewegt hatte, sprach niemand über solche Dinge. Sie hatte gewusst, dass viele Patienten lange ans Bett gebunden waren, um sich von Krankheiten oder Operationen zu erholen, trotzdem hatte sie nicht gedacht, dass sie für die Beseitigung ihrer Verdauungsprodukte zuständig sein könnte.

»Gestern Abend hatten Sie noch einen Anruf von zu Hause. War es wieder Ihre Tante?« Mrs Duffy war nicht neugierig, aber immer redselig, was bisweilen auf dasselbe hinauslief.

Victoria krümmte sich beinahe vor Scham. Sie wollte Mrs Duffy nicht belügen, doch in den letzten Wochen war kaum ein Abend vergangen, an dem Roland nicht auf dem Münzfernsprecher an der Waschküchenwand anrief. Sie hatte auch einige fordernde Briefe von ihrer Tante Minnie erhalten, die anscheinend nicht begriff, dass Victoria nicht kommen und gehen konnte, wie es ihr gefiel. *Man sollte meinen, du wärst in einem Kloster*, hatte sie geschrieben.

Niemandem, nicht einmal ihrer Tante Minnie gegenüber erwähnte sie den besorgniserregenden Brief, den sie von Roland bekommen hatte.

Mir ist das Mandat für Baker Hall entzogen worden, hatte er geschrieben. *Deine Tante hat eine Kanzlei in Manchester engagiert. Es ist ein kleiner Tiefschlag, gebe ich unverblümt zu, und nicht gut für mein Ansehen hier.* Beim Lesen ging Victoria in ihrem Zimmer auf und ab. »Warum? Warum?«, fragte sie laut. Eigentlich musste sie nicht fragen, denn sie kannte die Antwort. So war Tante Minnie eben. Sie musste das Sagen haben, alles entscheiden und kontrollieren. *Bitte sag zu Hause nicht, dass ich Dir geschrieben habe. Und gib mir Bescheid, wenn Du zu Besuch kommst. Ich hole Dich vom Bahnhof ab, und dann können wir reden.*

Victoria war sofort zur Telefonzelle am Ende der Lovely Lane gegangen und hatte Roland angerufen. Unwissentlich hatte Tante Minnie sie beide einander nähergebracht. Nun war das Schwierigste bei den Telefonaten mit Tante Minnie, nicht durchblicken zu lassen, dass sie über sämtliche Vorgänge in Baker Hall informiert war.

Victoria konnte es nicht erwarten, Roland wiederzusehen. Mit jedem Tag, jedem Gespräch am Telefon kamen sie sich näher. Sie wollte Roland weit dringender wiedersehen als ihre Tante Minnie, die Victoria gestern Abend angerufen und verlangt hatte, dass sie für eine Woche nach Hause kam. Victoria hatte ihr erklärt, dass es unmöglich war. »Ich habe in wenigen Wochen mein Vorexamen, Tante Minnie. Und ich kann nicht einfach wegfahren, wann ich will.«

»Also, das ist lächerlich. Sie sagt, sie kann nicht kommen, Gerald? Was? Was soll ich ihr sagen? Dein Vater sagt, das ist kein Gefängnis, Victoria, und du musst hin und wieder wegfahren können. Die sind doch keine verdammten Japaner. Das Leben hier ist nicht leicht, kann ich dir sagen. Gerald, jetzt sei doch still! Ich kann sie nicht hören. Victoria, dein Vater möchte dich sehen. Er will, dass du nach Hause kommst. Er ist unglücklich damit, wie die Dinge hier stehen. Kannst du nicht zu Besuch kommen, Liebes?«

»Nein, kann ich ehrlich nicht. Nicht vor dem Examen. Versteht das doch bitte. Es ist wirklich sehr wichtig.«

»Was ich nicht verstehe, Victoria, ist, wie du in dieser Situation ausgerechnet nach Liverpool verschwinden und dich dort herumtreiben musst. Gerald, sei jetzt still!«

Am anderen Ende wurde der Hörer aufgeknallt.

»Ja, das war Tante Minnie«, antwortete sie jetzt Mrs Duffy. »Sie möchte, dass ich nach Hause komme, aber ich habe ihr gesagt, dass ich nicht kann. Nicht vor meinen Prüfungen.«

»Nun, wenn die Prüfungsergebnisse da sind, gehen Sie direkt auf die Stationen. Es könnte eine Weile dauern, ehe Sie Zeit haben, Ihre Familie zu besuchen. Am besten warten wir, bis wir wissen, an welchen Tagen Sie auf Station freihaben.«

Victoria konnte ihre Enttäuschung kaum verbergen, auch wenn es Roland war, den sie sehen wollte, nicht Tante Minnie. Und ihn wollte sie wirklich dringend wiedersehen. Er hatte ihr Sicherheit gegeben, als ihre Welt aus den Fugen geriet. »Natürlich, Mrs Duffy.«

»Oh, das hätte ich fast vergessen! Hier ist noch ein Brief für Sie.« Mrs Duffy holte einen Umschlag aus ihrer Schürzentasche.

Victoria zog die Haarspangen heraus und nahm ihre Haube

ab, bevor sie sich auf ihr Bett legte, um den Brief zu lesen. Die Handschrift hatte sie sofort erkannt.

> *Ich hoffe, Du konntest meinen Bruder meiden, Dein Herz vor ihm schützen und es mir freihalten,* schrieb er offenbar nur halb im Scherz. *Er hat mir erzählt, dass er Dich gesehen hat und Du in Deiner Tracht wunderschön aussieht. Ich gestehe, dass ich zerfressen bin von Eifersucht*

Tatsächlich war sie sich, seit sie nicht mehr in Baker Hall war, sehr sicher, dass Roland ihr Herz bereits erobert hatte. Sein Bruder Teddy könnte der nächste Laurence Olivier sein, es würde sie nicht scheren. Roland hatte etwas in ihr entflammt, und nichts, was Teddy sagen oder tun könnte, würde daran etwas ändern. Sie hatte keinem der Mädchen von Roland erzählt. Fürs Erste war er ihr Geheimnis und würde es bleiben.

Es war Sonntagabend, und die Ergebnisse des Vorexamens sollten ins Schwesternheim gebracht werden.

Die Mädchen warteten nervös im Flur auf Mrs Duffys Rückkehr von der Oberschwester, wo sie die Resultate und die Liste erhalten sollte, welchen Stationen die Schwestern zugeteilt wurden.

»Oh Gott, gab es jemals etwas Schlimmeres als dieses Warten?«, stöhnte Pammy, die auf der Treppe hockte.

»Geh vom Fenster weg, Schwester Harper!«, sagte Dana scharf. »Mrs Duffy kommt nicht schneller, weil du rausguckst.« Es war ungewöhnlich, dass Dana jemanden anfuhr, und alle Mädchen verstummten. Jedenfalls so lange, bis Pammy, die nie lange still sein konnte, wieder den Mund aufmachte.

»Oh Gott, ich kann es nicht erwarten zu hören, auf welche Station ich komme. Die Prüfungsergebnisse sind mir egal. Ich bin so nervös, dass mir schon schlecht wird. Denkt mal, wenn wir bestanden haben, sind wir morgen alle richtige Schwestern.«

Lizzie, die zu Besuch zu Hause gewesen war, kam herein, und mit ihr wehte ein Schwall kalter Luft ins Haus. Sämtliche Mädchen schrien auf.

»Ach, du bist es! Wir haben gedacht, es ist Mrs Duffy mit den Ergebnissen«, sagte Pammy zu ihr.

»Sind eure zwölf Wochen schon um?«, fragte Lizzie verwundert. »Hoppla, das ging schnell.«

»Für dich vielleicht«, entgegnete Dana. »Für mich haben sie sich wie die längsten zwölf Wochen meines Lebens angefühlt.« Und das meinte sie ernst.

Der Unterricht war in der letzten Woche vor den Prüfungen schwieriger geworden, und der Monat auf den Stationen, wo sie mehr Praktisches lernen und echte Patienten versorgen sollten, rückte bedenklich nahe.

»Ich weiß nicht genau, ob ich nervös oder gespannt bin«, sagte Victoria. »Ich habe ein komisches Gefühl im Bauch und kann heute Nacht ganz sicher nicht schlafen, egal, wie viel Kakao Mrs Duffy mir aufzwingt.«

»Alles wird gut«, beruhigte Lizzie sie lächelnd. »Solange ihr alle bestanden habt und keine von euch auf Station zwei zu Schwester Antrobus geschickt wird, werdet ihr es überleben.«

Alle Mädchen hatten von Schwester Antrobus gehört. Ihr eilte ein furchtbarer Ruf voraus, sowohl an der Schule wie in der Lovely Lane. »Kopf hoch, Schwestern«, fuhr Lizzie fort. »Ich habe gehört, dass so viele Mädchen aufgesteckt haben, nachdem sie auf der Station waren, dass sie dort keine neuen Schwesternschülerinnen mehr hinschicken. Das sparen sie sich für die abgehärteten im dritten Jahr auf. Ich habe das Gefühl, dass es mir vor den Abschlussprüfungen blüht.«

Sie nahm ihren Koffer auf und begann, ihn die Treppe hinauf zu hieven. »Meine Mutter hat mir einen gigantischen Obstkuchen mitgegeben. Ich packe schnell aus, dann stelle ich ihn auf den Teewagen, falls eine von euch ein Stück will.«

Als Lizzie um die Treppenbiegung verschwand, ging die Haustür abermals auf, und diesmal wurden die Mädchen sehr still. Vor ihnen stand Mrs Duffy, und zur Überraschung aller war sie in Begleitung von Schwester Haycock und Schwester Ryan. »Guten Abend, Schwester«, sagten alle im Chor.

»Guten Abend, Schwestern«, sagte Schwester Haycock heiter. »Ich dachte, ich komme vorbei und überbringe Ihnen die Neuigkeiten. Ich erinnere mich, wie schrecklich es war, auf die Ergebnisse zu warten.«

Niemand sagte etwas. Dana benetzte sich die Lippen. Victoria dachte, wenn Schwester Haycock nicht bald mit der Sprache herausrückte, würde sie ohnmächtig. Beth strahlte selbstsicher.

»Die Oberschwester ist für Ihre Einteilung auf den Stationen zuständig, und Sie haben sich in den letzten zwölf Wochen alle so gut gemacht, dass ich Ihnen das persönlich mitteilen wollte.« Immer noch schwiegen die Mädchen, während Schwester Haycock ihren Mantel aufknöpfte und ihren Hut an den Garderobenständer hängte.

»Bestünde die Möglichkeit, dass ich eine heiße Schokolade bekomme, Mrs Duffy? Und vielleicht einen Ihrer Kekse?«, fragte Schwester Ryan. Ihr Magen kam grundsätzlich an erster Stelle.

»Gewiss. Ehrlich, diese Schwestern sind reine Nervenbündel. Sie haben mich ganz wuschig gemacht, so panisch, wie sie den ganzen Tag gewesen sind. Es ist mir ein Rätsel, warum die Oberschwester sie bis Sonntagabend auf die Ergebnisse warten lässt, nicht wahr? Man sollte meinen, sie würden ein Todesurteil erwarten, nicht ihre ersten Einsätze auf Station.«

»Ich erlöse sie in einer Sekunde von ihrem Elend«, versprach Schwester Haycock. »Schwester Harper, stellen Sie den Kessel für Mrs Duffy auf. Wir werden hinterher alle etwas trinken wollen, wenn ich mich nicht täusche.«

Beth konnte nicht aufhören zu lächeln. Sie liebte es, zusätzliche Aufgaben zu erledigen, und war schnell zu Mrs Duffys Helferin geworden. »Habe ich schon, Schwester. Das Wasser simmert bereits.«

Schwester Haycock nahm ihren grünen Paisleyschal ab, schüttelte die Regentropfen aus und hängte ihn über den Hutständer, bevor sie an den Dielenkamin trat.

»Nun, wie es aussieht, wird mir niemand erlauben, mich zu setzen, ehe Sie nicht Ihr Los erfahren, also ...« Mehrere Mädchen schnappten nach Luft und hielten sich bei den Händen. Emily nahm einen Umschlag aus ihrer Handtasche, während Beth einen Stuhl holte und ihn ihr hinstellte und Celia mit einem matten Lächeln einen für Schwester Ryan brachte. Wieder mal war Beth ihr zuvorgekommen, und Celia war verärgert.

Obendrein nickte Mrs Duffy Beth auch noch von der Tür zu, ehe sie zu Dana sah.

»Schwester Brogan, waren Sie heute in der Messe?«, fragte sie.

Dana blinzelte wie ein Reh im Scheinwerferlicht. Schwester Haycock öffnete den Umschlag und sah Dana an. Sie wartete, dass Dana Mrs Duffy antwortete, ehe sie anfing, die Ergebnisse vorzulesen. »Nur, weil ich Ihrer Mutter heute Abend schreiben muss.« Dana wurde rot und wollte schreien. Wie konnte ihre Mammy ausgerechnet diesen Moment stören?

»Ja, Mrs Duffy«, antwortete sie und flüsterte Pammy zu: »Ich wusste, dass meine Mutter sich irgendwie hier einschleichen würde.«

Schwester Haycock fing an: »Schwestern, ich bin äußerst entzückt, Ihnen mitteilen zu dürfen …«

Schwester Ryan hielt einen Teller vor den Brief und unterbrach sie. »Probieren Sie diese Shortbreads«, sagte sie. »Mrs Duffy hat sie eigens heute Nachmittag gebacken, und sie sind großartig. Nur zu, nehmen Sie eines.« Schwester Ryan zwinkerte Emily zu, was jedoch niemand sah, weil alle den Brief in Emilys Hand fixierten.

»Oh, danke schön, da greife ich gern zu.« Emily nahm ein Shortbread von dem Teller. »Oh ja, Mrs Duffy, die sind köstlich.« Krümel rieselten leise auf den Brief, als sie an dem Keks knabberte. »Kann ich bitte auch eine heiße Schokolade haben? Es ist immer wieder so schön herzukommen, nicht wahr, Schwester Ryan?«

»Ist das Ihr Ernst?« Das kam von Pammy, die nicht mehr an sich halten konnte. Emily begann zu kichern.

»Ist es, Schwester Tanner, und für Sie wird es das jetzt auch, denn Sie sind eine richtige Schwester. Alle hier haben das Vorexamen bestanden, und Sie, Schwester Harper, haben als Beste in diesem Kurs abgeschnitten.«

Mrs Duffy erschien mit einem Tablett voller kleiner Gläser, in denen eine dunkelbraune Flüssigkeit schwappte.

»Ich hatte Schwester Haycock gefragt, und sie fand es angebracht, zur Feier ein Glas Sherry zu trinken. Es ist nicht jedes Mal so, dass alle bestehen, stimmt's, Schwester? Was für ein schöner Abend!«

Mrs Duffy stellte das Tablett auf den Dielentisch.

»Nur zu, bedienen Sie sich. Sie sind jetzt alle richtige Schwesternschülerinnen, man stelle sich vor!«

Die nächsten zehn Minuten war das Schwesternheim in der Lovely Lane von aufgeregtem Geplapper, Gratulationen an Beth und dem Klimpern von Glas erfüllt, als alle sich über die Shortbreads und den süßen Sherry hermachten.

»Nun, jetzt sehen wir uns mal an, wer wohin kommt«, sagte Emily endlich und öffnete einen zweiten Umschlag. »Station eins, Schwester Baker, Frauenstation, Schwester Prior. Station zwei, Schwester Tanner, Gynäkologie, Schwester Antrobus.« Erschrocken sahen die Mädchen zu Pammy. Keiner war blasser als Schwester Haycock, die kurz vor der Ohnmacht schien.

»Aber, Schwester Haycock, Schwester Lewis hat gesagt, keine neuen Schülerinnen werden auf Station zwei geschickt, weil so viele schon dort ...« Pammy verstummte kreuzunglücklich.

Schwester Ryan kam ihr zu Hilfe und bewahrte sie davor, den Satz zu beenden.

»Nun, ich weiß nicht, wie in aller Welt Schwester Lewis auf die Idee kommt. Diese Schwesternschülerinnen im dritten Jahr bilden sich ein, sie wüssten, welche Farbe mein Schlüpfer hat. Ich gestehe, dass es Gerüchte gab, nur Schülerinnen im dritten Jahr würden auf Station zwei geschickt, aber die Oberschwester lehnt diese Praxis eindeutig ab.« In diesem Moment pfiff der Kessel schrill. »Gut, gehen wir in die Küche, um uns den Rest der Liste anzuhören. Wir wollen es nicht zu spät werden lassen, denn Sie sollten alle zeitig zu Bett gehen.« Wie immer war Schwester Ryan erpicht, die restlichen Kekse zu bekommen. »Die nächste Woche wird für Sie eine der schwersten Ihres Lebens, und wir möchten, dass Sie sich gut machen. Krankenpflege ist eine Berufung, kein Beruf.«

Schwester Haycock runzelte die Stirn und wirkte insgesamt besorgt. »Eine sehr gute Idee, Schwester Ryan.«

Mrs Duffy ging voraus durch den Flur und sprach mit Schwester Ryan. »Meiner Erfahrung nach, Schwester, gibt es immer etwas, das die Schwestern zu uns führt. Eine Erfahrung, die sie glauben macht, dass sie zur Krankenschwester berufen sind.«

Sie blickte zu Dana. »Nicht jeder kann diese Arbeit leisten, müssen Sie wissen, Schwester Brogan. Man muss ein besonderer Mensch sein. Wenn ich Ihnen einen Rat geben darf, ist es der, an dem festzuhalten, was Sie hergeführt hat – was immer es war. Egal, welche Steine sich Ihnen in den Weg legen, vergessen Sie nie den Grund, weshalb Sie Ihre Berufung gewählt haben. Und jetzt trinken wir etwas Warmes.«

Die Schwestern eilten in die Küche, mit Ausnahme von Pammy, die aussah, als würde sie gleich über ihre bebende Unterlippe stolpern.

»Na, na, Schwester Tanner«, sagte Schwester Haycock. »Es ist nur Schwester Antrobus, kein Erschießungskommando. So schlimm ist sie nicht.«

Doch ihre Beruhigung klang nicht sehr überzeugend. Pammy stand angsterfüllt da, und Tränen stiegen ihr in die Augen. Die Freude über das bestandene Vorexamen wurde von der Neuigkeit zunichtegemacht, dass man sie zu der gefürchteten Schwester Antrobus schickte. Emily wollte sie in den Arm nehmen und drücken, aber das konnte sie nicht. Sie war viel zu wütend auf die Oberschwester.

»Ich muss jetzt in die Küche gehen und den anderen verraten, wohin sie kommen«, sagte sie mit einem entschuldigenden Blick zur Küchentür. Ganz gleich, wohin die anderen kamen, es wäre ein Klacks, verglichen mit dem, was die arme Schwester Tanner erwartete.

Als sie sich um die Liste scharten, grinste Dana, denn sie las, dass sie auf Station acht kam, Männerchirurgie.

»Du Glückliche«, sagte Pammy. »Ich würde alles geben, auf der Männerchirurgie zu sein. Die Station wird von Krankenpflegern geleitet, keinen Schwestern, und Lizzie sagt, da geht es richtig lustig zu.«

»Oh, das hätte ich beinahe vergessen«, sagte Schwester Ryan. »Schwester Harper, hier ist ein kleiner Preis für das beste Ergebnis der Klasse.« Sie überreichte Beth einen Umschlag, und Celia Forsyth ärgerte sich erneut. Sie hatte gedacht, dass sie als Beste abschneiden würde.

»Gut gemacht«, sagte sie mit zusammengebissenen Zähnen zu Beth.

»Es ist nur ein Büchergutschein«, antwortete Beth. »Du kannst ihn haben, wenn du willst.«

»Nein, sei nicht blöd. Er gehört dir.« Celia fand Beth lächerlich, doch da sie eine ihrer wenigen Freundinnen war, konnte sie es nicht sagen. Es war auch nicht der Büchergutschein, den Celia wollte. Vielmehr ging es um den Status, den Respekt, weil man die besten Prüfungsergebnisse erzielt hatte. Mit ihrem Kakaobecher in der Hand drehte sie sich um und verließ die Küche, um auf ihr Zimmer zu gehen.

»Keine Sorgen wegen Schwester Antrobus«, sagte sie, als sie an Dana und Pammy vorbeikam. »Sie sortiert bloß die Schülerinnen aus, die sich nicht zur Krankenschwester eignen. Ich habe gehört, dass sie die sehr schnell loswird.«

Dana sah, dass Pammy wieder die Tränen kamen. »Tja, in dem Fall würdest du es da keine fünf Minuten aushalten, oder? Also halt lieber die Klappe. Pammy macht das schon«, sagte sie.

»Ach, halt den Mund, Brogan«, konterte Celia.

»Ganz ruhig, Schwester Forsyth«, sagte Beth, die ihr nach draußen folgte und sichtlich verlegen war.

»Schwester Harper ist nicht so übel, wie man meinen würde«, sagte Pammy. »Sie ist furchtbar penibel, was die Arbeit und alles angeht, aber sie ist nicht so gemein wie Celia Forsyth. Ich glaube, sie ist ein bisschen einsam und denkt, dass sie auf das falsche Pferd gesetzt hat. Ich würde es an ihrer Stelle jedenfalls.« Sie hörten Celias Stimme durch den Treppenaufgang hallen.

»An deiner Stelle, Tanner, würde ich mir eher die ersten zwölf Wochen noch mal wünschen!« Dann knallte ihre Zimmertür zu.

»Oh, Mist, Antrobus muss mies sein«, sagte Pammy. »Aber wir sehen uns doch jeden Tag, oder, Dana?«, fragte sie und wirkte auf einmal sehr jung und ängstlich. »Wir können auf dem Heimweg Dampf ablassen, nicht?«

Dana umarmte ihre Freundin. »Können wir. Wir müssen nur dafür sorgen, dass wir es nicht auf Station tun, sonst nichts. Du machst das schon. Zeig ihr einfach, aus welchem Holz du geschnitzt bist.«

»Wir könnten unterschiedliche Schichten haben«, sagte Pammy verzweifelt, und ihre Stimme kippte. »Vielleicht sehe ich dich nie. Vielleicht sehen wir uns kaum noch.«

»Sei nicht blöd, Pammy. Denk dran, es fängt morgen an. Wir werden zum ersten Mal richtige Schwestern. Und das lässt du dir von keinem verderben.«

Dana würde nicht denselben Fehler an ihrem Tag auf Station machen wie am ersten in der Schule. Deshalb ging sie sorgfältig alles ein Dutzend Mal durch. Dennoch lag sie abends da, starrte ihre Tracht an, die am Kleiderschrank hing, und ihre Gedanken waren nicht bei dem, was der kommende Tag bereithalten mochte, sondern voll von Teddy. Durchs Klassenzimmerfenster hatte sie ihn jeden Tag zum Haupteingang des Krankenhauses gehen sehen. Er ahnte nicht, dass sie ihn beobachtete. Wenn sie abends ihr Licht ausschaltete, war er in ihren Gedanken, was sie niemandem anvertraut hatte. Jetzt bestand die Chance – auch wenn es eine kleine war –, dass sie ihm eines Tages auf den Stationen begegnen könnte, und sie konnte es nicht erwarten. Hätte sie gewusst, dass ihr Wiedersehen nur Stunden später sein sollte, hätte sie die Nacht wahrscheinlich gar nicht geschlafen.

Kapitel zwölf

Am nächsten Morgen gingen die Mädchen wie immer zum Krankenhaus, doch als sie den Haupteingang erreichten, trennten sie sich, riefen sich »Viel Glück!« zu und verabredeten, sich genau hier am Ende des Tages wieder zu treffen, um gemeinsam zurückzugehen.

Danas Tag begann im Büro, wo sie sich die Anweisungen und die Patientendaten für den Tag anhörte. Allerdings wurde das jäh von einem Anruf der Oberschwester unterbrochen, als die Nachtschwester gerade ihre Übergabe machte.

Auf Station acht gab es keine Stationsschwester. Sie wurde von zwei Pflegern geleitet, und keiner von ihnen war ein Liebling der Oberschwester. Sie behauptete grundlos, die Stationsführung entspreche nicht dem Standard, und ihr Verhalten den Patienten und Schwestern gegenüber sei übertrieben vertraut.

»Sie mag schlicht keine Männer!«, rief der Stationspfleger aus, als er den Hörer beinahe aufknallte, nachdem er sich über einige alte Zeitungen im Aufenthaltsraum, über Blumenvasen, die nicht richtig gespült waren, und das Chaos auf seinem Schreibtisch unterhalten musste. »War sie schon vor der Frühschicht hier oben?«, fragte er die arme Nachtschwester, der die Zeitungen kaum gleichgültiger sein konnten. Es war eine lange und anstrengende Nacht gewesen, und sie wollte nur nach Hause ins Bett.

»Sie ist um sieben hier gewesen. Heute ist ihr irgendeine Laus über die Leber gelaufen. Natürlich ist es der erste Tag der neuen Schülerinnen auf den Stationen, und da ist sie ein bisschen verrückt, seit sie nicht mehr die Kontrolle hat.«

Als die Nachtschwester aufstand, um zu gehen, schaute ihre Kollegin, die während der Übergabe auf der Station blieb, zur Tür herein.

»Pfleger, Bett drei, Mr Townsend, Prostatakrebs im Endstadium mit Metastasen, ist eben verstorben«, sagte sie sichtlich traurig. Der Pfleger blickte auf und lächelte ihr zu.

»Ist gut, und du kannst jetzt gehen. Du auch, Schwester. Ihr habt für eine Nacht genug getan. Eure zwölf Stunden sind wahrlich um.«

»Danke«, sagte die Nachtschwester und seufzte erleichtert. Wenn ein Patient während ihrer Schicht starb, wäre sie verpflichtet gewesen, ihn zu waschen und für die Leichenhalle vorzubereiten. »Schönen Tag euch«, sagte sie, als sie das Büro verließ. »Und für Sie«, ergänzte sie an Dana gerichtet. »Hier wird es Ihnen gut gehen. Sie sind auf einer wunderbaren Station und arbeiten mit netten Leuten zusammen.« Sie zwinkerte dem Pfleger zu, der grinste.

Dann sagte er zur Tagschwester: »Schwester Rowlands, wären Sie so freundlich, Schwester Brogan mitzunehmen, und ich mache mal mit dem Tagesbericht weiter. Die Frau des alten Knaben hat gesagt, dass sie gleich heute Morgen herkommen und ihn rasieren will, und ich hatte gesagt, dass es in Ordnung ist. Zum Henker mit der Oberschwester und ihren strengen Besuchszeiten. Es ist meine Station. Und Schwester Brogan kann ebenso gut gleich ins kalte Wasser geworfen werden.«

Dana hatte keine Ahnung, was er meinte oder wovon hier geredet wurde. Sie hatte kein Wort von dem verstanden, was die

Nachtschwester gesagt hatte. Doch ihr Name fiel, und die Schwester sollte sie irgendwohin mitnehmen. Dana folgte ihr hinaus auf die Station. Bei den leisen Pfiffen der Patienten wurde sie rot.

»Beachten Sie die nicht«, sagte die Schwester grinsend. »Wir sind hier auf der Männerchirurgie, da bekommen Sie das viel zu hören. Ey, lasst das!«, rief sie in den Raum. »Hier wären wir«, sagte sie zu Dana, als sie die Vorhänge vor Bett drei öffnete. »Sie warten hier, Schwester Brogan. Ich laufe nur schnell zum Telefon und sage in der Pförtnerloge Bescheid, dass sie mit einer Rolltrage für den Transport ins Rose Cottage bereitstehen sollen.«

Dana war so verwirrt, dass sie Kopfschmerzen bekam. *Wo in Gottes Namen ist denn Rose Cottage?* Sie sah den Patienten aufrecht im Bett sitzen und blickte zum Namen über dem Bett. Mr Townsend.

»Guten Morgen, Mr Townsend«, sagte sie. »Ich bin Schwester Brogan und helfe der Schwester heute Morgen, Sie zu versorgen.«

Mr Townsend starrte weiter geradeaus und antwortete ihr nicht. Dana schaute sich um; sie fragte sich, was sie noch sagen könnte.

»Hatten Sie eine gute Nacht?«, fragte sie. Sie bemühte sich, selbstbewusst und professionell zu wirken und sich an das zu erinnern, was die Nachtschwester eben über ihn gesagt hatte. Etwas an deren Gesichtsausdruck hatte Dana verraten, dass es nicht gut war. »Hallo?«, fragte sie. Keine Antwort. »Macht nichts. Geht es Ihnen nicht gut? Sie sehen ein bisschen unwohl aus, würde ich sagen. Wann sind Sie operiert worden?«

In diesem Moment öffnete die Schwester wieder die Vorhänge, hielt sie allerdings oben zusammen, damit die anderen Patienten nicht hineinsehen konnten. Sie schob einen Rollwagen mit einer Schüssel voller warmem Wasser und diversen Handtüchern und Laken herein.

»Was machen Sie, Schwester?«, fragte sie.

»Na ja«, antwortete Dana ernst, »Schwester Ryan hat gesagt, bei allem, was wir tun, sollen wir immer mit dem Patienten sprechen. Sie hat gesagt, den Patienten zu beruhigen, ist das Wichtigste bei unserer Arbeit.«

»Womit sie recht hat, und sie hat es mir auch beigebracht. Aber ich wette, bei toten Patienten würde sie es auch nicht für nötig halten.«

Dana presste sich eine Hand auf den Mund. Mr Townsend war tot! »Kommen Sie«, sagte die Schwester, lupfte die Decke am Fußende und griff nach einem von Mr Townsends Füßen. »Nehmen Sie seinen anderen Fuß.«

Dana hob den Fuß an, der sich kühl anfühlte. »Auf drei ziehen Sie«, flüsterte die Schwester. »Eins, zwei, drei, los!« Beide zogen, und Mr Townsend rutschte auf dem Bett nach unten und fiel am oberen Ende auf die Kissen zurück. Dana wollte nicht zu seinem Gesicht sehen. Sein Kopf war seltsam zur Seite gekippt, und der untere Teil seines Gebisses hing halb heraus.

»Jetzt gehen wir zum Kopfende. Sehen Sie diese Spange? Schieben Sie die zur Seite, dann geht das Kopfteil nach unten.«

Der obere Kopfrahmenteil fiel scheppernd nach unten auf den Rahmen, und die Kissen mitsamt Mr Townsend plumpsten mit ihm herunter.

»Gut, weiter geht's. Machen Sie mir einfach alles nach. Bald ist er steif wie ein Brett, und dann wird es schwer, ihm das Leichenhemd anzuziehen.« Die Schwester riss die Kissen unter Mr Townsend heraus und ließ nur eines unter seinem Kopf.

»So, das eine lasse ich Ihnen«, flüsterte sie ihm zu. »Sie mochten ja nie ganz flach liegen, nicht? Er hatte die Menière-Krankheit, und ihm wurde schwindlig, wenn er flach auf dem Rücken lag«, erklärte sie Dana. »Damit muss man immer vorsichtig sein. Patienten mit Menière können oft ohnmächtig werden, wenn man sie zu flach bettet. Und machen Sie sich keine Gedanken, wenn Sie mit einem Toten sprechen. Ich rede auch manchmal mit ihnen, aber ich erwarte natürlich keine Antwort.«

Dana lächelte verlegen. Sie wollte unbedingt beweisen, dass sie eine gute Krankenschwester sein könnte.

»Na, fangen wir an. Ich gehe ihm ein Leichenhemd holen, denn das hatte ich vergessen, und seine Unterlagen aus dem Aktenschrank. Die müssen mit ihm in die Leichenhalle gebracht werden. Vergessen Sie nie, sie dem Pförtner mitzugeben, sollten Sie das mal allein machen. Ich bin ungefähr zehn Minuten weg. Versuchen Sie nicht, ihn hochzuheben. Die Pyjamahose ist vom Krankenhaus, und die hat es hinter sich. Schneiden Sie die mit Ihrer Schere vorn auf, und legen Sie sie einfach zur Seite. Ziehen Sie das Oberteil aus, und nehmen Sie ihm den Verband ab. Da ist eine Mülltüte seitlich an seinem Nachtschrank. In die kommt das schmutzige Verbandszeug, und dann wird sie mit dem Klebeband verschlossen. Dieses eine Mal brauchen Sie sich keine Gedanken wegen Kreuzkontamination zu machen. Wir müssen uns beeilen, denn die Pförtner sind in einer halben Stunde hier, und die Leichenstarre setzt schon ein. Außerdem muss ich noch unsere Tagesliste vom Stationspfleger holen. Unsere OP-Liste fängt um zehn an. Ach, und setzen Sie ihm das obere Gebiss wieder ein, ja? Danke.« Schwester Rowlands huschte durch den Spalt in den Vorhängen, und Dana war allein mit einer Schere in der Hand und der Anweisung, die Pyjamahose von einem toten Patienten zu zerschneiden.

»Oh Gott, nein«, flüsterte sie, starr vor Angst. »Was hat sie noch mal gesagt?«, fragte sie Mr Townsend. »Oh, Herr im Himmel, was rede ich mit Ihnen, Sie armer Mann? Sie können mir nun wirklich nicht helfen.« In diesem Moment kam ein lautes Geräusch aus Mr Townsends Mund. Es war zu viel für Danas Nerven. Schreiend stürmte sie durch die Vorhänge nach draußen.

»Hoppla, was ist los, Schwester Brogan?« Der Stationspfleger kam mit einem Stapel Krankenakten auf sie zu, begleitet von einem Arzt in einem weißen Kittel. Sie waren auf dem Weg zu den Patienten, deren Operationen heute anstanden.

»Mr Townsend«, quiekte sie. »Er hat ein Geräusch gemacht.«

»Geben Sie mir bitte eine Minute, Doktor.« Der Pfleger reichte dem Arzt die Krankenakten, legte einen Arm um Dana und führte sie zurück hinter die Vorhänge.

»Guten Morgen«, sagte er zu Mr Townsend. »Lektion Nummer eins von mir, Schwester Brogan.« Während er sprach, fühlte er nach einem Puls bei Mr Townsend. »Versuchen Sie, nicht kreischend über die Station zu rennen. Es ist nicht gerade vertrauenerweckend für unsere Patienten, und mir wäre es lieber, wenn sie denken, dass wir wissen, was wir tun. Ja, die Schwester, die seit fünfzehn Jahren in diesem Beruf ist und schon mehr Tote als warme Mahlzeiten gesehen hat, hatte vollkommen recht. Mr Townsend ist sehr eindeutig tot.«

»Aber er hat eben dieses laute und gruselige Geräusch gemacht!« Dana fürchtete, dass sie gleich zu schluchzen anfing. Innerhalb von fünf Minuten war alles schiefgegangen. So sollte ihr erster Tag nicht sein. Sie hatte sich gewünscht, dass sie glänzte, stolz auf sich sein könnte. Gestern Abend im Bett hatte sie sich ausgemalt, wie der Stationsleiter ihr sagte: »Es ist eine Freude, Sie auf meiner Station zu haben. Sie werden mal eine fantastische Krankenschwester.« Stattdessen stand sie wie eine Idiotin da.

»Ah, nun, wie Sie sehen, haben Sie ihn fast flach hingelegt, und Mr Townsend hatte oft leichte Blähungen. Die haben alle Patienten hier auf Station, und ich kann Ihnen verraten, dass sie nicht annähernd so scheu damit umgehen, wie man es auf den

Frauenstationen kennt. Was Sie gehört haben, war Luft, die aus seinem Körper entwichen ist. Nichts, weshalb man sich sorgen muss.«

Dana war erleichtert und sofort entsetzlich verlegen. In diesem Augenblick schaute der Arzt herein, und zu ihrem Entsetzen war es Teddy. Ihm war deutlich anzusehen, dass er sich ein Lachen verkniff.

»Kann ich irgendwie helfen?«, fragte er grinsend.

»Ja, können Sie tatsächlich«, antwortete der Pfleger. »Sie müssen mir den Totenschein unterschreiben, bevor Sie wieder gehen.«

»Sicher, kein Problem«, sagte Teddy. »Ich überprüfe jetzt gleich alles.« Er nahm das Stethoskop von seinem Hals und steckte die Ohrstöpsel ein, bevor er das andere Ende unter Mr Townsends Pyjamaoberteil schob. Dana rechnete halb damit, dass er ausrief: »Er lebt!«

Teddy zwinkerte ihr zu. »Ja, definitiv tot«, sagte er und nahm das Stethoskop wieder weg.

»Geht es Ihnen jetzt gut, Schwester Brogan?«, fragte der Pfleger sie freundlich. »Wir haben heute sehr viel zu tun.«

»Ja, natürlich«, sagte Dana. Als die beiden Männer gegangen waren, glühten ihre Wangen. Sie kam sich nutzlos vor, wie eine Belastung, ein Dummkopf, und noch übler war, dass Teddy mit angesehen hatte, wie sie sich lächerlich machte. Der Mann, der sie an ihrem ersten Abend angesprochen hatte und ihr seither nicht mehr aus dem Kopf ging.

Ohne Vorwarnung wurden die Vorhänge wieder zurückgezogen, und Dana zuckte zusammen, als Teddy zu ihr trat und die Vorhänge hinter sich wieder schloss.

»Verdammt, Schwester Brogan«, flüsterte er. »Sie müssen wirklich etwas gegen Ihre Nervosität tun.«

»Wie kann ich das, wenn Sie mich so erschrecken?« Dana war wütend, trotzdem hatte sie Mühe, nicht zu grinsen.

»Wie wäre es, wenn ich Ihnen Nachhilfe gebe, wie Sie künftig nicht mehr schreiend über die Station rennen und die Patienten halb zu Tode erschrecken? Wir könnten es bei einem Drink im Grapes am Samstag besprechen.«

»Hören Sie auf«, erwiderte Dana. »Ich versuche, hier einen guten Eindruck zu machen. Es ist mein erster Tag.«

»Dem Himmel sei Dank. Dann kann es ja nur noch besser werden. Kommen Sie zum geselligen Abend der Ärzte? Der wird lustig. Falls Sie kommen, kann ich mir überlegen, wie ich Sie zu einem Tanz bewegen kann. Es ist nämlich so, dass ich zwei linke Füße habe.«

»Haben Sie mich nicht verstanden?«, fauchte Dana. Es war das zweite Mal heute Morgen, dass sie das Gefühl hatte, jemand würde Chinesisch mit ihr reden. Sie wusste nichts von einem geselligen Abend der Ärzte. »Ich muss diesem armen Mann jetzt die Hose runterschneiden, also gehen Sie!« Sie schwenkte ihre Schere vor ihm.

»Na gut, ich verschwinde. Offensichtlich muss ich meinen Charme für Sie aufdrehen, Schwester Brogan. Wie ich sehe, sind Sie nicht leicht zu beeindrucken.«

Dana holte tief Luft und ermahnte sich, nicht mehr zu grinsen. Sie sollte eine der ernstesten und persönlichsten Pflichten einer Krankenschwester erfüllen. Ganz gleich, wie geliebt oder beliebt jemand war: In den Augenblicken nach dem Sterben, wenn die Seele den Körper verließ, hatte die Schwester das Privileg, sich um den Verstorbenen zu kümmern. Sie sprach ein Gebet, öffnete das Fenster und machte den Patienten bereit, vor seinen Schöpfer zu treten. Diese letzten Aufgaben durften nicht gehetzt erledigt werden. Vorhänge wurden geschlossen, die Schwestern sprachen flüsternd, und dem Toten wurde mit Respekt begegnet, ob er ein Lord oder ein Straßenfeger gewesen war. In der letzten Stunde waren sie alle gleich. Sie wurden mit der gleichen Seife gewaschen, in das gleiche Leichenhemd gekleidet und auf die gleiche Totenbank in der Leichenhalle gelegt.

Dies war kein Zeitpunkt, vor Scham zu vergehen, und Dana erholte sich schnell, als sie mit der Schere auf das Bett zuging. Zaghaft hob sie den Bund der Pyjamahose an und begann zu schneiden. Sie war froh, dass sie selbst herausbekommen hatte, wie sie es anstellen musste. Vom Schritt aus schnitt sie erst an einem Bein nach unten, dann an dem anderen, wobei sie einen Stoffstreifen übrig ließ, um die Mitte zu bedecken und Mr Townsends Würde zu wahren. Die oberen Zähne wieder einzusetzen dauerte länger. Sie nahm das Gebissteil aus dem Glas auf dem Nachtschrank, steckte die Finger in seinen Mund und zog sie wieder raus. Sie versuchte es ein zweites Mal. Sein Kiefer wurde steif und gab kaum auf Druck nach. Dana würgte, und ihr kamen die Tränen. Beim dritten Anlauf schaffte sie es, ohne erneut würgen zu müssen, indem sie den Kopf zur Seite wandte, die Augen halb schloss und die Zähne auf den Kiefer schob. Gleichzeitig rückte sie die unteren wieder richtig hin. »Oh, Gott sei Dank! Tut mir leid«, flüsterte sie sehr leise. »Es tut mir so leid, Mr Townsend. Ich habe das noch nie gemacht. Es ist mein erster Tag, und Sie sind mein erster Patient. Also, los geht's.« Sie entfernte die Gaze- und Mullschichten so behutsam von seinem Bauch, als wäre der Patient noch am Leben.

»Da wären wir«, sagte die Schwester, die mit dem Leichenhemd durch die Vorhänge kam. »Legen wir los. Ich möchte ihn so schnell wie möglich sauber und adrett haben. Bald kommt seine Frau her.«

Dana konnte nicht anders, als weiter mit Mr Townsend zu reden, vielmehr sich bei ihm zu entschuldigen. »Ups, Verzeihung«, sagte sie, als sie seinen sehr schweren und steifen Arm biegen musste. »Oh, Entschuldigung, wie dumm von mir«, als sie half, ihn auf die Seite zu rollen, und sein Arm aufs Bett fiel, während sie das Leichenhemd verschnürte. »Ich hoffe, das kitzelt nicht«, sagte sie, als sie seine Zehen mit dem Band zusammenschnürte, an dem sein Namensschild hing.

»Tut mir leid«, murmelte sie, als die Schwester kicherte. »Sie müssen mich für verrückt halten.«

»Ganz und gar nicht«, sagte die Schwester. »Hören Sie, wenn es Ihnen guttut, mit ihnen zu reden, tun Sie das ruhig. Manchmal, wenn Sie dies hier allein in den frühen Morgenstunden machen müssen, allein auf einer dunklen Station, hilft es wirklich. Das weiß ich, weil ich es selbst oft tue. Wie wir alle.«

Dana atmete erleichtert auf. Ihr war bewusst, dass sie ihre Angst im Zaum hielt. Das Einzige, was sie davon abgehalten hatte, nicht von der Station und aus dem Krankenhaus zu fliehen, war, so zu tun, als wäre Mr Townsend noch am Leben. Und es hatte funktioniert.

Sie verließen eben die Bettnische, als Dana eine alte Frau mit gebeugtem Rücken kommen sah. Sie trug einen Einkaufskorb bei sich und grüßte die Patienten zu beiden Seiten.

»Guten Morgen«, sagte sie. »Ich muss nur eben unseren Tom rasieren. Das hatte er gestern nicht so gut hinbekommen, und es hat ihn ganz fuchsig gemacht. Ich habe ihm gesagt, ist schon gut, ich komme morgen früh und mache das. Der Stationspfleger hat gesagt, ich darf. Wie geht es euch allen? Hattet ihr eine gute Nacht?« Sie blieb stehen, um zu verschnaufen, und wartete auf eine Antwort.

»Na gut«, sagte die Schwester leise zu Dana. »Falls Sie gedacht haben, das gerade war hart, warten Sie, bis Sie dies hier tun müssen.«

Für Mrs Townsend ging alles blitzschnell. Sie wunderte sich, dass der Patient in Bett zwei so verlegen wirkte und flehend zur Seite schaute. Dann folgte sie seinem Blick zu Schwester Rowlands und Dana, die ihr entgegenkamen, und bemerkte gleichzeitig, dass die Vorhänge um Toms Bett zugezogen waren. Im nächsten Augenblick hörte sie Dessie kommen und ins offene Büro rufen: »Ein Wagen für die Fahrt zum Rose Cottage.« Die Schwester und Dana waren nun neben Mrs Townsend, die sie voller Angst ansah, als sie begriff, was geschah. Der Moment, vor dem sie und Tom sich gefürchtet hatten, seit er krank wurde, war gekommen. Und Dana fand es furchtbar mit anzusehen.

Den Rest des Tages kam es Dana vor, als hätten ihre Füße keine Bodenhaftung mehr. Mindestens die Hälfte der Zeit schrubbte sie Bettpfannen, spülte gläserne Urinflaschen aus und setzte eine der ersten Lektionen aus dem Vorbereitungskurs um: Urinproben mit Lackmuspapier prüfen. Doch so scheußlich auch all das war, ließen sie die Tränen nicht los, die Mrs Townsend vergossen hatte, nachdem sie ihren Mann verloren hatte. Dreiundvierzig Jahre waren sie verheiratet gewesen und hatten bis zu seinem Krankenhausaufenthalt am Ende nie eine Nacht getrennt verbracht, seit er aus dem Ersten Weltkrieg zurückgekehrt war.

»Er hat das Schlimmste gesehen, müssen Sie wissen«, erzählte sie Schwester Rowlands und Dana. »Ich habe all seine Orden zu Hause. Er hat einen aus Mons. Er hat gesagt, sie haben alle einen Engel über dem Feld aufsteigen sehen, bevor sie in die Schlacht zogen, und er hat geglaubt, der hat sie gerettet. Er ist auch fest überzeugt gewesen, dass Sie alle hier Engel sind, und das sind Sie. Zu mir hat er gesagt: ›Mach dir keine Sorgen, Edna. Wenn ich in

Schwierigkeiten gerate, ist immer ein Engel in der Nähe. Und hier bin ich von ihnen umgeben.‹ Bei Gott, Sie sind alle so reizend zu ihm gewesen.« Sie stellte ihre Teetasse hin. »Tja, ich gehe mal, damit ich meinen Bus zu unserer Betty erwische. Ich könnte den Pub anrufen und die bitten, dass sie hingehen und bei ihr klopfen. Aber ich möchte ihr nicht am Telefon sagen, dass ihr Dad gestorben ist. Nein, da fahre ich lieber mit dem Bus hin.«

»Kommen Sie allein zurecht?«, traute Dana sich zu fragen. Die Schwester hielt Ednas Hand. Dana wusste, dass sie an all das dachte, was noch zu tun war, denn es war bereits neun Uhr. Dennoch wollte man meinen, sie hätte alle Zeit der Welt für Edna.

»Vielen Dank, Schwestern. Ich komme die Tage und bringe Ihnen ein Geschenk.«

»Oh nein, das werden Sie nicht«, entgegnete die Schwester. »Sie denken jetzt nur an sich.« Sie umarmte Mrs Townsend.

»Sie sind so entzückend und freundlich, und ich bin froh, dass Sie beide bei ihm waren, als er gestorben ist.«

Dana zuckte beinahe schuldbewusst zusammen.

»Und Sie, Kleines«, sagte Edna, die Danas Umarmung erwiderte. »Ich habe Sie noch nie gesehen. Tom hat gestern Abend erzählt, dass heute die neue Lernschwester auf die Station kommt. Die wissen hier alles, stimmt's nicht, Schwester? Ich kann nur sagen, er muss überglücklich gewesen sein, am Ende solch eine hübsche Schwester bei sich zu haben.«

Die Schwestern blickten Edna nach, als sie sich einsam auf den Weg über die blank polierten Flure zum Haupteingang machte. Am Ende würde sie sich furchtbar einsam fühlen, wenn ihr klar wurde, dass es ihr letzter Besuch hier war. Nie wieder würde sie ihren Tom besuchen, und er käme auch nicht mehr mit ihr nach Hause wie so viele Male zuvor, wenn er seine Untersuchungstermine gehabt hatte.

»Oh Gott, wie traurig«, sagte Dana. »Wir waren am Ende gar nicht bei ihm, aber sie glaubt es. Ist das in Ordnung? Ich fühle mich schrecklich, und ich wusste nicht, was ich sagen sollte.«

»Ja, danke, dass Sie nichts gesagt haben. Es ist das Schlimmste in diesem Beruf, doch Sie kommen drüber weg. Für Edna ist es schlicht schöner zu denken, dass wir bei ihm gewesen sind und nicht die Nachtschwester, die sie nie gesehen hat. Manchmal kann eine kleine Notlüge hier ein Akt der Freundlichkeit sein. Es gibt einige Patienten, die begleiten einen für immer. Man kann sie einfach nicht vergessen. Und ich werde nie vergessen, wie Sie mit ihm geredet haben, als Sie dachten, dass er lebt.«

»Ich auch nicht«, sagte Dana. Ihre Traurigkeit wich so schnell wie oft an einem Ort, an dem sich Leben und Tod häufig abwechseln. Beide Schwestern lachten, als sie zurück auf die Station gingen.

Dana war im Schmutzwäscheraum und stopfte Mr Townsends Bettwäsche in einen Korb, den später einer der Pförtnerjungen holen und zur Wäscherei bringen würde. Jedes Mal, wenn sie die Schmutzwäsche einsammelten, brachten sie saubere mit, was zweimal täglich geschah.

Dana legte die benutzten Verbände zum Sterilisieren in den Behälter und war froh, dass alles reibungslos ging, als die Tür geöffnet wurde und ihr jemand von hinten die Augen zuhielt.

»Heilige Muttergottes!«, schrie sie und fuhr herum.

Teddy lachte laut. »Schwester Brogan, sind Sie wohl still«, sagte er spöttisch und wedelte mit dem Finger.

»Sie schon wieder«, flüsterte sie. Sie wollte verärgert klingen, doch ihr Herz schlug schneller, und auch ohne in den Spiegel zu sehen, wusste sie, dass sie rot wurde.

»Was wollen Sie?«, fragte sie streng.

»Eine Verabredung mit Ihnen«, antwortete Teddy. »Und wenn

ich die nicht bekomme, stecke ich Sie kopfüber in den Schmutzwäschekorb.«

»Nein, tun Sie nicht. Das wäre ekelhaft!« Entsetzt riss sie die Augen weit auf.

»Na schön, werde ich nicht, aber verraten Sie mir, wann Sie mit mir auf einen Drink ausgehen?«

»Ich glaube nicht, dass ich es kann.«

»Doch, können Sie, und Sie wissen es auch. Also, geben Sie mir eine Verabredung, und ich lasse Sie in Ruhe. Ich verspreche Ihnen: Wenn ich eines bin, dann hartnäckig. Ich gebe nicht auf, bis Sie zustimmen. Übrigens liebe ich diese roten Locken. Haben Sie bemerkt, dass sie sich hinten gelöst haben und auf Ihren Schultern wippen, wenn Sie wütend sind?«

Dana konnte nicht glauben, dass dies hier wirklich geschah. Teddy war der bestaussehende Mann, den sie je gesehen hatte. Seine Zähne waren makellos und schienen alle seine eigenen zu sein, was eine Seltenheit bei irischen Jungen vom Lande war, hatten sie den zwanzigsten Geburtstag erreicht. Er sprach wunderbar und war ein kluger, gebildeter Mann. »Warum wollen Sie mit mir ausgehen?«, fragte sie aufrichtig verwundert.

Teddy antwortete prompt: »Nun, Schwester Brogan, weil ich Sie mag und es wirklich sehr ungern sähe, dass Sie mit diesem Schmutzwäschekorb weggerollt und nie wiedergesehen werden. Es wäre solch eine Verschwendung.« Teddy kannte seine Stärken. Er grinste Dana an und hielt ihren Blick.

»Ist das eine Angewohnheit von Ihnen, Doktor?«, fragte sie spitz. »Bitten Sie alle neuen Lernschwestern, mit Ihnen auszugehen, und drohen ihnen an, sie sonst mit schmutzigen Wäschekeimen zu kontaminieren? Können Sie anders keine Schwester überreden, mit Ihnen etwas trinken zu gehen?«

Teddy gab sich empört. »Ich muss doch bitten! Ich bin in meinem Leben noch nie mit einer Schwester ausgegangen. Sie wären die Erste, das schwöre ich.«

»Sie schwören? Wirklich? Denn ich würde mit keinem Arzt ausgehen, der es sich zur Gewohnheit macht, sich mit Schwestern zu verabreden. Wir irischen Mädchen haben eine Menge Selbstachtung.« Sein veränderter Gesichtsausdruck entlockte ihr fast ein lautes Lachen.

»Donnerwetter, Sie sind eine harte Nuss.« Er hatte an der Tür gelehnt, richtete sich jetzt aber auf und fuhr sich mit der Hand durchs Haar. »Ja, ich hatte mal eine Verabredung mit einer Schwester, als ich noch Student war. Aber das ist zwei Jahre her, und sie hat mich versetzt.«

Dana nahm einen Anflug von Schmerz wahr, der jedoch gleich seinem ansteckenden Lächeln wich.

»Jetzt geben Sie einem überarbeiteten Arzt etwas, worauf er sich freuen kann. Sagen Sie bitte Ja! Ihre Mutter würde wollen, dass Sie einen heimwehgeplagten, einsamen Doktor sehr glücklich machen, und es gibt keine andere Schwester im St. Angelus, die Ihnen das Wasser reichen könnte. Bitte!«

Dana kam sich wie in einem Traum vor. Als wäre sie auf einen anderen Planeten versetzt worden und würde das Leben von jemand anderem führen. Würde Teddy sie nicht so eindringlich ansehen, hätte sie sich gekniffen. Sie lächelte.

»Tja, was soll ich sagen? Sie haben Celia Forsyth noch nicht kennengelernt. Ich glaube, ihre Gesellschaft fänden Sie viel interessanter.«

Teddy kratzte sich verwirrt am Kopf. »Aber ich will diese Forsyth nicht kennenlernen, wer sie auch sein mag. Jetzt machen Sie es mir nicht so schwer. Sie müssen bloß zusagen, oder der Schmutzwäschekorb wartet.« Er kam einen Schritt näher.

»Na gut, vielleicht. Ich denke darüber nach.«

»Ehrlich, Sie sind unglaublich«, sagte Teddy. »Jedenfalls können Sie nicht behaupten, ich hätte Sie nicht gewarnt.«

Dana sah nicht einmal, dass er sich bewegte. Eben stopfte sie noch die letzten Laken in den Korb, im nächsten Augenblick hob Teddy sie hoch und setzte sie oben auf die Wäsche. Die Laken sackten unter ihrem Gewicht ein, sodass sie immer tiefer in den Korb sank.

»Oh mein Gott, Hilfe! Sie Idiot, holen Sie mich hier raus!«, schrie sie.

»Ist das ein Ja?«, fragte Teddy grinsend.

»Nein, ist es verdammt noch mal nicht! Holen Sie mich sofort raus!«

Dana wurde von der Schwester gerettet, die hereinkam.

»Und was ist hier los?«, fragte sie Teddy, eine Hand in die Hüfte gestemmt. Dann sah sie zu Dana, die sich mühsam aus dem Korb befreite, der beinahe so hoch war wie sie. »Schwester Brogan, sind Sie fertig?« Sie schien nur mühsam ein Lachen zu unterdrücken. »Ehrlich, Davenport, etwas Originelleres ist Ihnen nicht eingefallen? Steht so was im Lehrbuch?« Sie reichte Dana eine Hand und half ihr. »Ach, und übrigens marschiert Dr. Mabbutt auf Station auf und ab und sucht nach Ihnen. Er sieht nicht beglückt aus. Schwester Brogan, richten Sie Ihre Schürze. Schnell.«

Dana steckte ihre Haube fester, als sie der Schwester nach draußen und auf die Station folgte. Sie hatte Schwierigkeiten, ihre Locken wieder zu bändigen.

»Der erste Fall ist bereit für die Operation, deshalb dachte ich, ich gehe alles mit Ihnen durch und zeige Ihnen, was zu tun ist.«

»Ja, Schwester.« Dana sah nach unten und stellte fest, dass ihre Schürze seitlich verrutscht war. Lieber wollte sie Teddy Davenport umbringen, als mit ihm ausgehen.

»Hören Sie, Schwester Brogan, ich werde kein Wort sagen,

aber an Ihrer Stelle wäre ich vorsichtig. Die halbe Schwesternschaft hier ist hinter Dr. Davenport her. Er ist der Liebling von allen. Wenn Sie ihn erobern, machen Sie sich mehr Feinde als Freunde, und ich denke nicht, dass Sie das in Ihrem ersten Jahr möchten. Schon als Student hat er für Chaos unter den Schwestern gesorgt.«

»Dann flirtet er gerne?«, fragte Dana enttäuscht.

»Schon, aber erstaunlich ist, dass er meines Wissens noch keine Herzen gebrochen hat. Vor ein paar Jahren hatte ihn eine Lernschwester im zweiten Jahr versetzt, was überall herumging wie ein Lauffeuer. Sie hat dann nach ihrem Examen geheiratet und ist weggegangen. Anscheinend hatte er über zwei Stunden in der Stadt auf sie gewartet und gedacht, sie hätte sich in der Zeit geirrt. Die anderen Studenten haben ihn ohne Ende damit aufgezogen und gesagt, sie habe *ihm* das Herz gebrochen.«

»Oh, ich will ihn nicht erobern«, log Dana. »Ich habe ihm gesagt, er soll verschwinden. Deshalb hat er mich in den Korb gesteckt. Aber es ging so schnell, dass ich gar nicht begriffen habe, was er tut.«

»Nein, ich glaube, das üben sie drüben im Ärztewohnheim. Ich kann Ihnen versichern, dass es schon Hunderte Male passiert ist. Also, der OP hat nach Mr Davis gerufen. Wir bereiten ihn vor und bringen ihn mit den Pförtnern nach unten. Wenn wir wieder hier sind, heißt es für Sie Rücken, Betten und Pfannen. Sie können mich rufen, falls Sie Hilfe brauchen, jemanden zu heben. Übernehmen Sie sich nicht. Einen Mann von zweihundert Pfund sollten Sie nicht allein auf eine Bettpfanne hieven, sofern es sich vermeiden lässt.«

Vor dem Bett ihres Patienten blieben beide Schwestern stehen. »So, dann fangen Sie mal an«, sagte die Schwester.

Nervös nahm Dana das Krankenblatt vom Nachtschrank auf.

»Äh …« Sie überlegte angestrengt. Dies war ihr erstes Mal. »Können Sie mir Ihren Namen sagen, Mr Davis?« Für einen Moment begriff Dana nicht, warum die Schwester und Mr Davis lachten.

»Warten Sie, ich zeige es Ihnen«, sagte die Schwester. »Mr Davis, Leistenbruch. Können Sie uns Ihre Adresse und Ihr Geburtsdatum sagen, Mr Davis?« Sie ging zum Nachtschrank und prüfte, ob sein Wasserkrug und das Glas für seine Rückkehr bereitstanden.

Während sie alles durchgingen, was vor einer Operation getan werden musste, maß Dana den Puls von Mr Davis und schrieb den Wert auf. Da erschien der Stationspfleger mit einem kleinen Medikamentengläschen am Fußende des Bettes.

»Hier, Schwester Brogan, Chlormethiazol.« Er reichte Dana das Gläschen.

»Ich kann nicht, Schwester. Meine Kehle ist so trocken wie der Boden eines Papageienkäfigs.«

»Ehrlich, Mr Davis!« Die Schwester lachte. »Ich fürchte, Sie müssen. Es macht Sie schläfrig und entspannt, als würden Sie sechs Pints Guinness trinken, nur in einem Zug.«

Sobald sie gegangen war, um den Pförtnern Bescheid zu geben, packte Mr Davis Danas Hand.

»Äh, Schwester, können Sie mir einen Gefallen tun? Ich stecke ein bisschen in der Klemme.«

»Natürlich, Mr Davis. Was kann ich tun?«

Mr Davis schaute sich um, ob auch niemand sonst zuhörte.

»Allerdings muss ich Ihnen gleich sagen, dass heute mein erster Tag ist«, ergänzte Dana. »Und ich fürchte, ich weiß noch nicht sehr viel.«

Mr Davis schien ein wenig beunruhigt, und Dana dachte, dass er sich wohl vor der Operation fürchtete.

»Jeder ist nervös, bevor er operiert wird, also machen Sie sich keine Sorgen.« Dana zitierte fast wörtlich aus Ihrem Lehrbuch. *Vor der Operation beruhigen Sie den Patienten bei jedem Schritt der Vorbereitungen*, hatte Schwester Ryan ihnen beigebracht. »Ich würde Ihnen ja eine Tasse Tee anbieten, aber dann fliege ich sofort raus. Mein erster Tag wäre mein letzter.«

Er drückte ihre Hand fest. »Ich bin ein bisschen besorgt, ja, weil ich keine Krankenhäuser mag. Von denen hatte ich im Krieg genug, doch das ist es nicht. Es geht um meine Frau. Der Stationspfleger hat ihr gesagt, dass sie mich um sechs besuchen kommen kann.« Dana nickte. Beim Morgenbericht hatte sie gehört, dass am Nachmittag des OP-Tages kein Besuch vor sechs Uhr erlaubt war.

»Ja, das wird am Operationstag gern so gehalten. Der Pfleger möchte sich auf die Frischoperierten konzentrieren, nicht auf die Fragen ihrer Besucher.«

»Ich weiß, das hat er mir erzählt. Die Sache ist die, dass jemand anders kommen will, und sie darf nicht zur selben Zeit hier sein wie meine Frau.«

»Doch, darf sie«, sagte Dana. Sie war begeistert, weil sie so viele von Mr Davis' Fragen beantworten konnte. »Sie dürfen von sechs bis sieben zwei Besucher haben. Das ist kein Problem, Mr Davis.« Sie strahlte. Ihr Tag war ein Auf und Ab neuer Erfahrungen gewesen, und jetzt konnte sie endlich mal in die Praxis umsetzen, was sie gelernt hatte. »Sie brauchen wirklich nicht beunruhigt zu sein. In einer halben Stunde schlafen Sie tief und fest und ...«

»Nein, Schwester, meine Frau, nun, sie weiß nichts von meinem anderen Besuch, falls Sie verstehen.« Er zwinkerte Dana nervös zu, als flehte er sie an zu begreifen, was er nicht aussprach.

Dana runzelte verwirrt die Stirn. »Das ist kein Problem. Sollten Sie noch schlafen, kann ich es Ihrer Frau sagen.«

Nun wurde Mr Davis sehr unruhig. »Nein, tun Sie das nicht! Wenn Sie das tun, Schwester, muss ich wieder in den Operationssaal, nachdem meine Frau mit mir fertig ist. Hören Sie, könnten Sie meiner Frau bitte sagen, sie soll erst um zwanzig nach sechs kommen? Erzählen Sie ihr, dass es mir nicht so gut geht, oder so. Das wäre famos. Würden Sie das für mich tun? Nur für den Fall, dass ich noch nicht ganz da bin. Ah, Ihr Name steht auf Ihrer Schürze. Brogan, ja?«

»Richtig«, antwortete Dana. »Ich bin Dana Brogan, aber nennen Sie mich nicht so, sonst bekomme ich Ärger. Schwester Brogan, ja?«

»Der Cousin vom Schwager der Schwester meiner Frau war mal mit einer Brogan verbandelt. Vielleicht kennen Sie sie. Sie war aus Galway.«

»Die Brogans in Galway kenne ich. Aber was ist mit Ihrer Frau? Sie bitten mich, sie zu belügen? Das ist eine Sünde. Ich kann es nicht tun, und außerdem könnte ich dann Schwierigkeiten bekommen.«

»Nein, nein, werden Sie nicht, weil es niemand erfährt. Würden Sie das bitte für mich tun? Ich schwöre bei Gott, Sie können es sich nicht vorstellen. Ich habe ein schreckliches Leben zu Hause. Wenn Sie ahnen würden, was ich durchmache! Bitte, Kleines.«

Dana seufzte. »Ach, na schön, ich mache es. Aber sollte ich Schwierigkeiten bekommen ...«

Mr Davis blieb keine Zeit für eine Antwort, denn die Schwester kam, begleitet von Dessie. Minuten später gingen sie den Korridor entlang zum Operationssaal. Dessie schob das Kopfende des Bettes, und Dana und die Schwester gingen zu beiden Seiten des Fußendes, eine Hand am Gestell, um es zu lenken.

»Mir ist ein bisschen duselig, Schwester«, sagte Mr Davis ein wenig panisch. »Ich glaube, ich sterbe.« Vergeblich versuchte er, sich seitlich am Bett aufzustützen.

»Sie sterben nicht, Mr Davis. Das ist nur die Wirkung des Chlormethiazols, das die Schwester Ihnen gegeben hat, damit Sie ruhig bleiben.«

Sekunden später fing Mr Davis an zu kichern und zu plappern wie jemand, der sechs Pints Guinness getrunken hat. Genau, wie es die Schwester prophezeit hatte.

»Valerie!«, rief er jeder Frau zu, an der sie vorbeikamen. »Valerie, kommst du bitte und bringst mich nach Hause? Die haben mich hier unter Drogen gesetzt. Ich kann nicht aufstehen. *Valerie!*«

Die Schwester schaute verwundert in die Krankenakte. »Wer ist denn Valerie?«, fragte sie. »Hier steht, dass seine Frau Sybil heißt.«

Mr Davis packte abermals Danas Hand. »Wir haben was abgemacht, Valerie, weißt du noch?« Er lallte.

»Ich hole Sie dann vom OP ab, Mr Davis«, sagte Dana. »Und ich sehe Sie, wenn Sie auf Station wieder aufwachen. Entspannen Sie sich jetzt.«

Im Vorraum des Operationssaals gingen sie nochmals alles durch, und die Schwester achtete darauf, dass Schwester Brogan alles verstand. Dann wurde ihr Patient an die OP-Schwestern übergeben.

»Kommen Sie mit zum Tee? Der Pfleger hat mich gebeten, mit Ihnen in die Kantine zu gehen, ehe die ersten Patienten wieder aus dem OP kommen. Wir müssen uns aber sputen.«

Dana glaubte nicht, dass ihre Beine sie noch bis zur Kantine trügen. »Ich könnte einen ganzen Eimer Tee trinken und sämtliche Teekuchen dort verputzen«, antwortete sie. »Früher habe ich gedacht, die Arbeit auf der Farm daheim ist hart, aber das hier ist härter. Ich bin wie erschlagen.«

Der Stationspfleger hatte es mitbekommen. »Nach heute werden die nächsten Tage ein Klacks für Sie, Schwester Brogan. Und ich halte eine Menge davon, Leute gleich ins kalte Wasser zu werfen. An einem Tag wie heute lernen Sie hier mehr als den ganzen Rest der Woche.«

Dana dachte, dass er vermutlich recht hatte. Ihr schwirrte der Kopf, doch ihr Selbstvertrauen war auch minütlich gewachsen, weil sie mit einer neuen Situation nach der anderen konfrontiert worden war. Morgen sollte sie eine geteilte Schicht arbeiten, was bedeutete, dass sie mittags zurück ins Schwesternheim ging und um vier Uhr nachmittags zurück zur Arbeit bis abends um acht. Sie hatte vorgehabt, zwischendurch ein wenig durch die Stadt zu bummeln, runter zum Hafen zu schlendern und sich anzusehen, wie die Fähre kam. Jetzt wusste sie, dass sie in der Zwischenzeit nur schlafen würde.

»Kommen Sie, Schwester Brogan«, sagte die Schwester, als Dana ihr Cape aufnahm. »Wenn erst der erste Patient aus dem OP zurück ist, kriegen wir keine Sekunde mehr Ruhe.«

In ihrem Leben hatte Dana noch nicht so etwas Köstliches genossen wie diese Baconstreifen, die gegrillten Tomaten und die in Butter getränkten Kartoffeln. Sie spülte alles mit reichlich Tee herunter und lauschte den Unterhaltungen der Schwestern von den anderen Stationen, die sich zu ihnen an den großen runden Tisch gesetzt hatten.

»Marmeladen-Biskuitrolle mit Vanillesoße«, verkündete eine Küchenhilfe, die einen Rollwagen an Dana vorbeischob und dabei Teller auf den Tisch lud.

Dana blickte sich in dem großen Raum nach anderen Mädchen aus der Lovely Lane um, konnte jedoch keines entdeckte. Anscheinend war sie die einzige neue Schwesternschülerin hier.

Sie fand es schwer vorstellbar, dass sie eines Tages so Krankenhaustratsch austauschen könnte und genau wissen, was gemeint war.

Als sie zurück auf die Station kamen, rief ihnen der Stationspfleger von seinem Schreibtisch aus zu: »Mr Davis ist zurück aus dem OP, Schwester. Könnten Sie mit Schwester Brogan die Überprüfung der Vitalfunktionen durchgehen und ihr zeigen, was nach einer Leistenbruch-OP getan werden muss, ehe sie mit Rücken und Betten anfängt?«

Dana sah eine Frau an Mr Davis' Bett sitzen und blickte hinauf zur großen Wanduhr am Stationseingang. Es war beinahe zwanzig nach sechs, und ihr Herz raste, als sie sich an ihr Versprechen erinnerte. »Oh, heilige Maria, ich komme gerade noch rechtzeitig«, sagte sie und eilte zu dem Bett.

»Rechtzeitig wofür?«, fragte die Schwester, wartete jedoch nicht auf eine Antwort. »Ich hole mal das Blutdruckmessgerät. Gehen Sie, und prüfen Sie seinen Verband. Achten Sie darauf, dass er nicht zu feucht ist und kein Blut auf den Laken.«

Dana überfiel eine leise Panik. Wie sollte sie wissen, was zu feucht war? Was sollte sie tun, wenn Blut auf den Laken war? Und sie hatte Mr Davis versprochen, seine Frau zu bitten, dass sie um zwanzig nach sechs ging. Das müsste sie jetzt gleich, und Mr Davis' Verband zu überprüfen, war ein guter Vorwand.

Sie staunte allerdings, als sie Mrs Davis sah. Nach Mr Davis' Beschreibung hatte sie eine Schreckschraube erwartet, eine sehr streng dreinblickende Frau mittleren Alters, nicht hingegen die wasserstoffblonde junge Frau mit dem roten Lippenstift und der Fuchsstola, die auf seiner Bettkante saß. Dana zog den Rollvorhang halb vor den Patienten und sagte: »Hallo, Mrs Davis. Dürfte ich Sie jetzt bitten zu gehen? Ich muss nach Mr Davis' Verband sehen, und wir müssen die postoperativen Messungen vornehmen.«

Die Frau hielt Mr Davis' Hand. »Oh, hallo, Schwester. Ich finde, dass sein Atem nicht gut riecht. Ist das richtig so? Er ist immer noch komplett weg, oder? Wie ein Baby.«

Dana war sich nicht sicher, aber sie hatte gelesen, dass bei einigen Patienten das Anästhetikum noch nach der OP im Atem zu riechen war. »Oh ja, und an Ihrer Stelle würde ich ihm nicht zu nahe kommen. Es ist das Betäubungsmittel, und Sie schlafen dann vielleicht selbst gleich ein.«

Mrs Davis lachte. »Oh Gott, das stelle man sich mal vor! Ich müsste dann bei ihm bleiben, und hier ist kein Platz für zwei, nicht?« Sie beugte sich vor, um mit ihrem Mann zu sprechen. »Ich muss jetzt gehen, Schatz«, sagte sie und bekam nur ein tiefes, duftbeladenes Schnarchen als Antwort. Die Frau stand auf. »Vielen Dank, Schwester«, sagte sie.

»Kein Problem, Mrs Davis«, antwortete Dana und blickte nervös zur Uhr.

»Oh nein, Liebes, ich bin nicht Mrs Davis, jedenfalls noch nicht. Ich bin Valerie. Wir wollen Weihnachten heiraten, nicht wahr, Schatz?«, fragte sie den schlafenden Mr Davis. »Wir waren schon vor dem Krieg ein Paar, aber ich war ein bisschen jünger als Mr Davis, und, na ja, mein Dad hat uns nicht erlaubt, uns zu verloben. Und als er wieder nach Hause kam, waren wir nach Chester umgezogen, wo mein Vater gearbeitet hat. Er hatte uns evakuiert. Wir beide haben uns erst vor einem Jahr wiedergesehen, und seitdem sind wir so verliebt.« Valerie kicherte, als sie Mr Davis' Hand nahm, sich vorbeugte und ihn zart auf die Stirn küsste.

»Er hat nie geheiratet, müssen Sie wissen«, sagte sie. Dana lüpfte die Bettdecke an und sah nach dem Verband. »Er hat gemeint, dass er es nicht konnte, nachdem er mich verloren hatte, weil ich ihm nicht aus dem Kopf ging. Ist das nicht reizend, Schwester?«

»Ja, das ist sehr romantisch, aber wir müssen jetzt nach seinem Verband sehen. Könnten Sie also vielleicht ...?«

Keiner von ihnen bemerkte die beleibte Frau mit dem Kopftuch über ihren Lockenwicklern, die auf die Station gekommen war und nun mit verschränkten Armen am Fußende des Bettes stand.

»Nie geheiratet? Na, das wäre mir neu. Wer zur Hölle sind Sie?«

Dana wurde schlagartig klar, was hier passierte, doch sie konnte nichts tun, um den Gang der Dinge zu ändern.

Noch eine weitere Frau erschien aus dem Nichts, ein wenig größer als die, bei der es sich um Mrs Davis handeln musste. Die neue sah ihr unheimlich ähnlich.

»Was ist los, Sybil? Wer ist das?«, fragte die zweite Frau mit einem Nicken zu Valerie.

»Weiß ich nicht, aber sie schafft lieber ihren knochigen Hintern von der Bettkante meines Mannes, oder ich spieß ihr den gleich mit meinem Absatz auf.«

Dana merkte, wie ihr Herz sehr schnell schlug. Panisch blickte sie über die Station und sah den Pfleger auf sich zukommen.

»Also, meine Damen«, rief er beinahe, als er das Bett erreichte. »Können wir das bitte draußen klären?«

»Draußen? Ich verlasse meinen Verlobten nicht«, widersprach Valerie.

»Ihr Verlobter?«, wiederholte Mrs Davis empört. »Hier, halt meine Handtasche«, sagte sie zu ihrer Schwester. »Und pass auf, dass meine Fluppen nicht rausfallen.«

Sie war sehr schnell, und Dana brauchte volle dreißig Sekunden, um zu erfassen, dass Valerie nicht mehr neben dem Bett stand, sondern unter Mrs Davis auf dem Boden lag. Beide Frauen schrien sich gegenseitig Beleidigungen zu. In der Zwischenzeit nahm Mrs Davis' Schwester die Zigarettenschachtel aus Sybils Tasche und packte rasch fünf Zigaretten in ihre eigene. Währenddessen feuerte sie ihre Schwester pausenlos laut an. Wie aus dem Nichts erschienen zwei Pförtnerjungen auf der Station. Dana, die wie angewurzelt dastand, sah zu Mr Davis, der alles verschlief.

Victoria Baker hatte einen sehr viel ruhigeren Tag.

»Die Schwester ist ein Schatz«, war das Erste, was die Vollschwester zu ihr gesagt hat. »Sie wird Sie nicht zwingen, jeden Tag die Bettpfannen zu machen, denn sie hält es für vergeudete Ausbildungszeit. Sie ist die einzige Stationsschwester hier, die Stationsträger bei den Bettpfannenrunden helfen lässt, sodass Ihnen mehr Zeit für die Patienten bleibt.« Victoria konnte ihr Glück kaum fassen und wurde fast ohnmächtig vor Schreck, als die Schwester nach ihr rief.

»Schwester Baker, dieser Arzt möchte Mrs Mulhearn untersuchen. Er braucht eine Begleitung, also würden Sie bitte mit ihm gehen?«

Victoria holte ihre Notizen aus der Tasche und entdeckte den Namen von Mrs Mulhearn gleich unter den ersten, die sie sich aufgeschrieben hatte. Die Patientin war am Abend zuvor eingeliefert worden, als schon der Nachtdienst hier war, doch bisher war sich niemand sicher, was ihr fehlte.

Victoria zog die Trennwände vor das Bett, wie Schwester Ryan es ihnen beigebracht hatte, und als Erstes fiel ihr Mrs Mulhearns Blässe auf. Sie war der von ihrer Mutter sehr ähnlich. Auch ihre Haut war durchscheinend gewesen wie Dresdner Porzellan. Lady Baker hatte jeden Tag Lippenstift getragen, und Victoria hatte neben ihr gesessen, wenn sie ihre Lippen mit Creme einrieb, und die bläuliche Färbung gesehen. Nun blinzelte sie. Dies war nicht ihre

Mutter. Mrs Mulhearn war eine irische Mutter aus den berüchtigten Clare Cottages unten am Hafen.

»Na, Mrs Mulhearn, ich muss mir nur mal Ihr Herz anhören«, sagte der junge Arzt forsch. Er legte sein Stethoskop auf Mrs Mulhearns Brust, wo Victoria vorn das Nachthemd aufhielt.

»Uuuh, ist das kalt! Hätten Sie das nicht vorher wärmen können? Da kriege ich ja eine Frostbeule.«

Der Arzt hörte Mrs Mulhearn nicht zu, sondern bemühte sich, ihren Herzschlag zu finden. Dann gab er Victoria ein Zeichen, und sie wusste genau, was sie tun sollte. In ihrer letzten Woche mit Schwester Ryan war ihnen eingedrillt worden, wie sie einem Doktor bei einer Untersuchung assistierten. Dies hier hatte Victoria schon mit einer Puppe auf der Übungsstation gemacht.

»Lehnen Sie sich bitte ein bisschen vor, Mrs Mulhearn«, sagte sie. »Der Doktor möchte Ihr Herz jetzt von hinten abhören.« Sie zog Mrs Mulhearns Nachthemd nach oben, sodass ihr Rücken entblößt war. Er war voller Hautwucherungen und schwarzer Mitesser so groß wie Sixpennies. Victoria wurde schlecht, und sie atmete flacher. Die Nachtschwester hatte Mrs Mulhearn direkt nach ihrer Ankunft gebadet, aber der Geruch war immer noch streng. Eine Note von warmen, abgestandenen Fäkalien. Der Arzt sah Victoria an.

»Danke, Schwester«, sagte er und richtete sich wieder auf. Victoria zog das Nachthemd herunter und klopfte das Kissen auf, ehe sie Mrs Mulhearn half, sich zurückzulehnen, damit sie es bequem hatte, wenn der Doktor mit ihr sprach.

»Also, Mrs Mulhearn, Sie sind kurzatmig und erschöpft, und Ihr Puls ist ein bisschen schnell, aber haben Sie noch andere Symptome?«

»Äh, was zum Beispiel, Doktor?«

»Nun, funktioniert das Wasserlassen gut? Haben Sie Herzschmerzen?«

»Ob ich Herzschmerzen habe? Na, aber wie! Mein armes Herz blutet jeden Tag, und das würde Ihres auch, hätten Sie einen Mann wie Padraig geheiratet. Er ist nie lange genug nüchtern, um seine Kinder zu erkennen, und ich schwöre, er weiß nicht mal, dass das letzte geboren ist. Er war zwei Tage verschwunden, und gucken Sie sich meinen Bauch an.« Mrs Mulhearn bewegte die lose Haut auf ihrem Bauch hin und her. »Er denkt, ich bin noch schwanger. Wer würde das nicht?«

»Wie viele Kinder haben Sie?« Der Arzt sah immer noch verwirrt aus.

»Das letzte war das zehnte.«

Mrs Mulhearn wurde blasser beim Reden, was ihrer Erschöpfung geschuldet war. Wieder fielen Victoria ihre Blässe und die Schweißperlen auf, die ihr auf die Stirn traten. All das kam ihr entsetzlich bekannt vor.

»Sehen Sie diese Blausucht der Lippen?«, fragte der Arzt, als könnte Mrs Mulhearn ihn nicht hören. »Lassen Sie mich noch mal abhören.«

»Haben Sie das nicht gerade gemacht?«, fragte Mrs Mulhearn, als Victoria sie wieder nach vorn lehnte.

»Hat er, ja, aber er möchte es sich noch mal anhören. Versuchen Sie, nicht zu sprechen, dann hört er es besser.« Victoria lächelte ihr zu. Die Blaufärbung am Lippenrand verschwand langsam wieder.

»Danke, Schwester«, sagte der Arzt. Er wirkte ratlos, dankte Mrs Mulhearn und fuhr sich mit der Hand durchs Haar, als er zurück zum Büro ging.

Er vergaß die Krankenakte am Bett, deshalb nahm Victoria sie und lief ihm nach. »Doktor, Sie haben die hier vergessen«, sagte sie und hielt ihm die Akte hin.

Er saß auf dem Stuhl der Stationsschwester und sah aus, als lastete das Gewicht der Welt auf seinen Schultern. Er nahm die Akte und blickte zu Victoria auf. »Ich muss den Oberarzt hinzurufen, denn ich verstehe es nicht. Sie hatte keinen Herzinfarkt, dessen bin ich mir sicher, aber ich habe keine Ahnung, was ihr fehlt. Er wird nicht begeistert sein, denn er ist heute zum Golfen verabredet.«

Victoria holte tief Luft. Sie musste ihm sagen, was sie dachte. »Doktor, denken Sie, es könnte ein Herzfehler als Spätfolge von rheumatischem Fieber sein?«

Er setzte sich ruckartig auf. »Der Arzt, der gestern Abend bei ihr war und ihre Krankengeschichte aufgenommen hat, hat nichts von rheumatischem Fieber erwähnt. Ich würde es wissen, denn ich habe seine Notizen zweimal gelesen. Es ist so weit verbreitet, dass es das Erste gewesen sein dürfte, wonach er gefragt hat.«

Er nahm die Akte auf und überflog den Eintrag des aufnehmenden Arztes, um sich zu vergewissern, dass er nichts übersehen hatte.

»Allerdings hatte der arme Kerl auch fünf Tage und fünf Nächte durchgearbeitet.«

»Hat er vielleicht nicht gefragt?«

Der Arzt sah Victoria überrascht an, sprang auf und ging zurück auf die Station. Victoria hatte ihn eben eingeholt, als er fragte: »Mrs Mulhearn, hatten Sie als Kind mal rheumatisches Fieber?«

»Oh ja, Doktor! Damit lag ich über zwei Jahre im Bett. Keinen Muskel konnte ich bewegen, nichts. Der Doktor in Irland hat gesagt, es war der schlimmste Fall, den er je gesehen hat. Die haben geglaubt, ich sterbe.«

Die Schwester kam zu ihnen. »Es ist Zeit, dass Sie in Ihre Kaffeepause gehen, Schwester Baker, und vielen Dank. Ich übernehme hier.«

Victoria schwebte beinahe von der Station. Sie war erst seit Stunden eine richtige Schwesternschülerin, und schon hatte sie sich in ihren Beruf verliebt. Und sie fühlte sich ihrer Mutter so nahe wie seit dem Tag nicht mehr, an dem sie gestorben war. Doch als sie sich zu Mrs Mulhearn umschaute, wurde ihr schwer ums Herz. Hätte doch nur jemand ihre Mutter richtig diagnostiziert. Wäre ihr tragischer Tod vermeidbar gewesen? Und falls ja, wäre Victoria dann heute hier in der Lovely Lane?

Kapitel dreizehn

Sobald Schwester Haycock erfuhr, dass Pammy auf Station zwei zu Schwester Antrobus geschickt wurde, verlangte sie einen Termin bei der Oberschwester.

Im Krankenhaus nannten alle sie den Ameisenbären, und die beim Militär ausgebildete Schwester Antrobus stand in dem Ruf, strenger zu sein als irgendeine andere Stationsschwester im St. Angelus. Eine lange Reihe abgebrochener Laufbahnen bestätigte dies. Auf Station zwei hatten mehr Schwestern mitten in der Ausbildung aufgegeben als auf allen anderen. Ihre große, massige Statur, das stahlgraue Haar und die grauen Augen passten perfekt zu ihrem Charakter. Schwester Antrobus war so fordernd wie gnadenlos.

Vor Einführung des neuen Ausbildungsplans war die Oberschwester für die Schwesternschülerinnen zuständig gewesen, wie es bis heute in vielen Krankenhäusern der Fall war, wo man ihnen erlaubte, sich gegen die Veränderungen zu sträuben. Im St. Angelus betrachtete die Oberschwester den Kontrollverlust über die neue Schwesternschule als persönlichen Affront. Und sie war der Ansicht, dass die allzeit streberhafte Emily Haycock beim Vorstand zu weit ging und zu oft ihren Willen durchsetzte. Obwohl Emily als Schulleiterin für die Ausbildung der neuen Schwesternschülerinnen verantwortlich war, blieben die Stationen und alles andere im St. Angelus fest in der Hand der Oberschwester.

Die Antwort von Letzterer auf Emilys Nachricht kam prompt. Sie bestellte Schwester Haycock für frühmorgens ein.

»Lassen Sie sich nicht von ihr auffressen«, scherzte Biddy, bevor Emily ging. »Sie wissen ja, bellende Hunde beißen nicht.«

»Beschreien Sie es bloß nicht. Schließlich bringt sie ihren furchtbaren Hund immer mit zur Arbeit. Er sitzt den ganzen Tag in einem Korb hinter ihrem Schreibtisch.«

»Ich weiß«, rief Biddy fast, denn sie wollte unbedingt noch ein wenig Tratsch loswerden, den sie um ein Haar vergessen hatte. »Er hat neulich die Haushälterin der Oberschwester gebissen, und sie hat ihn mit ihrem Mopp geschlagen. Die Oberschwester ist halb durchgedreht und hat gedroht, sie zu feuern. Sie hat sich mehr um den Hund gesorgt als um Elsies Bein, aber noch ist Elsie hier. Das habe ich gemeint. Die Oberschwester tönt zwar gerne laut, ist aber harmlos.«

»Ja, davon habe ich auch gehört«, sagte Emily. Was eine Untertreibung war. Jeder hatte es gehört. Der Hund, Blackie, war ein giftiger Scotchterrier, vor dem jeder eine Heidenangst hatte, wenn er alle zwei Stunden nach draußen auf den Rasen geschickt wurde. Dann gingen überall die Bürotüren zu und waren eilige Schritte auf den Fluren zu vernehmen. Keiner wollte Blackie über den Weg laufen. Im Verwaltungstrakt war er so mächtig wie die Oberschwester, und so selbstbewusst, wie er dort herumstolzierte, wusste er das.

»Hier, nehmen Sie einen Keks mit, und wenn er ein bisschen aufsässig wird, werfen Sie ihm den hin. Lieber der als Ihr Knöchel«, sagte Biddy.

»Soll ich es bei der Oberschwester genauso halten?«, fragte

Emily. »Ihr auch einfach einen Keks hinwerfen, wenn sie ein bisschen aufsässig wird?«

Als sie das Büro der Oberschwester betrat, setzte Blackie sich in seinem Korb auf, um sie zu mustern. Sie tastete nach dem Keks in ihrer Tasche, der sie ein wenig beruhigte.

»Guten Morgen, Schwester Haycock! Was kann ich für Sie tun?«

Die Oberschwester stand nicht auf, sondern blieb an ihrem Schreibtisch sitzen und blickte zu einem Brief vor sich. »Leg dich hin, Blackie«, sagte sie kühl. Emily wartete höflich, bis sie ihren Brief gelesen hatte, und bemerkte, dass das dunkle, streng frisierte Haar wie immer perfekt saß. Den Stil hatte sie nie verändert, nicht um die kleinste Nuance, seit Emily als Schwesternschülerin im St. Angelus angefangen hatte. Heute leitete sie die Schule und war für die Ausbildung der Schwesternschülerinnen verantwortlich. Diese Karriere hatte ihr ein Selbstvertrauen beschert, wie sie es früher nie besessen hatte. Und das wiederum verstörte die Oberschwester.

Emily war bekannt, dass die Oberschwester sie nicht für diese Stelle haben wollte, ja, sogar strikt dagegen gewesen war. Die riesigen Veränderungen, die ihnen die Regierung aufzwang, hatte sie genauso wenig gewählt. Die Oberschwester hatte sich mit Klauen und Zähnen gewehrt, sogar einen Protestbrief an den Premierminister geschickt. Sie hätte es vorgezogen, wie gehabt weiterzumachen, als eigenständiges Haus, wie sie es vor dem Krieg und der Einführung des NHS gewesen waren. Wer hätte gedacht, dass die Regierung anfangen würde, sich so sehr in den Krankenhausbetrieb einzumischen?

Da Sie keinerlei Erfahrung bezüglich der Arbeit in einem Hospital haben, Premierminister, sollten Sie den Betrieb eines selbigen vielleicht lieber jenen überlassen, die auf diesem Gebiet weidlich Erfahrung vorweisen können, hatte sie geschrieben. *Die von Florence Nightingale beschriebenen Methoden haben uns allen bis heute gute Dienste geleistet. Krankenpflege als eine berufliche Qualifikation zu betrachten, ist Unsinn. Sie ist eine Berufung.*

Auch gegen den Vorstand, der neuerdings vom Liverpool Hospitals District Board kontrolliert wurde, hatte sie protestiert. *Diese Mädchen heiraten, und das war es dann. Wir erlauben keine verheirateten Schwestern. Krankenpflege ist nur etwas für Frauen, die sich ihr ganz verschreiben. Eine Lebensaufgabe.* Die Oberschwester hatte ohne Unterlass mit den neuen Vorstandsmitgliedern gestritten, doch es war zwecklos gewesen. Der Wind der Nachkriegsmodernisierung fegte über das Land und hatte St. Angelus erreicht.

Auf dem Weg zum Büro hatte Emily beschlossen, Blackie hin oder her, sich von der Oberschwester nichts bieten zu lassen. Trotzdem hatte sie ein wenig weiche Knie bekommen, als sie sich dem Verwaltungstrakt näherte. Jede Schwester, die je unter der Oberschwester gearbeitet hatte, kannte das Gefühl.

»Soll ich mich setzen, Schwester Oberin?«, fragte sie mit einer Gelassenheit, die sie nicht empfand. Ihr Selbstvertrauen verharrte trotzig an der Tür.

Die Oberschwester sah auf. Ihr mediterraner Teint ließ sie alterslos wirken, obwohl ihr einst schwarzes Haar von Grau durchwirkt war. Sie musterte Emily von oben bis unten. Das tat sie bei jeder Schwester, der sie begegnete, stets auf der Suche nach einer Falte, einem Flecken auf der Schürze oder nicht ganz blank geputzten Schuhen. Jetzt war da auch ein Hauch von Schmerz in ihrem Blick.

Sie hatte Schwester Haycock selbst zur Stationsschwester befördert, und die war ihr in den Rücken gefallen, indem sie sich für die Schulleitung bewarb, als der Posten ausgeschrieben wurde. Ein Posten, den die Oberschwester ablehnte, wie jeder wusste. Es war fast, als wartete Emily darauf, die Stelle der Oberschwester zu übernehmen. Und die Oberschwester war sicher, dass jeder wusste, sie habe es auf ihren Posten abgesehen. Was ein Irrtum war.

»Wir müssen dieser kleinen Madam einfach einen Schritt vorausbleiben, nicht, Blackie?«, hatte sie ihrem Hund anvertraut, bevor Emily kam. »Wir sind ja nicht dumm, oder? Sie schmiedet ein Komplott, die Rollen von Schulleiterin und Oberschwester zu verquicken. Deshalb müssen wir ein bisschen schlauer sein als sie, nicht?« Wenn es schon eine Direktorin für die Schwesternschule geben musste, wäre der Oberschwester jemand von außen erheblich lieber gewesen. Jemand, dem sie vom ersten Tag an ihre Methoden hätte beibringen können und, was noch wichtiger war, mit dem sie sich hätte anfreunden können. Sie brauchte dringend eine Freundin.

»Bitte, setzen Sie sich.« Die Oberschwester zog die Augenbrauen hoch, als Blackie knurrte, doch es war lediglich ein Warnschuss. Sein Korb knisterte und knackste, als er sich wieder hinlegte. Emily reckte den Kopf, um nachzusehen, ob er wirklich in seinem Korb war und sich nicht rausschlich. Blackie sah sie, hob den Kopf und fletschte kurz die Zähne, ehe er seine Augen schloss. Seine Ohren blieben aufgestellt.

»Wie machen sich die Neuen?«, fragte die Oberschwester kühl und höflich, kaum dass Emily saß. »Es ist ihr erster Tag auf Station, richtig?«

»Ist es, Schwester Oberin, und deshalb wollte ich Sie sprechen. Falls Sie gestatten, würde ich Sie gern um Rat in einer sehr delikaten Angelegenheit bitten.«

Die Oberschwester taute sichtlich auf, und es deutete sich ein Lächeln auf ihrem Gesicht an. So war es schon besser. Emily Haycock brauchte ihre Hilfe, anstatt mit ihren eigenen Ideen vorzupreschen.

Sie stützte die Ellbogen auf den Schreibtisch. »Ich helfe jederzeit gern, wie Sie wissen. Ich habe mich vierzig Jahre lang um die Schwesternschülerinnen gekümmert, bis die Regierung fand, sie wüsste besser als ich, wie man ein Krankenhaus leitet. Was kann ich für Sie tun? Möchten Sie einen Tee? Ich kann nach Elsie läuten. Blackie, nein!« Als Elsies Name fiel, hatte Blackie geknurrt.

Emily wollte am liebsten kneifen. Sollte sie den Tee annehmen? Eine ausgedachte Frage stellen, um die Oberschwester weichzuklopfen? Sie in ihrem Gefühl von Überlegenheit bestärken? Was würde das bringen? Schweren Herzens entschied sie sich dagegen. Das Problem wäre nach wie vor da, und sie musste es aus der Welt schaffen. Es war ihre Pflicht. Ihre Schwesternschülerinnen mussten Vorrang haben. Sie würde sich nach Kräften bemühen, die Oberschwester zu beschwichtigen, doch zuerst kamen ihre Mädchen. Sie holte tief Luft und fing an.

»Das Problem ist ein wenig heikel. Ich … äh, also …« Ihre Stimme kippte und ließ sie beinahe im Stich. »Ich mache mir große Sorgen wegen Schwester Antrobus auf Station zwei. Es ist Ihnen vielleicht nicht bekannt, aber sie trägt die direkte Verantwortung für drei Kündigungen von Schwesternschülerinnen im letzten Jahr.« Ihr Selbstvertrauen kehrte zurück, und sie kam in Fahrt. »Eine Schwesternschülerin im ersten Jahr auf ihre Station zu schicken, heißt so gut wie sicher, dass diese Schülerin die Ausbildung abbricht. Und ich fürchte, ich muss einschreiten. Ich kann nicht zulassen, dass es so weitergeht. Ich habe versucht, mit Schwester Antrobus zu reden, aber sie will einfach nicht …« Sie verstummte mitten im Satz, weil die Oberschwester eine Hand hob. Die Atmosphäre wurde merklich kühler.

»Ja, mir ist bekannt, dass Sie mit ihr gesprochen haben. Sie hat es mir erzählt, und ich frage mich, ob Ihnen bewusst ist, dass ich hier für die Schwestern zuständig bin, nicht Sie.«

Emily schluckte. Ihr war es sehr wohl bewusst, und sie wünschte, dem wäre nicht so. Es sorgte für eine schwierige Kluft zwischen der Schwesternschule und dem allgemeinen Krankenhausbetrieb. Dürfte sie die Schwesternschülerinnen zuteilen, gäbe es zweifellos sehr viel weniger Probleme. Blackie starrte sie mit seinen Knopfaugen an. Er nahm die veränderte Stimmung im Raum wahr und stellte die Nackenhaare auf.

»Ich dachte mir, dass Sie es wissen, Schwester Oberin. Wie dem auch sei, was die Zuteilung der Schwesternschülerinnen betrifft, macht es meine Arbeit unmöglich, wenn ich nicht im Dialog mit den Stationsschwestern sein darf. Ich versichere Ihnen, dass ich ein sehr gutes Verhältnis zu den Schwestern und Pflegern auf allen Stationen habe, mit Ausnahme von Schwester Antrobus. Sie weigert sich einzusehen, welche Wirkung ihr Verhalten auf die Schwesternschülerinnen hat. Und nachdem ich selbst in jüngeren Jahren als Schwester auf ihrer Station gearbeitet habe, kann ich sagen, dass ihr Pflegestil auch einen negativen Einfluss auf die Patienten hat.«

Die Oberschwester atmete hörbar ein. Es war eine Sache, eine Stationsschwester wegen ihrer Unzulänglichkeiten zu kritisieren und wie diese sich auf die Schwesternschaft auswirkten, aber eine gänzlich andere, wurden die Patienten mit hereingezogen. Sie steckte den Brief, den sie gelesen hatte, zurück in den Umschlag. Ihre äußere Ruhe täuschte über die aufflammende Wut in ihr hinweg. Schwester Antrobus kam dem am nächsten, was sie als Freundin bezeichnen würde. Die Oberschwester hatte sie zur Stationsschwester gemacht, und sie beide hatten sich ganz dem Beruf und ihrem Status als ledige Frauen verschrieben. Krankenpflege und das St. Angelus waren ihr Leben. Gelegentlich aßen sie gemeinsam zu Mittag, und die Oberschwester freute sich darauf, diesen Freitagabend für Schwester Antrobus zu kochen. Sie hielt sehr viel von der Schwester. Tatsächlich dachte sie auch oft an sie. Zuerst hatte es sie beunruhigt, wie viel sie an Schwester Antrobus dachte, aber dann hatte sie beschlossen, es wäre ihre Privatangelegenheit, und niemand wusste davon.

»Schwester Haycock, ich kann Ihnen versichern, dass ich keinerlei Klagen bezüglich Schwester Antrobus gehört habe, und da ich erst gestern auf Ihrer Station war, kann ich mit absoluter Gewissheit sagen, dass ich mit ihrem *Pflegestil*, wie Sie es nennen, vollauf zufrieden bin. Ich wusste übrigens gar nicht, dass wir unsere Schwesternschülerinnen jetzt auch Stil lehren.« Angewidert rümpfte sie die Nase.

Emily wusste natürlich Bescheid. Jeder, von den Schwestern bis hin zu den Pförtnern, wusste von der engen Beziehung zwischen der Oberschwester und Schwester Antrobus. Die Pförtnergehilfen rissen schmutzige Witze darüber, wenn sie in der Loge unter sich waren. Und es dürfte keine Schwesternschülerin geben, die nicht bereits in ihrer ersten Woche irgendwelche Andeutungen gehört hatte. Deshalb wollte Emily bei der Oberschwester vorsichtig sein. Sie würde keinen Tratsch dulden. Und jede Schwesternschülerin, die irgendwelche Scherze über Schwester Antrobus und die Oberschwester machte, würde sich sofort in Emilys Büro wiederfinden. Respekt war das Erste, was Emily ihren Neuen einimpfte. Vor den Patienten und voreinander. Vor den Ärzten und den leitenden Schwestern auf den Stationen. Vor dem Lehrkörper und vor allem vor den Leuten, die das Krankenhaus am Laufen hielten, wie Dessie, Biddy, Elsie und all die Helfer und Putzkräfte.

»Schwester Oberin …« Weiter kam Emily nicht, weil die Oberschwester ihr abermals ins Wort fiel.

»Wer ist die Schwesternschülerin auf Station zwei?«, fragte sie unvermittelt. Als wäre der Name von Belang, wenn es um Schwester Antrobus' unmögliches Benehmen ging.

»Schwester Tanner.«

»Ah, ja, Schwester Tanner. Sie wohnt im Wohnheim in der Lovely Lane, nicht wahr? Die Schwesternschülerin, deren Aufnahme Sie gegen Dr. Scrivens Empfehlung durchgesetzt hatten? Er hat mich gebeten, ganz besonders auf diese junge Dame zu achten«, erklärte die Oberschwester selbstgefällig, und Emily wurde übel. »Und als Vorstandsmitglied hat er das volle Recht dazu.«

Emily fragte sich, ob sie eben alles noch schlimmer für Pammy gemacht hatte. Und da die Oberschwester merkte, dass sie am längeren Hebel saß, fuhr sie fort.

»Er würde sehr gern wissen, wie sie sich macht, wenn sie auf Patienten losgelassen wird. Ihn erfüllt mit großer Sorge, dass wir unsere Ansprüche zurückschrauben, und da stimme ich ihm zu. Sie ist die erste Schwesternschülerin aus dem Hafenviertel, die wir aufgenommen haben. Dr. Scriven dachte schon, Sie wären verrückt geworden.«

Emily fühlte, dass sie rot wurde, und rang nach Luft, ehe sie antwortete. Leider erkannte auch der Hund, dass sie kurz davor war, die Fassung zu verlieren. Weder die Oberschwester noch irgendjemand aus dem Vorstand wusste, dass sie nur Meter von Pammy Tanners Elternhaus entfernt geboren war. Emily schwor sich, ihnen allen eines Tages zu sagen, woher genau sie war, doch den Moment würde sie wählen. Sie bestimmte, wann die anderen aus allen Wolken fallen sollten.

»Wollen Sie mir erzählen, es ist Ihnen recht, dass Schwester Antrobus die Schwesternschülerinnen mit ihrer aufbrausenden Art und ihrer ständigen schlechten Laune in Angst und Schrecken versetzt? Denken Sie, dass es in der modernen Krankenpflege noch Platz für solch eine arrogante und herrische Haltung gibt?«

»Ich stimme mit Ihrer Einschätzung von Schwester Antrobus

nicht im Mindesten überein, Schwester Haycock. Sollte es Stil sein, den Sie hier mit mir diskutieren wollten, fürchte ich, dass Sie Ihre und meine Zeit vergeudet haben. In Anbetracht von Dr. Scrivens Bedenken bin ich froh, dass Schwester Tanner ihre praktische Ausbildung auf Station zwei beginnt. Falls sie das nötige Zeug hat, werden wir es eher früher als später wissen, und sie wird nicht mehr von unserer Mühe verschwenden.«

Emily reichte es. Die Ignoranz und die Vorurteile waren nicht mehr auszuhalten. Und die Oberschwester war nicht umzustimmen. Ohne ein weiteres Wort stand Emily auf und ging zur Tür. Dort drehte sie sich mit einer Hand am Knauf um.

»Ich fürchte, wenn Schwester Tanner von Schwester Antrobus eingeschüchtert wird, verlieren wir wieder eine Schwester noch während der Ausbildung. In dem Fall sehe ich mich gezwungen, eine Notfallsitzung des Stiftungsrats einzuberufen, um Schwester Antrobus' Position zu besprechen. Wir investieren eine Menge in unsere Lernschwestern, und schon ein Verlust kostet das Krankenhaus eine beträchtliche Menge an Geld, von der Zeit und Mühe, die Schwester Ryan und ich in jeden Kurs und jede Schwester investieren, ganz zu schweigen. So aufmerksam, wie Sie Lernschwester Tanner beobachten, werde ich es mit Schwester Antrobus tun. Sie hat ihre letzte Lernschwester vergrault. Ich kann nicht ruhig dastehen und zusehen, wie es wieder passiert.«

Mit diesen Worten öffnete Emily die Tür und verließ das Büro. Hinter ihr sprang Blackie kläffend aus seinem Korb und rannte auf die sich schließende Tür zu. Fast wollte Emily sich von außen dagegen lehnen. Ihr Herz pochte, und auf ihrer Oberlippe war ihr Schweiß ausgebrochen. Jetzt gab es nur einen Ort, an dem sie sein wollte: bei Biddy in der Schwesternschule. Trotz ihrer zitternden Knie jagte sie die Treppe hinunter und über das Krankenhausgelände. Keiner hatte sich je getraut, der Oberschwester Paroli zu bieten, und sie war nicht sicher, ob sie nicht irgendwie für das bezahlen müsste, was sie eben getan hatte.

»Ich glaub's ja nicht! Sie haben die richtig verkloppt!«, sagte Biddy, die ihnen beiden in der Küche Tee einschenkte, nachdem sie sich alles hatte erzählen lassen.

»Das bezweifle ich, aber ich habe für Schwester Tanner getan, was ich kann. Jetzt müssen wir beten.«

»Machen Sie sich keine Sorgen um die Kleine«, sagte Biddy. »Ich habe Branna schon gebeten, ein Auge auf sie zu haben. Sie putzt auf Station zwei und kommt aus Waterford. Der Sohn von der Schwester ihrer Mam ist mit einer geborenen Brogan verheiratet. Ist das nicht ein Ding, wo wir doch jetzt eine Schwester Brogan haben? Ich habe ihr gesagt, dass Schwester Tanner die beste Freundin von Schwester Brogan ist, also wird Branna gut auf sie aufpassen. Und falls was schiefgeht, wird sie es mir sicher schnell sagen.«

Emily lachte. »Sie und Ihre irische Mafia! Sie sind überall!«

»Ach, na ja, gönnen Sie uns das, denn uns bleibt ja nichts anderes übrig. Wir haben eine Menge durchgemacht, glauben Sie mir. Und wir müssen gegenseitig auf uns aufpassen.«

Emily erinnerte sich an die Anzeigen für Wohnungen oder Zimmer. Immer wieder hatte sie dort gelesen: *Keine Iren*; folglich wusste sie genau, was Biddy meinte.

Während Biddy in der Küche werkelte, trank Emily ihren Tee und blickte durchs Fenster zum Hauptgebäude und den Stationen. Der Himmel hatte sich verdunkelt, und inzwischen goss es in Strömen. Sie würde selbst gehen, ehe sie stillschweigend mit ansah, wie eine weitere Schwesternschülerin unter Tränen aus dem St. Angelus getrieben wurde und den Beruf aufgab, für den sie geboren worden war. Falls es dazu kam, würde sie dafür sorgen, dass es auch Schwester Antrobus' Untergang war. Wie immer es ausging, Maisie Tanners Tochter würde überleben.

»Dr. Gaskell war hier, als Sie weg waren, also der jüngere. Er hat Ihnen einen Umschlag auf den Schreibtisch gelegt.«

»Oh, ja. Das werden die Vorlesungsnotizen sein, die er mich gebeten hat, einmal zu überfliegen.«

»Ach was?«, sagte Biddy und bedachte Emily mit einem sehr prüfenden Blick. »Sind Sie sicher? Denn er war vorher schon zweimal hier, bis ich ihn überreden konnte, Ihnen eine Nachricht dazulassen. Wenn Sie mich fragen, war er mächtig wild darauf, es Ihnen persönlich zu sagen.«

Emily errötete, und Biddy sah sie weiter an, als sie versuchte, sich eine angemessene Erklärung auszudenken. »Na, ich werde es Ihnen beweisen«, sagte sie schließlich und ging zum Schreibtisch. Dort überspielte sie ihre Enttäuschung, als sie tatsächlich vier Blätter aus dem Umschlag zog. »Sehen Sie, Biddy? Vorlesungsnotizen, wie ich gesagt habe.«

Biddy räumte die Teesachen ab. »Mag ja sein, aber ich bin nicht blöd. Er wollte Sie unbedingt sehen, und Dr. Gaskell kommt mir wie ein Mann in schrecklicher Eile vor. Ich würde ihn nicht zu lange hängen lassen.«

Emily tat so, als wäre sie nicht beleidigt, als sie die Vorlesungsnotizen in ihre Schreibtischschublade steckte, um sie später zu lesen. Biddy hatte recht, aber sie hatte so viel für ihre Karriere geopfert, dass keine Zeit für Männer blieb. Und welcher Mann würde sie nehmen, kannte er erst ihr Geheimnis und wüsste, wie ihr Leben wirklich aussah? Würde ihre Verpflichtung als seine eigene annehmen? Keiner, dessen war sie sich sicher. Sie hatte ihre Entscheidung getroffen, ihre Versprechen gegeben, und jetzt musste sie die halten. Ihr blieb wenig Zeit, sollte sie je ein eigenes Kind wollen. Und im Grunde ihres Herzens wusste sie auch, dass sie eine Liebe für eine andere geopfert hatte. Ihr wäre nie die Freude vergönnt, ihr eigenes Baby in den Armen zu halten.

Emily biss sich auf die Unterlippe. Sie konnte nichts tun, denn sie war gefangen. Sie blickte zu dem Heizkörper und sah, dass er leer war. Dann entdeckte sie die braune Papiertüte auf dem Regal und wusste, dass der Pyjama gebügelt und zusammengelegt darin war.

»Das habe ich gemacht, als Sie weg waren«, sagte Biddy. »Sie müssen mir nichts erzählen, denn es geht mich nichts an. Aber wenn ich irgendwie helfen kann, wissen Sie ja, wo ich bin.«

Emily wurde rot und senkte den Blick zur Schreibtischplatte. »Danke, Biddy«, flüsterte sie.

»Äh, haben Sie gewusst, dass es von dieser Woche an keine Rationierung für Kakaopulver mehr gibt? Wir können die Marken für was anderes benutzen. In der Küche werden sie richtig verrückt. Ich gehe mal und hole uns ein paar Stücke von der Schoko-Victoriatorte, die die Köchin gebacken hat. Sie macht jetzt überall Kakao rein. Dauert nicht lange, dann ist der auch auf den Baconscheiben beim Abendessen!«

Emily lächelte. Sie wusste genau, was Biddy tat: Sie wechselte geschickt das Thema, um Emilys Geheimnis zu achten. »Schoko-Victoriatorte? Das habe ich ja noch nie gehört!«

»Tja, in zehn Minuten werden Sie von nichts anderem mehr reden«, rief Biddy auf dem Weg zur Treppe.

Dessie stand unten an der Treppe, eine braune Werkzeugtasche aus Leinen in der Hand. Biddy hatte ihm gesagt, dass Schwester Haycocks Bürotür nicht mehr richtig schloss, und er war hier, um sie zu reparieren, in seiner ersten freien Minute heute. Er hatte nicht vorgehabt zu lauschen, aber er konnte nicht anders. Er hatte keine Ahnung gehabt, dass Oliver Gaskell ein Auge auf Schwester Haycock geworfen hatte. Natürlich hatte er!

Welcher Mann würde das nicht?, dachte Dessie. Du bist ein Blödmann, sagte er sich. Warum soll sich eine Frau wie sie für einen Mann wie dich interessieren? Tatsache war, dass Dessie Emily Haycock schon anhimmelte, seit er sie zum ersten Mal gesehen hatte. Aber jedes Mal, wenn er dachte, er könnte sie mal zum Tee im Lyons Corner House in der Church Street einladen, hatte ihn ein einziger Gedanke davon abgehalten: *Warum würde eine Frau wie sie mit einem Mann wie mir gesehen werden wollen?*

»Ich bin da, Biddy!«, rief er, als er seinen Stiefel auf die Holzstufe setzte, die Biddy erst heute Morgen geschrubbt hatte. Seine Schritte waren schwerer und langsamer, als sie noch vor fünf Minuten gewesen wären, beschwert von der Enttäuschung, die sich auf sein Herz legte.

Nachmittags kam Biddy später als sonst nach Hause, und Elsie wartete bereits vor ihrer Haustür.

»Gott, hast du ein Glück, dass du nur heute Morgen arbeiten musstest«, sagte sie. »Ich war schon froh, dass ich heute um vier rausgekommen bin, und ich bin heute Morgen um halb sechs mit der Straßenbahn los. Ich dachte schon, dieser Tag endet gar nicht mehr. Wartest du schon lange hier?«

»Ich habe ja gewusst, dass du unterwegs bist, Biddy. Dessie ist vor einer halben Stunde hier vorbeigekommen und hat gesagt, dass du im selben Bus wie er warst, aber noch zum Laden bist.«

»Hat er das?«, sagte Biddy und schob ihren Schlüssel ins Schloss. »Hier kann man nicht mal niesen, ohne dass es alle wissen.« Es war nur halb scherzhaft gemeint, und Elsie wusste es.

»Ach, hör auf, Biddy. Ich komme nur auf einen Schwatz. Aber als du im Laden warst, haben sie da auch noch alle von Martha und Jake geredet und dich gefragt, ob sie ein Paar sind?«

»Nein, haben sie nicht. Sie haben über die Fischpreise geredet. Es mag dich erstaunen, aber es gibt in Liverpool noch Menschen, die keine Ahnung haben, dass Jake deiner Martha den Hof macht und eine elektrische Wasch-und-mangel- Maschine bei Blackler's für sein Haus bestellt hat. Willst du mir das erzählen? Denn das habe ich heute Morgen schon von Dessie gehört. Heißt das, du kommst nicht mehr sonnabends mit mir ins Waschhaus unten in der Clare Street?«

»Doch, natürlich komme ich auch weiter mit! In Marthas Küche gibt es ja keinen Klatsch, und außerdem sehe ich sonst doch keinen!«

Seit sich Martha und Jake trafen, sprach Elsie von nichts anderem mehr, außer der Möglichkeit, dass sie eines Tages heiraten könnten. Es trieb Biddy in den Wahnsinn. Dass Dessie schon die unglaublich aufregende Neuigkeit von dem Wasch-mangel-Gerät verbreitet hatte, nahm Elsie den Wind aus den Segeln. Sie hatte so wenig im Leben, auf das sie sich freuen konnte. Eine Hochzeit und ein elektrischer Wasch-Mangler hätte sie unten im Waschhaus der Clare Street für ein ganzes Jahr versorgt.

Biddy hatte ein schlechtes Gewissen, als sie das enttäuschte Gesicht ihrer Freundin sah. Natürlich hatte Elsie den ganzen Tag darauf gewartet, ihr das zu erzählen. Es waren ja auch große Neuigkeiten. »Einen Tee?«, fragte sie, weil es die beste Art war, Elsies Enttäuschung zu lindern.

»Ja, ich nehmen einen, wenn du welchen hast.«

»Weißt du doch, und meine Hintertür ist immer offen. Du hättest schon mal den Kessel aufstellen können, du Faulpelz.«

Die Haustür ging knarrend auf, und beide betraten den schmalen, dunklen Flur. Dort kam ihnen der zu dicke schwarze Kater maunzend entgegen und schmiegte sich an Biddys Beine.

»Ah, komm her, Kleiner«, sagte sie, stellte ihre schwere Einkaufstasche auf dem dunkelbraunen Linoleumboden ab und bückte sich, um ihn zu streicheln. Kurz nachdem ihre Kinder geboren waren, hatte sie angefangen, Streunern ein Zuhause zu geben. Sie waren alle längst wieder fort, doch dieser alte, treue Kater saß abends auf ihrem Schoß und leistete ihr Gesellschaft. Und Biddy vergalt ihm seine Treue, indem sie gut für ihn sorgte und ihm die Hälfte von jedem Keks gab, den sie aß.

»Ich habe dir ein bisschen Frühstücksfleisch mitgebracht«, murmelte sie nun, als sie ihre Tasche hochhob und in die Küche ging.

»Hast du das aus dem Krankenhaus mitgenommen?«, fragte Elsie vorwurfsvoll.

»Ja, habe ich. Es sollte in den Schweineeimer geworfen werden. Und was ist dabei, wenn ich dem Kater ein paar Krümel von den Resten mitbringe?«

Elsie mochte keine Katzen, und diesem Kater gönnte sie die große Scheibe Frühstücksfleisch nicht, die Biddy aus ihrer Tasche holte. »Mit ein paar Kartoffeln wäre das ein schönes Abendessen für mich gewesen«, sagte sie, als sie beobachtete, wie Biddy den Kater verwöhnte. Seit Blackie sie gebissen hatte, mochte Elsie Hunde noch weniger als Katzen.

»Heute war deine Schwester Haycock bei der Oberschwester«, sagte sie. »Ich habe an der Tür gelauscht. Sie hat der Oberschwester richtig den Marsch geblasen. Schwester Haycock hatte Glück, rechtzeitig rauszukommen, ehe der Hund auf sie los ist. Was für ein fieser kleiner Köter!« Beim Sprechen strich Elsie über die fast verheilte Bisswunde an ihrem Bein, wo die Haut noch gerötet war.

»Ja, blöd ist sie nicht, und sie lässt sich nichts bieten.«

»Ich habe gehört, dass ihre Mutter genauso war«, sagte Elsie. »Das heißt, bis sie krank wurde. Dessie hat mir erzählt, dass diese Bombe in der George Street für ihre Mutter mehr wie eine Erlösung aus ihrem Elend war. Für die anderen, ihre kleinen Brüder,

Gott hab sie selig, war es natürlich etwas völlig anderes.« Elsie bekreuzigte sich. »Wenn man sich das vorstellt, diese armen Kleinen. Wie furchtbar!«

Dessie war die Quelle und der Hüter allen Tratsches. In der Pförtnerloge liefen sämtliche Neuigkeiten aus dem Krankenhaus zusammen, und sogar die Oberschwester wurde hin und wieder gesehen, wie sie hineinging, um sich Informationen zu holen.

»Natürlich habe ich ihr gegenüber nie was von der Bombe erwähnt«, sagte Biddy. »Und sie auch nicht. Was gut so ist. Es gibt Tage, an denen die arme Frau aussieht, als würde alles Unglück der Welt auf ihr lasten. Und es gibt nicht mal einen netten Mann, der ihr beisteht. Ich habe nie gefragt, aber sie hätte es sicher gesagt, wenn es jemanden gibt. Und sie hat mir erzählt, dass sie in einem möblierten Zimmer wohnt. Sie will nicht in die Lovely Lane oder in die Unterkünfte im Krankenhaus, wo sie ihr eigenes Wohn- und Schlafzimmer haben könnte, wenn sie will. Sie hat gesagt, es wäre unangenehm für die Schwestern.«

»Tja, da habe ich weniger Glück.« Elsie schnaubte. »Die Oberschwester wird wohl nie aus ihren Zimmern im Krankenhaus ziehen. Die putze ich noch, bis ich tot umfalle.« Die Zimmer der Oberschwester befanden sich über dem Haupteingang des Krankenhauses, und von ihren Fenstern aus konnte sie jederzeit sehen, wer kam und ging. »Am Freitag kriegt sie auch noch Besuch. Deshalb musste ich heute Morgen einkaufen, den Tisch decken und ihr Esszimmer auf Hochglanz bringen. Meine Martha hat es viel leichter.«

»Sie arbeitet mit Jake an dem Haus. Das ist allein schon wie eine volle Arbeitsstelle.« Biddy schenkte den Tee ein und sank auf ihren Küchenstuhl. »Aus diesen grünen Tassen im Krankenhaus schmeckt der Tee nie so.« Laut schlürfte sie aus ihrer sehr angeschlagenen alten Porzellantasse. Elsie goss den übergeschwappten Tee von der Untertasse in die Tasse.

»Jedenfalls habe ich Neuigkeiten«, sagte sie. »Du musst auf deine Schwester Haycock aufpassen. Als sie heute wieder weg war, ist Dr. Scriven keine zehn Minuten später ins Büro der Oberschwester gekommen.« Biddy merkte auf. »Siehst du, ich habe doch gewusst, dass dich das überrascht. Er hat es auf Schwester Haycock abgesehen. Ich habe gehört, wie er zur Oberschwester gesagt hat, dass sie ihn vor dem Vorstand blamiert hat, und ob es nicht schon schlimm genug ist, dass er überstimmt wurde, als sie zur Schulleiterin gewählt worden ist. Er hat der Oberschwester erzählt, dass Dr. Gaskell einige richtig schlechte Entscheidungen getroffen hat und etwas mit seinem Urteilsvermögen nicht stimmt. Schließlich hat er seinen eigenen Sohn ans Krankenhaus geholt und dann die falsche Art Schwesternschülerinnen. Es liegt an seinem Alter, meint Dr. Scriven. Er verliert den Verstand. Du hättest ihn hören sollen, Biddy, er hat richtig getobt. Wie er über den jungen Dr. Gaskell geschimpft hat! Und er hat gemeint, zwei Ärzte auf einer Station lassen ihn schlecht dastehen. Er hat gar nicht Luft geholt zwischendurch.«

»Ja, das kann ich mir vorstellen«, sagte Biddy. Sie nahm ihre Zigaretten hervor. Ihr gefiel nicht, was Elsie erzählte. Sie konnte die Gefahr auf eine Meile riechen, und ihre Haut spannte sich an vor Furcht. Schwester Haycock war ihr Schützling, und Biddy würde sich für sie einsetzen. Selbst wenn es das Letzte war, was sie tat.

»Hat er sonst noch was über Schwester Haycock oder die Schwesternschülerinnen gesagt?«

»Oh ja, hat er. Er hat gesagt, er will die Schülerinnen im Auge behalten, die nicht gut genug für St. Angelus sind, und ein einziger Patzer von einer von ihnen wäre, äh, wie war noch mal das

Wort?« Es trat Stille ein, als Elsie grübelnd in ihre Teetasse starrte. Biddy zündete sich ihre Zigarette an und schob ihrer Freundin den Aschenbecher in die Tischmitte.

»Was? Was war das verdammte Wort?«, rief sie.

»Warte! Es war irgendwas Hochgestochenes. Ich erinnere mich nicht.«

»Was? Denk nach!« Biddy verlor die Geduld.

»Wenn du mich anschreist, fällt es mir gar nicht mehr ein.« Elsie wurde nervös. »Terminal, das war es. Terminal.«

»Terminal«, wiederholte Biddy langsam.

»Was heißt das, Biddy? Ich habe keinen Schimmer, aber der Mann ist ganz bestimmt nicht der Heilige, für den ihn alle halten. Der macht Ärger, sage ich dir. Und ich glaube, dass er die Oberschwester unter Druck setzt. Sogar der blöde Hund hat Angst vor ihm. Wir müssen bei dem auf der Hut sein.«

Beide Frauen hoben ihre Teetassen an und tranken aus.

»Hm, Terminal«, sagten sie gleichzeitig.

Kapitel vierzehn

»Na, wenn ich mich nicht täusche, kann man von hier aus nicht viel Krankenpflege erledigen!«

Pammy zuckte heftig zusammen, als die Stationsputzkraft in der üblichen braunen Kittelschürze hinter ihr erschien, einen Eimer auf einem niedrigen Rollwagen und einen Mopp neben sich. Beides roch streng nach Lysol.

Pammy stand vor der Tür von Station zwei und fragte sich, was sie tun oder wohin sie gehen sollte. Mrs Duffy hatte ihr gesagt, dass sie um Punkt Viertel vor neun vor dem Schwesternbüro der Station sein sollte, wo sie Schwester Antrobus in Empfang nehmen würde.

Branna wiederum hatte Weisung von Biddy, Schwester Tanner mit Argusaugen zu beobachten und alles zu berichten, was irgendwie außergewöhnlich wirkte. »Und falls du das Wort ›Terminal‹ hörst, rufst du mich sofort an.«

»Terminus?«, hatte Branna gefragt. »Und was soll das sein?«

»Weiß ich nicht«, antwortete Biddy, »aber es ist nicht gut, und du musst mir sofort Bescheid sagen.«

Pammy stand auf Zehenspitzen und linste durch eines der beiden runden Fenster in den Stationstüren. Letzte Woche hatten sie eine Führung über sämtliche Stationen und die sonstigen Abteilungen gehabt. Schwester Ryan und Schwester Haycock hatten sie in zwei Gruppen aufgeteilt und ihnen alles gezeigt. Jetzt stand Pammy ganz allein hier, und ihre Knie schlotterten so sehr, dass sie beinahe zusammenschlugen. Sie sollte Schwester Antrobus begegnen und wollte nur noch fliehen.

»Oh Gott, tut mir leid. Es ist mein erster Tag«, quiekte Pammy.

»Weiß ich doch, Kindchen«, sagte Branna. »Und ich weiß auch, wer du bist. Ich soll auf dich aufpassen. Also keine Bange. Denk einfach dran, dass ich hier bin, wenn du mich brauchst, aber erzähl es keinem sonst, verstanden? Die mögen es nicht, wenn wir und die Schwestern miteinander reden. Wir machen das trotzdem. Na ja, bis auf einige Schwestern, die sich zu fein sind, um mit den Putzen zu sprechen.« Die letzten Worte flüsterte sie augenzwinkernd. Pammy traute sich nicht, etwas zu sagen, und nickte nur. Sie hätte auch gar nicht gewusst, was sie antworten sollte. Woher wusste Branna, wer sie war? Wer hatte sie gebeten, auf Pammy aufzupassen, und warum?

»Falls du irgendein Problem hast, bitte einen der Träger oder Putzkräfte, nach Branna zu suchen. Hast du das verstanden?«

»Ja, habe ich. Danke, Branna! Doch was sollte ich für ein Problem haben?«

»Ach, gar keines. Sicher gibt es keinen Grund zur Sorge. Überhaupt keinen.« Pammy konnte ihr an der Nasenspitze ansehen, dass Branna log. »Also, wenn du da reingehst, ist das Schwesternbüro gleich die erste Tür links. Da sind jetzt alle zur Übergabe. So, hör zu. Siehst du die Tür?« Branna schob eine dunkle Holztür hinter Pammy auf. »Das ist die Umkleide für die Station. Deine Tracht wird hergebracht und hängt jeden Tag frisch an deinem Haken. Der Wäschesack für die schmutzigen ist hinter der Tür. Das ist ein bisschen umständlich, aber wenn du in der Lovely Lane wohnst, ziehst du dich am besten abends nach dem Dienst um und gehst in einer sauberen Tracht nach Hause. So kannst du alle schmutzigen Sachen gleich hier in dem Sack lassen.«

Pammy nickte. Das hatte ihnen Schwester Ryan schon gesagt, aber sie wollte Branna nicht vor den Kopf stoßen, da sie ihr half. Kreuzkontamination und die Pflege von hochinfektiösen Patienten war einen ganzen Tag lang Unterrichtsthema gewesen.

»Gib mir dein Cape«, sagte Branna. »Ich hänge es für dich auf. Und noch ein Tipp: Ich weiß zwar, dass dein Name eingenäht ist, aber man kann es sich noch leichter machen. Normalerweise kann man sie einigermaßen unterscheiden, weil sie unterschiedlich alt sind, teilweise noch von vor dem Krieg. Aber wenn du auf Stationen mit anderen neuen Schwestern bist, erkennst du nicht mehr, welches wem gehört. Siehst du das hier?« Branna streckte sich nach oben und hob den Saum eines Capes an. Dort sah Pammy ein kleines lila Band, das innen an den Saum genäht war.

»So gehst du immer mit deinem eigenen Cape nach Hause. Es darf nichts sein, was man von außen sieht, nur etwas, das dir auffällt, wenn du das Cape hochhebst. Auf die Art sparst du dir die Mühe, alle vom Haken zu nehmen und nach den Namensschildern zu suchen.«

Branna stellte ihren Eimer hin und lehnte ihren Mopp an die Wand. »Na, jetzt atmest du tief durch, gehst rein und klopfst an die Bürotür. Denke dran, dass du nicht weniger wert bist als alle anderen in dem Raum. Und lass dir von Schwester Antrobus nichts anderes einreden.« Mit diesen Worten nahm Branna Pamelas Cape von ihren Schultern und schob sie beinahe durch die Flügeltür auf die Station.

»Herein!« Schwester Antrobus' Stimme war so laut, dass Pammy zusammenfuhr. Sie versuchte, den runden dunkelbraunen Türknauf zu drehen, doch der rührte sich nicht. Sie probierte es wieder. Der Knauf ächzte unter dem Druck, und wieder hallte drinnen »Herein!«, nun deutlich gereizt.

Plötzlich flog die Tür auf. Pammy hätte nur zu drücken brauchen. Sie wurde rot vor Scham.

»Wer sind Sie?« Schwester Antrobus musterte Pammy von oben bis unten.

»Ich bin Schwester Tanner, Schwester Antrobus«, antwortete Pammy.

»Sind Sie das, ja?«, fragte Schwester Antrobus säuerlich, machte auf dem Absatz kehrt und ging zurück ins Büro. Pammy blieb an der Tür stehen.

Schwester Antrobus gegenüber saß eine Schwester in einer dunkelblauen Strickjacke. Sie sah sehr erschöpft aus. Pammy nahm an, dass sie Nachtdienst gehabt hatte und an den Tagdienst übergeben wollte. Sie blickte sich nach den Reihen von Betten auf der Station um und sah eine weitere Schwester. Auch sie hatte eine dunkelblaue Strickjacke an. Pammy fröstelte. Auf dem Weg von der Lovely Lane waren heute Morgen die ersten Anzeichen von Frühling zu bemerken gewesen. Die Sonne hatte matt geschienen, und zum ersten Mal hatte sie Vögel singen hören. Der Klang hob sich deutlich vom gewohnten Möwengeschrei ab. Auf einem anderen Stuhl neben dem großen Eichenschreibtisch saß eine Schwester in einer hellblauen Tracht mit einer silbernen St.-Angelus-Gürtelschnalle, die sie als Vollschwester auswies. Hinter ihr standen einige Schwesternschülerinnen in blassrosa Kleidern und gefalteten Hauben. Sie gehörten eindeutig zum Tagespersonal. Schwester Antrobus trug eine dunkelblaue Schwesterntracht und sah genauso streng aus, wie sie Pammy geschildert worden war. In diesem Augenblick wurde Pammy etwas Furchtbares bewusst, und sie bekam weiche Knie. Sie war zu spät.

»Stellen Sie sich dort hin, und hören Sie zu.« Schwester Antrobus sah Pammy nicht an, sondern zeigte fahrig auf die Gruppe Schwestern an der Wand. Pammy gehorchte sofort und sagte sich, die Stationsschwester sei vielleicht gar nicht so schlimm, wie sie klang, und die älteren Schwesternschülerinnen in der Lovely Lane könnten übertrieben haben.

Mit einem Naserümpfen rückte Schwester Antrobus ihre Brille höher und betrachtete Pammy wie etwas, das sie untersuchen müsste und ganz gewiss für minderwertig befinden würde. »Offiziell fängt der Tagesdienst um Viertel vor neun an, aber auf Station zwei beginnt er um halb neun. Ich bin lieber früher, um einen ausführlicheren Bericht vom Nachtdienst zu bekommen.« Pammy glaubte, einen mürrischen Ausdruck über die Züge der Nachtschwester huschen zu sehen.

Interessiert beobachtete sie, wie die Schwester ein Krankenblatt aus einem langen Holzrahmen mit allen Patientenakten nahm, und konzentrierte sich so sehr, dass sie fast den Atem anhielt. Die Schwester hob das Deckblatt hoch und las vor: »Mrs Toft, Bett eins.«

Pammy wollte nichts verpassen und schaute kurz zu den Schwesternschülerinnen an der gegenüberliegenden Wand. Sie hatten den Vorteil, hinter Schwester Antrobus zu stehen. Eine Schülerin aus dem zweiten Jahr hatte ihren Bleistift in der Hand und nickte zu Pammys Tasche, um ihr zu bedeuten, sie solle ebenfalls mitschreiben. Dann lächelte sie Pammy aufmunternd zu, als die ihren eigenen Stift und ein kleines Notizbuch aus ihrer Schürzentasche nahm. Schwester Ryan hatte ihnen gesagt, sie sollten die stets bei sich haben und alles aufschreiben, was ihnen ein Arzt an Anweisungen gab.

»Versuchen Sie nie, sich Sachen zu merken«, hatte Schwester Ryan gesagt. »So passieren Fehler, und Fehler kosten Leben.«

Pammy hatte keine Ahnung, was sie aufschreiben sollte, doch

sie schätzte, wenn sie einfach alles so machte wie die hilfsbereite Schwesternschülerin, wäre sie sicher. Sie war zu gebannt, um mitzubekommen, dass die anderen Schwestern noch gar nichts aufschrieben.

»Mrs Marchmont, Bett zwei, Dilatation, Kürettage und Untersuchung unter Vollnarkose. Werte normal, Puls 80, Blutdruck 120 zu 80, Atemfrequenz 22. Blutung inzwischen wenig bis leicht. Der Assistenzarzt war um zehn Uhr gestern Abend da, weil sie über Unterleibsschmerzen klagte. Um halb elf hat sie ein Schmerzmittel bekommen und soll jetzt nach Bedarf Dihydrocodein erhalten. Der Assistenzarzt sagt, sie muss im Bett bleiben, bis die Blutung drei volle Tage nur noch leicht ist. Bis drei Uhr hat sie gut geschlafen, dann habe ich ihr einen Tee und noch zwei Dihydrocodein gegeben. Als die wirkten, hat sie wieder bis sechs geschlafen und dann ein leichtes Frühstück zu sich genommen. Heute Morgen hat sie Wasser gelassen und auch abgeführt, aber mit dem Dihydrocodein wird es jetzt erst mal nicht mehr so einfach. Mrs Sampson, Bett drei ...«

Pammy blickte zu ihren Notizen über Mrs Marchmont. Die Schwester hatte schneller gesprochen, als Pammy schreiben konnte, und sie erinnerte sich nicht an alles. Beim Lesen verstand sie kaum, was sie notiert hatte, und sie war sicher, dass sie vieles falsch geschrieben hatte. Ängstlich schaute sie auf, doch die offensichtlich freundliche Schwesternschülerin zwinkerte ihr zu. Pammy hatte das Gefühl, zum ersten Mal seit zehn Minuten wieder zu atmen.

»Was machen Sie da?« Pammys Kehle war wie zugeschnürt, denn Schwester Antrobus sah sie direkt an. Dennoch blickte Pammy sich in der Hoffnung um, sie würde mit jemand anderem reden.

»Schwester Tanner, ich habe gefragt, was Sie machen?«

»Ich habe, ähm, mir notiert, was die Nachtschwester gesagt hat, Schwester Antrobus.«

»Ach ja? Mir scheint es eher, als hätten Sie keine Ahnung, was Sie tun. Gott allein weiß, was sie da drüben in dem Gebäude lehren. Pure Geldverschwendung ist das!«

Pammy dachte, dass sie antworten müsste. Was ihr erster Fehler war. »Ich, äh, war nicht sicher, was ich tun sollte, Schwester.« Sie blickte zu der anderen Schülerin und sah, dass sie ihr Notizbuch und ihren Stift eingesteckt hatte und Pammy nicht ansehen wollte.

Pammy faltete ihre Hände mit dem Notizbuch vor sich.

»Sie schreiben nichts auf, bis ich den Tagesbericht herausgebe, und das tue ich, wenn die Nachtschwester gegangen ist. Dann notieren Sie sich nur, was Sie zu tun haben, nicht, was die Nachtschwester bereits getan hat. Der Nachtbericht ist ausschließlich zur Information. Haben Sie das verstanden?«

»Habe ich jetzt, Schwester Antrobus«, antwortete Pammy gefasst, obwohl sie innerlich zitterte.

Schwester Antrobus war nicht beeindruckt. »In Zukunft, Schwester Tanner, reicht ein schlichtes ›Ja, Schwester‹ oder ›Nein, Schwester‹. Wieder muss ich Sie fragen: Haben Sie das verstanden?«

Pammy würde nicht wieder in die Falle tappen. »Ja, Schwester.«

Stumm lauschte sie dem restlichen Bericht der Nachtschwester. Das meiste klang für sie wie eine Fremdsprache. Trotz der Wochen Unterricht und der vielen Stunden, die sie über den Gynäkologie-Kapiteln in ihrem Lehrbuch gebrütet hatte, konnte sie die Begriffe größtenteils kaum aussprechen, geschweige denn buchstabieren.

Bald kam der Tagesbericht, und Pammy schrieb sich die Namen der Patientinnen auf, ihren Gesundheitszustand und was sie diesen Tag erwartete. Danach kam die Nachricht, vor der sie bereits gewarnt worden war.

»Und Sie, Schwester Tanner, machen die Bettpfannenrunden und sind für den Spülraum verantwortlich. Schwester Bates, behalten Sie heute bitte Schwester Tanner bei sich, wenn sie gerade keine Bettpfannen schrubbt.«

Es gab zwei Vollschwestern, und Pammy begriff sofort, welche Schwester Bates war. Sie hatte wunderschönes blondes Haar, das modisch kurz geschnitten war. Diskret zwinkerte sie Pammy zu und lächelte. Pammy atmete erleichtert auf.

»Bei uns fangen heute neue Ärzte an«, verkündete Schwester Antrobus. »Der Facharzt ist Dr. Gaskell, der Sohn von Dr. Gaskell, unserem altehrwürdigen Chefarzt. Er hat einen Famulanten und natürlich seinen Assistenzarzt und die Medizinstudenten. Ich habe schon seine Liste mit den Pflegevorgaben, und ich muss Sie warnen: Er hat ganz andere Vorstellungen als unser Dr. Scriven, der seit 1932 hier Stationsarzt ist und genau weiß, was er tut. Anscheinend hat man sich an den medizinischen Hochschulen einige neue Methoden ausgedacht, die wir den Nachkriegsärzten und ihren modernen Ideen verdanken. Wir sind die erste Station, die einen zweiten Stationsarzt mitsamt Gefolge bekommt, und für unsere zusätzliche Arbeit dürfen wir uns bei Dr. Gaskell bedanken.« Pammy blickte sich in dem Büro um. Schwester Antrobus schien alles andere als begeistert über den neuen Arzt, und die anderen Schwestern klebten förmlich an ihren Lippen. Sie waren zu ängstlich, um auch bloß normal zu atmen, mit Ausnahme der Nachtschwester, die aufgestanden war und gehen wollte.

»Viele Stationsschwestern in diesem Hospital werden uns heute beneiden, weil wir die erste Station mit zwei Ärzten sind, also schätzen Sie sich glücklich. Das Leben mag komplizierter werden, doch wir müssen den Anschein erwecken, die Herausforderung zu genießen. Tapfer sein und so weiter. Doch bedenken Sie, dass Dr. Scriven immer Priorität hat. Er muss und wird immer an erster Stelle stehen. Dieser neue Dr. Gaskell soll sich unseren Respekt erst noch verdienen.«

Plötzlich sagte die Nachtschwester, die ein Gähnen zu unterdrücken versuchte, etwas: »Verzeihung, Schwester, aber hier ist ein Brief für Sie. Den hat der Pförtner gestern Abend gebracht.« Sie öffnete eine Schreibtischschublade, nahm einen Umschlag heraus und gab ihn Schwester Antrobus. Alle dachten, die Schwester würde in die Luft gehen. Was, wenn die Nachtschwester nicht gehört hatte, was sie sagte, und vergessen hatte, ihr den Brief zu geben? Eine Zwölfeinhalbstunden-Schicht war keine Entschuldigung. Doch Schwester Antrobus war so auf den Brief fixiert, dass sie glatt vergaß, die Nachtschwester wegen ihrer Nachlässigkeit zu schelten. Sie fing an, den Inhalt laut vorzulesen, während die Nachtschwester schnell aus dem Raum schlüpfte.

»Ah, er ist von unserem neuen Arzt, Dr. Gaskell. Ich habe gedacht, er wäre von Dr. Scriven.« Sie war sichtlich enttäuscht. »Er schreibt, dass er nichts von langer Bettruhe hält.« Schwester Antrobus schaute über ihre Brillengläser hinweg zu den versammelten Schwestern. Sollte sie eine schockierte Reaktion erwartet haben, wurde sie enttäuscht, denn die blieb aus. Kürzere Bettruhe hieß weniger Bäder im Bett. Die Tagesschicht war schon jetzt für Dr. Gaskell eingenommen. Sie las den Absatz noch einmal, wobei sie die Lippen sehr schnell bewegte, als könnte sie nicht recht glauben, was sie gesehen hatte. Mehr zu sich selbst ergänzte sie: »Nun, ich weiß nicht, ob ich ihm zustimme. Wie wir wissen, entfernt Dr. Scriven die Fäden nach einer Hysterektomie nach vierzehn Tagen. Mr Gaskell schafft die Zweiwochenregel ab und will seine nach acht Tagen gezogen haben.« Vor lauter Entsetzen wurde Schwester Antrobus lauter. »Er will auch eine neue antiseptische Waschlösung namens Chlorhexidin anstelle von Seife und Wasserspülungen einführen. Und er schreibt, er *›werde mit Metallspangen bei abdominaler Hysterektomie experimentieren anstelle von Catgut-Nähten‹*. Die Chlorhexidin-Lösung soll heute direkt von der Apotheke auf Station geliefert werden. Er sagt, wir sollen sie eins zu zwanzig mit warmem Wasser in einem Zweiliterkrug mischen. Dass mir das ja niemand durcheinanderbringt!« Sie knallte den Brief auf ihren Schreibtisch und blickte sich um. Pammy wurde schwindlig vor Anstrengung, alles Gehörte zu verstehen.

»Die Betten, jetzt«, sagte Schwester Antrobus. »Alle Bettbäder müssen bis zur Kaffeepause fertig sein, sonst gibt es keine. Ich bin im Büro der Oberschwester. Stationsrunde ist um zehn. Die OP-Liste fängt um zwei an. Keiner lässt Schwester Tanner einer Nüchternen etwas zu trinken geben; wir wissen, wie leicht das passiert, wenn eine Idiotin auf der Station ist.« Mit diesen Worten und dem empörenden Brief von Dr. Gaskell in der Hand stürmte sie aus dem Büro.

Als Schwester Antrobus sagte: »Dass mir das ja niemand durcheinanderbringt«, hatte Pammy gewusst, dass ihre Chancen sehr schlecht standen. Einen kleinen Lichtblick gab es dennoch: Schwester Bates (»Ich bin Kate, aber nenn mich nie auf Station so«) schien nett zu sein, und Pammy schöpfte Hoffnung, dass sie zumindest den Vormittag überlebte, wenn nicht sogar die Woche.

»Dann kommen Sie«, sagte die Schwester. »Fangen wir mit den Bettpfannen an, und danach legen wir mit den Betten los.«

Sie ging schnell, und Pammy musste laufen, um mit ihr Schritt zu halten.

»Huch, nein! Lauf ja nie, sonst landest du direkt vorm Exekutionskommando. Der Kopf der letzten Schwester, die auf Station gelaufen ist, steckt noch auf einem Spieß am Ufer des Mersey.«

Pammy wurde bleich, und die Schwester lachte. »War nur ein Scherz! Gut, hier ist der Spülraum. Und hier ist der Bettpfannenwagen.« Sie packte den Griff des Emailwagens und schwang ihn von der Wand weg. »Siehst du, wie sauber die Nachtschwestern alles hinterlassen haben? So muss es für Schwester Antrobus immer sein. Es ist nicht durchgängig machbar, also pass einfach auf. Sollte sie reinkommen, wenn du gerade Kacka schaufelst und denkst, schlimmer kann das Leben nicht werden – es kann! Der Ameisenbär wird Ihnen zeigen, wie viel schlimmer.«

Pammy stand regungslos da und wagte nicht, irgendwas zu sagen.

»Schwester Tanner, du musst dich an eines gewöhnen. Schwester Antrobus wird gnadenlos sein, immer. Was du auch tust, sie wird einen Fehler finden, und sie wird dich nie für irgendwas loben, was du richtig gemacht hast. Hast du den Seitenhieb von Schwester Jones oben mitbekommen? Sei da vorsichtig. Sie will Vollschwester auf dieser Station werden, wenn sie ihr Examen hat, und sie hat einen gemeinen Zug. Schwester Antrobus liebt sie. Und das wird nicht das einzige Mal gewesen sein, dass sie versucht, dich reinzulegen.«

»Oh, keine Sorge«, sagte Pammy. »Ich weiß nicht, wie, aber so wahr mir Gott helfe, das kriegt sie zurück.«

»Ja, das möchte ich wetten.« Die Schwester grinste. »Natürlich wird der Posten von der Oberschwester zugeteilt, die ausnahmslos auf der Seite des Ameisenbären ist. Also sag nicht, du wärst nicht gewarnt worden. Gut, jetzt pass auf.« Sie begann, Metallbettpfannen von einem breiten, warmen Rohr oben zu ziehen. Trotz der Heizungsrohre war es eisig im Raum, weil das große Schiebefenster halb offen stand. »Unsere Bettpfannen auf Station zwei enthalten mehr Blut als sonst was, und du wirst sehen, dass sehr wenig eine Menge hergibt.« Sie lachte laut, und Pammy fühlte, wie sie wieder sehr blass wurde.

»Ich kann dir nur raten, so schnell wie möglich immer wieder die Spülung zu drücken. Lass das Wasser laufen. Es hilft, den Geruch ein bisschen zu mildern.«

Sie hatte Pammy zu einer Art übergroßen Toilette geführt, die allerdings keinen Sitz hatte und an einen riesigen Wasserkasten an der Wand angeschlossen war.

»Sieh mir zu.« Sie brachte eine leere Bettpfanne zum langen weißen Spülbecken und füllte sie mit Wasser. »Und jetzt lass die Hähne laufen, drehen sie nie ab. Du nimmst die schmutzige Bettpfanne vom Wagen, kippst und spülst gleichzeitig – so wirst du den Geruch schneller los. Dann drehst du die Pfanne um und schiebst sie direkt unter den laufenden Wasserhahn, lass sie da, und lehn dich zurück, und nimm die nächste. Wenn du zwei im Becken hast, fängst du an, hiermit zu schrubben.« Die Schwester nahm eine Wurzelbürste und einen Behälter mit Reinigungsmittel auf. »Du solltest nicht zu viel hiervon auf die Haut bekommen, denn das brennt höllisch. Und wenn die beiden Pfannen sauber sind, stellst du sie auf das Rohr, nimmst die nächste schmutzige vom Wagen und fängst von vorne an.«

»Gut, das habe ich verstanden«, sagte Pammy. »Ich habe schon einiges an schmutzigen Windeln gewechselt, da schaffe ich das schon.« Sie fand, dass sie sich sehr zuversichtlich anhörte, auch wenn sie es wahrlich nicht war.

Die Schwester lächelte. »Tja, vielleicht erkennst du den Unterschied, wenn du mal auf einer der anderen Chirurgien warst. Hier gibt es ein paar goldene Regeln, die dir helfen zu überleben. Lass dich nie beim Rauchen im Badezimmer erwischen, wenn du eine Patientin badest. Einige der neuen Stationsschwestern haben damit kein Problem auf ihren Stationen, stecken ihnen sogar eine

Zigarette zu. Aber hier nicht. Auf manchen Stationen darf man sogar mit den Patienten im Aufenthaltsraum eine rauchen, und die Stationsschwester auf der Neun raucht, wenn sie mit den Patienten redet. Sie sagt, die fühlen sich besser, wenn sie eine mit ihnen qualmt, während sie ihnen richtig schlechte Nachrichten überbringt. Schwester Antrobus hingegen ist da richtig, richtig komisch. Bei ihr gilt absolutes Rauchverbot. Wenn ich dringend eine Zigarette brauche, schleiche ich mich ins Bad, sobald es leer ist, und lehne mich aus dem Fenster. Und da habe ich tatsächlich erlebt, wie sie einmal, als ich wieder rauskam, mit hoch erhobener Nase über die Station gezogen ist! Zum Glück hat sie mich nie erwischt, und übrigens hassen die Patientinnen sie. Sie meckert dauernd mit ihnen, weil sie in ihren Betten rauchen.

Du musst ihr immer einen Schritt voraus sein. Bring nie eine ganze Schachtel mit auf Station, nur ein paar in deiner Schürzentasche. Ein Streichholz kannst du dir immer von den Patientinnen schnorren. Die rauchen alle. Jede von denen hat Zigaretten und Streichhölzer in der Handtasche. Und die Putzkräfte machen die Aschenbecher an den Betten sauber, nicht wir, also musst du das nicht. Wir haben schon genug zu tun.«

Es wurde zehn Uhr, und Pammy war schleierhaft, wie sie es geschafft hatte, sich nicht zu übergeben. Zu Hause hatte sie ihrer Mam und anderen Frauen aus der Nachbarschaft oft geholfen, Windeln zu wechseln, und sogar Lorraines Kotze weggewischt, als sie krank war, aber die waren alle keine erwachsenen Frauen gewesen, und es war kein Blut im Spiel gewesen. An diesem Morgen hatte es Momente gegeben, in denen sie sich auf der Spülenkante abstützen und das Wasser laufen lassen musste, während sie sehr tief Luft holte. Es war ihr erster Morgen, ihre erste Bettpfannenrunde, und sie wünschte, es wäre ihre letzte. Nur standen ihr noch vier weitere bevor, ehe ihre Schicht endete. Sowie sie mit den Bettpfannen fertig war, eilte sie nach draußen auf die Station, suchte nach Schwester Bates und half ihr bei der Rücken-Betten-Runde. Sie hatte schreckliche Angst, dass sie den Spülraum nicht sauber genug hinterlassen oder irgendwas falsch gemacht hatte. Und sie sorgte sich, dass sie viel länger gebraucht hatte, als sie sollte.

Die Schwester war hinter zugezogenen rosa Vorhängen am Bett einer Patientin, und Pammy wusste nicht, ob sie warten oder anklopfen oder sollte.

»Um Himmels willen, komm rein!« Die Schwester beugte sich vor und riss den Vorhang zurück. »Dies ist Mrs Toft.« Sie lächelte der Patientin zu, die auf dem Rücken im Bett lag. »Mrs Toft wird eine Weile bei uns bleiben, nicht wahr, meine Liebe?«

Mrs Toft erwiderte ihr Lächeln. »Ja, und ich wünschte, Sie würden mich Dottie nennen, Schwester.«

»Gott, ja, ich auch«, antwortete die Schwester. »Aber dann würde mich die Stationsschwester teeren und federn. Dies ist unsere neue Schwesternschülerin, Schwester Tanner.«

Pammy lächelte der entsetzlich dünnen Frau in dem Bett zu. Sie erkannte den Namen und wusste vom Tagesbericht, dass sie eine Krebspatientin war, eine Vulvektomie hatte und sich sehr zusammenreißen musste, keine Miene zu verziehen, als sie ihre Unterlage wechselten. Dottie wog so gut wie nichts, und die Schwester sagte: »Ich halte sie hoch, und Sie, Schwester Tanner, reiben bitte ihren Popo schön ein.«

Pammy musste es nicht erklärt werden, denn Schwester Ryan hatte ihnen eingehämmert, auf Druckstellen zu achten. Und obwohl Pammy es bisher nur an einer Puppe geübt hatte, wusste sie genau, was zu tun war. Sie schüttete sich etwas medizinischen Alkohol aus der Flasche auf dem Rollwagen in die Hand und rieb die knochige Mrs Toft damit ein, während Schwester Bates sie mühelos hochhielt.

Die Schwester legte Mrs Toft für einen Moment ab, und Pammy schraubte die braune gerippte Flasche mit dem Alkohol wieder zu.

»Jetzt nehmen Sie den Deckel von der Dose mit der Zink-und-Rizinus-Salbe, und ich hebe Mrs Toft wieder an. Sind Sie bereit?« Die Schwester lächelte Mrs Toft zu, und beide blickten sich vertrauensvoll an.

»Also gut, eins, zwei, drei.« Sie hob die Patientin an, und diesmal sah Pammy, wie sehr es Mrs Toft anstrengte, sich ihren Schmerz nicht anmerken zu lassen.

Der antiseptische Geruch der dicken weißen Salbe stieg auf, als Pammy eine großzügige Portion nahm und sie so schnell es ging auf Mrs Tofts Haut verrieb.

»Und nun geben Sie noch etwas Puder auf den Rücken. Es verhindert, dass die Haut auf dem Laken reibt, wenn wir sie bewegen. Dann stecken Sie den Gummiring in einen frischen Kissenbezug und schieben ihn unter sie.«

Wieder legte Schwester Dottie Mrs Toft kurz ab und hob sie erneut an. Pammy war gerührt, wie sanft sie mit der Patientin umging. Die Schwester flüsterte: »Alles in Ordnung, meine Liebe? Es tut nicht zu sehr weh, oder?«

Dottie, die schon sehr viel gelitten hatte, schüttelte den Kopf. »Mir geht es gut.«

»Schön, denn so möchten wir es haben, nicht? Dass Sie glücklich sind und sich wieder gut fühlen. Machen Sie sich keine Sorgen. Wir haben Sie so bald wie möglich wieder gesund und munter.«

Als sie Dottie behutsam auf den Ring legte, sah Pammy zum

ersten Mal ihre Wunde. Ihr wurde übel. *Oh Gott, fall bitte nicht in Ohnmacht.*

Nach dem Bettbad nahm die Schwester Dorothys Dose »Irresistible«-Puder auf und tippte etwas davon unter ihre Brüste und Arme. Weiße Puderwolken stoben auf, und alle husteten. »Und auch ein bisschen für mich.« Lachend hielt die Schwester ihr Kleid oben auf und tat, als würde sie sich Puder hineinschütten. Dottie kicherte wie ein kleines Mädchen.

»Geben Sie mir bitte eine Zigarette, wo Sie jetzt fertig sind, ja, Liebes?«, bat sie Pammy lächelnd. Pammy zog den Tisch mit ihrem Aschenbecher und den Zigaretten über das Bett.

»So, bitte, Mrs Toft«, sagte sie freundlich.

»Und stecken Sie um Himmels willen nicht wieder die Vorhänge an«, ermahnte die Schwester sie scherzhaft. »Ich habe eben erst die neuen genäht.« Sie wandte sich an Pammy. »Die Oberschwester hat mich die ganze Nacht durchnähen lassen, nachdem unsere Dottie letzte Woche fast die Hütte abgebrannt hat.« Dottie versuchte, gegen die offensichtlichen Lügen der Schwester zu protestieren, musste jedoch zu sehr lachen und verschluckte sich an ihrem Zigarettenrauch.

»So, genug jetzt.« Die Schwester blickte die Station hinunter. »Schwester Antrobus kommt gleich wieder, und wenn sie Sie lachen sieht, schickt sie mich zur Oberschwester.«

Nachdem sie alles zurück auf den Wagen gepackt hatten, stellten sie den Drahtkäfig über Dotties Becken und deckten ihn mit einem sauberen Laken zu, das sie oben auf exakt fünfzig Zentimeter Breite falteten. Pammy drehte sich zu Dottie, um sich zu verabschieden und die Vorhänge zu schließen, da ergriff die Frau ihre Hand und drückte sie leicht.

»Die Schwester hat mir erzählt, dass Sie sie begleiten und ich

Ihr erstes Bettbad sein würde. Es war hoffentlich nicht zu schwierig für Sie und das Ding da unten kein zu großer Schock.«

Pammy antwortete prompt. »Oh nein, überhaupt nicht! Ich werde mein erstes Bettbad nie vergessen, und haben Sie vielen Dank, dass Sie so nett zu einer dummen Anfängerin wie mir sind.«

Tatsächlich war Pammy sich sicher, dass sie ihre erste Patientin nie vergessen würde. In den wenigen Minuten hatte sie mehr gelernt als in Wochen im Klassenzimmer. Und das Wertvollste war, wie die Schwester Dottie zum Lachen gebracht und dafür gesorgt hatte, dass sie sich besser fühlte. Es war so hilfreich wie jedes Schmerzmittel. Krankenpflege drehte sich nicht bloß um Tabletten, Verbände oder Bettpfannen. Dabei ging es nicht um saubere Fußböden oder auf den Zentimeter genau zurückgeschlagene Bettlaken. Entscheidend war, die Patienten genug zu mögen, um ihnen den Tag verschönern zu wollen. Und Pammy wusste auch, dass sie den intensiven Duft von »Irresistible«-Puder nie vergessen würde. Bei dem Geruch würde sie für den Rest ihres Lebens an Dottie Toft denken.

Jake und Martha saßen auf der niedrigen Mauer bei den Mülltonnen, wo Jake sich eine Zigarette drehte und Martha ihren Tee in einer Hand und seinen in der anderen hielt. Sie beobachtete, wie er das Rizlapapier sorgfältig zwischen Finger und Daumen rollte.

»Wann willst du es deiner Mam erzählen?«, fragte Jake. »Wir können nicht ewig heimlich ausgehen. Und du willst doch sicher eine schöne Hochzeit planen, oder?« Er steckte die Tabakdose in seine Tasche, zündete seine Zigarette an und nahm seinen Tee zurück.

»Wir können es ihr am Sonntag zusammen sagen«, antwortete

Martha. »Meine Mam will, dass du noch zum Tee mit zu uns kommst, wenn wir aus dem Park zurück sind.« Jake strahlte.

»Klasse, ich kann es kaum erwarten! Was wollen wir wetten, dass es jeder im Krankenhaus weiß, noch ehe wir am Montagmorgen wieder zur Arbeit gehen?«

Martha lachte. »Jeder in Liverpool wird es wissen, Jake, nicht nur im St. Angelus.«

»Darf ich dich hier küssen?«, fragte er. Seine Augen blitzten.

»Nein, das darfst du auf keinen Fall! Jetzt geh wieder an die Arbeit. Ich heirate keinen Mann, der keinen festen Lohn verdient.«

Als Martha zu ihrer Teeküche ging, lächelte sie vor sich hin. Ich möchte einen Hut, dachte sie. Nichts Ausgefallenes, nur eine hübsche kleine Pagenkappe mit einem Schleier und einer schönen Blume. Zum hundertsten Mal überlegte sie, wann und wie sie ihre beste Freundin Josie fragen sollte, ob sie ihre Brautjungfer sein wollte.

Er hatte sie vom Fenster aus beobachtet, den Blick keine Sekunde von ihrem Gesicht abgewandt. Als er heute Morgen das Haus verließ, hatte seine Frau eine Topfpflanze die Treppe heruntergeschleudert, die ihn zwischen den Schulterblättern erwischte. Es hatte wehgetan, doch der Schmerz war nichts gegen seinen gekränkten Stolz und seine rasende Wut. Er hatte ihr das Haushaltsgeld gekürzt, um ihren täglichen Alkoholkonsum einzudämmen.

»Gib mir mehr Geld«, hatte sie ihn angeschrien. Das war nach dem Wurf und bevor sie an der Wand nach unten rutschte, bis sie auf dem Boden hockte. Er hatte von der Haustür aus die Treppe hinaufgesehen. Ihr Gesicht war rot vor Zorn gewesen.

»Gib mir verdammt noch mal Geld«, schrie sie wieder.

Früher an dem Morgen war sie relativ friedlich gewesen und hatte behauptet, sie bräuchte das Geld für Essen und einige anderen alltäglichen Sachen. Als er ihr antwortete, er würde auf dem Heimweg besorgen, was sie wollte, hatte sie die Beherrschung verloren und versucht, ihn umzubringen, indem sie mit der Pflanze nach ihm warf und hoffte, seinen Kopf zu treffen.

Als er Martha und Jake schäkern und lachen sah, regte sich neue Wut in ihm.

Martha wusch das Geschirr ab, das noch in der Spüle stand. Sie hatte die letzten Teile weggeräumt und trocknete sich die Hände in der Schürze, um als Nächstes den Aufenthaltsraum zu wischen, als er sie überraschte. Die Ärzte waren alle mit ambulanten Patienten beschäftigt und würden erst in einer Stunde halb verhungert zum Mittagessen herkommen.

»Hallo, meine Süße«, sagte er und schob Martha in die Küchenecke.

»Dr. Scriven«, antwortete sie erschrocken. Es war das Letzte, was sie für eine ganze Weile sagte, denn er klatschte seine Hand auf ihren Mund, und ihre Knie knickten ein.

Kapitel fünfzehn

Als sich die vier Mädchen am Hintereingang des Krankenhauses trafen, um gemeinsam nach Hause zu gehen, wetteiferten sie um die kleinen Atempausen der anderen. Jede wollte dringend von ihrem Tag erzählen.

»Ich habe nur fast zwei Blutproben verwechselt«, sagte Victoria. »Der Assistenzarzt hat sie mir einfach in die Hand gedrückt und gesagt, ich soll die schütteln, bis ich im Pathologielabor bin. Ich hatte keine Ahnung, wovon er redet, aber eine Schülerin im dritten Jahr hat mich gerettet, und als sie mir die abgenommen hat, hat sie gefragt: ›Welche ist von wem?‹ Tja, ich wusste es nicht, und der Arzt wollte schon gehen, da hat sie ihn zurückgerufen. Und die ganze Zeit hat sie die Glasröhrchen geschüttelt, damit das Blut nicht gerinnt. Ehrlich, da will man schon fast am ersten Tag aufgeben.«

»Na, ich wette, ihr habt euch nicht lange mit einem Toten unterhalten, seid in einen Schmutzwäschekorb gesteckt worden und habt eine Prügelei auf Station ausgelöst«, flötete Dana, und die anderen drei riefen im Chor: »Oh Gott, Dana, du bist so irisch! Denkst du dir das aus?«

»Die Bettpfannen«, stöhnte Pammy. »Gab es jemals eine ekligere Arbeit?« Doch ehe jemand antworten konnte, bemerkten sie eine Gruppe von Ärzten und Medizinstudenten in der Ferne, die ebenfalls aus dem Hintereingang und nun auf sie zukam. »Nicht bewegen«, sagte sie und überprüfte mit einer Hand ihr Haar. »Wir müssen uns mit diesen Ärzten anfreunden. Schließlich wollen wir ja mal ausgehen, nicht? Ich schätze, es schadet nicht, einige von ihnen kennenzulernen. Der eine war heute auf unserer Station, und er war ganz bezaubernd. Wartet, Mädchen, wartet. Dana, binde deine Schnürsenkel neu. Los, runter mit dir!«

»Kommt nicht infrage«, erwiderte Dana, die nicht hinzusehen wagte, ob Teddy dabei war. Ihr Herz pochte wie verrückt. Sie hatte ihn nicht gesehen, fühlte aber, dass er dort war. »Bück du dich doch, und schnür deine Schuhe neu.«

»Na gut, dann eben nicht«, sagte Pammy. »Aber bleibt stehen.«

Die Mädchen gaben vor, sich zu unterhalten, und Pammy lachte viel zu laut, während sie sich immer wieder verstohlen nach den Ärzten umschauten. Als sie näher kamen, erkannte Dana ihn und war sicher, dass er sie ebenfalls bemerkt hatte. Sie schien in eine eigene Welt abzudriften, konnte nur noch an sein Lächeln und seine starken Hände an ihrer Taille denken, als er sie in den Schmutzwäschekorb gehoben hatte.

Beth begann zu jammern: »Um Himmels willen, müssen wir hier rumstehen? Ich möchte zurück zur Lovely Lane. Wir müssen heute Abend noch lernen und die Arbeitsbögen für Schwester Haycock ausfüllen. Es wäre eine Katastrophe, wenn wir gleich den ersten zu spät abgeben. Hallo? Hört mir jemand zu?«

Nein, das tat niemand. Pammy war sehr aufgeregt. Sie hatte sich in jüngster Zeit beschwert, wie langweilig ihre Abende waren. Zwölf Wochen Lernen und der Druck des Vorexamens hatten sie beinahe in den Wahnsinn getrieben. Den nächsten Monat hätten sie alle Tagdienst, und Pammy wollte unbedingt einen Abend ausgehen.

»Das ist unsere Chance«, flüsterte sie. »Wir fragen sie, ob sie wissen, wo gelangweilte Krankenschwestern ein bisschen Spaß haben können.«

»Das ist ein bisschen frech, Pammy«, sagte Victoria. »Vielleicht warten wir lieber, bis sie uns fragen.«

»Machst du Witze? Ich will ja nicht, dass sie uns heiraten. Wir sind seit Monaten nicht mehr ausgegangen, und ich drehe durch, wenn ich noch einen Abend mit einem Becher Horlicks verbringen muss. Ich komme einfach ganz lässig mit ihnen ins Gespräch. Seht mir zu.«

»Du meinst wohl, wir sollen dir *zuhören*«, korrigierte Beth. Die Ärzte kamen immer näher.

»Schwestern!«, rief ein junger Mann mit dunkel gerahmter Brille und dunklem, sehr lockigem Haar. »Wie schön, dass wir euch treffen. Wir fragen uns schon alle, ob die neuen Schülerinnen nett sind.«

»Sind wir«, antwortete Pammy. Nichts würde sie davon abhalten, einen Abend auszugehen.

Dana hatte ihn gleich gesehen. In der Masse wehender weißer Kittel stach er sofort heraus. Sie wünschte, ihr Herz würde langsamer schlagen, ihr Gesicht weniger glühen und sie sich erinnern, wie man sprach, als er bei ihr war. Er hatte sich aus der Gruppe gelöst. Dana faltete die Hände, um deren Zittern einzudämmen, und schluckte.

Er grinste auf dieselbe jungenhafte Art wie an ihrem ersten Abend. Sogar als er sie hochhob und in den Wäschekorb setzte, hatte sie Herzklopfen bekommen. Hin und wieder hatte sie sich einen köstlichen freien Moment lang erlaubt, es in Gedanken noch einmal durchzuspielen. Sie hatte sich halb verrückt gemacht mit der Frage, ob sie zu schroff gewesen war. Zu abweisend. Hatte sie ihren irischen Stolz über ihr Herz siegen lassen? Sein Haar fiel ihm in die Stirn und wippte bei seinen Schritten. Mit jedem Schritt schlug ihr Herz noch schneller. War das eine Krankheit? Er beherrschte ihre Gedanken, und ihre erste Begegnung lief immer wieder wie ein Film in ihrem Kopf ab. Wenn sie sich ins Bett legte, malte sie sich aus, wie es wäre, wenn Teddy neben ihr läge. Wenn sie eine Hand über das Laken gleiten ließe und seinen Körper berührte. Wenn sie seinen Namen flüsterte und er antwortete. Heute war sie sich blöd vorgekommen, weil sie die Unnahbare spielte. Wahrscheinlich hatte er es umgehend durchschaut. Und zum Glück bekam sie eine zweite Chance. Verdirb es nicht wieder, befahl sie sich.

Sie schluckte wieder und rang sich ihr schönstes Lächeln ab. Leider zitterten auch ihre Lippen.

Er war fast bei ihr, als sie zögerlich einen Schritt vortrat, um ihn zu begrüßen. »Guten Abend«, sagte sie. Doch er hörte sie nicht, und im Geiste schrie sie verwirrt auf, als er an ihr vorbei auf Victoria zuging, sie in die Arme nahm und sie auf die Wange küsste.

Dana brach es das Herz, Victoria zu sehen, die ihre Arme um seinen Hals schlang, ihn ebenfalls auf die Wange küsste und atemlos flüsterte: »Teddy, endlich habe ich dich gefunden!«

Emily Haycock beschloss, dass es so weit war. Sie musste das Gespräch führen, vor dem sie sich so lange schon drückte.

»Biddy, würden Sie noch einen Augenblick bleiben und einen Tee mit mir trinken?«, fragte sie, als Biddy zur Tür hineinschaute, um sich zu verabschieden.

»Von dem auf dem Tablett? Der ist kalt. Warum sollte ich den trinken wollen? Ah, verstehe. Sie wollen mich überreden, Ihnen eine frische Kanne zu holen, wo ich schon halb weg bin? Ganz schön unverschämt.« Doch Biddy hatte ihre Tasche bereits abgestellt und ihren Mantel ausgezogen.

Fünf Minuten später kehrte sie lächelnd mit einem neuen Teetablett ins Büro zurück. Biddy glaubte, dass Emily davor graute, allein nach Hause zu kommen. Und Biddy ging es nicht anders.

»In der Küche sind alle schon nach Hause gegangen, da musste ich den selbst machen, also schätzen Sie sich glücklich«, scherzte sie. »Ich muss sagen, diese neuen Schwesternschülerinnen sind ein komischer Trupp. Sie sind frecher als die letzten. Merken Sie, wie sich die Dinge verändern? Also die Leute, meine ich, nicht die Dinge. Ich bin schon lange hier, und ich habe noch nie solch eine kecke, fröhliche Gruppe von Mädchen erlebt.«

»Ja, das sind sie, Biddy. Ich denke, je mehr Schülerinnen wir aus denselben Kreisen wie den Großteil unserer Patienten aufnehmen, desto schneller wird sich manches wandeln. Ich möchte mehr Schwestern im St. Angelus, deren Aussprache unseren Patienten keine Angst eingejagt.«

Biddy reichte Emily einen Tee.

»Können wir uns jetzt mal unterhalten, Biddy? Über Ihre Inkontinenz? Denn ich würde gern helfen.«

Kapitel sechzehn

Das Abendessen in der Lovely Lane war vorbei, und die Schwestern saßen im Gemeinschaftsraum vor dem Schwarz-Weiß-Fernseher.

»Pst«, sagte Lizzie in den Raum hinein. »Es gibt Neuigkeiten über die neue Königin.« Sie sprang aus ihrem Sessel und drehte den Fernseher lauter.

Mrs Duffy schob den Teewagen herein. »Ziehen Sie bitte die Vorhänge vor, da Sie schon stehen, Schwester?«, bat sie.

Während Lizzie nach der Schnur neben den dunkelgrünen Samtvorhängen tastete, erstarrte sie. Da war er wieder. In den letzten zwei Wochen hatte sie immer wieder einen jungen Mann vor dem Park gegenüber herumlungern sehen – mindestens vier- oder fünfmal. Zuerst hatte sie gedacht, er würde auf den Bus warten, doch inzwischen wurde sie misstrauisch.

»Mrs Duffy«, sagte sie, ohne sich umzudrehen, »was denken Sie, wer dieser junge Mann gegenüber ist? In den letzten paar Wochen ist er jedes Mal da gewesen, wenn ich die Vorhänge geschlossen habe.«

Mrs Duffy kam zu ihr. »Wo, meine Liebe?«

Lizzie trat ein Stück zur Seite, um ihr Platz zu machen. »Oh nein, eben war er noch da. Jetzt ist er weg.«

»Hat er vielleicht nur auf den Bus gewartet?«, fragte Mrs Duffy. »Soll ich es mal Dessie erzählen und fragen, was er meint?«

»Nein, nein, das wäre albern«, sagte Lizzie. »Er hat ziemlich harmlos ausgesehen.« Sie zog die Vorhänge zu und spähte noch einmal durch den Spalt, um sicher zu sein. Vielleicht hatte er wirklich nur auf den Bus gewartet, dachte sie.

»Sind das die Nachrichten?«, fragte Mrs Duffy und schob den quietschenden Wagen an die Wand.

»Sind es, Mrs Duffy. Lassen Sie nur, wir bedienen uns selbst. Kommen Sie, setzen Sie sich, und schauen Sie mit«, sagte Victoria. Sie klopfte auf den freien Sessel neben sich.

»Ich kann nicht zulassen, dass Sie sich selbst Ihre Getränke holen, nachdem Sie den ganzen Tag gearbeitet haben«, entgegnete Mrs Duffy. »Und ich kann auch zwei Sachen gleichzeitig tun, Schwester Baker, was häufig vorkommt.« Victoria, die bereits geahnt hatte, dass ihr Angebot abgelehnt würde, blickte wieder zum Fernseher.

Aus der hinteren Ecke des Raumes war das leise Klackern von Stricknadeln zu hören. Die Gruppe war in der ersten Woche des Vorexamens von Celia Forsyth organisiert worden. Dana strickte sehr gern. Sie hatte es von ihrer Mutter gelernt, sobald sie ein Paar Nadeln halten konnte. Und sie hätte sich gern der Gruppe angeschlossen, doch Celia Forsyth schreckte sie ab. Einmal hatte sie es Beth gegenüber erwähnt.

»Ich liebe Stricken«, hatte sie gesagt. »Allerdings bin ich nicht so gut wie meine Mutter. Sie macht wunderschöne Strickjacken und Pullover. Bevor ich weggegangen bin, hat sie wie verrückt gestrickt. Und sie war wütend, weil sie nur wenige Monate Zeit hatte.«

»Warum machst du dann nicht bei uns mit? Achte gar nicht auf Celia. Sie mag die Gruppe organisiert haben, aber sie macht die

Regeln nicht. Es gibt kein Gesetz, wer in der Strickecke sitzen darf und wer nicht.«

»Machst du Witze?« Dana hatte gelacht. »Ich würde alle fünf Minuten meine Maschen fallen lassen. Celia hasst mich, auch wenn ich keine Ahnung habe, womit ich das verdiene. Sie hat allen Zettel unter der Tür durchgeschoben und sie zur Gruppe eingeladen. Unter jeder Tür außer meiner.«

Beth hatte bereits eingesehen, dass es ein großer Fehler gewesen war, sich mit Celia anzufreunden. Pammys laute Art machte sie rasend, und sie hatte es für das Beste gehalten, sich mit Celia zusammenzutun. Dann jedoch hatten sich Pammy, Victoria und Dana aufrichtig für sie gefreut, als sie so gut beim Vorexamen abschnitt, während Celias Lächeln gekünstelt gewesen war.

Heute Abend hatte Celia ihre Strickerinnen in der Ecke versammelt, wo sie ihnen einen Vortrag über Noppenmaschen und die Vorzüge eines Musters halten wollte, das sie in einer Zeitschrift gesehen hatte. Lizzie bemerkte, dass einige von ihnen über ihr Strickzeug hinweg zum Fernseher linsten, und war sicher, dass sie lieber mit den anderen dort sitzen würden. Alle Welt redete gegenwärtig nur von der neuen Königinnenmutter und ihrer Tochter, der Königin.

Eine Schwester saß mit einem Wollstrang vor Celia, die ihn zu einem Knäuel aufwickelte. Als sie sich vorlehnte, um zum Fernseher zu blicken, ließ Celia das Knäuel fallen. »Schwester Skeet, setz dich gerade hin!«

»Sie wird mal Oberschwester«, flüsterte Pammy Victoria zu.

»Hoffen wir, dass wir weit weg sind, wenn das passiert«, antwortete Victoria flüsternd.

»Meine Mutter schickt mir Muster, nach denen wir neue Puppenkleider für die Kinderstation stricken können«, verkündete Celia sehr laut, um den Fernseher zu übertönen und Lizzie zu ärgern. »Ich werde natürlich zuerst bei der Oberschwester fragen, ob es ihr recht ist.«

Fast alle ignorierten sie. Viele hatten herausgefunden, dass es Celia auf die Palme brachte, wenn sie nicht beachtet wurde. Pammy konzentrierte sich wieder auf Evelyn Pearce‘ Buch über Anatomie und Physiologie für Krankenschwestern. Sie hatte schreckliche Angst, auf Station einen Fehler zu machen und es sich mit Schwester Antrobus zu verderben. Deshalb hatte sie auf die OP-Liste für morgen gesehen und sich notiert, welche Operationen von wem und in welcher Reihenfolge anstanden. Sie wollte nicht so idiotisch aussehen, wie sie sich fühlte, sollte ihr jemand eine Frage stellen oder mit Abkürzungen um sich werfen.

Beth war ein wenig vom Strickzirkel weggerückt und in ein Buch vertieft. Ihr Strickzeug lag neben ihr. Sie lernte am fleißigsten von allen, konnte aber recht schnell überredet werden, ihre Arbeit zu unterbrechen. Einige Mädchen dösten nach dem harten Tag auf den Stationen in ihren Sesseln. Viele von ihnen hatten Mühe, die Augen nach dem Abendessen noch offen zu halten, doch heute waren die meisten, wie Victoria, von den Nachrichten gefesselt.

Pammy blickte von ihrem Buch auf und sah sich im Raum um. »Hast du Dana gesehen, Vic?«, flüsterte sie. Untereinander sprachen sie sich oft mit Vornahmen an, solange es keiner außerhalb ihrer Gruppe hören konnte. Lauter würde Pammy sie natürlich als Schwester Baker anreden. Es war schnell zur Norm geworden, dass die Vornamen nur *sotto voce* benutzt wurden, ansonsten die Titel.

Victoria schien die Frage nicht gehört zu haben, also wiederholte Pammy sie: »Weißt du, wo Dana ist? Ist sie krank, oder so?«

»Ich habe sie nicht mehr gesehen, seit wir zurück sind. Genau genommen war sie hier sehr schnell verschwunden«, antwortete Victoria. Pammy wurde nachdenklich.

»Schwester Brogan fühlt sich nicht wohl«, erklärte Mrs Duffy. »Die Männerchirurgie ist eine anstrengende Station. All die Männer immerzu im Bett hochheben müssen. Sie wollte ein wenig Schlaf nachholen.«

»Aber sie war nicht beim Abendessen«, sagte Pammy. »Wenn sie nichts isst, kann sie niemanden mehr im Bett hochhieven.«

»Sorgen Sie sich nicht wegen Schwester Brogan«, antwortete Mrs Duffy. »Ich bringe ihr etwas zu trinken und einen Keks, wenn ich hier fertig bin. Schwester Haycock kommt heute Abend, um mit Ihnen allen zu plaudern und zu hören, wie Sie auf den Stationen zurechtkommen.«

Was für die Mädchen keine Furcht einflößende Ankündigung mehr war. Schwester Haycock war mit weitem Abstand ihrer aller Lieblingsschwester, und sie kam oft abends auf ihrem Heimweg vorbei, um mit ihnen einen Kakao oder Tee zu trinken. Dann hatten sie Gelegenheit, ihr so viele Fragen zu stellen, wie sie wollten. Sie schien immer zuzuhören, und stets achtete sie darauf, Pammy zu fragen, wie es ihr ging.

Lizzie stand auf und drehte den Fernseher noch lauter. »Pst!«, zischte sie, als sie zurück in ihren Sessel sank. Die blecherne Stimme des Nachrichtensprechers hallte durch den Raum.

»Wenn ich den Kindern zu Hause erzähle, dass wir jeden Abend Fernsehen gucken, kommen die alle abends her, Mrs Duffy«, sagte Pammy.

Lizzie bemerkte eine Gelegenheit, Mrs Duffy Arbeit zu ersparen, ging hinüber zum Kamin, um das Feuer zu schüren, und schüttete einige frische Kohlen auf.

»Oh, stimmt, das ist eigentlich sehr traurig«, sagte Mrs Duffy.

»Vielleicht können wir sie mal einen Vormittag einladen, wenn sie nicht in der Schule sind.«

»Brauchen Sie dafür nicht die Erlaubnis der Oberschwester?«, fragte Celia Forsyth laut, und alle verstummten. Victoria entging nicht, dass Mrs Duffy rot wurde und ein wenig stotterte.

»Ich hatte nicht daran gedacht, die Oberschwester zu fragen. Es war nur so ein Gedanke …«

»Und ein sehr freundlicher, Mrs Duffy«, sagte Victoria. »Ich hatte noch nie einen Fernseher gesehen, bis ich hergekommen bin.«

»Wir haben keinen, und ich weiß auch von niemandem in unserer Straße, der einen hat«, sagte Pammy. Mrs Duffys Idee war so nett gewesen, und jetzt war sie wegen Celias Bemerkung in schrecklicher Verlegenheit.

»Mein Vater sagt, jeder sollte einen haben«, sagte Beth. »Ich finde es faszinierend, dass wir Churchill richtig sehen und hören können. Solch ein großartiger Mann. Mein Vater sagt, bald wird jeder einen Fernseher haben, weil die Leute wissen wollen, was die Regierung treibt. So viele Leute lieben Churchill.«

»Das lässt sich wohl kaum abstreiten«, antwortete Mrs Duffy. »Im Krieg war er beachtlich. Ohne ihn hätten wir den nie durchgestanden.«

Nun war im Fernseher ein Bild von Königin Elizabeth zu sehen, die lächelnd neben Prinz Philip stand.

»Schaut mal! Jeder sollte solche Bilder sehen können«, sagte Beth. »Nicht nur die Glücklichen wie wir.«

»Wäre das nicht wunderbar?«, fragte Mrs Duffy. Sie liebte die Königin fast so sehr wie ihre Arbeit und ihre Schwesternschülerinnen.

»Nein, wäre es nicht«, widersprach Celia Forsyth. »Mein Vater denkt, wenn das gemeine Volk Fernseher bekommt, bringt es nichts als Unruhe. Es könnte sogar die Regierung stürzen, sagt er. Und es wäre Churchills Ende. Die Regierung würde das nie zulassen.«

Victoria stand der Mund offen, als sie sah, wie Mrs Duffy mit ihrem Getränk in der Hand auf Celia zuging. Alles geschah wie verlangsamt, und bis sie ahnte, was geschehen würde, war es zu spät, eine Warnung zu rufen. Mrs Duffy war bereits vor Celia, um ihr den Kakao zu reichen, den Blick auf den Fernseher gerichtet. Da rutschte die Tasse von der Untertasse, segelte durch die Luft und entleerte ihren Inhalt auf Celias Schoß mitsamt ihrem frisch fertiggestellten weißen Babyjäckchen.

»Oh, Herrgott noch mal!«, rief Celia, sprang auf und schleuderte ihr Strickzeug auf den Boden. »Sie dummes, dummes altes Weib!«

Sämtliche Schwesternschülerinnen schienen die Luft anzuhalten, und für einen Moment stand die Zeit still, bevor Pammy und die anderen aufsprangen – allerdings nicht, um Celia zu helfen, sondern Mrs Duffy. Celia sah aus, als würde sie vor Wut platzen.

Mrs Duffy begann, sich zu entschuldigen. »Es tut mir so leid. Ich ersetze die Wolle und stricke das neu für Sie. Sie haben so viel Zeit auf das kleine Jäckchen verwendet, und es ist auch so hübsch. Es tut mir schrecklich leid.«

Celia Forsyth schlug Mrs Duffys Hand weg und stürmte kakaotriefend aus dem Raum. Keiner außer Mrs Duffy hatte sie angesehen.

»Ich würde mir nicht gefallen lassen, dass man so mit mir redet, Mrs Duffy«, sagte Lizzie, während sie der Haushälterin half, den Sessel zu putzen. »Ich denke, Schwester Forsyth sollte zur Oberschwester geschickt werden, weil sie so unverschämt war. Es war ein Unfall, weiter nichts.«

Mrs Duffys Stimme zitterte. »Ich kann sie wohl schlecht zur

Oberschwester schicken, oder? Schließlich war ich es, die ihr das Getränk über den Schoß gegossen und ihre Arbeit ruiniert hat. Nein, es war mein Fehler. Selbstverständlich ist sie wütend. Ich wäre auch wütend, wenn jemand mich mit heißem Kakao begießt und meine Handarbeit ruiniert. Nein, es war allein meine Schuld.« Unglücklich hielt Mrs Duffy das Jäckchen in der Hand. »Ich werde versuchen, es zu waschen, sobald ich mit dem Abwasch fertig bin.«

Pammy glaubte, Tränen in Mrs Duffys Augen zu sehen, als sie die leeren Tassen einsammelte und auf dem Wagen nach draußen rollte. Die Mädchen blickten einander ungläubig an, und es war nichts zu hören außer dem knisternden Feuer und den Kohlen, die auf dem Rost verrutschten.

»Na, das ging ein bisschen zu weit«, brach Victoria das Schweigen. »Diese kleine Madam muss mal in ihre Schranken gewiesen werden.«

»Und ob sie das muss, Schwester Baker«, pflichtete Lizzie ihr bei. »Ich denke, daran sollten einige von uns arbeiten. Ihr Tag wird kommen, glaubt mir.« Lizzie kannte Mrs Duffy seit über zwei Jahren und mochte sie sehr. Deshalb wäre sie Celia jetzt gern zu deren Zimmer gefolgt und hätte ihr eine geknallt. »Ihr da, ihre sogenannten Freundinnen.« Beth und die anderen in der Strickecke blickten auf. Alle hatten ihr Strickzeug auf dem Schoß liegen, denn keine von ihnen hatte die Nerven, einfach weiterzumachen. »Eine von euch läuft lieber nach oben und sagt ihr, sie soll ja heute Abend nicht mehr nach unten kommen, sonst kriegt sie es mit mir zu tun. Und jetzt gehe ich Mrs Duffy helfen, die sich tagtäglich um uns kümmert. Möchten jemand mitkommen?«

Beth schoss aus ihrem Sessel hoch. »Ja, ich, Schwester.« Für einen Moment waren alle baff. Beth war doch Celias engste Freundin.

»Danke!« Lizzie warf den anderen in der Strickecke einen vernichtenden Blick zu. Sie sahen kreuzunglücklich aus, und Pammy hatte Mitleid mit ihnen. Sie wusste, dass sie vor Celia beinahe so viel Angst hatten wie vor der Oberschwester.

»Die beste Art, mit einem Tyrannen umzugehen, ist die, ihn nicht zu beachten. Und wenn das nicht wirkt, verpasst man ihm mal ein oder zwei Dämpfer«, hatte Pammys Vater Stan oft gesagt. Pammy nahm sich vor, dass Lizzie und sie sich bald mal mit Celia unterhielten.

Fünf Minuten später stand sie vor Danas Tür und klopfte leise an. »Dana? Geht es dir gut?« Von drinnen war nichts zu hören. Pammy trat einen Schritt zurück und blickte nach unten. In dem Zimmer schien kein Licht zu brennen, und alles war still.

»Dana, schläfst du?«, flüsterte sie, auch wenn es eine blöde Frage war. Schliefe Dana, würde sie Pammy nicht hören oder ihr antworten. Doch Pammy war auch bewusst, dass etwas nicht stimmte. Sie hatte bemerkt, dass sich Danas Verhalten geändert hatte, als sie die Ärzte trafen. Etwas musste sie erschüttert haben, dachte Pammy. Dana war nicht krank. Jemand hatte sie traurig gemacht, und sie würde wetten, dass es mal wieder diese abscheuliche Celia Forsyth gewesen war.

Sie unternahm noch einen Versuch, ihre Freundin zu wecken. »Dana, Schwester Haycock kommt her, um zu hören, wie es uns ergangen ist. Du willst sie doch nicht verpassen, oder?«

Es kam keine Antwort, und da Pammy wusste, dass Dana zu gern Schwester Haycock gesehen hätte, kochte sie vor Wut, als sie zurück zur Treppe und nach unten zur Küche ging, um Lizzie zu suchen. Ein Plan musste her, denn Celia Forsyth zu ignorieren hatte nichts gebracht.

Victoria fiel die Nachricht in ihrer Tasche erst wieder ein, als sie sich auszog, um ins Bett zu gehen. »Mist!«, fluchte sie, schlüpfte in ihren Morgenmantel und tapste den Korridor entlang zu Danas Tür. Dort schob sie die Nachricht durch den Spalt unten und schmunzelte. Von nun an musste sie Dana vertrauen, ihr Geheimnis für sich zu behalten. Und sie freute sich richtig darauf, es mit ihr zu teilen. Nichts von Roland zu sagen war ihr zusehends schwerer gefallen. Und sie hatte auch achtgegeben, nicht über Baker Hall zu reden. Es wurde Zeit, dass sie ihren Freundinnen gegenüber offener wurde. Victoria wusste nun, dass sie vor Sommerende keinen Urlaub bekommen würde, und ihre neuen Freundinnen fänden es unverständlich, dass sie ihnen die Neuigkeiten von Roland vorenthalten hatte. Sie musste es jemandem erzählen, und sie würde mit Dana anfangen.

Dana war die ganze Zeit wach gewesen und blieb still in ihrem Bett liegen, bis sich die Schritte wieder über den Flur entfernt hatten. Sie hatte gehört, dass etwas unter ihrer Tür durchgeschoben wurde, und als sie sicher war, dass niemand mehr draußen stand, war sie aufgestanden und hatte es geholt.

Weil sie kein Licht machen wollte, huschte sie auf Zehenspitzen zum Fenster und las die Nachricht im Mondschein und der Spiegelung der orangenen Straßenlaterne. Das Papier schimmerte golden, als Dana die säuberlich geschriebenen Worte entzifferte.

Dana,

ich habe Dich nicht mehr gesehen, seit wir wieder in der Lovely Lane sind, deshalb schreibe ich Dir dies hier, damit ich es nicht vergesse. Teddy hat mir erzählt, dass er den nächsten Monat jede Nacht Bereitschaft hat, und mich gebeten, Dich zu fragen, ob Du Dich mit ihm morgen Abend auf der Treppe vor den Operationssälen treffen würdest. Er denkt, dass er heute zu forsch war. Er hat

Dich tatsächlich in den Schmutzwäschekorb geworfen! Ich werde es keinem erzählen, denn ich habe selbst mein kleines Geheimnis. Lass uns mal reden, wenn es Dir besser geht.

Dana konnte nicht warten. Sie hielt es nicht aus. Also schlich sie sich zu Victorias Zimmer. »Es tut mir so leid«, sagte sie, als Victoria die Tür öffnete. »Ich dachte nur, dass du in ihn verliebt bist, als ich gesehen habe, wie du ihn auf die Wange geküsst hast.«

Eine Stunde später saß Dana immer noch auf Victorias Bett, während ihre Freundin ihr alles über die Probleme in Baker Hall erzählte. »Verstehst du, Teddys Bruder ist mein Roland, und in den bin ich *sehr* verliebt.«

»Na, dann musst du nach Hause fahren und ihn sehen.«

»Werde ich, aber wichtiger ist, was du morgen Abend anziehst, wenn du Teddy triffst!«

Binnen Minuten hatten sie praktisch Victorias gesamten Kleiderschrank aufs Bett geleert, und Dana probierte eine Kombination nach der anderen an.

»Ich fühle mich so furchtbar, weil ich gar nichts Schönes habe«, sagte Dana. »Und dabei hatte ich gedacht, ich würde mit einer Garderobe wie Jean Simmons in Liverpool ankommen! Jetzt möchte ich nicht mal tot in irgendwas von dem gesehen werden, was ich habe. Gott, ich muss das einzige Mädchen in der Stadt sein, das einen handgestrickten Rock von seiner Mutter hat.«

Victoria lachte. »Also in meiner Seidenbluse und dem Rock siehst du bezaubernd aus. Hier, leih dir auch meine Perlenkette.«

Dana schob Victorias Hand weg. »Nein, er darf mich nicht für etwas halten, was ich nicht bin, Victoria. Es ist unglaublich lieb von dir, sie mir anzubieten, aber ich bin eine Bauerntochter aus Irland. Sosehr es uns auch gegen den Strich geht, wenn Celia Forsyth es immer wieder betont, ist es einfach wahr. Die bin ich.«

Victoria wollte Danas Stolz nicht verletzen und legte die Perlenkette zurück. »Du hast recht, das war dumm von mir. Und sowieso wäre es albern, eine Perlenkette zu tragen, wenn man sich nur auf ein kurzes Gespräch trifft. Die ist eher für ein Dinner oder eine Tanzveranstaltung. Und jetzt wirst du die ganze Nacht wach liegen vor Aufregung. Sieh dich einer an, Schwester Brogan, stiehlst dich raus zu einer Verabredung! Was wird deine Mutter sagen?«

Schließlich schlich Dana sich mit den geliehenen Kleidungsstücken über dem Arm zurück in ihr Zimmer. Sie fragte sich, ob sie bei Pammy anklopfen und ihr alles erklären sollte. Doch die Kirchturmuhr schlug Mitternacht, und Dana ließ es. Ihr Geheimnis würde noch ein bisschen länger ihres bleiben.

Gegenüber vom Haus beobachtete Patrick aus dem Schatten der Sträucher, wie das Licht in Danas Zimmer wieder anging. Er wusste, welches ihres war, denn er hatte schon ein halbes Dutzend Male gesehen, wie sie die Vorhänge zuzog. Und er würde warten. Sein Vater hatte ihn hergeschickt. »Du kommst erst wieder nach Hause, wenn sie eingewilligt hat, dich zu heiraten«, hatte er gesagt, als er Patrick am Bahnhof absetzte.

Patrick durfte seinen Vater nicht enttäuschen. Er würde warten, bis sie allein das Wohnheim verließ, und dann würde er mit ihr reden, alles wieder in Ordnung bringen.

Victoria zog Dana an, während Pammy sie schminkte.

»Genug jetzt!«, quiekte Dana. »Ich sehe aus, als wäre ich in den Kohleneimer gefallen, so viel Kram ist da um meine Augen.«

»Hör auf zu jammern«, sagte Pammy. »Das ist das Beste, und es gibt es erst seit ein paar Wochen zu kaufen. Elizabeth Taylor trägt es so, und ihre Augen sehen unglaublich aus.«

»Steh mal auf, und lass dich ansehen.« Victoria nahm Danas Hand und half ihr aus dem Sessel.

»Los, dreh dich«, forderte Pammy sie auf.

»Mich drehen? Auf deinen Schuhen kann ich kaum stehen, Pammy.«

»Nimmt das Gejammer denn gar kein Ende?« Pammy verdrehte die Augen.

»Ach, ich weiß, tut mir leid. Ich bin nur nervös, sonst nichts. Immerhin bin ich bloß ein Mädchen vom Land und das ist meine erste richtige Verabredung.«

»Tja, dann will ich nur hoffen, dass die nächsten besser werden. Es sollte wirklich mehr drin sein als eine kurze Plauderei auf der Hintertreppe zum OP.«

Victoria bedachte Pammy mit einem strengen Blick. »Jetzt sei mal verständnisvoller, Pammy. Er hat den ganzen Monat Nachtbereitschaft. Und er muss sehr verliebt sein, wenn er nicht so lange warten kann, bis er sie sieht.«

Dana musste grinsen. Wenn es eines gab, was sie zu gern von Victoria hörte, war es, wie sehr Teddy sie mochte.

Eine halbe Stunde später war Dana froh, dass der Frühjahrsregen aufgehört hatte. Es war Vollmond, und das Kopfsteinpflaster auf der Seitenstraße zum Krankenhaus glänzte. Victoria und Pammy hatten sich mit ihr nach unten zur Hintertür gestohlen, während Mrs Duffy im Gemeinschaftsraum Getränke servierte.

»Ich komm her und löse den Riegel, wenn Mrs Duffy weg ist«, hatte Victoria gesagt. »Denk dran, ihn wieder vorzuschieben, wenn du zurück bist, sonst bekommen wir alle Ärger.«

»Ja, mache ich. Und ich klopfe bei dir, wenn ich wieder da bin.« Dann umarmten sie sich, und mit einer scharfen Windböe verschwand Dana in der Dunkelheit.

Victoria lehnte sich für eine Sekunde von innen an die Tür und flüsterte: »Bitte, lieber Gott, lass keinen Notfall kommen, der ihn aufhält.«

Dana zog ihre Schuhe aus, als sie sich unter dem Fenster des Gemeinschaftsraums duckte und den Weg entlang zur Straße eilte. Vor Furcht und Aufregung wurde ihr Mund trocken. Einmal glaubte sie, jemanden hinter sich zu hören, und drehte sich um, weil sie dachte, sie hätte etwas vergessen und Victoria oder Pammy kämen hinter ihr her, doch da war niemand. Es liegt an den Schuhen, dachte sie. *Was tue ich hier? Mammy würde mich umbringen!* Trotzdem beschleunigte sie ihre Schritte zum hinteren Krankenhaustor.

Als sie sich den Stufen zum Operationstrakt näherte, sah sie, dass die Tür weit offen stand und das Licht von drinnen auf den Hof fiel. Damit hatte sie nicht gerechnet. Es stand niemand zum Rauchen draußen wie tagsüber so oft. Der OP-Trakt war der einzige Bereich, wo wegen der Sauerstofftanks das Rauchen drinnen strengstens verboten war. Dana stand stocksteif da und überlegte. Sie wollte sich nicht im grellen Licht vor der Treppe aufhalten, weil es ihr unangenehm war. Und wieder haderte sie mit sich. Wenn sie nahe der Treppe auf ihn wartete, würde es allzu eifrig bemüht aussehen. Was richtig schien, als sie Victorias Nachricht las, fühlte sich plötzlich falsch und unanständig an. Er sollte am Wohnheim auf dich warten, dachte sie, obwohl es angesichts seines Dienstplans unmöglich war. Victoria hatte ihr erklärt, dass er sich während der Bereitschaft nicht weiter als bis zum Ärztewohnheim entfernen durfte.

Dana sah eine Reihe geparkter Wagen und ging hinter einen von ihnen. Nun könnte sie beobachten, wenn Teddy rauskam, und dann zu ihm eilen, als hätte sie sich verspätet. Das wäre allemal würdevoller. Zweimal wäre sie beinahe losgelaufen, um gerade noch rechtzeitig zurückzuspringen, als sie erkannte, dass es sich bei den Schritten in Richtung Hof nicht um Teddys handelte. In der Kälte begann sie zu frösteln. Durch die Milchglasfenster oben war Bewegung zu erkennen. Hin und wieder bewegte sich ein Schatten von einer Schwester oder einem Arzt über das Glas und verdeckte das grelle OP-Licht. Dana konnte nicht sagen, wer es war oder ob einer der Schatten Teddy gehörte. Ihr kamen die Worte der Schwester auf ihrer Station in den Sinn. *Er wurde von einer Schwesternschülerin im zweiten Jahr versetzt. Man sagt, sie habe ihm das Herz gebrochen.* Zunächst verdrängte sie es, doch je länger sie wartete, umso lauter und klarer hallten sie durch ihren Kopf und vertrieben jede Vernunft. Die Kirchturmuhr schlug zwölf, und Dana sah die Lichter im Operationssaal eines nach dem anderen ausgehen. Techniker und Mitarbeiter kamen die Treppe hinunter und strebten hinüber zur Kantine. Wen immer sie eben operiert hatten, es war vorbei. Dana erkannte Dessie, der seit morgens um halb sieben bei der Arbeit war. Er schob eine große Sauerstoffflasche über den Hof.

»Jetzt braucht dieses junge Mädchen nur noch ein Gebet von uns allen«, hörte sie ihn zu einem Mann sagen, der eine Zigarette aus einer Dose nahm.

»Ja, morgen früh geht es ihr wieder gut. Die Ärzte wissen, was sie tun.« Der Mann steckte zwei Zigaretten an und gab Dessie eine. »Wenn das so weitergeht, müssen die den OP-Trakt fest nachts öffnen. Wir können nicht dauernd solche Überstunden machen. Du musst der Oberschwester sagen, dass wir mehr Pförtner brauchen.«

»Bin schon dran«, antwortete Dessie. »Ich verstehe nicht, was hier los ist. Wir waren mal ein hübsches, ruhiges Krankenhaus, und jetzt scheint hier alles verrückt zu sein.«

»Tja, das nennt man Fortschritt, Dessie. Überall werden Häuser gebaut und Babys geboren. Es ist, als hätte es den Krieg nie gegeben.«

Dessie zog an seiner Zigarette, deren Glut sein Gesicht rötlich färbte. »Ganz im Gegenteil. Es ist wegen des Kriegs. Babys, Häuser, Arbeitsstellen, alles dreht sich ums Vergessen. Es ist eher ein Weitermachen als ein Fortschritt.«

»Ach, Dessie, tiefsinnig wie immer. Bis morgen dann!«

Die beiden Männer strebten in entgegengesetzte Richtungen davon, und plötzlich wurde es dunkel auf dem Hof, denn das letzte Licht war gelöscht worden. Die Glocke schlug einmal zur Viertelstunde. Obwohl Dana ahnte, dass Teddy nicht mehr kommen würde, nahm sie sich vor, bis zum nächsten Glockenschlag um halb eins zu warten, falls er noch drinnen war. Vielleicht schrieb er seinen Bericht oder versteckte sich, bis er sicher sein konnte, dass sie hier allein wären. Als es ein Uhr schlug, drehte Dana sich um. Tränen der Scham und Enttäuschung liefen ihr über die Wangen, als sie zurück zur Lovely Lane ging. Und im Geiste hörte sie: *Er hatte über zwei Stunden auf sie gewartet. Die anderen Studenten haben ihn ohne Ende damit aufgezogen.*

Celia Forsyth lag in ihrem Bett und hörte die leisen Schritte, die an den vorderen Fenstern vorbei und zur Hintertür huschten. Minuten später hatte Celia ihr Ohr an der Tür und lauschte, als Victorias Tür auf- und leise wieder zuging. Und sie hörte ersticktes Schluchzen.

Kapitel siebzehn

Der warme Tag war einem mondlosen, regnerischen Abend gewichen. Es goss stetig, als Schwester Haycock die Princess Avenue hinaufging, wobei sie ihren Schirm mit beiden Händen hielt und sich bemühte, auf Zehenspitzen den Pfützen auszuweichen, um sich ihre Schuhe nicht zu durchnässen. Im Licht der alten Gaslaternen sah sie, dass ihre Strümpfe voller Flecken vom Schmutzwasser auf den Straßen waren, und seufzte innerlich. Wieder mal würde sie sich auf dem Heimweg sorgen, ob noch genug Gas in der Therme wäre, um sowohl die Strümpfe als auch sich selbst zu waschen.

Sie bog auf den kleinen Weg ein und klopfte beim Heim für verwundete und geistig versehrte Soldaten an. Es war spät, und sie warteten gewiss schon auf sie. Dennoch war es unnötig, zu klingeln und alle anderen zu wecken. Die Nachtschwester öffnete ihr und sah wie immer erfreut aus.

»Wie geht es ihm?«, fragte Emily, noch ehe die Tür ganz offen war. Sie hatte ein schlechtes Gewissen wegen ihrer Verspätung. Ständig war sie zu spät, und jedes Mal hatte sie deshalb Schuldgefühle. Sie wusste, dass die anderen Soldaten im Heim tagsüber Besuch bekamen und glaubten, Alf, Emilys Stiefvater, würde von niemandem geliebt. Nichts könnte abwegiger sein.

»Oh, ihm geht es gut, wie immer. Kommen Sie rein. Er spricht schon den ganzen Tag von Ihnen. Wir haben ihm gesagt, dass Sie ganz bestimmt kommen, wie üblich. ›Hat sie je einen Tag verpasst?‹, habe ich ihn gefragt.«

In dem Heim lebten dreißig Patienten mit unterschiedlich gravierenden Problemen, doch alle erfüllten das Aufnahmekriterium: Sie waren auf die Hilfe anderer angewiesen, um durch den Tag zu kommen. Alf Haycocks Tragödie hatte seine Aufnahme möglich gemacht, und er war sogar sehr beliebt bei dem Personal. Emily musste einen Teil der Kosten tragen, der sich auf beinahe die Hälfte ihres Monatsgehalts belief, doch sie hatte gelernt, mit wenig auszukommen. Und sie war gut darin, Dinge auf den Flohmärkten und den Wohltätigkeitsbasaren in den besseren Gegenden von Liverpool zu finden. Sie aß im Krankenhaus und nahm an den Wochenenden so gut wie nichts zu sich. Die Schwestern im Heim waren alle verheiratet, weshalb sie nicht in St. Angelus arbeiten könnten, obwohl sie Emilys Meinung nach die besten waren. Sie hatte aus nächster Nähe beobachtet, wie freundlich und umsichtig sie waren. Für Emily stand fest, dass Ehe und Mutterschaft ein Bonus in der Krankenpflege waren, da sie eine Weisheit und ein Mitgefühl mit sich brachten, wie sie nicht einmal Emily ihre Schwesternschülerinnen lehren könnte. Aus diesem Grund wollte sie den Vorstand überzeugen, die ausgesprochen dumme Regel abzuschaffen.

»Er hat eben eine Tasse Tee und ein Shortbread gehabt, und es hat ihm gut geschmeckt. Er bat um mehr, aber ich habe ihm gesagt, er soll lieber warten, bis Sie hier sind, dann bekommen Sie beide etwas.«

Emily lief das Wasser im Mund zusammen. Sie hatte das Abendessen im Krankenhaus ausgelassen, und ihr Magen grummelte bei der Aussicht auf einen ihrer Lieblingskekse.

»Kommen Sie wieder direkt von der Arbeit?«, fragte die Nachtschwester mit einem Anflug von Tadel, und Emily nickte, denn weder wollte noch konnte sie lügen.

»Na, dann ist es ja gut, dass ich Ihnen ein wenig Abendessen in der Küche aufbewahrt habe, nicht? Sie arbeiten zu viel. Aber tun wir das in dieser neuen Welt nicht alle? Gehen Sie gleich zu ihm, und ich bringe Ihnen beiden ein Tablett.«

Die Nachtschwester eilte den Korridor hinunter. Emily schüttelte ihren Schirm aus und lehnte ihn an die Haustür, bevor sie ihr Kopftuch abnahm und es gleichfalls ausschüttelte. Dann knöpfte sie ihren Regenmantel auf und löste den Gürtel, während sie zu Alfs Zimmer ging.

Alf hatte sich nie von der Bombe erholt, die in die George Street eingeschlagen war. Durch sie hatte er seine Frau, seine Söhne und seinen Verstand verloren. Als Emily sein Zimmer betrat, blickte er aus dem Sessel auf, in dem er die meiste Zeit verbrachte.

»Hallo, mein Alfred der Große«, flüsterte Emily. »Tut mir leid, dass ich so spät komme, aber jetzt bin ich hier und kann dich zu Bett bringen.«

Er lächelte sie liebevoll an. Emily wusste, dass er seine Stieftochter immer noch wiedererkannte. Vielleicht nicht durchgängig, solange sie hier war, doch immer in den ersten Sekunden. Die Ärzte waren anderer Ansicht.

»Weißt du noch, die Uhr deiner Mutter?« Ihr Vater begann zu reden, ehe sie sich gesetzt hatte. »Ich hatte sie zur Reparatur gebracht, weil der kleine Zeiger hakte. Und stell dir vor, als ich sie heute wieder abholen wollte, konnten die sie nicht finden! Glaubt man das? Sie haben gesagt, ich soll morgen wiederkommen, wenn der Inhaber richtig gesucht hat. Und ich habe ihn gewarnt, dass er sie lieber wiederfindet. ›Freundchen‹, habe ich gesagt, ›die ist aus Gold, und sie hat meiner Mutter gehört, bevor meine Frau sie bekommen hat.‹ Deine Mam sagt, sie guckt dauernd auf ihr Handgelenk und fühlt sich ganz aufgeschmissen ohne die Uhr.«

Emily zog ihren Strickjackenärmel nach unten, um sich zu vergewissern, dass die Uhr bedeckt war. Sie trug sie jeden Tag. Die Uhr und der Ehering ihrer Mutter waren das Einzige, was von ihrer Mutter geblieben war, und beides trug sie seither immer. Sie fühlte das vertraute warme Metall des Rings an der Kette unter ihrem Kleid.

»Na, das ist furchtbar, Alf. Ich hoffe, er findet sie.«

»Wird er, Schatz, keine Sorge. Er will ja nicht, dass die Polizei bei ihm anklopft, und das wird sie, wenn ich die Uhr nicht wiederbekomme. Dann gehe ich höchstpersönlich zur Whitechapel-Wache, jawohl.«

Seit dreizehn Jahren führten sie jeden Abend die gleichen Gespräche, die nur gelegentlich variierten, weil eine andere Erinnerung hochkam und den Tag über an ihm nagte. Oft sahen die Ärzte sie verständnislos an, wenn sie ihnen erklärte, dass sie glaube, er würde sich diese Sachen bis zu ihrem Besuch aufsparen, um sie ihr zu erzählen. Nach dem, was die Schwestern ihr berichteten, war sie sicher, dass er tagsüber für Momente an ihren Besuch dachte und sich auf ihn freute; den Rest der Zeit verbrachte er allerdings mit dem Geist ihrer Mutter. In den ersten Jahren hatte sie ihm die Uhr an ihrem Handgelenk gezeigt, doch sie hatte ihm nichts bedeutet. Auch nicht, als sie die Uhr bei ihm lassen wollte. Er hatte sie bloß angesehen, gesagt: »Ah, ja, stimmt«, und dann schlicht seine Geschichte von der verlegten Uhr fortgesetzt. Manchmal war er aufgewühlt und sagte, er wäre zu spät für einen Termin im Krankenhaus, hätte seinen Verdunkelungsplan verloren, redete ununterbrochen von den Schuhen ihrer Brüder, die er noch für die Kirche putzen musste, oder sorgte sich, dass die Kinder noch nicht von Rita zurück waren und die Arme sicher um den Verstand brachten. Sie konnte ihn nie korrigieren, denn auch nach all den Jahren war es eine Geschichte, die sie nicht erzählen konnte, ohne dass ihr die Tränen kamen und ihre Stimme versagte. Es verging kein Tag, an dem sie nicht ebenfalls an Rita dachte, die Frau, bei der ihre Brüder gestorben waren. Oder ihre letzten Worte hörte und das Juchzen ihrer Brüder, weil sie noch ein wenig bei Rita bleiben durften, während Emily mit den Butter-Coupons zum Laden lief. »Du bist so ein Schatz«, hatte Rita gesagt.

So ein Schatz. So ein Schatz. So ein Schatz. Manchmal wiederholten sich die Worte endlos in ihrem Kopf und Ritas Stimme war so klar, als wäre sie im Nebenzimmer.

Es gab ein halbes Dutzend Szenerien, die Alf jeden Abend durchging, und jede von ihnen erinnerte Emily an alles, was sie verloren hatte. Sie spielte ihre Rolle, während sie ihn wusch, ihn umzog, ihm die Nägel schnitt und sein noch verbliebenes Haar bürstete. Es linderte ihr schlechtes Gewissen, etwas Praktisches für ihn tun zu können. Dafür zu sorgen, dass er es bequem hatte, ihm zu trinken und etwas Toast zu geben, mit ihm zu plaudern, ihm seine Medizin und die Schlaftabletten zu reichen und seine Hand zu halten, bis er eingeschlafen war. Seine letzten Worte jeden Abend waren: »Gute Nacht, mein Blümchen!« Es war sein Kosename für ihre Mutter gewesen.

Als sie ging, sah sie die Nachtschwester an ihrem Schreibtisch, wo sie im Schein einer kleinen Lampe schrieb. Das Heim war erfüllt von leisem Klagen und Stöhnen.

»Bist du das, Gladys?«, rief einer der Patienten. Ein früherer Soldat, eine verlorene, suchende Seele. Es kam keine Antwort. Wer konnte wissen, wer Gladys war oder ob sie noch lebte? Es war nicht von Belang; Gladys lebte weiter im Heim der verwundeten Soldaten.

»Gehen Sie?«, fragte die Schwester und schraubte ihren Füllfederhalter zu. Sie stand auf und kam Emily entgegen. In der dämmrigen Diele fiel ihr Schatten grotesk verlängert an die Wand.

»Ja, er schläft. Ich habe seinen schmutzigen Pyjama mitgenommen und bringe morgen mehr saubere. Hat er heute sein Mittagessen gegessen?«

»Hat er. Die Tagschwester hat gesagt, er war sehr guter Dinge. Sie haben Bingo gespielt, und er hat immer wieder ›Gewonnen‹ gerufen. Er hat gedacht, dass er alle Zahlen richtig hatte, und es hat ihm großen Spaß gemacht.«

Die Vorstellung, dass Alf Spaß hatte, brachte Emily zum Lächeln. »Vielleicht können wir das am Samstag wieder spielen.«

»Ganz sicher, und Sie dürfen die Ausruferin sein. Die Schwester war am Ende schon heiser.«

»Danke, dass Sie mir den Shepherd's Pie aufbewahrt haben«, sagte Emily.

»Nicht doch, meine Liebe. Er wäre sonst bloß im Schweineeimer gelandet. Wer so schwer arbeitet wie Sie, verdient, ein wenig umsorgt zu werden. Morgen backe ich, dann bringe ich Ihnen ein Stück Kuchen mit.«

Emily dankte ihr stumm. Am liebsten hätte sie die Nachtschwester umarmt. Ihre Arbeit war einsam. Sie genoss die Gesellschaft der Schwesternschülerinnen, aber sie war deren Lehrerin und konnte nicht ihre Freundin sein. Also hatte sie niemanden außer ihrem Vater Alf, und sie wollte gar nicht daran denken, ihn eines Tages zu verlieren. Dann wäre sie wahrhaft allein.

Bei der Arbeit hatte sie keinem von Alf erzählt. Nach dem Bombeneinschlag waren sie obdachlos und verzweifelt fast sofort zur Freundin ihrer Mutter nach Nordwales gegangen. Sie konnten die Großzügigkeit ihrer Nachbarn – die überlebt hatten – nicht annehmen. Und sie wollten sich auch nicht den anderen anschließen, die ihr Zuhause verloren hatten und zum Rathaus strebten, um Hilfe zu erbitten. Noch am selben Tag hatten sie den Zug von Liverpool zu Betty genommen.

Nur ein einziges Mal kamen sie zurück, um Emilys Mutter zu beerdigen und Maisie Tanner zu besuchen. Maisie war kaum in der Verfassung, Besuch zu empfangen. Sobald sie Emily sah, brach sie in Tränen aus, und ihr Neugeborenes, das auf ihrer Brust lag, sah aus, als würde es den Tag nicht überleben. Die Kleine war erst Sekunden alt gewesen, als Emily sie zuletzt gesehen hatte. Alles war zu viel, um es zu verkraften. Das Sterben, ein neues, fragiles Leben, eine gebrochene Gemeinschaft. Der Mahlstrom der Gefühle setzte den Leuten zu. Maisies Tochter Pammy bemühte sich, ihnen Tee zu machen. Maisies alte Mutter wuselte ganz in Schwarz gekleidet umher. Mit feuchten Augen wiederholte sie die Namen aller Freunde, die sie verloren hatte, wand ihr Taschentuch zu einem Knoten und schien das neue Leben in ihrer Küche gar nicht wahrzunehmen. Die Frauen, mit denen sie zusammen ihre Kinder großgezogen hatte, waren von einer Bombe zerfetzt worden.

»Geht ihr noch zu Rita?«, hatte sie Emily gefragt, jedoch gleich ihren Irrtum begriffen und sich den Mund mit ihrem verknoteten Taschentuch abgewischt. »Oh Gott, tut mir leid. Das Connors-Haus hat es ja auch erwischt, und das der O'Reillys. Keine Fetzen von jemandem oder etwas konnten sie mehr finden, nur Staub und Trümmer.« Sie schien vergessen zu haben, dass Emilys Brüder gleichfalls zu Staub und Trümmern geworden waren. »Seitdem wird in der Straße jeden Tag eine Messe gehalten.« Die alte Frau verstummte unsicher.

Was könnten sie sagen? Sie hatten überlebt. Sie lebten noch.

Emily und ihr Vater hatten alles verloren. Das Leben hatte sich so entsetzlich verändert, dass niemand mehr wusste, was er sagen sollte. Mit der Straße war ihnen das vertraute Gesprächsgerüst abhandengekommen. Wozu über das Wetter reden, die Wäsche oder was es im Laden gab? Wen interessierte es noch?

Als Emily sich verabschiedete, hatte die kleine Pammy an der Tür ihre Hand genommen und gefragt: »Kommen Sie wieder?«

»Natürlich komme ich wieder«, hatte Emily geantwortet, obgleich sie wusste, dass sie es niemals tun würde.

Martha hatte die Arbeitsflächen in ihrer Küche geputzt und die Minuten gezählt, während sie darauf wartete, das Tuten von den Docks um sechs Uhr abends zu hören. Dann würde sie rüber zur Pförtnerloge laufen und mit Jake zusammen nach Hause gehen.

Der Wasserhahn lief, und sie stapelte Geschirr aufs Regal, wobei sie so viel Lärm machte, dass sie ihn nicht einmal hörte, aber sie war bereit. Sie hatte gewusst, dass er wiederkommen würde. Als er sich auf sie stürzte, zog sie blitzschnell das Gemüsemesser aus ihrer Schürzentasche. Ihre Hand zitterte so sehr, dass sie es um ein Haar fallen ließ.

»Wagen Sie es, und ich werde das hier benutzen«, zischte sie mit bebenden Lippen. Sie hatte befürchtet, dass ihre Stimme sie verraten würde, sie stammelte oder, noch schlimmer, keinen Laut herausbrachte. Sogar sie war verblüfft von seiner Reaktion, denn er sprang mit einer Wucht zurück, als hätten ihn ein Dutzend Hände von ihr weg- und gegen die Wand geschleudert.

»Sind Sie von Sinnen?« Speicheltropfen sprühten aus seinem Mund, und Martha fühlte, wie einer auf ihrer Wange landete. »Was machen Sie denn, Sie dämliche Schlampe? Legen Sie das weg!« Sie bemerkte, dass er hastig seine Hose zuknöpfte, die er schon halb aufgeknöpft hatte, bevor er zu ihr gekommen war.

»Ich bin verlobt«, flüsterte sie. Ihre Stimme versagte, egal, wie entschlossen sie war, stark zu klingen. »Wenn Sie mich noch mal anfassen, erzähle ich es meiner Mutter. Sie arbeitet für die Oberschwester, und der wird sie es erzählen.«

Diese Information war offensichtlich neu für ihn, denn er wurde blass. »Ist ja gut, Martha, es muss doch niemand erfahren, oder? Legen Sie das Messer weg. Ich habe gedacht, es gefällt Ihnen. Und ich hatte keine Ahnung, dass Sie verlobt sind, sonst wäre ich nicht mal in Ihre Nähe gekommen. Das bleibt unter uns, einverstanden? Erzählen Sie es keinem. Falls doch, kann ich Ihnen garantieren, dass es für Sie übler ausgeht als für mich. Sicher würde Ihr Verlobter gern erfahren, wie Sie mir schöne Augen gemacht haben. Wer ist es? Dieser Pförtnerbursche, mit dem ich Sie draußen habe schäkern sehen? Soll ich gleich nach ihm suchen und es ihm erzählen?«

Inzwischen war er fast aus der Tür, ging rückwärts, als traute er sich nicht, ihr den Rücken zuzukehren. Martha sagte kein Wort. Sie starrte ihn hasserfüllt an, bis die Tür vor seiner hämischen Fratze ins Schloss fiel. Aber sie hatte ihr Ziel erreicht; er würde sie nicht mehr belästigen.

Wenig später zitterte sie so sehr, dass ihr das Messer aus der Hand fiel und klappernd auf dem Boden landete. Tränen strömten ihr übers Gesicht, als sie es aufhob aus Angst, er könnte wieder reinkommen, es schnappen und gegen sie einsetzen. Sie steckte das Messer zurück in ihre Tasche, wo es fortan immer sein würde, jeden Tag. Wenn Dr. Scriven wie so oft ins Ärztezimmer kam und tat, als wäre nichts geschehen, tastete sie nach dem Messer in ihrer Tasche und fühlte sich sicher.

Kapitel achtzehn

Es verging beinahe eine Woche, ehe Dana von Teddy hörte, und wieder war es in Form einer schriftlichen Nachricht. Diesmal lag sie auf ihrem Bett, auf einem Brief von zu Hause, wo die Hausmädchen immer ihre Post hinlegten.

> Ich hoffe, Sie haben meine Nachricht am Dienstag erhalten, dass ich zum Sanatorium in West Kirby geschickt wurde. Am Sonntag komme ich zurück. Ich konnte nicht ablehnen, als mich der Arzt bat, weil ich es mir nicht mit ihm verscherzen darf.

Dana zerriss den Brief in tausend winzige Teile und ließ sie in ihren Papierkorb rieseln.

»Du kleiner Lügner«, fauchte sie. Im selben Moment kam Victoria herein.

»Selbstgespräche sind ein erstes Anzeichen von Wahn, heißt es.« Victoria ging zu dem Papierkorb und schaute hinein. »Was ist das denn? Konntest du es nicht noch kleiner reißen?«

»Es ist ein Brief von Teddy. Bettelnd, jammernd und voller Ausflüchte. ›Ich hoffe, Sie haben meine letzte Nachricht bekommen‹, hat er geschrieben. Ach ja, und welche? Er sagt, dass sein Arzt ihn nach West Kirby geschickt hat. Weißt du, was ich glaube? Ich glaube, er veräppelt mich. Ja, das denke ich.«

»Ein bisschen komisch ist es schon. Diese Nachricht ist problemlos angekommen, auch wenn du sie komplett zerrissen hast und ich sie nicht lesen kann.«

Dana schlug sich eine Hand vor den Mund. »Oh Gott, tut mir leid! Ich war bloß so wütend auf ihn.«

»Bei mir musst du dich nicht entschuldigen. Fühlst du dich besser, weil du den Brief vernichtet hast?«

»Weißt du was? Tue ich tatsächlich. Mir geht es wirklich besser. Dieser kleine Lump. Jedenfalls sollte er sich lieber weit fern von mir halten, denn sonst hetze ich ihm Pammy auf den Hals, so wahr mir Gott helfe.«

»Tja«, sagte Victoria, »ein besserer Plan würde mir auch nicht einfallen. Garantiert gibt es keinen Mann, der sich nicht vor einer wütenden Pammy fürchten würde. Und jetzt gibt es Schinken, Eier und Pommes frites zum Abendessen. Übrigens hatte ich so etwas früher noch nie gegessen. Ich hatte von Pommes frites gehört, sie aber nie probiert, und jetzt liebe ich sie. Wenn Tante Minnie das erfährt, bekommt sie einen Herzinfarkt.«

Beide Mädchen gingen nach unten in die Küche. Victoria plapperte weiter auf Dana ein, um sie davon abzulenken, wie der Bruder ihres Freundes sie behandelt hatte. Das tat sie schon die ganze Woche.

Von wegen Pammy, dachte sie. Dieser Schuft bekommt es zuerst mal mit mir zu tun.

Keine Woche verging, bis Teddy wieder versuchte, Dana zu kontaktieren. Er beging indes den Fehler, es über Victoria zu probieren. Und die ließ ihn sofort abblitzen.

»Teddy, du darfst nie wieder versuchen, Dana zu sehen, unter keinen Umständen. Hast du mich verstanden?«

»Aber, Vic, ich hatte ehrlich einer von euren Schwestern eine Nachricht für Dana gegeben. Und ich konnte nichts tun! Ich wurde nach West Kirby geschickt, weil ihnen ein Arzt fehlte. Es ist die Wahrheit, Vic. Hab Nachsicht!«

Victoria glaubte ihm fast, aber warum hatte Dana die Nachricht dann nie erhalten?

»Tut mir leid, Teddy, ich glaube dir einfach nicht. Da war keine Nachricht. Belassen wir es dabei, ja?«

In ihrem Tonfall klang ihre Tante Minnie durch, denn sie war um Danas willen sehr streng mit ihm. Teddy wusste, dass es sinnlos war, sie überzeugen zu wollen. Ihm blieb nur noch, seinem Bruder zu erzählen, dass er Dana nicht so schrecklich versetzt hatte, und abzuwarten, ob Roland mit Victoria reden konnte. Dr. Edward Davenport war kein Lump, und er mochte Dana Brogan sehr. Sie hatte ihn mit ihren Augen und ihren roten irischen Locken bezaubert, und er war kein Mann, der leicht aufgab, wenn er etwas wahrhaft wollte.

Oliver Gaskell wartete an der Restauranttür und rauchte eine Zigarette. Das Herbstlaub fiel und wurde von einem minütlich auffrischenden Wind die Straße entlanggepustet. Nervös sah Oliver auf seine Uhr und die Bold Street hinunter in Richtung Church Street. In der Ferne konnte er eine Gestalt ausmachen, die zielstrebig in seine Richtung kam, den Kopf gegen den Wind gesenkt und eine Hand in der Manteltasche, die andere an ihrem Hut. Sie hatte ihn noch nicht bemerkt, und er konnte nicht umhin zu grinsen. Der Krieg hatte sein Leben in den Stillstand gezwungen, und er hatte genug vom Warten. Heute Abend würde er den ersten Schritt tun, das zu ändern. Er wollte heiraten und alles genießen, was mit einer Ehe einherging.

»Entschuldigen Sie. Der Bus kam zu spät, und dann erschienen gleich zwei. Sie wissen, wie es ist.« Fahrig nahm sie ihren Hut ab. Emily mochte es nicht, zu spät zu kommen. Ihrer Meinung nach war es ein unverzeihliches Vergehen. Folglich war dies hier kein guter Anfang.

»Ich habe Sie kommen sehen, also wusste ich, dass ich nicht versetzt werde.« Amüsiert beobachtete er, wie Emily, die es nicht gewohnt war, ihr Haar offen zu tragen, die schulterlangen Locken in Form zu streichen versuchte. Sein Blick fiel auf ihre Kleidung, und er war enttäuscht. Diese Kombination kannte er. Sie hatte das Gleiche angezogen wie zur Arbeit, und ihm kam der Gedanke, dass sie es für überflüssig hielt, sich seinetwegen besonders zu kleiden.

»Unser Tisch ist bereit«, sagte er. »Ich habe Ihnen Wein bestellt. Kommen Sie, trinken wir etwas und vergessen die vermaledeiten Busse. Die sind immer zu spät.«

Emily lächelte zu ihm auf. Biddy hatte recht: Er hatte ein gewinnendes Lächeln und sah sehr gut aus. Doch an seinem geradezu ungeduldigen Enthusiasmus war etwas, das Emily störte. Vor knapp zwei Wochen hatte er sie gebeten, mit ihm essen zu gehen, und sie hatte seine Enttäuschung gesehen, als sie ihm sagte, dies sei der nächste Abend, an dem sie frei wäre. »Ich, ähm, möchte niemandem zu nahe treten«, hatte er geantwortet und auf ihre Bestätigung gewartet, dass sie ledig war und auf den richtigen Mann wartete.

»Ist dies Ihr Lieblingsrestaurant?«, fragte sie, als sie sich setzten.

»Ja. Es war das erste, das nach dem Krieg wieder geöffnet hat. Früher waren meine Eltern mit mir hier.«

Für einen Moment wurde Emily ihre unterschiedliche Herkunft bewusst. Sie war nie mit ihren Eltern in einem Restaurant gewesen, und bis heute war es eine Seltenheit, eines zu besuchen. Als der Kellner ihr die Speisekarte reichte, sah sie ihn freundlich an und flüsterte sehr ernst: »Vielen Dank!«

Der Kellner lächelte.

»Wie geht es Ihnen?«, fragte Emily. »Haben Sie heute Abend viel zu tun?«

»Oh nein, Miss. Eigentlich haben wir das nie. Ich weiß auch nicht, wie sich dieses Lokal hält.«

Emily blickte in die Karte und dachte, dass sie bei diesen Preisen nicht schrecklich viele Gäste bräuchten, um zu überleben. Austern von der Isle of Man, schottisches Rind und walisischer Käse. Während sie in die Speisekarte blickte, sah sie verstohlen zu Oliver. Er hatte den Kellner kaum zur Kenntnis genommen, geschweige denn ihm gedankt. Als sie ihre Karte zurückgab, dankte sie dem Mann abermals und nahm einen kaum verhohlenen gereizten Ausdruck bei ihrem Begleiter wahr.

»Nehmen Sie die Austern und das Steak?«, fragte er.

Eine Sekunde lang dachte Emily nach. Er schlug ihr vor, was sie essen sollte, und die Weinwahl hatte er ihr auch nicht zugetraut. Natürlich hatte er recht gehabt, es nicht zu tun, denn Emily hatte keine Ahnung, welchen Wein sie mögen würde. Dennoch hätte sie es vorgezogen, ein wenig mehr in die Entscheidung einbezogen zu werden. »Nein, danke.«

Oliver sah sie verwundert an.

»Ich hätte gerne die Suppe, bitte, und danach das Hühnchen.«

Dessie hatte geholfen, die zerbombte Kirche aufzuräumen. Seine Mutter war dort getauft worden, und sämtliche Mitglieder ihrer Familie hatten die hiesige Messe besucht. Im *Echo* hatte er den Aufruf gelesen, Freiwillige mögen sich melden, um den Schutt wegzuräumen und eine Petition für den Wiederaufbau zu unterschreiben, auf dass sie wieder in ihrem alten Glanz erstrahle.

Er ging die Bold Street herunter. Am Ende würde er nach links in die Church Street in Richtung Krankenhaus einbiegen, ehe er auf dem Weg zu Biddy Pasteten besorgte. Vorher wollte er sich den Dienstplan der Pförtnergehilfen ansehen. Zwei von ihnen hatten gekündigt, um für eine Baufirma in der Stadt zu arbeiten. Es hatte Jahre gedauert, aber die Liverpool Corporation fing endlich an, die Aufträge für die neuen städtischen Wohnungen und Häuser in Bootle zu vergeben. Wieder einmal strömten die Iren herbei, um in Trupps an den Straßen und Gebäuden zu arbeiten. Auch Dessies Jungs waren alle irisch, und er hatte geahnt, dass er sie an den Wiederaufbau von Liverpool verlieren würde. Dort war mehr Geld zu machen und die Arbeit spannender, als Boiler zu befeuern oder Wäschewagen herumzuschieben.

Er wusste nicht, was ihn veranlasste, durch die Glastür des Restaurants zu blicken. Es war Sonntagabend und nichts los in der Stadt. Liverpool war berühmt für seine Feiernden und Musikliebhaber, doch nach dem Ansturm am Samstag herrschte jetzt eine Atmosphäre der Ruhe. Dessie wich einem halb vollen Bierkrug auf dem Pflaster aus, den irgendein Nachtschwärmer vergessen haben musste.

Aus einem Fenster über einer Schneiderei drang Musik, und er erreichte die Restauranttür, als ein Paar von der anderen Straßenseite auf den Eingang zustrebte. Unwillkürlich schaute Dessie ins goldene Licht drinnen, und da sah er sie. Unverwechselbar. Wie angewurzelt blieb er stehen. Sie war keine junge Frau mehr, doch Dessie fand immer, dass sie mit jedem Jahr gewann. Ihre Wangen waren weich, nicht eingefallen wie die seiner Frau. Er beobachtete, wie Dr. Gaskell lachend den Kopf in den Nacken warf, ehe er sich wieder nach vorn lehnte und seine Hand auf ihre legte.

Dessie fuhr ein schmerzlicher Stich ins Herz.

»Verzeihung, Sir«, sagte der Fremde, der nun vor Dessie auf dem Gehweg stand und ihm den Weg versperrte.

Dessies Herz raste vor Angst, sie könnte sich zur Seite umdrehen und ihn sehen. Was würde sie sagen? Was könnte er sagen? Würde sie fragen: »Dessie, warum sehen Sie aus, als wäre Ihnen gerade das Herz gebrochen worden?« Könnte er antworten: »Die Frau, die ich seit Jahren aus der Ferne verehre, hat soeben die Bühne verlassen, auf der meine Träume entstanden sind«,?

Er stand im goldenen Licht und der Wärme aus dem Restaurant, konnte aber nicht sprechen. Also nickte er dem Mann zu und versuchte, aus dem Weg zu treten. Leider wollten sich seine bleiernen Füße nicht rühren. Und er konnte den Blick nicht von ihr und Dr. Gaskell lösen. Die Frau bei dem Fremden ließ ihre edlen Lederhandschuhe fallen und lachte. Dessies gute Manieren kamen nun durch, und er bückte sich, um sie aufzuheben.

»Oh, haben Sie vielen Dank! Ich bin so ungeschickt«, trällerte die Frau mit einer unangenehm hohen Stimme.

Dr. Gaskell schaute herüber. Schwester Haycock redete, trotzdem schien ihn die offene Tür abzulenken. Er sah in Dessies Richtung. Bitte erkenn mich nicht, flehte Dessie in Gedanken. Bitte nicht!

Tat er nicht. Dessie hatte ein Dutzend Male mit ihm geredet, seit er im Krankenhaus angefangen hatte, doch an dem Ausdruck in seinen Augen war deutlich abzulesen, dass er ihn nicht wahrnahm. Er war ganz anders als sein Vater, den jeder im St. Angelus mochte. Der Sohn schien sich ausschließlich für seine Ziele und seine Pläne zu interessieren.

Die Restauranttür schloss sich hinter den beiden neuen Gästen, und Dessie zwang sich weiterzugehen. Er widerstand dem Drang, sich unsichtbar zu machen, damit er sie ansehen, ihr Lachen hören und sich von ganzem Herzen wünschen konnte, er säße ihr gegenüber und nicht Oliver Gaskell.

Biddy beschäftigte sich in ihrer Küche und wartete, dass Elsie kam. Sie war immer einige Minuten früher da als Dessie. Doch kaum erschien ihre Freundin an der Hintertür, sichtlich unruhig und aufgebracht, wusste Biddy, dass etwas nicht stimmte. Nicht zuletzt fehlten die sechs Flaschen Guinness, auf die Biddy sich schon gefreut hatte.

»Was in Gottes Namen ist mit dir?«, fragte Biddy lachend, womit sie vor allem sich beruhigen wollte, weniger Elsie, deren Verfassung sie nervös machte.

Elsie packte Biddys Ärmel. »Ich weiß mir keinen Rat mehr, was ich mit Martha machen soll. Sie benimmt sich so eigenartig, und heute hat sie mich in eine schreckliche Lage gebracht. Ich musste Jake anlügen und ihm sagen, dass sie krank ist. Sie sollten mit mir zu Abend essen, und sie hat mir gesagt, dass sie ihn nicht im Haus haben will.«

Biddy unterbrach sie. »Elsie, ich verstehe kein Wort. Geht es bitte langsamer? Erzähl mal von Anfang an. Was ist los?«

Elsie holte das Taschentuch aus ihrem Strickjackenärmel und schluchzte. »Ich kann es gar nicht glauben, Biddy. Meine Martha ist vom Teufel besessen. Ich erkenne sie gar nicht mehr wieder.«

Biddy kannte Martha beinahe so gut wie deren eigene Mutter und wusste auch, dass Elsie für ihr Leben gern übertrieb. Trotzdem lag hier etwas im Argen. »Bist du sicher? Warum musstest du Jake belügen? Das Mädchen geht nicht mal zum Klohäuschen, ohne dir Bescheid zu sagen. Wenn irgendwas wäre, würdest du es doch als Erste erfahren.«

Biddy sah Elsie an, dass sie nicht nur besorgt war, sondern regelrecht Angst hatte. Ihre Züge waren blass und verkniffen, und Biddy merkte, wie sich Unbehagen in ihr regte und all ihre Sinne schrien, die Dinge stünden gar nicht gut. Fast wollte sie nicht hören, was Elsie zu sagen hatte. Eine dunkle Ahnung weckte den Wunsch in ihr, die Zeit zurückzudrehen zu den Momenten, in denen sie sich auf Elsie, Dessie, ihr Guinness und ihre Pastete gefreut hatte.

Eilig berichtete Elsie von den Ereignissen des Tages und wie Martha sie gebeten hatte, Jake wegzuschicken, wenn er kam.

»Sag ihm, dass ich krank bin, Mam. Ich will ihn nicht sehen. Mir geht es nicht gut.«

Elsie hatte getan, worum Martha sie bat, fühlte sich jedoch nicht wohl dabei und ärgerte sich über ihre Tochter.

»›Magst du Jake Berry nicht mehr?‹, habe ich gefragt. ›Den bestaussehenden und fleißigsten Burschen in Liverpool? Denn wenn ja, musst du mal deinen Kopf untersuchen lassen, Fräulein. Ich habe einen sehr enttäuschten Jungen weggeschickt.‹ ›Sie ist krank?‹, hat er mich gefragt. ›Es ist doch nichts Ernstes, oder, Mrs O'Brien?‹ Tja, ich musste das Blaue vom Himmel runterlügen, und die ganze Zeit hat sie hinter der Tür zur Treppe gehockt, falls er durch die Küche reinkommt.

Ich konnte ihm ansehen, wie sehr er unsere Martha mag, und ich habe mich furchtbar gefühlt, weil ich ihn belügen musste. ›Nein‹, habe ich gesagt, ›morgen geht es ihr wieder gut. Sie hat nur Kopfweh. Nichts, was frühes Schlafengehen nicht wieder richtet. Sie ist schon im Bett.‹ Oh Gott, Biddy, ich komme mir schrecklich vor. Er war so besorgt. ›Richten Sie ihr bitte aus, dass ich sie liebe?‹, hat er gesagt. Wie viele Mädchen hier würden für so einen Mann sterben! ›Ja, mache ich. Sobald sie aufwacht‹, habe ich gesagt.«

»Und ist Martha krank?«, fragte Biddy.

»Krank?« Elsie sah nachdenklich aus, und Biddy kannte diesen Blick. »Um ehrlich zu sein, Biddy, mache ich mir seit Wochen Sorgen um Martha. Zu Hause ist sie ganz still und sieht so elend aus, dass man nicht glauben sollte, sie hätte einen so wunderbaren Verehrer wie Jake Berry. Wie kann eine Frau, deren Verlobter eine elektrische Waschmaschine mit Mangel kauft, unglücklich sein? Ich habe Jake angesehen, dass der Arme verwirrt ist. In dieser Woche war sie nicht mal bei dem Haus oder hat auch nur ein einziges Mal die Hochzeit erwähnt. Die müssen sie im Ärztezimmer richtig schinden, denn wenn sie nach Hause kommt, schläft sie auf dem Sofa ein und geht abends vor mir ins Bett. Morgens ist sie die halbe Zeit draußen im Häuschen. Erst habe ich gedacht, sie hat was Falsches gegessen. Ich sorge mich, dass ihr was Schlimmes fehlt, aber sie beklagt sich nie.«

»Dann kommt sie nicht nach ihrer Mutter?«, fragte Biddy. Elsie schien die Spitze nicht zu verstehen und fuhr fort.

»Die letzten paar Monate sollte man meinen, dass sie älter ist als ich. Die jungen Leute heutzutage wissen gar nicht, wie gut sie es haben. Denk mal dran, wie schwer wir schon mit sechzehn schuften mussten.«

Biddy nickte. Sie kannte Martha seit der Geburt. Biddy war es gewesen, die kesselweise heißes Wasser bereitet hatte, als die Hebamme da war, und nach oben gerannt war, um sich um Elsie und den Säugling zu kümmern. Der große Charlie war bei der Arbeit gewesen, der kleine in der Schule. Als Martha zur Welt kam, waren nur Elsie und Biddy im Haus gewesen, sie zu begrüßen.

Biddy hatte bereits eins und eins zusammengezählt, war Elsie aber anscheinend weit voraus. Sie goss zwei Tassen Tee ein. Wenn Biddy von der Arbeit kam, konnte sie jedes Mal eine ganze Kanne trinken. »Ist eben irisch«, sagte sie oft zu Dessie, der höchstens zwei Tassen schaffte.

»Frag sie später, ob sie mal zu mir kommen kann, ja? Vielleicht gibt es etwas, das sie mir erzählen würde. Sie könnte sich wegen der Hochzeit sorgen oder Angst haben, und manchmal hilft es, mit jemandem außerhalb der Familie zu reden. Schick sie zu mir. Erzähl ihr, dass ich bei irgendwas ihre Hilfe brauche.«

Elsie sah erleichtert aus. »Das mache ich. Und brauchst du Hilfe bei irgendwas?«

»Ich will ein paar alte Sachen in den Koffer oben auf dem Kleiderschrank packen. Mein Schlafzimmer muss aufgeräumt werden. Das ist ein guter Vorwand.«

Elsies Schultern sackten vor Erleichterung ein, weil sie ihre Last mit ihrer ältesten Freundin teilen konnte. »Ja, ist es. Und klettere ja nicht selbst auf den Hocker! Wir wollen nicht, dass dir was passiert, Biddy. Sie ist ins Bett gegangen. Sowie sie wach ist, schicke ich sie rüber. Wann immer das sein mag.«

Biddy beobachtete, wie Elsie ihren Tee austrank und sich noch einen einschenkte. Und sie fragte sich, was sie tun sollte, wenn Martha nicht vorbeikam und sie nicht mit ihr reden konnte. Lag Biddy mit ihrem Verdacht richtig, würde Martha sie meiden wie die Pest. Aber die Wahrheit kommt immer raus, dachte Biddy. Immer.

»Wie dem auch sei«, sagte Elsie, die ihre zweite Tasse Tee geleert hatte. »Wie geht es deiner Blase heute?«

Biddy war beinahe sprachlos. »Nicht so schlecht, wie es deiner gehen wird, wenn du nicht gleich losgehst und Guinness holst, ehe Dessie hier ist«, antwortete sie spitz.

»Ja, du hast recht. Bin schon weg.« An der Tür drehte sich Elsie noch mal zu Biddy um. »Du bist eine gute Freundin, Biddy. Ich weiß nicht, was ich ohne dich machen würde.«

Als die Tür sich schloss, leerte Biddy ihre Tasse. »Du würdest zurechtkommen«, antwortete sie der Tür. »Ja, würdest du. Keiner würde mich vermissen.«

Emily schloss die Haustür auf und ging langsam die Treppe hinauf zu ihrem Zimmer. Das Letzte, was sie wollte, war, dass ihre Vermieterin aufwachte und neugierig fragte, wo Emily den Abend über gewesen war. Als sie in ihrem Zimmer war, atmete sie auf.

»Geschafft«, flüsterte sie.

Sie machte kein Licht, als sie sich einen Tee aufbrühte, stellte sich mit der Tasse in der Hand ans Fenster und blickte zu dem abendlichen Treiben um Sefton Park. Dabei dachte sie an ihre Mutter. Manchmal wünschte sie, sie hätte eine Fotografie. Sie hatte selbst in den Trümmern gesucht, aber da war nichts gewesen. Immer wieder überkam sie Panik, wenn sie sich das Gesicht ihrer Mutter nicht in Erinnerung rufen konnte. Und je panischer sie wurde, desto unmöglicher war es. Wenn das geschah, sprach sie laut mit ihrer Mutter und befahl ihr, vor ihrem geistigen Auge zu erscheinen.

»Ist er mir bestimmt, Mutter?«, flüsterte sie jetzt in die Dunkelheit und lehnte die Stirn an die kalte Fensterscheibe. Es kam nichts. Keine geflüsterten Worte mütterlicher Weisheit, nur Dunkelheit und die klamme Luft des Mersey.

Oliver Gaskell war wild entschlossen gewesen, sie nach Hause zu begleiten. Sogar ein bisschen zu sehr, und Emily war allein bei dem Gedanken gestorben, dass er sah, in was für einer Gegend sie wohnte.

»Dann warte ich mit Ihnen an der Bushaltestelle, und keine Widerrede«, hatte er gesagt. »Ich bestehe darauf.«

Sie wünschte, er hätte nicht. Von dort konnte ihr Bus nur in eine Richtung fahren, und der Name »Lark Lane« vorn war allzu klar. In dem Moment und noch während sie zu einem Paar schaute, das Hand in Hand die Straße entlangschlenderte, hatte sie entschieden, in eines der freien Zimmer auf dem alten Schwesternkorridor zu ziehen, nur wenige Türen entfernt vom Büro der Oberschwester. Dort hätte sie drei pensionierte alte Schachteln und Schwester Antrobus als unmittelbare Nachbarinnen. Es ging das Gerücht, dass die Unterkünfte abgeschafft und dort eine neue Station für kritische Fälle eingerichtet werden sollte, aber noch war nichts beschlossen. Es würde ihr Zeit verschaffen, eine bessere Lösung für ihre Probleme zu finden, und die Etage verfügte über eine eigene Waschmaschine und Bäder mit unbegrenzt heißem Wasser.

Als sie ihren Tee austrank, rang sie mit der Frage, die sie oft spätabends heimsuchte, wenn sie müde und emotional war. Fröstelnd kroch sie zwischen die kalten Laken. Ohne Frage hatte sie ihr Versprechen über Jahre gehalten. Jetzt jedoch schlichen sich Unzufriedenheit und Einsamkeit in ihr Leben ein. Es lag an Pammy Tanner. Sie bei dem Bewerbungsgespräch zu sehen und die letzten Monate im Krankenhaus zu erleben hatte Erinnerungen wachgerufen, die sie längst tief vergraben hatte. An die Vergangenheit, die sie erfolgreich verdrängt hatte. Oder es zumindest geglaubt hatte.

Und wie es so oft geschah, wenn der Tag zu Ende ging, hörte sie die Stimmen ihrer kleinen Brüder und ihrer Freundin Rita. Ihnen folgte immer der Lärm von explodierenden Bomben, wenn die Tränen kamen.

Kapitel neunzehn

Victoria Baker brauchte eine Pause.

Der lange Sommer war vorbei, und entsprechend der Vorwarnung standen die Schwesternschülerinnen im ersten Jahr ganz hinten, was Urlaubsgesuche anging.

»Würde der blöde Köter der Oberschwester Urlaub beantragen, er käme noch vor uns«, murrte Pammy.

Victoria entschied, die Sache selbst in die Hand zu nehmen. In Baker Hall bewegte sich einiges, und Roland wurde ungeduldig. »Liebes, ich denke, du musst wirklich bald nach Hause kommen«, hatte er am Telefon zu ihr gesagt. »ich fürchte, deine Tante Minnie und dein Vater brauchen jetzt dringend deine Hilfe.«

Victoria hatte einen Termin bei der Oberschwester gemacht. Sie wusste nichts von Blackie, hatte den Hund nie gesehen. Und sie hatte gedacht, Pammy würde scherzen.

Also war sie zur verabredeten Zeit an der Tür und war froh, dass Pammy zugestimmt hatte, unten an der Treppe zum Büro auf sie zu warten. »Mach nicht zu lange«, hatte Pammy ihr zugeflüstert, als sie durch die Eingangstüren gegangen waren. »Wenn sie anfängt, dich nach den neuesten Frisuren zu fragen oder ob ihr das neue Korallenrot von Max Factor steht, sag ja und lauf!« Victoria blickte nach unten zu Pammy, als sie oben war, und hatte

Mühe, nicht zu kichern. Der Gedanke, dass die strenge Oberschwester sie nach Frisuren fragen sollte, war mehr als lächerlich.

Sie klopfte an.

»Herein!«, rief die Oberschwester. Es gab keine Schwester im St. Angelus, die nicht zitterte, wenn sie dieses Büro betrat. Mit Ausnahme von Victoria, denn sie ging selbstbewusst auf den Schreibtisch zu. Eine halbe Stunde später stürmte sie die Treppe hinunter zu Pammy.

»Wie ist es gegangen?«, fragte Pammy, kaum dass sie draußen an der frischen Luft waren.

»Gut genug«, antwortete Victoria. »Sie hat gesagt, dass ich morgen nach Hause reisen kann. Ich muss nur noch meine Schicht heute arbeiten.«

»Das ist ja ein Ding, Victoria! Dein Vater und deine Tante werden sich richtig freuen. Es muss schwer sein, aus dem Haus ausziehen zu müssen. Und sie werden wollen, dass du dir dein neues Zimmer selbst einrichtest.«

Victoria lächelte nur. Die Oberschwester war mehr als entgegenkommend gewesen. »Natürlich, Schwester Baker. Und richten Sie doch bitte Lord Baker meine herzlichen Grüße aus.«

»Ich sag dir was, Pammy. Ich glaube, die Oberschwester hat ein kleines Problem.« Sie waren fast am Stationstrakt, wo sie sich trennen würden.

»Wie? Was für ein Problem?«

»Na, es ist richtig komisch, aber als ich mit ihr geredet habe, hat sie mich angeknurrt. Das war wirklich seltsam. So habe ich noch nie jemanden knurren hören.«

Hätte man Victoria den Urlaub morgens nicht genehmigt, am Ende ihrer Schicht brauchte sie ihn dringender denn je.

»Wir haben ein Verbrennungsopfer in der Notaufnahme und

brauchen jemanden, der bei ihr ist«, hatte die Schwester gesagt, als sie über die Station zu Victoria und der anderen Schwesternschülerin kam, die auf der Frauenstation die Betten machten. »Schwester Baker, bereiten Sie bitte die erste Kabine vor. In ungefähr zehn Minuten ist sie hier. Machen Sie einen Rollwagen mit Infusionen und Sauerstoff bereit. Ich habe keine Ahnung, wie schlimm es ist, nur, dass es großflächige Verbrennungen sind.«

Auf jeder Station im St. Angelus war die erste Kabine nahe dem Schwesternzimmer immer den schlimmsten Fällen vorbehalten. Victoria eilte zum Wäscheschrank und belud ihre Arme mit sauberen Bettlaken. Auf dem Rückweg kam ihr die Schwester entgegen. »Ich helfe Ihnen, das Bett zu machen. Obwohl ich nach dem, was ich gehört habe, denke, dass wir nur Unter- und Zwischenlaken brauchen.«

Victoria wurde übel. Das würde nicht gut.

Als Dessie die Trage hereinrollte, begleitet von Jake Berry, der ihm beim Lenken half, sah Victoria ihm sofort an, dass er sich um die Patientin sorgte. Ein Arzt mit einem Stapel Krankenblätter lief neben der Trage her. Und Victoria hatte ihre liebe Not, nicht vor Entsetzen den Mund weit aufzureißen.

Die Patientin erinnerte sie an einen der großen Holzscheite, die Hudson im Kamin von Baker Hall verheizte.

Ihr Körper war von oben bis unten schwarz. Haar, Ohren, Nase und Lippen waren weg. Die Fingerspitzen der Frau waren fortgebrannt, genauso wie ihre Zehen, und sie war bedeckt von triefenden Brandblasen. Victoria erschrak sich halb zu Tode, als die Patientin sie ansprach.

»Guten Tag! Wissen Sie, wo mein Eddie ist?«, fragte sie. Ihre Stimme klang angestrengt, aber vollkommen klar.

Victoria konnte nicht antworten, doch zum Glück nutzte Dessie diesen Moment, alle zu bitten beiseitezutreten, damit er die

Rolltrage in die Kabine manövrieren konnte. »Jeder kleine Rums tut dieser jungen Frau weh, und ich will nicht riskieren, gegen eine Wand zu stoßen, weil ich Ihnen ausweiche. Die Hände über die Ecken, Jake. So ist es deine Hand, die gegen die Wand stößt, und sie merkt nichts.« Innerhalb von Sekunden war die Situation auf der Station angespannt.

»Sie wird den Tag nicht überleben, oder?«, flüsterte die Schwester dem Arzt zu.

»Ich denke, das wird sie«, antwortete er. »Vor nicht allzu langer Zeit noch hätte sie keine Chance gehabt. Da wären jetzt schon die Infektionen in ihrem offenen Gewebe gewuchert, aber jetzt ... jetzt ...« Der Arzt hatte leuchtende Augen und klang geradezu entzückt. »Jetzt kann ich ihr intravenös Antibiotika geben, und solange sie nicht dem Schock erliegt, könnte sie es schaffen. Wenn wir die Infektion eindämmen, kann neue Haut wachsen. Ihre Ohren und die Nase können wir nicht ersetzen, aber ihr Mann hätte immer noch eine Frau, und ihre Kinder hätten eine Mutter.«

Victoria war verblüfft, als die Patientin erneut sprach.

»Werde ich wieder, Doktor?«, krächzte sie. »Werde ich wieder gesund?«

Sie alle waren in der abgeschiedenen Nische und standen um das Bett herum, um bei der heiklen Aufgabe zu helfen, die Patientin von der Trage ins Bett zu bekommen. Victoria hatte keine Ahnung, wie sie das anstellen sollten.

»Alles wird gut, Ivy. Halten Sie einfach nur durch, meine Liebe. Wir beide werden ein großartiges Team, Sie und ich, und ich habe neue Medikamente, die helfen. Sie sind gewiss eine gute Katholikin. Ich habe die Mittel, und Sie müssen den Willen haben, altes Mädchen. Ich zähle auf Sie. Jetzt möchte ich, dass Sie mir zuhören und beten, dass Gott uns beiden hilft. Können Sie das für mich tun?«

»Kann ich, Doktor.« Für einen Moment waren alle stumm. »Ist Eddie hier?«

Die Schwester hatte acht Schwesternschülerinnen zusammengerufen, die helfen sollten, Ivy von der Trage ins Bett zu bekommen. Sie standen auf allen vier Seiten der Trage, zwei von ihnen am Fußende und die Schwester am Kopfende. »Also gut, Schwestern, wir heben diese Patientin mit dem Stecklaken von der Trage. Es werden weder die Decke noch die Stangen benutzt«, sagte sie zu Dessie. »Ich nehme Ihren Kopf, Ivy.« Alle sahen zur Schwester und waren ganz auf ihre Worte konzentriert, denn keiner wollte eine falsche Bewegung machen. Dessie und Jake übernahmen das meiste Gewicht auf dem Stecklaken. »Wenn wir es richtig machen, dauert es keine zehn Sekunden.«

Die Schwester beugte sich zur Patientin. »Ivy«, sagte sie ruhig und sicher. Es kam ihr seltsam vor, die Patientin mit ihrem Vornamen anzusprechen, aber der neue Arzt musste erst noch lernen, wie es auf ihrer Station lief, und er hatte ihr keinen Nachnamen genannt. »Wir heben Sie jetzt auf das Bett. Wir sind alle hier, um zu helfen. Versuchen Sie, sich zu entspannen und sich keine Sorgen zu machen.«

Es dauerte nur fünf Sekunden, und obwohl sie sich bemühten, behutsam zu sein, stieß Ivy einen schaurigen, ohrenbetäubenden Schrei aus, als sie auf das Bett gelegt wurde.

»Gut, ich brauche neunprozentige Kochsalzlösung«, sagte der Arzt und schwang den Rollwagen zum Kopfende des Bettes. »Da war eine Vene, in die ich einen Zugang legen konnte. Jetzt muss sie mehr Morphium bekommen, direkt unten in den Infusionsschlauch. Hinterher brauche ich Pflaster für die Einstichstelle, und wir müssen die Infusion am Laufen halten, so.« Er öffnete den Regler an dem Schlauch, dicht unter der Glasflasche. »Durch die offenen Brandwunden hat sie viel Körperflüssigkeit verloren, und bald wird sie vom Morphium vollkommen benebelt sein. Die Verbände sind in flüssiges Paraffin getränkte Gaze. Der Arzt telefoniert gerade mit einem Freund am Queen Vic in East Grinstead. Er war im Krieg Arzt bei der Royal Air Force und ist auf Brandwunden spezialisiert. Wir sind nicht sicher, ob die Verbände oft gewechselt werden sollten oder wir nur mehr flüssiges Paraffin draufgeben und abwarten, ob die Haut darunter heilt und granuliert. Diese neuen intravenösen Antibiotika sind ein echter Durchbruch. Behalten Sie ihre Werte im Blick, und sagen Sie mir Bescheid, wenn sich eine Krise ankündigt. Ich schreibe ihr Schmerzmittel auf und spreche mit dem Apotheker. Die müssen durchgehend gegeben werden. Sorgen Sie dafür.«

Die Schwester versuchte, sich ihre Empörung nicht anmerken zu lassen. »Doktor, ich weiß, dass Sie neu hier sind, aber dies ist meine Station, und wenn Sie Anweisungen für meine Schwestern haben, dann bitte künftig über mich.«

Zu Victorias Entsetzen war der Arzt gänzlich unbeeindruckt. »Ich bitte um Entschuldigung, Schwester, aber im Moment ist die Patientin meine Hauptsorge, nicht das St.-Angelus-Protokoll.«

Zunächst herrschte eisiges Schweigen, dann sagte die Schwester: »Sie bleiben bei der Patientin, Schwester Baker. Bitte achten Sie auf ihre Werte, solange wir das mit dem Schmerzmittel klären.«

Victoria sah zu Ivy und fragte sich, wie sie denn an ihrem schwarzen verbundenen Arm Blutdruck messen sollte. Die Infusion lief beinahe auf höchster Stufe, und auch das machte Victoria ein bisschen panisch. Zum ersten Mal erlebte sie, dass einer Patientin so viel Flüssigkeit gegeben wurde. In der Notaufnahme hatte man ihr einen Katheter gelegt, doch bisher war gar nichts in dem Beutel. Die Flüssigkeit ging in den Körper, aber es kam keine heraus.

»Hallo, Ivy«, flüsterte sie. »Haben Sie Schmerzen? Tut es weh zu atmen?«

»Es war der Pommes-Topf, Schwester. Unser Eddie hat mich sofort weggezogen, aber dann ist der Topf auf mich gefallen, und er hat Wasser auf mich geschüttet, was es noch schlimmer gemacht hat. Er ist nicht besonders klug, mein Eddie, aber er meint es immer gut. Bald sind die Kinder aus der Schule zurück und werden ihr Abendessen wollen. Sie werden sich wundern, was los ist. Ich schätze, Mavis von nebenan kümmert sich um sie.«

Victoria war verblüfft. Die prompte Rettung erklärte, warum Ivys Lunge nicht vom Rauch geschädigt wurde und sie noch sprechen konnte. Doch es war schwer vorstellbar, dass jemand solche massiven Verbrennungen überleben konnte.

»Machen Sie sich wegen der Kinder und Eddie keine Gedanken«, sagte sie. »Jetzt müssen wir uns um Sie kümmern, Ivy. Nur Sie. Wissen Sie noch, was Sie dem Arzt versprochen haben? Ich gehe nur kurz eine neue Infusionsflasche holen und bin in zwei Sekunden wieder da. Sprechen Sie Ihr Gebet, um dem Arzt zu helfen.«

Victoria war eher zwei Minuten weg, länger nicht. Sie riskierte einen Tadel von der Schwester, indem sie praktisch über den Korridor und in den Sterilgutraum rannte, sich eine Flasche neunprozentige Kochsalzlösung schnappte und sofort wieder zurücklief.

Noch ehe sie am Bett war, erkannte sie, dass etwas mit Ivys Atmung nicht stimmte. Bis sie den Arzt herbeigerufen hatte, war Ivy beinahe weg.

»Nehmen Sie das Kopfteil vom Bett ab«, befahl der Arzt. »Schnell!«

Victoria war schleierhaft, woher sie die Kraft nehmen sollte. Sie packte das Metallgestänge des Kopfteils mit beiden Händen und zog nach oben. »Es klemmt«, sagte sie.

»Ich helfe Ihnen.« Die Schwester war herbeigelaufen gekommen. In einem Rutsch bekamen sie das Kopfteil gelöst und zur Seite gehoben. Dann sahen sie den Arzt an, doch er schüttelte den Kopf.

»Es nützt nichts«, sagte er. »Wir haben sie verloren. Ich kann nicht mal eine Herzmassage versuchen, weil die Brust so schlimm verbrannt ist. Verdammt, verdammt, verdammt!« Er hieb mit der Faust gegen die Wand. »Ich habe es gewusst! Ich habe gesagt, dass es riskant ist, sie auf die Station zu verlegen, bevor sie richtig stabilisiert ist. Es war der Schock. Hätten wir sie doch bloß vierundzwanzig Stunden behalten können, wo sie war. Wir brauchen einen Raum neben der Aufnahme für die ernsteren Fälle. Ich sage das immer wieder, aber die verfluchte Oberschwester weigert sich, den Platz freizugeben.«

Victoria blickte ihn verständnislos an. Sie hatte die Gerüchte nicht gehört und wusste nicht, dass er von den Wohnräumen der Oberschwester sprach. Die Stiftung hatte gebeten, sie in ein Unfall-OP und eine Station für kritische Notfälle umbauen zu dürfen. Eine Bitte, die von der Oberschwester kategorisch abgelehnt wurde. Ihr war klar, dass dann außer ihr auch die vier alten Schwestern sowie Schwester Antrobus rausgeworfen würden. Die vier Schwestern hatten über sechzig Jahre im St. Angelus gearbeitet und gelebt. Sie hatten ihr ganzes Leben den Kranken von Liverpool gewidmet. Und die Oberschwester würde sie bis zu ihrem letzten Atemzug beschützen.

Als sie Ivy mit einem Laken bedeckten, erschien ein Mann mit rußgeschwärztem Gesicht und verbundenen Händen in der Tür.

»Ist das meine Ivy, Schwester?«, fragte er, und Tränen stiegen ihm in die Augen. »Die haben mich nicht aus der Notaufnahme gelassen, ehe meine Hände verbunden waren. Was hat sie gesagt? Hatte sie Schmerzen? Hat sie nach mir gefragt?«

Victoria war dankbar, als die Schwester kam. »Wir gehen in den Aufenthaltsraum. Schwester Baker, würden Sie uns ein Teetablett bringen? Mr Collins hat einen schweren Schock erlitten.«

»Ja, Schwester, sofort.« Doch Victoria sollte für immer bedauern, dass sie ihm nicht erzählen konnte, was Ivy gesagt hatte: dass er es stets gut meinte; und dass ihre Stimme voller Liebe und Zuneigung zu ihm gewesen war, als sie im Sterben lag.

Es hatte reichlich Diskussionen in der Gruppe gegeben, wer Urlaub nahm und wer blieb, um für diejenige einzuspringen. Victoria konnte es nicht erwarten, nach Baker Hall zu fahren, und zugleich grauste ihr davor. Die letzten drei Monate war Roland an jedem ihrer freien Tage nach Liverpool gekommen, und inzwischen waren sie einander sehr vertraut. Auch wenn er sie bisher nicht geküsst hatte, hielten sie sich bei den Händen und redeten viel. Und Victoria wollte Roland dringender sehen als Baker Hall. Den letzten Monat hatte sie jedes Wochenende gearbeitet, weshalb ihr letztes Treffen vor fünf Wochen gewesen war. Sie hatten sich zweimal die Woche geschrieben, aber Victoria war es leid, Briefe zu schreiben. Sie wollte mehr als nur hin und wieder einen Tag mit ihm verbringen und wissen, ob sie eine gemeinsame Zukunft hatten. Denn so schwierig es auch war, ihn nicht zu sehen, war es nicht minder schwer, nicht offen mit ihren Freundinnen über ihn sprechen zu können. Dana wusste es, aber Victoria wagte nicht, den anderen etwas zu sagen, bevor sie nicht sicher war. Roland hatte vorgehabt, sie abzuholen, doch es war ein Montag, daher sagte sie ihm, dass sie den Zug nehme und um halb sechs in Bolton ankomme, wenn er mit der Arbeit fertig war. Sie war froh, den Tag allein für sich zu haben. Ivy und ihr verzweifelter Ehemann hatten sie verstört, und sie hätte gern mehr getan. Zum Beispiel zu Ivys Haus gehen und bei den Kindern helfen. Aber Victorias

Aufgabe war die Krankenpflege im St. Angelus, und das durfte sie nicht vergessen. Sich nicht zu sehr auf die Patienten und deren Leben einzulassen, sollte sich als ihre größte Herausforderung erweisen.

Sie sah ihn, sobald sie auf den Bahnsteig trat. Er war schwerlich zu übersehen, da er auf sie zugelaufen kam und ihren Namen rief. Es waren beinahe neun Monate vergangen, seit Victoria den Zug von Bolton nach Liverpool genommen hatte. Ihr war bewusst, dass sie als veränderter Mensch zurückkehrte.

»Victoria, hier drüben!«

Wegen der Dampfwolke, die von der Lok aufstieg, war er für einen Augenblick verschwunden, ehe er plötzlich wieder aus dem weißen Dunst auftauchte und sie in seinen Armen war.

»Ich dachte schon, die lassen dich nie aus dem Krankenhaus«, flüsterte er ihr zu. »Ich hatte Angst, mich auf dich zu freuen, falls es doch nichts wird.«

Victoria blickte zu Roland auf und fragte sich, wie aus ihrer Freundschaft Liebe geworden war. Es war kein Wort gesagt worden, sondern einfach geschehen. Ein nahtloser Übergang. Er lächelte sie an, als hätte er ihre Gedanken gelesen. »Ist es gestattet, dass ich dies hier tue?«, fragte er, und ohne eine Antwort abzuwarten, küsste er sie auf den Mund.

»Nun, das will ich hoffen«, antwortete Victoria lächelnd. »Da du es eben getan hast.«

»Na, dann bin ich erleichtert. Ich war in Sorge, dass ich die Zeichen falsch gelesen haben könnte. Dass du vielleicht schon einen Arzt gefunden hast, der sich deine Zuneigung sichern konnte. Andererseits war Teddy letztes Wochenende hier und hat mich diesbezüglich beruhigt.«

»Teddy?« Victoria schrie seinen Namen fast. »Sprechen wir

nicht über deinen Bruder. Ich habe ihm immer noch nicht verziehen.«

Roland ergriff Victorias Hand, nahm mit der anderen ihren Koffer und ging mit ihr zum Wagen. Victoria und er hatten sich beinahe gestritten wegen seines Bruders, weshalb er froh war, das Thema zu wechseln.

»Deine Briefe klangen, als hättest du eine grausige Zeit«, sagte er stattdessen.

»Oh nein, habe ich nicht. Jedenfalls noch nicht. Die fängt an, wenn ich nach dem Urlaub auf die nächste Station komme, auf die Zwei zu Schwester Antrobus. Sie nennen sie den Ameisenbären, weil sie wie einer aussieht. Und sie hätte Pammy fast ausgetrieben, Krankenschwester werden zu wollen. Alle staunen, wie sie das überlebt hat.«

»Hat Pammy dir Tipps gegeben?«

»Oh ja! Und ich bin schon vielen Frauen wie dem Ameisenbären begegnet. In Lancashire wimmelt es von starken Frauen, also macht sie mir keine Angst.«

Sie setzte sich auf den Beifahrersitz, während Roland hinten ihren Koffer festband, nahm ihr Kopftuch ab und schüttelte es aus, bevor sie es ordentlich auf ihrem Schoß zusammenfaltete. Ihr Haar fiel ihr über die Schultern. Tief im Innern wusste sie, dass sie gelogen hatte. Sie hatte schreckliche Angst vor Schwester Antrobus. Nach Rolands Kuss wusste sie nun aber auch, dass sie offiziell ein Paar waren, obwohl es keiner von ihnen ausgesprochen hatte. Ein Leben als Anwaltsfrau mit Roland in Bolton war überaus reizvoll, trotzdem wollte sie ihre Ausbildung fortsetzen. In etwas über zwei Jahren hätte sie ihr Abschlussexamen. Da St. Angelus keine verheirateten Schwestern einstellte, müssten die anderen und sie eines Tages eine Wahl treffen. Ihre wäre, entweder Krankenschwester oder Ehefrau und Mutter zu sein. Die Arbeit aufzugeben, die sie so sehr liebte und die ihr täglich das Gefühl gab, nützlich, lebendig und ausgefüllt zu sein, oder den Mann zu heiraten, bei dem sie sich sicher war, dass sie ihn liebte.

Auf der Fahrt sprachen sie über Rolands Arbeit, das Anwesen und den bevorstehenden Verkauf. Auch über die Tatsache, dass ihr Vater sich weigerte, Rolands Anrufe anzunehmen. Roland glaubte, der neue Anwalt würde alles hinauszögern und sich selbst einen großen Brocken von dem nehmen, was am Ende übrig blieb.

»Oh Gott, Roland, es tut mir so leid. Tante Minnie ist verrückt geworden. Erwähne ich auch bloß deinen Namen am Telefon, lenkt sie sofort ab. Deshalb habe ich ihnen nicht erzählt, dass du mich nach Hause bringst. Wir werden dort gemeinsam ankommen.«

Roland nahm eine Hand vom Lenkrad und schob sie in Victorias. Sie wechselten ein unsicheres Lächeln, durchwirkt vom Kitzel erster Liebe. Victoria hatte Mühe, nicht durchgehend zu grinsen, und weil Roland es nicht sehen sollte, blickte sie zum Seitenfenster hinaus. Genüsslich atmete sie den Duft von schwerem Herbstnebel ein, der über dem Moor waberte, als sie Bolton verließen. Trotz allem tat es gut, zu Hause zu sein.

»Was willst du ihnen erzählen?«, fragte er. »Sagst du ihnen, dass wir zusammen sind und heiraten wollen?«

»Sind wir? Wollen wir?« Victoria grinste immer noch.

»Das will ich doch sehr hoffen, es sei denn, du machst es dir zur Gewohnheit, dich von Männern auf Bahnhöfen küssen zu lassen.« Er hob Victorias Hand an seine Lippen und küsste ihre Finger. »Ich weiß, dass ich ihn nicht erwähnen soll und möchte den Moment nicht verderben, aber da du so wunderschön aussiehst und in meinem Wagen gefangen bist, muss ich noch einmal fragen. Teddys Herz ist gebrochen, weißt du? Er hatte geglaubt, dass er deine Freundin endlich bewegt hatte, ihn zu mögen, doch inzwischen sind Monate vergangen, und sie redet nicht einmal mit ihm. Letztes Wochenende war er zu Hause und sehr niedergeschlagen.«

»Das wundert mich nicht. Er ist ein Schuft, bittet Dana, ihn zu treffen, und versetzt sie ohne ein Wort. Er hätte zumindest eine von uns ansprechen können, damit wir es ihr ausrichten.«

Roland bog auf die Einfahrt des Anwesens ein, und Victoria konnte Baker Hall stolz in der Ferne aufragen sehen.

»Aber er sagt, das hat er. Er hat einer von euch Schülerinnen eine Nachricht für sie gegeben.«

Victoria schnaubte verächtlich. »Glaubst du das, Roland? Dass er einer von uns eine Nachricht gibt und wir sie nicht weiterreichen? Nein, bedaure, wenn Teddy sich nicht zu benehmen weiß, soll er Dana bloß fernbleiben. Sie hat geschworen, dass eher die Hölle zufriert, ehe sie je wieder mit ihm redet. Und wenn er sich ihr nähert, bekommt er es mit mir zu tun. Danach überlasse ich ihn Pammy, damit sie es zu Ende bringt. Kein Arzt verschaukelt oder verletzt eine von uns, ohne dass wir alle ihn die Folgen spüren lassen.«

»Autsch«, sagte Roland und zuckte zusammen. »Erinnere mich dran, nie zu spät zu kommen.«

»Er war nicht zu spät, Roland. Er hat sie versetzt! Die Arme hat anderthalb Stunden lang auf ihn gewartet. Sie musste sich aus dem Schwesternheim schleichen und hätte in ernste Schwierigkeiten geraten können, verstehst du das?«

»Na schön, ich verstehe es, und ich verteidige meinen Bruder nicht mehr. Jetzt muss er allein weiterkämpfen.« Roland lachte. Zugleich erkannte er, wie viel selbstbewusster Victoria geworden war, seit sie Baker Hall und all die Tragik hinter sich gelassen hatte. »Ich habe gehört, dass sie so gut wie alles in Baker Hall zusammengepackt haben. Zwar reden die neuen Anwälte nicht mit mir, aber der Makler ist ein netter Mann und hält mich auf dem Laufenden. Ich möchte nicht, dass du traurig wirst.«

Victoria sah ihm seine Sorge um sie an. Er war alles, was ihr Vater nie für ihre Mutter gewesen war, beschützend und fürsorglich. Und sie liebte es.

»Werde ich nicht sein. Ich habe viel Zeit zum Nachdenken gehabt, und mir ist klar geworden, dass es weit Wichtigeres im Leben gibt als ein Anwesen. Gesundheit zum Beispiel. Roland, hast du schon mal Pommes frites gegessen?«

Als sie sich Baker Hall näherten, war Victoria dennoch überrascht, Möbelwagen vor dem Haus zu sehen.

»Sind schon alle Sachen weg?«, fragte sie.

»Nein, noch nicht ganz.« Roland hatte die Details auf der Fahrt ausgespart, doch jetzt gab es kein Entrinnen mehr. Victoria musste alles erfahren. »Ich habe einige der Angebote gesehen. Die Gemälde werden auf einer Auktion in London versteigert, aber der Rest soll hier verkauft werden. Hast du gewusst, dass ihr annähernd vierzig Pferdedecken im Stall hattet? Steht auf der Inventarliste.«

»Ja. Einige von denen waren schon lange vor meiner Geburt da. Mutter hatte sich sehr gut um alles gekümmert.« Victoria kamen die Tränen, und ein Schluchzen verfing sich in ihrer Kehle. Auf einmal wünschte sie, sie wäre meilenweit weg – Roland hin oder her.

»Victoria!« Tante Minnie kam die Stufen heruntergelaufen. »Was machst du hier? Ich hatte dich erst heute Abend erwartet.«

Zwei Männer mit Aktenmappen unter den Armen kamen hinter Tante Minnie aus dem Haus, und Victoria vermutete, dass es die neuen Anwälte waren. Sie spürte, wie sich Roland neben ihr verspannte. Ihre Tante ignorierte ihn vollkommen und fuhr fort: »Ich hatte gehofft, dies alles wäre seit Wochen erledigt, aber diese Männer trinken so viel Tee, dass es doppelt so lange dauert wie erwartet. Es ist der Krieg, weißt du. Anscheinend sind die besten Männer alle gefallen. Mich wundert, dass diese Leute von ihren Arbeitgebern geduldet werden.«

»Ich wollte so schnell wie möglich hier sein. Und ich bin gekommen, um zu helfen, Tante Minnie. Du kannst das nicht alles allein machen. Wo ist Daddy?«, fragte Victoria.

Sie fühlte, wie Wut in ihr hochkochte. Sie war nicht mehr die schüchterne, unsichere Victoria, die vor neun Monaten ihr Zuhause verlassen hatte. Diese Victoria hatte Freundinnen, Prüfungen bestanden, sich verliebt und Patienten in ihren letzten Momenten die Hände gehalten.

»Ach, dein Vater ist noch schlimmer als die Möbelpacker! Er sitzt in seinem Arbeitszimmer. Keinen Finger hat er bisher gekrümmt, sie nur angeschrien, als sie kamen, um die Bilder abzunehmen. Ich habe dem Auktionator gesagt, er muss deinen Vater als Restposten verkaufen, denn er weigert sich umzuziehen.«

»Armer Daddy.« Victoria wandte sich zu Roland. Sie brauchte die Zustimmung von jemandem, der ihren Vater und dessen Fehler nicht kannte.

»Armer Daddy, von wegen!«, sagte Minnie. »Das Dower House ist entzückend. Nachdem es jetzt renoviert ist, verstehe ich nicht mehr, was in uns alle gefahren war, solange an diesem bröckelnden Kasten festzuhalten. Noch vor wenigen Monaten habe ich mich vor der Auktion gefürchtet, und jetzt kann sie meinetwegen gar nicht schnell genug kommen. Du musst zum Dower House gehen, und ich treffe dich dort.«

»Ich denke, ich sehe mich nur kurz hier um, falls es dir nichts ausmacht.« Der Druck unten an ihrem Rücken wurde ein klein wenig stärker.

»Aber im Dower House ist es warm. Hier ist nirgends Feuer gemacht und alles ausgekühlt. Außerdem habe ich Sachen verrücken lassen. Geh ins Dower House, und trink einen Tee, Liebes. Es bedarf ein wenig der Gewöhnung.« Minnies Tonfall klang nicht mehr entschieden, sondern flehend, und Victoria ahnte, dass sie etwas verschwieg. »Du willst hier nicht herumlaufen. Ich weiß, dass du es nicht über Nacht akzeptieren kannst. Keiner könnte das besser nachvollziehen als ich, aber ehrlich, bald wirst du genauso empfinden und froh sein, dass du das eisige, viel zu große Mausoleum los bist.«

Ein plötzlicher Krach unterbrach sie.

Alle waren gelähmt vor Schreck. Und dann vernahmen sie den gellenden Schrei eines Hausmädchens. Roland lief die Stufen hinauf zum Haus. Victoria konnte sich immer noch nicht rühren. Dieses Geräusch hatte sie so oft gehört, jedoch nie im Haus. So klang das Gewehr ihres Vaters.

Der Hund ihres Vaters legte seinen Kopf auf Victorias Schoß und starrte tieftraurig zu ihr auf.

»Das ist das Schlimmste an Hunden, dass man ihnen nicht erklären kann, was geschehen ist. Sie verstehen es nicht«, sagte Roland, der neben Victoria auf dem großen Sofa in der Bibliothek saß. Das Schild, das an einem Band an der einen Armlehne hing, wies das Möbel als Posten 147 aus. Beide hielten Gläser mit dem besten Brandy in den Händen, der noch im Keller von Baker Hall gewesen war. Nachmittags war die Beerdigung gewesen, zu der Trauergäste aus London angereist waren.

Obwohl ihr Vater in den letzten Jahren meist allein gewesen war, grüblerisch und vorwurfsvoll, schien ohne ihn das Leben aus Baker Hall gesaugt zu sein. Minnie kam herein, noch ganz in Schwarz und mit ihrem Hut auf. Sie sprach in einem Ton, der um Vergebung zu betteln schien.

»Darf ich mich zu euch setzen?«

»Ja, natürlich«, antwortete Victoria. »Komm, setz dich zu Roland und mir.« Sie zog ihre Hand aus Rolands. Eine Stunde nachdem der Arzt ihren Vater für tot erklärt hatte, hatte Victoria übernommen.

»Baker Hall gehört jetzt dir«, hatte Roland gesagt. »Du hast jetzt das Sagen, nicht dein Vater, Gott sei seiner Seele gnädig, und auch nicht deine Tante Minnie. Es ist dein. Tut mir leid, es ist der Anwalt in mir, aber ich dachte, das solltest du wissen. Ich habe damals das Testament deines Vaters aufgesetzt. Alles geht an dich. Viele Schulden deines Vaters sind mit ihm gestorben. Offensichtlich bleibt noch die Erbschaftsteuer, doch die Dinge stehen nicht mehr so schlecht wie vorher. Du kannst mit der Steuerbehörde verhandeln, weil dies womöglich eine außergewöhnliche Situation ist. Es tut mir leid, Victoria, aber ich bin sicher, dass du das wissen willst.«

Victoria wusste, hätte sie Roland nicht an ihrer Seite, wäre ihr alles über den Kopf gewachsen, was nun auf sie zukam.

»Gut«, sagte sie. Ihre Wimperntusche war von Tränen verschmiert, als sie ihn ansah. »In dem Fall will ich als Erstes diese Anwälte feuern. Ist das in Ordnung für dich?«

Roland lächelte. »Liebling, kann ich es für dich leichter machen und das erledigen?«

»Hast du diese Frau gesehen, Lady Bella, auf der Beerdigung?«, fragte Minnie nun, als sie neben Victoria auf das Sofa sank. »Gott, wenn sie Bescheid wüsste! Sie hat schon versucht, sich deinen Vater zu angeln, seit deine Mutter gestorben ist. Sie hätte sich liebend gern hier eingenistet und ihre schrecklichen

Kinder gleich mitgebracht.« Tante Minnie erschauderte bei dem Gedanken. Victoria hatte den ganzen Tag wenig mit ihr gesprochen, und das war ihrer Tante nicht entgangen.

Roland war wunderbar gewesen und hatte sämtliche Trauergäste verabschiedet. Er benahm sich, wie es ein Ehemann getan hätte, und Victoria nahm es durchaus wahr. Ihre Tante Minnie ebenfalls, auch wenn Victoria das wiederum nicht bemerkte.

Er hatte geholfen, die Beerdigung zu planen, das Essen bestellt und sich mit den Trauergästen unterhalten. Auch um die Polizei und alles andere hatte er sich gekümmert.

»Ich weiß nicht, was ich die letzte Woche ohne Sie angefangen hätte, Roland«, sagte Tante Minnie. »Sie haben weit mehr als Ihre Pflicht getan, und ich musste die ganze Zeit an meinen Mann denken.« Sie neigte den Kopf zur Seite und ergänzte für Victoria, als könnte sie es vergessen haben: »Dein Onkel Jamie.« Zunächst ließen alle diese Bemerkung still auf sich wirken.

»Sehr freundlich von Ihnen«, antwortete Roland und schwenkte verlegen sein Glas. Victoria sah verstohlen zu ihm. Dies war sein Moment, nicht ihrer.

»Alle Männer in dieser Familie sind tot«, fuhr Minnie fort. »Und ich musste immer wieder denken, wäre der höllische Krieg nicht gewesen, hätten wir diese jungen Männer noch bei uns, würden sie heute unserer Familie vorstehen. Mir war, als würden sich ihre Geister heute unter die Trauernden mischen, und da wurde mir bewusst, dass ich sie so sah, wie sie vor dem Krieg gewesen waren, vor ihrem Tod. Was in Gottes Namen haben wir alle getan, das zu verdienen?«

»Nicht weinen, Tante Minnie. Trink deinen Brandy aus, und lehn den Kopf zurück. Du musst erschöpft sein.« Victoria griff nach einem Kissen hinter sich und legte es hinter den Kopf ihrer Tante.

»Danke, Süße.« Tante Minnie tätschelte Victorias Hand.

»Denkst du, wenn ich früher gekommen wäre …« Diese Frage stellte Victoria sich, seit ihr Vater sich das Leben genommen hatte. Nun sprach sie es zum ersten Mal aus und wappnete sich für die Antwort.

»Oh nein, Liebes. Er war in seiner eigenen Welt. Ich hatte ihm Dutzende Mal gesagt, dass du kommst, aber keiner von uns drang mehr zu ihm durch.«

»Baker Hall ist wirklich am Ende, oder?«, fragte Victoria später, als sie mit Roland durch den inzwischen verwilderten Garten ging.

»Ist es, mein Schatz, leider ja«, antwortete er sanft.

Victoria fing wieder zu weinen an. »Entschuldige, ich bin nur ein bisschen traurig. Mein Vater war ein alter Faulpelz, aber ich bin hier geboren, im Bett meiner Eltern. Jetzt kommt es mir vor, als wären wir verdammt. Eigentlich hätten mein Vater, Tante Minnie oder die armen gefallenen Männer unserer Familie nichts tun können. Wie hoch ist denn die Erbschaftsteuer?« Sie wusste, dass dieses Damoklesschwert schon über dem Kopf ihres Vaters geschwebt hatte, seit ihr Großvater gestorben war.

»Sie wollen achtzig Prozent vom Wert des Anwesens.« Roland hielt es für sinnlos, irgendwas zu verheimlichen. Sie musste es wissen. »An dem Haus selbst besteht kein Interesse.« Er holte tief Luft, ehe er ihr die nächste Neuigkeit mitteilte, und umfasste ihre Hand. »Sie lassen es abreißen.«

»Abreißen?« Sie sah Roland ungläubig an. »Abreißen?«, wiederholte sie. »Oh, versteh mich nicht falsch, keiner von uns sollte hier wohnen. Es ist vorbei und an der Zeit, die Ära zu beenden. Ich finde es bloß schade, dass das Haus abgerissen wird.« Sie schüttelte den Kopf. Roland sah seiner kompetenten, widerstandsfähigen Victoria an, wie schwer es ihr fiel, das zu begreifen.

»Das Inventar, die Cottages und die Farmen werden genug Geld einbringen, um die Steuer zu bezahlen. Tatsächlich wird jetzt noch einiges übrig bleiben. Doch in der heutigen Zeit will niemand mehr ein Haus von dieser Größe kaufen«, sagte er.

»Ja, das ist mir klar. Weißt du, was Tante Minnies schreckliche Freundin, die aus London zur Beerdigung gekommen war, zu mir gesagt hat?« Roland verneinte stumm. »Sie hat gesagt, ›Schätzchen, du darfst dich nicht schlecht fühlen. Ich habe in *Country Life* gelesen, dass wöchentlich ein großes Herrenhaus abgerissen wird.‹ Ich hatte allerdings nicht gedacht, dass Baker Hall eines von ihnen wäre.«

Später an dem Abend, als Tante Minnie bereits ins Dower House zurückgegangen war, setzten sich Roland und Victoria aufs Sofa und tranken den restlichen Brandy.

»Wenn wir den trinken, kann er nicht verkauft werden«, sagte Victoria und leerte die Karaffe in ihre Gläser. Sie hatte alle Tränen geweint, die sie konnte, und fragte sich, wie viele Abende ihr Vater auf demselben Sofa verbracht hatte, in dasselbe Glas geblickt und den gleichen Brandy getrunken hatte, während er überlegte, was in aller Welt er tun sollte. Wie einsam musste er sich gefühlt haben. Wie verloren.

»Sieh dich gut um«, fuhr sie ein wenig angetrunken fort. »Bald steht Baker Hall nicht mehr, wird nur noch ein Haufen Stein und Schutt sein.« Sie schwenkte ihr Glas durch die Luft. »Weißt du, was wirklich traurig ist? Dass, abgesehen von Hudson und uns, niemand mehr hier ist, den es schert.«

Victoria war nicht an Brandy gewöhnt und verschluckte sich. »Oh Gott, ich hätte das wirklich nicht trinken dürfen!«

Roland klopfte ihr zwischen die Schulterblätter und legte dann, wie so oft, eine Hand unten auf ihren Rücken, um sie zu trösten. Obwohl er eher an Brandy gewöhnt war, merkte auch er, dass er ein wenig betrunken war. Seine Hemmungen verschwanden, und voller Sehnsucht nach der jungen Frau neben ihm glitt er zu Boden und balancierte sein Körpergewicht auf einem Knie.

»Lady Victoria Baker, willst du mir die Ehre erweisen, meine Frau zu werden?«

Innerhalb von Sekunden war Victoria nüchtern. »Aber, Roland, ich bin jetzt Schwesternschülerin und will meine Ausbildung abschließen. Es heißt, dass große Fortschritte gemacht werden, wenn sich der NHS erst richtig etabliert. Er verändert das Leben der Menschen, und mit den Fortschritten bei Antibiotika und der Tuberkulosebehandlung wird er es sogar noch mehr.«

Victoria zitierte beinahe wörtlich von dem Plakat am Anschlagbrett in der Lovely Lane. Roland wollte nicht recht glauben, was er hörte. »Hast du das irgendwo gelesen, Victoria?«, fragte er. »Und ist das ein Ja oder ein Nein?«

»Es ist ein Ja, Roland, aber du musst warten, bis ich mein Examen habe. Ich muss das zu Ende bringen, und dann können wir heiraten.«

Roland setzte sich wieder aufs Sofa. »Komm her«, sagte er und küsste sie mit einer Leidenschaft, die sie überraschte. Er schlang die Arme um sie. »Da wir jetzt verlobt sind und ich weiß, dass du mein bist, kann ich es nicht erwarten, bis du dein Examen hast.«

»Die Zeit wird schnell vergehen.«

»Muss ich auf alles warten, was die Ehe mit sich bringt?«, flüsterte er in ihr Haar. Victoria wurde feuerrot und vergrub das Gesicht an seiner Brust.

»Ich hoffe doch nicht«, flüsterte sie mit einer Verwegenheit, die sie bei sich gar nicht gekannt hatte.

Mehr brauchte Roland nicht. Er hob sie in seine Arme und trug sie die Treppe hinauf zu ihrem Zimmer mit dem Himmelbett, an dessen einem Pfosten ein braunes Etikett hing. Was sie taten, fühlte sich für Victoria richtig und natürlich an. Generationen von Baker-Frauen vor ihr hatten es auch getan. Doch sie wäre die Letzte in Baker Hall.

Kapitel zwanzig

Die Schwestern in der Lovely Lane waren verwundert, als sie Emily Haycock zum zweiten Mal binnen nicht einmal einer Stunde kommen sahen. Und ihr war deutlich anzusehen, dass sie keine guten Neuigkeiten brachte.

»Ich werde nicht um den heißen Brei herumreden, Schwestern«, sagte sie, als sie den Gemeinschaftsraum betrat. »Wir haben leider schreckliche Neuigkeiten.« Mrs Duffy ging zum Fernseher und wollte ihn ausschalten. »Schwester Baker hat ein furchtbarer Schicksalsschlag ereilt, und sie wird nicht wie geplant am Sonntag zurückkommen. Ihr Vater ist gestorben, ziemlich plötzlich.« Kaum hatte sie es ausgesprochen, leuchtete auf dem Fernseher hinter ihr eine Schlagzeile auf.

> Lord Baker von der historischen Baker Hall in Lancashire hat sich heute mit seinem Jagdgewehr das Leben genommen.

Mrs Duffy erstarrte, blickte zum Bildschirm und wartete, dass mehr kam. Ihre Hand schwebte vor dem Ausschaltknopf, als Emily sagte: »Nun, ich nehme an, jetzt erfahren wir die Einzelheiten.«

Es erschien eine Fotografie von Victorias Eltern an ihrem Hochzeitstag, gefolgt von einer von Victoria in ihrem Debütantinnenkleid. Die Mädchen rangen nach Luft. Sie alle hatten gewusst, dass Victoria die Tochter eines Lords und in einem prächtigen Haus aufgewachsen war – schließlich klemmte ein Foto von Baker Hall an dem Spiegel in ihrem Zimmer. Doch bis zu diesem Moment war ihnen nicht bewusst gewesen, von welchem Rang und Namen »ihre« Victoria aus der Lovely Lane tatsächlich war.

»Kommt sie überhaupt zurück?«, fragte Pammy als Erste, sowie die Nachrichten endeten.

»Das hoffen wir. Sie ist eine sehr gute Schwesternschülerin, und St. Angelus wäre ohne sie schlechter dran. Aber natürlich wurde das in dem Anruf nicht erwähnt. Ich denke, sie wird in einer Woche oder so anrufen. Schwester Tanner, darf ich Sie um einen großen Gefallen bitten?« Emily hätte sich nie vorgestellt, dies hier zu tun, doch Pammy hatte Station zwei überlebt und kannte Schwester Antrobus mitsamt ihren verheerenden Macken. Morgen war der erste Tag auf den neuen Stationen, und Emily fehlte ein Dutzend Schülerinnen. Der September war ein beliebter Urlaubsmonat. Schwester Baker war eine von vielen, die zwei Wochen Jahresurlaub genommen hatten, wovon Emily jedoch erst erfuhr, als die Oberschwester es ihr mitteilte. Dessen ungeachtet, würde sich Schwester Antrobus beschweren, hätte sie eine Schwester zu wenig, und Emily ahnte, dass es irgendwie auf sie zurückfallen würde. Sie brauchte jemanden, der eine Woche oder so für Schwester Baker einsprang. Ihre Schülerinnen im dritten Jahr kamen nicht in Betracht, denn für sie wäre es zusätzlich zu ihren Abschlussprüfungen eine zu große Belastung. Celia Forsyth war ihre erste Wahl gewesen, nur sollte die jetzt für zwei Wochen in den Urlaub gehen. Und Pammy war zäh. Sie hatte es einmal überlebt und würde es wieder. Dennoch nahm Emily für einen Moment einen betrübten Ausdruck wahr, der sogleich einer stolzen Miene wich.

»Natürlich mache ich das«, antwortete Pammy. »Ich würde alles für Victoria tun, und ich weiß, dass sie dasselbe für mich tun würde.«

»Sie sind ein Schatz, Schwester Tanner. Mir ist klar, dass es viel verlangt ist, aber ich dachte sofort an Sie. Ich bin sehr zuversichtlich, dass Sie es prima machen. Und ich kann Ihnen gar nicht sagen, wie dankbar ich Ihnen bin.«

Als Emily das Haus verließ, bemerkte sie einen jungen Mann, der vom Schwesternheim über die Straße zu den Bäumen rannte. Wie überaus seltsam, dachte sie. Sie erinnerte sich, denselben jungen Mann schon Monate zuvor gesehen zu haben, und auch da war er ihr aufgefallen, weil er sich verdächtig verhielt. Sie ging zurück nach drinnen und suchte nach Mrs Duffy.

»Haben Sie den jungen Mann bemerkt, der draußen herumlungert?«, fragte sie.

»Oh ja, da war jemand, aber das ist eine Weile her, und er war verschwunden. Ist er wieder zurück?«

»Sieht so aus. Sagen Sie den Mädchen nichts, aber ich rede mal mit Dessie. Mal sehen, was er meint.«

»Na, dann sagen Sie ihm, er soll auf jeden Fall reinschauen, denn er liebt meine schottischen Pfannkuchen.«

»Die wird er sich gewiss nicht entgehen lassen«, sagte Emily grinsend. Als sie aus dem Haus ging, stellte sie fest, dass der ungepflegte junge Mann wieder verschwunden war.

Kapitel einundzwanzig

In der Küche war es ungewöhnlich still, als die Mädchen beim Frühstück saßen. Sie waren noch betroffen von der gestrigen Nachricht. Sogar Celia Forsyth hatte sich bisher jede sarkastische Bemerkung verkniffen.

Pammy kam in ihr Cape gekleidet hereingestürmt. »Hat jemand heute Morgen Dana gesehen?« Sie betrachtete ihr Spiegelbild in dem Spiegel überm Kamin, wobei sie auf Zehenspitzen auf der gemauerten Umrandung balancieren und sich sehr recken musste. »Dieser Spiegel ist eindeutig von einem Mann aufgehängt worden«, jammerte sie.

Mrs Duffy brachte eine Platte voll warmem, gebuttertem Toast zum Tisch, und Pammy wandte sich vom Spiegel ab, um sich auf einen der freien Stühle neben Beth zu setzen. In den letzten Wochen, seit Celia Mrs Duffy angefahren hatte, beobachtete Pammy eine Veränderung bei Beth, die ihr nun zulächelte, als sie sich eine Scheibe Toast nahm. »Ist alles in Ordnung, Beth?«, fragte Pammy. »Du bist jetzt in der Pädiatrie, oder?«

Beth schien dankbar, dass Pammy mit ihr redete. Sie wusste, dass ihr die Mädchen wegen ihrer Freundschaft mit Celia nicht mehr recht trauten. Tatsache war, dass Beth angenommen hatte, Celia wäre wie sie. Was ein Irrtum war. Celia war ähnlich emsig, doch von Grund auf unfreundlich.

»Bin ich. Ich habe schon alles nachgelesen, was ich konnte, und ich mag Kinder, wenn sie sich benehmen. Das sollte helfen.«

Pammy grinste. »Prima, dann wird es dir ja gut gehen. Anders als mir, die ich wieder den Ameisenbären am Hals habe.«

Beth war ein bisschen enttäuscht, dass sie nicht gebeten worden war, für Victoria einzuspringen. Allerdings wusste sie auch, dass noch so viel Lernen niemanden gegen Schwester Antrobus gefeit machte. Insgeheim bewunderte sie Pammy um ihre direkte Art und ihren enormen Mumm.

»Gebt mir mal die Cornflakes«, sagte Celia streng, die seit fünf Minuten am Tisch saß und bereit für ihre zweite Portion war. »Mein Vater hat den Wagen geschickt, um mich zu holen, und ich muss mich beeilen.« In diesem Moment kam Lizzie herein. Sie griff nach der Cornflakes-Packung und bewegte sie außerhalb von Celias Reichweite.

»Es heißt ›bitte‹.« In ihrer sonst so sanften Stimme schwang eine drohende Note mit. »Manche von uns hatten noch nicht mal ihre erste Schale, also wartest du.«

Celia nahm sich eine Scheibe Toast von dem Stapel und funkelte Lizzie wütend an.

»Ich komme mit dir, Pammy.« Dana stand mit einem Umschlag in der Hand an der Tür. »Ich habe einen Brief an Victoria geschrieben, von uns allen, was hoffentlich in Ordnung ist. Ich habe ihr gesagt, dass uns leidtut, was ihr passiert ist, dass wir an sie denken und wünschten, wir könnten sie in den Arm nehmen. Victoria ist eine liebe Freundin.«

»Gut gemacht, Schwester Brogan«, sagte Lizzie. »Daran hatte ich heute Morgen auch schon gedacht. Du bist mir zuvorgekommen.«

Pammy stand auf und reckte sich erneut vorm Spiegel, um ihre Haube festzustecken. »Gestern Abend bin ich mit zwei Ärzten vom Krankenhaus zurückgegangen. Sie haben mir erzählt, dass sie einen Tanzabend im neuen Festsaal des Krankenhauses veranstalten wollen. Die offizielle Eröffnung ist in sechs Wochen, und ich will auf jeden Fall hin. Ich habe ihnen gesagt, von der Lovely Lane aus wäre es volles Haus.«

In diesem Augenblick hörten sie alle die Haustür zufallen und eine Autotür knallen. Sie schauten aus dem Fenster, als Celia Forsyth weggefahren wurde.

»Sieh sich das einer an«, sagte Mrs Duffy. »Nicht mal ein ›Auf Wiedersehen‹. Ich habe gar nicht gemerkt, wie sie vom Tisch aufgestanden ist.«

»Tja, fast ein volles Haus«, murmelte Pammy vor sich hin.

»Sie wissen aber, dass Sie, wenn Sie gesehen werden, wie Sie mit Männern auf der Straße reden, Ärzte oder nicht, Ärger mit der Oberschwester bekommen, oder?«, fragte Mrs Duffy.

»Ach, Mrs Duffy, was ist denn dabei? Wir haben bloß eine kleine Tanzveranstaltung geplant.«

»Nein, das kann ich mir nicht anhören. Die arme Schwester Baker. Ich kann nur an sie denken, nicht an Ärzte und Tanzabende. Sie muss außer sich sein vor Schock.«

Dana stand neben Pammy am Kamin, aß ihren Toast und steckte ihr Haar fest. Als Mrs Duffy an ihnen vorbeiging, wechselten sie verständnisvolle Blicke im Spiegel.

»Wartest du heute Abend auf mich?«, flüsterte Pammy. »Ich habe den Ärzten gesagt, ich gehe wieder mit ihnen, und ich will unbedingt, dass dieser Tanzabend stattfindet, du nicht auch?«

»Auf keinen Fall, nein danke«, antwortete Dana. »Ich habe genug von Ärzten, für immer. Wenn du mich fragst, sind die alle viel zu sehr von sich eingenommen.«

Pammy kannte die ganze Geschichte nicht. Victoria war Dana eine gute Freundin gewesen und hatte die Einzelheiten der gescheiterten Verabredung für sich behalten. Pammy ihrerseits war nicht so dumm, auf dem Thema zu beharren. Sie schrieb Danas Ablehnung schlicht dem Umstand zu, dass sie eine irische Bauerntochter war und wahrscheinlich keine Erfahrung im Umgang mit Männern hatte, seien sie Ärzte oder nicht. Pammy genauso wenig, wenn man es genau nahm, doch ihr widerstrebte die Vorstellung nicht ganz so sehr wie anscheinend Dana.

Noch einmal überprüfte sie, ob ihre Haube richtig saß. »Gott, wenn ich doch auf Station nur Lippenstift tragen dürfte«, sagte sie. »Ohne den komme ich mir so bleich vor. Hoffen wir mal, dass unsere Hauben den Wind heute überstehen.«

Pammy konnte nicht ahnen, dass Danas finstere Stimmung heute Morgen weder mit Ärzten noch mit Celia Forsyth zu tun hatte. Sie hatte einen Brief von zu Hause bekommen, den sie sehr schnell gelesen hatte und bei dem ihr eiskalt geworden war.

Patrick arbeitet im Straßenbau in Liverpool, hatte ihre Mutter geschrieben. *Daddy sagt, die Männer verdienen hundert Pfund am Tag, die neuen Straßen in England zu teeren.*

Dana hatte den Brief zurück in den Umschlag gesteckt und ihn auf ihrem Schreibtisch liegen lassen, um ihn später noch einmal zu lesen. Ihr Herz wummerte. Patrick war in Liverpool? Warum konnte er nicht irgendwo anders hingehen? Sie versuchte, sich die Panik auszureden, die sie überkam.

Er weiß nicht, wo du bist. Er weiß nicht, wo du wohnst. Liverpool ist eine große Stadt. Die neuen Straßen werden meilenweit weg angelegt. Er wird dich nie finden. Bis sie in der Küche war, hatte sie sich ein wenig beruhigt.

»Still jetzt, Schwestern«, sagte Mrs Duffy, die das Geschirr abzuräumen begann. »Lassen Sie uns ein wenig Ruhe haben. Wir haben einen Trauerfall. Sie alle sollten auf dem Heimweg heute zur Abendmesse gehen, wenn Sie können, und ein Gebet für Schwester Baker sprechen.«

Beth, die bislang still am Tisch saß und in ihr Evelyn- Pearce-Buch vertieft war, meldete sich zu Wort.

»Mrs Duffy, ich habe Celia nicht gehen hören, und sie hat meine Lernnotizen noch in ihrem Zimmer. Könnten Sie mich bitte reinlassen, um sie zu holen?«

Celia war die einzige Schwesternschülerin im Heim, die ihre Zimmertür immer abschloss. Die anderen Räume blieben offen, und die Schwestern gingen alle beieinander ein und aus.

»Ja, natürlich. Hier, nehmen Sie meinen Generalschlüssel, und laufen Sie jetzt gleich rauf. Dann können Sie ihn mir wiedergeben, wenn Sie gehen. Wissen Sie, wo die Notizen sein können?«

»Oh ja, die liegen sicher auf ihrem Schreibtisch. Ich bin in einer Minute zurück.«

Stuhlbeine schabten über den Boden, und Geschirr klapperte, als die Schwestern beim Abräumen halfen. Danach polterten laute Schritte über die Holzdielen, denn alle eilten zur Treppe.

»Können Sie diesen Brief an Schwester Baker einstecken, Mrs Duffy? Ich habe schon eine Briefmarke draufgeklebt.« Dana hielt ihr den Umschlag hin.

»Kommen Sie mal her«, sagte Mrs Duffy. Dana bemerkte, dass ihre Augen glänzten, als Mrs Duffy sie in die Arme nahm und fest drückte. Dana holte tief Luft. Sie wollte hier stehen bleiben, in dieser Umarmung versinken.

»Sie haben ein Herz aus Gold, dass Sie an Schwester Baker schreiben«, sagte Mrs Duffy. Dana nickte nur dankbar, weil sie sich nicht zutraute, etwas zu sagen.

Sie war bedrückt, als sie zum Krankenhaus gingen, belastet von dem Brief, in Sorge um Victoria, enttäuscht von Teddy und voller Angst vor Patrick. Die Luft war herbstlich kühl, und die

Frauen hielten ihre Hauben unter ihren Capes wie neugeborene Welpen. An ihren ersten Tagen im verregneten März hatten sie gelernt, dass es nicht gut war, die Haube bei feuchtem Wetter draußen zu tragen. Nässe war schlecht für die Stärke und weichte den Stoff auf, sodass er in sich zusammenfiel wie ein durchfeuchtetes Taschentuch. Schuld war der Mersey-Nebel.

»Weißt du schon, was du zu dem Tanzabend anziehst?« Pammy hatte entschieden, ihr Glück zu versuchen. »Die Ärzte freuen sich sehr und haben gefragt, ob einige von uns bei der Planung mithelfen. Es ist immer eine Schwesternschülerin aus jedem Jahrgang mit im Festkomitee, und ich habe gesagt, ich könnte. Es macht dir doch nichts aus, oder?«

»Ich gehe gar nicht hin«, antwortete Dana. »Selbst wenn ich wollte, habe ich kein Kleid für solche Veranstaltungen, und wer in dem Festkomitee sitzt, ist mir egal.«

Sie dachte an die Kleider in ihrem Schrank, wie das vom Markt in Castlebar. Und an das Abendkleid aus schwarzem Krepp mit den sechs Perlmuttknöpfen vorn, das ihre Mutter ihr genäht hatte. Zu der Zeit fand Dana es wunderschön. Nachdem sie aber die modischen Kleider gesehen hatte, die Maisie Tanner ihrer Tochter genäht hatte, Victorias aus den besten Geschäften in London, und sogar Beth', würde Dana lieber sterben, als in einem ihrer Kleider gesehen zu werden. Für sie stand fest, dass ihre Tracht das Beste war, was sie anzuziehen hatte.

»Aber du musst! Wir können nicht ohne dich gehen«, erwiderte Pammy. »Beth hat quasi schon zugesagt, und für Victoria wird es genau das Richtige sein, um sie aufzumuntern, wenn sie wieder da ist.«

Beide drehten sich um, als sie hörten, dass Beth hinter ihnen hergelaufen kam. »Hast du deine Notizen gefunden?«, fragte Dana, die sie selbst gern ausleihen würde.

»Ich, äh, ja.«

»Du gehst doch mit zum Tanzabend, oder, Beth?«, fragte Pammy, die eine neue Taktik versuchen wollte, um Dana zu überreden.

»Nur unter Zwang«, antwortete Beth. »Aber, ja, ich gehe zu dem Ball.«

»Es ist kein Ball, Beth«, korrigierte Pammy sie verwundert. »Bloß eine Tanzveranstaltung der Ärzte.«

Beth schenkte ihr ein rares Lächeln. »Ich kenne den Unterschied, Pammy, und es war nur bildlich gesprochen.«

Pammy lachte verlegen. »Ja, natürlich, ich bin so blöd! Wir reden mit meiner Mam, Dana. Sie näht dir ein Kleid. Wirst schon sehen, wie sie dich um den kleinen Finger wickelt und deine Maße in null Komma nichts an ihrer Schneiderpuppe hat. Du gehst zum Ball, zusammen mit Beth. Es macht dir nichts aus, dass ich in dem Festausschuss bin, oder, Beth?«

»Nein, solange du alles mit mir absprichst. Solche Sachen müssen richtig geplant werden, die passieren nicht einfach von allein. Soll ich vielleicht mit dir zu den Treffen kommen? Nur sicherheitshalber.«

Trotz ihrer Verzweiflung musste Dana grinsen. Es brauchte nur fünf Minuten mit ihren Freundinnen, und sie wurde ruhiger. Offensichtlich war der Mann, an den sie die letzten Monate so viel gedacht hatte, nicht der, für den sie ihn gehalten hatte. Aber warum sollte er auch? Sie hatte die ganze Gefühlsskala von Schock und Enttäuschung bis hin zu Wut durchlaufen. Jetzt sah sie ein, dass es für Mädchen wie sie eben nur Männer wie Patrick O'Dowd gab. Vielleicht sollte sie einfach nachgeben, wenn er ihr zufällig in Liverpool über den Weg lief. Vielleicht sollte es so sein. Sie mochte in einer Großstadt im Krankenhaus arbeiten, am Ende blieb sie eine Bauerntochter aus einem irischen Küstendorf. Ihre größte Errungenschaft bisher war gewesen, ihre Latzhose und ihre Gummistiefel zu Hause zu lassen.

Männer wie Teddy zog es zu hübschen, eleganten Mädchen wie Victoria, die sich fein ausdrücken konnten, nicht zu jungenhaften irischen Bauerntöchtern. Und Dana konnte die Welt nicht ändern, nicht einmal Liverpool und erst recht nicht ihr Schicksal. Sie war Dana Brogan von der Farm, und die würde sie bleiben, ungeachtet der hübschen Schwesterntracht mit Cape und Haube, ungeachtet ihres Wunsches, eine spannendere, strahlendere Zukunft zu suchen, weg vom Kühemelken und Kartoffelnpflanzen. Wem wollte sie etwas vormachen?

Als sie an diesem trüben Morgen mit Pammy und Beth zum Krankenhaus ging, akzeptierte Dana, dass ihre Zukunft eines Tages bei Patrick O'Dowd sein würde, und daran sollte sie sich lieber gewöhnen.

Beth hatte ihre Notizen nirgends in Celias Zimmer finden können. Wie alle Räume war auch Celias sauber und ordentlich. Mrs Duffy inspizierte die Zimmer einmal die Woche, um sich zu vergewissern, dass die Hausmädchen anständig arbeiteten, und war irgendwas weniger als tipptopp, bekamen die Hausmädchen und die Schwestern einiges zu hören.

»Ach, Mist«, sagte Beth laut, als sie abermals die Papiere auf Celias Schreibtisch durchsah. Ihr kam der Gedanke, dass Celia ihre handgeschriebenen Notizen mit in ihren Urlaub genommen haben könnte. In zwei Wochen hatten sie eine Prüfung, und Beth wurde wütend, als ihr dämmerte, dass Celia genau das getan und sie jetzt das Nachsehen hatte.

»Du bist das Hinterletzte«, murmelte Beth, als sie Celias Lehrbuch über die Bestückung von Stationsrollwagen aufnahm und ein Umschlag herausfiel.

Er landete auf dem Schreibtisch, und Beth glaubte, »Dana« handgeschrieben auf dem Papier zu erkennen. Sie konnte nicht anders. Langsam öffnete sie den Umschlag. »Warum ist der hier?«, fragte Beth sich laut. Ohne zu wissen, warum, steckte sie den Umschlag in ihre Schürzentasche, schlich aus dem Zimmer, schloss ab und brachte den Generalschlüssel nach unten zu Mrs Duffy.

Kapitel zweiundzwanzig

Die Oberschwester wirbelte in der Küche herum. Sie hatte Schwester Antrobus wieder zum Abendessen eingeladen, und die sollte in nicht einmal einer halben Stunde hier sein. Sie polierte die Sherrygläser und überprüfte, ob die Teller gewärmt waren.

»Ich hoffe, sie mag Hühnchen, Blackie«, sagte sie zu dem Hund, der sich halb an die Ofentür lehnte und sie hoffnungsvoll ansah. »Manche mögen es nämlich nicht. Oh ja, du schon, ich weiß. Zieh die Zunge wieder ein, sonst verbrennst du sie dir an der Ofentür. Die Soße mache ich zum ersten Mal. Eigentlich ist es meine allererste Soße überhaupt. Merkt man das?« Der Hund blickte wieder zu ihr auf, als sie einen Butterklumpen auf die Kartoffeln warf, spitzte die Ohren und streckte die Zunge noch weiter vor, um alles zu fangen, was vom Tisch fallen könnte. In den Läden war es nach wie vor schwierig, an Butter zu gelangen, nicht jedoch, wenn man ein Krankenhaus leitete. Die Oberschwester holte die Form aus dem Gasofen und schob sie in den alten Warmhalteofen seitlich vom großen Schornstein. Sie war froh, dass sie beim Austausch des alten Herds im letzten Jahr darauf bestanden hatte, dass der Warmhalteofen blieb.

Alles sollte perfekt sein, wenn Schwester Antrobus kam. Mittlerweile hatten sie in ihrer Freizeit häufiger etwas gemeinsam unternommen. Die Oberschwester hatte sie letzte Weihnachten zu einem Konzert in der Philharmonic Hall eingeladen, wo der *Messias* gegeben wurde. Sie waren auch in einem Stück im Royal Court Theatre gewesen. Letzteres hatte die Oberschwester besonders entzückt.

»Wissen Sie, dass ich schon seit vor dem großen Brand nicht mehr hier gewesen bin?«, hatte sie Schwester Antrobus verraten.

»Na, dann müssen wir unbedingt wieder herkommen«, hatte Schwester Antrobus gesagt, und das Herz der Oberschwester hatte jubiliert. Nur war bisher keine Einladung gekommen. Insgesamt war nicht zu erkennen, dass Schwester Antrobus gern mehr Zeit in ihrer Gesellschaft verbringen wollte. Hingegen sehnte die Oberschwester sich danach, wieder einen Abend mit ihr allein zu sein, nur sie beide.

Sie erinnerte sich an das erste Mal, dass sie Schwester Antrobus in ihre Privaträume eingeladen hatte. Ihr war bewusst, dass die Leute redeten, besonders die Pförtner. Doch weil es merkwürdig gewesen wäre, Schwester Antrobus wieder in ein Konzert einzuladen, war die Oberschwester beinahe verzweifelt. Sie hatte sich wegen der Taktik geschämt, die sie angewendet hatte, und als es so weit war, hatte sie innerlich gezittert, während sie auf Schritte auf der Holztreppe zu ihrer Wohnung horchte. Es hatte Wochen gedauert, bis sie den Mut zu der Einladung aufbrachte. Und unter keinen Umständen durfte sie ihre wahren Gefühle preisgeben.

Jetzt rannte sie ins Schlafzimmer, kämmte sich noch einmal das Haar und prüfte ihre Fingernägel. Zum ersten Mal im Leben waren sie lackiert: Cutex Pink Shimmer von Woolworths. Sie betrachtete sich im Spiegel. Ihre eigenen Sachen trug sie nur sehr selten. Oft blieb sie in ihrem Büro, bis die Nachtschicht begonnen hatte. Sie sprach mit einigen Nachtschwestern, führte Blackie auf dem Gelände spazieren und kehrte in ihre Wohnung zurück, wo sie ein Bad nahm und sich ihr Nachtzeug anzog. Kürzlich hatte sie einen Fernseher bekommen, und manchmal schaute sie sich die Nachrichten an, bevor sie ins Bett ging. Das war ihr Leben – Arbeit, Gassigehen, Horlicks, Nachrichten, Bett. Jeden Abend dasselbe. Nacht für Nacht. Jahr für Jahr, bis ihr jetzt, mit fünfzig, schaurig bewusst wurde, dass es für sie keine Überraschungen mehr gäbe. Sie war, wer sie war. Allein. Ohne Familie oder Freunde. Und sie sah keine Möglichkeit, das zu ändern. Es sei denn, sie unternahm etwas.

»Wie sehe ich aus, Blackie?« Sie drehte sich vom Spiegel zu ihrem kleinen Gefährten um, den sie mit ins Schlafzimmer genommen und aufs Bett gesetzt hatte, wo er von den Kissen aus bewundernd zu ihr aufblickte. »Geht es so?«, fragte sie, beugte sich vor und kraulte ihn. Lächelnd sah sie in seine Augen. Sie fühlte sich glücklich. Es war kein sonderlich vertrautes Gefühl für sie, doch heute Abend kam der ihr liebste Mensch zum Essen, und sie war beglückt. Zugleich könnte sie dieses Glück nie teilen, denn sie hätte keine Ahnung, wie oder wo sie anfangen sollte. Ihre Gefühle würden ihr allein gehören, niemals jemandem enthüllt werden, weil sie es nicht konnte.

»Also, das war eine sehr köstliche Soße. Ich wäre gar nicht auf die Idee gekommen, Soße auf ein Hühnchen zu gießen. Wirklich raffiniert.« Schwester Antrobus wischte sich den Mund mit ihrer Serviette, nachdem sie das meiste Fleisch verzehrt hatte, lehnte sich auf ihrem Stuhl zurück und erhob ihr Weinglas.

Der Wein war süß und die Oberschwester wütend auf sich. Sie verstand nichts von Wein, weshalb sie sich von der Frau im Weinladen beraten ließ.

»Ich selber trink nur Guinness«, hatte die Frau gequäkt, »aber von dem hier verkaufen wir sagenhaft viel. Oh ja, der geht sonnabends von allen am besten weg. Mit dem können Sie nichts falsch machen.«

Die Oberschwester hatte ihr geglaubt. Was könnte mit einem solch begehrten Wein schiefgehen? Doch jetzt war der Wein, so gelb wie eine Urinprobe, in den Gläsern, und es war ihr unsagbar peinlich, entsetzlich süß und eklig, obwohl sie bemerkte, dass es Schwester Antrobus nicht abhielt, ziemlich große Schlucke davon zu nehmen. Wahrscheinlich musste sie es, um den widerlichen Geschmack zu überspielen.

Die Oberschwester hatte bereits entschieden, den Rest morgen zum Laden zurückzubringen und der Frau gehörig die Meinung zu sagen. Von wegen, der ging am besten weg, dachte sie. Und sie hatte auch noch sechs Flaschen gekauft, weil er im Angebot war. Nun fragte sie sich, ob sie nicht die Staubschicht auf den Flaschen hätte misstrauisch machen müssen. Das Debakel hatte ihr beinahe den Abend vergällt, und wäre die wundervolle Unterhaltung nicht und die Tatsache, dass Schwester Antrobus und sie sich so gut verstanden, wäre wohl nichts mehr zu retten gewesen.

Die Oberschwester legte ihr Besteck ab und antwortete: »Sie heißt Sauce Diane. Ich habe das Rezept in der *Women's Weekly* entdeckt und dachte, ich probiere sie mal. Wie Sie dachte ich auch, dass es recht riskant sein kann, Soße auf ein Hühnchen zu geben, aber im Rezept schrieben sie, man sollte ruhig hin und wieder gefährlich leben.«

»Sauce Diane? Oh, das hört sich schrecklich exotisch an!« Schwester Antrobus lachte. Der abscheuliche Wein nach dem Sherry vor dem Essen war ihr direkt zu Kopfe gestiegen. Auch der Sherry stammte aus dem Weinladen.

»Versuchen Sie den mal. Golden Knight. Mit dem können Sie nichts falsch machen«, hatte die Verkäuferin beteuert und zu erwähnen versäumt, dass er bei den hartgesottenen Trinkern in der Gegend »Golden Shite« hieß.

»Nun, kommen wir zu dem Grund, weshalb ich Sie heute Abend eingeladen habe«, log die Oberschwester. »Wie hat sich der Sohn unseres Vorstandsvorsitzenden, Dr. Gaskell, eingelebt?«

Schwester Antrobus nahm noch einen Schluck Wein, der bei einer Frau von wenig Finesse wie ihr erneut recht großzügig ausfiel. »Sehr gut. Er hat alle seine Leute Gewehr bei Fuß, auch wenn ich gestehe, dass ich nichts für einige ihrer neuen Methoden übrig habe. Sie haben heute eine Myomektomie nur eine Woche nach der OP entlassen. Dr. Scriven behält seine Patientinnen volle drei Wochen auf Station. Wenn das so weitergeht, wissen wir bald nicht mehr, wo uns der Kopf steht. Sowie Dr. Gaskell eine Patientin nach Hause schickt, kommt die nächste hereinspaziert.«

Die Oberschwester schenkte Schwester Antrobus nach. »Und denken Sie, dass er gut für das St. Angelus ist?«

Dr. Gaskell war bei der Army ausgebildet worden, und für Schwester Antrobus gab es nichts Besseres. Deshalb war sie zwiegespalten. »Ja, das würde ich sagen. Er kommt von der Army, und wie Sie wissen, ist es meiner Meinung nach die beste Schule, die ein Arzt durchlaufen kann. Ich habe es ihm gleich angemerkt. Aber für das St. Angelus ist er eigentlich nicht geschaffen. Allerdings habe ich keine Ahnung, was wir dabei tun können. Da sein eigener Vater im Vorstand entscheidet, werden wir ihn schwerlich wieder los.«

»Wir könnten es versuchen«, sagte die Oberschwester. Sie wollte dringend irgendwas sagen, das Schwester Antrobus erfreute. Egal, was.

»Meiner Meinung nach wäre es schwierig, Dr. Scriven zu übertreffen. Da haben wir einen Arzt, der weiß, wie es geht. Ich gebe freimütig zu, dass ich Dr. Gaskell genau das beinahe täglich sage, weil ich hoffe, dass er Dr. Scriven als seinen Mentor sieht, doch leider reden die zwei kaum miteinander.«

»Nein, aber wir können es versuchen«, sagte die Oberschwester, die verzweifelt bemüht war, irgendwas zu sagen, das Schwester Antrobus gefiel. Egal, was.

Und sie schmolz ein wenig dahin, als sie Schwester Antrobus plaudern hörte, weshalb sie Mühe hatte, sich auf deren exakte Worte zu konzentrieren. Sie sah nur den sich bewegenden Mund und wippendes Haar. Die ganze Nacht könnte sie hier an Schwester Antrobus' Lippen kleben. Als sie sich vorbeugte, um Schwester Antrobus abermals nachzuschenken, dachte sie auf einmal: *Bitte, lass diesen Abend nie enden.*

Schwester Antrobus brauchte keine Ermunterung. Der Wein hatte ihre Zunge bereits gelöst. Zwischendurch kam ihr der Gedanke, sie sollte ein wenig langsamer machen, doch der süße Wein hatte eine zunehmend seltsame Wirkung auf sie. Ihr fiel auch auf, dass sie schneller sprach denn je. Ihr wurde wohlig warm, und die Oberschwester ließ sie gerne weiterreden. So hatte sie Gelegenheit, das stahlgraue, zu einem Knoten gebundene Haar von Schwester Antrobus zu bewundern wie auch diesen Hauch von gewagtem Rouge auf ihren Lippen. Fasziniert hörte sie sich an, wie Schwester Antrobus geradezu lyrisch die Station rühmte, die sie mit der festen Hand eines gütigen Diktators führte. Die Oberschwester liebte sogar diesen Nikotinflecken im Riss von einem ihrer Schneidezähne. Sie wusste längst, dass Schwester Antrobus heimlich rauchte, deshalb nahm sie ihre eigenen Zigaretten hervor, steckte sich eine an und schob die Packung über das Tischtuch Schwester Antrobus zu.

Beim Anblick von Schwester Antrobus' Händen dachte sie, dass sie wahrlich so groß wie die von einem Mann waren, aber dennoch wunderschön. Sie als feminin zu bezeichnen würde die Fantasie indes arg überstrapazieren.

Die Oberschwester wollte diese Hände in ihren halten.

Schwester Antrobus hatte ihren Wein ausgetrunken.

»Käse und Kräcker?«, fragte die Oberschwester.

»Ah, die wären nicht verkehrt«, antwortete Schwester Antrobus und zündete sich eine Zigarette an. Die Oberschwester schenkte ihr Wein nach.

»Vermutlich haben Sie gehört, dass Ihre Schülerin im ersten Jahr morgen nicht auf Ihrer Station anfängt, Schwester Baker, die Tochter von Lord Baker. Eine furchtbare Tragödie. Der arme Mann. Es kam in den Nachrichten. Gott sei Dank haben sie nicht erwähnt, dass sie hier in der Ausbildung ist. Schwester Haycock ersetzt sie durch Schwester Tanner. Die war schon bei Ihnen«, rief die Oberschwester aus der Küche.

»War sie. Ein hageres kleines Ding. Mich wundert, dass sie so lange durchgehalten hat. Ich hätte gedacht, die ist nach einem halben Jahr spätestens weg. Noch dazu redet sie genauso schrecklich wie die Patienten, also wirklich! Ich will offen sein: Mich erstaunt, dass wir sie überhaupt angenommen haben. Für mich sieht es aus, als würde man am St. Angelus seine Ansprüche aufgeben, dass man solche Mädchen nimmt.«

»Geben Sie bitte nicht mir die Schuld – oder Dr. Scriven. Wie Sie wissen, war sie ganz und gar nicht meine Wahl. Übrigens traf ich heute Dr. Scriven, als ich aus dem OP kam, und erzählte ihm von Schwester Baker. Er hatte es auch in den Nachrichten gesehen. Ich habe ihn gefragt, was wir tun, sollten sie das St. Angelus erwähnen oder ein Reporter herkommen und mit jemandem sprechen wollen. Dr. Scriven war wunderbar. Er hat mir gesagt, ich soll alle Reporter zu ihm schicken, dann würde er sich darum kümmern.«

»Was für ein Mann!«, sagte Schwester Antrobus. »Er würde nicht wollen, dass Sie sich auch nur einen Moment lang Sorgen machen. Er ist wirklich wunderbar.«

»Er hat mir erzählt, dass Sie morgen einen sehr anstrengenden Tag haben, und gefragt, ob ich Ersatz für Schwester Baker habe. Ich habe ihm gesagt, dass Schwester Haycock Ihnen Schwester Tanner zugeteilt hat, und er wünscht, dass Sie diese junge Dame sehr genau im Auge behalten. Falls Sie denken, dass es irgendwas gibt, das wir wissen sollten, informieren Sie doch bitte Dr. Scriven oder mich.«

»Ich nehme an, er war nicht sehr froh, als sie angenommen wurde.« Schwester Antrobus leerte ihr Glas. »Er ist sehr stolz darauf, dass wir die richtige Sorte Schülerinnen rekrutieren, um unsere hohen Standards zu wahren. Und ich kann Ihnen sagen, dass Schwester Tanner die bei Weitem nicht erfüllt.«

»Ja, ich weiß. Gewöhnlich entscheidet er, welche Mädchen angenommen werden und welche nicht, doch in ihrem Fall wurde er von Dr. Gaskell und Schwester Haycock überstimmt. Es gefiel ihm überhaupt nicht, und ich bin mir sicher, da Sie selbst beim Militär ausgebildet wurden, können Sie es verstehen. Ich kann es jedenfalls.«

»Oh, das ist mir sehr klar, Oberschwester«, sagte Schwester Antrobus. »Ist Schwester Haycock nicht bekannt, welchen Rang er im Stabsdienst bekleidet hatte oder welche Opfer er für unser Land gebracht hat? Vielleicht sollte sie mal daran denken.«

Als die Oberschwester mit dem Käse und den Kräckern aus der Küche zurückkehrte, bemerkte sie, dass Schwester Antrobus' Augen sehr glänzten und sie ein wenig lallte. Die Oberschwester stellte den Teller auf den Tisch und nahm die Weinflasche auf. Dann stützte sie eine Hand auf die Rückenlehne von Schwester Antrobus' Stuhl, als sie sich beim Nachschenken über die Schulter der Schwester beugte. Jetzt roch sie das Haarspray der Schwester und fühlte die Wärme ihres Nackens. Sie roch nach Frau, nach Parfüm, nach Dingen, bei denen die Sinne der Oberschwester in einen Höhenflug gingen. Sie erlaubte sich, ihre Hand ganz leicht die Schultern von Schwester Antrobus streifen zu lassen. Sie waren fest, und der BH-Träger fühlte sich breit an. Der dünne Stoff ihrer Bluse ließ die Oberschwester beinahe ihre Haut spüren, und sie rang nach Luft. Ja, sie schwankte sogar ein wenig und schloss für eine Sekunde die Augen.

Als sie wieder hinsah, fing sie sich und sagte: »Es freut mich so sehr, dass Ihnen der Wein schmeckt. Ich war mir nicht sicher, ob ich den richtigen gekauft habe, aber die Dame im Geschäft hat mir versichert, Sie würden ihn mögen.«

Sie ließ ihre Hand an Schwester Antrobus' Schulter und war sicher, dass die Ältere von ihnen den Schauer fühlen musste, der sie durchfuhr. Vielleicht war es nur dies, was sie jemals gebraucht hatte. Jemanden zu berühren. Gewiss war sie nicht die Einzige, die dieses besondere Beben zwischen ihnen bemerkte. Schwester Antrobus musste es doch auch wahrnehmen. Ihr war, als würde sie vor Ekstase vergehen, als Schwester Antrobus eine Hand hob und auf ihre legte. »Schwester Oberin, Sie verwöhnen mich! Eigentlich trinke ich nur zu Weihnachten einen Schluck Alkohol, und ich fürchte, ich bin ein wenig beschwipst.« Sie kicherte, und die Oberschwester glaubte, gleich hier und jetzt dahinzuschmelzen.

Schwester Antrobus ließ ihre Hand ein bisschen lauter als nötig zurück auf den Tisch fallen und nahm recht ungeschickt ihr neu befülltes Glas auf. Sie schien Mühe zu haben, sich zu orientieren.

»Ich werde natürlich gerne über Schwester Tanner berichten«, antwortete sie mit einer Begeisterung, dass sie unwillkürlich die

Stimme hob. »Das werde ich mit Freuden! Schwester Haycock muss lernen, dass man sich Autorität mit Dienstzeit verdient. Wie kann sie es wagen, gegen Sie und den wundervollen Dr. Scriven zu stimmen? Sie beide müssen einen Weg finden, Ihren Einfluss im Ausschuss wieder zu behaupten, und ich bin nur froh, dass ich Ihre Hilfe habe.«

Sie wusste, dass es auch der Wein war, der sie zum Reden verlockte und sie so kühn machte, aber jetzt ergab alles einen Sinn. Die Oberschwester hatte sie eingeladen, um sie um einen Gefallen zu bitten. Was gar nicht nötig gewesen wäre, denn Schwester Antrobus würde sich jederzeit für Dr. Scriven einsetzen.

»Sicher wird Dr. Scriven erfreut sein, das zu hören. Wir dürfen nicht zulassen, dass Schwester Haycock in allem ihren Willen durchsetzt. Diejenigen von uns, die das alte System vorgezogen haben, müssen jeden sich ihnen bietenden Vorteil nutzen, um den Anspruch und den guten Namen vom St. Angelus zu bewahren.«

»Richtig. Ich stimme Ihnen vollkommen zu.« Schwester Antrobus knallte ihr Glas auf den Tisch. »Ich weiß nicht, wie es mit Ihnen ist, Schwester Oberin, aber ich freue mich immer über einen Grund, Dr. Scriven aufzusuchen, und dies ist ein idealer Vorwand. Eines kann ich Ihnen sagen, fünf Minuten allein mit mir in einem Zimmer, und dieses Prachtexemplar von einem Mann muss sein gesamtes Militärtraining aufbieten, um dem zu widerstehen, was ich anzubieten habe. Er ist das, was ich einen echten Mann nenne, und er hat auch noch einiges an eigenem Haar. Besteht die Chance, dass Sie ein gutes Wort für mich einlegen? Mir scheint, er könnte gut eine richtige Frau gebrauchen, die weiß, was sie tut, und ihm wieder ein Lächeln aufs Gesicht zaubert.«

Schwester Antrobus neigte den Kopf nach hinten und leerte ihr Glas. Sie lachte, und ihr Blick wurde verstörend leer, bevor ihr

Kopf mit einem lauten »Rums« mitten in der Käseplatte landete. Die Oberschwester sah hilflos mit an, wie ein Stück vom besten Cheshire über den Tisch flog und vor den Pfoten des dankbaren Blackie landete.

Die Oberschwester blieb sitzen. Sie wartete, bis sich der Schmerz ihres gebrochenen Herzens und ihrer Enttäuschung so weit beruhigt hatte, dass sie anfangen konnte, den Tisch abzuräumen, ohne fürchten zu müssen, dass sie etwas zerbrach oder stolperte. Die Tränen, die ihr übers Gesicht strömten, machten das Sehen schwierig. Sie wischte sich die Augen mit dem Handrücken und angelte das Taschentuch aus ihrem Strickjackenärmel. Dann nahm sie die Weinflasche auf und goss ihr kaum angerührtes Glas randvoll.

»Wenn man sie nicht schlagen kann, verbündet man sich mit ihnen«, sagte sie zu Blackie und leerte ihr Glas in einem Zug.

Dessie stand schon seit fast einer Stunde vorm Parkeingang und hatte beschlossen, dass er noch eine Zigarette rauchen würde, ehe er nach Hause ging. Es sah Schwester Haycock gar nicht ähnlich, sich Sachen einzubilden, dachte er. Doch hier lungerte eindeutig kein Spanner herum.

Als er zum Schwesternwohnheim in der Lovely Lane hinüberblickte, erkannte er Dana, die das Licht in ihrem Zimmer einschaltete und ans Fenster trat, um die Vorhänge zu schließen.

Er versprach sich eine Tüte Pommes auf dem Heimweg und dazu eine Flasche Guinness. Als er seine Streichhölzer hervorholte, um eines anzuzünden, hörte er einen Zweig auf dem Gehweg vor dem Strauch knacken, hinter dem er stand. Dann leuchtete ein anderes Streichholz auf, und Dessie sah das Gesicht eines Mannes, der sich eine Zigarette anzündete, das Streichholz wegwarf und beide Hände in den Taschen vergrub. Mit der Zigarette im Mundwinkel schaute er hinauf zu Danas Fenster.

Dessie bewegte sich lautlos zum Rand des Rasens, wo sein Fahrrad lag, stieg auf und fuhr, so schnell er konnte, zur Polizei.

Kapitel dreiundzwanzig

Pammy kollidierte mit Branna, als sie durch die Tür zur Umkleide auf Station zwei stürmte, um ihr Cape aufzuhängen. »Bin ich zu spät?«, rief sie.

»Du bist wieder da?«, sagte Branna. »Heilige Maria, Mutter Gottes, du musst masochistisch veranlagt sein!«

Pammy hatte vergessen, dass sie auf Station zwei früher anfingen als auf den anderen Stationen, und ein Blick zur Uhr verriet ihr, dass sie sich drei Minuten verspätet hatte. Schnell wie der Wind war sie von der Lovely Lane hergelaufen und hatte Dana und Beth hinter sich gelassen.

»Mir blieb keine andere Wahl, Branna«, sagte sie und warf ihr Cape in Richtung Haken. »Hast du die Nachrichten über Schwester Bakers Vater nicht gesehen?«

»Die Nachrichten?«, fragte Branna ungläubig. »Im ganzen Haus wird von nichts anderem geredet. Das arme Mädchen. Aber du bist nicht zu spät, sondern Schwester Antrobus, und ich kann dir sagen, dass das noch nie vorgekommen ist, niemals, seit ich hier angefangen habe. Sie hat auch noch nie einen Tag gefehlt.«

Sie bückte sich, um Pammys Cape aufzuheben, das auf dem Boden gelandet war. »Jetzt hör gut zu. Dessie hat gesagt, dass ich bei ihm vorbeikommen soll, also bin ich kurz bei der Pförtnerloge. An deiner Stelle würde ich mich nicht hetzen. Die Schwester will gleich die Übergabe machen, habe ich sie sagen hören, und sie wird es lieben!«

Pammy war erleichtert und besorgt zugleich. »Hoffentlich ist Schwester Antrobus nichts Schlimmes passiert.«

»Tja, wir können alle nicht wissen, ob sie nicht vom Bus überfahren wurde«, sagte Branna, während sie vorsichtig ihren Wischeimer in die Ecke schob. »Aber hoffen kann man ja immer.«

Sie bekreuzigte sich und eilte schneller über den Korridor davon, als sie sich jemals auf Station bewegte.

Pammy ging ins Büro, wo alle Schwestern versammelt waren, und nahm ihren alten Platz am Fenster ein. Es ging ein Raunen durch den Raum, als den Schwestern klar wurde, dass Schwester Antrobus nicht da war.

»Dann wird sie heute wohl als ›abwesend‹ eingetragen werden«, flüsterte eine Schwesternschülerin im zweiten Jahr.

»Schwester«, herrschte eine der älteren Schwestern sie an. »Die Schwester war noch nie abwesend.«

»Entschuldigung. Ich dachte bloß, dass es offensichtlich ist.«

»Passen Sie einfach auf, ja? Wir werden sicher bald von ihr hören, und es wird eine vollkommen schlüssige Erklärung geben, warum sie sich verspätet.« Insgeheim hoffte die Schwester, dass sie nichts hörten und Schwester Antrobus nicht kam. Sie freute sich auf die Aussicht, einen Tag die Stationsleitung zu übernehmen und ihre Fähigkeiten zu erproben.

Pammy drehte sich ein wenig, sodass sie aus dem Fenster zum Krankenhauseingang blicken konnte. Dort sah sie die glücklichen anderen Schwesternschülerinnen kommen, die keine Viertelstunde früher als alle anderen anfangen mussten. Beth und Dana, die sie erst Minuten zuvor verlassen hatte, kamen gemeinsam. Es schien, als würde Beth Dana einen Brief oder ein Blatt Papier geben. Was es auch war, es bewirkte, dass Dana wie angewurzelt stehen blieb.

»Schwester Tanner!«, sprach die Schwester sie scharf an.

»Ja, Schwester«, sagte sie und stellte fest, dass alle sie anstarrten.

»Haben Sie irgendwas von dem gehört, was ich gerade gesagt habe?« Die Schwester hoffte, bei nächster Gelegenheit eine Stationsleitung zu bekommen, und übte schon mal, möglichst streng zu klingen.

Pammy schaute sich verwirrt um. Sie war tief in Gedanken gewesen, als sie die anderen Schülerinnen beobachtete, wie sie zum Dienst kamen. Wie hübsch sie alle aussahen mit ihren offenen Capes, den wippenden weißen Hauben, den rosa-weißen Kleidern und den Schürzen. Und mittendrin waren ihre guten Freundinnen gewesen. Deshalb hatte sie nicht mitbekommen, wie die Nachtschwester ging oder sich die Vollschwester auf den Stuhl von Schwester Antrobus setzte. Pammy war wütend auf sich. Ihre Tagträume waren schon in der Schulzeit ein Problem gewesen, und sie hatte sich geschworen, ihnen in der Ausbildung nicht zu verfallen.

Bevor Pammy antworten konnte, flog die Tür auf, und Schwester Antrobus kam hereingestürmt. Pammy glaubte, lauter fallende Kinnladen zu hören. Jedem brannte *Sie sehen furchtbar aus* auf den Lippen, aber keiner wagte, es auszusprechen.

»Haben Sie angefangen?«, fragte sie die Schwester, ohne jemanden zu begrüßen. Ihr Furcht einflößender Ton war nicht neu, doch ihr wächserner Teint, die blutunterlaufenen Augen und die Speichelspuren am Kinn waren überaus ungewöhnlich.

Die Schwester, die es sich eben bequem gemacht hatte und fand, Schwester Antrobus' Stuhl passe sehr gut zu ihr, begann zu stottern.

»Äh, ich wollte gerade, Schwester. Sie, äh, waren ja nicht hier …«

Schwester Antrobus schien ihr nicht zuzuhören. Sie atmete tief ein, schluckte laut und starrte zum eingelassenen Tintenfass auf ihrem Schreibtisch. Ihre Gesichtsfarbe wechselte von Wachsweiß zu Grau. Alle warteten, dass sie etwas sagte, mit ihrer Tirade loslegte, doch es passierte nichts. Im Büro herrschte angespannte Stille, und die Schwestern wechselten ängstliche Blicke. Es war, als hätte Schwester Antrobus ihren Willen oder die Fähigkeit verloren, mehr zu sagen.

Die Vollschwester brachte als Erste den Mut auf, das Schweigen zu brechen, und sagte ein wenig scharf: »Schwester, Sie sehen nicht wohl aus. Möchten Sie, dass ich für Sie übernehme? Vielleicht legen Sie sich für eine halbe Stunde oder so im Untersuchungsraum hin, bis Sie sich besser fühlen?«

Pammy bemerkte, dass die Schwester sich beim Reden ein wenig aufsetzte. Sie mochte mutig sein, aber für alle anderen war es, als wäre soeben sämtliche Luft aus dem Raum gesogen worden. Pammy konnte kaum glauben, was die Schwester gesagt hatte. Einige der anderen schlossen halb die Augen, als wollten sie sich vor der Explosion schützen, die ohne Zweifel käme. Schwester Antrobus schien sich wieder zu fangen, als sie die Vollschwester anstarrte und den Mund öffnete. Gleichzeitig stützte sie eine Hand auf den Schreibtisch.

»Dr. Scriven«, begann sie, um sofort wieder zu verstummen und sich weiter vorzulehnen. Mit anscheinend großer Anstrengung hob sie den Kopf und fing erneut an.

»Dr. Scriven …« Wieder blieb es dabei. Alle warteten mit angehaltenem Atem. Plötzlich presste sich Schwester Antrobus eine Hand auf den Mund und rannte aus dem Büro und in Richtung Spülraum.

Die Schwester, deren Traum es war, eines Tages Schwester Antrobus auf ihrem Posten zu ersetzen, ergriff ihre Chance.

»Du meine Güte! Die Schwester hätte heute Morgen offensichtlich nicht herkommen sollen. Ich habe keine Ahnung, was da los ist, doch wir machen weiter. Auf uns warten Patienten.«

Für einen kurzen Moment raschelten gestärkte Schürzen, als Notizbücher und Stifte hervorgeholt wurden; alles untermalt vom Würgen aus dem Spülraum. Plötzlich läutete das Telefon.

Die Schwester hörte dem Anrufer aufmerksam zu und stellte hin und wieder Fragen – »Blutet sie? Wie ist ihr Blutdruck?« –, dann legte sie langsam auf. »Nun, heute wird es nur schlimmer«, sagte sie. »Eine junge Frau ist in der Notaufnahme. Eine verpfuschte Abtreibung. Das Problem ist, dass sie bereits in der achtundzwanzigsten Woche ist, wie die Schwester sagt. Erstaunlicherweise scheint sie recht stabil und ist unterwegs zu uns. Schwester Bates, ich möchte, dass Sie diesen Fall mit Schwester Tanner übernehmen, weil ich mit der Stationsleitung beschäftigt bin. Die Patientin wird besondere Pflege brauchen, bis wir wissen, wo wir stehen. Der Bereitschaftsarzt kommt, bis sie Dr. Scriven aufgetrieben haben. Sicher erfahren wir alle mehr, wenn er hier ist.

Heute kommt auch ein neues Hausmädchen, das mit Branna zusammenarbeiten soll. Ich werde sie bitten, im Spülraum und bei den Bettpfannen zu helfen. Keine von uns mag diese Fälle, aber wenn das Leben der Mutter in Gefahr ist, müssen wir unser Bestes tun.

Schwester Bates, Sie hatten schon solche Patientinnen. Schwester Tanner, Sie können beim Baden und den Bettpfannen helfen wie immer, bis die Patientin hier ist. Dann gibt Schwester Bates Ihnen Bescheid. Gut, gehen wir schnell den Tagesbericht durch. Zum Glück wird heute Bett eins das einzige ungewöhnliche

Ereignis sein. Nun, vermutlich eher zwei Betten, zählen wir Schwester Antrobus mit.«

Pammy strahlte vor Stolz. Ihr kam es vor, als wäre sie für eine Sonderbehandlung ausgewählt worden, und sie arbeitete sehr gern mit Schwester Bates. Das letzte Mal, dass Pammy auf Station zwei gewesen war, waren sie gut miteinander ausgekommen. Schwester Antrobus hätte sie den ganzen Tag dazu verdonnert, die Bettpfannen zu schrubben, und nicht mal in die Nähe eines ernsten Falles gelassen.

»Da Abtreibungen verboten sind, nehme ich an, dass wir es der Polizei melden müssen«, sagte sie zu Schwester Bates, als sie aus dem Büro und zum Wäscheraum eilten, um einige Laken für das Bett in der Kabine zu holen.

»Ach, du lieber Himmel, nein, das wird die Schwester nicht tun. Schwester Antrobus, ja, die würde es tun. Sie kann solch eine Schreckschraube sein. Keinerlei Mitgefühl. Sie behandelt die wie Aussätzige. Die Ärzte schicken sie normalerweise auf die Entbindungsstation, um sie von Schwester Antrobus fernzuhalten. Das hier muss jemand gewesen sein, dem nicht klar ist, was das arme Mädchen schon durchgemacht hat. Es ist ein echtes Dilemma, um ehrlich zu sein. Wenn wir das Mädchen oder die Frau schützen, indem wir der Polizei nichts sagen, schützen wir aber leider auch die Engelmacher. Und was für eine Geschichte genau dahintersteckt, erfahren wir selten.«

Pammy lud Laken auf den Rollwagen, während Schwester Bates sprach. Ihre anfängliche Freude, weil sie für eine Patientin eingeteilt wurde, wich der Furcht vor dem Unbekannten.

»Letzte Woche hatten wir eine«, fuhr Schwester Bates fort. »Sie war ungefähr in der zehnten Woche und ist ein paar Stunden nach Ankunft auf der Station gestorben. Sie war zu lange zu Hause geblieben, aus Angst vor der Anklage, und hat versucht, sich selbst zu behandeln. Bis sie herkam, war schon ein Infektionsherd so groß wie ein Tennisball an ihrem Damm. Dr. Gaskell hat sie übernommen, einen Schnitt gemacht und eine Drainage gelegt, um die Entzündung rauszubekommen, und ihr Antibiotika gegeben. Er hat alles getan, was er konnte, aber es nützte nichts. Die Infektion war schon in ihrem Blut. Sie war verwitwet, hatte drei kleine Kinder und ist in den Armen ihrer eigenen Mutter gestorben. Dr. Scriven war sofort weg. Der wollte sie nicht anrühren. Gott sei Dank haben wir Dr. Gaskell, so hat wenigstens jemand versucht, sie zu retten. Ein tragischer Fall.«

»Das muss furchtbar gewesen sein. Die armen Kinder.« Pammy kamen die Tränen. »Unsere Lorraine ist in der achtundzwanzigsten Woche geboren, und heute tanzt sie uns allen auf der Nase herum und kann gemein zuschlagen.«

Lorraines Geburt war ein großes Familiendrama gewesen, das Pammys Mutter nie erwähnte, obwohl Lorraine heute ein Backfisch und kerngesund war. Ihre Geburt fand in einem Luftschutzbunker in der Nacht der schwersten Bombenangriffe statt, bei denen die halbe George Street zerstört wurde und so viele Leute starben.

Pammy wusste, dass es anfangs schwer für ihre Mutter gewesen war, denn sie selbst hatte viel geholfen. Lorraine musste stündlich gestillt werden und hatte die erste Woche ernste Probleme beim Atmen. Die Frauen aus ihrer Straße hatten alle mit angepackt. Frühgeburten und kränkliche Säuglinge waren in einer Gegend mit so viel Armut keine Seltenheit.

Die Frauen waren gekommen, sobald sie davon hörten, und wurden von Maisie und ihrer alten Mutter willkommen geheißen. Die Jahre seither hatten Pammys Erinnerung ein wenig verblassen lassen, doch sie entsann sich noch, dass der Kessel den ganzen Tag und die ganze Nacht auf dem Herd gestanden hatte. Auch an die Nachbarinnen erinnerte sie sich, die in einer Hand eine Kohlenschaufel hielten, um den Herd durchgehend zu befeuern, und in der anderen einen Teller mit Essen. Türen und Fenster blieben geschlossen, damit sich die Küche mit Dampf füllte. Lorraine war beinahe zu schwach zum Trinken gewesen, deshalb war eine Hebamme gekommen und hatte Maisie geholfen, ihre Milch auszudrücken.

»Heilige Mutter Gottes, gehen Sie bitte ins St. Angelus«, hatte die Hebamme gefleht. »Wir können uns für Sie um den Säugling kümmern.« Doch Maisie wollte nicht.

Lorraines Geburt war nicht das einzige Unglück gewesen, das an den Kräften der Frauen zehrte. Der stärksten Frauen, die Pammy je begegnet waren. Die Bombe in der George Street hatte alle noch dichter zusammenrücken lassen. Kleinkinder waren verwaist, Erwachsene verwitwet und Kinder gestorben, bevor sie sich die Schuhe anziehen und zum Bunker laufen konnten. Dass Lorraine in jener entsetzlichen Nacht auf die Welt kam, hatte fast wie ein Symbol gewirkt. Sie kam mitten im Chaos auf die Welt und erinnerte alle daran, dass es Hoffnung gab. Pammy erschauderte immer noch, wenn sie an jene Zeit dachte. Sie dachte an die langen, tränenüberströmten Gesichter, an die Berge von Schutt und die Staubwolken, die tagelang über den Straßen gehangen hatten. Die George Street hatte sich seither praktisch nicht verändert. Sie war dem Erdboden gleichgemacht worden und bis heute verlassenes Land mit Trümmerhaufen.

Sie erinnerte sich auch an Nächte voller Sorge und Angst. Die Male, die Geld für den Arzt zusammengekratzt werden musste. Die frühen Tage, an denen ihre Nana an die Nachbarstüren klopfte und um Hilfe bat; weit musste sie nie gehen. Jeder gab etwas, damit ein Arzt zu dem kranken Kind kam. Die Einführung des NHS und der freien Gesundheitsfürsorge war ein Segen gewesen, denn immer wieder musste mitten in der Nacht ein Arzt für Lorraine gerufen werden. Als sie klein war, wurde sie häufiger krank als jedes andere Kind in der Straße. Oft wurde der Arzt täglich gerufen, was ein Luxus war, den sie sich ohne den NHS nie hätten leisten können. Dennoch war Lorraine eine kleine Kämpferin und überlebte.

»War sie ein Kriegskind?«, fragte Schwester Bates.

»Ja, sie ist bei dem schlimmsten Bombenangriff auf unsere Gegend geboren. Typisch Lorraine, denn sie macht gern ein Riesentheater. Wir waren zu nahe am Hafen. Meine Mutter hat sie im Bunker bekommen und hing da die ganze Nacht fest. Ich war noch ein Kind, aber es war eine furchtbare Nacht. Furchtbar.«

»Also wird sie heute sehr verwöhnt?«, fragte Schwester Bates schmunzelnd. Es war offensichtlich, dass Pammy ihre kleine Schwester sehr mochte. »Wahrscheinlich hat deine Mutter das Gefühl, dass es ein großes Glück ist, sie noch zu haben. Erinnerst du dich noch an vieles aus der Nacht? Wo warst du?«

»Ich weiß noch einiges, aber ich war nicht bei meiner Mutter, weil ich mit meiner Nana zu Hause war, als die Sirenen losgegangen sind. Wir sind zum nächsten Luftschutzbunker gelaufen. Meine Mutter war am anderen Ende der Straße im Laden, näher bei den Docks, deshalb wurde sie von uns getrennt. Ich schätze, deshalb ist Lorraine so zäh.«

»Oh, das klingt sehr dramatisch. Waren Leute bei deiner Mutter?«

»Ehrlich gesagt weiß ich das nicht so genau, aber es muss ihr wohl jemand geholfen haben.« Pammy stützte die Ellbogen auf die Laken, während Schwester Bates saubere Kissen vom obersten Regal angelte. »Meine Mutter redet nie darüber, was wirklich passiert war, und ich habe wohl nie gefragt. Über so etwas spricht man ja nicht unbedingt, oder? In unserer Straße sollte man sowieso meinen, den Krieg hätte es nie gegeben. Keiner erwähnt ihn, obwohl alle auf dem Weg zum Hafen an den Trümmern vorbeigehen.«

»Das ist nicht bloß in deiner Straße so, Pammy. Ich denke, mit dem König, der im Sterben liegt, und der neuen Königin, den Neuanfängen und so, will keiner mehr über die Vergangenheit reden.«

Die Schwester balancierte auf einem Tritt und reichte Pammy die Wäsche nach unten. Letztere erinnerte sich, dass ihre Mutter Lorraine monatelang an ihrer Brust getragen hatte, mit einem Schal unter ihrem Pullover festgebunden. »So kann ich ihr das Gefühl geben, fast wieder in mir zu sein«, hatte sie Pammy erklärt, als die sich eifersüchtig beklagte.

Pammy und Schwester Bates trennten sich. Pammy ging über die Station, Schwester Bates in die abgetrennte Kabine, um sie für die Patientin vorzubereiten. Eine halbe Stunde später stand Pammy an der Stationstür, eine Hand an einem Rollstuhl, und verabschiedete sich von Mrs Toft, die entlassen werden sollte.

»Wie schön, dass Sie an meinem letzten Tag hier sind, Schwester.« Mrs Toft strahlte. »Ich habe fast ein Jahr meines Lebens auf dieser Station verbracht, und Sie sind einer der Engel, an die ich mich besonders erinnern werde. Ich werde Ihre Freundlichkeit nicht vergessen. Oder die der anderen Engel.«

»Ich werde Sie auch nicht vergessen, Mrs Toft«, sagte Pammy. »Sie waren mein allererstes Bettbad, und ich finde es wunderbar, dass ich mich von Ihnen verabschieden kann. Es mag ein Jahr gedauert haben, aber sehen Sie sich nur an, wie gut Sie sich gemacht haben. Doch lassen Sie mich noch mal überprüfen. Sie haben Ihre Medikamente in der braunen Papiertüte, nicht? Falls Sie Fragen haben, soll Ihr Tom hier auf Station anrufen, dann erklären wir ihm alles.«

»Ja, ich habe alles, Schwester. Schwester Bates hat mir die Medikamente heute Morgen gebracht und sie mir erklärt. Es sind ja nur Schmerzmittel, wissen Sie. Die und einige Vitamintropfen. Mehr kann die Medizin nicht für mich tun. Ich verdanke es einzig Ihnen, den reizenden Schwestern und Ärzten und allen, dass ich überhaupt nach Hause kann. Kein Wunder, dass die Leute Sie Engel nennen.«

»Und Ihnen«, entgegnete Pammy. »Die Hälfte davon waren Sie, weil Sie unbedingt wieder gesund werden wollten. Ohne Sie hätten wir es nicht geschafft.«

Mrs Toft ergriff Pammys Hand. »Sie sehen mich hier nicht mehr wieder, Schwester. Wenn der Krebs zurückkommt, bleibe ich zu Hause. Ich bin jetzt durch mit Krankenhäusern. Ein Jahr weg von meinem Tom ist zu viel für mich gewesen. Wir waren schon im Krieg lange genug getrennt. Sieben Jahre war er fort, und zwei davon hat er in einem Krankenhaus verbracht. Können Sie sich das vorstellen? Doppelt so lange, wie ich hier gewesen bin. Schrecklich, wie viel Zeit wir vergeudet haben. Jetzt wollen wir zusammen sein. Und uns reicht es mit Krankenhäusern. Wenn ich bedenke, wie endlos ich früher über ihn geschimpft habe. Das Leben ist kurz, wissen Sie? So soll es sein. Sie sehen mich hier nicht mehr.«

Pammy beugte sich lächelnd zu Mrs Toft und umarmte sie. »Wir wollen Sie hier auch nicht wiedersehen«, sagte sie. »Und der Krebs kommt nicht zurück. Ich kenne Sie, Sie werden es nicht zulassen. Sie haben noch Jahre vor sich.«

Dann drehte sie den Rollstuhl herum, und der Krankenwagenfahrer übernahm ihn. »Mir wurde gesagt, mit ihr hier soll ich aufpassen, Schwester, stimmt das?«, fragte er Pammy augenzwinkernd. »Dessie unten in der Pförtnerloge hat mir erzählt, sie kann ein bisschen frech werden und futtert Krankenwagenfahrer zum

Frühstück, aber erst, nachdem sie gefühlt hat, was für Muskeln sie haben. Sie ist ein wenig schwierig, habe ich gehört.«

Mrs Toft lachte so sehr, dass Pammy dachte, wenn sie nicht vorsichtig waren, wäre sie früher als erwartet wieder in ihrem Bett.

»Machen Sie sich keine Sorgen um mich, Schwester«, sagte der Fahrer. »Ich habe heute Morgen einen Pullover übergezogen, also kann sie nicht an meine Hemdknöpfe.« Lachtränen liefen Mrs Toft über die Wangen, und Pammy fürchtete, sie würden gleich Sauerstoff für sie brauchen, wenn er so weitermachte.

»Das muss ein Scherz sein«, erwiderte sie. »So würden Sie nicht reden, hätten Sie ihren Tom mal gesehen.«

Jetzt lachte der Fahrer, schwang Mrs Toft und den Rollstuhl herum und schob sie den langen Korridor hinunter.

»Leben Sie wohl!«, rief Pammy der erhobenen Hand nach.

»Na, ein letztes Mal winken noch«, sagte der Krankenwagenfahrer und drehte den Rollstuhl zurück zu Pammy und in einer vollkommenen Pirouette erneut zum Ausgang und dem wartenden Wagen.

Als sie gerade wieder auf die Station gehen wollte, sah Pammy Dessie mit einer Rolltrage aus der anderen Richtung kommen. Eine Schwester aus der Notaufnahme lief neben ihm her, eine Krankenakte unter dem Arm und in einer Hand eine Infusionsflasche. Sofort sah Pammy ihnen ihre Sorge an und eilte zu dem von Sichtschutzwänden abgetrennten Bett und Schwester Bates.

»Sie kommt«, sagte Pammy. »Ich kann sie schon auf dem Korridor sehen.«

Kaum hatte sie es ausgesprochen, flogen die Stationstüren auf. »Direkt in Kabine eins«, sagte Schwester Bates, und die Trage wurde sofort hineingerollt. Sekunden später kamen die Schwester aus der Notaufnahme und der neue Arzt, Dr. Anthony Mackintosh, hinterher. »Tür zu«, befahl Dr. Mackintosh Dessie. »Je weniger Leute dieses Elend sehen, desto geringer das Risiko, dass die Polizei hier erscheint. Wer ist zuständig?«

»Das bin ich«, antwortete Schwester Bates.

»Wir haben keine Ahnung, wie sie in diesem Zustand ins Krankenhaus gekommen ist. Sie saß einfach auf einem der Stühle im Wartezimmer. Wir wissen weder Namen noch Alter, nichts. Sie scheint stumm zu sein, und wie es aussieht, hat eine Amateurin einen Katheter durch die Zervix eingeführt und versucht, den Fötus mit einer Mischung von Karbol und Wasser rauszuspülen. Was ich einzig aus den Verätzungen und dem Geruch schließen kann. Wann werden diese Hexen endlich begreifen, dass Laien einen entwickelten Fötus nur töten können, indem sie zuerst die Mutter umbringen? Wäre es so einfach, bräuchten wir keine Kaiserschnitte mehr. Wir könnten die Säuglinge nach Bedarf entbinden.«

Pammy und die Schwester sahen ihm an, wie wütend er war.

Dr. Mackintosh war eben verstummt, da kam die Patientin zu sich und begann zu schreien. Es war das Beängstigendste, was Pammy jemals gehört hatte. Sie fühlte, wie sich in ihr alles zusammenzog, und sie bekam eine Gänsehaut auf den Armen. Das Mädchen schrie wieder, lang, herzzerreißend und unheimlich. Die Luft schien zu erkalten, und alle Patientinnen auf der Station wurden sehr still.

»Ihr Uterus ist geweitet worden«, flüsterte die Schwester aus der Notaufnahme, die nach wie vor die Infusionsflasche hielt. »Es ist das Schmerzhafteste, was ein menschliches Wesen durchmachen kann, wenn ein Hohlorgan gedehnt wird. Obwohl in diesem ein sieben Monate alter Fötus ist. Natürlich ist es ein Fluch der Frauen. Männern kann das nicht passieren.«

Als die Schreie verstummten, fühlte der Arzt den Puls der Frau und runzelte die Stirn vor Konzentration.

»Wir haben in der Notaufnahme nach einem Herzschlag des Fötus gesucht«, erklärte er. »Erstaunlicherweise ist noch einer da, aber viel zu schnell. Der Fötus steht unter Stress, genauso wie die Mutter. Sie hat aufgehört zu bluten, aber erst gerade, und das Kind kommt. Warum sollte es auch nicht? Es kann sich da drinnen nicht sehr sicher fühlen, wenn ihm jemand Karbolwasser einflößen will. Wahrscheinlich hält es seine Chance hier draußen für ein wenig besser. Aber wir haben heute sieben Geburten auf der Wöchnerinnenstation, also ist da oben kein Platz mehr.«

»Und sie ist ungefähr in der achtundzwanzigsten Woche?«, fragte Schwester Bates.

»Ja, und am Leben. Es ist ein Wunder. Die Prozedur, die sie hinter sich hat, kann zu einem schweren hämorrhagischen Schock führen. Der Blutdruck rauscht in den Keller, und schließlich versagt das Herz. Sie ist auch sehr jung, um solch eine Tortur zu überleben, aber freuen wir uns nicht zu früh. Es ist ein weiter Weg, bis dieses junge Mädchen über den Berg ist. Ihre Blase könnte perforiert worden sein, womöglich auch der Darm. Das lässt sich alles noch nicht sagen. Gegenwärtig ist sie in Gefahr, und wir wissen eigentlich nur, dass ein Frühchen unterwegs ist und so gestresst, dass es wahrscheinlich schon vor der Entbindung stirbt. Und aus irgendeinem Grund wollte dieses junge Mädchen das Kind verzweifelt loswerden.«

»Gibt es innere Verletzungen, von denen wir wissen sollten?«

»Oh ja. Die Karbollösung, die zum Austreiben des Fötus benutzt wurde, war viel zu hoch konzentriert. Das Mädchen ist innerlich komplett verätzt, was auch für die Gebärmutter gelten dürfte. Wer das auch war, konnte durch die Fruchtblase dringen, aber die Zervix ist steinhart.«

»Woher wissen Sie, dass sie es nicht selbst war?«

»Ich weiß es nicht mit Sicherheit, aber können Sie sich eine Frau vorstellen, die imstande ist, sich das hier selbst anzutun? Sollte das Kind überleben, wird es zumindest voller Verätzungen und wohl auch blind sein.« Pammy hatte den Eindruck, dass der Arzt den Tränen nahe war.

Die Patientin öffnete die Augen und richtete ihren Blick auf Pammy. Ihr Schmerz schien verebbt, und für einen Moment kehrte Ruhe ein.

»Wissen wir, wie lange?«, fragte Schwester Bates die Schwester aus der Notaufnahme.

»Leider nicht. Es könnten zwanzig Minuten oder zwanzig Stunden sein. Aber ich bringe in einer Minute eine Patientin zur Entbindungsstation, dann sehe ich mal, ob eine Hebamme Zeit hat herzukommen. Allerdings halte ich es bei den ganzen Entbindungen gerade für unwahrscheinlich. Ich weiß nicht, was die in Liverpool ins Wasser getan haben. Es ist lächerlich, wie viele Schwangere ins St. Angelus kommen, und wir bewältigen es kaum noch. Wer hat eigentlich entschieden, dass es sicherer ist, im Krankenhaus zu gebären und nicht zu Hause? Die müssen verrückt gewesen sein.«

Eine Weile später war es noch ruhiger, denn Pammy war allein mit der Patientin zurückgeblieben und überprüfte die Krankenakte.

»Hallo«, sagte sie zu dem verängstigten jungen Mädchen, das so zart wirkte. Die Haut war blass, und Schweißperlen standen auf der Oberlippe und der Stirn. Pammy nahm ihre Hand, die kalt und klamm war.

»Na, Sie sind uns ein Rätsel. Tauchen hier aus dem Nichts auf, haben keinen bei sich, wie es heißt, und dann auch noch mit so großen Schmerzen. War wirklich niemand bei Ihnen? Oder verraten Sie mir wenigstens Ihren Namen?«

Das junge Mädchen sah sie mit weit aufgerissenen Augen an und sagte kein Wort.

»Sie müssen ihn mir nicht jetzt gleich sagen, wenn Sie nicht wollen. Keine Sorge. Atmen Sie ruhig, und lassen Sie sich Zeit. Wie wäre es, wenn ich Ihnen einen Tee hole? Eine Scheibe Toast vielleicht? Etwas Warmes?«

Pammy sah, dass Tränen in den Augen des Mädchens glänzten. »Hey, alles gut«, sagte sie, und obwohl es gegen Schwester Antrobus' Regeln war, hockte sie sich auf die Bettkante und nahm die Hände des Mädchens.

»Nicht weinen, Liebes. Ich weiß, dass es schrecklich ist, und ich kenne nicht alle Einzelheiten, aber Dr. Scriven ist hier Stationsarzt, und er ist ein sehr guter Mann. Der beste, heißt es. Er wird sicher bald kommen und nach Ihnen sehen.«

Pammy war sich eigentlich nicht sicher, ob es stimmte. Dr. Scriven stand in dem Ruf, nicht sonderlich charmant zu seinen Patientinnen zu sein. Doch sie wollte das junge Mädchen irgendwie beruhigen, diese Furcht aus ihren Augen vertreiben. Nur hatten ihre Worte den gegenteiligen Effekt.

Als Dr. Scrivens Name fiel, umklammerte die Patientin Pammys Hand. »Nein«, fauchte sie. Mehr konnte sie nicht sagen, weil sie wieder eine Wehe bekam.

Dieses Mädchen ist viel zu jung, um das durchzustehen, dachte Pammy. Der Schmerz war schlicht zu groß. Und etwas war hier sehr falsch. »Ganz ruhig«, flüsterte sie. »Atmen Sie, und pusten Sie durch den Mund aus, dann geht es schnell vorbei. Die Ärzte sind bald hier.«

Pammys Freundlichkeit schien alles schlimmer zu machen. Das Mädchen gab ein ersticktes Schluchzen von sich.

Pammy sah in ihre Tasche, um nach einem Nachthemd oder Waschsachen zu suchen. Hatte sie damit gerechnet, ins Krankenhaus zu kommen? Da war keine Nachtwäsche, und der Ring an ihrem Finger war fast heruntergerutscht. Sollte Pammy raten, würde sie sagen, dass er weder aus Gold war noch dem Mädchen gehörte. Er sah eher wie ein Gardinenring von Woolworths aus. Ja, darauf hätte Pammy gewettet.

»Möchten Sie mit mir reden?«, fragte sie sanft. »Ich erzähle auch nichts weiter. Alles hier ist streng vertraulich, falls Sie deshalb in Sorge sind. Das schwöre ich.« Sie bekreuzigte sich und lächelte dem Mädchen zu. »Sie sehen aus, als könnten Sie eine Schulter zum Ausweinen gebrauchen.«

»Ich kann nicht. Ich darf nicht.« Wieder schluchzte das Mädchen.

»Ach Gott, kommen Sie her, Kleines«, sagte Pammy und nahm sie in die Arme. Käme Schwester Antrobus jetzt herein – oder auch nur die Vollschwester –, wären sie entsetzt, dass Pammy die junge Patientin in den Armen hielt. Es war unprofessionell. Das wusste Pammy, und es war ihr gleich.

»Ich habe Angst«, flüsterte das junge Mädchen gequält an Pammys Schulter.

Nachdem der erste Schwall Tränen versiegt war, hielt Pammy die Patientin ein wenig auf Abstand, ließ sie jedoch nicht los.

»Haben Sie eine Mam? Gibt es jemanden, dem wir Bescheid geben können, dass Sie hier im St. Angelus sind? Wie heißen Sie, Liebes? Verraten Sie mir das?«

Das Mädchen schüttelte den Kopf so energisch, dass Pammy es für sinnlos hielt weiterzufragen.

»Na gut. Also ich lasse Sie jetzt mal eine Minute allein und erkundige mich, was Sie essen und trinken dürfen. Und ich hole Ihnen eine Bettpfanne, aber ich bin im Nu wieder da, keine Sorge.«

Mit einer Hand klopfte sie die Kissen auf und legte die Patientin behutsam wieder hin.

Als Pammy zum Büro ging, um nach Schwester Bates zu suchen, kam die stellvertretende Stationsschwester mit einem Medikamentenwagen an ihr vorbei.

»Haben Sie Branna gesehen?«, fragte sie, wobei ihre Stimme troff vor neu entdeckter Autorität. »Diese Frau behandelt unsere Station wie einen geselligen Verein. Immerzu plaudert sie mit den Patientinnen, und wenn sie damit gerade keine Zeit verplempert, holt sie sich den neuesten Klatsch aus der Pförtnerloge.«

»Aber hier ist doch alles blitzsauber«, sagte Pammy und blickte zum blanken Fußboden.

Die Schwester rümpfte die Nase. »Ich habe Sie nicht nach Ihrer Meinung gefragt, Schwester Tanner. Wenn Sie Branna sehen, sagen Sie ihr, dass ich sie suche.«

Pammy ging ins Schwesternzimmer, wo Schwester Bates eben den Telefonhörer auflegte. »Gott, ich glaube es nicht! Sie ist beinahe so übel wie der Ameisenbär. Fast hätte sie mir eben die Nase abgebissen.«

»Ach, beachten Sie die Wichtigtuerin gar nicht. Sie ist nur ein Jahr älter als ich, und mich behandelt sie genauso. Ich habe gerade mit der Schwester in der Aufnahme gesprochen. Unsere mysteriöse Patientin ist allein hergekommen. Sie hatten sie nicht mal bemerkt, bis jemand gesehen hat, dass sie weinend auf einem der Stühle saß und darunter eine Blutlache war. Dr. Scriven ist am Telefon mal wieder sehr ausweichend. Sein Licht leuchtet schon ewig, und jetzt hat er mich erst angerufen und gesagt, dass er kommt.«

»Was machen wir dann?«, fragte Pammy. »Sie will mir nichts erzählen, aber sie hat sich wenigstens mal ausgeweint.«

»Wenn ich das wüsste! Ich hatte noch nie eine namenlose Patientin. Fangen wir mit dem üblichen Prozedere an. Sie stellen den Untersuchungswagen für den Arzt zusammen. Wir brauchen einen Krug Chlorhexidin-Lösung, und dann warten wir, bis unsere Herren uns sagen, was los und wer dieses arme, verängstigte Geschöpf ist. Die Wöchnerinnenstation schickt uns Entbindungsinstrumente. Behalten Sie die Infusion im Blick, denn der Zugang muss intakt bleiben, falls sie irgendwelche Mittel bekommen muss.«

»Entbindungsinstrumente?«, fragte Pammy ein wenig überrascht.

»Ja, denn wir entbinden eindeutig ein Kind. Sie ist in der achtundzwanzigsten Woche, mehr oder weniger. Keiner kann sagen, ob dieser Säugling tot oder lebendig geboren wird. Ihre Lorraine hat überlebt. Dieses Baby könnte es auch und Ihre erste Geburt sein.«

Pammy beeilte sich, den Wagen im Sterilgutraum zusammenzustellen, wie sie es gelernt hatte. Im Geiste hakte sie alles ab und betete, dass sie nichts vergessen hatte, während sie ihre Spekula zählte.

»Sims', Cusco's, Ferguson's, Uterussonde, Gummihandschuhe, drei Nierenschalen, sterilisierte Gummihandschuhe und ein Handtuch. Ja, das war's«, murmelte sie und huschte in den Spülraum, um eine warme Bettpfanne von den heißen Rohren zu nehmen. Die schob sie in eine Papierhülle und stellte sie unten auf den Untersuchungswagen, bevor sie einen großen Metallkrug mit Chlorhexidin-Lösung füllte.

Als Pammy den Wagen zurück zur Kabine brachte, kam Branna aus dem Hausmädchenraum. »Branna, wo sind Sie gewesen? Die Schwester sucht Sie, und sie ist ganz aufgebracht. Auf dem Kriegspfad, würde ich sagen.«

»Na, stell sich einer das vor! Sie sucht also nach mir, ja? Ich kenne sie schon, seit sie hier angefangen hat. Die war so eingeschüchtert, die hat sich vor ihrem eigenen Schatten gefürchtet, und jetzt kommandiert sie jeden herum, der es sich bieten lässt. Wo wollen Sie so eilig mit dem Wagen hin? Sie rutschen noch auf meinem nassen Boden aus, wenn Sie nicht langsamer machen.«

»Wir haben eine mysteriöse Patientin in der Kabine und warten, dass ein Arzt und einige Unterlagen kommen, damit wir wissen, was wir als Nächstes tun sollen. Sie hat noch kein Wort gesagt. Das arme Ding ist völlig verängstigt.«

»Ach, na, ist vielleicht mysteriös für manche«, sagte Branna. »Ich bin drüben in der Schule bei meiner Freundin Biddy. Wenn die Schwester fragt, sagen Sie ihr, ich mache Pause.«

»Aber Sie waren eben zur Pause!«

»Na, dann mache ich halt die zweite. Ich rette ja keine Leben wie ihr alle, und wenn Schwester Antrobus schon mal aus dem Haus ist, nutze ich es aus. Außerdem habe ich Wichtiges mit Biddy zu bereden, das nicht warten kann. Nichts als Rätsel und Geheimnisse hier überall.«

Pammy sah Branna misstrauisch an. Sie verschwieg etwas. Doch dafür hatte Pammy jetzt keine Zeit.

Schwester Bates kam aus der Kabine. »Lassen Sie sie nicht allein. Ich denke, wir passen lieber auf, dass immer jemand bei ihr ist. Mir gefällt das nicht, und ich würde ihr zutrauen, dass sie wegläuft. Sie wirkt wie eine ängstliche Katze.«

»Ich hole ihr einen Tee und etwas Toast aus der Küche«, sagte Pammy.

»Ja, das wird ihr ein wenig Kraft geben. Das arme Ding wird sie brauchen.«

Pammy versuchte abermals, das geheimnisvolle Mädchen zum Reden zu bringen, als es dankbar Tee getrunken und Toast gegessen hatte. »Sind Sie von hier, oder kommen Sie von weiter weg?« Sie sprach über alles, nur nicht darüber, warum die junge Frau hier lag. Auf die Weise hoffte sie, sie zu ermuntern, ihnen einige Informationen zu geben.

Einige der anderen Schwestern konnten ihre moralische Empörung kaum verhehlen. »Ich würde mich weigern, so einen Fall zu versorgen«, sagte eine von ihnen, als sie auf der Station an Pammy vorbeikam. »Erzählen Sie denen, dass Sie Katholikin sind und es gegen Ihre Religion geht. Sie wissen, dass Sie hiernach zur Beichte müssen, oder?«

»Ich bin Schwester, nicht Nonne«, erwiderte Pammy verärgert. »Wir sind nicht hier, um zu urteilen. Das ist nicht unsere Aufgabe. Ich weiß nicht, wie es mit Ihnen ist, aber ich bin hier, um Kranke zu versorgen, egal, was sie haben.«

Schwester Bates hatte es mitbekommen und lächelte Pammy verständnisvoll an.

»Lassen Sie ja nie zu, dass ich mich wie einige dieser frommen Madams benehme«, flüsterte sie, als sie nach dem Waschen der Patientin die benutzten Handtücher in den Wäschewagen vor der Kabine warfen. »Wir sollen doch Schwestern sein. Ich fasse nicht, wie die sich verhalten. Das arme Mädchen ist ja selbst noch ein Kind. Eine Waise, die schreckliche Qualen leidet. So was Trauriges habe ich noch nie gesehen. Haben die kein Herz?«

»Ja, ich weiß, und ich kann es auch schwer ertragen. Es gibt einen Grund, weshalb die Stationsschwester uns zwei für sie eingeteilt hat. Sie mag heute ein bisschen übergeschnappt sein, aber sie ist weder dumm noch unfreundlich. Es hätte uns alle erwischen können«, antwortete Schwester Bates.

Pammy dachte, dass es nicht ganz stimmte. Bisher hatte sie nie mehr getan, als die Hand eines Jungen gehalten. Was sie auf dem Tanzabend der Ärzte zu ändern gedachte. »Glauben Sie, dass sie verheiratet ist? Dieser Ring ist doch nicht echt, oder?«

»Ich habe keine Ahnung. Sehen Sie sie sich an. Wie alt mag sie sein?«

Pammy spähte zwischen den Trennwänden hindurch zu dem Mädchen, das nun mit geschlossenen Augen dalag. »Kann ich nicht genau sagen. So alt wie ich? Achtzehn, vielleicht neunzehn?«

Beide verstummten, als Dr. Scriven durch die Stationstüren hereinkam. Er erkannte Pammy sofort und runzelte die Stirn.

»Ich untersuche die Patientin jetzt, Schwester Bates.«

»Ja, Dr. Scriven, aber Sie wissen hoffentlich, Sir, dass wir keine Informationen über sie haben, nur die Notizen in der Krankenakte von Dr. Mackintosh in der Notaufnahme. Wir kennen nicht mal ihren Namen, weil sie nicht mit uns reden will.«

»Was unter diesen Umständen wohl kaum Vorrang hat, Schwester Bates. Mich interessiert mehr, was aus gynäkologischer Sicht los ist.«

Beide Schwestern bemerkten den Gesichtsausdruck des Mädchens, als es Dr. Scrivens Stimme hörte. Noch ehe er die Kabine betreten hatte, sah sie panisch aus.

»Ihre Wehen sind unregelmäßig«, fuhr Schwester Bates nach einer kurzen Pause fort. »Trotzdem hat sie sehr große Schmerzen.«

Pammy hatte eben ihren Puls und Blutdruck gemessen, und beides war hoch. Sie fragte sich, ob sie es wagen sollte, zu dem gottgleichen Dr. Scriven zu sprechen. Die Schülerinnen im ersten Jahr redeten nie mit den Stationsärzten, es sei denn, einer von ihnen war nett und forderte sie dazu auf. Mit einem Gefühl, als würde sie ihr Leben aufs Spiel setzen, sagte sie: »Dr. Scriven, ihr Puls ist bei 120 und ihr Blutdruck 170 zu 100. Beides ist angestiegen, seit sie vor einer halben Stunde zu uns gekommen ist.«

Dr. Scriven ignorierte Pammy. Genauso gut hätte sie gar

nichts sagen können. Er nahm das Blatt mit der Flüssigkeitstabelle auf.

»Blutet sie noch?«, fragte er Schwester Bates scharf. »Wie sieht es mit dem Plasmaverlust aus?«

»Sie blutet nur sehr wenig, Sir.« Sie wechselte einen fragenden Blick mit Pammy. Etwas stimmte hier nicht, doch es kam ihnen nicht zu, den Arzt infrage zu stellen. Was Dr. Scriven sagte, war Gesetz.

»Ich gebe ihr eine Injektion, um die Dinge zu beschleunigen. Es wird sicher eine Totgeburt. Rufen Sie die Pförtner, damit der Fötus direkt nach unten zum Verbrennungsofen gebracht wird. Und ich meine, ohne Verzögerung. Von dem Mittel, das ich ihr gebe, wird ihr übel werden, und sie wird Durchfall bekommen, aber es hilft bei der Entbindung. Sie könnte Fieber kriegen, was kein Grund zur Sorge ist. Mein Famulant prüft dann, ob alles ausgetrieben ist. Danach kann sie entlassen und nach Hause geschickt werden, wo immer das auch sein mag.«

Vor Entsetzen verschlug es Schwester Bates die Sprache. Noch nie war jemand so kurz nach solch einer traumatischen Prozedur entlassen worden. Dr. Scriven war als Bettenblockierer verschrien, weil er seine Patientinnen viel länger behielt als Dr. Gaskell.

Dr. Scriven wandte sich dem jungen Mädchen zu, das die Augen geschlossen ließ und den Kopf weggedreht hatte. Sie hatte entsetzliche Angst. Pammy sah, dass ihre Fäuste fest geballt waren. Dr. Scriven sah aus, als wollte er sie direkt ansprechen, schien dann jedoch zu beschließen, dass es die Mühe nicht lohnte. Pammys Instinkt übernahm: Sie trat seitlich ans Bett und nahm die Hand der jungen Frau.

Dr. Scriven zog die Augenbrauen hoch. Man musste keine hellseherischen Fähigkeiten besitzen, um zu erkennen, dass er die neue Schwesternschülerin nicht mochte.

»Ich habe sie schon mal in der Ambulanz gesehen. Ihr Name ist Jane Smith«, sagte er in einem Ton, der keinen Zweifel ließ, wie mies seine Stimmung war. Was Pammy und Schwester Bates verwunderte. Beiden lag die Frage auf der Zunge, wie er das noch wusste. Dr. Scriven hatte so ziemlich bei jeder Visite an Mrs Tofts Namen erinnert werden müssen, und sie war über ein Jahr stationäre Patientin gewesen. Er unterschied seine Patientinnen nach der Diagnose, nicht nach dem Namen.

»Na, wenigstens haben wir jetzt einen Namen für die Krankenakte«, sagte Schwester Bates skeptisch und trug den Namen auf den blauen Krankenblättern ein. Damit keiner sie mehr nach ihrem richtigen Namen fragt, dachte Pammy, der ein kalter Schauer über den Rücken lief. Pammy war nicht dumm und begriff sofort, dass Dr. Scriven log, nur *warum*? Warum sollte Dr. Scriven von sich aus einen falschen Namen für diese Patientin angeben?

»Bereiten Sie bitte einen Wagen für die Einleitung der Geburt vor, Schwester«, sagte er zu Schwester Bates. »Ich gebe etwas von dem Mittel direkt per Injektion, um die Sache zu beschleunigen. Bis alles hier ist, untersuche ich sie.«

»Ja, Dr. Scriven.«

Pammy schob den Wagen, den sie vorbereitet hatte, neben das Bett. Sowohl sie als auch Schwester Bates waren schockiert von Dr. Scrivens Grobheit. In weniger als einer Minute hatte er die Beine der Patientin nach oben gerissen und wortlos ein Spekulum in sie hineingerammt.

»Sie ist verbrannt«, konstatierte er, zog das Spekulum wieder raus und die Bettdecke über die Knie der Frau. »Die benutzte Lösung war zu ätzend. Wahrscheinlich Karbolsäure und Wasser. Ich habe schon Schlimmeres gesehen, aber wir entbinden sie lieber. Machen wir alles bereit und mit der Einleitung weiter, Schwester.«

Ehe sie zum Sterilgutraum ging, wagte Schwester Bates, eine Frage zu stellen: »Dr. Scriven, verzeihen Sie bitte, aber da wir keine Krankenakte haben und ich diese junge Dame versorgen werde, erinnern Sie sich, wie alt sie ist?«

»Ja, zwanzig.«

»Zwanzig?«, wiederholte Schwester Bates ungläubig. Die junge Frau ließ das Gesicht abgewandt und den Mund zugekniffen.

Pammy entging nicht, dass die Stimmung in der Kabine seltsam wurde. Irgendwas stimmte hier nicht, doch sie hatte keine Ahnung, was.

»Wo ist Schwester Antrobus?«, donnerte Dr. Scriven. Jetzt war er eindeutig wütend. Keine der Schwestern hatte einen Mucks von sich gegeben, was auch nicht nötig war. Der Arzt zog ein sauberes Taschentuch aus seinem weißen Kittel und wischte sich die Stirn. »Hier ist es heiß. Ich hasse diese Vorhangkabinen! Machen Sie das verfluchte Fenster auf!«

Pammy gehorchte. Bereits bei ihrem ersten Einsatz auf dieser Station hatte sie festgestellt, dass die Antipathie auf Gegenseitigkeit beruhte. Sie zog Dr. Gaskell entschieden vor und wünschte, er wäre anstelle von Dr. Scriven hier. Doch Dr. Gaskell war heute nicht im Krankenhaus. So viel wussten sie immerhin von Dr. Mackintosh.

Schwester Bates murmelte, dass Schwester Antrobus krank sei, und da sie erkannte, dass sie zu direkt gewesen war, ging sie weg, um einen Rollwagen für die Geburtseinleitung zu holen. Pammy bot nicht an, nach der stellvertretenden Stationsschwester zu suchen. Die war mit den anderen zur Kaffeepause gegangen – oder vielmehr hoch erhobenen Hauptes vorweggeschritten, während die anderen ihr wie brave kleine Entenküken folgten. Hätte sie geahnt, dass Dr. Scriven selbst kommen würde, wäre sie niemals gegangen. Eines Tages würde sie seine Zustimmung brauchen, um hier feste Stationsschwester zu werden, und selbst Pammy, die bisher mit der Personalpolitik im St. Angelus nicht allzu vertraut war, wusste, dass die Schwester sich keine Gelegenheit entgehen ließe, sich bei Dr. Scriven beliebt zu machen. Sie hätte notfalls den ganzen Tag auf ihn gewartet und würde durchdrehen, wenn sie bei ihrer Rückkehr erfuhr, dass sie ihn verpasst hatte.

In ihrer ersten Zeit hier auf Station war Pammy auch aufgefallen, dass Schwester Antrobus immer recht albern wurde, wenn Dr. Scriven erschien. Sie errötete und putzte sich heraus, sobald seine Visite anstand. Und sie hielt beinahe noch größere Stücke auf ihn als er selbst. Oft verschwand sie vor seiner Vormittagsrunde im Umkleideraum, und wenn sie wiederkam, roch sie nach Haarspray und Eau de Cologne und trug Lippenstift.

Branna hatte jeweils Befehl, ein Tablett in ihr Büro zu bringen, wo sie Tee tranken und eine Dose Kekse verschlangen, während sie seine Anweisungen notierte.

»Die würde alles machen, dass mal ein Kerl bei ihr die Hose aufmacht«, sagte Branna gern, sehr zum Entsetzen der prüden, anständigen jungen Schwestern um sie herum. »Jemand muss ihr mal verraten, dass dazu mehr nötig ist als Vanilletörtchen.«

Schwester Bates kehrte zurück und schob mit einer Hand einen Rollwagen, mit der anderen einen Infusionsständer mit einer frisch eingehängten Glasflasche. Sie hatte sichtlich zu kämpfen, da die Rollgefährte in unterschiedliche Richtungen strebten. Pammy eilte zu ihr, um ihr zu helfen, nahm ihr den schweren Infusionsständer ab und rollte ihn ans Kopfende des Bettes. Schwester Bates lächelte ihr dankbar zu.

»Schwester Tanner, würden Sie bitte Miss, äh, Smith' Hand halten? Ich assistiere Dr. Scriven«, sagte sie.

Pammy nahm die Hand der Patientin und ging neben dem Bett in die Hocke. »Dr. Scriven gibt Ihnen jetzt eine Spritze, meine Liebe, um dem Kind nach draußen zu helfen«, flüsterte sie. »Halten Sie meine Hand fest, und drücken Sie einfach so fest, wie Sie wollen.« Ihr Gesicht war nur Zentimeter vom Bett entfernt, sodass sie den warmen Atem der jungen Frau auf ihrer Wange fühlte. Dr. Scriven hatte nicht erklärt, was er tun würde.

Sie sah zu ihm. Er hatte ein halbes Dutzend kleiner Glasampullen aufgeknackt, in denen eine erdbeerfarben getönte Flüssigkeit war. Die Spritze, mit der er sie aufzog, war sehr groß, die Nadel an die zwanzig Zentimeter lang. Pammy verspannte sich, als er grob, ohne einen Blick oder ein Wort zu der Patientin, die Decke von ihrem geschwollenen Bauch zurückzog. Der zuckte zur Seite und in Wellen wieder ein wenig zurück, als wollte das Baby darin vor der plötzlichen Kälte und Helligkeit fliehen. Pammy hatte gesehen, wie sich Lorraine und ihre Brüder ganz ähnlich im Bauch ihrer Mutter bewegt hatten. »Es mag nicht, wenn ich auf dem Rücken liege. Zu unbequem«, hatte Maisie ihr lachend erklärt und schützend die Hände auf ihren Bauch gelegt. Dieses Baby trat energisch. Und wie Maisie, legte auch die Patientin ihre freie Hand schützend auf eine Stelle, an der sich eine kleine Ferse oder Faust abzuzeichnen schien und die glatte, gedehnte Haut wölbte.

Dr. Scriven bemerkte es nicht. Er zog die Flüssigkeit aus der letzten Ampulle auf.

»Reinigen Sie den Bereich mit Jod, Schwester«, wies er Schwester Bates harsch an. Ihre Miene gab nichts preis, als sie seine Anweisung befolgte.

Beide Schwestern wollten schreien: *Was tun Sie denn? Dieses Mädchen ist nicht zwanzig, und ist sie nicht schon viel zu weit? Warten Sie doch noch ein wenig, ob die Wehen wieder nachlassen und das Baby durchhält! Verdient es denn keine Chance?* Doch ihnen war allzu bewusst, dass sie auf der Stelle gefeuert würden, sollten sie es laut aussprechen. Ihre Rolle war, den Arzt zu unterstützen, nicht, ihn zur Rede zu stellen.

Schwester Bates öffnete eine braune Jodflasche und goss ein wenig in eine weiße Emailnierenschale. Dann nahm sie zwei Mullbällchen mit ihrer Klemmschere auf und tunkte sie in die kalte Lösung, ehe sie die eingeklemmten Bäusche auf dem Tablett ablegte und den Wagen näher ans Bett schob.

»Das wird jetzt gleich ein bisschen kalt«, flüsterte Pammy, »aber leider ist es nötig, um die Haut zu sterilisieren.«

Da die anderen Patientinnen direkt hinter den dünnen Plastikvorhängen lagen, hatte Pammy längst Übung darin, in solchen Situationen sehr leise zu sprechen. Die junge Frau reagierte nicht. Pammy war heute für die Überwachung der Werte zuständig, weshalb sie von Anfang an die Atemzüge gezählt hatte. Anfangs waren es stetig zweiundzwanzig die Minute gewesen, doch jetzt atmete sie viel schneller. Das Mädchen war extrem verzweifelt. Pammy wurde das Herz schwer, als sie beobachtete, wie Schwester Bates den Bauch der Patientin abwischte. Grellgelbe Rinnsale liefen seitlich am weißen Bauch der jungen Frau herunter und sickerten in das frische Stecklaken.

Die Jodlösung war kalt, und das Kind in dem Bauch trat noch heftiger. Das Baby wehrte sich, und die Patientin schluchzte einmal sehr kurz, als Pammy ihr eine Haarsträhne aus der verschwitzten Stirn strich. Sie schwitzte inzwischen stark und roch nach Angst. Gleichzeitig füllte der Geruch von Jod und Lysol vom frisch gewischten Boden die enge Kabine.

Obwohl die junge Frau ihre Augen fest zukniff, ließen sich ihre Tränen nicht zurückhalten, als die Jodlösung über ihren Bauch lief, sich in ihrem Schritt sammelte und auf die entblößten Schenkel rann. Wieder bewegte sie ihre Hand schützend zu ihrem Bauch, und Dr. Scriven fuhr sie an: »Nicht anfassen! Das ist gerade sterilisiert worden.«

Pammy griff nach der freien Hand der Patientin und hielt deren beide Hände mit ihren zusammen. Es kam ihr vor, als würde sie das Mädchen gefangen halten, und als sie an Lorraine dachte, brannten ihr selbst Tränen in den Augen. Sie wusste, dass diese Geste, das Kind im Bauch zu streicheln, vollkommen natürlich war, beschützend und liebevoll. Alle Mütter verhielten sich so. Auch wenn die Berührungen durch Muskeln und Haut getrennt wurden, ließen sie ihr Kind so wissen, dass sie da waren.

»Gut gemacht, Schwester.« Im ersten Moment nahm Pammy gar nicht wahr, dass Dr. Scriven mit ihr sprach, und als sie es tat, machte es sie alles andere als stolz. Sie schämte sich vielmehr, dass sie gelobt wurde, weil sie bei einem solchen Akt mitmachte. Nicht nur, dass sie sicher war, dass er gelogen hatte, was den Namen und das Alter der Patientin betraf; sie begriff auch intuitiv, dass dies hier keine Geburtseinleitung war, sondern eine Abtreibung. Und die geschah nicht, weil das Leben der Mutter in Gefahr war. Der Arzt benahm sich nicht besser als irgendwelche Engelmacher in schäbigen Seitengassen. Pammy fühlte sich hilflos. Alles, was vor ihren Augen geschah, schrie danach, dass sie eingriff, nur war sie die Allerletzte in der Befehlskette und nicht in der Position, irgendwas zu hinterfragen oder einzuschreiten.

Immer noch hielt sie beide Hände der jungen Frau, beugte sich ein wenig vor und flüsterte: »Keine Sorge, meine Liebe. Sie sind nicht allein. Wir sind hier bei Ihnen und verlassen Sie nicht.« Ihr Lohn war ein kaum merklicher Händedruck.

»Gut, jetzt geht es los. Ich injiziere gleich, also nicht bewegen. Es wird sich anfangs wie ein scharfes Kratzen anfühlen, doch ich injiziere direkt in die Fruchtblase, und nach der ersten Minute spüren Sie nichts mehr. Es wird bloß wie ein Bienenstich sein.«

Die mysteriöse Miss Smith sah Dr. Scriven immer noch nicht an.

Er senkte die Stimme. »Sie muss ruhig gehalten werden.« Wieder ignorierte er Pammy und sprach direkt mit Schwester Bates. »Es wird ein wenig Gezappel geben. Der Fötus macht immer Theater, wenn die Fruchtblase perforiert wird, aber sie wird nicht viel merken. Sie muss nur absolut stillliegen. Sie müssen absolut stillliegen«, wiederholte er lauter, als wäre die junge Frau schwerhörig. Er sah sie an und wartete auf eine Reaktion. Sie nickte ein wenig, um zu signalisieren, dass sie ihn verstanden hatte. Nun fiel sowohl Schwester Bates als auch Pammy auf, dass Dr. Scriven zitterte. Das hatte Schwester Bates noch nie gesehen, was sie umso mehr überzeugte, dass hier nicht alles war, wie es sein sollte. Sie hatte auch noch keinen Arzt erlebt, der solch eine Prozedur vornahm, und obwohl sie selbst nie auf der Entbindungsstation gearbeitet hatte, hätte sie sicher davon gehört, wäre dort jemals einer Schwangeren irgendwas direkt in die Fruchtblase injiziert worden.

»Gut, halten Sie sie still, Schwester«, sagte Dr. Scriven zu Pammy. »Schwester Bates, Sie gehen lieber auf die andere Seite.« Er zwinkerte der Schwester zu, als wollte er ihr bedeuten, dass es schwierig werden könnte. Da wurde Pammy klar, dass er gelogen hatte, was den Schmerz betraf, der lediglich wie ein Bienenstich sein sollte. Das stimmte auch nicht.

Als die Nadel den Bauch durchstieß, gab die Patientin einen kleinen Schrei von sich, der tief aus ihrem Innern zu kommen schien. Dr. Scriven hatte recht. Das Kind in ihrem Bauch strampelte wild, als die Nadel in die Gebärmutter eintrat und Dr. Scriven grob den Bauch abtastete. Pammy wurde ein bisschen schlecht, weil es aussah, als versuchte er, den Fötus zu erwischen, um ihm die Spritze zu geben. Und letztlich schien er zufrieden.

»Da haben wir es ja«, sagte er. Pammy starrte entsetzt hin, als er die Flüssigkeit nach und nach in den Bauch zu drücken begann, und drinnen das Leben verebbte.

Nun hatte sie Tränen in den Augen. Das Gesicht von Schwester Bates war bleich und wie versteinert. Sie assistierten bei der Beendigung eines Lebens. Eines Lebens, von dem Pammy aus Erfahrung wusste, dass es heilen und wachsen könnte. Geboren werden.

Dr. Mackintosh hatte gesagt, der Muttermund wäre bei der Untersuchung noch steinhart gewesen. Hätte es nicht eine Chance geben können, wäre der jungen Frau Ruhe gegönnt worden? Eine kleine zumindest, aber immerhin überhaupt eine? Auf einmal bekam man in der kleinen Kabine keine Luft mehr. Pammy konnte nicht anders. Sie ließ die Hände der Patientin los, riss die Vorhänge auf und öffnete das Fenster dahinter, um in tiefen Zügen frische Luft einzuatmen. Und immer noch hatte die junge Mutter kein einziges Wort gesagt. Mit jedem Moment, der verging, wurde die Atmosphäre in der Kabine beklemmender. Schließlich riss Dr. Scriven schwungvoll die Spritze aus dem Bauch und warf sie in die Nierenschale.

»So, erledigt«, sagte er. »Es wird nicht leicht, aber sie müsste den Fötus gegen elf Uhr heute Abend abstoßen.« Er streifte die sterilen Gummihandschuhe ab, zog die Knie der Patientin nach oben und nahm sehr rau eine erneute Untersuchung vor. Die junge Frau zuckte zusammen und drückte Pammys Hand wieder fest.

»Wie ich mir schon dachte, ist der Muttermund noch fest. Keine Eröffnung. Er ist verätzt und voller Blasen. Wir müssen das Kind rausbekommen, um ihr Leben zu retten. Und wir haben keine Ahnung, wie schlimm sie innen aussieht. Es dauert mindestens zwölf Stunden, doch wenn bis morgen um diese Zeit nichts passiert ist, bringen wir sie in den OP.«

Pammy wollte der Frau am liebsten die Ohren zuhalten, denn schon sie zuckte zusammen, als Dr. Scriven sprach.

»Dieses Gezappel«, er nickte zum sich bewegenden Bauch, »wird in ein paar Minuten aufhören. Ich rufe in einigen Stunden an. Wenn Schwester Antrobus kommt, sagen Sie ihr, die in der Zentrale sollen mein Ruflicht einschalten, dann komme ich her.« Ohne auch nur einen flüchtigen Blick auf die Patientin zu werfen, drehte er sich um und ging.

Schwester Bates stand stockstarr da. Pammy strich der Patientin das Haar zurück und wischte ihr die verschwitzte Stirn mit einem Tuch, das sie in kaltes Wasser getaucht und auf dem Rollwagen bereitgelegt hatte. Die junge Mutter weinte lautlos, und die beiden Schwestern schauten zu, wie sich ihr Bauch beruhigte, als ihr sieben Monate altes Baby an dem einen Ort starb, an dem es am sichersten sein sollte.

Kapitel vierundzwanzig

Pammy behielt die Uhr im Blick und achtete darauf, alle fünfzehn Minuten sämtliche Werte zu messen und zu notieren. Unterdessen bemühte sie sich weiter, mit der Patientin ins Gespräch zu kommen.

»Möchten Sie jetzt einen Tee?«, fragte Pammy. Sie hatte das Stecklaken gewechselt und ihr ein sauberes Nachthemd angezogen, ihr Gesicht gewaschen und die Bettdecken hochgezogen, um sie festzuzurren. Wieder strich sie ihr das Haar aus dem Gesicht und widerstand nur knapp dem Impuls, sich vorzubeugen und ihre Stirn zu küssen. Die Patientin schüttelte den Kopf. »Ach doch, das sollten Sie. Ich gehe Ihnen einen holen, und auch einen Happen zu essen. Vielleicht ist es das Beste, wenn Sie jetzt etwas zu sich nehmen.« Die Worte *weil Sie sehr bald zu große Schmerzen haben und alles an Kraft brauchen werden* hingen unausgesprochen in der Luft.

Pammy ging in die Küche und begann, ein Tablett zu bestücken. »Was ist da los?«, fragte Branna mit einem Nicken zur Station.

»Wenn ich das wüsste«, sagte Pammy. »Wir haben ein junges Mädchen, das nicht sprechen will, Schwester Antrobus ist verschwunden, und ihre Stellvertreterin brüllt so viele Befehle herum, als würde sie fürs Militär üben. Dr. Scriven hat furchtbar schlechte Laune, und Schwester Bates und ich wissen nicht mehr, wo uns der Kopf steht. Abgesehen davon ist alles bestens.«

»Herrje, man sollte fast glauben, das hier ist immer noch ein Irrenhaus. Wo Schwester Antrobus ist, kann ich Ihnen verraten. Die liegt auf dem Sofa der Oberschwester und kotzt sich die Seele aus dem Leib. Elsie sagt, sie und die Oberschwester haben gestern Abend einige Flaschen von einem ekligen Wein getrunken. Wie schlecht der war, weiß Elsie, weil sie den Rest aus einer Flasche probiert hat, und sie meint, so was Scheußliches hat sie in ihrem Leben nicht getrunken. Nicht zu vergleichen mit Guinness, sagt sie. Ich habe auch mal genippt. Damit kann man die Farbe von den Wänden holen. Und ausgerechnet heute muss Elsie wie vom Erdboden verschluckt sein. Dessie kann Jake auch nicht finden. So was kann man sich gar nicht ausdenken, oder? Verrückt geht es hier zu, vollkommen verrückt.«

Pammy versuchte, aus dem Schwall zu entwirren, was wichtig genug war, um es zu kommentieren.

»Schwester Antrobus ist auf dem Sofa der Oberschwester?«, fragte sie. »Na, das ist doch sehr nett von der Oberschwester. Würde sie dasselbe für jede von uns tun, wenn es uns schlecht geht?«

»Ach, aber das ist doch gar nicht das Beste von allem! Dessie hat mir erzählt, dass Schwester Antrobus letzte Nacht sternhagelvoll aus der Wohnung der Oberschwester gekommen ist, und da war es nach Mitternacht. Was Dessie nicht gewusst hat, als er mir das erzählte, war, wie viele Flaschen sie getrunken haben.« Branna zwinkerte Pammy zu. »Ich glaube ja nicht, was die Pförtner über die Oberschwester und den Ameisenbären sagen. Schwester Antrobus ist viel zu sehr hinter den Kerlen her. Ich verstehe nicht, warum sie auf einer Frauenstation arbeiten wollte. Sie hat kein bisschen Mitgefühl mit kranken Frauen.«

»Ich komme nicht mehr mit, Branna.« Pammy war jetzt verwirrt. »Und ich muss mich auf das konzentrieren, was hier passiert.«

Schwester Bates und sie saßen abwechselnd bei der Patientin, als sie schlief. »Verkraftest du dies hier?«, fragte Schwester Bates, als sie vor der Kabine standen, um etwas frischere Luft zu atmen. »Es ist ziemlich schlimm, und ich frage mich, nach dem, was du mir von Lorraine erzählt hast, ob es nicht ein bisschen viel für dich ist. Ich kann die Schwester bitten, dass sie jemand anderen einteilt.«

»Oh Gott, nein, Unsinn«, antwortete Pammy. »Es ist nicht leicht, das gebe ich zu, aber ich kann sie jetzt nicht im Stich lassen. Ich will bei ihr bleiben und mich bemühen, damit es dem armen Mädchen besser geht. Übrigens glaube ich nicht, dass sie zwanzig ist, du?«

»Nie und nimmer. Und ich glaube auch nicht, dass sie Jane Smith heißt. Schau mal, was ich habe.« Schwester Bates holte eine der kleinen Glasampullen, die Dr. Scriven benutzt hatte, aus ihrer Schürzentasche.

»Was machen Sie denn damit?« Pammy riss die Augen weit auf.

»Ich bin im Büro gewesen, um das Mittel im British National Formulary nachzuschlagen. Was Dr. Scriven mit ihr gemacht hat, habe ich noch nie zuvor gesehen.« Schwester Bates senkte die Stimme. »Es ist Oxytocin, und das wird entweder intramuskulär oder intravenös injiziert. Da stand nirgends, dass man es in die Fruchtblase oder den Fötus injiziert, und ich bin mir sicher, dass er das versucht hat. Die Kontraindikation ist ein rupturierter Uterus. Wir müssen sie mit Argusaugen überwachen.«

»Warum hat er sie nicht einfach in den OP gebracht?«, fragte Pammy.

Beide Schwestern blickten hinein zu ihrer schlafenden Patientin, und Schwester Bates neigte sich näher zu Pammy. »Weil dann das Kind vielleicht lebend herausgeholt worden wäre, deshalb. Jedenfalls denke ich das, und frag mich nicht, warum er das verhindern wollte, denn ich habe keine Ahnung. Ich weiß nur, dass das alles ganz falsch ist. Ich habe noch nie gesehen, dass ein Arzt versucht hat, einem Fötus im Uterus etwas zu injizieren. Haben Sie bemerkt, wie er ihren Bauch abgetastet hat?«

Pammy stieß einen langen Seufzer aus.

»Was für ein Mist«, sagte sie. »Und ich hatte gedacht, das Schlimmste, was mir heute passieren kann, ist, für den Ameisenbären zu arbeiten. Aber ich verlasse die Patientin nicht. Ich weiß zwar nicht, wann es vorbei sein wird, doch ich gehe nicht eher von der Station. Da muss mich die Oberschwester schon rauswerfen.«

Schwester Bates grinste. »Manche von uns beten an einigen Tagen, dass das geschieht.«

Sechs Stunden später und gegen Ende von Pammys offizieller Schicht, begann die junge Frau, über starke Schmerzen zu klagen.

»Willst du zum Abendessen gehen?« Schwester Bates schaute in die Kabine. »Schläft sie noch?«

»Nein«, antwortete Pammy. »Sie ist gerade aufgewacht.« Während sie sprach, gab das Mädchen ein gedehntes Stöhnen von sich, setzte sich mühsam auf und erbrach sich quer über das Bett.

Von nun an ging alles sehr schnell. Pammy hatte das Gefühl, nur noch auf den Beinen zu sein. Die junge Frau, die sie nur Miss Smith nennen konnten, bekam hohes Fieber. Sie zitterte und fröstelte. Sie bat um eine Bettpfanne, die praktisch unter ihr blieb, weil sie Durchfall hatte. Und sie schrie, weinte und flehte, dass ihr jemand die Schmerzen nahm. Pammy kniete neben dem Bett und versuchte, das Kopfteil zu richten und die Kissen nach unten zu drücken, um ihr ein wenig Erleichterung zu verschaffen. Sie spürte schon ein Ziehen unten an ihrem eigenen Rücken, als sie sich bemühte, die junge Frau auf der Bettpfanne zu halten. Doch sie wusste, wenn sie losließ, fiele sie herunter.

Schwester Bates hatte an einer Seite das Gitter hochgezogen, sodass sich die Patientin darauf stützen konnte.

»Kann sie denn gar nichts gegen die Schmerzen bekommen?«, fragte Pammy, während die junge Frau sich schreiend an sie klammerte.

»Ich glaube nicht, dass wir etwas Wirksames haben. Ich kann auf der Entbindungsstation fragen, ob sie uns Entonox geben können.«

»Warum ist es so schlimm, wenn sie erst im siebten Monat ist?« Ein rarer Moment der Ruhe trat ein, als das Mädchen die Augen schloss und den Kopf ins schneeweiße Kissen lehnte.

»Ich glaube, weil der Bauch nicht viel hat, wogegen er drücken kann, deshalb sind die Kontraktionen stärker, um das Kind auszutreiben. Aber das ist nur geraten, Schwester Tanner, genau weiß ich es nicht. Bisher war ich nicht in der Geburtshilfe. Ich hole Schwester Antrobus. Krank oder nicht, sie ist gelernte Hebamme und sollte hier sein.«

Pammy wünschte, sie würde es nicht tun, aber die Patientin hatte Vorrang, und es ging ihr zusehends schlechter. Mit einem feuchten Flanelltuch wischte Pammy ihr die Stirn ab.

»So, meine Liebe«, flüsterte sie. »Nicht mehr lange, dann ist es vorbei.«

Die junge Frau öffnete die Augen, und bei ihrem Blick wurde Pammy eiskalt. Er wirkte leer, und die Pupillen waren klein wie Stecknadelköpfe. Pammy kontrollierte ihre Werte. Der Puls raste, ihre Temperatur lag bei 39,4, und ihr Blutdruck war dramatisch gefallen. Er war jetzt bei 95 zu 65.

»Ich bin gleich wieder da«, sagte sie und drückte die Hand des

Mädchens. Dann riss sie das zweite Seitengitter nach oben und stürmte aus der Kabine zum Büro. Schwester Bates sprach mit Schwester Antrobus, die ihren Kopf in die Hände gestützt hatte, was Pammy indes nicht bremste.

»Schwester«, sagte sie mit einem panischen Unterton, wie ihn keine erfahrenere Schwester hätte, »wir brauchen einen Arzt. Ihr Puls ist sehr schnell, und ihr Blutdruck ist auf 95 zu 65 gefallen.«

Schwester Antrobus herrschte sie nicht an, was überraschend war. »Gehen Sie zurück zu ihr, Sie beide«, sagte sie. »Ich rufe Dr. Scriven.« Als die Schwestern zurückeilten, hörte Pammy, wie sie das Telefon aufnahm. »Schalten Sie das Ruflicht für Dr. Scriven ein, und fragen Sie bitte auch nach, ob er im OP ist. Wir brauchen ihn dringend auf Station zwei.«

In der Kabine maß Pammy erneut Fieber. »Gott, jetzt ist es bei 40 und steigt. Was geschieht hier?«

»Ich glaube nicht, dass das Fieber allzu besorgniserregend ist«, antwortete Schwester Bates. »Der Blutdruck ist bedenklicher. Sie könnte innere Blutungen haben. Das passiert oft, wenn die Gebärmutter reißt.« Sie flüsterten, auch wenn es unnötig war. Ihre Patientin nahm nichts um sich herum wahr, denn sie schrie vor Schmerzen.

Dann wurde es still. Die junge Frau keuchte jetzt eher, als dass sie schrie. Für einen Moment merkte Pammy, wie sie alle ruhiger wurden. Die saubere Bettpfanne wippte, als sich die Patientin weit nach vorn beugte. Beide Schwestern schoben die Seitengitter nach unten und legte jeweils stützend einen Arm um sie. Erst Minuten zuvor hatte Pammy sie mit Chlorhexidin abgerieben, ihr ein frisches Nachthemd angezogen und die saubere Bettpfanne geholt.

Das Mädchen lehnte sich weit vor, als wollte es in die Bettpfanne sehen, und stöhnte tief, was sogleich zu einem Knurren wurde. Pammy und Schwester Bates blickten sich ängstlich an, als sie etwas in die Metallpfanne plumpsen hörten.

»Oh Gott, wir müssen sie runterheben, schnell«, sagte Schwester Bates. Sie verhakten ihre Arme unter den Beinen und hinterm Rücken der jungen Frau, hoben sie hoch, und Pammy zog geübt die Bettpfanne raus, bevor sie die Patientin behutsam wieder hinlegten. Dabei packte sie die Bettpfanne und riss sie näher zu sich. Schwester Bates nahm die Spencer-Wells-Klemme vom Rollwagen und durchtrennte die pulsierende Nabelschnur.

»Bringen Sie es in den Spülraum«, sagte sie. »Ich bleibe hier. Wir brauchen noch eine Bettpfanne hier für die letzte große Wehe. Sagen Sie auf dem Weg im Büro Bescheid, was passiert ist.«

In diesem Augenblick schwang die Stationstür auf, und Dr. Scriven kam mit Schwester Antrobus hereingestürmt.

Pammy schnappte sich die Bettpfanne, ehe Dr. Scriven es konnte. Darin lag ein perfekter kleiner Junge. Er atmete und schaute hilflos zu ihr auf.

»Oh mein Gott«, hauchte Pammy. »Es ist ein Baby.«

»Nein, ist es nicht. Es ist ein Fötus«, erwiderte Dr. Scriven harsch. »Lassen Sie ihn im Spülraum, und die Schwester kümmert sich darum, dass er in den Verbrennungsofen kommt.«

»Es ist ein Junge, und er lebt!«, konterte Pammy, ohne nachzudenken.

Dr. Scriven beachtete sie nicht und sah auf das Krankenblatt. »Wie ist der Blutdruck jetzt?«, fragte er Schwester Bates.

»Schaffen Sie das jetzt in den Spülraum«, fauchte Schwester Antrobus.

Pammy blickte panisch zu der jungen Frau, dem Arzt und zurück zu Schwester Antrobus. Als sie wieder etwas sagen wollte, wurde sie grob am Oberarm gepackt. Schwester Antrobus zerrte sie aus der Kabine und zum Spülraum. Pammy fühlte den

Schmerz in ihren Arm nicht, weil sie nur an den winzigen Jungen denken konnte, lebendig in der Bettpfanne, die sie umklammerte. Als die Spülraumtür hinter ihnen zuknallte, quiekte sie: »Schwester, es ist ein kleiner Junge, und er atmet.«

Sie riss sich los, stellte die Bettpfanne in das große Spülbecken und hob das Baby heraus. Dann nahm sie sich ein Handtuch von einem Rollwagen, den jemand für ein Bettbad an der Tür bereitgestellt hatte, und wickelte den kleinen Körper sorgfältig hinein.

»Oh mein Gott, sehen Sie sich den Kleinen an. Was können wir tun? Soll ich mit ihm zur Wöchnerinnenstation laufen? Soll ich? Oder nach oben zur Kinderstation? Was soll ich tun?«

Niemals würde Pammy vergessen, was nun folgte. Ebenso wenig die Worte, die fielen, während der kämpfende Säugling in ihren Armen lag. Seine Augen waren weit offen, und die dunkelblauen Augen sahen sie flehend an. Er bat sie, ihm zu helfen, rang nach Luft. Sein Mund verzog sich, als er die Lippen zu öffnen versuchte. Da waren Brandblasen auf seinem rechten Arm, wo ihn vermutlich die Karbolsäure erwischt hatte, aber seine Augen waren klar, und sie bettelten darum, dass er leben durfte.

»Es atmet NICHT. Geben Sie es mir, und rufen Sie den Pförtner für einen Transport zum Brennofen. Sofort!«

Pammy stieß einen kleinen Schrei aus und drückte das Baby fester an sich. »Nein.« Sie hielt das Bündel an ihrer Brust, doch der kleine Junge in ihren Armen verlor seinen Kampf bereits. Sie sah, wie die Augen zufielen und die Brust aufhörte, sich zu heben und zu senken. Er hatte nicht einmal fünf Minuten lang gelebt.

Erinnerungen an Lorraine fluteten Pammys Gedanken, als sie den kleinen Jungen an sich drückte. Sie hob ihn höher, und ihre Tränen tropften auf den zarten Kopf, der nie von einer Mutter geküsst worden war. Pammy war im Moment seiner Geburt da gewesen. Ihre Augen waren die einzigen, die je in seine geblickt hatten. Sie fühlte sich verantwortlich, und wenn sich keiner sonst für ihn einsetzen wollte, würde sie es tun. Ihr war bewusst, dass sie der einzige Mensch auf der Welt war, den interessierte, dass er gelebt hatte.

»Geben Sie ihn mir, wenn Sie wissen, was gut für Sie ist«, zischte Schwester Antrobus.

»Nein. Er hat gelebt, und er muss beerdigt werden, nicht in einen Ofen gesteckt. Er braucht einen Priester, eine Geburtsurkunde und alles. Er ist ein kleiner Junge, kein amputierter Körperteil. Ich will, dass ein Priester kommt. Ich mag im ersten Jahr sein, aber ich weiß, was ein kleines Leben verdient. Er hat gelebt. Ich habe ihn gesehen.«

Mittlerweile war Pammy beinahe hysterisch. Die möglichen Folgen ihres Handelns bedachte sie nicht, weil sie ihr vollkommen gleich waren. Sie hatte ein lebendes, atmendes Kind in den Armen gehalten, und die müssten zuerst sie in den Brennofen stecken, ehe sie zuließ, dass sie es mit dem Säugling taten. Letzterer hatte sich nun von einem festen, lebendigen Bündel in ein schlaffes Gewicht verwandelt.

Eine halbe Stunde später saß Pammy auf einem Stuhl im Stationsbüro. Ihr gegenüber war Schwester Antrobus, sichtlich wütend. Am Schreibtisch saß die Oberschwester, und es herrschte angespanntes Schweigen, während sie auf Dr. Scriven warteten. Pammy war versichert worden, dass man den Säugling nirgends hinbrachte und er im Spülraum blieb. In diesem Punkt gab sie nicht nach, und das wusste Schwester Antrobus.

Dr. Scriven kam erbost herein und schloss die Tür hinter sich. Durchs Fenster konnte Pammy Schwester Bates bei »Miss Smith« in der Kabine sehen.

»Was ist hier los?«, fragte Dr. Scriven frostig.

»Schwester Tanner glaubt, dass der Fötus geatmet und gelebt hat, Dr. Scriven. Ich habe ihr gesagt, dass es ausgeschlossen ist. Die Schwesternschülerin maßt sich an, uns vorschreiben zu können, dass ein Priester gerufen wird. Ich dachte, wir sollten Sie informieren.«

»Kommen Sie mit«, sagte Dr. Scriven zu Pammy. »Jetzt.«

Pammy sprang auf und folgte ihm aus dem Raum. Schwester Antrobus ging ihnen nach, wie Pammy am Knistern ihrer gestärkten Schürze hörte. Sie wusste, dass sie in ernsten Schwierigkeiten steckte. Ihr Mut hatte sie beinahe verlassen, und sie merkte, wie sie angesichts der harten Front gegen sie schwächelte. Jetzt, da Dr. Scriven dabei war, wurde sie unsicher, was sie tun sollte. Könnten die anderen recht haben?

Dr. Scriven stand unter dem grünen Glaslampenschirm in der Mitte des Spülraums und nahm einen von Brannas Eimern auf. Den stellte er in die Spüle und begann, ihn mit Wasser zu füllen.

»Sehen Sie das?«, fragte er. »Wenn das Baby geatmet und gelebt hat, wird es auf dem Wasser treiben. Wenn nicht, wird es untergehen.«

»Es war ein Er, Sir«, flüsterte Pammy.

»Was?«

»Es war ein Er. Er war ein kleiner Junge.« Pammy sah eine Ader an Dr. Scrivens Hals pulsieren und glaubte, er würde gleich in die Luft gehen. Stattdessen stellte er den Eimer auf den Boden.

»Ist es das?«, fragte er Schwester Antrobus, die nickte.

Pammy spürte, dass noch jemand den Raum betreten hatte, sah jedoch weiterhin nur zu dem Handtuchbündel.

Ohne das Kind anzublicken, nahm Dr. Scriven das Handtuch, trug es zum Eimer und ließ den toten Säugling ins Wasser fallen, wo er mit dem Gesicht nach unten trieb. Pammy wollte es kaum glauben.

Dr. Scriven wirkte erschrocken. Für einen kurzen Moment zögerte er, bevor er den Säugling packte und ihn zurück in das Handtuch wickelte. »Haben Sie gesehen? Er ist untergegangen.«

»Ist er nicht«, flüsterte Pammy. »Er ist nicht untergegangen. Das ist nicht wahr, Sir. Er trieb oben.«

»Bringen Sie ihn zum Brennofen«, sagte Schwester Antrobus.

»Aber …« Pammy verstummte. Stocksteif stand sie da. »Ich kann nicht, Schwester«, murmelte sie. Ihr schwirrte der Kopf von dem, was sie eben bezeugt hatte.

»Es war keine Frage, sondern ein Befehl. Sie tun, was man Ihnen sagt.« Schwester Antrobus schrie fast wieder. Sie blickte Dr. Scriven an, als wollte sie eine Bestätigung, und er nickte. Seine Miene war kalt und ungerührt.

»Ich bringe den Abfall selbst nach unten, Schwester«, sagte er eiskalt.

Schwester Antrobus schien beschämt und wurde rot. An diesem schicksalhaften Tag war sie zu spät gewesen, und jetzt gewann Dr. Scriven den Eindruck, dass sie die Kontrolle über ihre Station und ihr Personal verlor. Zunächst herrschte Stille, die schließlich von der Oberschwester gebrochen wurde. Sie hatte die ganze Szene mit angesehen. »Sie sind eine Schande für die Schwesternschaft überall«, erklärte sie schneidend und so boshaft, dass Pammy fröstelte. »Raus aus diesem Krankenhaus. Packen Sie Ihre Sachen in der Lovely Lane, und verlassen Sie das Wohnheim noch heute Abend. Sie werden nie wieder einen Fuß ins St. Angelus setzen.«

Pammy versuchte, sich zu bewegen, aber ihre Knie waren furchtbar weich.

»Weg von dieser Station und diesem Krankenhaus. Auf der Stelle. Ihre offizielle Kündigung erhalten Sie per Post.«

»Aber, Oberschwester, es war ein kleiner Junge. Verstehen Sie denn nicht?« Pammys Stimme bebte. Sie erkannte einen Funken menschliche Güte in den Augen der Oberschwester, allerdings galt die nicht Pammy. Auch nicht dem namenlosen kleinen Jungen, der gerade in ihren Armen gestorben war.

»Wenn dieses Baby irgendwo hingebracht wird, rufe ich die Polizei.« Kaum hatte sie die Worte ausgesprochen, zitterten ihre Knie.

Sie überlegte bereits, was sie ihren Eltern sagen wollte, wusste jedoch, dass sie es verstehen würden. Ja, sie würden sie sogar loben. Zu Hause in der Arthur Street würde man sie liebevoll aufnehmen, und dieser Gedanke gab ihr Kraft.

»Sie sind ein Lügner!«, schrie sie Dr. Scriven an. »Ein Lügner, haben Sie mich gehört?«

Sie hatte nichts mehr zu verlieren und konnte ihre Wut nicht bändigen. Tränen rannen ihr über die Wangen, als Pammy ihr Cape vom Haken im Umkleideraum nahm. Sie schaute sich nach Branna um, aber die war nirgends zu sehen. Fröstelnd legte sie sich das Cape um. Sie hätte sich gern von Schwester Bates verabschiedet, die sich um ihre Patientin kümmerte. Sie würden sich nie wiedersehen, und Pammy wollte ihr danken. Doch das würde man ihr nicht erlauben, und überhaupt musste sie hier raus und an die frische Luft. Die Verurteilung durch Schwester Antrobus und die Oberschwester wie auch die Kälte und Wut von Dr. Scriven waren zu viel für sie. Noch nie war sie so angeschrien worden. Es war eine verstörende Erfahrung, und da sie seit ihrem Frühstück so gut wie nichts gegessen hatte, fühlte sie sich schwach. Die Ereignisse hatten sie erschüttert, und sie konnte nach wie vor nicht begreifen, was sie mit angesehen hatte. Zugleich war sie sicher, dass sie das Bild des im Eimer treibenden Säuglings oder die dunkelblauen Augen, die sie anblickten, nie vergessen würde.

Auf einmal wollte sie zurück ins Büro stürmen und Dr. Scriven anschreien, er sei ein Unmensch. Ihr Verstand weigerte sich zu akzeptieren, was geschehen war. Einen toten Säugling in einen Wassereimer zu werfen, um zu prüfen, ob er gelebt hatte, war der absolute Gipfel gewesen. Pammy fing an zu zittern. Sie hatte ihre Arme verschränkt und bohrte die Fingernägel in die Haut ihrer Unterarme. Es war so schnell gegangen, dass es ihr die Sprache verschlug. Könnte sie alles missverstanden haben? Wie konnte in dieser Welt der Medizin und Krankenpflege, die sie gewählt hatte, ein Kind geboren werden, atmen und als Abfall abgetan werden? Doch Pammy war die Tochter ihrer Mutter, und obwohl sie an sich selbst zweifelte, dachte sie an Maisie und fragte sich, was ihre Mutter tun würde. Pammy hatte all die Frauen gesehen, die jede ein Dutzend Kinder hatten und dennoch um das kleinste bisschen Leben gekämpft hatten. Und wäre ihre Mutter hier gewesen, sie hätte genauso gehandelt wie Pammy. Ihr Instinkt war richtig gewesen.

Vor Erleichterung weinte sie noch heftiger. Sie zog ihr Cape fest um sich und öffnete die Tür des Umkleideraumes. Da hörte sie Brannas Stimme, und als sie zur Station sah, stellte sie fest, dass die Türen weit offen standen. Branna war vor der Kabine, hatte ihre Arme verschränkt und sprach laut und für jedermann verständlich. Wie es schien, könnte sie die zweite Person sein, die heute gefeuert wurde.

»Will irgendwer hier Elsie verraten, was ihre verschwundene Martha in diesem Bett macht?«

In der Krankenpflegeschule nahm Biddy das Telefon auf. Eine Minute noch, dann wäre sie weg. Ihre Tasche war gepackt, sie hatte ihren Schal umgebunden und war auf dem Weg zur Tür gewesen.

»Dauernd will irgendwer was«, murmelte sie, als sie nach dem Hörer griff. Die Stimme erkannte sie sofort. Es war Dessie.

»Biddy, wo zum Teufel hast du gesteckt? Ich versuche schon den ganzen Tag, dich anzurufen!«

»Wir hatten den ganzen Tag kein Telefon. Das weißt du doch! Du hast doch selbst dafür gesorgt, dass das neue Telefon angeschlossen wird. Ich war die ganze Zeit hier.«

Dessie war den ganzen Tag mit Gasflaschen zur Entbindungsstation und zurück gelaufen. Es nahm einfach kein Ende, und Jake war verschwunden. Dessie wollte es nicht glauben. Keine Nachricht, kein Wort von seiner Mutter oder einem der anderen Burschen. Nichts. Dessie hieb sich mit der Faust an die Stirn. »Wie konnte ich das vergessen?«

Er sparte sich die Mühe, mit Biddy zu streiten, zumal sie recht hatte. Er hatte die neue Telefonanlage für die Schule bestellt. Es belegte nur, wie hektisch sein Tag gewesen war, dass er es vergessen hatte.

Und jedes Mal heute, wenn er bei der Loge war, hatte er versucht, Biddy zu erreichen.

»Ich habe Neuigkeiten, Biddy, und keine guten. Sitzt du gerade?«

Kapitel fünfundzwanzig

Biddy rannte so schnell nach unten zum Eingang, wie es ihr mit einem Einkaufskorb in der einen Hand und einem sieben Pfund schweren Beutel King-Edwards-Kartoffeln physisch möglich war. Als sie bei Elsie zu Hause ankam, war sie außer Atem und musste beides abstellen, ehe sie die Hintertür öffnen konnte.

Für einen kurzen Augenblick hielt sie inne und lächelte, als ihr aufging, dass sie den Weg ohne jede Peinlichkeit geschafft hatte.

Biddy, Sie müssen wissen, dass fast alle Frauen, die viele Kinder in kurzer Abfolge geboren haben, dasselbe Problem haben wie Sie.

Emily hatte sie zu Dr. Jacksons Sprechstunde begleitet. Es war unangenehm gewesen, und sie hatte gedacht, dass dieser Ring, den er ihr eingesetzt hatte, sicher rausfallen würde. Aber das tat er nicht. Der Arzt hatte ihr gesagt, dass es nicht immer half. Vielleicht war das Leben nicht nur schlecht, denn bei Biddy half es.

»Elsie«, brüllte sie und kippte beinahe durch die Tür. »Elsie, ich sterbe fast, so bin ich aus der Puste. Wo steckst du?«

Elsies Nachbarin Hattie nahm ihre Wäsche ab. Sie war Waliserin, und Biddy mochte die Waliser nicht. Sie fand, jeder Engländer, der behauptete, die Iren wären dreckig, sollte sich mal im Haus einer Waliserin umsehen.

Hattie trug eine blaue geblümte Kittelschürze und hatte einen rotgrünen Paisleyschal wie einen Turban um ihre Lockenwickler gebunden.

»Nimm die verfluchten Wickler raus«, hatte Biddy sie während des Krieges angefahren. »Die Krauts benutzen die zur Ortung, wo sie ihre Bomben abwerfen sollen.« Das hatte sie bloß ein einziges Mal gesagt. Am nächsten Morgen, nach dem schlimmsten Bombenangriff auf Liverpool, hatte Hattie sie aus ihrem Haar gerissen und sie in einer Schachtel unter ihrem Bett verstaut. Sie holte sie erst nach Kriegsende wieder raus.

»Was brüllst du so? Es ist keiner zu Hause. Sie wird unten beim Bingo sein. Entweder das, oder sie sucht noch nach ihrer Martha. Sie kommt einfach nicht zur Ruhe, seit Martha weg ist. Mir hat sie gesagt, dass sie zu Josies Mam will. Was hast du denn für Neuigkeiten?«

Hattie spähte über die Trennmauer zwischen ihrem Hinterhof und Elsies und holte ihren selbst gedrehten Zigarettenstummel heraus, um ihn anzuzünden. Sie rechnete damit, mindestens fünf Minuten hier zu stehen und über Biddys Neuigkeiten zu reden. Der Rauch von der Zigarette brannte in ihren Augen, sodass sie blinzeln musste.

Biddy war sehr versucht, Hattie zu erzählen, dass sie wusste, wo Martha war. Es bedurfte ihrer gesamten Willenskraft, den Mund zu halten. »Sag ihr, sie soll zu mir kommen, wenn sie wieder da ist, ja? Sag ihr, ich habe etwas für sie.«

So leicht gab Hattie nicht auf. »Wieso erzählst du es mir nicht, und ich richte es ihr aus? Auf mich ist Verlass.« Hattie lehnte die Arme auf die Trennmauer. »Du würdest nicht so rennen, wenn es nicht was Wichtiges wäre. So habe ich dich seit Silvester '46 nicht mehr rennen sehen, als du gemerkt hast, dass Mick mit deiner Geldbörse im Pub war. War ein spendabler Mann, dein Mick.«

Biddy bekreuzigte sich bei dem Gedanken an jenen Abend.

»Ich hätte nicht so zu rennen und mein Herz in Gefahr bringen brauchen. Bis ich da war, war die verdammte Börse leer. Der Mistkerl.«

Hattie grinste. So war es schon besser. Sie wusste, dass die Erwähnung von Mick Biddy ablenken würde.

Wegen der Nähe arbeitete fast jeder in dieser Gegend in der einen oder anderen Funktion im Krankenhaus. Hattie putzte dort nachts und nahm es allen anderen übel, dass sie im Laufe der Jahre nie aufgestiegen war.

»Was ist los? Na, sag schon! Du kennst mich. Mir kann man vertrauen. Und ich richte es Elsie aus, sobald sie wieder da ist. Vielleicht gehe ich sogar rauf zu Josie und hole sie für dich, wenn du willst, wo du so aus der Puste bist. Natürlich müsste ich wissen, warum ich sie hole, ist ja klar.«

Biddy sah nach unten zu ihren Einkäufen. Es nützte nichts. Elsie war nicht hier, und sie musste es erfahren. Wie ginge das besser, als es einer Frau zu erzählen, deren Klappe so groß wie der Mersey-Tunnel war? Sie wählte den Weg des geringsten Widerstands.

»Sag Elsie, dass sie sofort zu mir kommen soll. Richte ihr aus, dass ich weiß, wo Martha ist.« Mit diesen Worten nahm Biddy ihre Kartoffeln und ihren Einkaufskorb auf, trottete zu Elsies Pforte hinaus und weiter rauf zu ihrem Haus.

»Biddy!«, rief Hattie und warf ihre Zigarette über die Mauer in die gepflasterte Gasse. »Biddy!« Sie bekam keine Antwort. Da es keinen Sinn hatte, hängte Hattie ihre Wäsche auf die Leine in der Küche, stemmte sie nach oben unter die Decke und ging zur Vordertür hinaus, um von Haus zu Haus zu wandern und die Nachricht zu verbreiten. Biddy wusste, wo Martha war. Jetzt mussten sie nur noch Elsie finden.

»Was für ein Tag!«, sagte Biddy zu ihrem Kater, der sie begrüßte. »Hätte die Heilige Mutter Gottes selbst einem erzählt, was los sein würde, man hätte es nicht geglaubt.«

Nachdem sie den Kater rausgelassen und den Kessel auf den Herd gestellt hatte, packte sie ihre Einkäufe aus. Durchs Küchenfenster beobachtete sie, wie ihr Kater vom Dach des Klohäuschens hinauf zur Trennmauer sprang.

»Such Elsie, ja?«, rief sie ihm zu. Sie sprach oft mit dem Kater, weil sie fand, dass er mehr Verstand besaß als die meisten Menschen.

Nach dem Anruf von Dessie hatte Biddy sich sofort auf den Weg zu dem Klassenraum gemacht, in dem Emily Hancock gerade Schülerinnen im letzten Jahr unterrichtete, und hatte wild durch die Glasscheibe in der Tür gestikuliert. Emily hatte die Stirn gerunzelt, jedoch begriffen, dass es ernst sein musste, wenn Biddy sie störte. »Wir machen heute früher Schluss, Schwestern«, hatte sie gesagt. Ein beglücktes Raunen war durch den Raum gegangen.

Biddy hatte nicht gewartet, bis die Schülerinnen fort waren.

»Etwas Schlimmes passiert auf Station zwei. Ich glaube, Schwester Tanner braucht Ihre Hilfe.«

Mehr musste Biddy nicht sagen. Emily holte nicht mal ihr Cape, sondern rannte los, so schnell sie konnte.

Kapitel sechsundzwanzig

Die Stille, die sich über die Lovely Lane legte, war unnatürlich. Sogar die Strickrunde war sehr ruhig. Da Celia Forsyth im Urlaub war, mussten sie nicht über die neuesten Muster reden oder sich über die Vorzüge von glatten rechten Maschen gegenüber Perlmuster streiten. Ihre Bemerkungen beschränkten sich auf: »Reich mir mal die Wolle« oder »Mist, schon wieder verzählt«, neben dem Klackern ihrer Holzstricknadeln.

Schwester Haycock war mit Schwester Tanner gekommen, und gegenwärtig waren die beiden unten in der kleinen Bibliothek. Als sie die Tür hinter ihnen schloss, hatte Pammy für einen kurzen Moment gedacht, Schwester Haycock würde sie in den Arm nehmen. Sie war sicher, die Schulleiterin hätte eine Hand nach ihr ausgestreckt, aber selbstverständlich hatte sie das nicht. Das bildete sie sich nur ein. Emily bat sie immer wieder, die Ereignisse des Nachmittags zu schildern. Sie ließ Pammy weinen, blickte auf das inzwischen offene, zerzauste Haar des Mädchens, die rot geweinten Augen und die geschwollene Nase und dachte: Ich regle das, Maisie. Ich schütze sie für dich. Ich bin dran, *deiner* Familie zu helfen. Und ihr wurde klar, dass sie sich bald der Vergangenheit stellen und der Zukunft zuwenden musste. Was bedeutete, dass sie an Maisies Tür klopfen müsste.

»Ich habe alle enttäuscht«, schluchzte Pammy. »Meine Mam, meinen Dad, Sie, Mrs Duffy, jeden.«

Emily ließ Pammy sich ausweinen und gab ihr ihr Taschentuch. »Schwester Tanner, abends fühlt sich alles schlimmer an, besonders an einem feuchten und trüben Abend wie heute. Hören Sie sich den Wind an! Da braut sich ein Sturm zusammen.« Sie versuchte, Pammy abzulenken, um sie aus der Verzweiflung zu holen, in der sie versank. »Ich weiß, dass die Oberschwester sehr streng war und Schwester Antrobus noch übler, aber das war heute Abend. Die Oberschwester hat zugestimmt, dass wir morgen in ihr Büro kommen und alles besprechen. Sie sind noch nicht weg, Schwester Tanner. Soweit es mich betrifft, gehören Sie immer noch zum St. Angelus, und ich werde alles in meiner Macht Stehende tun, damit das so bleibt. Beten wir für ein Wunder. Das Wort der Oberschwester ist Gesetz, doch vielleicht können wir sie überzeugen, ihre Meinung zu ändern.«

»Ehrlich gesagt denke ich, dass alles wie ein Schock war«, sagte Pammy und putzte sich die Nase. »Ich habe noch nie vorher eine Abtreibung gesehen. Und das hätte ich eigentlich ja auch nicht sollen, wo die doch verboten sind. Er hat gesagt, dass er es machen musste, wegen der Karbolsäure. Dass sie verätzt war. Aber dann hat er was richtig Seltsames gemacht. Er hat ihr etwas direkt in den Uterus injiziert, durch die Bauchdecke. Schwester Bates hat gesagt, das Mittel darf nur intramuskulär oder intravenös gegeben werden. Sie hat gesagt, die Nebenwirkungen von Oxytocin – das war es, was er ihr gespritzt hat – können ein Riss des Uterus sein.«

Emily wahrte die Fassung. Diese Information musste sie sich merken.

»Was hätten Sie getan, Schwester Haycock, wären Sie an meiner Stelle gewesen? Einige der Schwesters haben die Nase gerümpft über das Mädchen, wissen Sie? Und das ist auch so eine Sache. Wir haben nicht mal gewusst, wie sie heißt. Dr. Scriven hat gesagt, dass ihr Name Jane Smith ist, aber wir haben gewusst, dass das gelogen war!« Pammy wurde lauter.

»Na, na, regen Sie sich nicht auf. Die anderen Schwestern hätten es besser wissen müssen. Egal, welcher Religion man angehört, in solchen Fällen lässt man sie an der Stationstür. Vorgegeben ist, dass Abtreibungen unter dem NHS für alle Frauen im frühen Stadium möglich sind, um solchen Fällen wie Ihrem heute vorzubeugen. Frauen sollten nicht zu Schlächtern in Hinterhöfen gehen müssen. Und jetzt halten Sie durch, Schwester Tanner. Ich muss nachdenken. Am nächsten Morgen sieht alles immer besser aus. Und vergessen Sie nicht, für ein Wunder zu beten.«

Dana und Beth hatten sich in eine Ecke des Gemeinschaftsraums gesetzt, und als Pammy wiederkam, nahmen sie ihre weinende Freundin in ihre Mitte. Pammy erzählte ihnen alles. »Passen Sie auf sie auf«, sagte Schwester Haycock stumm zu Dana, als sie in den Raum sah, ehe sie ging.

»Er wollte nicht glauben, dass das Baby gelebt hat, und hat gesagt, es hätte nicht, und ich würde es mir einbilden. Aber ich weiß es! Ich habe es mit eigenen Augen gesehen«, beharrte Pammy.

Dana bekreuzigte sich. »Der arme kleine Wurm.«

»Warum wollte sie überhaupt eine heimliche Abtreibung?«, fragte Beth. »Hast du das herausgefunden?«

»Nein, kein Wort. Wir hatten ja nicht mal ihren Namen oder eine Adresse. Nichts.«

»Na, das ist sehr merkwürdig. Wenn du mich fragst, ist da irgendwas überhaupt nicht in Ordnung«, sagte die allzeit auf Korrektheit versessene Beth.

Dana wurde nachdenklich. »Was hat Schwester Haycock gesagt, als sie auf die Station gekommen ist?«, fragte sie. »Was für ein Glück, dass sie ausgerechnet da vorbeigekommen ist und mit Schwester Antrobus reden wollte. Wenige Minuten später, und es wäre wahrscheinlich zu spät gewesen. Seht ihr, es gibt einen Gott! Du musst heute Abend zu ihm beten, Pammy, und ihm danken, dass er dir Schwester Haycock auf die Station geschickt hat.«

Pammy trocknete sich zum, wie sie glaubte, zwanzigsten Mal heute die Augen.

»Ihr hättet hören sollen, wie Schwester Antrobus mich angeschrien hat, als ich zurück auf die Station bin, um zu erfahren, was Branna gemeint hat. Schwester Haycock hat sie gehört und mir gesagt, ich soll mich draußen auf eine der Besucherbänke setzen, solange sie mit der Oberschwester redet. Danach ist sie wieder rausgekommen und hat gesagt: ›Wir müssen bis morgen warten, ehe wir uns dafür einsetzen können, dass Sie am St. Angelus bleiben. Ich habe ihnen erklärt, dass eine Entscheidung aus der Hitze des Moments heraus nicht weise und vor allem unprofessionell ist.‹ Und als sie das gesagt hat, konnte ich Dr. Scriven hören, der sich im Büro bei der Oberschwester und Schwester Antrobus beschwert hat. Der ist richtig gemein, sage ich euch.«

Die Mädchen lauschten gebannt. Pammy erwähnte nicht, dass Schwester Haycock ihr sagte, es brauche ein Wunder. Sie konnte sich selbst kaum eingestehen, in welche Lage sie sich gebracht hatte. Es war alles so schnell passiert. Sie hatte zugelassen, dass ihre Gefühle sie leiteten, und das musste ja in einer Katastrophe enden. Ihre Freundinnen waren nicht dabei gewesen. Sie hatten Schwester Antrobus und Dr. Scriven nicht gesehen – auch nicht die Oberschwester. Sie hatten deren Geschrei nicht gehört. Die hoffnungsvolle Schlussfolgerung ihrer Freundinnen, dass sie dies hier überleben würde, klang für Pammy hohl und leer. Hätte sie ihre Gefühle außer Acht gelassen, würde sie jetzt nicht der

Tatsache entgegenblicken, dass sie zu ihrer Familie zurückkehren musste und all ihre Träume dahin waren.

Es war die Hebamme gewesen, die jeden Tag die frühgeborene Lorraine besucht hatte, die Pammy bewegt hatte, Krankenschwester zu werden. Sie wollte wie Schwester Heather sein, die Lorraines Luftwege mit ihrem kleinen Schlauch freigesaugt und jeden Morgen über eine halbe Stunde lang ihren Rücken massiert hatte, wobei das Baby fast kopfüber auf ihrem Knie lag. Sie hatte Lorraine gewogen, gebadet und der Familie und Freunden erklärt, wie sie verfahren mussten, ehe sie am nächsten Morgen wiederkam. An dem Tag, an dem sie verkündete, dass ihre Besuche aufhören könnten, als Lorraine doppelt so groß war wie bei ihrer Geburt, hatte sie Pammy eine kleine Karte dagelassen, die sie bekommen sollte, wenn sie aus der Schule zurückkam. Vorn drauf war ein Zweig gepresste Heide. Die zarte, fast papierdünne Blüte war fast durchsichtig gewesen, und Pammy fand, dass es das Schönste war, was sie je gesehen hatte. In die Karte hatte die Hebamme geschrieben:

Schwester Pammy,

vielen Dank, dass Du meine kleine Helferin warst. Ich werde Dich vermissen. Du warst die beste Schwester, mit der ich je zusammengearbeitet habe. Pass für mich auf Deine kleine Schwester auf. Ich entlasse sie hiermit in Deine Obhut.

Schwester Heather.

Was an diesem Abend im Spülraum passiert war, könnte dem nicht ferner sein, was Pammy seit jenem Tag als Bild in sich trug. Jetzt fragte sie sich, ob sie immer noch Krankenschwester sein wollte. Wollte sie ehrlich mit Menschen wie Schwester Antrobus und Dr. Scriven zusammenarbeiten, die eine Geburt, ein Leben verleugneten?

»Wäre es ein kleines Mädchen gewesen und kein Junge, hätte es vielleicht überlebt«, sagte Beth.

»Warum?«, fragte Pammy, die das frische Taschentuch von Beth annahm. Pammys war inzwischen vollkommen durchnässt.

»Das weiß keiner so genau, nur sind weibliche Säuglinge viel stärker als männliche im selben Stadium der Schwangerschaft und überleben häufiger. Es ist ein Rätsel. Man findet kaum Jungen, die eine Frühgeburt überlebt haben. Das sind immer die Mädchen.«

Pammy fand es beinahe genauso rätselhaft, wie verständnisvoll und freundlich Beth war. Sie hatte sich übergangslos von einer erklärten Freundin der ehrgeizigen, unangenehmen Celia in ein hilfsbereites Mitglied ihrer Gruppe verwandelt.

Sie hörten Mrs Duffy schon lange, bevor sie zu sehen war. Die Räder ihres Rollwagens quietschten und ächzten unter dem Gewicht der dampfenden Krüge mit heißen Getränken und Teller voller selbst gebackener Kekse, als sie alles von der Küche in den Gemeinschaftsraum schob.

Emily war in der Küche gewesen, bevor sie ging, und hatte erklärt, was vorgefallen war.

»Ich denke, wir machen heute Abend alle zeitig Schluss, Schwestern, was meinen Sie?«, sagte Mrs Duffy in den Raum hinein, während sie Pammy ein Getränk reichte. Pammy blickte zu ihr auf und nickte. Ihr war, als hätte sie Mrs Duffy ebenso enttäuscht wie alle anderen.

»Morgen früh sieht alles gleich besser aus, und das können wir bei Gott gebrauchen, nicht? Also gehen Sie am besten alle zu Bett, wenn Sie ausgetrunken haben.« Mrs Duffy fürchtete, dass die Schwesternschülerinnen sonst die ganze Nacht hier sitzen und über eine Situation nachgrübeln könnten, auf die keine von ihnen irgendeinen Einfluss hatte. Nur eine Frau könnte etwas bewegen, und die war bereits dabei. Schwester Haycock war Pammys einzige Hoffnung.

Keinem der Mädchen würde im Traum einfallen, Mrs Duffy zu widersprechen, die von allen wegen ihrer Freundlichkeit und Weisheit respektiert wurde, mit Ausnahme von Celia. Und Letztere war zum Glück nicht da. Wenig später lagen alle in ihren Betten. Dana und Beth waren die tröstenden Worte ausgegangen, und sie hatten Mrs Duffy zugestimmt, dass man nur den morgigen Tag abwarten konnte.

Pammy lag in ihrem Bett, blickte durchs Fenster zu dem Mond und den Sternen und fragte sich, was morgen wäre. Im Kopf hörte sie Schwester Haycocks Worte: *Was die Oberschwester sagt, ist Gesetz.* Dies könnte die letzte Nacht sein, die Pammy in der Lovely Lane verbrachte. Sie hörte ein Donnerkrachen, und Sekunden später erhellte ein Blitz das gemütliche Zimmer, das Pammy so liebte. Eine einsame Träne lief ihr über die Wange, und Pammy sagte laut: »Das war es. Du hast es mal wieder geschafft, du dummes Ding.«

Sie wollte ihre Freundinnen, die Lovely Lane und dieses Zimmer nicht verlassen. Ihre Gedanken wanderten zu Mrs Toft, deren Dankbarkeit und ihr Lachen, als sie sich verabschiedeten. Und zu Martha O'Briens dankbarem Blick, als Pammy ihr durch die Schmerzen half. Menschen zu helfen, eine gute Krankenschwester zu sein – und trotz ihrer Zweifel glaubte sie, dass sie die sein konnte –, war das Einzige, worauf sie stolz sein könnte und was sie sich auf dieser Welt wünschte. Ihr Schluchzen wurde von einem Donner übertönt, bei dem die Fensterscheiben wackelten.

Dana saß auf ihrer Bettkante und las den Brief ein zweites Mal, den Beth ihr heute Morgen auf dem Weg ins Krankenhaus gegeben hatte. Ihr fehlte Victoria. Sie hatte keine Ahnung, was sie tun sollte, doch Victoria würde es wissen.

»Himmel, was für ein Schlamassel«, flüsterte sie, als sie erneut Teddys Worte las. Er musste Celia gebeten haben, ihr den Brief zu geben, und die hatte ihn in ihrem Zimmer versteckt. Nun konnte Dana sie nicht mal zur Rede stellen. Sie stand auf und trat ans Fenster, um das Gewitter anzusehen. »Lange kannst du dich nicht verkriechen, Celia«, sagte sie beim Blick auf die Regentropfen, die auf das Kopfsteinpflaster der Lovely Lane prasselten. »Du wirst wiederkommen.«

Kapitel siebenundzwanzig

Die Vorhänge in der Kabine waren nicht vollständig geschlossen, sodass Martha hinaus zum Krankenhausgarten sehen konnte. Die Nachtgeräusche der Patientinnen, die leisen Schritten der Schwestern und das gelegentliche ferne Murmeln einer Pförtnerstimme lenkten sie davon ab, dass sie nicht schlafen konnte. Die Schmerzen in ihrem Unterleib waren stechend scharf und trieben ihr Tränen in die Augen. Es war zwei Stunden her, seit jemand nach ihr gesehen hatte, denn die Nachtschwester hielt nichts von ihr.

»Sie sind also die, die den ganzen Ärger macht«, hatte sie vorhin gesagt, als sie ihre Runde begann. »Vielleicht hätten Sie an die Folgen denken sollen, bevor Sie den Schlüpfer ausgezogen haben, Fräulein. Ihr jungen Mädchen aus dem Hafenviertel seid doch alle gleich.«

Sie nahm das Krankenblatt unten an Marthas Bett und sah es sich an.

»Sind Sie schon mal hier gewesen?«, fragte sie. »Sie kommen mir bekannt vor.« Martha war unfähig zu antworten, konnte nicht sprechen, nicht einmal den Kopf schütteln. Sie wünschte sich, ihre Mutter wäre hier. Und Jake. Vor allem aber sehnte sie sich nach dem Baby, von dem sie wusste, dass es gelebt hatte. Sie war kurz davor gewesen, nach Elsie zu fragen, wusste jedoch, wenn sie das tat, könnte Elsie ihre Arbeit verlieren. Alles war solch eine Katastrophe, und Martha begriff nicht, wie sie hier landen konnte.

Sie dachte an die Frau, die ihr »geholfen« hatte. Wohl eher geholfen, sie beinahe umzubringen. Sie schloss die Augen und fiel in einen erschöpften, unruhigen Schlaf voller Albtraumbilder von ihrem Tag.

»Ich habe eine halbe Stunde Zeit«, sagte die Frau, die alte Zeitungen auf ihrem Küchentisch auslegte. »Ziehen Sie den Schlüpfer aus, und dann auf den Tisch. Den Po an die Kante, damit ich Ihre Knie nach oben kriege. Wie weit sind Sie?«

Zwei Wochen hatte Martha gebraucht, um jemanden zu finden. Schließlich hatte sie eine Anzeige in der Zeitung entdeckt, in der eine Frau Kräutertinkturen für eine ganze Reihe von Beschwerden anbot, unter anderem gegen Unterleibskrämpfe.

»Bringen Sie fünf Guineas mit«, sagte die Frau, »dann bekomme ich das hin. Sie werden nichts spüren, und es ist ganz schnell vorbei.«

Martha hatte für die Hochzeit gespart und genau fünf Guineas in einem Umschlag in ihrer untersten Kommodenschublade. Über Monate hatte sie jede Woche eine halbe Krone hineingetan und einen Sixpence oder einen Schilling, wann immer sie konnte. Nun müsste sie sich eine Lüge für Jake ausdenken; sagen, dass es gestohlen wurde oder sie es verloren hatte. Man sah ihr kaum etwas an, und sie hatte nur sehr wenig zugenommen, weil ihr immerzu übel gewesen war. Doch sie wusste genau, wie weit sie war. Er hatte ihr nur das eine Mal Gewalt angetan. Während die Frau mit ihr redete, glitt Marthas Hand zu ihrem Schutz: dem Messer in ihrer Tasche.

»Hier kann ich das nicht machen«, sagte die Frau. »Es ist verboten. Es muss bei Ihnen sein.«

»Das geht nicht. Meine Mam würde es merken.«

Widerwillig hatte die Frau zugestimmt, die Abtreibung in ihrer eigenen Küche vorzunehmen. »Mir gefällt das gar nicht, auch wenn es einige in der Upper Parliament Street gibt, die verdammte Praxen dafür führen. Den ganzen Tag gehen bei denen die Frauen ein und aus. Die Polizei belästigt uns nicht, es sei denn, dass sie was abhaben wollen.« Die Frau kicherte, doch Martha verstand nicht, was sie meinte.

Am nächsten Tag ging sie mit dem Geld wieder hin. Das Haus war eklig. Es stank nach altem Kohl und Katzen. Vor den Fenstern hingen noch die Verdunkelungsvorhänge aus dem Krieg, und in der Spüle stapelte sich schmutziges Geschirr.

»Sie sind im Nu wieder weg«, sagte die Frau. »Und erzählen Sie keinem, dass Sie hier waren, klar?«

Martha nickte und beobachtete, wie die Frau einen Krug und ein Stück Gummischlauch aus einem Schrank holte.

»Nehmen Sie erst das hier, Mädchen«, sagte sie und gab Martha ein Getränk. »In einem Zug runter damit. Es macht meine Arbeit leichter.«

Martha tat, was ihr gesagt wurde. Sie wollte noch schneller aus dieser Küche, als die Frau sie loswerden wollte.

Ihr wurde so schwindlig, dass sie zu schwanken begann. »Hoppla, ist ja gut«, sagte die Frau und packte Marthas Arm. »Jetzt rauf mit Ihnen. Und den Po wieder an die Kante, ja, so ist es gut. Fühlt sich gut an, nicht?« Sie grinste zahnlos, doch Martha war starr vor Angst.

»Ich trinke selbst ganz gern ab und zu was davon, aber ich kann nicht immer welchen kriegen. Jetzt ziehen Sie die Knie ganz nach oben. So ist es gut. Nicht loslassen, sonst treten Sie mir noch gegen den Arm. Sie fühlen gleich ein kurzes Piken da unten, und dann mische ich ein bisschen Karbol mit Wasser, um den Unterleib auszuspülen. Sie sind schon ziemlich weit, zu weit für irgendwas anderes. Drücken Sie die Daumen, dass es klappt, Schätzchen, denn ich verspreche hier gar nichts.« Martha fiel auf, dass sie das nicht gesagt hatte, als sie ihre fünf Guineas nahm.

Die Frau log. Es war kein kurzes Piken. Der Gummischlauch fühlte sich wie ein glühend heißes Messer an, als er durch ihren harten Muttermund getrieben wurde.

»Ich habe mehr Karbol als sonst genommen«, sagte die Frau. »So weit, wie Sie sind, brauchen Sie das. Die meisten Frauen sind erst ein paar Monate weit, wenn sie zu mir kommen. Nächstes Mal sollten Sie schneller sein.«

Nächstes Mal? Martha konnte nicht glauben, dass diese Frau dachte, sie würde jemals wieder in ihre schmutzige Küche kommen.

»Weiß der Kerl Bescheid?«

Martha konnte nicht sprechen. Was immer sie geschluckt hatte, erlaubte ihr zwar zu hören, aber nicht zu reden. Ihre Zunge schien geschwollen.

Der Schmerz war anders als alles, was Martha je gefühlt hatte, und sie hoffte, dass sie den nie wieder erleben musste. Sie merkte, wie ihr kalte Flüssigkeit über die Haut rann und die Zeitungen unter ihr tränkte. Panisch hielt sie die Knie an ihrer Brust, aber der Schwindel machte es schwer, und sie spürte, wie sie schwankte. »Stillhalten, habe ich gesagt!«, fuhr die Frau sie an, und Martha drückte ihre Knie fester an sich.

Es folgte ein solch enormer Schmerz in ihrem Unterleib, dass sie dachte, sie würde sterben. Und sie konnte nur an Jake und ihre Mam denken. Es kam ihr vor, als befänden sich die Menschen, die sie am meisten liebte, nun in einer anderen Welt, fernab von dem Albtraum, den sie durchmachte.

Ihre erste Reaktion war, sich quer über den Tisch zu erbrechen.

»Keine Sorge«, sagte die Frau, als sie Martha half, sich aufzusetzen. »Es ist ein kleiner Schock. Das ist es immer bei dieser Methode. Ich kenne keine, bei der es nicht so war. Was glauben Sie, wieso ich die alten *Echos* ausgelegt habe? Ich will ja keinen Schweinkram in meiner Küche. In einer Minute ist es vorbei.«

Mit dem Schmerz oder mit mir, dachte Martha und schrie. Hitze explodierte in ihr, und entsetzt sah sie, wie Blut an ihren Beinen herablief. Sie bemühte sich, den Kopf zu heben, um sich nicht zu übergeben, bevor alles um sie herum schwarz wurde.

Martha schrak aus dem Schlaf. Es war dunkel. Stunden mussten vergangen sein, und keine Schwester hatte nach ihr gesehen. Ihr Mund war ausgetrocknet, und sie hatte Durst, doch als sie nach dem Krug auf ihrem Nachtschrank griff, war er leer. Der Lärm von Donner und Regen füllte die Kabine aus, und Marthas Kopf war so schwer, dass sie ihn wieder zurück auf das Kissen legte.

Der Rasen draußen leuchtete immer wieder im Blitzlicht auf. Martha kam der Gedanke, dass die Oberschwester sie als Kind sehr oft gesehen hatte, wenn sie stundenlang auf dem harten Stuhl am Krankenhauseingang saß und wartete, dass ihre Mutter mit der Arbeit fertig war. Was für ein Glück, dass die Oberschwester sie heute nicht wiedererkannt hatte. Ihr hatte die junge Schwester Tanner leidgetan, als alle auf sie losgegangen waren. Martha hatte das Gezeter auf dem Korridor gehört.

Und sie hatte gehört, wie Schwester Tanner sagte, »Er lebt.« Doch als sie Schwester Bates nur Minuten später darauf ansprach, hatte die ihr gesagt, es stimmte nicht. »Nein, tut mir leid, Liebes, er war tot. Das wollten Sie doch, oder nicht? Wir müssen uns jetzt darauf konzentrieren, dass Sie wieder gesund werden. Sie haben eine wahre Tortur hinter sich, Miss Smith. Ich will mir gar nicht vorstellen, wie es für Sie war, bevor Sie ins St. Angelus gekommen sind.«

Schwester Bates hatte sie fragend angesehen. Vermutlich hoffte sie, dass sie ihr endlich ihren richtigen Namen sagte.

»Also war es ein Junge?« Sie war sicher, auch das gehört zu haben. »War es ein Junge?« Sie hatte Schwester Bates' Hand ergriffen und sie gedrückt. »Sind Sie sicher, dass er nicht mehr lebt?«, hatte sie schluchzend gefragt. »War es ein Junge?«

Sie wusste nicht, warum sie so sehr geweint hatte. Immerhin hatte sie versucht, das Kind abzutreiben. Sie war große Risiken eingegangen, hatte all ihr Geld eingesetzt, Jake belogen und sich krank gemacht. Sie hatte sich die Eingeweide verätzen lassen, und dennoch empfand sie bei allem Schmerz eine überwältigende Trauer.

»Ich hatte keine Wahl«, schluchzte sie, als Schwester Bates ihr das Haar aus der Stirn strich. »Ich wusste nicht, was ich tun sollte.«

Schwester Bates mitfühlender Blick machte es noch schlimmer. Ihr wäre lieber gewesen, man hätte sie gehasst. Schwester Bates hätte so unhöflich zu ihr sein sollen wie die Nachtschwester vorhin. Es hätte alles so viel einfacher gemacht. Die Freundlichkeit war zu viel, und sie hatte Angst.

»Ich hatte keine Wahl«, schluchzte sie leise vor sich, während draußen der Donner krachte. Jake hätte nie wieder mit ihr gesprochen oder sie auch nur angesehen. Er hätte eine andere geheiratet. Und ihre Mutter. Oh Gott, ihre Mutter! Die Schande, die es für sie bedeutet hätte. Sie hätte ihre Arbeit aufgeben müssen, und sie beide wären in Not geraten. Doch es war die Furcht, Jake zu verlieren, den Mann, den sie so sehr liebte, die sie zu etwas getrieben hatte, an dem sie beinahe gestorben wäre.

Zuerst dachte sie, es wäre Donner. Die Lichter auf der Station flackerten und gingen aus. Sekunden später gingen sie wieder an, doch als es blitzte, erloschen sie abermals.

»Keine Sorge, meine Damen«, hörte sie die Nachtschwester sagen. »In spätestens fünf Minuten springt der Generator an. Im Krieg ist das dauernd passiert.«

Dann hörte Martha es wieder. Das war kein Donnern, sondern das Geräusch von Stiefeln, die den Hauptkorridor entlangliefen. Wummernd kamen sie näher, und bei dem Tempo, in dem sie sich bewegten, wurde Martha eiskalt. Es war Nacht. Es war dunkel. Der Generator war noch nicht angesprungen. Das war Dr. Scriven. Er kam zurück, um ihr wehzutun. Oder hatte er jemanden geschickt? Kamen sie, um sie zu töten? Um sie zum Schweigen zu bringen, damit Dr. Scriven in Sicherheit war? Ein Streichholz wurde angestrichen, und durchs Fenster sah Martha den Schein einer Petroleumlampe und schluchzte. Sie waren fast bei ihr. Die gnadenlos trommelnden Stiefel. Starr vor Angst kniff Martha die Augen zu. Unwillkürlich hielt sie die Hände vor ihren Bauch, ehe sie sich daran erinnerte, dass da kein Baby mehr war. Kein kleines Leben, das sie schützen musste. Die Stationstüren flogen auf, und sie hörte Jake, der, so laut er konnte, rief: »MARTHA!«

Kapitel achtundzwanzig

Schwester Haycock ging durch den Haupteingang des St. Angelus und auf die Treppe zu, die zu den Wohnungen der alten Schwestern führte.

Bevor sie Mrs Duffy eine gute Nacht wünschte, hatten sich ihre Gedanken überschlagen. Sie musste eine Lösung für ein Problem finden, für das es keine zu geben schien. Pammy war in schrecklichen Schwierigkeiten, doch Emily blieb noch eine Kugel Munition. Dr. Scriven hatte dem Mädchen ein Mittel in den Unterleib injiziert, das laut British National Formulary nur intramuskulär oder intravenös gegeben werden durfte. Sie nahm sich vor, selbst im Arzneimittelregister einer Station nachzuschauen.

Warum hatte er das getan? Es war nicht viel, doch es warf eine Reihe von Fragen auf, die irgendwo hinführen könnten. Pammy hatte erzählt, dass Schwester Bates nur eine der leeren Ampullen sichern konnte. Und sie glaubte, dass noch ein anderes Mittel benutzt worden war. Welches?

Emily brauchte dringend ein Bad. Sie war traurig, dass sie ihren Besuch bei Alf versäumt hatte. Und sie fürchtete sich vor dem, was der morgige Tag bringen würde.

Auf dem Flur oben wohnten nur noch vier Schwestern, und sie war neuerdings die fünfte. Der Umstand, dass Schwester Antrobus nun ihre Nachbarin war, deprimierte sie. Sie hatte bemerkt, dass der Helfer des Nachtpförtners nirgends zu sehen war. Gewöhnlich saß er in einer Holzkabine unten an der Treppe, falls die Schwestern etwas benötigten.

Es war Biddy gewesen, die sie letztlich gedrängt hatte, hier einzuziehen. Und wie recht sie gehabt hatte! »Ich denke, auf dem Flur werden Sie das eine oder andere entdecken«, hatte Biddy gesagt.

Wie so oft, hatte Emily keine Ahnung gehabt, wovon Biddy redete. Jetzt gerade wollte sie bloß die durchnässten Schuhe ausziehen, die sie seit achtzehn Stunden trug, und ein Bad nehmen. »Badewanne, ich komme«, flüsterte sie, als sie ihre Schuhe abstreifte und sie vom Boden aufhob.

In dem Badezimmer hier gab es unbegrenzt heißes Wasser, was für Emily nach den letzten zwei Jahren purer Luxus war.

Sie ging hinter den Schreibtisch auf dem Flur, um den Schlüssel für ihr Zimmer zu holen. Hier waren auch saubere Handtücher, von denen sie sich zwei große, flauschige nahm. Die besten waren der Oberschwester und den Schwestern hier oben vorbehalten. Als sie sich die Handtücher vors Gesicht hielt, kam sie sich idiotisch vor, weil sie so lange versucht hatte, unabhängig zu leben. Die Kosten für Alfs Unterbringung machten es ihr unmöglich, sich eine anständige Wohnung zu leisten. Sie hätte schon längst aufgeben und hier einziehen sollen.

Als sie barfuß durch den Flur schlich, um die anderen Schwestern nicht zu stören, glaubte sie, Musik und Stimmengemurmel aus Schwester Antrobus' Zimmer zu hören. Emily blieb stehen und horchte. Hatte die Schwester Besuch? Wie konnte sie das nach dem Fall, den sie heute gehabt hatten, und der Art, wie sie Pammy behandelte? Die drei sehr viel älteren Schwestern hatten Emily erzählt, dass sie im Winter um acht im Bett wären. Vor ihrem geistigen Auge sah sie gerüschte Nachthauben und Gebisse in Marmeladengläsern.

Alles war still, als sie weiter zu ihrem Zimmer ging. Sie hatte absichtlich eines gewählt, das am weitesten von allen anderen entfernt war. Plötzlich wurde der Flur von Licht geflutet; jemand hatte eine Tür geöffnet. Instinktiv drückte Emily sich an die Wand, wo sie im Schatten war, und darüber war sie froh, als ihre Augen sich angepasst hatten, denn um ein Haar hätte sie vor Schreck laut nach Luft geschnappt. Dann aber stahl sich ein Lächeln auf ihr Gesicht.

Dr. Scriven stand vor Schwester Antrobus' Tür. Das Licht aus dem Zimmer schien in sein Gesicht, sodass eine Verwechslung ausgeschlossen war. Zudem kannte Emily nur wenige Männer, die so groß und imposant waren.

Nun trat Schwester Antrobus vor und schlang die Arme um seinen Hals. Dank der hohen Gewölbedecke drang jedes Wort bis zu Emily, und sie wünschte fast, es wäre nicht so.

»Kommst du morgen wieder, Liebling?«, fragte Schwester Antrobus.

»Ich kann nicht. Da ist mein Golftag, wie du weißt. Nächsten Montag vielleicht? Heute Abend, meine Schöne, bin ich gekommen, weil ich dir danken wollte.«

Emily hielt sich eine Hand vor den Mund. Schöne? In ihren kühnsten Träumen hätte Emily sich nicht ausgemalt, dass jemand Schwester Antrobus »meine Schöne« nannte. Sie rührte sich nicht, weil die beiden sie nicht bemerken sollten. Die nächsten Minuten könnten sich als unglaublich nützlich erweisen.

»Diese dumme Martha. Ich habe nur mein Bestes getan, um ihr zu helfen. Es war falsch von mir, ja, aber ich dachte, weil sie im Krankenhaus arbeitet, tue ich für sie, was ich kann. Du weißt ja, wie es ist. Im St. Angelus passen wir auf unsere Leute auf.«

Doch Schwester Antrobus hatte offensichtlich anderes im Sinn. Sie hörte ihm nicht zu.

»Bis Montag bin ich vor Sehnsucht eingegangen. Ich kann keine ganze Woche warten. Bitte komm wieder rein.«

Emily schloss für einen Moment die Augen, weil sie es nicht ertrug, die intime Geste zwischen den beiden zu sehen.

»Kann ich nicht, meine Liebe. Das weißt du doch. Wenn meine Frau misstrauisch wird, droht sie mir, den Vorstand zu informieren. Ich habe dir das alles schon erklärt. Mein Leben zu Hause ist schrecklich, glaub mir.«

Emily staunte über seinen jammernden Tonfall. Er klang erbärmlich.

»Du warst wunderbar heute, wie du mir mit diesem albernen Mädchen geholfen hast.« Er hielt Schwester Antrobus' Handgelenke umfangen. »Dir ist klar, wie wichtig es ist, dass du mich hier unterstützt, nicht? Das Mädchen schämt sich für das, was es getan hat. Vielleicht fühlt es sich genötigt, absurde Behauptungen aufzustellen, um sich zu rechtfertigen. Du verstehst, dass ich weiterhin deine Unterstützung in dieser Sache brauchen werde, nicht wahr, meine Schöne?«

»Ja, natürlich. Falls sie versucht, deinem Ruf zu schaden, bekommt sie es mit mir zu tun. Du warst zu nett zu dem Mädchen.«

Emily sah einen Ausdruck von Erleichterung in Dr. Scrivens Miene. »Die Oberschwester hat richtig gehandelt, diese gewöhnliche Schwesternschülerin rauszuwerfen. Braves Mädchen«, sagte er. »Offensichtlich hast du Einfluss auf sie.«

Jetzt hatte er ihre Aufmerksamkeit. »Oh ja, den habe ich. Sie wird bald in den Ruhestand gehen, und ich hoffe, dass ich dann die erste Wahl für ihre Stelle bin. Sorg dich nicht wegen der Oberschwester. Die wickle ich jederzeit um meinen kleinen Finger. Solange du mich hast, passiert dir nichts.«

Emily kam ein Gedanke, bei dem ihr ein kalter Schauer über den Rücken lief. Um den Flur zu verlassen, müsste Dr. Scriven an ihr vorbei und würde sie beim Lauschen ertappen. Vor Ekel und Erleichterung wurde sie fast ohnmächtig, als sie ihn sagen hörte: »Ich bin nicht sicher, ob der alte Knabe dem gewachsen ist, aber du weißt ja, dass ich dir nie widerstehen kann. Geh wieder rein, meine Schöne.«

Schwester Antrobus kicherte, als sie sich zur Tür umdrehten.

Emily wusste, was zu tun war. Sie konnte die beiden nicht einfach wieder ins Zimmer verschwinden lassen. Was sie gehört hatte und was die zwei taten, war ein glücklicher Zufall für Emily. Warum brauchte er Schwester Antrobus' Unterstützung? Warum zählte er auf ihren Einfluss bei der Oberschwester? Warum wollte er, dass Pammy gefeuert wurde? Hier war mehr dran, als Dr. Scriven sagte. Ihre Intuition schrie geradezu, dass er etwas verheimlichte. Pammy war suspendiert worden, und es war Emilys Aufgabe, sie zu retten. Sie wusste zwar noch nicht, was genau hier vor sich ging, aber, bei Gott, sie würde es herausfinden.

Emily hüstelte. Die beiden hörten nichts. Sie versuchte es noch einmal, als die Tür bereits zuging. »Dr. Scriven«, sagte sie laut.

Der Arzt erstarrte, und dann traten er und Schwester Antrobus verwirrt zurück auf den Flur. Keiner von ihnen konnte sie sehen, weil sie im Schatten stand. »Dr. Scriven«, wiederholte Emily. »Was für eine Überraschung, Sie hier zu sehen!«

Sie machte einige Schritte vor ins Licht, die Handtücher vor ihrer Brust. Ihre Müdigkeit und ihr Wunsch nach einem Bad waren vergessen. Jetzt gerade wollte sie laut lachen über die schuldbewussten, entsetzten Mienen der beiden.

Pammy, dachte sie, *ich glaube, wir haben unser Wunder.*

Kapitel neunundzwanzig

»Was in aller Welt ist hier los?«, hörte Martha die Nachtschwester empört fragen. »Wie können Sie es wagen, sich an mir vorbeizudrängen? Ich melde Sie auf der Stelle bei der Oberschwester.«

Martha hört das »Pling« der Telefonklingel, dann stand Jake am Eingang ihrer Kabine. Ein Blitz erhellte sein Gesicht, und er sah furchtbar verängstigt aus. Seine Arme hingen schlaff herunter, und für einen Moment schien er nicht glauben zu können, dass seine Martha in dem Bett lag. Er sah sie an. Sie war so blass und eingefallen, wie er Martha noch nie erlebt hatte. Von dem Regen draußen war er durchnässt, und zunächst war das einzige Geräusch in der abgeteilten Kabine das leise Platschen der Wassertropfen von seiner Schirmmütze. Wortlos eilte er zu Martha, riss beinahe den Infusionsständer um und hob sie in seine Arme.

»Oh Gott, Martha, Martha! Ich habe dich in ganz Liverpool gesucht, und du warst hier! Es gibt keinen Zentimeter um die Docks, den ich nicht abgesucht habe.«

Die Stoppeln an seiner Wange kratzten auf ihrem Gesicht. Seine Mütze hatte er aufs Bett geworfen. Er war unrasiert, doch das kümmerte sie nicht. Seine Arme zu fühlen, seinen Duft einzuatmen wirkte besser als irgendeines der Schmerzmittel, die sie bekommen hatte. Von seiner Jacke wurde ihr Krankenhausnachthemd feucht, und es war wie Balsam. Dies hier war Jake.

Nachdem die panische Elsie ihn morgens aufgesucht hatte, war er den Tag über sämtliche Straßen abgewandert. Überall war er gewesen, halb wahnsinnig vor Sorge.

Er hatte gewusst, dass etwas mit Martha war, es aber auf die normale Nervosität vor der Hochzeit geschoben. Und er hatte sich gefragt, ob ihr die Arbeit am Haus zu viel geworden war; bei dem Gedanken wollte er sich ohrfeigen.

»Schh, schh!«, sagte er und wiegte sie auf dem Bett. Sie saß aufrecht, halb auf seinem Schoß, und klammerte sich an ihn.

»Schh, schh!«, machte er wieder.

Martha, deren Trauer um ihr verlorenes Baby noch frisch war, erzählte Jake alles. Als das Licht auf der Station wieder anging, sah sie, dass sein Gesicht so weiß war wie noch nie. Er zog sie abermals in seine Arme. Das Einzige, was er sagte, war: »Ich bringe ihn um«, und Martha fürchtete, dass er es ernst meinte.

Dann kam die Oberschwester herein. »Martha. Branna hat uns erzählt, dass Sie es sind, und ich habe versucht, Ihre Mutter zu finden. Sie haben für einige Aufregung gesorgt, junges Fräulein.«

Schwester Haycock stand sichtlich erschöpft hinter ihr, durchnässt, müde und nervös. Martha wollte eine unsinnige, praktische Frage stellen: Wie spät ist es? Sie hatte stets nach der Uhr gelebt. Ihre Gedanken waren wirr, schweiften in alle möglichen Richtungen ab. Sie wollte nicht hören, was die Oberschwester sagen könnte.

Dass sie, ihre Mutter und vielleicht sogar Jake ihre Arbeit verloren, war undenkbar.

Und sie hatte Angst, wenn sie Jake losließ, könnte er gehen und Dr. Scriven etwas antun, was sie alle bereuen würden. Doch all die Sorgen verblassten, als eine neue Schmerzwelle über sie hereinbrach.

Sie legte beide Hände auf ihren Bauch, denn es wurde beständig schlimmer. Ihr brach der Schweiß aus, und ihr war heiß. Ihre Laken waren kalt. Die Nachtschwester hatte ihr keine Bettpfanne mehr angeboten, und jetzt fühlte sie, wie eine warme Flüssigkeit aus ihr rann, von der sie wusste, dass es Blut war. Die Schmerzwelle hob wieder an, und diesmal schrie sie laut auf. Es war fast unerträglich.

»Mam!«, schrie sie. »Oh, Mam!«

»Ich bin hier, Martha.« Martha öffnete die Augen und sah ihre Mutter neben Schwester Haycock stehen. Ihre Freundin Biddy stand am Eingang. In der Kabine wurde es voll.

»Wie schlimm sind die Schmerzen, Martha?«, fragte die Oberschwester. »Zeigen Sie mir, wo sie sind.« Sie zog die Bettdecke zurück.

»Was ist, Schwester Oberin?«, fragte Elsie ängstlich.

»Ich bin ziemlich sicher, dass es sich mit Schmerzmitteln und einer Dosis von den neuen Antibiotika beheben lässt, gefolgt von einer kurzen Untersuchung, ob die Nachgeburt vollständig ausgestoßen wurde.« Sie legte eine Hand auf Marthas Schulter und sah sie direkt an. »Bei der Untersuchung wird nur geprüft, ob nichts mehr im Uterus ist. Nach dem, was Sie hinter sich haben, wird es Ihnen sehr harmlos vorkommen, meine Liebe.«

Die Oberschwester blickte sich um und bemerkte den leeren Wasserkrug. Dann trat sie ans Fußende und nahm das Krankenblatt auf. Die letzte Person, die dort einen Eintrag gemacht hatte, war Schwester Tanner gewesen, und bis dahin waren auf die Minute genau viertelstündlich die Werte der Patientin notiert. Das Krankenblatt war vorbildlich geführt, bis Schwester Tanner gegangen war.

Martha griff sich stöhnend an den Bauch.

»Schwester Haycock, bleiben Sie hier, solange ich die Nachtschwester suche und sie mir vorknöpfe«, sagte die Oberschwester.

»Ich glaube, Dr. Mackintosh hat Bereitschaft. Könnten Sie die Rezeption bitten, sein Ruflicht einzuschalten? Bitten wir ihn, sich das arme Ding mal anzusehen. Ich kenne sie schon, seit sie ein Kind war.«

Als die Oberschwester von der Station eilte, packte Elsie Marthas Hand.

»Ich war krank vor Sorge um dich«, sagte sie, sobald sie erkannte, dass der Schmerz nachgelassen hatte und Martha die Augen wieder öffnete. Jake war jetzt neben Elsie und hielt Marthas andere Hand. Die Anwesenheit der Oberschwester hatte ihn ein wenig beruhigt, und nun bangte er wie Martha um ihre Arbeitsstellen.

Elsie redete noch. »Ich weiß nicht, was los ist, aber Schwester Haycock wollte bei der Oberschwester anklopfen. Zum Glück war ich schon auf dem Weg her, und wir sind uns auf dem Korridor begegnet. Dessie hatte Biddy Bescheid gegeben, und sie hat mich gefunden. Jake und ich haben überall nach dir gesucht.«

Martha sagte nichts. Sie ahnte, was als Nächstes käme. Das Warum und Wie. Die Enttäuschung und Fassungslosigkeit. Doch Elsie sagte: »Hab keine Angst, Schatz. Die Oberschwester hat dich bald wieder auf dem Damm, und du erzählst mir, was war.«

»Ah, wie schön, dass Sie offenbar das Schlimmste hinter sich haben.«

Alle drehten sich zu Dr. Mackintosh um.

»Würden Sie alle bitte kurz rausgehen, solange ich die Patientin untersuche? Schwester Haycock, meinen Sie, ich könnte eine Schwester zum Assistieren bekommen?« Elsie und Jake verließen die Kabine und gingen zu Biddy auf den Korridor.

Emily rührte sich nicht. »Macht es Ihnen etwas aus, wenn ich assistiere?«, fragte sie.

»Ganz und gar nicht. Die Schulleiterin persönlich, also, das ist eine Ehre nach einem wahrhaft verrückten Tag.« Er wandte sich zu Martha. »Also, Sie haben genug durchgemacht, da wollen wir mal sehr behutsam mit Ihnen sein.«

Nachdem Dr. Mackintosh ihr ein starkes Schmerzmittel gespritzt, sie untersucht und sich vergewissert hatte, dass der Uterus leer war, injizierte er ihr intramuskulär Antibiotika und gab eine zweite Dosis direkt in die Infusion.

»Und jetzt muss ich zurück zu dem Irrsinn in der Notaufnahme«, sagte er. »Aber Sie gehen nirgends hin, junge Dame. Unsere Hauptaufgabe wird sein, eine Infektion zu verhindern. Also müssen Sie sich hinlegen und entspannen. Etwas anderes haben Sie nicht zu tun. Sie werden mindestens eine Woche lang keinen Fuß auf diesen Boden setzen.«

Martha legte sich zurück. Eine Träne kullerte über ihre Wange, und Dr. Mackintosh und Schwester Haycock wechselten einen Blick.

»Aber, aber. Ich weiß, dass es sich im Moment wie das Ende der Welt anfühlt. Doch nach dem, was Sie durchgemacht haben, ist es ein Glück, dass Sie hier sind. Manche Frauen suchen solche Orte auf wie Sie und überleben es nicht. Deshalb rate ich Ihnen, das Gute daran zu sehen. Und Ihr junger Mann läuft draußen auf dem Gang auf und ab.«

Dr. Mackintosh grinste Martha zu, die mit einem matten Lächeln antwortete.

Biddy ging nach Hause, doch Martha, Jake, Emily und Elsie redeten noch eine Stunde lang.

Martha fiel es schwer, nicht zu weinen, dennoch begriffen die anderen zwischen ihrem Stocken und Schluchzen, was geschehen war. Sie wusste, dass es Folgen haben würde, konnte jedoch nichts anderes mehr tun. Und zu ihrer Verwunderung fühlte sie sich besser, als alles ans Licht kam. Alles, was nun mit ihr wurde, lag bei den anderen, und in gewisser Weise war sie dankbar. So, wie sie sich fühlte, bezweifelte sie, dass sie sich überhaupt selbst anziehen könnte.

Später sprach die Oberschwester mit ihr.

»Martha, ich mag mir gar nicht vorstellen, was Sie hinter sich haben. Jetzt stehen Ihnen mehrere Möglichkeiten offen. Falls Sie sich um Ihren guten Namen und den Ihrer Mutter sorgen, möchte ich Sie gleich beruhigen. Morgen wird es keinen Dr. Scriven mehr am St. Angelus geben. Er geht. Sie müssen entscheiden, ob Sie die Polizei einschalten möchten oder nicht. Ich werde keinerlei Druck auf Sie ausüben, aber seien Sie versichert, dass ich umgehend Schritte einleite.« Sie wandte sich zu Emily. »Nun, Schwester Haycock, wenn Sie mit mir kommen wollen? Wir müssen über eine gewisse Schwester Tanner sprechen.«

Martha sah zu Jake, der kein Wort gesagt hatte, als sie ihre Geschichte erzählte. Ihre Augen füllten sich mit frischen Tränen und unausgesprochenen Fragen.

»Martha.« Jake setzte sich auf ihre Bettkante und legte einen Arm um ihre Schultern. Die Oberschwester konnte nicht umhin, die Stirn zu runzeln, weil sich ein Pförtnergehilfe aufs Bett setzte, schwieg aber.

Elsie küsste ihre Tochter auf die Stirn und folgte Emily und der Oberschwester nach draußen. Martha brauchte Schlaf, doch damit der etwas taugte, sollte sie zuerst ein paar Minuten mit Jake haben.

»Hoffentlich tut er das Richtige«, sagte Elsie auf dem Weg zur Tür.

»Oh, das wird er«, antwortete die Oberschwester. »Die Liebe besiegt alles. Zumindest habe ich das gehört.«

»Nichts hiervon ist deine Schuld, Martha. Das weißt du, oder?«

Sie konnte nicht antworten, denn es waren nicht die Worte, die sie hören wollte.

»Du musst entscheiden, was das Beste ist, aber der Mistkerl gehört hinter Gitter. Trotzdem solltest du nichts tun, was du nicht willst. Du hast genug gelitten, ohne dass die Polizei eingeschaltet wird.«

»Ich weiß nicht, Jake.« Er hatte immer noch nicht gesagt, was sie hören wollte.

Stille trat ein, und Martha hatte das Gefühl, sie würde sie beide auseinandertreiben. Sie bekam Panik.

»Jake, ich verstehe, wenn du mich nicht mehr heiraten willst, ehrlich. Du willst ja keine gebrauchte Ware, nicht?«

Jake lehnte seinen Kopf auf ihren. »Ich habe eben auf dein Atmen gehört, Schatz. Und ich habe gedacht, dass dies das erste Mal ist, dass wir zusammen in einem Bett sind.« Trotz allem mussten sie beide lachen, und Martha verzog das Gesicht vor Schmerz. »Ist es schlimm? Soll ich den Arzt wieder rufen lassen?«

»Nein, es hört schon auf«, sagte sie. »Der Arzt hat gesagt, die Karbollösung, die diese Frau benutzt hat, war so stark, dass sie mich verätzt hat, aber das wird mit der Zeit wohl von allein verheilen. Ich darf allerdings ein Jahr lang nicht schwanger werden, hat er gesagt.« Sie hielt den Atem an.

»Na, das ist in Ordnung. Wir können warten. Es gibt etwas, Martha, das du nicht weißt, und ich wollte es als Überraschung aufheben, doch jetzt finde ich, du brauchst eine gute Neuigkeit. Letztes Jahr habe ich beim Sportwetten gewonnen. Wir sind nicht reich, aber wir stehen gut da. Dass Dessie mich zum Unterpförtner befördert, habe ich dir ja schon erzählt. Du wirst einen Mann mit einer anständigen Arbeit heiraten.«

Endlich hatte er es ausgesprochen. Martha war sicher gewesen, dass Jake sie nicht mehr heiraten wollte. Aber er wollte. Sie würde so lange im Bett bleiben, wie es nötig war, jede Anweisung befolgen, und wieder gesund werden. Sie hatte eine Zukunft, auf die sie sich freuen konnte. Während Jake sie in den Schlaf wiegte, schwor Martha sich, niemals den kleinen Jungen zu vergessen, den sie nur eine Sekunde lang gesehen hatte. Niemand wollte mit ihr über ihn reden. Keiner würde es wissen wollen. Trotzdem würde sie sich an ihn erinnern. Er war ein Teil von ihr gewesen, und in ihrem Herzen würde er weiterleben.

Kapitel dreißig

Schwester Antrobus kam als Erste. Als sie vor dem Schreibtisch der Oberschwester saß und sich über Pammy Tanner beschwerte, wurde der Oberschwester bewusst, wie oft Schwester Antrobus schon hier gesessen und sich über zahlreiche Schwestern beklagt hatte. Alle von ihnen hatten danach St. Angelus verlassen, häufig ohne Zutun der Oberschwester. Sie hatte Schwester Antrobus und deren eigenwilliges Verhältnis zu den jungen Schwesternschülerinnen verteidigt, besonders gegenüber Schwester Haycock. Jetzt jedoch wurde ihr klar, dass es ein furchtbarer Fehler gewesen war, den eine Frau in ihrer Position nie begehen durfte. Sie hatte ihr Urteilsvermögen von ihren Gefühlen trüben lassen.

Als sie Schwester Antrobus zuschaute, wie sie sich wand und es nicht schaffte, sich aus der Klemme zu befreien, in die sie sich selbst gebracht hatte, war es, als würde der Oberschwester ein Schleier von den Augen fallen und alles klar werden. Blackie lag still in seinem Körbchen. Sogar er spürte, dass die Situation ernst war. Sie hatte Elsie gesagt, sie solle keinen Tee bringen. Eine Besprechung ohne Tee war an sich schon ein Hinweis, dass Ärger drohte. Schwester Antrobus redete sich um Kopf und Kragen, und die Oberschwester empfand nichts als Verachtung für ihren Mangel an Mitgefühl und ihre Verbitterung gegenüber den jungen Schwestern. Es waren immer die Hübschen, die sie nicht ausstehen konnte. Die Oberschwester hörte sich ihre Tirade fünf Minuten lang an, ehe sie beschloss, dass es reichte. Es war an der Zeit, Schwester Antrobus aus ihrem Elend zu befreien.

»Seien Sie still, Schwester Antrobus. Ich habe genug von Ihrer Version der Ereignisse gehört.«

Schwester Antrobus öffnete den Mund und schloss ihn gleich wieder. Dies hier war noch nie geschehen. Normalerweise fraß ihr die Oberschwester aus der Hand. Für einen Moment war sie sprachlos.

»Diese Patientin, dieses junge, hübsche Mädchen.« Die Oberschwester betonte die Worte »junge, hübsche« und ließ sie wirken. »Da gab es keine Angaben, dennoch hat Dr. Scriven Ihnen ihren Namen genannt. Fanden Sie das nicht seltsam?«

Schwester Antrobus war eindrucksvoll, dachte die Oberschwester. Sie fing sich sehr schnell wieder.

»Aber überhaupt nicht, Schwester Oberin. Ich hege den größten Respekt für Dr. Scriven. Er ist ein wahrhaft großartiger Gynäkologe und Geburtshelfer. Und wir Schwestern sind alle dem Gelübde von Florence Nightingale verpflichtet, den Ärzten immer zu helfen, ohne Fragen zu stellen.« Ein Anflug von Selbstzufriedenheit spiegelte sich in ihrem Gesicht, und die Oberschwester wurde wütend.

»Gewiss wäre Florence Nightingale, würde sie noch leben, überaus dankbar für Ihren Beitrag. Warum war das Leben dieses Mädchens in Gefahr, Schwester?«

»Wie bitte?«

Die Oberschwester seufzte. Jetzt stellte Schwester Antrobus sich absichtlich dumm. Wie konnte sie so weit kommen, dass ihr ihre Affäre mit Dr. Scriven wichtiger war als ihre Pflicht gegenüber dem Krankenhaus? Wie hatte er das erreicht?

Sie wurden durch ein schweres Klopfen an der Tür unterbrochen. »Ah, das wird Dr. Scriven sein. Dann kann ich ihn ja selbst fragen. Würde es Ihnen etwas ausmachen, in meinem Esszimmer zu warten, Schwester?«

Das Esszimmer wählte sie bewusst. Elsie hatte es sehr gründlich geputzt, doch die Oberschwester hoffte, dass der feuchte Flecken auf dem Teppich und der noch schwach wahrnehmbare Geruch Schwester Antrobus' Selbstzufriedenheit einen anständigen Dämpfer verpassten.

Die Oberschwester stand auf und öffnete Dr. Scriven. Seine übliche arrogante Haltung war fort, und die Oberschwester bemerkte, wie er einen Blick mit Schwester Antrobus wechselte, ehe sie die Esszimmertür schloss. Die stummen Botschaften waren deutlich zu erkennen. Sein Blick fragte: *Weiß sie Bescheid?* Ihrer antwortete: *Sieht nicht gut aus. Halte durch. Nicht deine Schuld.*

Kaum war die Esszimmertür geschlossen, begann die Oberschwester, denn sie wollte Dr. Scriven so schnell wie möglich los sein.

»Dr. Scriven, jenes Baby war von Ihnen. War Ihnen das bekannt?«

Dr. Scriven war perplex und brachte keinen Ton heraus.

»Versuchen wir es mit einer anderen Frage, die Sie eventuell leichter beantworten können. Weiß Ihre Frau, dass Sie Martha O'Brien vergewaltigt haben?«

Für einen Moment glaubte sie, er würde auf dem Absatz kehrtmachen und gehen. Tatsächlich drehte er sich halb zur Tür, dann jedoch wieder zurück und stützte beide Hände auf ihren Schreibtisch.

»Schwester Oberin, ich bin leitender Arzt auf Station zwei, und wie Sie wissen ...« Weiter kam er nicht, denn sie ließ nicht zu, dass er ablenkte oder ihre Zeit mit unnützem Wutgetöse vergeudete.

»Dr. Scriven, ich denke, es ist im Sinne aller Beteiligten, dies hier möglichst kurz zu halten. Ich weiß genau, wer Sie sind. Und Ihre Position in diesem Haus verlangt, dass Sie die hohen Ansprüche vom St. Angelus nicht nur auf professioneller, sondern auch auf privater Ebene wahren. Sie haben sich an einer meiner Angestellten vergangen, an einem jungen Mädchen, das im Aufenthaltsraum der Ärzte gearbeitet hat.«

Sie sah, wie alle Farbe aus seinem Gesicht wich und er nach Luft schnappte. Martha machte sie keinen Vorwurf. Sie wusste allzu gut, wie arrogant sich manche Ärzte benehmen konnten und welche Furcht manche von ihnen den jungen Schwestern einflößten. Martha war nicht mal eine Schwester. Die Oberschwester selbst hatte sie eingestellt, um Elsies gute Dienste anzuerkennen, weshalb sie sich doppelt schuldig fühlte. Martha, die Tochter einer Kriegswitwe, hatte keine Chance gegen die Avancen von einem Mann wie Dr. Scriven gehabt, der nun den Mund verzog und die Augen verengte.

Sie empfand kein Mitleid mit ihm. Nur Scham, weil sie die Schwesternschülerinnen der herablassenden Behandlung auf Station zwei ausgesetzt hatte, geblendet von ihrer Zuneigung zu Schwester Antrobus. Die Oberschwester wusste, was es hieß, sich vor der Reaktion der Gesellschaft zu fürchten, um jeden Preis konform zu sein. Und jetzt würde sie Martha bis zum Ende unterstützen. Der überhebliche Dr. Scriven hätte das Leben eines jungen Mädchens zerstören können, und infolgedessen waren sie alle drei für den Tod eines Kindes verantwortlich. Wie würden sie damit leben? Das fragte sich die Oberschwester, während sie beobachtete, wie sich Dr. Scrivens Hals rötete. Zum Glück habe ich Dessie gesagt, dass er den Säugling in die Leichenhalle bringen soll, dachte sie.

Dr. Scrivens Zorn schwand, und er wirkte ungläubig. Es war

ein ähnlicher Ausdruck, wie die Oberschwester ihn schon bei jeder Schwesternschülerin gesehen hatte, die sie in diesem Büro abmahnte. Immer auf persönliche Bitte von Schwester Antrobus. Wie viele von ihnen mochten unter Avancen des vermeintlich vollkommenen Dr. Scriven gelitten haben?

Alles ergab einen Sinn. Eine hübsche Schwester, die er leid geworden war, konnte zu einem peinlichen Problem werden. Da war es besser, Schwester Antrobus auf seine Seite zu bringen, sich über die Schwester zu beschweren und vorzuschlagen, dass sie mal mit der Oberschwester sprach. Und sie war eine Närrin gewesen, hatte alles getan, um zu gefallen. Sie hatte gewollt, dass Schwester Antrobus sie mochte.

»Dr. Scriven, ich werde hier keine Zeit mehr verschwenden. Mein Vorschlag ist, dass Sie dieses Krankenhaus umgehend verlassen. Sicher ist uns beiden bewusst, dass Marthas Leben auf dem Spiel stand. Was Sie gestern getan haben, war äußerst illegal. Sie haben auch ein schädliches Mittel, Oxytocin, auf eine Weise verabreicht, wie es nie gegeben werden darf, und ich bin ziemlich sicher, dass es geschah, weil Sie keine Spuren hinterlassen wollten. Habe ich recht?«

Sie verstummte kurz, um seine Reaktion einzuschätzen. Ihre Sorge war, dass er kämpfen würde. Schließlich bat sie ihn, seine Karriere aufzugeben, die ihm seinen Lebensunterhalt und seinen Ruf sicherte.

»Was haben Sie sonst noch gespritzt, Dr. Scriven? Wir wissen, dass Sie noch etwas anderes als Oxytocin benutzt haben. Was war es?«

Er sah ihr in die Augen, versuchte, sie einzuschüchtern, auch wenn beiden klar war, dass er verlor. Ihre Augen waren strahlend, ihre Miene selbstbewusst und ihr Lächeln provokant.

»Ich habe nachgedacht, und vielleicht brauchen Sie einige

Zeit, um sich von einer Krankheit zu erholen und müssen die Dinge in Zukunft ruhiger angehen. Könnte einer Ihrer Arztfreunde Ihnen wohl dabei helfen?«

Vorübergehend fand er seine Haltung wieder und richtete sich zu seiner vollen Größe auf.

»Ich denke nicht, dass es Ihnen zukommt, mir zu sagen, was ich tun soll, Schwester Oberin. Martha O'Brien ist ein sehr dummes junges Mädchen, das bei einer Engelmacherin war. Wie oft musste ich schon das Leben von Mädchen retten, die genau das getan haben?«

Sie brachte ihn mit einem Blick zum Verstummen.

»Ich war gestern Abend mit ihrer Mutter, die ebenfalls hier arbeitet, bei Martha. Sie hat uns alles erzählt. Und ich versichere Ihnen, sollten Sie Probleme machen wollen, werde ich bis zum Ende durchhalten. Schwester Haycock hat gestern Abend Ihre Unterhaltung mit Schwester Antrobus gehört und wird mit Freuden eine Aussage bei der Polizei machen. Sollten Sie mein Büro nicht in dreißig Sekunden verlassen haben, werde ich die Polizei rufen. Die wird sicher gern Ihre mysteriösen und vagen Notizen in der Krankenakte sehen wollen, so sie denn auffindbar sind. Oh, und als ich heute Morgen nach Martha gesehen habe, war ihr Verlobter auf dem Weg zur Polizeiwache Whitechapel. Ich denke, Sie werden eine Menge Schwierigkeiten bekommen, Dr. Scriven.«

Natürlich stimmte das nicht. Sie wollte ihm Angst machen. Was Martha getan hatte, war strafbar, und die Oberschwester wusste, dass sie leiden würde, sollte die Polizei eingeschaltet werden. Obendrein hätte eine junge Krankenhaushilfe keine Chance gegen einen wortgewandten, gebildeten Mann.

Doch sie sah, wie er die Schultern hängen ließ.

»Dafür werden Sie bezahlen!«, rief er, und seine Augen traten vor.

»Nein, Dr. Scriven. Sollten Sie noch einen Moment länger im St. Angelus bleiben, werden Sie bezahlen. Möchten Sie wirklich, dass Ihre Kollegen sehen, wie Sie von der Polizei verhört werden?«

Die Esszimmertür flog auf, und Schwester Antrobus lief an seine Seite. »Ist alles in Ordnung?« Seine laute Stimme von nebenan hatte es ihr unmöglich gemacht, länger von ihm getrennt zu bleiben. Sie legte eine Hand an seinen Arm und ignorierte den fragenden Blick der Oberschwester.

Dr. Scriven jedoch starrte sie weiter an. Sie verzog keine Miene, genoss dies hier und fühlte sich seit Jahren wieder stark. Denn sie tat etwas Gutes, und sie gewann.

»Liebling, geht es dir gut?« Die Oberschwester rümpfte kaum merklich die Nase. Niemand hatte je irgendwen in ihrem Büro so genannt, und sie fand es ein wenig geschmacklos.

»Finger weg von mir, du dämliches Weib!«, brüllte Dr. Scriven und schüttelte Schwester Antrobus' Hand ab. »Du machst mich krank, du hässliche, erbärmliche Frau.« Mit diesen Worten stürmte er aus dem Büro.

Die Oberschwester senkte für einen Moment den Blick, um Schwester Antrobus Zeit zu geben, sich zu sammeln.

»War es Ihre Idee?«, fragte sie dann, denn die Antwort war wichtig.

»Was?« Schwester Antrobus starrte noch die Tür an, als erwartete sie, dass Dr. Scriven zurückkam und sich entschuldigte. *Es tut mir so leid. Ich weiß nicht, was in mich gefahren ist.*

Stattdessen waren seine Schritte zu hören, als er die Treppe hinuntereilte und die Tür unten zuknallte. Blackie setzte sich in seinem Korb auf und schaute aufmerksam zur Tür, bis er sicher war, dass alles ruhig blieb, und legte sich wieder hin.

Es schien, als wäre Schwester Antrobus in den letzten Sekunden irgendwie geschrumpft. Ihre Wangen waren eingefallen, und ihre Augen blickten ängstlich.

»Nein, natürlich nicht. Er ist verzweifelt zu mir gekommen und hat gesagt, der Sohn eines Freundes hätte sie geschwängert.« Seine letzten Worte hatten zur Folge, dass sie auf einmal mutlos klang, und ihr kamen die Tränen. Auch vielen Schwesternschülerinnen waren die Tränen gekommen, wenn sie an derselben Stelle gestanden hatten wie Schwester Antrobus jetzt.

»Und Sie haben ihm geglaubt?«

Schwester Antrobus nickte. »Wir alle haben unsere Geheimnisse, Schwester Oberin«, sagte sie bedeutungsschwanger.

Die Oberschwester rollte ihren Stift zwischen den Fingern. Wie ein Kind auf einer Wippe war sie unsicher, wie sie wieder nach unten kommen wollte. Sollte sie Schwester Antrobus aus dem Haus jagen oder ihr eine zweite Chance geben?

Sorgfältig legte sie den Stift hin und traf eine Entscheidung.

»Sie dürfen Ihre Stellung behalten«, sagte sie. Sogleich stellte Schwester Antrobus sich gerader hin und straffte die Schultern.

»Danke, Schwester Oberin«, flüsterte sie.

»Doch es gibt Bedingungen. Meine Güte, jetzt setzen Sie sich schon.« Schwester Antrobus zog sich den Stuhl vor und sank erleichtert darauf. »Ich denke, wir alle sollten hier ein bisschen netter zueinander sein und Sie dringender als die meisten. Wenn Sie eine neue Schwesternschülerin auf Ihre Station bekommen, versuchen Sie, ihr mehr Mut zu machen und sie zu unterstützen. Ich bin recht sicher, dass es ohne den Einfluss von Dr. Scriven und dessen absurde Forderungen möglich wäre. Denken Sie, dass Sie das können?«

Schwester Antrobus nickte und schniefte die Tränen zurück, die sie zu übermannen drohten.

»Gut, aber fangen Sie um Himmels willen nicht an, nett zu

den Stationsschwestern auf der Acht zu sein. Ich mag weich werden, aber nicht so weich.« Sie lächelte, und Schwester Antrobus tat es ebenfalls.

»Sie haben Florence Nightingales Gelübde angesprochen. Ich muss Sie sicher nicht an die Zeile über die Verabreichung schädlicher Arzneimittel erinnern. Nach heute denke ich, dass wir ein Protokoll brauchen. Es wird zunehmend schwierig, mit der Flut neuer Arzneimittel Schritt zu halten, und das BNF wird nur alle drei Jahre aktualisiert. Ich werde dem Vorstand vorschlagen, dass wir einen Ausschuss gründen, der die Behandlungen im St. Angelus prüft und evaluiert. Keine Schwester sollte je wieder in solch eine prekäre Lage geraten. Kein Arzt ist Gott, ungeachtet seines Hippokratischen Eids. Wir sind auch an unseren eigenen Kodex gebunden, und der wurde gestern untergraben. Das will ich nie wieder erleben. Nicht in diesem Krankenhaus. Jetzt gehen Sie zurück auf Ihre Station. Pflegen Sie Ihre Patientin, als wäre sie Ihre eigene Tochter. Machen Sie sie wieder gesund. Erzählen Sie keinem, was vorgefallen ist. Wir haben einen Ruf zu wahren, und mit der Polizei wird es schon schwierig genug. Dem armen Säugling können wir nicht mehr helfen, aber für Martha müssen wir alles tun, was wir können. Und empfangen Sie bitte Schwester Tanner freundlich. Schwester Haycock wird bald hier sein, dann teile ich ihr die gute Neuigkeit mit.«

Als die erleichterte Schwester Antrobus an der Bürotür war, feuerte die Oberschwester ihre letzte Munition ab.

»Ach, und übrigens habe ich nicht vor, in den Ruhestand zu gehen. Zumindest nicht in den nächsten zehn Jahren.«

Schwester Haycock wollte in der Küche der Schwesternschule anrufen, bevor sie sich auf den Weg zur Lovely Lane machte. Wie sie vermutet hatte, wusste Biddy alles. Vermutlich würde sie nie erfahren, wie es sein konnte, dass Biddy sämtliche Neuigkeiten vor ihr hörte.

»Na, das erraten Sie nie! Schwester Tanner ist vom Haken, und Mrs Duffy hat eben angerufen und mir erzählt, dass sie in diesem Moment wie von der Tarantel gestochen zum Krankenhaus rennt. Die Oberschwester hat bei Mrs Duffy angerufen und mit Schwester Tanner gesprochen. Die konnte gar nicht mehr aufhören zu strahlen. Sie haben recht gehabt, was Schwester Tanner angeht. Sie hat tatsächlich einen Schutzengel, der auf sie aufpasst.«

Es gab nichts, was Biddy nicht wusste, und Emily saß verblüfft da und lauschte. Biddy erwähnte unterdes nicht, dass Elsie hinter der Küchentür der Oberschwester gestanden und jedes Wort gehört hatte. Und Schwester Haycock war nicht so dumm zu fragen, woher Biddy all die Einzelheiten hatte. Solche Dinge blieben den Hausangestellten vorbehalten, und darin lag ihre Macht.

Als sie zum Büro der Oberschwester ging, hatte Emily bereits ihre nächste Schlacht im Kopf: Sie wollte die Oberschwester bitten, die Regel aufzuheben, dass nur ledige Schwestern eingestellt wurden. Und jetzt könnte es weit einfacher sein, als sie gedacht hatte.

Grinsend sprach sie fast mit sich selbst, während sie plante, wie sie das Eisen schmieden könnte, solange es heiß war. Sie war froh, dass die Oberschwester schon mit Pammy gesprochen hatte. Es dürfte sehr viel größeren Eindruck machen, als wenn Emily die Nachricht überbracht hätte.

Dessie und Jake sahen sie von der Pförtnerloge aus.

»Na, guck einer an«, sagte Jake, der aus dem Fenster blickte und eine Zigarette hinter seinem Ohr hervorholte. »Das ist das erste Mal, dass ich Schwester Haycock lächeln sehe.«

»Gott schütze sie«, antwortete Dessie. »Sie hat es auch nicht leicht, mit ihrem Vater in dem Pflegeheim.«

»Welchem Heim?«, fragte Jake.

»Ach, egal. Sie denkt, es weiß keiner. Wie geht es deiner Martha?« Dessie wollte das Thema wechseln. Er ärgerte sich, dass er Alf überhaupt erwähnt hatte, denn Schwester Haycock hatte ihre Gründe, manches geheim zu halten.

»Gott sei Dank, dass du sie auf der Trage erkannt hast, Des! Wir hätten sonst nie etwas erfahren. Elsie war gestern in sämtlichen Bingo-Hallen von Liverpool und hat gedacht, Martha würde versuchen, ein bisschen Geld für die Hochzeit zu gewinnen. Ihr war aufgefallen, dass das Geld aus der Schublade weg war.«

»Pass gut auf sie auf, Junge«, sagte Dessie, der sich darauf freute, bei sechs Flaschen Guinness in Biddys Küche die ganze Geschichte zu hören.

»Mach ich, Dessie. Wir werden bald heiraten, aber zuerst muss sie gesund werden. Dieser Mistkerl ist weg, was nur gut ist, denn sonst weiß ich nicht, was ich getan hätte.« Jake hatte eine zweite Zigarette gedreht und gab sie Dessie.

»Weißt du, Junge, jeder in diesem Leben hat Geheimnisse. Martha und du habt jetzt eures, und wenn ich dir einen Rat geben darf, redet nicht über die von anderen, wenn ihr nicht wollt, dass die Leute über eures tratschen. Ich habe festgestellt, dass man so am besten fährt.«

Jake blickte auf und versuchte, in Dessies Augen zu erkennen, ob es da noch eine verborgene Bedeutung gab. Doch er fand keine und zündete seine Zigarette an.

Kapitel einunddreißig

Die einzigen Schritte auf dem nassen Asphalt waren ihre eigenen. Weil ihr bewusst war, wie sehr solche Geräusche mitten in der Nacht hallten, schaute Dana nervös hinauf zu den schwach erleuchteten Fenstern von Station acht, der Männerchirurgie. Sie hoffte, dass sie keine frisch operierten Patienten weckte, die im Dämmerschlaf von der abklingenden Narkose und den postoperativen Schmerzen lagen, oder von einer Schwester gesehen wurde, die sie kannte. Sie würden sich fragen, wo sie um diese Zeit hinwollte und warum sie nicht in ihrem Bett in der Lovely Lane war, wo all ihre Freundinnen und Kolleginnen tief und fest schliefen. Sie war schon lange genug Schwesternschülerin, um zu wissen, dass jemand, der nicht schlafen konnte, arbeitete oder schlicht neugierig war, sie leicht beobachten könnte, als sie versuchte, unbemerkt durch die Nacht zu huschen.

Eine halbe Stunde zuvor hatte sie sich von ihrem Zimmer im ersten Stock die Treppe hinunter zur Hintertür geschlichen. Vor Pammys Tür hatte sie kurz gezögert und beinahe damit gerechnet, dass sie von drinnen rief: »Wer ist da? Wie spät ist es?« Pammy hatte von ihnen allen den leichtesten Schlaf und sollte morgen früh wieder ihren Dienst auf Station zwei antreten.

Es hatte Danas Kräfte bis zum Äußersten gefordert, als Pammy, die frisch aus Lancashire zurückgekehrte Victoria und sogar Beth auf ihrem Bett herumgehüpft waren, während sie Zahnschmerzen als Ausrede vortäuschte, heute Abend nicht mit ihnen zusammenzusitzen.

»Willst du wirklich nicht zum Abendessen kommen?«, hatte Pammy besorgt gefragt. Dana war nicht bekannt dafür, Mahlzeiten auszulassen.

Die unverbesserliche Optimistin Pammy hatte natürlich Zahnschmerzen nicht so einfach als Grund hingenommen, den Abend nicht mit den anderen unten zu verbringen.

»Bringen wir dich jetzt gleich zu Dr. Mackintosh«, hatte sie gesagt. »Er gibt dir mindestens ein paar Schmerztabletten. Dana, bist du sicher, dass alles in Ordnung ist?«

Um ein Haar hätte Dana gegrinst. Aber sie durfte sich nicht verraten.

Pammy würde nicht aufgeben. Die Tochter von Maisie und Stan, Kind einer Hafenarbeiterfamilie, die ihr ganzes Leben kämpfte, um über die Runden zu kommen, steckte nie auf.

Und Beth war kaum besser gewesen.

»Ich habe was für dich«, sagte sie, als sie noch in Uniform in Danas Zimmer kam. Sie zog eine kleine Flasche aus ihrer Schürzentasche. »Hier sind ein paar Aspirin, und da ist Nelkenöl drin. Meine Patientin wollte das nicht. Streich dir was davon auf deinen Zahn.« Sie kippte etwas von der Tinktur auf einen Wattebausch. »Und schluck die«, ergänzte sie, schob Dana die Tabletten hin und reichte ihr das kleine Glasfläschchen. »Damit geht es dir im Nu wieder gut, und du kannst ein Bad nehmen, solange die Mittel wirken. Wir müssen Dr. Mackintosh nicht belästigen.«

Dana hatte sich zurückgelehnt und sich angestrengt, elend auszusehen. Die Einzige, die ihr Geheimnis kannte, war Victoria, und so sollte es bleiben. Sie hatte gedacht, sie könnte alles hinter sich bringen, ehe die Schwestern aus der geteilten Schicht zurückkamen, sodass sie sich nicht der unnachgiebigen Beth stellen musste. Heute Nacht war es so weit. Die Nacht ihres Lebens, die alles verändern würde. Morgen könnte der Tag sein, an dem ihr Leben anfing, und sie wollte keinen Moment länger warten.

Sie sah Beth unglücklich an, und Tränen wallten in ihren Augen auf. Die waren echt. Seit Beth den Brief für Dana in Celias Zimmer gefunden hatte, war sie zur energischsten Verbündeten der Gruppe geworden. Sie hatten erfahren, dass sie aus Deutschland, wo ihre Militärfamilie stationiert war, zum St. Angelus gekommen war. Bisher hatte sie stets auf verschiedenen Stützpunkten gelebt. Und sie behauptete, falls nötig, könnte sie alle ihre Sachen innerhalb von zehn Minuten packen und aufbruchbereit sein. Dana bezweifelte es nicht. Sogar Beth' Kosmetika standen in Reih und Glied auf ihrer Kommode. Die Hausmädchen wussten, dass in ihrem Zimmer wenig zu tun war. Ihr Bett war jeden Morgen so stramm gemacht, dass man nicht mal mit einer Hand unter die Überdecke gleiten konnte, ohne sich einen Fingernagel abzubrechen. Und ihre Kleidung war farblich sortiert und ordentlich aufgestapelt wie bei einem Häftling, keiner Schwesternschülerin. Doch wie Beth manchmal anmerkte: »Wo ist da der Unterschied?«

Im letzten Monat hatte Beth, sehr zu Celia Forsyths Verdruss, Listen gemacht, geplant und den Alltag der Gruppe organisiert. Sie alle staunten, dass eine solch kleine Person so energisch sein konnte. Jede von ihnen hatte ihre Befehle. Akute Kurzsichtigkeit war kein Handicap für Beth. Vielmehr verstärkte ihre Brille noch ihre autoritäre Ausstrahlung. Kein einziger Patient hatte sich je beklagt, wenn Beth ihm oder ihr eine Anweisung gab.

Die reizende Beth, so ernst, so unermüdlich, hatte für jedes Problem eine Lösung. Und sie wäre böse, sollte sie herausfinden, was Dana tat, denn sie nähme es persönlich. Sie würde es als Versagen empfinden, dass Dana sich nicht ihr anvertraut oder sie nicht bemerkt hatte, was los war. Schließlich hatte sie eine große Rolle in dieser Geschichte gespielt, seit sie den Brief in Celias Zimmer fand.

»Ich habe Neuigkeiten!«, verkündete Victoria, knöpfte ihr Cape auf und warf es über den Stuhl, ehe sie sich auf Danas Bett fläzte und ihr einen Kuss zublies. »Der sehr junge und gut aussehende Oliver Gaskell war heute auf meiner Station, um mit unserem Arzt zu reden, und ich habe gehört, wie er zu dem Assistenzarzt gesagt hat, er will zum Tanzabend kommen, um sich zu vergewissern, dass sie sich alle gut benehmen. Aber das war selbstverständlich nur ein Witz. Ich habe auch gehört, wie ... hört ihr mir zu?« Die Mädchen schenkten Victoria ihre volle Aufmerksamkeit und vergaßen Dana für einen Moment.

»Na los, schnell, was?«, drängte Pammy.

Ihr Gesichtsausdruck brachte Victoria beinahe zum Lachen, denn Pammy stand der Mund offen, und sie hielt den Atem an. Sie sprach quasi ohne Unterlass von ihrem Helden, Oliver Gaskell. Dem neuen Gott auf Station zwei. »Ich habe gehört, wie er gesagt hat, dass er hofft, mit einer bestimmten Schwesternschülerin tanzen zu können, auf die er ein Auge geworfen hat. Und er hat dem Assistenzarzt zugezwinkert.«

Pammy sank auf Danas Bettkante. »Ach, du liebes bisschen. Denkt ihr, er könnte mich meinen? Könnte er?«

»Wen denn sonst?«, fragte Beth. »Auf der Station klebst du praktisch an ihm, und er hat bei jeder sich bietenden Gelegenheit mit dir geredet. Jede hier weiß, dass du mächtig Eindruck auf Dr. Gaskell gemacht hast.«

Pammy stürzte sich auf die Frisierkommode und begann, in Danas Schminktasche und Haarspangen zu kramen. Dann fiel ihr Blick im Spiegel auf Dana.

»Oh nein, was ist? Du guckst so komisch, Dana. Sind die Zahnschmerzen so schlimm?«

Danas Blick war genau genommen verzweifelt. Ihr wurde klar, dass ihre Freundinnen sich hier für den Abend einrichteten, und sie wünschte sie alle möglichst weit weg.

»Gib ihr die Tabletten, Beth«, sagte Pammy und lief zum Waschbecken. Dort kippte sie Danas Zahnbürste ins Becken und füllte das Glas mit eklig warmem Wasser, um es Dana zu geben. Pammy war so praktisch wie unerschütterlich. Nur dachte sie die Dinge bisweilen nicht zu Ende. Es hätte keine Sekunde gedauert, das Wasser laufen zu lassen, bis es kalt war. Nur wäre das ja nicht typisch »unsere Pammy«, wie jeder sie nannte.

»Na los, schluck. Runter damit! Dann sind die Schmerzen gleich weg.«

»Das Wasser ist beinahe heiß«, sagte Beth. Pammy trieb sie auf eine lustige Art in den Wahnsinn, denn obwohl sie so gegensätzlich waren, verbrachten sie offensichtlich gern Zeit miteinander.

»Na und? Wen kümmert's? Sie muss bloß die Tabletten schlucken. Und überhaupt mögen einige Leute warmes Wasser.«

Dana nahm die Tabletten und verrückte die Wärmflasche an ihrer Wange. »Könnt ihr mich jetzt bitte allein lassen? Ich möchte wirklich schlafen. Geht ruhig nach unten, und seht fern. Und sagt Mrs Duffy, dass es mir gut geht.«

»Ja, sicher, schlaf du«, sagte Victoria und strich ihre Decke glatt. »Kommt, Schwestern, lassen wir unsere Patientin schlafen.«

Endlich, dachte Dana, als sie zur Tür gingen.

»Na schön, dann lassen wir dich«, sagte Pammy. »Aber wenn es dir morgen früh nicht besser geht, bringen wir dich zu Dr. Mackintosh. Oder zu Dr. Finch in die Sprechstunde. Wenn er nicht weiß, was er machen soll, weiß es keiner.«

»Dr. Finch ist Kieferchirurg. Mit etwas so Lächerlichem wie einem schmerzenden Zahn gibt er sich nicht ab.« Dana bemerkte, dass sie richtig in ihre eigene Täuschung einstieg.

»Egal«, erwiderte Pammy. »Im St. Angelus passen wir alle aufeinander auf.«

Sie ging als Letzte. »Falls du mich heute Nacht brauchst, weck mich. Versprich mir das.«

»Sei nicht albern! Du hast morgen einen vollen Tag. Ich wecke dich nicht.«

Beide Mädchen lächelten und hielten den Blickkontakt ein wenig zu lange, sodass Dana sich fragte, ob Pammy Verdacht schöpfte.

»Ist wirklich alles in Ordnung?«, fragte Pammy wieder.

Dana konnte Victoria und Beth hören, die den Korridor entlang zu ihren Zimmern gingen und planten, welche Kleider sie tauschen wollten und in wessen Zimmer sie sich vor dem Tanzabend der Ärzte am Samstag fertig machen wollten. Victoria fing an, in ihrer hübschen, chorerfahrenen Stimme ein Stück von Doris Day zu singen.

»Ja, geh schon«, antwortete Dana sanft und drehte sich zur Seite, um Pammys Blick auszuweichen. Die Tür fiel mit einem Klicken ins Schloss, und endlich war Dana allein mit ihrem Geheimnis.

Jetzt stand sie in dem dunklen Korridor, in dem es längst still war. Sie hielt die Nachricht in der Hand und betrachtete sie nachdenklich. Dies hier wäre ein Wagnis.

Es war nach elf Uhr, doch Pammy war hellwach. Sie hörte Danas leise Schritte auf der Treppe, rief aber nicht. Ihr war klar gewesen, dass es kommen würde, nur nicht, wann genau. Pammy, Victoria und Beth hatten sich erst letzte Woche im Pub getroffen und besprochen, was sie wegen Dana unternehmen wollten.

In letzter Zeit sprach sie viel zu oft davon, dass sie nach der Ausbildung zurück nach Irland gehen und wahrscheinlich einen Mann heiraten müsste, der ein Schuft, ein Idiot und ein herzloses Ungeheuer war.

»Warum das denn?«, hatte Victoria beim ersten Mal gefragt.

»Weil das mein Los ist. Ich bin Irin, und meine Familie erwartet es von mir. Außerdem will mich ja sonst kein Mann.«

Sie alle stellten sich vor, dass jede von ihnen ihre Geheimnisse hatte, doch jetzt, als Pammy zu ihrer Tür sah, dachte sie, dass es eigentlich nicht stimmte. Victoria und Beth hatten ihr von dem Brief erzählt, den Beth gefunden hatte, und von Danas gebrochenem Herzen. Es dauerte volle fünf Minuten, bis es Pammy nicht mehr schmerzte, dass Dana ihr nichts gesagt hatte.

»Ich habe gewusst, dass irgendwas schiefgegangen sein musste. Warum hat sie mir nichts gesagt? Vertraut sie mir nicht?«, hatte sie Victoria mit Tränen in den Augen gefragt.

»Selbstverständlich vertraut sie dir. Ich war nur eingeweiht, weil ich, nun ja, auch ein Geheimnis habe, und das wollte ich euch allen zusammen erzählen. Wie dem auch sei, hier geht es um Dana. Sie hat mir gestern einen Brief von ihrem Vater vorgelesen. Früher habe ich gedacht, keiner würde mehr über fehlgeleitete Väter wissen als ich, aber ich schwöre euch, das war noch mal eine gruselige Steigerung. Wenn wir Dana nicht vor dem Schicksal bewahren, das ihr blüht, werde ich jedenfalls nicht mit mir leben können. Sie wird nach Irland zurückbeordert, um ein Schwein von einem Mann zu heiraten. Und das bloß aus Schuldgefühlen und Mitleid mit ihrer Mutter. Wir müssen das verhindern. Deshalb habe ich einen Plan.«

Die Mädchen hatten sich vorgelehnt, um sich Victorias Idee

anzuhören. Du kannst auch ganz schön herrisch sein, Victoria, hatte Beth gedacht, jedoch nicht ausgesprochen. Dana zu retten war wichtiger.

Pammy glaubte, Danas Herzschlag zu hören. Sie horchte nach ihrem Atem und schaute zur Tür. In einer zu leisen Stimme, als dass sie Dana erreichen könnte, flüsterte sie: »Bitte lass sie nicht hängen. Sei bitte da, bitte.«

Pammy kannte das Geräusch jeder einzelnen Treppenstufe. Die zweite unten hatte ein Knarzen, das sich nicht vermeiden ließ. Sie zählte mit, und wie auf Kommando knarzte die vorletzte. Gleich darauf vernahm sie die schleichenden Schritte draußen an der Rasenkante und unter ihrem Fenster hindurch. Sie hatte es geschafft. Dana war frei und auf ihrem Weg.

Pammy atmete langsam aus und betete für ihre Freundin.

Kapitel zweiunddreißig

Als sie die Rückseite des OP-Trakts erreichte, konnte Dana ihren eigenen Herzschlag hören. Die Nachricht war in ihrer Tasche, knittrig und ausgeblichen vom vielen Lesen. Anfangs hatte Dana sie ignoriert und sich vor Victoria gleichgültig gegeben. Allerdings ließ die sich nichts vormachen.

»Hör mal, Dana, Teddy hat mich gebeten, dir das hier zu geben«, hatte sie gesagt. Dana war in ihrem Zimmer und versuchte, für eine Stationsprüfung am nächsten Morgen zu lernen. Schwester Ryan sollte um halb elf kommen und zusehen, wie Dana bei einer Blinddarmnarbe die Fäden zog und den Verband erneuerte. Beim Lesen des Briefes verschwammen die Worte vor Danas Augen und weigerten sich, zu ihrem Verstand durchzudringen.

»Victoria?« Dana hob den Kopf. »Was hast du gemacht? Hast du ihm von Celia erzählt?«

»Ja, habe ich. Tut mir leid, dass ich mich einmischen musste, aber ich fand es ihm gegenüber – euch beiden gegenüber – nicht fair. Schließlich hat keiner von euch etwas falsch gemacht. Es lag einzig an dieser garstigen Celia Forsyth. Und tut es denn etwas zur Sache, wer hier Amor spielt? Jetzt überlasse ich alles dir. Er hat dir eine Telefonnummer gegeben. Du bist dran.«

»Wag es ja nicht«, sagte Dana, sprang auf und schloss ihre Zimmertür. »Du wirst hier sitzen und jedes Wort mit mir durchgehen.« Ihre Augen strahlten. Zum ersten Mal seit Monaten fühlte sie sich lebendig.

Dana hielt sich nahe an den Sträuchern, weg von den Laternenpfählen, und lief denselben Weg wie jeden Tag. Heute Nacht fühlte er sich anders an. Ihre Haut kribbelte, als sie glaubte, Schritte hinter sich zu hören. Sie blieb stehen und schaute sich um. Da war niemand.

Sie ging schneller, und da waren sie wieder, doch nach wie vor konnte sie nichts sehen. Als sie bei den Lichtern am hinteren Krankenhaustor ankam, sah sie eine dunkle Gestalt in Richtung Old Dock Road davonlaufen und atmete auf. Sie musste keine Sekunde warten, ehe sie Schritte die Treppe heruntereilen hörte, und dann stand er vor ihr.

»Na, wer hätte das gedacht? Sie ist gekommen!« Teddy tat, als würde er es gen Himmel schreien, und warf die Arme in die Höhe. »Ich habe seit Montagmorgen Bereitschaft und bin seitdem nicht hier weggekommen. Liverpool ist verrückt geworden. Wir hatten da oben in den letzten zwei Stunden zwei Kaiserschnitte. Und ich habe erst wieder Freitagabend frei. Ich halte mir die Augen schon mit Streichhölzern offen.«

Er vergrub die Hände in den Taschen seines weißen Kittels. »Hör mal, am Samstag habe ich keinen Dienst, und da ist der Tanzabend. Ich wollte dich das schon längst fragen, nur vorzugsweise von Angesicht zu Angesicht. Würdest du als mein Gast mit mir hingehen? Bitte! Ich habe keinen Schimmer, warum dieses vermaledeite Mädchen dir meine Nachricht nicht gegeben hat. Wenn ich sie das nächste Mal sehe, hat sie lieber eine verdammt gute Erklärung parat.«

Dana bekam kaum Luft. Er wollte, dass sie mit ihm zum Tanzen ging. Es wäre ihr erster Tanzabend in Liverpool, und der bestaussehendste Arzt im Krankenhaus wollte, dass sie ihn begleitete.

Sie blinzelte im grellen Licht des Eingangs, und zu ihrem Unglück war sie sprachlos.

»Bevor du Nein sagst, es tut mir leid, dass ich dich gebeten habe, wieder Ärger zu riskieren und nachts herzukommen. Es ist nur so, dass ich tagsüber wahrscheinlich vorher weggerufen worden wäre, und ich wollte dich nicht schon wieder verpassen. Das wäre unerträglich. Und ich weiß zumindest, dass ich hier in der Aufnahme und in den OPs die ganze Nacht festsitze.«

Er grinste auf seine unnachahmliche Art. Es war das Grinsen eines Mannes mit einem guten Herzen, der nichts zu verbergen hatte, und Dana schmolz dahin. »Tja, ich hatte nicht vor hinzugehen.«

»Was hoffentlich nichts damit zu tun hat, dass du mal glaubtest, Victoria und ich wären ein Paar, oder? Denn in Wahrheit sind sie und mein Bruder bis über beide Ohren verliebt.«

»Wie kannst du es wagen?«, platzte sie heraus. »Wie kommst du darauf, und warum sollte es mich interessieren?«

Er trat einen Schritt zurück und sah sie übertrieben empört an. Sie beide wussten, dass es gespielt war. »Hat sie es dir schon erzählt? Die zwei sind verlobt. Er kommt zum Tanz.«

Jetzt war Dana richtig sprachlos.

Sie betrachtete seinen Pony, der ihm in die Stirn fiel, und sein jungenhaftes Grinsen. Sein Hemdkragen war ein wenig zerknickt unter dem Kittel, und einen flüchtigen Moment lang kam ihr Patrick in den Sinn. Nein, sagte sie sich. Dieser Mann war nicht Patrick, da brauchte sie sich keine Sorgen zu machen. Sie musste sich entspannen. Teddy war ein Arzt, heilte und rettete Leben. In seinen Augen sah sie Freundlichkeit und Witz. Er war nicht Patrick.

»Ich komme gerne«, sagte sie und blickte verlegen zu ihren Füßen. Sie fühlte seinen Finger unter ihrem Kinn, als er es sanft anhob, sodass sie ihn ansehen musste.

»In dem Fall kann der Samstag gar nicht schnell genug kommen.«

Er küsste sie sanft, und sie vergaß alles, bis sie beide ein Rufen hörten: »Dr. Davenport, bitte in den OP!«

»Ich hole dich um halb acht in der Lovely Lane ab«, sagte er. »Unter der Lampe, wo ich dich zum ersten Mal gefunden habe.« Dann war er fort.

Dana ging über das Krankenhausgelände zurück und hatte das Gefühl zu schweben. Fort war die kühle Nachtbrise, die sie auf dem Hinweg frösteln gemacht hatte. Sie hatte ein kostbares, wundervolles Geheimnis, das sie wärmte.

Was Dana nicht wusste, war, dass im St. Angelus jeder und keiner ein Geheimnis hatte.

Kapitel dreiunddreißig

Pammy war in Tränen aufgelöst. »Wie konnte das passieren?«, heulte sie und schleuderte das Kleid, das sie anprobiert hatte, auf den Boden.

»Na, weil du so dünn geworden bist, Schatz«, antwortete Maisie mit einem besorgten Stirnrunzeln. »Die im Krankenhaus lassen dich viel zu schwer arbeiten.«

Pammy hörte nicht zu. Sie saß weinend auf ihrer Bettkante.

»Na, na, Liebes, wir weinen nicht über solche dummen Sachen«, sagte Maisie. »Keiner ist gestorben.«

Pammy kam sich blöd vor. Sie verstand, was diese Worte bedeuteten. Manchmal kam eine Nachbarin auf einen Tee zu Maisie, und wenn sie dachten, ihnen würde nicht zugehört, fingen sie an, über den Krieg zu reden, worauf binnen Minuten die Tränen flossen, um jemanden zu beweinen, den sie einst gekannt oder geliebt hatten oder beides.

»Die Neue in Nummer zehn hat eine Nähmaschine. Ich stecke das Kleid jetzt ab, laufe hin und leihe sie mir. Es dauert höchstens eine Stunde.«

»Und wenn sie nicht zu Hause ist?«, jammerte Pammy.

»Ach, kein Problem. Sie hat sie immer auf dem Küchentisch. Falls sie nicht da ist, bediene ich mich eben selbst.«

In der Arthur Street hatte sich nichts geändert. Die Hintertüren waren immer noch unverschlossen, und so würde es bleiben, bis die neuen Häuser gebaut waren und sich die Gemeinschaft im Hafenviertel aufzulösen begann. Familien und Verwandte, die über Generationen Tür an Tür gelebt hatten, würden voneinander isoliert werden. Es würde ein Kampf für sie, eine neue Form des Lebens zu finden, Kinder ohne Generationen von Wissen, Werten und Erfahrung großzuziehen.

»Danas Kleid hängt auf einem Bügel, und ich habe einen Beutel aus einem alten Laken genäht, in dem du beide zur Lovely Lane tragen kannst. Aber lass sie nicht fallen. Ach, und den Saum von Beth' Rock habe ich gekürzt. Der ist auch in dem Beutel.«

Maisie war zur Schneidermeisterin für den Tanzabend geworden. Die Einzige, die ihre Hilfe nicht brauchte, war Victoria, und sie hatte sich auf ihre Art als Retterin in der Not entpuppt.

»Können Sie dieses Kleid und den Umhang gebrauchen, Mrs Tanner?«, hatte sie gefragt. Der Umhang war bodenlang und aus dem edelsten Samt gewesen, und das Kleid war über und über mit Zuchtperlen bestickt.

Maisie war erschrocken. »Victoria, ich kann solche edlen Sachen nicht zerschneiden! Sind Sie von Sinnen, Liebes?«

»Oh doch, können Sie«, sagte Victoria. »Ich habe alle Kleider von meiner Mutter aufbewahrt, und ich selbst habe so viele, dass selbst Tante Minnie schwindlig würde. Dieses Kleid mit den Zuchtperlen hat meiner Urgroßmutter gehört. Ich werde es nie tragen. Sehen Sie doch nur, wie altmodisch es ist.« Maisie konnte kaum sprechen und strich mit den Fingern über den Kleiderstoff. »Pammy hat mir gesagt, dass Sie mit der Nadel zaubern können, also machen Sie bitte hier draus etwas Schönes für Pammy und Dana.«

Maisie hatte gezaubert. Nicht nur konnte sie zwei wunderschöne Kleider aus dem Material nähen, sondern auch noch ein kurzes Cape für Dana und einen Bolero für Pammy. Dana zog den Samt vom Umhang vor, der so viele Falten gehabt hatte, dass er für Kleid und Cape genügte und sogar noch etwas für den Bolero übrig war. Das Perlenkleid wurde zu einem Kleid für Pammy umgearbeitet.

Victoria wollte ein Kleid aus wunderschöner smaragdgrüner Seide tragen. Und Maisie hatte einen langen schwarzen Kreppock für Beth um volle fünfundzwanzig Zentimeter gekürzt, den sie zu einer schwarzen Seidenbluse anziehen wollte, die Victoria ihr lieh. Die Aufregung wurde immer größer, je näher der Tanzabend rückte.

»Kannst du hiermit etwas machen, Mam?« Pammy holte ein Kleid hervor, das sie sorgfältig zusammengerollt und in ihrem Korb verstaut hatte.

»Wem gehört das?«, fragte Maisie verwirrt. »Es ist von Goldsmiths. Die haben gepfefferte Preise.« Sie sah sich den Saum an. »Und guck dir diese schönen Stiche an, Pammy.«

»Ich möchte, dass du es auftrennst.«

»Was? Das kann ich nicht. Bist du verrückt geworden, Pammy?«

»Mam, bitte, tu es einfach. Trenn die Säume nicht ganz auf, nur so, dass sie noch von einem halben Faden gehalten werden.«

»Was hast du vor?«

»Das erzähle ich dir hinterher, Mam. Aber ich verspreche, die Mädchen werden dich lieben, wenn du das für mich tust.«

Und so trennte Maisie schweren Herzens die schönste Handarbeit auf, die sie je gesehen hatte.

Kapitel vierunddreißig

Victoria hatte bisher nichts Näheres von Roland preisgegeben. Deshalb beschloss Dana, die Dinge in die Hand zu nehmen, und hatte ein Treffen mit Beth und Pammy im Pub verabredet.

»Ich glaub's ja nicht«, sagte Pammy. »Wann will sie es uns erzählen? Wir müssen ihr ein Geschenk und eine Karte besorgen.«

»Was kaufen wir denn als Verlobungsgeschenk für die Tochter eines Lords?«, fragte Dana. »Ich denke jedenfalls, dass wir bei dem Tanzabend etwas für sie tun sollten. Teddy hat es mir erzählt.«

»Uh, hör sich einer dich an! Teddy hat es dir erzählt, ja?« Die beiden anderen kicherten.

Dana wurde rot. »Ja, hat er, und jetzt seid still. Er hat mir auch gesagt, dass sie warten wollen, bis angemessen viel Zeit seit dem Begräbnis verstrichen ist, ehe sie es in der *Times* bekannt geben oder wie immer Leute wie sie es halten.«

»Arme Victoria«, sagte Pammy. »Sie muss immer noch erschüttert sein, und man merkt ihr nichts an. Wäre ich das und mein Dad wäre gestorben, hätte ich mir schon zigmal die Augen aus dem Kopf geheult. Es liegt an ihrer Erziehung, wisst ihr? Sagt meine Mam. Sie verbirgt es gut.«

»Wir können gar nichts machen«, entgegnete Beth. »Nicht, ehe Victoria uns erzählen will, dass sie und Roland verlobt sind.«

An diesem Abend hatte Pammy ein Treffen im Pub einberufen, und bei dem waren sie alle anwesend.

Beth, Victoria und Dana kamen als Erste und hatten bereits ihren Tee, als Pammy sich zu ihnen setzte. »Sind diese grünen Einheitstassen und Untertassen nicht furchtbar?«, fragte sie und beugte sich vor, um einen Schluck aus ihrer überschwappenden Tasse zu trinken.

»Hast du deshalb ein Treffen einberufen?«, fragte Beth ungläubig.

»Natürlich nicht. Ich war eben bei der Apotheke, um mit denen zu reden, denn ich habe einen Plan, wie wir es Celia heimzahlen. Wer ist dabei?«

»Oh Gott, ich kenne ihn noch nicht mal, aber wir alle, was, Schwestern?«, fragte Beth.

Die Mädchen grinsten, und Pammy verriet ihnen flüsternd, was sie vorhatte.

Pammy hängte allen Mädchen die Kleider in ihre Schränke. Sie hatte diesen Samstag als Einzige frei. Alle anderen aus der Lovely Lane arbeiteten. Lizzie und die älteren Schülerinnen hatten nächste Woche ihre Prüfungen und saßen den ganzen Tag zum Lernen in der Bibliothek. Als Erste lief Pammy in Celias Zimmer. Blitzschnell war sie drinnen und wieder draußen, denn sie durfte sich nicht erwischen lassen und musste den Generalschlüssel wieder in die Küche gebracht haben, ehe Mrs Duffy merkte, dass er weg war. Celia musste eine Lektion erteilt werden, und Pammy fand, sie sorgte lediglich dafür, dass es geschah.

In einer Reihe und beieinander eingehakt, gingen die vier Mädchen hinauf zum Krankenhaus. Dabei sangen sie aus voller Kehle »Here in My Heart« von Al Martino. Es war das erste Mal, dass sie zusammen ausgingen, und ihre Stimmung war bestens.

»Hoffentlich ist der Punsch so gut, wie Teddy denkt«, sagte Dana.

»Das sollte er lieber. Er ist dafür zuständig. Wisst ihr, dass Schwester Haycock auch kommt?«, fragte Pammy. »Ist das nicht nett?«

Die Mädchen ließen nichts auf Schwester Haycock kommen, denn soweit es sie anging, war sie eine Heldin. So wie sie sich für Pammy eingesetzt hatte, für die Rechte der Schülerinnen kämpfte, und sich bemühte, St. Angelus zu modernisieren, das immer noch in den Dreißigern feststeckte, war wahrhaft heldenhaft.

Victoria war stiller als die anderen, und Pammy fragte sie: »Ist alles in Ordnung, Vic?«

Da alle sie im warmen orangenen Schein der Straßenlaternen ansahen, entschied Victoria, sie könnte es ebenso gut jetzt gleich verraten.

»Ach, ich muss es euch einfach erzählen, obwohl es noch nicht öffentlich sein darf. Später brauche ich eure Hilfe, und ich fühle mich furchtbar, weil ich euch nichts gesagt habe. Außerdem werdet ihr ihn heute sehen, und ich kann so etwas Wichtiges nicht länger für mich behalten.«

»Rückst du jetzt bitte mal mit der Sprache raus, Vic?«

»Ja, na gut. Also, ich bin verlobt!«

Alle jubelten, sprangen um Victoria herum, umarmten sie und taten, als wüssten sie von nichts.

Mrs Duffy hörte es, als sie den Müll rausbrachte. Sie legte den Tonnendeckel auf und schnalzte mit der Zunge. »Wirklich, da gehen sie einen Abend aus, und schon werden sie verrückt«, murmelte sie.

»Verlobt?«, quiekte Pammy. »Ist das dein Ernst?«

»Brichst du die Ausbildung ab?«, fragte Beth.

»Na los, erzähl es ihnen«, sagte Dana. Sie hatte beschlossen, Teddy dort zu treffen. So gern sie ihn sehen wollte, wollte sie doch nicht versäumen, sich mit ihren Freundinnen bereit zu machen und gemeinsam hinzugehen.

Victoria lachte so sehr, dass sie kaum noch Luft bekam. »Hört mal, heute Abend komme ich nicht mit zurück zur Lovely Lane. Roland hat für uns ein Zimmer im Grand reserviert.«

Die anderen drei blickten sie erstaunt an. In diesem Moment hielt ein Wagen neben ihnen, und das Fenster wurde heruntergekurbelt.

»Victoria«, sagte der Fahrer. »Darf ich die Damen mitnehmen?«

»Roland!« Victoria hatte gedacht, dass er auf dem Parkplatz beim Krankenhaus auf sie warten würde.

Als sie einstiegen, flüsterte Pammy ihr zu: »Warum brauchst du unsere Hilfe, Vic?«

»Weil du Mrs Duffy ablenken musst, damit sie denkt, dass ich schon ins Bett gegangen bin. Und morgen musst du ihr sagen, dass ich früher weg bin.«

Pammy nickte todernst. »Gut, ich regle das.«

Schwester Haycock kam erst später zu dem Tanzabend. Eigentlich wollte sie gar nicht hingehen, aber die Schwestern hatten darauf bestanden, und Oliver Gaskell hatte sie gefragt, ob sie komme. Es war eine lässige, beinahe beifällige Frage gewesen, doch sie war so schrecklich aus der Übung, dass sie nicht einschätzen konnte, was sie bedeutete. Sie fand es recht peinlich, in einem Saal voller junger Ärzte im Praktikum und Schwesternschülerinnen zu stehen, und war froh, als sie einige der jüngeren Fachärzte mit einer der Vollschwestern von der Entbindungsstation um die Punschschale stehen sah. Erleichtert ging sie in die Richtung.

Er hatte sie nicht einmal kommen sehen. Abend für Abend hatte er gewartet, dass sie das Schwesternwohnheim verließ. Die meisten Abende war er bis fast zehn Uhr geblieben, aber nie hatte sie einen Fuß vor die Tür gesetzt.

Du kommst erst wieder nach Hause, wenn sie eingewilligt hat, dich zu heiraten, hatte sein Vater gesagt.

Seine Frau? Er wollte sie lieber tot sehen, bevor er sie heiratete. Die verstockte Kuh war viel zu sehr von sich eingenommen, als dass er sie in seinem Bett wollte. In Irland taten die Frauen, was man ihnen sagte, und wenn nicht, setzte es was. So war es eben. Sie würde ihm viel zu viel Ärger machen. Sein Vater musste verrückt sein zu glauben, dass er sie heiraten wollte. Nicht mehr. Jetzt würde er sie nur dafür bezahlen lassen, dass sie ihn blamiert hatte.

Mit einem Knall landete die Hand auf seiner Schulter. Da waren zwei von ihnen.

»Oh, ein Spanner. Meine Lieblingskunden«, sagte einer der Polizisten. »Und Richter Pincher liebt die. Wir haben mal einen erwischt, der es auf seine Tochter abgesehen hatte.«

Der andere Polizist lachte. »Ja, stimmt, schaffen wir Sie mal runter zur Wache, junger Mann. Auf Sie wartet eine Zelle. Die werden Sie sehr bequem finden. Morgen früh stehen Sie vor Pincher, und danach wird es vielleicht nicht mehr so gemütlich.«

Patrick versuchte zu fliehen, doch sie hatten ihn schon am Boden, bevor er seinen zweiten Schritt machen konnte. Das kalte Metall der Handschellen grub sich in seine Haut, und er hatte Erde im Gesicht. Aus dem Augenwinkel sah er seinen rot glimmenden Zigarettenstummel im Gras, der langsam erlosch.

Sie bemerkte Dessie, der ein Tablett voller Getränke zur Band auf der Bühne trug, die *She Wears Red Feathers* spielte. Die Tanzenden schienen sich im Gleichtakt zu bewegen, und der Boden vibrierte von ihren Schritten. Dann änderte sich das Tempo dramatisch, als der Sänger das Mikrofon ergriff und seine Version von »Here in My Heart« anstimmte. Seine Stimme war tief, melodisch und traurig, und der Klang ging Emily zu Herzen. Gebannt von der Musik, blieb sie stehen.

Sie war so verzaubert, dass sie Mühe hatte, den Blick von dem Sänger zu lösen. Wie wundervoll, dachte sie. Was für ein schönes Lied. Ich muss weniger arbeiten und solche Dinge häufiger tun. Sie sah, wie Dessie fast sein Tablett fallen ließ, als er ihr zuwinkte. Sie winkte zurück und machte einen Schritt vorwärts, um Dessie zu helfen. Doch abermals erstarrte sie. Es war die Ablenkung von Dessies Winken, die ihren Blick von dem Sänger direkt auf die Tanzfläche und zu Pammy in den Armen von Oliver Gaskell lenkte. Pammy hatte ihren Kopf an seiner Brust vergraben, und das Licht spiegelte sich in den schimmernden Perlen ihres Kleides.

Wurde Emily die Brust eng? Fühlte sie, wie sich ein Kloß in ihrem Hals bildete, als sie sah, wie seine Lippen ihr dunkles Haar streiften und er ihr etwas ins Ohr flüsterte? Nein, das geschah nicht. Was Emily empfand, war Erleichterung, als Dessie über die Tanzfläche auf sie zukam, ihr ein Glas Punsch hinhielt und sie von ihrem einsamen Platz am Rande der Tanzfläche rettete.

»Darf ich Ihnen den Mantel abnehmen? Ich dachte wirklich, sie hätten das Licht heller gemacht, als Sie gekommen sind. Ein Sonnenstrahl, das sind Sie!«

Seine Finger streiften ihre, als sie das Glas entgegennahm, und sie fühlte etwas, das sie noch nie zuvor gefühlt hatte. Sie wollte die Hand ausstrecken und Dessies umfangen. In ihrem Rock und dem Twinset kam sie sich altbacken vor, doch Dessie schien egal, was sie trug. Seine wenigen Worte hatten ihr das Gefühl gegeben, sie wäre es, die ein schimmerndes perlenbesticktes Kleid anhatte. Vor lauter Dankbarkeit wollte sie ihn küssen. Zumindest glaubte sie, es war Dankbarkeit.

Als die Band endete, sagte der Sänger: »Zeit für Erfrischungen, Ärzte und Schwestern. Wir sind in einer Viertelstunde wieder da.«

Das Licht wurde heller, und alle hörten ein Geräusch wie das Miauen einer Katze.

Es kam von Celia Forsyth, die sich sehr eigenartig verdrehte, sich kratzte und die Mädchen aus dem Handarbeitskreis um sie herum anschrie: »Kratzt meinen Rücken, kratzt meinen Rücken! Oh Gott, mein Rücken!« Die anderen sahen sie nur entsetzt an.

Stumme Schreie wurden ausgestoßen, als sich die Nähte hinten an ihrem Kleid auftrennten, es von oben bis unten aufklaffte und sich gleichzeitig ein Ärmel von ihrer Schulter löste. Alles war in wenigen sehr hektischen Sekunden vorbei, und eine zutiefst beschämte Celia rannte schreiend aus dem Saal.

»Warst du zufällig dafür verantwortlich?«, fragte Teddy, der Dana hinüber zum Büfett in der Saalecke führte.

»Nein, war ich nicht. Wofür hältst du mich? Für rachsüchtig? Ach, na schön. Ich war es nicht, aber ich weiß, wer, und, ganz ehrlich, so wahr Gott mein Zeuge ist, ich wünschte, ich wäre es gewesen. Rate mal, warum Pammy in der Apotheke nach geriebener Hagebutte gefragt hat.«

»Autsch! Hagebutte.« Teddy zuckte zusammen.

»Mehr!«, rief eine Ärztegruppe der Band zu, die wieder ihre Instrumente aufnahm.

»*Here in My Heart*«, rief ein Arzt. »Bitte noch mal, das war so wunderbar!« Der junge Mann hoffte offensichtlich, eine hübsche Schwesternschülerin zurück in seine Arme zu locken.

Besagte Schwester war Beth, die beinahe einen Satz in die Luft machte, als er ihr auf die Schulter tippte. Sie hatte beim Anblick von Celias überstürzter Flucht herzlich gekichert.

Der Arzt war einen Meter zweiundneunzig groß, sie einen Meter siebenundfünfzig, und es war ihr vollkommen gleich. Dies war ihr erster Tanzabend, und als er ihre Hand nahm und sie auf die Tanzfläche führte, dachte sie, dass sie vielleicht doch gern wie Pammy beim Organisationskomitee mitmachen und noch solch eine Tanzveranstaltung sehr bald wieder organisieren würde.